现代环境规划
理论与实践

许振成　彭晓春　贺涛　等编著

XIANDAI HUANJING GUIHUA

LILUN YU SHIJIAN

化学工业出版社

·北京·

图书在版编目（CIP）数据

现代环境规划理论与实践/许振成，彭晓春，贺涛等编著.
北京：化学工业出版社，2012.1
ISBN 978-7-122-12965-9

Ⅰ. 现… Ⅱ.①许…②彭…③贺… Ⅲ. 环境规划 Ⅳ.X32

中国版本图书馆 CIP 数据核字（2011）第 250974 号

责任编辑：刘兴春 　　　　　　　　文字编辑：刘砚哲
责任校对：吴　静 　　　　　　　　装帧设计：刘丽华

出版发行：化学工业出版社（北京市东城区青年湖南街 13 号　邮政编码 100011）
印　　刷：北京云浩印刷有限责任公司
装　　订：三河市万龙印装有限公司
787mm×1092mm　1/16　印张 21　字数 524 千字　　2012 年 3 月北京第 1 版第 1 次印刷

购书咨询：010-64518888（传真：010-64519686）　　售后服务：010-64518899
网　　址：http://www.cip.com.cn
凡购买本书，如有缺损质量问题，本社销售中心负责调换。

定　　价：85.00 元　　　　　　　　　　　　　　　版权所有　违者必究

《现代环境规划理论与实践》编著人员

主要编著者：许振成　彭晓春　贺　涛

其他编著者：(按姓氏笔画为序)

白中炎　刘　洁　刘　强　孙家仁　李泰儒

李嘉琪　何　嘉　张志扬　张杏杏　陈志良

林泽健　欧阳丽洁　周丽旋　房巧丽　赵坤荣

胡小英　钟　义　钟志强　郭　梅　黄永滔

董家华　曾思远　蔡　楠

前言

　　环境规划是人类为使环境与经济和社会协调发展而对自身活动和环境所做的空间和时间上的合理安排，随着时间的增长，到现代逐步成为引导发展的重要手段。随着工业化、城市化、全球化带来的一系列环境污染、生态破坏问题的产生，环境保护从末端治理逐步向优化经济发展方式转变，在理论和实践上丰富并发展了现代环境规划的内容。

　　现代环境规划来源于传统以要素为主的环境规划体系，但又有自身的独特之处。其与传统环境规划的差异主要体现在以下三个特征。第一，层次性。现代环境规划体系包括概念性环境规划构想、环境总体规划、环境专项规划三个层次，概念性规划构想指导总体规划和专项规划，总体规划和专项规划是概念性规划构想的落实和细化，而总体规划是专项规划的综合及提升，专项规划在技术上支撑总体规划。尽管尚处于起步阶段，但这种层次性可以使人们更好地认识环境规划，使传统环境规划内容明晰化。第二，引导性。现代环境规划强调环境主动引导发展，环境保护优化经济发展，并通过功能区划、环境与发展规划等内容突出显现，反映了环境规划的导向性作用。第三，广域性。现代环境规划在追求层次明晰、引导发展的同时，在专项规划的内容和深度上也同样深化，包括近岸海域环境保护规划、核与辐射污染防治规划等，体现了现代环境规划的广域性。

　　在上述背景下，本书坚持科学性、实用性，反映现代环境规划理论与实践的最新进展，力求系统全面、结构合理。全书共分16章，前5章以总体规划、理论和方法为主，介绍了环境总体规划体系，梳理了规划实践应用中常用的技术方法，反映了其所依托的理论基础。第6到第15章介绍了各个专项环境规划的理论与实践，最后1章为环境规划决策支持系统。在以往的基础上，全书增加了环境与发展规划、近岸海域环境保护规划、核与辐射污染防治规划3章专项内容。全书大部分实例来源于编著者团队多年来在国家、省、市、县不同层次环境规划领域的实践，是环境保护部华南环境科学研究所几代人智慧的结晶。全书许振成研究员、彭晓春研究员和贺涛副研究员为主要编著者，由曾思远、李泰儒、张杏杏等共同编著而成。主要分工为：前言、目录、第1、2章、定稿由许振成、彭晓春完成；第3、4、14章由贺涛、张杏杏、李嘉琪完成；第5章由彭晓春、贺涛、董家华完成；第6章由周丽旋、刘强完成；第7章由许振成、贺涛完成；第8章由贺涛、孙家仁、林泽健完成；第9章由曾思远、白中炎、钟志强完成；第10章由胡小英、黄永滔、何嘉完成；第11章由李泰儒、刘洁、张志扬完成；第12章由贺涛、陈志良、钟义完成；第13章由蔡楠、曾思远完成；第15章由郭梅、欧阳丽洁完成；第16章由赵坤荣、房巧丽完成，全书校对、统稿和计算机编排处理由贺涛、曾思远完成。

　　本书由从事环境规划研究和实施工作的老中青近30人共同编著，在编著过程中还得到了环境保护部华南环境科学研究所岳建华所长、李远书记、董林处长、林奎处长等领导的审阅和指导，并提出修改意见。在此一并表示诚挚的感谢。

　　全书编著过程中参考并引用了众多专家学者的著作与科学研究成果，在此向相关作者表示衷心的感谢。由于现代环境规划涉及领域广泛以及编著者水平的限制，虽凝聚编著者多年实践经验，可能仍存在疏漏、不足之处，敬请读者不吝批评指正。

编著者

2012 年 1 月

目录

第5章　环境总体规划

第6章　环境与发展规划

第7章　水环境与水生态规划

第8章　大气环境规划

第9章　噪声污染控制规划

第10章　固体废物污染防治规划

第11章　近岸海域环境保护规划

第12章　生态保护与建设规划

第13章　核与辐射污染防治规划

第14章　生态工业园区建设规划

第15章　环境管理能力建设规划

第16章　环境规划决策支持系统

第1章

绪论

环境规划是人类为使环境与经济和社会协调发展而对自身活动和环境所做的空间和时间上的合理安排，随着时间的增长，到现代逐步成为引导发展的重要手段。本章主要对现代环境规划的概念、历史、基本特征、类型和任务及发展趋势进行概述，使读者对现代环境规划的发展、应用及趋势有一个清楚的认识。

1.1 现代环境规划概述

1.1.1 规划的分类

规划，英文翻译为 plan 或 program，指为完成某一任务而做出比较全面的长远打算的公文，具有长远性、全局性、战略性、导向性的特点。在我国古代很早就有了规划的思想，在兴修水利需要全面规划中得到应用。续范亭《参观造纸厂农场》诗："通衢四达汽路长，规划市场集商贾。"提出了市场应该规划，且和交通密切相关。

规划，规者，有法度也；划者，戈也，分开之意。规划的基本意义由"规（法则、章程、标准，即战略层面）"和"划（合算、刻画，即战术层面）"两部分组成。规划首先是"规"，然后是"划"，从时间尺度来说侧重于长远，从内容角度来说侧重战略层面，重指导性或原则，如中长期发展规划。因此，规划是对未来整体性、长期性、基本性的考虑，这一点与计划是不同的。计划的基本意义为合算、刻画，一般指所拟定的具体内容、步骤和方法；从时间尺度来说侧重于短期，从内容角度来说侧重（划），即战术层面，重执行性和操作性，如五年计划或近期建设计划等。随着人们生活水平的提高，对未来有了更多的期待，现代规划的年限界线开始模糊，某些地区开始编制五年规划、逐年计划甚至更短时间的计划。

规划按内容性质分，有总体规划和专业规划，各专业规划下还可以细分专项规划等。按管辖范围分，有全国发展规划和机关、企事业单位的部门发展规划。按时间分，有远景规划和短期规划，其中短期规划与计划界线并不明显。与环境规划关系密切的规划类型主要有城乡规划、国民经济与社会发展规划、土地利用规划、区域发展规划、产业发展规划、资源能源利用规划等。除其中的上位规划外，其余规划与环境规划的关系也是相辅相成、互相协调的。例如在现代产业规划中最核心的不是厂房、道路、绿地、景观等系统的工程建设，而是如何从当地资源能源禀赋、经济发展基础条件和环境承载力出发，设计主导产业、优势产业、特色产业，研究产业链条，并从空间和时间两个方面，对区域产业发展做出科学、合理、可操作性强的产业发展规划。这与我国过去在产业规划上注重形态规划，建设了很多高新区、经济技术开发区是不同的，后者反而会因为没有注重规划之间的内在协调性而限制了规划的实施。

1.1.2 环境规划的概念和发展历史

1973 年召开的第一次全国环境保护会议提出了环境保护工作的 32 字方针，对环境保护和经济建设实行"全面规划、合理布局"，标志着我国环境保护规划开始孕育发展。"六五"以前我国实际上没有把环境保护列入五年规划；"七五"期间制定了第一个国家环境保护五年计划——《国家环境保护"七五"计划》；"八五"期间，环境保护年度计划正式纳入国民经济与社会发展计划体系，国家计委和国家环保局于 1994 年发布了《环境保护计划管理办法》，从而使环境规划编制工作有法可依；"九五"期间，实施全国污染物排放总量控制计划、中国跨世纪绿色工程规划两项重大举措，规划的导向性和重要性得到了发挥；"十五"环境保护规划是一个转型前的规划，实行污染防治与生态保护并重，全面有余；"十一五"期间环境规划第一次以国务院批复形式颁布，主要污染物排放量控制以约束性指标纳入到社会经济发展规划中，强调和体现政府职责。

不同阶段国民经济和社会发展五年规划对环境保护的安排和部署有较大的差异，伴随着整个环境保护事业产生和发展，环境保护规划也经历了从无到有、从简单到复杂、从局部进行到全面开展的发展历程。

（1）起步阶段（1973～1983 年）

1973 年 8 月，国务院召开了第一次全国环境保护会议，审议通过了"全面规划、合理规划、综合利用、化害为利、依靠群众、大家动手、保护环境、造福人民"的环境保护工作 32 字方针和第一个环境保护文件《关于保护和改善环境的若干规定》。1974 年 10 月，国务院成立了环境保护领导小组，之后，各省、市、自治区、直辖市和国务院有关部门也陆续建立起环境保护机构和环境科研、监测机构。1977 年 4 月，由国家计委、建委和国务院环境保护领导小组联合下发了《关于治理工业"三废"开展综合利用的几项规定》的通知，标志着以"三废"治理和综合利用为主要内容的污染防治工作进入全面实施阶段。在此期间，在全国范围内开展了重点污染调查，对重点城市、河流、港口、工矿企业、事业单位的"三废"污染实行限期治理。1978 年 2 月，五届人大一次会议通过的《中华人民共和国宪法》规定："国家保护环境和自然资源，防止污染和其他公害。"这是新中国历史上第一次在宪法中对环境保护作出明确规定，为国家环境法制建设和环境保护事业奠定了基础。1979 年 9 月，五届人大十一次会议通过了《中华人民共和国环境保护法》（试行）。从此中国结束了环境保护无法可依的局面，开始走上法制建设的轨道。1981 年 4 月，国务院做出了《关于在国民经济调整时期加强环境保护工作的决定》，要求在国民经济调整中，对新建工业企业，对原有工业和企业，对城市、自然资源和自然环境都要加强环境管理和监督，切实执行国家的有关政策和法规，努力改善环境质量。这个决定对以于恢复和发展国民经济中重视和加强环境保护工作起到了积极作用。此后，国家于 1982 年国家颁发了《中华人民共和国海洋环境保护法》，于 1983 年末召开了全国第二次环境保护会议。

以上是对中国环境保护在 1973～1983 年期间的简单回顾。在这一时期，中国的环境保护工作可以概括如下。第一，初步实现了对环境问题认识的转变。20 世纪 60 年代提出的"三废"处理和综合利用的概念被环境保护的概念所代替，逐步认识到环境污染问题不再是单纯的"三废"问题，而是一个影响和制约经济、社会发展的大问题。第二，初步实现了环境管理思想认识的转变。逐步认识到解决环境问题仅仅依靠行政、教育手段是不行的，必须综合运用法律、经济、技术、行政和教育等管理手段和措施，建立环境保护的法律、法规和标准，走依法保护环境的道路。第三，建立了国家、省两级的环境管理机构和"老三项"环境管理制度，通过环境管理促进工业"三废"治理。第四，开展了以水污染治理为主要内容的重点污染源调查，解决了一些局部的重点污染问题。

（2）发展阶段（1984～1995 年）

1983 年 12 月，国务院召开了第二次全国环境保护会议，明确了环境保护是我国现代化建设中的一项战略任务，是一项基本国策，从而确立了环境保护在社会经济发展中的重要地位。会议制定了经济建设、城乡建设和环境建设同步规划、同步实施、同步发展，实现经济效益、环境效益和社会效益统一的环境保护战略方针。与此同时，会议确立了强化管理的环境政策，与"预防为主"和"谁污染、谁治理"政策共同组成了指导中国环境保护实践的三项基本环境政策。这次会议在中国环境保护发展史上具有重大的意义，标志着中国环境保护工作已进入发展阶段。

回顾这一阶段的环境保护历程，可以分为两个时期。第一个时期是 1984～1989 年，这期间的环境保护主要是从理论上进行了突破和创新，确立了一整套用以长期指导中国环境保护实践的环境管理方针、政策和制度。第二个时期是 1990～1995 年，中国的环境保护主要处于一个从理论到实践过渡的探索时期。这期间，中国面临两大问题的挑战，一是要适应国际潮流，实施本国的可持续发展战略；二是要加快中国的经济体制改革。

在这一阶段，对中国环境保护事业产生重大影响的事件有：1984 年 5 月，国务院做出《关于环境保护工作的决定》并成立了国务院环境保护委员会，领导组织和协调全国环境保护工作；1985 年 10 月，在洛阳召开了《全国城市环境保护工作会议》，通过洛阳等城市的经验介绍，确定了城市环境综合整治工作的内容和做法；1988 年，在国务院机构改革中设立国家环境保护局，并被确定为国务院直属机构，国家环境保护机构得到加强；1989 年 4 月，国务院召开第三次全国环境保护会议，提出深化环境管理的环保目标责任制、城市环境综合整治定量考核制度、排放污染物许可证制度、污染限期治理和污染集中控制等新的管理制度和措施，使中国环境管理走上规范化、制度化的轨道；1992 年 8 月，在联合国环境与发展大会之后，中国制定了《环境与发展十大对策》，明确提出了转变传统发展模式，走可持续发展道路的指导思想，随后又制定了《中国 21 世纪议程》和《中国环境保护行动计划》等纲领性文件，确立了国家可持续发展战略；1993 年 10 月，召开了第二次全国工业污染防治工作会议，总结了工业污染防治工作的经验教训，提出了推动清洁生产实施生产全过程控制的工业污染防治对策。

在此期间，国家制定和修改了若干环境保护的法律、法规，环境标准，环境管理条例、规定和办法，出台了一系列关于环境保护的产业政策、行业政策、技术政策和经济、技术法规以及国际履约对策和措施。

总之，这一时期的环境保护与起步阶段相比有了全新的内容，有了重大的发展。可以概括为以下几点。第一，确立了环境保护在国民经济、社会发展中的战略地位，从理论上解决了如何正确处理环境保护与经济建设和社会发展的关系问题，并从实践方面进行了深入探索。第二，明确了地方政府、企业和环保部门三者之间的环境责任，并将这些责任以法律的形式加以确定。第三，环保机构建设得到加强，逐步建立了国家、省（自治区）、市、县四级独立的环境保护机构，部分地区还建立了包括乡镇环保机构在内的五级环境保护机构，为强化环境管理提供了组织保证。第四，环境法制建设进一步加强，环境管理制度体系不断完善。第五，实现了环境管理思想的转变。在这个时期，从政府到公众都逐步认识到中国的环境问题不再是单纯的环境污染，生态破坏问题已严重地影响和制约了区域经济、社会的法制；环境保护的任务不仅是"三废"治理，还包括噪声控制、"白色污染"治理、生态保护等内容。同时认识到，做好环境保护要加强宏观环境管理，重视宏观决策及规划研究，从转变发展模式入手开展环境保护是解决中国环境问题的关键。第六，污染防治工作取得重大进展。

（3）提高阶段（1996～2005 年）

这是中国环境保护发展史上一个非常重要的时期。在这一时期内，中国的环境保护从管理战略、管理体制、管理思想和管理目标上都进行了重大的改革和调整，环境保护进入到实质性的阶段。

首先，在 1996 年 7 月，国务院召开了第四次全国环境保护会议，做出了《关于环境保护若干问题的决定》，明确了跨世界的环境保护目标、任务和措施，启动了《污染物排放总量控制计划》和《跨世纪绿色工程规划》，实施三河、三湖、两区、一市和一海污染治理的"33211"计划，在全国范围内大规模开展了重点城市、流域、区域、海域的污染防治及生态保护工程。这次会议确立了新时期的环境保护战略，将以污染防治为中心的战略转变为污染防治与生态保护并重的战略上来，使我国环境保护目标更加明确，任务更加具体，工作更加务实，思路更加清晰。至此，中国的环境保护工作进入了崭新的阶段。

其次，1997～1999 年，国家连续三年就人口、环境和资源问题召开座谈会，从可持续发展战略的高度提出了建立和完善环境与发展综合决策、增加环境保护投入、强化社会公众参与和监督以及环保部门统一监管和分工负责等管理机制。同时强调，要依法落实地方政府的环境责任，并要求各级地方政府党政一把手要"亲自抓、负总责"，做到责任到位、投入到位、措施到位。依法保障环保部门的统一监管职能，在管理思路上要实行"抓大放小"，即通过抓综合决策、抓宏观管理、抓产业结构调整来促进和带动微观环境管理工作。

再次，在 1998 年的国家机构改革中，环境保护地位得到了加强，环境管理的职能进一步明确，行政管理体制上实现由"块块管理"向"条块结合"管理体制的转变，环保部门的统一监管职能得到了加强，该职能具有较大的相对独立性。

《"十五"国民经济和社会发展规划》在指导方针中提出，要高度重视人口、资源、生态和环境问题，抓紧解决好粮食、水、石油等战略资源问题，把贯彻可持续发展战略提高到一个新的水平。在可持续发展的主要预期目标下提出了环境保护规划目标，即城乡环境质量改善，主要污染物排放总量比 2000 年减少 10％。并将人口、资源和环境单列为独立任务，提出把改善生态、保护环境作为经济发展和提高人民生活质量的重要内容。国家环境保护"十五"规划坚持环境保护基本国策和可持续发展战略，以改善环境质量为目标，以流域、区域环境区划为基础，突出分类指导。

(4) 深化阶段（2005 年之后）

"十一五"期间我国国民经济和社会发展规划发生了一些重大的转变，从传统的 GDP 增长和总量平衡规划转向更加注重区域协调发展和空间布局、发展质量的规划。突出表现为：国家环境保护"十一五"规划第一次以国务院批复形式颁布，总量控制指标作为国民经济和社会发展的约束性指标，污染减排成为环境保护的主要任务和全社会共同关注点，规划所需的中央政府环境保护投资在规划报批中基本落实，同时加强开展了省级"十一五"规划中期评估。

随着 2008 年环境保护部的成立，环境规划定位于环境保护部的首要职能，其编制和实施工作得到了深化，在我国的一些经济发展较快的区域开始编制了省级、地市级、县级乃至乡镇级别的环境保护中长期规划、生态建设规划，需要创模的城市也编制完成了创模规划。我国环境保护规划的编制工作逐步形成了多样化的体系，其内涵也更加丰富。

2008 年在北京召开的中国环境科学学会环境规划专业委员会学术年会上，与会专家和学者就我国环境规划编制的技术方法、实践、国际经验进行了探讨和广泛交流，并提出了"十二五"规划的展望。即将颁布的国家"十二五"环境保护规划提出了加强规划引导、树立绿色、低碳发展理念，加快建设资源节约型、环境友好型社会的要求。以我国在"十一五"期间开展的全国污染源普查、土壤调查、饮用水水源地基础环境调查等基础性工作为基础，实现环境规划的战略转变，通过环境保护规划主动引导经济优化发展和空间合理布局，成为与会代表者的普遍共识。

1.1.3　环境规划的种类和作用

环境规划涵盖面非常广，因研究问题的角度、采取的划分方法不同，可以对环境规划进行不同的分类，一般以范围、时间长度、内容和性质等方面来划分环境规划类型。详细的划分方式如表 1-1 所列。

环境规划是 21 世纪以来国内外环境科学研究的重要课题之一，并逐步形成一门科学，具有综合性、区域性、长期性、政策性等特点。环境规划的目的是指导人们进行各项环境保护活动，按既定的目标和措施合理分配排污削减量，约束排污者的行为，改善生态环境，防止资源破坏，保障环境保护活动纳入国民经济和社会发展计划，以最小的投资获取最佳的环境效益，促进环境、经济和社会的可持续发展。它在社会经济发展中和环境保护中所起的作用愈来愈重要，主要表现在：a. 环境规划是协调经济社会发展与环境保护的重要手段；b. 是体现环境保护以预防为主的最重要的、最高层次的手段；c. 是各国各级政府环境保护部门开展环境保护工作的依据；d. 为各国制定国民经济和社会发展规划、国土规划、区域（流域）规划及城市总体规划提供科学依据。

1.1.4　环境规划与其他规划的关系

环境规划是指为了使环境与社会经济协调发展，把"社会-经济-环境"作为一个复合生态系统，依据社会经济规律、生态规律和地学原理，对其发展变化趋势进行研究而对人类自身活动和环境所做的时间和空间的合理安排。

表 1-1　环境规划种类划分表

序号	分类方式	类别	备注
1	按规划的主体划分	①区域环境规划；②部门（行业）环境规划	区域环境规划可分为国家环境规划、省域环境规划、流域环境规划、城市环境规划、乡镇环境规划等；部门环境规划主要包括工业部门环境规划、农业部门环境规划、交通运输部门环境规划等
2	按规划层次划分	①宏观环境规划；②专项环境规划；③环境规划决策实施方案	宏观环境规划是一种战略层次的环境规划，主要包括环境保护战略、污染物总量宏观控制、区域生态建设与生态保护规划等；专项环境规划主要有大气污染综合整治规划、水环境污染综合防治规划、城市环境综合整治规划、乡镇（农村）环境综合整治规划、近岸海域环境保护规划等
3	按照环境组成要素划分	①大气污染控制规划；②水污染控制规划；③固体废弃物污染控制规划；④噪声污染控制规划	大气污染控制规划主要是在城市或者城市中的小区进行，一般为城市或区域的大气污染控制规划；固体废弃物污染控制规划主要是对规划区内的固体废弃物处理处置、综合利用进行规划；噪声污染控制规划一般指城市、小区、道路和企业的噪声污染防治规划
4	按规划跨越的时间长度划分	①长远环境规划；②中期环境规划；③年度环境保护计划	长远环境规划一般跨越时间十年以上，中期环境规划一般跨越时间五到十年，五年环境规划一般称"五年计划"，年度环境保护计划实际上是五年计划的年代安排，它是五年计划的分年度实施的具体部署，也可以对五年计划进行修正和补充
5	按规划的性质划分	①生态规划；②污染综合防治规划；③专题规划；④环境科学技术与产业发展规划	生态规划在综合分析各种土地利用的"生态适宜度"的基础上，制定土地利用规划；污染综合防治规划按内容可分为工业污染控制规划、农业污染控制规划、城市污染控制规划；自然保护规划主要是保护生物资源和其他可更新资源；环境科学技术与产业发展规划主要内容有为实现上述规划类型所需要的科学技术研究，发展环境科学体系所需要的基础理论研究、环境现代化的研究、环境保护产业发展研究
6	按其时空界域和作用划分	①环境战略规划；②国土环境整治规划；③中长期环境规划	环境战略规划重点内容主要为总目标、总政策、总任务；国土环境整治规划重点内容主要为目标、政策、措施、重点工程；中长期环境规划重点内容主要为目标、指标、方案、措施、投资、工程
7	按环境与经济的辩证关系划分	①协调型的环境规划；②制约型的环境规划	协调型的环境规划是协调发展理论的产物制约型的环境规划，反映了经济与环境反映了经济与环境之间的协调发展的精神；制约型的环境规划是从充分地、有效地利用环境资源出发，同时防止在经济发展中产生环境污染来建立环境保护目标，制定环境保护规划

环境是经济和社会发展的基础和支撑条件。环境问题与经济和社会发展有着密切的联系，因而环境规划也与许多其他规划相容或相关。但是，环境规划又与这些规划有着明显的差异性，具有自己独立的内容和体系。

（1）环境规划与国民经济和社会发展规划

目前环境规划是国民经济与社会发展规划体系的重要组成部分，是一个多层次、多时段的有关环境规划方面的专项规划的总称。因此，环境规划应与国民经济和社会发展规划同步编制，并纳入其中。环境规划目标应与国民经济和社会发展规划目标相协调，并且是其中的重要目标之一。环境规划所确定的主要任务，如重大环境污染控制工程和环境建设工程等，都应纳入国民经济和社会发展规划，参与资金综合平衡，保证同步规划和同步实施。

环境规划与国民经济和社会发展规划关系最密切的有四部分：一是人口与经济部分，如人口密度、素质、经济的规模及生产技术水平等；二是生产力的布局和产业结构，它对环境有着根本性影响和作用；三是因经济发展产生的污染，尤其是工业污染，这始终是环境保护的主要控制目标；四是国民经济能够给环境保护提供多少资金，这是确定和实现环境保护目标的重要保证。

我国环境保护"十一五"规划是根据《国民经济和社会发展十一五规划纲要》编制，是国家"十一五"规划体系的重要组成部分。《国民经济和社会发展十一五规划纲要》主要在于阐明国家战略意图，明确政府工作重点，引导市场主体行为，是未来五年我国经济社会发展的宏伟蓝图，是全国各族人民共同的行动纲领，是政府履行经济调节、市场监管、社会管理和公共服务职责的重要依据。而《环境保护十一五规划》旨在阐明"十一五"期间国家在环境保护领域的目标、任务、投资重点和政策措施，重点明确各级人民政府及环境保护部门的责任和任务，同时引导企业、动员社会共同参与，努力建设环境友好型社会。"十一五"规划统领经济和社会发展全局，对我国"十一五"社会经济发展的各方面做出全局性的指导；而环保"十一五"规划则主要是就我国社会经济发展过程中的突出的环境问题在"十一五"期间如何解决进行总体的规划。

但环境规划的本质是根据人们生产与生活的需要，对环境质量的空间及时间上的安排，环境质量既是生活的基础，也是经济发展的基础，主动引导发展的环境保护规划本应该引导经济社会发展，优化空间布局，具有前瞻性的规划，但由于目前规划总是以国民经济与社会发展规划为总体规划，环境保护规划作为专项规划，只能纳入其中。

（2）环境规划与经济发展区划

开展经济发展区划的重要目的是在综合分析比较各地区经济发展的有利条件和不利因素的基础上，解决地区如何因地制宜，发挥地区优势，为人类创造更多的物质财富。如农业区、林业区、城市关联地区、流域地区或工农业综合发展地区等。

通过不同层次的经济区划，有助于明确各地区在全国或大的地域范围内的地位和作用，以及相邻地区分工和协作关系，该地区经济与社会合理发展的长远方向。所以，经济区划工作既为编制地区经济与社会发展长期计划提供重要的科学依据，同时，也为开展区域环境规划打下良好基础。

经济区划与环境规划存在密切关系的典型案例：《振兴东北老工业基地总体规划》，《西部大开发"十一五"规划》，西部地区发展面临严峻的挑战，西部地区与其他地区特别是发达地区发展差距还在扩大。西北地区水资源严重缺乏，生态环境建设任务十分繁重，限制开发区域和禁止开发区域占国土面积比重高，生态补偿机制还不健全；同时，基础设施依然滞后，尤其是西南地区交通条件亟待改善。在这种情况下，完整周密的环境规划不仅有利于保护西部脆弱的生态环境，预防在进行开发的同时，造成生态环境退化和环境污染；同时，也有利于资源的合理利用，促进区域内经济社会可持续发展。

（3）环境规划与城市总体规划

城市总体规划是为了确定城市性质、规模、发展方向，通过合理利用城市土地，协调城市空间布局和各项建设，实现城市经济和社会发展目标而进行的综合部署。城市环境规划目标是城市总体规划的目标之一，因此城市总体规划是环境规划的上位规划，是编制的重要依据。

城市总体规划和城市环境规划的相互关联主要有三个方面：一是城市人口与经济；二是城市的生产力和布局；三是城市的基础设施建设。城市规划和环境规划的密切联系在每一个城市的总体规划和环境规划的编制上都有很明显的表现，而比较突出的是城市群的城市总体规划和相应的环境规划所表现出的联系：珠江三角洲、长江三角洲等大尺度的城市区域规划和城市群的环境规划所表现出来的联系。

（4）环境规划与土地利用总体规划

土地利用总体规划主要是进行自然资源和社会资源合理开发的空间战略布局，是环境规划实现"落地"的重要根据。大部分环境规划项目的实施均要建立在一定的空间之上，所以环境规划与土地利用总体规划的关系非常密切，后者成为前者的指导。

1.2 现代环境规划学的特征和原则

1.2.1 环境规划学创建的内外因素

我国著名学者傅国伟（1999）曾经指出，环境规划的作用是促进环境与经济、社会的协调发展；保障环境保护活动纳入国民经济和社会发展计划；合理分配排污削减量；以最小的投资获取最佳的环境效应；指导各项环境保护活动的进行。环境规划具有整体性、综合性、区域性、动态性以及信息密集和政策性强等基本特征。因此，如果环境规划能够成为优化经济增长和转变经济发展方式的一种途径，那么其作用就可以得以显现，也就成为了环境规划的最大外部动力。

而事实上，在我国经历了长期的劳动密集型和粗放型经营的过程之后，转变经济发展方式逐步成为国家发展的主题。实现环境保护的历史性转变要求环境规划不仅成为环境管理的工作先导，同时也是宏观调控与管理的有效手段。现代环境规划学的创建需要满足这种新时期环境管理实践提出的要求。

另一方面，环境规划作为一种多学科的交叉科学，其创建和成长也得益于相关学科的发展，成为另外一种外部动力。随着科学技术的发展，电子计算机的广泛应用，网络化时代的到来，不仅带来了丰富的信息资源，也提供了地理信息系统、专家决策咨询系统、计算机制图辅助设计、数值模拟与计算软件等先进的技术方法或工具，这些都使现在环境规划能够在空间上更加精细地得到反映，在时间上得到清楚地模拟，而成为推动环境规划从定性走向定量的重要力量。

而来自环境规划学创建的内部因素，一方面则得益于过去很多年来全世界的很多学者为这一学科所付出的长期努力。在我们很多的环境规划类教科书里，都可以看到前辈们为环境规划推进所做的贡献，并因此提出了大量卓有成效的理论和方法，如环境目标规划法、资源最佳利用法、污染物总量控制、生态工业园区规划等。

另一方面，现代环境规划从理论、思想以及方法等领域的变革是促进其创生的内在动力之一。系统分析、综合分析和空间分析是现代环境规划思维的重要着眼点，依据 PRED 复合系统，已从点源分散治理发展为区域性的集中整治，从末端治理发展到对整个社会经济行为的调控，从单纯的污染防治发展到创造可持续的区域生态环境。逐渐形成了由环境承载力理论、产业布局理论、区域科学理论、环境污染控制论、生态城市理论、循环经济和清洁生产理论等所组成的，能促进经济、社会和环境之间协调关系的现代环境规划理论体系。而在技术方法上，通过各类系统分析方法，吸收现代数学中的运筹学与最优化方法，借鉴生态学理论和方法，积极应用"3S"技术和高效制图技术，使环境规划朝着精细化、可视化的方向前进。

1.2.2 环境规划的特征

对于环境规划的特征总结，在各种规划类书籍上均有较为详细的描述，如我国著名学者尚金城（2008）在《城市环境规划》一书中总结了城市环境规划具有的综合性、整体性、区域性、动态性、不确定性、公众参与、交叉与创新七个方面的基本特征，傅国伟（1999）总结了整体性、综合性、区域性、动态性以及信息密集和政策性强等特征。从环境规划的发展过程上，其特征的体现也具有时间性，例如整体性、区域性、综合性、动态性逐步成为一项基本特征，而不确定性带来的随机性也属于非线性特征，目前这种随机性带来的决策支持影响尚不能得到有效解决。现代环境规划应用过程中所显现出来的，如公众参与、分区分类、政策性强则反映了其所存在的内外部条件。

综合现有文献的特征分析，结合现代环境规划的应用，总结如下的基本特征。

（1）整体性与关联性

环境规划的整体性反映在各个技术环节和要素环节上的高度关联和紧密联系。例如产业布局指导规划与水环境规划、大气污染防治规划均有很大关联，而形成这一关联性的基本原因在于空间上的占用。同时各专项规划目标与总体规划目标存在密切的关系，尤其是现代规划将战略、总体和专项之间的分离更凸显这一点。因此环境规划的咨询意义在于综合各种因素来获得整体的规划价值，而不是从单一环节着手进行串联叠加，后者难以获得有价值的系统结果。

（2）综合性与交叉性

环境规划涉及的领域广泛，影响因素众多、部门协调复杂，这些都使得环境规划具有很强的综合性。在环境规划编制的过程中，一方面需要应用数学、生态学、化学、物理学、工程学、经济学、社会学和系统学等多学科的知识；另一方面，也要和建设、水务、气象、国土、经济、计划、经贸、农林、财政等多部门进行协调。而且环境规划所依据的支撑软件也具有很强的多学科性，这种应用于交叉学科上的部门协调，造成我国环境规划在实施上往往滞后，给环境规划的作用带来了影响。同时由于交叉学科的需求，也带来了信息密集的特征，需要以综合咨询的眼光，从大量的信息中提取环境规划的要素是环境规划工作者的一项基本素质。

（3）动态性与不确定性

环境规划具有一定的时效性，由于外部因素的不断变化，使环境规划也需要根据变化适时进行调整，常常称之为修编。一般地，在环境规划的最后一章中，均要求滚动实施的保障，从理论、方法、原则、工作程序、支撑手段、工具等方面逐步建立起一套滚动环境规划管理系统以适应环境规划不断更新调整、修订的需求。这种动态的变化往往也带来了环境规划的不确定性，因而需要在环境规划工作中抓住核心内容，以减少随机性影响。

（4）分区分类性

一直以来，在以往的环境规划中我们均强调"因地制宜"，并且在国家环境规划的大框架下，制定了城市群环境规划、省市环境规划、县以下环境规划、经济区环境规划，以及涉及不同要素重点的专项规划，这体现了环境规划的分区分类性特点。空间布局和结构理论是分区特征的原因，环境问题的种类繁多是分类特征的原因。环境规划的分区分类性特征集中体现了我国环境管理的差异性要求。

（5）政策性与公众参与

尽管环境规划没有达到城乡规划那种法律地位，但我国编制的各类环境规划，均已成为各项环境工作开展的重要依据。尤其是近期开发建设项目均应有环境规划的支持，并且要完成近期环境规划确定的目标。随着我国对环境规划的日益重视，在环境保护部成立之后将其列为首要职能，环境规划的指导性作用体现得更加明确，从而带有很强的政策性特征。国家环境保护五年规划正逐步成为各级环境保护部门五年工作指引的纲领性文件。

另一方面，在环境规划的制定工作中，除了需要与相关部门协调之外，还需要充分重视公众参与。国外积极提倡倡导性规划，旨在通过公众参与、认识、监督、反馈来完善环境规划，毕竟环境规划作为城乡规划的重要组成部分，反映了相关利益群体的未来愿景。逐步提供现代环境规划的公开度，是与政策性对应的重要特征。

1.2.3 环境规划的原则

制定环境规划的基本目的，在于不断改善和保护人类赖以生存和发展的自然环境，合理开发和利用各种资源，维护自然环境的生态平衡，促进环境经济协调发展。因此，制定环境规划，应遵循下述几条基本原则。

① 引导发展，和谐共赢　按照"五个统筹"的要求，科学规划，合理布局，促进区域社会、经济与资源环境协调发展，实现经济效益、社会效益和环境效益的"共赢"。

② 分类指导、分区控制　根据不同区域社会经济发展水平、资源环境条件的差异和生态功能区划要求，统筹区域主体发展功能定位，按优化开发、重点开发、限制开发和禁止开发区的要求，科学划定环境功能分区，坚持发展与保护并重，实施生态分级控制管理。

③ 实事求是，因地制宜　根据各地所处的特殊地理位置、环境特征、功能定位，制定环境保护目标，完善功能区划，确定产业结构和发展规模，保护自然与特色人文景观，确保环境保护和生态建设措施、规划编制的科学性和可操作性。

④ 统筹兼顾，纵横衔接　与国家政策和社会经济发展指引相符合，与上级环境规划相衔接，与其他专业规划相互协调。同时加强规划的前瞻性宏观研究和可操作性微观研究，提高规划决策科学化水平。

⑤ 预防为主、防治结合　积极推进产业结构调整，促进经济社会布局优化，科学设置项目准入门槛，严格控制污染物排放总量，努力做到不欠新账；合理规划污染治理重点项目，确保有效削减污染负荷，积极实现多还旧账。

⑥ 注重前瞻性与可操作性　既要立足当前实际，使规划具有可操作性，又要充分考虑发展的需要，使规划具有一定的超前性。

1.3　现代环境规划的任务和编制程序

1.3.1 环境规划的任务和主要内容

现代环境规划的任务是通过环境保护主动引导经济发展，优化经济发展方式，促进环境经济协调发展。现代环境规划需要在摸清环境现状、结合经济发展规划进行环境压力预测的同时，进行环境经济综合分析，尤其是制约环境保护的主要污染源、产业结构和布局状况，在此基础上，提出产业布局优化建议。另一方面，结合环境功能区划、环境承载力计算，提出重点工程需求、环境保护政策，实施"节能减排"、"总量控制"、"循环经济和清洁生产"等国家重点计划。

环境规划按照规划体系，可分为概念性环境规划、环境总体规划和专项环境规划；环境要素可分为污染防治规划和生态保护规划两大类，前者还可细分为水环境、饮用水源环境、近岸海域环境、大气环境、固体废物、噪声、核与辐射、光污染防治规划，后者一般不再具体细分；按规划层次可分为国家、省、城市群、地市、县、乡镇乃至工业园区、企业环境规划；按照规划期限划分，可分为中长期规划（15 年以上）和短期规划（5 年）；按照性质可以划分为污染防治和生态保护规划、环境科技发展规划、环保产业发展规划、环境标准规划、环境管理体系规划、环境服务业规划等，如不特别说明，本书中环境规划仅指污染防治和生态保护规划。

一般地，现代环境规划的主要内容包括：a. 生态环境现状存在的主要问题、压力和制约未来发展的主要环境因素辨析；b. 区域环境承载力（环境容量）研究；c. 区域发展主体发展功能区、生态分级控制规划以及环境功能区划；d. 环境规划目标和指标体系；e. 基于环境承载力与环境功能分区的产业发展的结构和布局的规划；生态环境调控策略研究；f. 区域污染总量控制；g. 专项环境规划方案；h. 重点工程规划；i. 环境规划数据库系统开发；j. 环境规划保障体系。

不同类型和层次的环境规划的重点内容不完全相同，具体可见本书第 2 章。

1.3.2　环境规划的编制程序

一般来说，无论哪一类环境规划，都是按照一定编制程序进行。由于环境规划种类较多，内容侧重点各不相同，尚缺乏一个固定模式，国家也没有出台专门的技术规范和导则，但其基本内容有许多相近之处，包括环境调查与评价、环境预测、环境功能区划、环境规划目标、环境规划方案的设计和选择、环境规划实施保障等。环境规划编制的基本程序主要包括以下一些。

（1）编制环境规划工作大纲

由规划编制单位在规划工作之前，组织编写规划工作大纲，包括任务由来、编制目的和依据、规划主要内容、规划工作计划。一般地市以上综合性环境规划大纲均需开展专家咨询和评审。

（2）环境现状调查和评价

这是编制环境规划的基础，通过对区域的环境质量状况、污染源状况与自然生态破坏的调研和评价，找出存在的问题，提出规划需要重点解决的问题。一般系统收集与整理区域内近年以来各部门所监测的环境质量资料与污染源统计资料；收集区域中主要研究项目与主要环评项目的环境监测资料，建立区域环境基础数据库资料文件。按空间分布与时间序列整理污染源资料，按环境要素和时间序列整理环境质量现状资料，采用数学方法分析环境要素、环境质量与已知污染源之间数据关系的合理性，判断分析区域中统计源数据的可靠性，对存在的问题进行考察、补充和调整。

由于我国现有的环境统计数量较少，未能全面反映区域环境状况，现代环境规划开始借助于 2007 年之后开展的全国污染源普查及之后的普查数据更新成果作为环境统计资料的新途径。区域环境现状调查与评价主要包括社会经济调查、相关规划分析、环境质量与污染源调查与评价、生态状况调查与评价、环保治理绩效调查与评价以及环境管理调查与评价等。

（3）环境预测与压力分析

虽然，在各种发展情景下，对环境的需求和对环境污染的威胁的因素不但非常多样，而且其变化与互相关系非常复杂，在研究中难于具体的定量分析，但考虑到所有的因素都与 GDP、人口相关，因此，环境规划常选择人口与 GDP、工业总产值，作为社会发展对环境需求分析的基量（自变量），采用虚拟情景规划的办法首先进行社会经济发展预测。

依据不同的发展情景与本区域不同发展时期各行业对环境资源的占用方式、各区的产业结构、适合发展行业，确定各区污染源特点，对远期适当参照世界不同发展水平对环境资源占用的系数，给出区域经济发展对环境资源需求总量及由于污染物排放对环境容量的需求总量，以及环境质量、容量需求的地域分布、时间过程，敏感点、压力状况。在工作中将依据区域的特性、以往研究的成果和国内外同类工作的成果，建立区域环境需求与环境压力预测数学模型体系，使环境需求与压力预测定量化。

（4）确定环境规划目标与指标

在环境质量需求与环境压力分析预测结果的基础上，在环境保护法律法规、标准的允许范围内，结合上级环境规划，提出可达到的环境目标与对应的指标体系。目标包括总体目标、阶段目标，指标包括社会经济指标、环境质量指标、污染控制指标、环境建设指标、环境管理指标等以及各环境要素目标、总量控制目标等。一些政策性强的环境规划还常常设定约束性指标、指导性指标等。

对所提出的目标和指标的合理性、系统性、可达性和成本进行单项分析与综合分析评估。目标与指标是规划的具体约束，其确定除了必须基于科学的分析之外，尚存在公众认可等社会因素。因此，在确定的过程可以召开不同人员参与的论证会和听证会。

（5）划定功能区划，计算环境承载力

环境功能区划是环境保护规划的基础及重要组成部分，其目的是为了实现区域环境分区分类管理；便于环境目标管理和污染物总量控制；为强化环境管理、科学合理使用自然和环境资源提供科学依据。现代环境规划需结合国家提出的区域发展主体功能分区（优化开发区、重点开发区、限制开发区、禁止开发区）的要求，在城市总体规划的基础上按环境介质分类对其环境功能区划进行优化，主要包括生态功能区划、水环境功能区划、环境空气质量功能区、噪声环境功能区划、饮用水源保护区划，近岸海域环境功能区划等，并在此基础上形成综合环境功能区划或生态分级控制规划，通过数字地图方式体现。功能区划分与现有产业布局的优化调整要有机结合起来，以便于环境管理。

作为总量控制的重要依据，环境承载力计算是环境规划中定量化程度最高的一项工作，主要包括综合生态承载力、水环境容量、大气环境容量、人口容量等。环境承载力与环境功能区划密切相关，为了制定合理的规划方案，需要将环境容量分配到各功能区中。

（6）环境规划方案筛选和制定

环境规划方案是整个环境规划成果的集中体现，一般需要在草拟规划方案的基础上进行筛选、优化再确定。根据环境要素，可以分为产业优化发展规划方案，水（饮用水）、近岸海域、大气、噪声、生态、核与辐射、新农村、环境管理能力、循环经济与清洁生产的专项规划方案。各专项规划方案的重点工程需最后汇总，并通过社会效益、经济效益、环境效益分析得到规划的重点项目清单。对规划方案的实施需提出可操作性的保障措施。

（7）环境规划的申报与审批

环境规划的申报与审批，是整个环境规划编制过程中的重要环节，是把规划方案变成实施方案的基本途径，也是环境管理中一项重要工作制度。一般需要经过征求意见稿、送审稿、报批稿的逐级专家论证和部门协调，方可上报决策机关，等待审核批准。由于涉及利益相关方较多，这一阶段常常在环境规划工作中占用较多的时间。

（8）环境规划的实施与修编

环境规划的实施要比编制环境规划复杂、重要和困难得多。环境规划按照法定程序审批下达后，在环境保护部门的监督管理下，各级政策和有关部门，应根据规划中对本单位提出的任务要求，制定实施方案，组织各方面的力量，促使规划付诸实施。从我国环境规划的编制和实施状况中（见 1.4 部分相关内容），可以发现这一环节还有很大的改进空间。

除了按照国家法律要求要把环境规划纳入国民经济和社会发展计划中之外，落实环境保护的资金渠道，提高经济效益是环境规划实施的重要依据。通过编制环境保护年度计划，把规划中所确定的环境保护任务和目标进行层层分解、落实，使之成为可实施的年度计划，同时实行"城考"和排污申报等制度，将环境规划目标与政府政绩、企业经济效益挂钩，从法律、资金、政策、技术、信息等多个角度贯彻实施。

由于规划区域发展具有很大的可变化性，为适应这种多变性，环境规划一方面采用情景设计为参照提出污染治理方案，另一方面规划必须在实施过程中不断进行修正与补充，通过实施过程中修正与补充的体系框架，以引导实施中有效地利用环境规划。规划滚动实施评估体系见图 1-1。

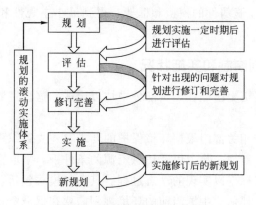

图 1-1 规划的滚动实施体系

通过"规划-评估-修订完善-实施-新规划"这样一个滚动发展，实现最终的规划目标。这种滚动实施体系除了修正规划中的目标外，而且对规划编制单位也是一种持续的考验，促使其认真严肃地对待规划，很大程度上避免了"下大力气做规划，花少功夫做工作"的现象。

1.4 现代环境规划的发展趋势

1.4.1 国外环境规划的发展

欧美各国大规模的经济建设而导致一系列生态环境问题，使人们意识到必须对自己赖以生存的环境进行有计划的开发、保护与管理。因此从 20 世纪 60 年代以来，环境规划备受美国、日本、英国、德国等发达国家的充分重视。美国的环境规划研究进行十分广泛，每个州都设立了环境规划委员会。美国通过立法规划环境目标，以能源研究作为环境规划研究的基础，注重环境规划方法的研究。美国的环境规划一般以区域性的环境规划为主，近年来提出的绿色社区规划的研究已形成热点。英国把环境规划作为经济发展规划的一个有机组成部分，在新市镇规划中充分重视环境规划的内容，并实行"规划导向型"的发展规划管理机制。日本的环境规划依据环境厅颁发的"区域环境管理规划编制手册"可分为综合型、指导型、污染控制型和特定的环境目标型四大类。日本环境规划重视直接的和行政的管理，将"标准"作为基本的规划目标和规划手段，防治重点突出，保护人体健康重于经济发展。如琵琶湖综合保护整治计划,其基本理念是湖与人的共生,分为第一期、第二期及长期目标来执行。俄罗斯的环境保护规划属于协调型的环境保护规划,注重根据当地环境的特点、自然资源情况和生产力布局,合理安排区域发展规划和环境规划,环境规划的方法则采取与西方国家截然不同的"环境目标纲要法"。这些国家较早地开展环境规划的研究工作,并取得了较好的效果。

环境规划方法论研究上,国外许多生态学家,城市区域规划学家也做了大量探索。美国在环境规划研究中广泛采用模型预测的方法,如大气模型、水模型等,为区域环境规划提供了科学依据;德国科学家 F. Vester 及 A. von Hesler 将系统规划与生物控制论相结合,建立城市与区域规划的灵敏度模型(Sensitivity Model);Mikiko Kainuma 等率先开发了一套适用于环境规划的综合决策支持系统,并在日本东京湾环境规划中加以应用;Risto Lahdelma 等基于实际应用经验,探讨了多目标规划方法在环境规划和决策过程中的应用;Villa Ferdinando 等研究了量化环境脆弱性的模型和框架,得到最小主观性和最大客观性的近似、标准化的环境脆弱性指标。

1.4.2 我国环境规划编制和实施状况

我国环境规划的发展历史已经在 1.1 部分中加以论述,这里主要介绍我国环境规划的编制和实施状况。

环境规划实施是政府相关部门根据环境保护的要求,建立组织机构,分解规划目标,在有效地分配和利用人力、财力、物力以及信息资源的条件下,采取宣传、审批、检查、监测和处罚等手段,使规划目标得以实现的动态过程。其一般模式包括宣传、实施计划、实施检查、验收批准和实施效果评估。中国当前的环境规划需要在保障资金、建立信息交流和共享机制、提高公众的参与水平、人员培训和技术支持、完善行政审批和行政问责机制等方面予以加强,并应尽快建立环境规划的法规体系。

我国环境规划实施评估直到 2008 年才正式开始,对国家和地方政府的"十一五"环保规划及区域、流域"十一五"污染防治规划开展中期评估,建立了中期评估技术体系。通过本次评估,发现的主要问题涉及以下几个方面。

① 规划项目滞后 受到资金落实因素影响,在"十一五"规划中安排的一些重点项目尤其是污水处理厂建设和重污染区域环境综合整治项目进展缓慢,地市级以下地区未能认识到环境规划的重要性,仍然停留在"墙上挂挂"的认识上,导致规划项目滞后,这其中有一个重要的原因在于环境规划的法律效力不足。

② 规划实施监管机制缺乏 由于缺乏足够的权威性和强制性,同时在各级人民政府之间的认识较弱,"墙上挂挂"的局面没有得到根本性的改变,重点建设项目滞后的责任追究机制缺乏,涉及各个环节要素。同时省级环保规划的任务和目标不能分解到地市,地市不能分解到县区,企业层面被动实施规划项目。

③ 规划缺乏有力的科技支撑 前已述及,在环境保护规划之中一些成熟技术使用率低,同时面对区域内的典型问题和新问题,诸如农业面源、POPS、工业园区合理布局等缺乏科学性可操作性的环境管理对策。

④ 规划实施手段单一 我国目前的环境保护规划以污染防治为主,强制性要求高于引导性内容,使得规划的"疏通"、"引导"性内容偏少,一些引导性措施缺乏可操作性方法,规划一般明确"禁止做什么"而没有明确"应该做什么",缺乏经济手段的调控要

求等。

对我国环境规划实施评估中存在的问题，其本质突出反映了我国环境规划制度存在的缺陷。环境规划制度包括一系列相关法律法规，及根据相关法律法规而建立的环境规划体系、管理体制和工作程序等制度安排，其目标是为干系人提供环境保护行动计划交流和协调的平台，为今后的环境保护提供稳定和具有权威的行动指南。我国环境规划制度的总体效果不够理想，离预期目标还有一定的差距，主要表现在：第一，规划体系不清晰，缺乏对不同层次、不同类型环境规划间效力关系的界定；第二，环境规划在整个国家规划体系中的定位不清，缺乏与其他领域的相关规划衔接的机制；第三，环境规划的实施机制不明确，缺乏实施过程中的控制和评估。

环境规划实施的效果不佳的原因有：首先，由于法律地位的缺失，丧失了命令控制手段的基本条件，批准后的规划缺乏法律效力；其次，缺乏规划实施和控制的规范。命令控制手段要求执法规范和明晰，因此环境规划需要相应的制度来保证其得以严格执行。基于此建立包括战略环境规划和应用环境规划两个层次的环境规划体系、制定规划技术导则，明确规划管理机构，完善实施评估机制是非常必要的。我国尚没有《环境规划法》，因此目前环境规划的编制、实施缺乏法律依据。环境规划须尽快纳入法制化轨道，并实现其整个运作过程的规范化、程序化。环境规划的法制建设不仅要对环境规划从制订、实施到评估的各个环节中相关管理部门及行政机构的职权内容和范围进行设定，还要制订各个环节中所必须遵守的程序规定以及相关的处罚规定。

1.4.3　部门环境规划指标实施状况总结

1.4.3.1　部门环境保护指标分类

兼顾环境保护的定义范畴和各部门的行业特点，关注源自不同部门产生环境问题的动因和消除环境问题的领域和力度，这是全面分析各部门环境保护目标指标的主要原则。部门环境保护指标包括外部性指标（生产发展指标）和内部性指标（环境保护具体指标）。生产发展指标又可以分为促进环境保护的指标，这一类因节约原料、材料和调整产品结构、原料结构等，对消除污染保护生态环境有着重要意义的指标；另外一类则是对环境保护产生压力的指标。

在部门各发展规划中，环境规划内容一般仅占有很少的一节，通常以定性的方式在目标中得到简单反映。随着政府管理体制和工业管理市场化改革，尤其是工业部门的发展规划逐步弱化，"十五"期间环境保护在部门发展规划中的指标也呈现了弱化甚至取消的一个趋势。

1.4.3.2　部门环境保护指标情况

以"十一五"规划来分析环境保护植被的应用情况，分析部门编制的发展规划发现，产业规划注重实物量，部门规划偏重政策。根据规划特点和实际内容是否有环保目标指标进行分析，见表1-2～表1-4。其中表1-3是省级部门"十一五"规划比较，以江苏省为例；表1-4是地市级部门"十一五"规划比较，以广东省汕头市为例。同时将国民经济与社会发展"十一五"规划作为上位规划一并说明。

表 1-2　国家有关部门"十一五"环境保护目标指标情况

序号	部门"十一五"规划名称	环　保　指　标
	国民经济与社会发展第十一个五年规划纲要	其中约束性指标：单位国内生产总值能源消耗降低 20%左右，工业固体废物综合利用率提高到 60%，主要污染物排放总量减少 10%，森林覆盖率达到 20%

序号	部门"十一五"规划名称	环 保 指 标
	国家"十一五"环保规划	COD排放总量、SO_2排放总量、地表水国控断面劣V类水质的比例、七大水系国控断面好于III类的比例、重点城市空气质量好于II级标准的天数超过292天的比例(%)分别比2005年降低10%、10%、4.1%、2%、5.6%
1	全国土地利用总体规划纲要	没有具体指标,土地生态保护和建设取得积极成效。退耕还林还草成果得到进一步巩固,水土流失、土地荒漠化和"三化"(退化、沙化、碱化)草地治理取得明显进展,农用地特别是耕地污染的防治工作得到加强
2	水利发展"十一五"规划(发改委、水利部和建设部联合发布)	城市主要供水水源地水质达标率提高到90%以上,全国万元工业增加值用水量降低到120立方米以下,比现状降低约30%,工业用水重复利用率提高到70%;北方缺水城市再生水利用率达到污水处理量的20%以上,新增水土流失治理面积25万平方公里,实施生态修复面积30万平方公里;部分生态脆弱或生态严重损坏的河流得到初步治理;湿地面积得到合理恢复;地下水超采趋势减缓。主要江河湖库二级水功能区水质达标率提高到55%左右,城市污水处理率达到70%以上
3	建设事业"十一五"规划	全国设市城市污水处理率不低于70%,生活垃圾无害化处理率不低于60%,供水普及率不低于95%。缺水城市再生水利用达到20%以上,城市建成区人均公共绿地面积10平方米以上,建成区绿化覆盖率达到40%
4	国家"十一五"科学技术发展规划	没有具体指标,有重点任务,包括水专项、清洁生产与循环经济关键技术研究及示范、典型脆弱生态系统重建技术及示范等
5	全国农村经济社会发展"十一五"规划(发改委发布)	森林覆盖率达到20%,新增水土流失治理面积25万平方公里,实施生态修复面积30万平方公里;主要江河湖库二级水功能区水质达标率提高到55%,70%的重要湿地得到有效保护
6	气象事业发展"十一五"规划	无
7	信息产业"十一五"发展规划	无
8	卫生事业发展"十一五"规划纲要	无
9	人口发展"十一五"和2020年规划	人居环境有所改善,引导人口在主体功能区中有序平稳流动,无具体指标
10	航天发展"十一五"规划	无
11	国家教育事业发展"十一五"规划纲要	无
12	劳动和社会保障事业发展"十一五"规划纲要	无
13	公路水路交通"十一五"发展规划	建设节约型交通,营运车辆、船舶百吨公里能耗下降20%
14	全国农业和农村经济第十一个五年规划纲要	适宜农户沼气普及率达到27%左右,农业污染物排放水平降低50%,农业面源污染区域综合治理率达到50%,农村生活垃圾和污水得到有效处理,环境卫生和村容村貌明显改观
15	林业发展"十一五"和中长期规划	到2010年,森林覆盖率达到20%,森林蓄积量达到132亿立方米,全国生态环境恶化趋势基本遏制,西部地区生态治理取得突破性进展,大江大河流域的水土流失和主要风沙区的沙漠化大为缓解
16	乡镇企业"十一五"发展规划	无
17	节水型社会建设"十一五"规划	单位GDP用水量比2005年降低20%以上
18	全国海洋经济发展规划纲要	入海污染物排放量得到控制,海洋生态建设取得新进展,沿海城市附近海域和重要海湾整治取得明显成效
19	能源发展"十一五"规划	万元GDP能耗由2005年的1.22吨标准煤下降到0.98吨标准煤左右。"十一五"期间年均节能率4.4%,相应减少排放二氧化硫840万吨、二氧化碳(碳计)3.6亿吨

序号	部门"十一五"规划名称	环保指标
20	煤炭工业发展"十一五"规划	煤矸石、矿井水利用率均达到70%,矿井水达标排放率100%,洗煤废水闭路循环率80%,自燃矸石山灭火率达到95%,土地复垦率超过40%。大中型煤矿企业主要污染物全部达标排放,小型煤矿企业污染物排放总量逐步减少
21	纺织工业"十一五"发展规划纲要	吨纤维耗电量比2005年降低10%,单位产值的纤维使用量比2005年降低20%,吨纤维耗水量比2005年降低20%,单位产值的污水排放量比2005年降低22%
22	食品工业"十一五"发展纲要	食品工业"三废"排放达到国家规定的指标范围。单位产值能耗降低20%,单位工业增加值用水量降低30%,工业固体废物综合利用率达到80%以上,主要污染物排放总量减少10%
23	医药行业"十一五"发展指导意见	有任务,不具体,缺乏操作性措施
24	化纤工业"十一五"发展指导意见	与"十五"末相比,万元产值耗电降低20%,耗水降低10%;吨纤维废水排放量降低10%,废气排放量降低10%
25	水泥工业发展专项规划	新型干法水泥比例达到70%以上,新型干法水泥技术装备、能耗、环保和资源利用效率等达到中等发达国家水平
26	生物产业发展"十一五"规划	没有目标指标,有重点任务,缺乏操作性措施
27	高技术产业发展"十一五"规划	无指标,着力于用高技术产业改造传统产业,包括促进节能降耗,发展环保产业
28	全国城市生活垃圾无害化处理设施建设"十一五"规划	到"十一五"末期,全国城市生活垃圾无害化处理率达到60%,其中:设市城市生活垃圾无害化处理率达到70%,县城生活垃圾无害化处理率达到30%。在全国约90%以上的县城建立、完善生活垃圾收运体系
29	全国城镇生活污水处理及再生利用设施"十一五"建设规划	全国设市城市污水处理率达到70%(其中省会以上城市平均达到80%以上、地级市平均达到60%、县级市平均达到50%),县城城市污水处理率达到30%,规划实施后COD年削减300万吨
30	"十一五"电力规划	无具体目标指标,仅有节约能源和用水等的描述
31	石油和化学工业"十一五"发展规划纲要	万元工业增加值能源消耗降低20%,万元工业增加值用水量降低30%,工业固体废物综合利用率提高到70%
32	建材工业"十一五"发展规划纲要	全行业万元增加至能耗降低20%,涉及节能环保、资源节约与综合利用共计18项指标

由于在国民经济和社会发展规划纲要里将主要污染物排放指标降低10%等作为约束性内容,从表1-2可以看出在产业和部门发展规划中涉及的方面均出现了环境保护指标。然而细细研究却发现,第一,这些环境保护目标指标与规划的重点任务存在脱节,如食品、化纤等行业,指标只存在字面上的反映,而非实质性的提升。

第二,环保目标和指标不全面,诸如土地利用、高新技术、科技发展、人口发展这样一些与环境保护密切相关的部门在涉及环境保护目标的内容上仅仅采用定性的语言进行说明,缺乏可操作性的措施,表述貌似原则实则模糊和条件弹性化的规划意图。

第三,部门规划之间、产业发展规划之间不协调,与环保总体目标不一致,与总体规划纲要不一致,各发展目标与重点任务、保障措施存在脱节。如在国民经济和社会发展规划纲要中要求森林覆盖率达到20%的约束性指标,在全国农村经济社会发展"十一五"规划(发改委发布)也是20%,这样要求在城市建设中也要达到20%是不可能的。同样地关于污染物排放降低指标部门和产业直接套用或者规避这一指标都是难以实施的。

第四,从产业发展规划的总体判断上,产业部门更多寄希望于通过资源能源节约、产业结构调整来实现升级改造,这种规划思想缺乏产业发展对环境影响的一种系统性思路,而更多地依赖于国家上位规划的要求,表面上执行了上级规划实质上还是对环境保护的忽视,反而不利于资源节约和产业结构调整,从而可能使得收效甚微。

最后,一方面对环境造成压力和提升环境保护水平的土地利用、人口、气象、科技、卫生、乡镇发展等部分弱化环境指标,另一方面与环境保护领域密切相关的水利、林业、农业、交通、能源、建设则将环境保护指标列入了部门"十一五"发展规划目标体系,形成鲜明的对比。而在重视环境保护指标的部门,大部分都以环境保护基础设施建设和部门经济建设为着眼点,对于促进我国环保设施建设具有一定的积极意义。

根据每年的全国环境状况公报,石化、电力、造纸、钢铁、化工、食品、纺织、煤炭、汽车、建材、石油、冶金、有色金属等行业产生的污染物在所有行业中占有大部分比重。一些重点工业如造纸、有色金属等虽然没有出台明确的十一五规划,但在 2009 年推出的十大产业(物流、钢铁、电子信息、轻工业、纺织、装备制造、汽车、石化、有色金属、船舶工业)振兴规划原本用来应对金融危机的影响,但在环保指标上都有明显的规划,且通过定量表达实现环保化。这说明产业的环保化程度得到了空前的重视。

以江苏省为例分析省级有关部门"十一五"规划的环境保护目标指标设置情况。从表1-3 中结合江苏省十大产业振兴发展规划纲要,可以看出江苏省也基本上具备上述四个方面的特征,但其细化和量化程度比国家层次要高。江苏省根据自身的特点在各项规划中与国家规划衔接性较好,但"十一五"环保规划中某些指标低于国家要求,这需要全国其他地区来弥补,是需要统筹考虑的。又如江苏省循环经济发展规划确定万元 GDP 能耗降低到 1.18 吨标煤与江苏国民经济与社会发展第十一个五年规划纲要相冲突,部门规划按照国家的要求制定指标,缺乏省级层面的统一考虑。

表1-3 江苏省有关部门"十一五"环境保护目标指标情况

序号	部门"十一五"规划名称	环保指标
	江苏国民经济与社会发展第十一个五年规划纲要	万元地区生产总值能源消耗下降到 0.84 吨标煤,耕地保有量控制在 470 万公顷。主要污染物排放总量在 2005 年基础上减少 5%左右,城乡环境质量继续改善,城市建成区绿化覆盖率达到 40%左右,森林覆盖率达到 20%左右
	江苏省"十一五"环境保护和生态建设规划	全社会环保投入占地区生产总值的比重提高到 3%以上;化学需氧量、二氧化硫排放总量比 2005 年分别下降 15.1%、18%,环境保护目标指标包括 13 项
1	江苏省"十一五"水利发展规划	提高水生态环境保护能力,水功能区水质达标率 65%,城市饮用水源地水质达到国家标准。严格控制地下水超采(<6%),建立健全水土保持、水域管护和河湖管理制度,在切实控制入河排污的基础上,全省大部分地区水域环境和生态有明显改善
2	江苏省科技发展"十一五"规划纲要	没有具体指标,但有重点任务,包括人口与健康、资源与环境、循环经济、公共安全等领域突破一批重大关键技术
3	江苏省"十一五"农业和农村经济发展规划	全省森林覆盖率达到 20%,城市绿化覆盖率 40%,活立木蓄积量达到 8000 万立方米以上。水功能区水质达标率达到 65%以上,全省力争有 60%的县建成生态农业县,规模化养殖场畜禽粪便污染治理达到国家标准,综合利用率 80%以上,农村生活垃圾有定点存放处理措施;控制水源污染,小城镇生活污水处理率达到 50%以上,全省秸秆综合利用率达到 90%以上
4	江苏省卫生事业发展"十一五"规划	无
5	江苏省"十一五"人才事业发展规划	无
6	江苏省节水型社会建设规划纲要	提出一系列的指标,包括城镇污水处理率、水功能区水质达标率、工业用水重复利用率、单位 GDP 取水量、人均用水量等
7	江苏省教育事业发展"十一五"规划	无
8	江苏省劳动和社会保障事业发展"十一五"规划纲要	无

序号	部门"十一五"规划名称	环 保 指 标
9	江苏省"十一五"海洋经济发展专项规划	陆源 COD、磷酸盐、无机氮、石油类的入海量减少 10%以上,沿海海域环境得到初步改善
10	江苏省"十一五"安全生产规划	无
11	江苏省"十一五"工业结构调整和发展规划纲要	单位工业增加值能耗下降 22%、用水量下降 30%,工业固体废弃物综合利用率达到 96%,主要污染物排放明显减少。建成一批符合循环经济发展要求,实现节约发展、清洁发展、安全发展的示范企业和园区
12	江苏省"十一五"旅游发展专项规划	无
13	江苏省经济体制改革"十一五"规划	无
14	江苏省循环经济发展规划	基本形成促进循环经济发展的法律法规体系,基本建立发展循环经济的机制和框架。万元 GDP 能耗降到 1.18t 标煤,万元 GDP 水耗降到 250t,工业用水重复利用率提高到 70%,主要污染物排放强度明显下降
15	江苏省沿江开发总体规划	全区城市及各类开发区污水集中处理率达到 75%以上,城镇大气环境质量优于国家二级标准,城镇绿化覆盖率达到 40%
16	江苏省沿海开发总体规划	万元 GDP 能耗在 2005 年基础上降低 20%,按国家和省下达的主要污染物总量削减目标,持续削减污染物排放总量,森林覆盖率达到 30%以上
17	江苏省"十一五"钢铁工业调整和发展专项规划	吨钢综合能耗下降至 0.7t 以下,新水消耗降至 7t 左右,全行业平均单耗水平优于全国 10%左右,全行业废渣、煤气利用率达到 99%,工业用水重复利用率达到 95%,SO$_2$ 削减 10%,COD 削减 15%,废钢利用率达到 30%
18	江苏省十一五汽车工业发展规划纲要	无
19	江苏省十一五食品安全保障专项规划	无
20	江苏省"十一五"水泥工业调整和发展专项规划	新型干法水泥熟料能耗由 130kg/t 下降到 110kg/t 标准煤,产品综合能耗下降 20%～25%。采用余热发电技术的生产线达到 50%以上,高于全国 10 个百分点。粉尘排放大幅度减少,工业废渣综合利用量达到 2500 万吨以上,石灰石综合利用率达到 80%以上,水泥散装率提高到 70%以上
21	江苏省"十一五"省级基础测绘规划	建立与更新 1∶1 万基本比例尺地形数据库和地理空间信息数据库,完善地理空间信息基础框架内容。完成重点发展区域基础测绘数据采集与建库,建成重点城市 1∶5000 基本比例尺地形图及其数据库

以广东省汕头市为例分析地市级有关部门"十一五"规划的环境保护目标指标设置情况。从表 1-4 中可以看出汕头市也基本上具备上述四个方面的特征,但其衔接性比国家、省级还好。但应该看到的是,这种衔接没有充分反映到环境保护与密切相关的水利、国土、规划、建设、海洋等部门,事实上在我们的规划过程中也发现了环境保护与其他主要相关部门的具体指标还存在衔接上的差异,最终体现在国民经济和社会发展规划纲要的那些指标是相互一致的,而不一致的还存在于不同部门的规划体系之中。

1.4.3.3 部门规划实施状况分析

环境保护规划的实施状况不仅与本行业的发展相关,而且也极大地受到了国民经济与社会发展的实施情况的影响,一些与产业结构、经济状况密切相关的指标是否可以达到预期目标均受到相关部门的影响。因此,针对我国环境保护规划实施状况的评估需要从深层次上寻找原因。

表 1-4　广东省汕头市有关部门"十一五"环境保护目标指标情况

序号	部门"十一五"规划名称	环保指标
	汕头市国民经济与社会发展第十一个五年规划纲要	耕地总面积占全市土地总面积的比重不低于 18％；区域绿地占全市土地总面积的比重保持在 30％以上；城镇建成区绿化覆盖率达 40％左右。垃圾处理基本实现无害化和资源化，城镇生活垃圾无害化处理率达 100％；工业固体废物综合利用率不低于 98％，危险废物集中处置率和医疗废物集中处理处置率均达 100％；城镇生活污水集中处理率不低于 70％。至 2010 年，环保投入占 GDP 的比重达到 3.5％，环境综合指标达 90 分，城市空气污染指数小于 100 的天数控制在 98％以上
	汕头市环境保护和生态建设"十一五"规划	与国民经济与社会发展第十一个五年规划纲要一致，部分指标更加详细
1	汕头市城镇化"十一五"规划	耕地总面积占全市土地总面积的比重不低于 18％；区域绿地占全市土地总面积的比重保持在 30％以上；城镇建成区绿化覆盖率达 40％左右。其他与环保十一五规划一致
2	汕头市科学和技术发展第十一个五年规划	没有具体指标，但有重点任务，引领社会、经济、城乡建设、生态环境保护的全面发展
3	汕头市农业"十一五"规划	无
4	汕头市优势农业区域化发展规划	全市森林覆盖率达到 33.3％，每年提高 0.1 个百分点
5	汕头市产业技术自主创新"十一五"专项规划	没有具体指标，有环保与废物循环利用关键技术专项
6	汕头市国民经济和社会信息化"十一五"规划	无
7	汕头市教育事业发展"十一五"规划	无
8	汕头市劳动和社会保障事业发展"十一五"规划纲要	无
9	汕头市经济体制改革"十一五"规划	无
10	汕头市安全生产"十一五"规划	无

1999 年末到 2000 年是"十五"规划的编制期。这一时期，国家实施经济结构调整初见成效。为迎接新世纪，各级政府采取各项措施争取全面完成"九五"计划目标。在此背景下，编制的"十五"规划一定程度上出现了偏差，主要表现在：a. 对经济结构调整的长期性和艰巨性估计不足，某些统计数据也助长了盲目乐观情绪；b. 对"十五"新一轮的经济发展准备不够充分。

2008 年 12 月 24 日在十一届全国人民代表大会常务委员会第六次会议上国务院作出了关于"十一五"规划《纲要》实施中期情况的报告。在该报告中指出，从经济社会发展主要指标实现情况看，该《纲要》确定的 22 个主要指标大多数达到了预期进度要求。14 个预期性指标中，反映经济增长和改善民生的 10 个指标完成情况达到或超过预期，反映经济结构的 4 个指标中，除城镇化率达到预期外，其余 3 个指标完成情况低于预期。8 个约束性指标中，除森林覆盖率指标因缺乏年度数据难以准确评估、节能减排 2 个指标进展相对滞后外，其余 5 个指标均好于规划要求。其中经济结构调整方面。前两年服务业就业比重提高了 1 个百分点，服务业增加值占国内生产总值比重与 2005 年持平，与五年累计分别提高 4 个百分点和 3 个百分点的规划预期相比，进展较慢。2007 年研究与试验发展经费支出占国内生产总值比重提高到 1.49％，两年提高了 0.15 个百分点，与五年提高 0.66 个百分点的规划预期有一定差距。区域发展总体战略实施取得积极进展，东中西部开始出现优势互补、良性互动的局面。城镇化快速推进，2007 年我国城镇化率达到 44.9%，两年累计提高 1.9 个百分点，快于年均提高 0.8 个百分点的规划预期。资源利用效率方面。两年来，万元工业增加值用水量下降 16%，完成目标的 53%；农业灌溉用水有效利用系数提高 0.02，达到规划预期要求；工业固体废物综合利用率提前实现目标；节能降耗目标进展滞后，单位国内生产总值能源消耗累计下降 5.38%，完成规划目标的 26.9%。

该《纲要》实施面临一些不容忽视的矛盾和问题，特别是国际金融危机的扩散和蔓延形成的严峻挑战。前两个突出的问题：一是经济结构性矛盾仍然突出。从需求结构看，内需与外需、投资与消费结构失衡，经济增长过于依赖投资和出口拉动的局面没有根本扭转。2007年投资率仍高达 42% 以上，消费率进一步降至 48.8%，外贸依存度高达 66% 以上。从产业结构看，工业增速过高，服务业发展滞后，农业基础薄弱，经济增长主要依赖工业带动的局面没有根本扭转。近两年，工业增速都在 13% 左右，占国内生产总值的比重由 2005 年的42.2% 提高到 2007 年的 43%，其中，重化工业占工业增加值的比重由 69% 提高到 70.6%。服务业增加值比重和服务业就业比重均未达到预期要求。从要素投入结构看，科技进步、劳动者素质提高、管理创新等对经济增长的贡献不够，经济增长主要依赖物质资源和简单劳动投入带动的局面没有根本扭转。二是资源环境压力不断加大。随着经济总量扩大，能源、淡水、土地、矿产等战略性资源不足的矛盾越来越尖锐，长期形成的高投入、高污染、低产出、低效益的状况仍未根本改变，带来水质、大气、土壤等污染严重，生态环境问题突出。由于高耗能、高排放行业增长较快，节能准入和落后产能退出机制尚未完全建立，降低能源资源消耗和减少主要污染物排放的形势更加严峻，完成节能减排任务相当艰巨。

省级规划层面，广东省面临的问题如下。a. 产业层次总体偏低，服务业发展仍然滞后。高技术产业产值年均增速为 18.9%，低于全国 20.6% 的平均水平，占全国比重 2007 年为29.6%，比 2005 年下降 1 个百分点。b. 节能减排形势依然严峻，完成规划任务十分艰巨。我省经济仍处于工业化中期，产业适度重型化和城镇化进程加快，能耗总量呈上升趋势，加上目前单位生产总值能耗已经处于全国最低行列，节能降耗的空间及潜力相对较小。c. 人口压力加大，社会管理相对滞后。2007 年全省常住人口已达 9449 万人，首次成为我国第一人口大省，已提前进入第四次人口出生高峰期，省外流动人口增长较快。

江苏省"十一五"规划评估的问题包括：a. 产业结构性矛盾依然突出，第三产业发展相对滞后；b. 产业布局不协调与产业集中度不足；c. 经济增长方式未实现根本性转变；d. 资源、环保和节能减排的总体形势依然严峻；e. 投资结构不合理的问题依然突出；f. 产业自主创新能力未得到"质"的提升；g. 服务业占比和发展层次不高。

山西省"十一五"规划评估的问题包括：7 项指标未达到进度要求，包括第三产业增加值占地区生产总值比重、居民消费价格总水平上涨幅度、高等教育毛入学率、每千人拥有医生数、研究与开发经费占地区生产总值比重、高新技术产业增加值占地区生产总值比重和万元地区生产总值综合能耗。其主要原因有三个方面：一是由于山西省长期过度依赖煤炭、原材料等产业，服务业、高新技术等领域基础比较薄弱；二是由于复杂的市场因素导致，特别是过去两年国际国内能源、原材料、粮食价格大幅上扬，对山西第三产业、高新技术、节能降耗、物价控制等领域目标的实现影响巨大；三是指标值偏高。

人口发展"十一五"规划中期评估总结分析，"十一五"规划目标执行总体顺利，各项工作进展良好，统筹解决人口问题迈出重要步伐，92.8% 的育龄群众对人口计生服务管理表示满意。另一方面，低生育水平反弹风险依然存在、统筹解决人口问题机制尚未建立、人口计生工作难度加大等问题依然突出。

其他方面，例如，连云港市"十一五"规划评估问题包括：综合实力还不强，带动作用明显的重大产业项目不多；产业结构层次还不高，节能减排的硬约束日益强化，转变经济发展方式的任务紧迫；城乡发展不平衡，新农村建设基础薄弱，农民收入持续快速增长的难度较大。一是经济总量仍然偏小，经济运行结构仍然存在问题。地区生产总值增长速度低于预期水平，到 2010 年 GDP 实现 1000 亿元的压力加大。二是面临的区域发展竞争压力加大，三是城乡发展不平衡的问题仍较为突出，四是资源环境约束趋紧。2007 年，单位 GDP 能耗在"十五"末的基础上下降了 6.3％，与预期的下降 20％的目标存在较大差距。

江苏省"十一五"水利发展规划中期评估报告认为，节水型社会建设有序推进，农业、工业和生活节水水平有所提高。开始加强河湖保护能力建设，着手规范河湖管理，注意维护河湖健康生命。全省万元 GDP（当年价）用水量下降至 213m³，工业用水重复利用率提高至 62％，大中型灌区的灌溉水利用系数为 0.53，水资源利用效率有较大提高；地下水超采面积率下降至 9％。但随着江苏省工业化、城市化进程加快，水环境压力很大，现状污染物排放强度仍然较高，虽然加大了水功能区管理力度，但河道、湖泊水质超标严重，富营养化水平偏高，水功能区水质达标率仅为 37.7％。"十一五"水功能区水质达标率为 65％的指标难以实现。湖泊富营养化治理任务艰巨，清水通道建设的控制手段薄弱，进展不快。苏北地下水控采任务艰巨。同时，河湖资源过度开发，水域填占、水面侵占等现象尚未得到有效遏制，削弱了河湖的防洪、供水、生态功能，严重影响河湖健康生命，与生态文明建设的要求还有很大差距。

从以上规划的中期评估中可以分析国家各部门规划执行存在以下不足。

① 经济增长方式未实现根本性转变　这一点着力体现在消费对经济发展的贡献偏低，仍然以投资为主；投资结构不平衡，仍然集中在冶金、化工、房地产、电力、纺织等高耗能行业；产业水平不高，高新技术产业、现代服务业和新兴产业比重不高。经济增长方式没有得到根本性转变的结果直接导致资源环境的压力大增，各省区节能减排任务十分艰巨。

② 部门规划指标偏离实际　国民经济与社会发展"十一五"规划纲要的具体指标一般是和相应部门规划指标对应的，部门规划在制定指标时往往缺乏总体考虑，导致很多指标偏离实际。如上述山西省在中期评估中发现某些指标值偏高，汕头市在森林覆盖率指标上很难做到省里要求的将近 60％的要求。由于部门指标偏离实际，造成连锁反应，往往以发展经济为首要任务而影响环境保护目标的实现。

③ 环保部门反馈体系欠缺　我国"十一五"规划中期评估表明在完成指标规划值需要牺牲的环节一般都包括自然资源和环境保护，而环境保护在规划实施过程中的反馈作用也明显不足，而是被动地去适应形势，从而影响环境保护目标指标的实现。

1.4.4　我国环境规划的发展趋势和展望

从对我国环境规划的发展历程、编制体系、技术方法、实施和评估以及相关领域"十一五"规划编制和实施总结的基础上，结合基于社会经济发展阶段性的认识和国外环境规划研究的特点，提出我国环境规划的发展趋势。

具体而言，包括以下几个方面。

（1）加强环境规划理论研究

我国目前的环境规划理论研究明显滞后于规划的实践，是目前环境规划体系中的薄弱环节，亟待加强。环境规划理论的突破要从思维方式和理论模式的变革着手，把研究对象当成具有复杂性的整体来研究，以探索人地系统协调发展机理为中心任务，更新规划理念。环境规划理论的研究一般要解决两大问题：一是"知识与行动的关系"；二是"知识与权利的关系"，这两大问题的解决要与经济社会发展密切结合，真正为引导经济发展具有空间导向性提供理论根基。

（2）环境规划体系的建立需法律保障

国家法律及各项相关法规、制度、条例、标准等是制定实施环境规划的依据。但我国在环境规划的法制化方面做得还很不够，具体的《环境规划法》尚未出台，国家一级的环境规划法规体系刚成雏形，地方性的环境规划法制建设也还未全面开展，因此在环境规划的编制实施过程中缺乏一定的依据和约束。通过国家制订环境规划方面的专门法律法规，建立新的环境规划体系（包括战略规划和应用规划），并在此基础上制订各种地方性法规条例，把规划编制、审批、实施、评估、问责和公众参与等过程以法律的形式固定化，形成全面的环境规划法规体系，做到环境规划制度有法可依，依法实施。

（3）制定各类型环境规划技术导则，并开展规划编制资质认证

鉴于我国的具体实际，规划导则可以在战略规划和应用规划两个层次上提出。在战略规划层面上，主要是对环境提出框架性的导则，对规划领域内基本的认同的概念做出明确规定，对规划的操作过程提出原则性的指导，以框架性和前瞻性内容为主；在应用规划层面上，需要在战略规划导则的基础和指导下，重点对合乎区域情况的规划类型做出技术性的规定，进一步明确规划过程，操作性较强。在战略规划和应用规划两个层面，需要对编制单位的资质许可进行认证，制定环境规划编制资质许可管理办法。

（4）编制差异性规划，指标体现地区差异

由于战略规划和应用规划的不同以及我国东、中、西部地区的差异，制定一套统一的指标体系是不符合区域分异要求的。因此，需要针对国家和地方各级层次，规划体系不同要求以及区域特点，合理构建指标层次。规划指标应该涵盖污染控制、环境质量、环境管理、生态保护、人群健康和社会经济发展各个方面，但针对不同的区域应该不同。同时对于新出现的问题和在战略规划的新指引要求下，可以选择环境规划地区试点，将战略规划思想落到实处。

（5）完善规划制定、实施、评估管理体制

在规划制定上，各利益相关者都应当参与到环境保护规划相关的决策中来，包括政府机构、公众、相关的污染单位。在环境保护规划的实施上，应当明确实施的主导机构以及协作机构，明确各部门的职责，避免职责的交叉以及职责缺位的情况发生。在环境规划的评估上，相关机构应当将定期检查与不定期抽查相结合。检查包括对工程完成情况的检查、资金落实到位情况的检查，污染设备运转情况的检查以及政策实施效果的检查。检查过程中要积极引入公众参与，同时提高监督检查的效率，对检查中发现的问题及时进行纠正。同时强化环境规划实施的评估、反馈及问责机制，完善管理体制。

（6）将环境优化经济发展规划作为导向性内容

加强区域产业系统性研究，将研究主体内的经济社会与资源环境系统关系仔细研究，把环境优化经济发展，引导经济发展作为与水、大气、噪声等环境要素保护规划高一层次的规划列入环境规划体系，编制专章，作为导向性内容。该规划包括基于环境承载力的产业优化布局、工业园区主导产业准入条件、重污染行业定点规划、生态工业示范园区建设等内容。

（7）加强各部门规划衔接性研究，作为规划保障的重点

针对现有的部门规划环境保护目标指标不全面，不协调，不清晰的不足，需要着重强化各部门规划与环境规划的衔接性研究，作为环境规划保障的研究重点。在规划衔接性研究中要突出体现衔接的关键点，出现不衔接的反馈机制以及不衔接的问责机制，真正将环境规划问题作为整个社会经济问题的一部分进行考虑，实现环境规划观念的转变。

参 考 文 献

［1］李娜，郭怀成，刀谞等. 国家环境规划：回顾、现状和建议［C］//中国环境科学学会环境规划专业委员会 2008 年学术年会论文集，北京：［出版者不详］，2008.

［2］吴舜泽，徐毅，王倩等. 国家环境保护规划的回顾、分析与展望［C］//中国环境科学学会环境规划专业委员会 2008 年学术年会论文集，北京：［出版者不详］，2008.

［3］宋国君，徐莎. 论环境规划实施的一般模式［J］. 环境污染与防治，2007，29（5）：382-386.

第2章

现代环境规划体系

环境保护工作牵涉到经济社会与生活的方方面面，是一个系统工程，《中华人民共和国环境保护法》明确规定"国务院环境保护行政主管部门，对全国环境保护工作实施统一监督管理"，同时规定"地方各级人民政府，应当对本辖区的环境质量负责，采取措施改善环境质量。"这就充分考虑了环境保护工作牵涉到各部门、各行业、各领域，也考虑了我国环境保护工作的机制。但我国环境保护工作发展30多年来，我国环保部门从政府的附属机构、办事机构到组成部门，其工作是卓有成效的，但却并未从根本上解决环境保护机制的问题。在环境保护机制尚未完全理顺，环保部门规划实施职责和调控手段不匹配的情况下，环境规划作为政府国民经济和社会发展规划的一部分，是实现统筹兼顾、全面协调的一个重要载体，其作用是十分重要的。如何按照《国务院关于加强国民经济和社会发展规划编制工作的若干意见》（国发［2005］33号）文件精神，理清环境规划在国民经济与社会发展总体规划中的地位，明细环境规划与其他专项规划的关系，环境规划的层次等，实现环境规划的指导、协调和优化经济增长的作用，则是现代环境规划首要考虑的问题。因此需要重新审定我国环境规划的法定地位，建立我国现代环境规划体系。

2.1 环境规划编制体系比较分析

2.1.1 概述

目前我国的环境规划，不仅种类繁多，而且层次复杂。因此，对环境规划进行体系化的研究是十分必要而且具有重要现实意义的，因为体系化的研究不仅可以对环境规划在国家整个规划体系中进行合理的定位，而且还能进一步揭示各环境规划之间的逻辑关系，为不同种类及不同层次环境规划之间的相互衔接和协调奠定基础。

从横向上，根据《中华人民共和国环境保护法》第四条规定：国家制定的环境规划必须纳入国民经济和社会发展计划，在我国其他单行的环境立法中实际上大多也都有类似的规定。法律规定表明，环境规划属于国民经济和社会发展规划的范畴，从逻辑的角度来说，国民经济发展和社会发展规划是上位的属概念，而环境规划则是下位的种概念。

在国民经济与社会发展规划下位的规划系列中，与环境规划关系密切的领域包括土地、水、海洋、煤炭、石油、天然气等重要资源的开发保护，这其中又涉及总体规划、专项规划和区域规划的内容。为处理各级各类规划之间的效力关系设置规则，在国务院出台的《国务院关于加强国民经济和社会发展规划编制工作的若干意见》中规定，同级专项规划之间衔接不能达成一致意见的，由本级人民政府协调决定。由于是同级人民政府各部门组织编制的各领域规划，与环境规划应该是并列关系，在横向上需要考虑冲突的相互协调。

从纵向上对环境规划的分类目前并没有统一标准和法律依据，基本依照我国行政层级进行分级，可以划分为国家级规划、区域级规划、省（区、市）级规划、市县级规划四个层次。这四个层次与国家要求的三级有些不一致，但内容体系基本差不多，因而不必过分拘泥于各种层次结构。按照环境要素可以将环境规划分为水环境规划、大气环境规划、固体废物污染控制规划、噪声污染防治规划、生态保护规划、生态工业园区规划等。

2.1.2 国家层面规划编制

(1) 编制思路

总量控制和污染物削减是目前国家层面环境规划设定的主要任务目标，目前的环境保护工作也主要围绕这一目标开展，在国家环境保护"十一五"规划之中将污染防治和生态保护并重，但重点工程仍然主要是污染控制上，编制理念仍停留在"就环境论环境"的阶段，在资源优化配置、促进产业结构调整和布局优化方面起到的作用不够，规划的经济导向性和空间调控性不足。近几年虽然加强了环境优化发展的规划工作，但总体上落实比较困难，体现在我国环境规划横向上的考虑较不充分，反映了环境规划理论和战略指导思想的缺陷。

(2) 编制主要内容

经过几十年的发展，环境规划的内容日趋完善，包括规划区概况、环境现状调查评价、社会经济与环境压力预测、目标指标体系、环境功能区划、规划方案和实施计划等。在规划编制体例上一般按照要素进行展开，逐步通过 COD 和 SO_2 的总量控制安排重点工程建设。其中规划目标指标是关键内容，也是形成考核的约束性内容。以国家环境保护"十一五"规划为例，规划指标包括 COD 排放总量、SO_2 排放总量、地表水国控断面劣 V 类水质的比例、七大水系国控断面好于 III 类的比例、重点城市空气质量好于 II 级标准的天数超过 292 天的比例（%）等五个指标，与"十五"期间设定的 14 个指标相比减少了很多，体现在国家层面上着重对水、大气控制的重点要求。这些指标的变化反映了在规划编制中主要内容的变化和侧重点的不同。现有规划指标没有考虑地区差异，一刀切的方式在不同地域分解上存在困难。

(3) 规划实施

从国家环境保护"十一五"规划的实施中，主要通过总量控制和污染物削减来达到环境保护目标，这些"控制"和"削减"的措施是一种自上而下的任务下达计划，与规划实施中强调的导向性作用存在差距。这种状况发生的一个主要原因在于在国家层面的环境规划中，对于社会经济发展的预测和财政预算资金的拨付存在不足。

实施评估是指导当前规划调整和未来规划编制的主要依据。当前我国的环境规划体系中尚没有明确的规划评估主体，在各种规划文本中也未明确参与单位负有对环境规划事实状况进行评估的责任。这样容易造成规划实施的评估、考核和问责机制不明确，反馈效果差。一方面在这种后期评估中，规划约束性不强且由于规划文本要求的指标较少不能反映我国环境规划的全貌，另一方面则体现在规划的滚动实施有效性的不足。从我国"十一五"和"十二五"期间的规划编制过程中，公众参与主要来自于前期提意见和后期公示，规划过程中的参与环节少，参与动机主要凭兴趣而非责任感，是被动的、初级阶段的而非实质性的参与。

(4) 规划技术方法

目前我国在环境规划的编制中针对不同的内容采用了诸多技术方法，包括智能技术、最优化技术、决策支持技术、各种预测技术在内的技术体系应用到环境规划编制中，但是在国家层面这一级的编制中技术含量不高，这与通俗性的语言表达也是不矛盾的。由于定量化技术使用较少，在规划指标确定上存在人为因素较多，确定的指标值可达性分析上依据不充分，也限制了规划指标的分解和反馈实施的力度。

2.1.3　地方层面规划编制

(1) 编制思路

与国家环境保护一般编制五年规划（计划）不同，在地方层面上则存在五年规划和中长期规划两种，其中后者无论是在编制内容还是在实施要求上都比前者丰富得多。省级层面上目前只有我国几大经济圈内编制了中长期环保规划，如珠三角环保规划、广东省环保规划等；在地市级层面上在长三角、珠三角地区则普遍编制了中长期环保规划，在东南沿海地区的县域、乡镇和农村环保规划编制工作也比较多❶。相比之下，在我国其他地区则主要以五年规划为主，内容也相对简单得多。

地方层面的环境规划原则上属于上一级层面的贯彻落实，但目前各级层面的环保规划之间都存在较大的脱节现象，尤其是一些规划指标的衔接问题，这与上一级规划在编制过程中未能有效考虑地区差异相关。在编制思路上，沿袭着国家层面的污染控制和总量削减战略，虽然在"十一五"规划中加强了循环经济和产业优化布局的内容，但偏重于形式。尤其是与省区实际结合较少，环保规划的区域性和地域性特色不能得到较好反映，从而体现在编制重点上一个特点。

(2) 编制主要内容

各省、市、县"十一五"环保规划的篇章在"十五"、"十一五"期间基本上都是按照回顾、当前形势分析、指导思想、目标指标、规划任务和保障措施几大部分来安排的。部分省还会结合生态省建设、新城区开发等重大项目开展单独制定分规划。在规划任务中，通常也是环境要素进行编排的，但存在城市和农村之间的一个交叉问题，在"十一五"规划中重点增加了环境管理能力建设、规划实施保障等内容。

在地方层面的中长期环境规划中，环境功能区划被提到了一个显著的位置，因为这是我国环境管理的主要依据，也是各级环境保护部门的主要需求。由于环境功能区划的划分需要较多的基础数据，因而在编制技术上远高于五年规划。此外在环境容量计算、规划方案选择乃至环境预测上对技术的要求都大大增加，一般要求有资质的单位来编制。同时在中长期环保规划中（一般 11～20 年）对于引导产业发展规划也逐步受到重视。国家和地方环境规划要求存在差异，因而编制内容也不可能千篇一律，有必要对各级环境规划编制技术指南，形成技术规范，在编制内容上提出必选要求和可选要求，强调突出区域特点。

---

❶ 周斌. 浙江台州出台地市级农村环境规划. 中国建设报，2009 年 3 月 31 日.

（3）规划实施

普通民众在地方环保规划参与决策上明显存在不足，更突出的问题来自于环保规划的法律效力上，地方层面也很少出台环境规划的条例、办法，从法律法规和制度体系上缺乏足够的保障。而县域以下层次的宣教体系也是相应层次规划编制的重要保障。另外则是来自于环境保护基础设施建设滞后于规划期限，这在"十一五"规划中期评估中是一个突出的问题，这说明了在规划实施过程中对于资金的落实上存在困难，也充分反映了环境保护在当地社会经济中的地位提高还需要一个较长的过程，与环境保护的形势呈现不相适应的状况。

（4）规划技术方法

国内外科研机构发展的包括智能技术、最优化技术、决策支持技术、各种预测技术在内的技术体系需要应用到环境规划编制中，以提高规划编制的科学性、客观性和可操作性。在原国家环境保护局出版的《环境规划指南》一书中，对各种技术方法进行了详尽的描述，而现在 GIS 技术、智能决策技术、复杂系统技术、网络规划技术结合环境健康、TMDL 方法、生态足迹方法的应用，增强了环境规划的技术含量。尤其是在新开发区、地市级和县域等对空间要求非常高的地区，环境规划的定量化需求必不可少。在这种背景下，规定有资质的单位进行编制是环境规划走向空间化、定量化和可实施化的重要需求。

2.1.4 发展趋势分析

从我国环境规划体系的比较中可以得出：a. 国家层面需要中长期环境规划，并以国家主体功能区划为依据，完善我国环境规划体系；b. 理清环境规划的横向和纵向衔接问题，并强调突出区域特点合理分解规划指标；c. 强化环境规划的空间导向性和引导经济发展功能；d. 通过制度建设加强环境规划的法律地位，建立环境规划实施评估和反馈合理模式，重视公众参与；e. 加强环境规划编制的定量化要求和文本通俗性要求，提出各级环境规划编制的技术规范要求；f. 加强环保规划的理论性研究。

在编制体系上，根据环境保护的特点及我国目前规划体系存在的实际情况，建议环境规划分两个层次进行，首先是进行国家环境区划，画出国家发展环境"红线"，然后在此基础上进行国家环境规划。

根据规划的性质开展，不一定要求各级政府都要开展。如五年规划，国家、省（自治区、直辖市）、市政府要做详细规划，并做好与各专项规划的衔接，而县区一级只需要做实施方案就行。中长期规划、环境战略规划（概念性规划）也只需要做到国家、省、市三级，而县区不用做。环境总体规划因为牵涉到环境家底的全面梳理，体现各级政府对辖区环境质量负责的精神，国家、省、市、县、乡镇四级政府全面开展。环境要素专项规划则只开展到县一级。其他环境专项规划则根据需要灵活开展，但在规划体系上预留空间。

2.2 现代环境规划编制衔接性分析

2.2.1 环境功能区划衔接性

环境功能区划是依据社会经济发展需要和不同地区在环境结构、环境状态和使用功能上的差异，对区域进行的合理划定，环境功能区划将整体区域空间划分为多个不同的小区进行管理，十分有利于辨析原来由于规划和管理滞后、布局混乱对环境系统造成的结构性、功能性的影响和破坏，明确生态环境特征在地域空间上的分布差异，从而为分区制定环境保护和建设目标，并确定环境管理和执行方案，推进环境系统的结构性好转，最终实现环境系统的全面改善。环境功能区划是环境规划的一项基础性工作。它依据社会经济发展需要和不同地区在环境结构、环境状态和使用功能上的差异，对区域进行的合理划分。它研究各环境单元的承载力（环境容量）及环境质量的现状和发展变化趋势，揭露人类自身活动与人类生活之间的关系。环境功能区划的目的一是为了合理布局，二是为了确定具体的环境目标，三是为了便于目标的管理和执行。

环境功能区划的依据主要包括：保证功能与规划相匹配，依据自然条件划分功能区，依据环境的开发利用潜力划分功能区，依据社会的现状、特点和未来发展趋势划分功能区，依据行政辖区划分功能区，依据环境保护的重点和特点划分功能区。目前，我国的环境功能区划体系主要以环境要素来划分，主要包括生态功能区划、水环境功能区划、水功能区划、大气环境功能区划、噪声环境功能区划等几类。

目前，我国环境功能区划尽管取得很大进展，但和世界环境保护的先进水平和我国环境保护的现实需要相比，还存在很多的问题和很大的差距，亟须进一步整合与完善。存在的主要问题表现在以下几方面。

一是，我国的环境功能区划主要是基于环境要素进行的，缺乏系统的框架和尺度控制体系。以大气、水和生态环境功能区划为例；国家层面上的大气环境功能区划主要是 SO_2 和两控区区划方案，大气环境质量区主要由城市自主划分，国家缺乏原则性的控制标准，尚未有国家层面上整体的区划方案，而且很多地区大气环境功能区划的调整也跟不上城市扩张的速度。生态环境功能区划更多地强调生态系统的调节和供给能力，功能区定位过于单一，过分强调主导功能，对整体功能的保护重视不够，同时，分区功能定位与边界范围协调还存在一些问题。水环境功能区划主要依据是水环境质量，以行政边界为基础进行功能区划，缺乏流域上下游，左右岸之间协调，缺乏生物物种和流域生态的考虑，也缺乏流域水体和陆地生态系统的相关性考虑。

二是，目前的环境功能区划目标设置更多的是考虑环境要素的基础质量，难以反映各要素界面间的交互作用和影响及由于各要素交织造成的新型环境问题，随着国家主体功能区划的实施，要求环境功能区划的定位和目标做出相应的调整，为主体功能区划提供持续安全的环境支撑。

三是，不同要素的功能区划分管职能交叉，法律地位不明确，缺乏国家层面的实施法律机制保障，加上其他因素的影响制约，使得环境功能区划没有同其他环境管理政策手段有机融合，没有真正落实到我国的环境管理体系中，在环境管理实施层面上缺乏系统的以区划为龙头的环境管理体系。

基于此，在建立健全环境功能区划体系的同时，要从以下几个方面与现代环境规划进行衔接。

（1）要让环境功能区划成为"由要素管理走向综合协调，由末端治理走向空间引导"的有效途径

环境分区管理是在环境功能区划的基础上进行的，环境功能区划是依据社会经济发展需要和不同地区在环境结构、环境状态和使用功能上的差异，对区域进行的合理划定，环境功能区划将整体区域空间划分为多个不同的小区进行管理，十分有利于辨析原来由于规划和管理滞后、布局混乱对环境系统造成的结构性、功能性的影响和破坏，明确生态环境特征在地域空间上的分布差异，从而为分区制定环境保护和建设目标，并确定环境管理和执行方案，推进环境系统的结构性好转，最终实现环境系统的全面改善。按照环境功能区划实施分区管理和分类指导是环境保护的有效手段，尤其是对我国这样一个处于经济快速发展阶段、环境压力不断增加、环境问题层出不穷、环境超载严重的国家，为了避免走先污染后治理的道路，尤其需要建立环境功能区划，实施分区管理、分类指导。

(2) 环境功能区划要合理引导国家和区域社会经济发展

近年来，国家针对各地区间经济社会发展的不平衡和自然条件、资源禀赋的相似性和差异性，制定了一系列区域发展战略和政策。许多省（区、市）也制定了相应的战略和政策，环境管理作为宏观调控重要的约束和引导手段，在统筹区域协调发展方面起着重要作用，这些重大的区域发展战略和政策的贯彻落实，必然要求制定与之配套的区域环境管理战略和政策，这也是落实科学发展观和"五个统筹"的基本要求。各地区由于自然条件不同、经济社会发展状况和所处的发展阶段也不一样，发展过程中面临的各种资源环境问题，环境问题和环境需求不尽相同，使得环境管理政策、手段呈现出不同的情况和特点。要从根本上解决环境问题，提高环境质量水平，实现社会经济发展与环境质量改善的双重目标，就必须确定合理的环境功能区划，制定有差异的环境管理政策，从全局出发，着力解决区域性问题，促进区域经济、产业、人口发展与环境保护相协调。

(3) 环境功能区划要有合理的层次和时间、空间尺度

环境功能区划要具备"层次"体系，即在宏观层面应是综合引导性区划，在区域层面则是要素控制性区划，而在同一区域空间，既存在基于国家环境安全需求的综合引导区划，也存在若干针对要素功能控制的区划方案（如针对水环境保护、生态保护，土壤污染防治，大气环境保护的区划方案等），针对不同要素功能区划其划分方法、功能类型、空间范围等可能有较大差异。

环境功能区划要具有良好的时间和空间尺度，在时间尺度上，一个时期的环境功能区划要反映一个时间段生态环境特征、具有相应的环境保护与建设目标、环境管理和实施方案；在不同的空间尺度上，区划的方法、范围、作用等亦有所不同，如在国家尺度上，重点关注宏观性的政策引导，区划单元范围相对较大；而在区域尺度（跨省区域、省域、市域），则重点关注要素控制，区划单元范围相对较小。

(4) 环境功能区划的编制和实施要以自上而下为主，自下而上为辅

环境功能区划编制的技术路线应以"自上而下"为主、"自下而上"为辅，即要从国家目标和环境安全的需求出发，逐步分解落实到区域、县域，并要最终形成一个全覆盖、多尺度、多层次的综合区划体系。同时，环境功能区划的实施也要主要遵循"自上而下"的原则，以上一层次的区划指导、约束下一层次的功能区划，为了提高环境功能区划的可行性和可操作性，环境功能区划在实施过程中也要采用"自下而上"的方式，将下一层次的需求和实施过程中出现的问题及时反馈到上一层次。❶

2.2.2 相关领域规划衔接性

环境规划对于国民经济和社会发展系列规划、城市总体规划以及专项规划具有相互借鉴、互为补充的作用，同时对于一些特殊的规划具有刚性和底线的约束。

---

❶ 张惠远. 我国环境功能区划框架体系的初步构想 ［C］//中国环境科学学会环境规划委员会学术年会论文集，2008。

（1）规划范围方面的衔接

传统理念认为环境规划是一种非空间规划类型，更多地侧重于非空间要素，事实上，当今的环境规划越来越注重规划的"落地"，其中的生态与环境功能区划、重点工程、产业布局等规划内容就是与空间要素紧密相关，解决环境要素、社会经济资源的合理开发、利用、整治和保护的问题。环境规划一般是以行政区为规划范围，但也有些环境规划选择功能区、片区或不确定的区域为规划范围。从区域角度看，以行政区为规划范围的环保规划与土地利用总体规划的范围基本吻合，与城市总体规划是点与面的关系，从规划的空间范围看，二者是整体与局部的关系。既包括城市土地利用总体规划的地域范围，也包含农业区划中的农业用地范围，农业区划与之在空间范围上也可以看作点与面的关系。不同类型的环境规划涉及的范围不同，可以打破行政区的范围，大到整个区域、流域，小到具体的建设项目区域。环境规划及其他规划涉及的区域关系可用图 2-1 示意。

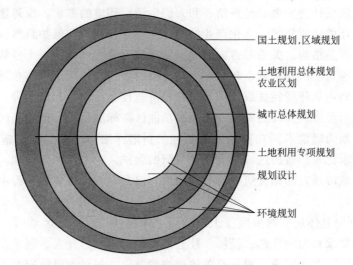

图 2-1　环境规划与其他规划之间的空间关系

（2）规划的作用等级的衔接

根据与空间关系的密切程度，我国的规划体系可以分为空间规划和非空间规划两类，非空间规划如国民经济与社会发展规划及国民经济各部门的规划和发展计划等，主要解决社会经济发展的目标、政策、结构比例关系、规模、速度等问题。空间规划的主要任务是解决自然资源、社会经济资源的合理开发、利用、整治和保护的问题，并通过规划或计划指标以及具体项目建设将以上任务和目标在空间上加以落实。通常认为最高层次的空间规划是国土规划和区域规划，为其他空间规划提供控制和指导。环境规划是介于空间规划和非空间规划之间的一类专项规划。某种意义上，环境规划可以看作区域规划或国土规划中环境保护的具体子规划，在土地利用规划、城市总体规划等相关的空间规划中也有相应的规划内容。但同时，环境规划又具有相对的独立性，它是一种独立操作实施的专业性规划体系，为空间规划提供环境要素的布局和引导。另一方面，环境规划为国民经济与社会发展规划以及相应的专业规划、产业（行业）规划等非空间规划在发展目标、发展导向、规模、速度等方面提供约束条件和主动引导。

（3）与其他相关规划的衔接关系

① 与国民经济和社会发展计划的衔接　国民经济和社会发展计划是国家或区域在一段

历史时期内经济和社会发展的全局安排。它规定了规划区域经济和社会发展的总目标、总任务、总政策以及发展的重点、所要经过的阶段、采取的战略部署和重大的政策与措施。它一般分为年度计划、三年计划、五年计划和 15 年的远景规划。

环境规划与国民经济和社会发展计划关系非常密切，它的编制必须以国民经济和社会发展规划依据，从某种程度上可看作是国民经济和社会发展的有机组成部分。但是，环境规划所考虑问题的视角、尺度和目标与国民经济和社会发展规划不同，环境规划从环境视角出发，以环境改善、生态系统可持续发展为目标，一般时间尺度大约在 10～20 年，较之国民经济和社会发展规划，是一种更专业、更具体的规划。

② 与城市总体规划的衔接　城市总体规划是在一定时期内，对城市各类设施包括经济设施、社会设施，以及基础设施所做的发展计划和综合部署，它实际上就是社会经济发展在城市空间上的"物质"规划，其任务是解决社会、经济和城市建设在城市空间上的协调发展问题。

环境规划是依据社会发展、经济增长和人们生活对环境的需求，统筹规划城市生态体系构架，明确区域环境功能分区；优化产业结构，合理开发利用与保护自然资源，它的重点不是空间的落实，而是结构、关系和方向的调整。环境问题的地域特征十分鲜明，与城市布局的关系密切，环境功能区划是城市布局在环境方面的表述，体现了城市布局在环境方面的要求。环境功能区划，从环境特征或环境容量与经济、社会活动相和谐出发，规划城市环境功能区，协调环境与经济、人口的关系。按照高功能区高标准保护、低功能区低标准保护的原则，环境功能区划为确定不同功能的环境目标、制定详细环境规划和实施环境管理提供依据。对于功能要求比较严格的区域，要建立专门的保护区，以便加强管理。环境规划在逻辑关系上应该属于城市规划的相关组成部分的层次，但是，在具体规划过程中，环境规划和城市规划是独立进行。

③ 与土地利用总体规划的衔接　土地利用总体规划是在一定区域内，根据国家社会经济可持续发展的要求和当地自然、经济、社会条件，对土地的开发、利用、治理、保护在空间上、时间上所作的总体安排。根据有关法律法规要求，各级人民政府在组织编制土地利用总体规划时，要充分考虑资源环境保护的要求。一是要从国家和民族的长远利益出发，按照可持续发展的要求，在保持耕地总量稳定的前提下，制定土地利用总体规划，二是要充分考虑生态环境建设的要求。另一方面，环境规划要发挥主动引导规划的作用，指导土地利用总体规划的生态环境保护。

④ 与中长期环境规划的关系　生态建设和环境保护"十一五"规划是根据区域国民经济与社会发展"十一五"规划对"十一五"期间生态建设和环境保护所作的五年规划。中长期环境规划则是为了适应经济社会与环境协调发展的需要，落实环保部门的有关决议，保障区域社会经济与环境的协调发展而编制的专项规划。二者在指导思想、根本目标等方面是一致的，在规划的信息与结果的选取与解释等方面也尽量使两者能一致，但二者在规划时段、规划的要求和具体的规划方案方面又存在一些不同。

⑤ 与其他各种专项规划的关系　在各专项规划中可能涉及生态建设与环境保护的内容，原则上应与环境保护保持一致，不同的部分应以环境规划为准，另一方面，环境规划在编制和执行过程中也应充分参考各专项规划内容，综合考虑各行各业对环境的要求，结合社会经济发展的现状和未来发展的预测进行规划的编制和实施，并充分发挥环境保护主动引导发展的作用。同时，环境规划对各专项规划在生态与环境保护方面所提出的基本原则和约束，可以作为开展相关规划环评的基本依据或标准。

环境规划与其他规划之间的关系可用图 2-2 表示。

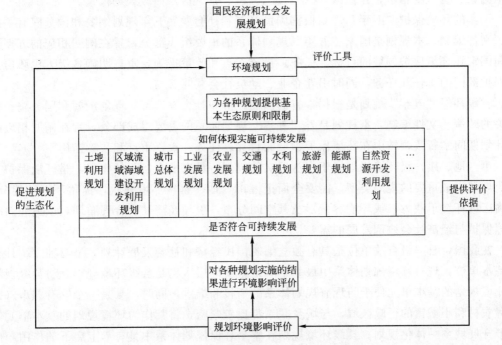

图 2-2　环境规划与其他规划之间的关系

目前收集到的主要综合性规划及专项规划与环境规划之间的关系列于表 2-1 中。

表 2-1　相关规划及其与本规划的关系分析

名　称	规划的性质	与本规划的关系
国民经济和社会发展"十一五"规划	社会经济发展计划及专业计划	确定环境规划的社会、经济目标指标,指导生态产业与循环经济体系
城镇建设"十一五"发展规划 工业、农业等专项"十一五"发展规划 各专项"十一五"发展规划		
城市总体规划 中心镇总体规划	城市规划与专项规划	城市的功能定位、发展方向、绿地景观与生态建设
土地利用总体规划 生产力布局规划 可持续发展实验区总体规划	综合性的部门规划	为生态环境功能区划提供基础和参考
路网规划 水利发展规划 旅游业发展总体规划 矿产资源发展规划 农业发展相关规划	专业性规划	为交通与物流业生态化、资源开发与生态旅游业提供依据
经济开发区、工业园区规划 港口、码头等总体布局规划 有关风景名胜区总体规划 自然保护区和生态示范区规划	分区的总体规划	为生态工业园区、生态旅游等提供参考

2.2.3　环境保护上下级规划衔接性

我国的环境保护"五年"规划具有严密的层次结构,不同级别的环境规划由上至下层层控制，一般以行政区作为编制、实施和管理的单元，我国现有的环境保护五年规划体系主要包括国家、省（直辖市、自治区）、市（地、旗）、县（区）四级规划体系。

国家的环境保护"五年"规划根据国民经济和社会发展五年规划纲要和国务院有关的政策、文件编制。本规划是国家"五年"规划体系的重要组成部分，旨在阐明相应的五年计划期间国家在环境保护领域的目标、任务、投资重点和政策措施，重点明确各级人民政府及环境保护部门的责任和任务，同时引导企业、动员社会共同参与。

省级环保"五年"规划是根据本省的国民经济和社会发展五年规划纲要和国务院、省级有关的政策、文件编制。本规划是省"五年"规划体系的重要组成部分，旨在阐明相应的五年计划期间本行政领域内在环境保护领域的目标、任务、投资重点和政策措施。

市（地、旗）级环境规划属于中观层次的规划，具有承上启下的作用，是环境保护"五年"规划中最重要的规划类型。需要全面把握市（地、旗）环境现状，优化环境功能分区，明确区域环境承载力（或环境容量）及其空间分布，引导经济社会合理布局，以适应新时期环境保护与经济社会协调发展的需要。

在我国，县一级行政单位是具有独立编制国民经济和社会发展计划，享有独立统计权利的基本单位，现行环境规划体系中最基本和最重要的层次也是县级环境规划，将县级规划作为环境规划的基本单元便于与现有规划体系的衔接和继承。同时，县是一个既有城市（镇），又有农村和小城镇的行政区域，与城乡联系都比较紧密，将其作为环境规划的基本单元，有利于开展城乡一体化规划。县级环境规划在整个环保规划体系中具有承上启下的作用，向上受市级和省级规划的指导和制约，并为上级规划提供基础资料和实施反馈信息，向下又对乡镇级的小城镇环境规划直接控制和指导，可将环境规划的各项方针、目标直接落实到环境管理中去。

除此以外，我国还在区域层面上进行了环境规划，如"珠三角环境规划"、"长三角环境规划"等。我国实行的环境保护"五年"规划的层级结构有利于各级规划管理部门明确职责范围，但同时也割裂了环境要素的连续性。环境系统是一个连续的整体系统，人为地将该系统分开，按人类的要求进行不同的规划设计，一方面不利于环境要素的管理，同时也违背了环境系统本身的规律。由于自然环境受人类的影响较大，具有明显的区域性特点，经过人类改造的环境系统在自然条件、社会经济条件、技术条件相近的区域表现出类似的自然和经济特性。区域性环境规划就是由国家或者省级相应主管部门打破行政界限的限制，对区域内的环境管理进行统一有计划的安排布局。这种规划基本上尊重环境系统的完整性和系统性特点，有利于促进环境管理，推进区域经济的发展，可作为环境规划的指导和重要补充。

现代环境规划必须加强上下级规划的衔接性。国家级的环境规划要突出战略方针、战略任务、战略布局、战略措施和重大政策，区域规划要着眼于打破地区行政分割，发挥各自优势，统筹重大基础设施、生产力布局和生态环境建设，提高区域的整体竞争能力，县（市）规划应更多地体现与本地居民生活密切相关的内容，充分体现地方特色，成为最贴近人民群众、有约束力、可操作的规划。新的环境规划技术体系应分为三个层次，分别为：战略性的概念规划、总体规划和专项规划。对于省级以上的环境规划要以总体规划为主，只作战略性的指导，给地方环境规划留以足够的灵活性；而对于区县级以下的环境规划，要结合当地实际情况尽可能详细地编制，并给出具体的专项规划方案。同时要加强大区（如经济区）、流域、乡镇、小区（控制单元）及企业的环境规划编制工作。

2.3　现代环境规划编制体系

2.3.1　现代环境规划定位

环境保护的实质是保护人类自身，人们对生活环境质量的需求是必须的，也只能在一定范围内承受，不可能因为需要发展经济、领导讲话，而愿意从喝Ⅲ类水变成喝劣Ⅴ类水。因此环境规划首要问题是解决环境质量在时间及空间上能满足人类生产与生活的需要，使人们能喝上干净水、呼吸新鲜的空气、吃上放心的食品。环境质量在空间上的表现为环境功能区划，而在时间上的表现为近期建设规划及其质量保障措施。

随着我国建设生态文明战略的实施，以及环保三大历史性转变，建设有中国特色的社会主义环保道路，这需要我们重新思考现代环境规划的定位及其作用。环境既是人类一切活动的基本支撑，又受所有人类活动的干扰，因此必须事先知道环境家底，核算环境容量的空间分布，制定环境使用手册，引导经济与城市合理布局，持续健康发展。因此环境规划的新定位为：引导国民经济与社会持续健康发展的战略性、前瞻性规划。因而环境规划必须率先变被动应对为主动引导发展，深入分析中国特色发展所诱导的特殊环境问题，尽快完成全国及各省市的中、长期环境规划，以全面系统部署各部门的环境行动，发挥支撑经济社会发展，协调各部门共同管理环境的作用，以收到可持续使用环境的总体效果。

但目前由于环保规划本身存在杂而乱，层次不清，主导不明，自信不足，因此在相关环境保护法中都明确规定应该把环境规划纳入国民经济与社会发展规划中。如1989年12月颁布了《中华人民共和国环境保护法》。其中第四条规定"国家制定的环境规划必须纳入国民经济和社会发展计划"；2000年4月29日颁布了《中华人民共和国大气污染防治法（2000修正）》。该法第二条规定："国务院和地方各级人民政府，必须将大气环境保护工作纳入国民经济和社会发展计划，合理规划工业布局，加强防治大气污染的科学研究，采取防治大气污染的措施，保护和改善大气环境"。2008年2月公布的修订后的《中华人民共和国水污染防治法》第四条规定：县级以上人民政府应当将水环境保护工作纳入国民经济和社会发展规划。第十五条规定：防治水污染应当按流域或者按区域进行统一规划。

由于我国是以国民经济与社会发展规划为目标规划，所有相关规划只有纳入此目标规划才能从各级政府拿到相关资源，如项目投资等。环保规划需要与之协调，否则进不了经济社会主战场，根本没法更好地保护环境，但什么样的环保规划与经济社会发展规划是协调的，什么样的环保规划是引导经济社会发展的，需要理清，只有这样才能更好地实现环境保护工作的三大历史性转变，建设有中国特色的环保道路。

2.3.2　现代环境规划编制内容体系

基于环境规划新的定位认识，我们建议环境规划分类分层次进行建设，从时间层面来分类的话，可以分为近期建设规划，中长期建设规划，从指导属性来说，可以分为战略规划、总体规划、专项规划三类。其中专项规划可以分为环境要素专项规划及其他专项规划。

在规划期限上，近期建设规划一般以5年为限，可以与我国国民经济与社会发展规划相适应，中长期规划一般为10~15年，可以与国民经济中长期规划、城市建设中长期规划、土地利用中长期规划相适应。战略规划一般为中长期规划，10~15年为规划期限，总体规划一般规划期限为 15 年，与土地利用总体规划相适应。而专项规划，一般规划期限为 5 年，配合近期建设计划进行。

而在规划编制内容上，不同的规划类别其侧重点不一样，如近期建设规划，可以与我们目前的"十一五"、"十二五"规划合并，主要内容有上一轮规划评估、环境现状与挑战、指导思想、基本原则和规划目标、重点领域和主要任务、重点工程和投资重点、保障措施、规划实施与考核等。中长期建设规划为内容主要包括指导方针、区域发展环境定位、总体目标、战略重点、发展任务、重大举措、组织领导等。战略规划包含概念性规划，环境战略规划主要内容为区域发展定位、环境需求、目标、行动方案与保障措施等。环境保护总体规划是全面梳理环境家底、安排行动、保护人们健康的总体安排，主要内容包括环境现状与压力、环境功能区划、环境承载力、总体目标、关键问题、空间生态管制、环境保护主要行动、保障措施等。专项规划分为环境要素专项规划及其他专项规划，主要围绕专项工作内容开展。

建立新型的现代环境规划体系，是主动引导发展的根本途径，根据环境保护的特点及我国目前规划体系存在的实际情况，环境规划可分两个层次进行，首先是进行国家环境区划，画出国家发展环境"红线"，然后在此基础上进行国家环境规划。国家层面的规划体系如图 2-3 所示。

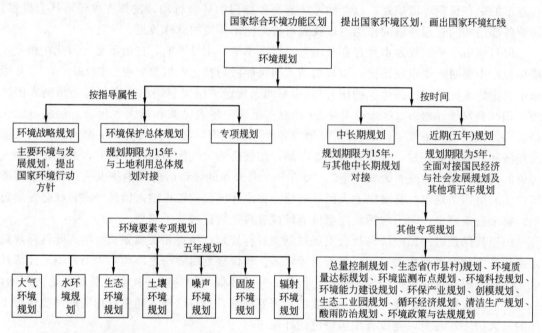

图 2-3　现代环境规划体系

2.3.3　各级环境规划体系方案

根据《中华人民共和国环境保护法》第十六条规定"地方各级人民政府，应当对本辖区的环境质量负责，采取措施改善环境质量。"所以地方应该承担起规划的主要的责任，同时考虑我国市县级环保行政部门管理能力的差异，把环境区划、环境功能区划分全部上交到国家及省一级环保行政部门，以便更好地保护环境，在此种考虑下，各级环境规划体系做如下考虑。

(1) 环境区划方案

我国目前已经开展的环境功能区划有生态功能区划、水环境功能区划、大气环境功能区划、噪声环境功能区划等，其中生态功能区划基本上只在省一级层面开展过工作，目前在县市指导较弱，水环境功能区划（含饮用水源保护区）目前大江大河及主要集中式水源地基本上由省一级政府颁布执行，大气环境功能区划由市一级政府颁布执行，噪声由县一级政府颁布执行（设区的市由市一级政府颁布执行）。环境功能区划是环境质量在空间上的保障，为加强环境质量的监控，这样环境区划只在国家以及省一级层面开展，该层面以下把环境区划必须做实，否则调整环境区划非常困难，也不会轻易一上项目就想起调整功能区划。

(2) 环境规划方案

而在规划体系上，根据规划的性质开展，不一定要求各级政府都要开展。如五年规划，国家、省（自治区、直辖市）、市政府要做详细规划，并做好与各专项规划的衔接，而县区一级只需要做实施方案就行。中长期规划、环境战略规划也只需要做到国家、省、市三级，而县区不用做。环境保护总体规划因为牵涉到环境家底的全面梳理，体现各级政府对辖区环境质量负责的精神，建议国家、省、市、县、乡镇四级政府全面开展。环境要素专项规划则只开展到县一级。其他环境专项规划则根据需要灵活开展，但在规划体系上预留空间。在依法行政的今天，不能完全根据通知来开展工作。各级政府规划建议方案见表 2-2。

表 2-2　各级环境规划体系表

序	类别	种类		规划名称	国家	省(自治区、直辖市)	市(含副省级市)	县(区)	乡镇	村
1	区划			环境综合功能区划	◆	◆				
2				近期(五年)规划	◆	◆	◆	◇		
3				中长期规划	◆	◆	◆			
4				环境战略与发展规划	◆	◆	◆			
5				环境保护总体规划		◆	◆	◆	◆	
6			环境要素专项	大气污染防治规划	◆	◆	◆	◆		
7				水污染防治规划	◆	◆	◆	◆		
8				生态环境规划	◆	◆	◆	◆		
9				土壤污染防治规划	◆	◆	◆	◆		
10				噪声污染防治规划	◆	◆	◆	◆		
11				固体废物污染防治规划	◆	◆	◆	◆		
12				辐射污染防治规划	◆	◆	◆	◆		
13	规划	环境专项规划		总量控制规划	◆	◆	◇	◇		
14				环境质量达标规划	○	○	○	○		
15				生态省(市、县、村)规划		○	○	○	○	○
16			其他专项规划	环保产业规划	○	○				
17				环境科技规划	○	○				
18				环境监测布点规划	○	○	○	○		
19				环保能力建设规划	○	○	○	○		
20				循环经济规划	○	○	○		○	
21				清洁生产规划	○	○	○		○	
22				环境政策与法规规划	○	○				
23				生态工业园规划						
24				环保模范城创模规划						

注：◆必做；○根据需要选做；◇只做方案，不做规划。

参 考 文 献

[1] 张璐. 环境规划的体系和法律效力 [J]. 环境保护，2006，6（A）：63-67.

[2] 李娜，郭怀成，刀谞等. 国家环境规划：回顾、现状和建议 [C]//中国环境科学学会环境规划专业委员会 2008 年学术年会论文集，北京：[出版者不详]，2008.

[3] 尚金城. 城市环境规划 [M]. 北京：高等教育出版社，2008.

[4] 吴舜泽，周劲松，叶帆等. 解读《国家环境保护"十一五"规划》之"十一五"国家环境保护的目标和指标 [J]. 环境保护，2007（23）：29-32.

[5] 张宇. 环境保护规划与城市规划 [J]. 科技咨询导报，2007（20）：177.

[6] 周永. 浅论城市规划中的环境保护 [J]. 科技咨询，2007（7）：249.

[7] 汪亮，黄万金. 城市规划中的环境保护问题 [J]. 安徽建筑工业学院学报：自然科学版，2007，14（6）：71-74.

[8] 高麟. 区域规划中的环境保护与经济增长 [J]. 统计与决策，2006（12）：43-44.

[9] 罗上华，马蔚纯，王祥荣等. 城市环境保护规划与生态建设指标体系实证 [J]. 生态学报，2003，23（1）：45-55.

[10] 严金明. 中国土地利用规划的战略、理论与实践 [M]. 北京：经济管理出版社，2001.

[11] 舒廷飞，包存宽，陆雍森等. 规划环境影响评价与生态规划的现状及其关系 [J]. 同济大学学报：自然科学版，2006，34（3）：382-387.

[12] 贺涛. 环境保护规划编制体系比较分析研究 [C]//2010 中国环境科学学会学术年会论文集. 北京：中国环境科学出版社，1027-1030.

[13] 郭梅，许振成，彭晓春等. 论环境规划理念和思路的创新 [J]. 环境保护，2010，21：34-35.

[14] 高长波，陈新庚，彭晓春等. 基于循环经济理念的珠江三角洲环境保护规划战略探讨 [J]. 生态经济，2006，7：69-71.

第**3**章

现代环境规划的理论基础

本章从环境问题的本质和环境规划的作用着手，重点介绍与现代环境规划密切相关的发展论、系统论、生态论、空间论等理论，分析了上述理论和现代环境规划的相互关系，以及如何为现代环境规划奠定理论基础的作用。

3.1 可持续发展理论

可持续发展（sustainable development）的概念最先是在 1972 年在斯德哥尔摩举行的联合国人类环境研讨会上正式讨论，1987 年，世界环境与发展委员会出版《我们共同的未来》报告，将可持续发展定义为："既能满足当代人的需要，又不对后代人满足其需要的能力构成危害的发展。"这个可持续发展的定义被广泛接受并引用。1992 年联合国在里约热内卢召开的"环境与发展大会"，通过了以可持续发展为核心的《里约环境与发展宣言》、《21 世纪议程》等文件。随后，中国政府编制了《中国 21 世纪人口、资源、环境与发展白皮书》，首次把可持续发展战略纳入我国经济和社会发展的长远规划。

3.1.1 可持续发展的内涵

1992 年联合国环境与发展大会前后，全球对可持续发展问题展开了激烈的讨论，不同机构、不同学科、不同领域的学者从不同的角度出发，对可持续发展的定义进行了不同的诠释。

（1）从自然属性定义可持续发展

可持续性这一概念是由生态学家首先提出来的，即所谓"生态持续性"。1991 年，国际生态学联合会（INTECOL）和国际生物科学联合会（IUBS）联合举行关于可持续发展问题的专题研讨会。该研讨会将可持续发展定义为："保护和加强环境系统的生产和更新能力"。意在说明自然资源及其开发利用程序间的平衡，可持续发展是不超越环境、系统更新能力的发展。

（2）从社会属性定义可持续发展

1991 年《保护地球——可持续发展生存战略》将可持续发展定义为"在生存不超出维持生态系统承载能力的情况下，改善人类的生活品质"，并且提出人类可持续生存的 9 条基本原则。在这 9 条原则中，强调了人类生产方式与生活方式要与地球承载能力保持平衡、保护地球的生命力和生物多样性、人类可持续发展的价值观和行动方案。

（3）从经济属性定义可持续发展

在经济方面对可持续发展的定义最初由希克斯·林达尔提出，表述为"在不损害后代人的利益时，从资产中可能得到的最大利益"。世界银行在《1992 年世界发展报告》中定义可持续发展为"建立在成本效益比较和审慎的经济分析基础上的发展和环境政策。加强环境保护，从而导致福利的增加"。爱德华·B·巴比尔（Edward B. Barbier）在其著作《经济、自然资源：不足和发展》中，把可持续发展定义为"在保持自然资源的质量及其所提供服务的前提下，使经济发展的净利益增加到最大限度"。皮尔斯（D·Pearce）认为："可持续发展是今天的使用不应减少未来的实际收入"，"当发展能够保持当代人的福利增加时，也不会使后代的福利减少"。

（4）从科技属性定义可持续发展

美国世界资源研究所 1992 年提出，可持续发展就是建立极少废料和污染物的工艺和技术系统。没有科学技术的支撑，无从谈起人类的可持续发展。斯帕思（Jamm Gustare Spath）认为："可持续发展就是转向更清洁、更有效的技术——尽可能接近'零排放'或'密封式'，工艺方法——尽可能减少能源和其他自然资源的消耗"。

综合以上论点可知，对可持续发展的含义理解因人而异。但是有一点还是一致的，可持续发展就是建立在社会、经济、人口、资源、环境相互协调和共同发展的基础上的一种发展，其宗旨是既能相对满足当代人的需求，又不能对后代人的发展构成危害。

2002 年中国共产党第十六次代表大会把"可持续发展能力不断增强"作为全面建设小康社会的目标之一。可持续发展是以保护自然资源环境为基础，以激励经济发展为条件，以改善和提高人类生活质量为目标的发展理论和战略。它是一种新的发展观、道德观和文明观。其内涵体现为：突出发展的主题、强调发展的可持续性、体现人与人关系的公平性以及重在人与自然的协调共生。

3.1.2 基本原则

可持续发展是人类文明史进入一个新阶段后形成的全新的发展观和发展模式，是对传统的发展模式进行审视和批判后，形成的一种新的发展观，强调经济、生态、社会全方位的持续发展。它具有以下基本原则。

① 持续性原则　可持续发展要求人类的经济和社会发展必须控制在资源和环境的承载力范围之内。资源的持续利用和生态系统可持续性的保持是人类社会可持续发展的首要条件。可持续发展要求人们根据可持续性的条件调整自己的生活方式。在生态可能的范围内确定自己的消耗标准。因此，人类应做到合理开发和利用自然资源，保持适度的人口规模，处理好发展经济和保护环境的关系。

② 公平性原则　一是指代际公平性；二是指同代人之间的横向公平性，可持续发展不仅要实现当代人之间的公平，而且也要实现当代人与未来各代人之间的公平；三是指人与自

然，与其他生物之间的公平性。这是与传统发展的根本区别之一。各代人之间的公平要求任何一代都不能处于支配地位，即各代人都有同样选择的机会空间。

③ 协同发展原则　可持续发展追求的是社会、经济和环境的协同发展，而不仅仅把经济指标作为衡量发展的唯一标准。要促进人类之间及人类与自然之间的和谐，人类与自然之间就能形成一种互惠共生的关系。

④ 高效、需求性原则　根据人们的基本需求得到满足的程度来衡量。是人类整体发展的综合和总体的高效。立足于人的需求而发展，强调人的需求而不是市场商品，是要满足所有人的基本需求，向所有人提供实现美好活愿望的机会。

3.1.3　可持续发展指标

可持续发展指标是指评价环境、经济和社会可持续发展状况、压力以及政策响应等全过程的指标，而这些说明可持续发展整体行为规律的指标集合就构成了可持续发展指标体系。可持续发展指标体系是由可持续发展指标所组成的综合体，包含若干层次、若干层面的评价指标。

可持续发展指标体系的功能主要有 3 个方面：a. 描述和反映任何一个时间上（或时期内）各个方面持续发展的水平和状况；b. 评价和监测一定时期内各方面可持续发展的趋势及速度；c. 综合衡量可持续发展的各领域之间的协调程度。因此，可持续发展指标体系可以为决策者提供可持续发展现状、趋势以及各因素之间的协调程度的信息，使政府确定可持续发展中的优先顺序，促进可持续发展。按照基本功能可以分为描述性指标和评价性指标两类。

(1) 描述性指标

描述性指标主要分为三大类：状态、压力和响应指标。这三类指标主要用于说明自然和环境的变化情况、变化原因和人类采取的对策等。可持续发展指标体系就是要为人们提供环境和自然资源的变化状况以及环境与经济系统之间相互作用结果方面的信息。状态指标是用于衡量环境质量或环境状态；压力指标用于衡量对环境造成的压力；响应指标用于衡量环境政策的实施状况。建立可持续发展指标时必然首先总结和回顾以往传统的统计指标体系，这是建立、形成可持续发展指标体系的基础工作。描述性指标体系按照一定的体系汇集了以往各项统计中能为我所用的各项指标，因而具有以下 4 种基本功能：a. 汇集了描述可持续发展状况和趋势的基本数据，可以全面、翔实地反映可持续发展的基本状态；b. 形成评价指标的基础，同时又是这些指标的数据来源；c. 搜集可持续发展数据的框架；d. 是协调、统一各项统计的基础，是建立"卫星账户"的基础。

(2) 评价性指标

评价性指标用以反映上述三类描述性指标的相互作用关系以及不同的指标数值对于可持续发展的意义。评价性指标体系的作用相对单一，主要是对可持续发展的状况进行评价。但是，评价指标体系的指标具有高度综合性和创新性，从而可以达到综合评价的目的，精辟地洞察和把握可持续发展的状态、脉络和趋势。

对于这两类指标，描述性指标易于建立，而评价性指标的建立还缺乏理论基础和实践经验。描述性指标体系侧重于描述、解释的功能，而评价指标体系侧重于评价、监测和预警的功能。这两部分相互依存而又相对独立，既有联系又有区别，是不可分割的统一体，共同构成可持续发展指标体系。两者比较可参见表 3-1。

表 3-1　按基本功能分类的指标体系比较

分类	优　点	缺　点	应用情况或举例
描述性指标	具体反映某种现象的状况,具有元素性、基础性,易于建立和获得,侧重于描述、解释的功能	每个指标有不同的计量单位,不能简单地相加	应用较为广泛
评价性指标	对指标进行综合、汇总,最终能形成一个总指数,侧重于评价、监测和预警的功能	大多来自于描述性指标,评价过程相对复杂,其研究还处于开发阶段,缺乏理论与实践基础	开展了很多对评价性指标的研究

国际上可持续发展指标体系的主要代表有:联合国可持续发展委员会(UNCSD)可持续发展指标体系;联合国统计局的可持续发展指标体系框架(FISD);环境问题科学委员会的可持续发展指标体系;联合国开发计划署(UNDP)的人文发展指标体系(HDI);世界银行(WB)的可持续发展指标体系;中国在可持续发展指标体系研究方面已经开展了许多研究。但是,目前应用比较成功的是环境可持续发展指标体系。20世纪90年代,中国在可持续发展方面开展了大量的实践,提出了不同层面上的环境可持续发展指标体系。中国可持续发展指标体系很多,但还没有被广泛认可和接受的考核指标体系。

3.1.4　对现代环境规划的作用

可持续发展的意义表现在以下几个方面:a. 有利于促进生态效益、经济效益和社会效益的统一;b. 有利于促进经济发展方式由粗放型向集约型转变,使 PRED 系统协调;c. 有利于国民经济持续、稳定、健康发展,提高人民的生活水平和质量;d. 有利于从长远和整体利益推动发展;e. 有利于实现社会和经济的良性循环,使各方面的发展能够持续。

因此,可持续发展理论能够为环境规划定下基调,着力于优化经济增长,在产业发展和准入门槛设计中应该从长远利益考虑,注重环境保护与经济发展的平衡,环境规划的目的既不是仅仅保护环境,也不是从末端治理上来保护环境,而是需要通过环境保护,引导经济发展,实现二者的协调。

3.2　环境承载力理论

环境承载力是指在一定时期内,在维持相对稳定的前提下,环境资源所能容纳的人口规模和经济规模的大小。地球的面积和空间是有限的,它的资源是有限的,其环境承载力也是有限的。因此,人类的活动必须保持在地球环境承载力的极限之内。

3.2.1　环境承载力概念

(1) 承载力

"承载能力"的概念来源于生态学,在《远东英汉大辞典》中,承载力被定义为"某一自然环境所能容纳的生物数目之最高限度"。国际自然与自然资源保护联合会(IUCN)/联合国环境规划署(UNEP)/世界野生生物基金会(WWF)将承载力定义为"一个生态系统在维持生命机体的再生能力、适应能力和更新能力的前提下,承受有机体数量的限度"。承载力意味着支持人类生存的环境存在着某种界限,因此在各类活动中必须存有一定的空间,以防止出现过度负荷。

随着全球人口膨胀,资源稀少,二者之间的矛盾日益突出,人类迫切需要知道这些资源到底可以养活多少人，可以承载多大的经济活动量，于是就出现了各类资源命名的承载力，如土地资源承载力、生态承载力、水资源承载力等，环境承载力也应运而生。

（2）环境承载力

当今社会出现的种种环境问题，大多是人类活动与环境承载力之间出现冲突的表现。当人类社会经济活动对环境的影响超过了环境所能支持的极限，也就是人类社会行为对环境的作用力超过了环境承载力。因此，人们用环境承载力衡量人类社会经济与环境协调程度。环境承载力决定着一个流域（或区域）经济社会发展的速度和规模。如果在一定社会福利和经济技术水平条件下，流域（或区域）的人口和经济规模超出其生态环境所能承载的范围，将会导致生态环境的恶化和资源的匮竭，严重时会引起经济社会不可持续发展。

1991 年由国际自然与自然资源保护联合会（IUCN）联合国环境规划署（UNEP）和世界野生生物基金会（WWF）共同发表的《保护地球：可持续生存战略》一书中指出："地球或任何一个生态系统所能承受的最大限度的影响就是其承载力。人类对这种承载力可以借助于技术而增大，但往往是以减少生物多样性和生态功能作为代价的，而且在任何情况下，也不可能将其无限地增大"。

承载力的起源一般包括工程和人口两种说法。我国所熟知的马尔萨斯人口论中，提出环境限制因子对人类社会物质增长过程有重要影响。马尔萨斯的资源环境对人口增长的限制的观点用逻辑斯缔方程的形式表示出来，用容纳能力指标反映环境约束对人口增长的限制作用可以说是现今研究承载力的认识。生态学家将容纳能力定义为：对某一具体的研究区域，在不削弱其未来支持给定种群的条件下，当前的资源和环境状况所能支持的最大种群数量。在 20 世纪 60 年代晚期至 70 年代早期，容纳能力的概念被广泛用于讨论环境对人类活动的限制，用来说明生态系统和经济系统之间的相互影响。因此在讨论生态系统所提供的资源和环境与人类社会系统之间的关系时，结合环境容纳能力的概念，有些学者提出环境容载力的概念。

在我国环境承载力定义为"环境承载力是指在某一时期，某种状态或条件下，某地区的环境所能承受人类活动作用的阈值"。它反映了在一个区域的环境系统的结构和功能不产恶化的前提下，区域环境系统所能支持的人类各种社会经济活动的能力。承载力的研究范畴已由环境对生物量的容纳限度、环境对人口的最高限量，发展为环境对人类所有社会经济活动的支持能力的研究。

3.2.2　环境承载力的基本特征

环境承载力的发生根源，就是在阈值范围之内，环境是一个有机的、远离平衡态的、开发的巨系统。其内部组成要素，按照一定的组合方式结合在一起，形成了稳定的结构，使系统具有了能维持自身稳态的自组织能力，可以抵御外界的冲击。这种抗干扰的能力是有限度的，超过了一定的阈值就会使环境系统的结构遭到破坏无法自动恢复系统内部能流、物流、信息流的正常运转，从而使环境系统趋于崩溃，使系统的功能彻底丧失。

区域环境承载力的基本特征主要包括以下几点。

（1）时空性

不同的区域，除了环境系统的结构、功能及组合类型相异甚远外，它们的社会经济活动的发展水平、规模、方向等亦会有很大差别。因此，区域环境承载力要表现很强的区域性。对承载力的研究要因地制宜，对区域经济发展战略及生态保护战略的制定要"因承载能力而制宜"。时间上也如此，应研究在适宜的时间尺度下，区域环境承载力随时间的变化规律。

（2）动态性和可调控性

承载力的动态性表现为承载力自身的变化，及区域环境系统在与外界物质能量进行交换而产生动态的变化。可调控性则体现在人类可以通过改变经济增长方式、提高技术水平等手段来提高区域环境承载力，使其向有利于人类的方向发展。通过改变环境承载力或改变人类活动，达到可承载的要求。

（3）主观性和客观性

客观性体现在一定时期、一定状态下的环境承载力是客观存在的，是可以衡量和评价的，它是该区域环境结构和功能的一种表征；主观性体现在人们用怎样的判断标准和量化方法去衡量它，也就是人们对环境承载力的评价分析具有主观性。

3.2.3 环境承载力与环境容量

在考量环境承载力时，需与环境容量进行区分。我们在环境规划中提到的环境容量主要指自然环境的各种要素（大气、水、土壤、生物等）和社会环境的各种要素（人口、经济等）。环境容量是指某一环境系统在维持正常的结构和功能的前提下，所能承纳污染物以及能提供自然资源的最大量。它与环境承载力既有区别，又有联系。

环境容量与环境承载力的区别表现在两个方面。一是研究的对象不同。环境容量侧重反映环境系统的自然属性，即内在的禀赋和性质；环境承载力则侧重体现和反映环境系统的社会属性，即外在的社会禀赋和性质，环境系统的结构和功能是其承载力的根源。二是应用领域不同，环境容量常常作为总量控制的前提在环境科学领域应用，而承载力的应用范围则比环境容量宽泛得多。

环境容量与环境承载力的联系则表现在：环境承载力是以环境容量为基础的。环境对社会经济活动提供的最大支持，必须是建立在环境所能承受的最大负荷即环境容量基础之上的。环境承载力也可以定义为区域环境以最大的环境容量支持区域社会经济发展的承载能力。为了将环境容量和环境承载力统一起来，一些学者提出了环境容载力的概念。

3.2.4 环境承载力计算

目前在环境承载力的计算中，主要采用指标体系法，而对环境容量的计算则主要采用模型计算法，后者的各种计算方法本书将在第4章及其余各专项章节中予以介绍。采用指标体系法进行计算的步骤主要包括：a. 分析社会、经济、生态环境各个子系统的发展质量，包括建立各部分评估指标体系和确定量化方法；b. 提出研究系统可持续发展的综合测度函数，量化系统可持续发展的质量，如采用可持续发展度、协调度函数分析；c. 建立环境承载力量化分析模型，通过模型调整人口数量和经济规模，保障一定生态环境质量和系统较高的发展质量，这样的人口数量和经济规模，便是研究区环境承载能力。

以水资源环境承载力为例，系统量化的指标是环境承载力计算的关键。社会系统的发展质量用"社会水平"综合性指标来表示，"社会水平"又是由众多的可以量化的指标来衡量，可以分别从反映生活质量和人均水土资源占有量的指标中筛选。同理，经济系统的发展质量用"经济水平"综合指标来表示，评估"经济水平"的具体指标来自反映经济结构、技术贡献、经济效益与用水效率等方面。"生态环境质量"表示生态环境系统的发展质量状态，也需要细分下一层指标，如水质达标率、水质级别等。这样就可以得到以下环境承载力的指标

（部分）如下：人均 GDP、人均水资源量、人均耕地面积等、万元 GDP 水耗、新鲜用水量、单位粮食产量、单位 GDP COD 排放量、第三产业比重、城镇化率、河道断流长度、湿地面积比、地下水开采系数、河流水质级别、集中式饮用水水源地水质达标率、森林覆盖率等。

然后指标体系可以通过关联分析、主成分分析等方法进一步计算。建立科学合理的指标体系是进行环境承载力量化评价的基础，所以以环境承载力理论研究为基础，相应的环境承载力指标体系的研究将不断深入。同时在已有研究方法基础上，现代的计算机技术、人工智能技术、"3S" 技术等将进一步应用于环境承载力的研究，这都推动环境承载力在定量化研究的基础上向数字化、空间可视化方向发展。

3.2.5　对现代环境规划的作用

现代环境规划其根本任务实质上是要协调人类的社会经济行为与生态环境的关系。这一切必须建立在对生态环境支持阈值的研究，即对环境承载力的研究。所以，环境承载力的提出和深入研究，尤其是环境容量的研究，不仅为环境规划提供了量化依据，可提高环境规划的科学性和可操作性，而且对于完善环境规划的理论和方法体系，会产生极大的促进作用。我国开展的总量控制规划就是环境承载力应用于环境规划的突出体现。

3.3　系统科学理论

3.3.1　复合生态系统理论

复合生态系统理论是由我国著名生态学家马世骏教授于 1981 年提出的，称为 "社会-经济-自然" 复合生态系统，这一生态系统具有生产加工、生活消费、资源供给、环境接纳、人工控制和自然缓冲功能，它们相生相克，构成了错综复杂的人类生态关系。既包括人类对资源的开发利用、储存、扬弃关系以及人类生产、生活活动中的竞争、共生、隶属关系，又包括人与自然之间的促进、适应、抑制、改造关系。

复合生态系统的生产功能不仅包括物质和精神产品的生产，还包括人的生产，不仅包括成品的生产，还包括废物的生产；消费功能不仅包括商品的消费、基础设施的占用，还包括了无劳动价值的资源与环境的消费。资源的持续供给能力，环境的持续容纳能力，自然的持续缓冲能力及人类的自身组织调节能力，统称为生态系统服务功能，支持着复合生态系统的发展。

复合生态系统的行为遵循生态控制规律。马世骏和王如松从人类生态哲学中总结出了生态控制论原理，这些原理可以归纳为以下 3 个方面：a. 对生态环境中的有效资源以及可利用的生态位的效率或竞争原则；b. 人与自然之间、不同的人类活动之间及个体与整体之间的共生或者公平性的原则；c. 通过物质循环再生与自身的组织行为来维持系统的结构、功能和过程稳定性的自生或者生命力原则。即竞争、共生、自生原理，是实现可持续发展的有效途径。基于这三类基本原理，提出了具体的八条生态控制论原理。

① 开拓适应原理　任一对象的发展都有其特定的资源生态位、需求生态位。实现持续发展的要义在于不断开拓同时适应的 S 形增长，在发展初期需要开拓与发展环境，速度较慢而最适应环境，呈指数式上升，最后受环境容量的限制，速度放慢。人类通过改造环境，可以使这种过程呈波浪式前进，实现发展目标。

② 竞争共生原理　由于资源环境承载力、环境容量的有限性，形成了分布差异，从而导致了竞争。竞争促进发展，优胜劣汰是人类社会发展的普遍规律，相生相克作用成为提高资源配置效率，增强系统活力，促进可持续发展的必要条件。

③ 连锁反馈原理　复合生态系统的发展受到正反馈和负反馈两种机制作用，初期或崩溃期一般正反馈占优势，晚期负反馈占优势。而持续发展的系统中正负反馈机制相互平衡。

④ 乘补协同原理　当整体功能失调时，系统中某些组分会乘机膨胀成为主导组分，如人体癌细胞的扩散（乘）；而与此同时系统有些组分则会自动补偿或代替原有的功能，使之趋于稳定（补）。系统调控中需要注意乘补的协同作用，当需要改变时，应乘强于补；当需要稳定时，应补强于乘。

⑤ 循环再生原理　世间一切产品同时也可以变成某种意义上的废物，而废物对于另一生态过程也是资源，物质的循环再生和信息的反馈调节是系统持续发展的基本动因。

⑥ 多样性主导原理　系统必须有优势组分、拳头产品、主导产业才能具备发展的实力；而多元化的产品、结构和产业才能分散系统的风险。多样化和主导性的合理分配促进系统的可持续发展。

⑦ 生态发育原理　发展是一种渐进的、有序的系统发育和功能完善过程，系统的目的在于对社会的服务功能，而非自身组分的增长。由于系统功能的完善成为生态系统演替的前提。

⑧ 最小风险原理　风险和机会均衡，大的机会常常伴有大的风险，需要充分利用一切有利条件，避开风险，化险为夷。使风险成为有用力量为系统服务，变害为利。

复合生态系统的运行要依据生态学基本原理，促进生态系统在结构和功能上的协调，以生态管理方式运转。复合生态系统具有人工性、可塑性、地带性、脆弱性、高产性以及综合性，三个子系统都有自身的特性，但是这三个方面又是互为因果的制约和互补关系。

3.3.2　复杂性科学理论

目前尚未对复杂性、复杂系统的概念下一个准确的定义，从已有的研究成果来看，任何事物或现象的复杂性，可以从系统论的观点出发，归纳出两种意义上的复杂性，即存在意义上的复杂性和演化意义上的复杂性。所谓事物或现象存在意义上的复杂性，是指其组成系统具有多层次结构、多重时间标度、多种控制参量和多样的作用过程。而演化意义上的复杂性是指当一个开放系统远离平衡状态时，不可逆过程的非线性动力学机制所演化出的多样化"自组织"现象。现代环境规划所基于的复合生态系统就是一个复杂系统。

自从 20 世纪 70 年代以来，以混沌理论、分形理论、耗散结构理论、协同学理论以及不确定性理论为代表的新系统科学理论展现出前所未有的发展势头，在复杂性、复杂系统的研究中逐步体现出自身的优势，成为复杂性研究的重要工具。

3.3.2.1　混沌理论

1963 年，美国气象学家 Lorenz 发表了关于液体热对流的一个简化模型的数值观察。他认为一串事件可能有一个临界点，在这一点上，小的变化可以放大为大的变化，而混沌的意思就是这些点无处不在。这些研究描述了"对初始条件的敏感性"这一混沌的基本性态，这就是著名的蝴蝶效应。1975 年，中国学者李天岩和美国 J. Yorke 在《America Mathematies》杂志上首次使用"混沌"（chaos）一词，深刻揭示了从有序到混沌的演变过程。之后混沌科学得到了进一步发展。特别是在美国召开过多次混沌会议并出版多种混沌杂志。到了

20 世纪 90 年代，混沌科学与其他科学相互渗透，并开始出现在实践应用领域。

　　所谓混沌，就是指在确定性系统中出现的一种貌似无规则的、类似随机的现象。从数学上讲，对于确定的初始值，由动力系统就可以推知该系统的长期行为甚至追溯其过去性态。但是大量的实例表明，有很多系统，当初值产生极其微小的变化时，其系统的长期行为有很大变化，即系统对初值的依赖非常敏感，产生所谓的"蝴蝶效应"的现象。

　　由于实际误差不可避免的，因而理论上讲对这种系统的长期行为进行预测完全是随机的。一个真正的随机系统，从某一特定时刻的量无法知道以后任何时刻量的确定值，即系统在短期内也是不可预测的。但对于确定性系统，它的短期行为是完全确定的，只是由于对初值依赖的敏感，使得确切运动在长期内不可预测。这正是它内在的固有的随机性引起的。这种现象只发生在非线性的复杂系统中。

3.3.2.2　分形理论

　　一般来说，所谓分形，意为破碎和不规则的，用于指代那些部分与整体以某种方式相似的图形，分形的这一定义突出了相似性的特征，反映了自然界中许多复杂系统局部与局部、局部与整体在形态、功能、性质等方面相似的基本属性。这类相似性称为自相似性。自然界大多数分形结构的自相似性并不存在于无穷层次，而是在一定标度范围内其局部结构与整体结构存在统计意义上的相似或相同，即具有统计自相似性。

　　与分形理论紧密联系的另一门学科是混沌学。其研究内容从本质上讲存在着极大的相似性，分形注重于吸引子本身结构的研究。混沌主要在于研究过程的行为特征。混沌吸引子就是分形集，分形集就是动力学系统中那些不稳定轨迹的初始点的集合。

　　从自然界中分形形成的动力学机制来看，它既不是单一规律性作用的产物，也不是单一随机性作用的产物，而是规律性和随机性共同作用的结果，即随机性和规律性的统一。分形理论是从整体论角度定量描述具有无规结构的复杂系统形态的一门边缘科学。对于非规则现象是经典几何学难以分析的，不仅在自然界中普遍存在，而且在社会科学领域中也十分常见。从分形学角度看，许多貌似复杂、不规则的现象，往往以某种方式表现出实质的规整性。近年来分形理论在生物科学、地理学、物理学、化学甚至社会科学的许多研究领域得到了广泛的应用。因此，在环境科学领域引入分形学方法并加以应用，具有重要的实践意义。

3.3.2.3　耗散结构理论

　　耗散结构理论是比利时物理学家普利高津于 1969 年首先提出的，主要研究远离平衡的开放系统，并提出了系统形成耗散结构的五个基本条件：开放、远离平衡、非线性作用、正反馈和存在涨落。耗散结构理论进一步发展了热力学第二定律，指出对于一个远离平衡态的开放系统来说，由于它不断与外界交换物质和能量，采用熵变来指示这种变化。由于熵变的存在，使系统的变化丰富多彩。

　　一般来说，耗散系统（相对于守恒的系统）是一个随着时间的流逝，因摩擦而释放出熵来的系统。在自然界中，耗散系统是一种普遍现象，大多数物理系统是耗散性的，即系统中包含摩擦力。这意味着它们的量是不断缩减的。耗散结构的鲜明的特点是与外界环境不断进行着高速的物质、能量与信息交流，需不断对其做功，即引入负熵，抵制正熵，才能维持系统的稳定。而在一定条件下，它通过内部非线性的良性作用，通过涨落在临界点发生突变（失稳）和分叉，可以达到有序，并从低级有序进化到高级有序。

　　耗散结构理论是普利高津等人在长期研究复杂系统演化的过程中提出的一种自组织理论。普利高津指出：远离平衡态的开放系统，在一定的控制条件下，由于系统内部非线性的相互作用，通过涨落可以形成稳定的有序结构。运用这种理论可以讨论力学、物理学、化学和生物学等各类自然系统中的很多现象。

而协同学则通过序参量的变化，从定量化程度更好地解释了各类系统中的有序形成过程，以及由于序参量的变化使系统的组织行为发生更替的过程。耗散结构理论和协同学为复合生态系统的持续发展提供了重要的理论基础。

3.3.2.4　灰色系统理论

灰色系统理论是原华中理工大学邓聚龙教授提出的，它是在模糊数学的基础上发展起来的，由于它的概念上有所创新并建立了相应的数学方法，被广泛地应用于各个领域。

灰色系统是指部分信息明确、部分不明确的系统。灰色系统是一个内涵和外延非常广泛的概念，由于严格意义上信息完全明确的系统是不存在的，因此任何一个系统都可以看作是一个灰色系统。灰色系统理论主张从内部研究问题，提倡在定量分析与定性分析相结合的基础上得出适于控制的"满意解"，其数学基础是灰集合，它包含了模糊系统理论的数学基础——模糊集合；而模糊集合又包含了经典系统理论的数学基础——经典集合。灰色系统理论作为研究非线性系统问题的一种理论，自诞生之日起，具有处理贫信息系统的特点，很快就得到了众多学者的认可。目前，灰色系统理论已广泛应用于农业、经济、医疗、生态、水利、气象、地质、军事、文化、教育、历史、交通、运输、管理、工业控制等几十个领域，并都取得了较好的经济效益。

在灰色系统理论指导下，建立了灰色关联分析方法、灰色聚类法、灰色线性规划法等方法，且在环境评价和规划中得到了较多，展示了灰色理论在解决系统科学领域问题的生命力。

3.3.3　对现代环境规划的作用

环境规划是以复合生态系统为基础展开的，要想做好环境规划工作，就必须以区域复合生态系统为研究对象。在环境规划的编制过程中，基础信息的收集与核实，未来环境预测，指标体系的建立，功能区的划分，方案的优化与制定，都与复合生态系统的功能密切相连。基于复合生态系统的环境规划需要充分考虑区域开发可能造成的外部影响，对生态系统进行全面分析，提出相应的减缓措施，最大程度地保证环境规划涉及的复合生态系统可持续发展。

如何理解各种社会、经济、环境、资源等系统中的复杂性与简单性的统一，以及如何理解各种系统的确定性与随机性，将促使我们学习研究更多的复杂性科学的内容，同时也将促使我们更多地以复杂性理论来研究各种系统的本质特征。因此，复杂性科学理论的研究于现代环境规划的实践具有广泛社会意义和价值。

事实上，环境现象的本质只有通过复杂性理论中的非线性数学模型才能较准确地进行描述。任何一个系统与另一个系统相互作用是双向的，在建模过程中都会出现非线性项，在现有环境影响预测中往往忽略或者简化这一点。复杂性科学对环境影响特征与分析是一种研究方法，它对环境现象进行本质研究，得出新的环境科学研究思路和模式。这也说明了复杂性理论和概念可以用来描述资源环境系统，并以复杂性的数学方法解决资源环境的污染控制和保护问题，推进环境规划更好地服务于社会实践。

3.4　区域科学与空间理论

当代区域科学是新发展起来的科学门类，它以区域为研究对象，综合处理区域的社会、人口、资源环境和生态等问题。它更可取之处在于从区域角度，从宏观角度进行资源配置与管理，对区域的内部结构、区域分工、区域层次、区域系统的规划与系统分析、区域战略的制定与实施、区域开发与保护等，有自己特殊的方法论，许多可以作为环境规划的方法或具体规划应用。

这样区域规划的主要目的是通过资源、人口和经济活动的空间配置，来协调不同空间单元的发展、解决区域性问题和空间差异、营造区域整体竞争力。伴随着城市发展的复杂化，城市环境的日益恶化使人们在寻求社会改良药方的同时，更加重视城市空间结构的重组与更新，以保障生态环境系统的平衡。从过程和管理上本节将介绍空间结构理论和区域管治理论，它们成为现代环境规划产业布局优化和环境功能分区的理论基础，指引着现代环境优化经济发展的方向。

3.4.1　空间结构理论

空间结构是指社会经济客体在空间中相互作用及所形成的空间集聚程度和集聚形态。空间结构特征是区域发展状态的重要指示器。但它不是单纯的空间构架，它在区域经济发展中具有特殊的经济意义。首先，它通过一定的空间组织形式把分散于地理空间的相关资源和要素连接起来，这样才能够产生种种经济活动；其次，区域空间结构能够产生集聚效应、规模效应这些有利的经济影响。

对于空间结构的理解，不同学科领域侧重点不同，建筑学及城市规划主要强调实体空间，经济学偏重于解释城市空间格局形成的经济机制，地理学和社会学主要强调土地利用结构以及人的行为、经济和社会活动在空间上的表现。不管哪种侧重点，其研究对象均是某一空间范围的各种经济客体视为一个有机整体，并考察它们在相互作用中随时间动态变化规律。因此空间结构理论反映了动态的、综合的区位论。在城市发展中，一方面需要考虑如何实现要素的空间优化配置和经济活动在空间上的合理组合，从而克服空间距离对经济活动的约束，降低成本，提高经济效益，同时也要考虑如何防止生态环境遭到破坏，并取得环境效益的最大化。

3.4.1.1　基本内容

(1) 以城镇居民点（市场）为中心的土地利用空间结构

这是对社能理论模型和位置级差地租理论的发展。利用生产和消费函数，推导出郊区农业的每一种经营方式的纯收益函数，由此进行经营带划分。

(2) 最佳的企业规模、居民点规模、城市规模和中心地等级体系

将最佳企业规模的推导与城镇居民点合理规模的推导相结合，将城市视为和企业一样，理解为一种生产过程。应用"门槛"理论，将中心地等级体系应用于区域规划的实际。

(3) 社会经济发展各阶段上的空间结构特点及其演变

揭示空间结构变化的动力及演变的一般趋势和类型。从而获得利用各种基本要素合理配置的需求，并在区域规划中予以表达。

(4) 社会经济客体空间集中的合理度

这一方面在实践中表现为如何处理过疏和过密问题，需要讨论这种集中行为的利弊，从而对区域开发和合理规划有实践意义。

(5) 空间相互作用

空间相互作用包括地区间货物流、人流、财政流，各级中心城市的吸引范围，革新、信息、技术知识的扩散过程等，反映了人地系统中各组分的主要关系。

3.4.1.2 组成和特征

以城市为例，城市空间结构的要素构成主要包括城市自然要素、城市经济要素和城市社会要素。城市自然要素主要包含城市区域范围内的地质、地貌、大气、水文、土壤、植被、动物、各种土地利用类型等；城市经济要素主要包括三次产业、行业结构等；城市社会要素主要包括人口、就业、文化等。各要素还可以进一步细分。

城市空间结构大致存在着三层尺度的空间状态：一是建成区，它是在市区范围内由各种活动功能所连接成的具有内在差异性的一种地域结构，是城市空间中最基本的空间实体，也是城市空间积聚与扩散的核心，它的演化与发展最能反映城市的本质现象和趋势；二是都市区，包括建成区，卫星城镇以及城市边缘的乡村等，它反映了城市的生长及可能的演化方向；三是城市群，是指一个中心城市辐射区域内，中心城市与其他城市共同构成的空间体系，包括了城镇空间与区域基质空间在内的一个地域系统，它所反映的是城市与城市、城市与地域之间更为宏观的关系。

从表面上看，城市空间结构具有 3 个特征：a. 可辨识性，它能被人们所认知、观察、研究；b. 动态性，它随时间而不断变化，呈现动态演替过程；c. 层次性，即城市空间结构可划分三层尺度。从深层次上看，城市空间结构具有整体性、转换性和自我调节的基本特征：a. 整体性，是建立在关联的普遍性和联系性的一个整体；b. 转换性，组成城市空间结构的规则，在整体中又有自身的转换特性；c. 自我调节，结构的守恒性和稳定性，并使结构始终处于一种动态平衡之中。但如果出现了较强破坏性因素，这种自我调节也会随之瓦解。在秩序、调节要求下这些特征使得持续性、兼容性和进步性成为城市空间结构的追求。

3.4.1.3 规模和形态

在市场经济体制下，作为现代环境规划的上位规划，城市总体规划所要求空间规模与城市形态对于城市的可持续发展有着重要的影响。我国城市的高速发展和向市场经济的根本转型对仍然具有很强的计划经济色彩的城市规划提出挑战。对于现阶段城市规划中出现的过于强调物质规划、不考虑劳动力资源的空间配置、土地利用与其他要素脱节以及很少考虑经济规律对城市发展和建设的影响等问题，均需要重新审视规模和形态所依据的科学规律，以便于在环境规划中能够得到同样体现。

根据经济学理论，最优城市规模只有理论"解"，没有实际"解"。这是因为，理论上的最优城市规模是依据边际成本等于边际效益的基础。边际成本指的是新增加一个城市居民所带来的城市成本，城市成本包括交通（拥挤）、环境（恶化）、城市基础设施（压力）、住房（紧张）、资源（压力）等方面的负面影响。边际效益指的是新增加一个城市居民所带来的城市效益，这个效益主要通过城市的集聚效应来体现。在这种理论指引下，城市规划应强调对市场和城市发展的监控，根据城市发展调整城市规划。实现规划目标的规划策略是：让市场决定城市规模，城市规划准备城市发展所需要的城市基础设施。由于市场经济的波动性，因而，城市规划应准备至少两套规划发展方案，来应对不同发展可能（高速发展与低速发展），这对环境规划也是同样的要求。

城市外围周边地区土地开发的时间表取决于土地地租、土地开发成本、银行资本密度等，土地地价的空间不均衡性使城市沿着主要交通通道发展。另一方面，因为城市基础设施以及城市活动的空间相互依赖性，土地的开发成本也有很大的空间差异性。一般已建成的城区对未来的土地开发的区位有影响。靠近建成区的土地在下一个城市发展期间比远离建成区的土地更有可能被开发。同时，正是由于基础设施的规模经济效益，城市成块地开发的可能性远大于城市分散地开发。土地开发成本空间变化对城市空间发展呈集聚模式起了积极的作用。

这样，在空间形态上城市边缘地带有着无与伦比的区位优势，接近城市就业市场，接近城市的公共服务设施，具有独特的住房市场。同时，这些地方的发展将很大程度上减轻政府在基础设施方面的投资。所以，城市规划的核心内容是如何规划和发展城市边缘地带，正如我们常说的应如何"摊大饼"。这种"摊大饼"的方式由于会产生诸多不利影响，包括环境方面的不利而在很多时候为人所诟病，但却是城市前进的动力，因此在下位规划上需要充分予以考虑，不可盲目实施环境保护优先政策，以防止环境规划的失效。

3.4.1.4　生态空间结构

尽管区域空间结构有其必备的发展要素，但改变传统的城市空间结构发展以经济导向为主的状况，探索生态空间结构，也是符合新的发展观的人与自然和谐共存的城市发展道路。生态空间结构应遵循以下基本原则：以人为本，自然协调原则；因地制宜，规模适度原则；仿效自然，园林绿化原则；整体协同，良性循环原则。

生态空间结构需要按照以下基本原理构建。

(1) 趋适原理（状态原理）

其核心内容为：城市空间结构应在其总体的状态方面呈现趋向于合理、适宜的状态。一般而言，城市空间结构的状态由城市空间结构模式的选择、城市空间结构与历史因素以及自然环境容量的关系、城市空间结构土地利用的生态高效性、城市空间结构完整性和城市形态的合理性几方面予以体现。相似地，城市空间结构趋适原理包含如下几个方面：a. 城市空间结构模式的选择与城市自然环境条件结和；b. 城市空间结构的变化与城市形态的历史文化、经济社会遗传基因延续；c. 城市空间结构规模与自然环境容量适应；d. 城市空间结构土地利用的生态高效性；e. 城市空间结构完整性与形态合理性。

(2) 通达原理（效率原理）

首先是指城市的静态活动空间之间以及静态活动空间与动态活动空间的便捷程度，其次指城市空间结构内部、城市空间结构内部与外部联系的方便程度，最后是指城市各种"流"的运行效率。具体来说，包括：城市干道系统连接城市各部分的合理性与效率性；城市大型服务设施的可接近性；城市内外部自然镶嵌之间的连通性；城市自然环境和人工环境的空间渗透性；城市各组团之间联系的便捷性；城市出行系统的生态性；城市各种"流"的通畅、高效。

(3) 共生原理（关系原理）

共生是生态学的重要法则之一，生物之间不仅仅是通过竞争，而且许多情况下都是通过共生而获得其共存和发展。因此，共生在某种程度上是比竞争更加重要的生态学法则。作为一个客观存在，城市空间结构必然与周边的事物发生联系，同时其内部也产生种种关系，城市空间结构的共生性是城市空间结构要素关系生态化的体现，主要包括以下几个方面。

① 城市空间结构构成元素的多样性　指城市空间结构的构成元素（含自然元素和人工元素）要丰富多彩，这首先是指自然元素，如农田、森林、湖泊、河流、海滨、湿地、荒野、山体等都该具备；其次是指人工元素，如道路广场、开敞空间等也应该充足，城市空间结构的自然元素的多样性是实现共生的基础条件之一。

② 城市用地结构的自然性　可以由如下的几个方面体现：城市绿地比重；城市自然保

护区用地比重；城市山林用地比重；城市水体用地比重；建成区至开敞空间的距离。

③ 城市人工与自然边缘区的生态高效、稳定性　一是生态环境脆弱带，呈现不稳定的状态，生态环境质量下降。二是边缘效应，呈现出明显的正向效应的特点。生态稳定是包括人类在内的生物生存环境适居性的集中体现。

④ 与区域城镇体系协调性　城市空间结构与区域城镇体系发生种种生态关系，这些关系包括竞争和共生，前者指城市空间结构的发展与区域城镇体系结构的发展存在着各种各样的对资源、环境和土地等的竞争；后者实际上是指各方面之间的协调发展。

⑤ 旧城-新城建设发展的平衡性　旧城更新要避免以大规模的重建计划避免破坏旧城固有的文脉和复杂和谐的生态关系；对新城建设而言，要注意与旧城的文化、历史、生态关系的联系和继承；对旧城与新城的历史文化环境，要以生态持续性、经济持续性和社会持续性行为处理两者关系的准绳。

⑥ 人类与生物共生性　规划城市空间结构规模式应考虑保护和提高该地区的生物多样性水平，或考虑对减少生物多样性水平的补偿措施；城市土地利用应考虑其他生物的生存和发展。

（4）可持续原理（发展原理）

城市空间结构是不断发展变化着的。为了城市的健康存在，我们希望城市空间结构的发展应是可持续的，这就是城市空间结构可持续原理的核心内容。具体来说，城市空间结构可持续原理包括如下几个方面。

① 空间扩展趋势的合理性　应与经济主要联系方向一致；应与交通轴、生态轴在空间位置等方面联系协调；符合城市的自然环境条件和生态格局。

② 空间结构拓展的生态保障性　在资源环境承载力下拓展；对自然生态系统的干扰与破坏程度应限制在最小程度；应与区域生态环境支持系统有较高协调。

③ 空间结构的安全性　用地选择应充分考虑城市防灾减灾；用地布局应充分考虑各种安全问题，如水安全、食物安全、基础设施安全、城市生命线系统安全等。

④ 空间结构的灵活性，保持一定的弹性　规划部门应有多种空间结构模式，与城市远景规划有较好协调性；分期实施空间结构；可以通过改变用地类型和兼容性来实现空间结构的可调性。

⑤ 空间资源储备性　主要是各种用地和主要资源的储存等。

⑥ 空间资源公平性　包括代际公平性和城乡公平性，不能以损害下一代、农村的发展作为空间结构可持续发展的代价。

⑦ 生态环境趋好性　应考虑城市自然地区生态恢复，应对城市生态质量具有一定程度的改善作用，应对城市自然环境容量的提高起一定的作用，对自然生态系统的生态服务功能具有一定的改善作用。

3.4.2　区域管治理论

20 世纪 90 年代，随着全球经济一体化进程的加快，有限的资源和生存空间迫使各国寻求可持续发展的途径，在促进全球化的同时诸如大伦敦地区、东京都市圈、纽约大都市区等区域经济体在全球经济活动中的优势凸显出来。随着我国区域经济的快速发展，环境合作也日益成为区域合作的一个重要组成部分。伴随着全球化、城市化和区域化而产生的新区域主义开始为区域环境管理提供理论支撑。

与区域一体化的思想大体一致，新区域主义强调在一个开放的系统中，各种利益相关方共同参与区域管理。新区域主义以规划为先导，采用标准化的方法，在特定的地理区域内，采取全面和综合的方法，有效地改善区域管理。新区域主义以超越行政和市场的多种自主组织及中间管制形式作为政策的重要内容，强调跨行政区合作与协调机制的建立。在管理环境问题时，新区域主义认为各行政区各自为政并不能有效解决环境、社会和管治等诸多问题，在区域尺度上的跨行政区的合作与协调是新区域主义的重要表现。

同新区域主义一样，区域管治（regional governance）也强调不同行政区间的"协调"与"合作"。全球管治委员会在《我们的全球伙伴关系》（Our Global Neighbourhood）报告中认为，"管治是各种公共的或私人的个人和机构管理其共同事务的总和，它是使相互冲突的或不同的利益得以调和并且采取联合行动的持续过程。"通过区域各种利益相关方的对话、协调、合作，达到区域资源的合理配置，是一种综合的社会治理方式。"协调"是区域管治实践操作中最为重要的环节，有助于实现实现整体效益最大化和公共资源占有者之间的公平。

3.4.3 对现代环境规划的作用

区域空间结构对于现代环境的影响突出体现在产业布局优化上。对生产力布局的研究，一般分为宏观、中观和微观 3 个层次。宏观的布局主要研究城镇体系的配置；中观的布局主要是在合理功能分区的基础上，确定工业区的分布；微观的布局主要是针对每个污染源的选址与定位，一般情况下，环境规划以中观层次的研究为主，其次为微观层次的研究。

（1）中观层次的产业布局

中观层次的产业布局以环境功能区划为基础，合理地进行产业、基础设施等要素的布局，防止与功能区要求不符。如果一方面超出环境自净能力，造成环境污染；另一方面又使某些地区的环境容量没被利用上，造成资源的浪费。通过产业布局优化、环境功能分区，促进环境规划优化经济发展方式的转变，从源头上减少环境污染的发生。

（2）微观层次的污染源治理

区域空间结构对于微观层次的影响主要是对污染源的具体选址、安置或拆、并、转上。对污染严重的企业要尽量布置在自净能力强、环境承载力大的地区。有严重污染的工业企业的布局应尽量减弱它对人们生产生活的影响，采取关停并转的方式进行处理。企业之间的组合要有利于循环利用，有条件的地区争创生态工业体系，形成资源的有效利用和废物的最大减少。

区域科学的环境管治理论对于环境规划的作用主要体现在：有效的区域环境管治机制的建立，将促进区域环境保护合作，解决不同地区共同面临的环境问题。在环境规划领域中，尤其是城市群的研究对象，区域合作与共建是必不可少的内容。将生态环境特征及存在的生态环境问题相似的地区划分到同一个环境管理分区，有利于引导这些类似行政区间建立区域环境管治机制，进行适应性管理，促进城市群环境的整体优化。

3.5 循环经济与生态产业理论

3.5.1 循环经济理论

循环经济是指在可持续发展的思想指导下，按照清洁生产的方式，对能源及其废弃物实行综合利用的生产活动过程。它要求把经济活动组成一个"资源-产品-消费-再生资源"的反馈式流程，其本质是一种生态经济。循环经济主要有"3R"原则，即"减量化、资源化、再利用"原则，每一原则对循环经济的成功实施都是必不可少的。

（1）减量化原则

循环经济的第一原则是要减少进入生产和消费流程的物资量，因此又称为"减物资化"。在生产过程中，企业可以减少每个产品的原料的使用量，通过重新设计制造工艺来节约原料和资源，减少废物排放。在消费过程中，人们可以减少对物资的过度需求，减少对自然资源的需要压力，也相应减少垃圾处理的压力。

（2）资源化原则

循环经济理论第二个有效的方法是在生产与生活过程中，尽可能多次以及尽可能多种方式地去使用物品。

（3）再利用原则

循环经济理论的第三个原则是尽可能地再生利用：a. 最理想的资源化方式是原级资源化，即将消费或者遗弃的废物资源化后形成与原来相同的新产品；b. 略为逊色的资源化是次级资源化，即废弃物资不同类型的新产品。

循环经济发展包括三个层面，微观、中观、宏观，是进行循环经济规划的重要内容。循环经济帮助现代环境规划充分重视废物的再循环，引导废物合理利用，减轻环境压力。

3.5.1.1　微观层面

以企业事业单位、家庭或个人为实施主体，推动实施循环经济和建立生态产业体系的主体，应为具有独立的法人或自然人实体单元，即各类企业、事业单位，家庭，个人，也包括政府机关。目前的实施的重点应是企业，从微观层面推动循环经济发展的内容很丰富，而且不断发展与更新，这些内容包括：a. 减少车间操作过程中污染物的无组织排放，改善工人工作环境；b. 保证三废治理设施正常运行以及污染物的达标排放；c. 开展环境友好产品与技术的研究与开发（R&D），体现为环境设计的原则；d. 开展清洁生产审计并持续推进清洁生产向更高级的阶段发展；e. 实施 ISO 14000 环境管理体系及其他相关认证；f. 创建全国环境友好企业，环境保护百佳工程；g. 创建绿色家庭、绿色学校、绿色政府机关；h. 倡导开展绿色消费活动等。

3.5.1.2　中观层面

中观层面以经济组织为推动主体。中观层面推动循环经济发展、生态产业体系建立的主体一般为经济组织，比如工业或农业园区的管委、行业协会等经济组织、社区组织（村及居民委员会），也可以是大型企业集团及中介公司。这些经济组织的共同特点是可以通过地域、隶属、经济利益关系等为纽带将多个实体单元组织起来，以提升经济组织内的整体利益来促进实体单元之间废物交换或交易，在经济组织经济利益最大化的前提下同时实现资源的优化与高效率利用、污染损失与生态压力最小。

但是，不同的组织形式在推动循环经济与生态产业方面的作用有所不同：比如大型企业集团可通过隶属关系将下属企业紧密地组织起来发展循环经济；各类园区管委会可通过前期的区域开发与产业发展规划、招商引资政策、公共基础设施（如集中供热、集中式的污水处理、资源回收中心）、信息平台、技术咨询中心等规范、引导园区内的企业；而行业协会则更多地依靠行业规范、信息服务等形式组织相关企业实施循环经济；中介公司则以信息与技术服务为载体，通过更为松散、自由的方式来组织相关的企业。

中观层面推动循环经济发展、生态产业体系建立的形式很多，比如创建生态产业集中区、生态社区等。其中生态产业园及生态产业链就是目前主要形式。创建生态工业园区，在全区或更广范围内组织生态产业链，将有条件的多个企业组织起来形成一个系统整体，实现企业之间资源共享、副产品互用、能量梯级利用、信息畅通传递；产业生态链实际上是一个无边界的柔性生态产业园，通过循环经济的形式将三大产业紧密整合，实现系统效益的最大化。

3.5.1.3　宏观层面

以政府引导为主构建循环经济社会。不仅将工业、农业、服务业作为整体进行规划与设计循环经济，还要在规划当地及其所在区域的整个社会范围（生产、流通与生活）形成"自然资源-产品和用品-再生资源"的循环经济圈。

各级政府是在本辖区构建循环社会的主体，目的是促进辖区内建立完善的循环经济与生态产业体系。内容包括制定合理、公正、科学、透明管理制度体系，制定有利于发展循环经济的产业政策、发展规划等，制定绿色消费市场发展规划与废弃物管理和资源回收发展规划，制定实施各种规划的步骤和必要采取的措施，规范与引导市场的发育与完善，扶持与引导所缺失环节、产业或行业，为循环经济与生态产业体系的建立提供人才与技术、信息支撑等，以及建立严格的执法队伍。

构建循环经济体系的上述 3 个层面之间的关系如图 3-1 所示。

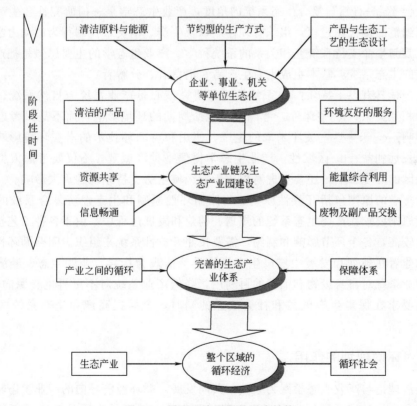

图 3-1　循环经济发展的层次结构

3.5.2　生态产业理论

3.5.2.1　生态经济学

生态经济学是从经济学角度来研究由经济系统和生态系统复合而成的生态经济系统的结构及其运行规律。其理论体系的核心，是综合研究使人类社会物质资料生产得以进行的经济系统和包括人类在内的生态系统之间如何协调发展的辩证关系。对环境管理有启迪的生态经济学内容包括以下几个方面。

第一，研究人类经济活动与环境系统的相互促进的关系，这样就能依此理论来合理调节人类在与自然环境之间各种过程与环境系统的关系。

第二，研究如何建立合理的生态经济系统结构。生态经济系统的持续稳定发展，依赖于生态经济系统合理的结构和相应的功能。

第三，研究生态系统与经济系统的内在联系与规律。只有掌握和运用它们之间的客观运动规律及其变化趋势，才能实现生态效益和经济效益的协调统一。

第四，研究再生产过程的相互协调问题。对自然资源的开发和利用，直到产品的分配、流通、消费以及废物的排放，实现以最少的劳动和消耗取得最大的经济效益和生态效益。

第五，把 PRED 系统作为一个整体来研究，找出内在联系，相互协调发展。

产业生态学就是把生态经济理论运用到了生产中的一门学科，清洁生产、产品生命周期分析、生态工业园区等在许多国家和地区生产中都已付诸实践，在改善环境中发挥了很好的效益。

3.5.2.2 产业生态学

从"社会-经济-自然"复合生态系统的角度，产业生态学是一门研究社会生产活动中自然资源从源到汇的全代谢过程，组织管理体制以及生产、消费、控制行为的动力学机制，控制论方法及其与生命支持系统互相关系的系统科学。产业生态学的主要思想是把产业系统看做一类特定的生态系统，基本组成也有生产者、消费者、分解者。

产业生态学具有以下特征：a. 系统性，其研究核心是产业系统与自然系统、经济社会系统之间的相互关系；b. 整体性，考虑整个生命周期的环境影响，而不是只考虑局部或某个阶段的影响；c. 未来性，关注未来的生产、使用和再循环技术的潜在环境影响，其研究目标着眼于长远利益；d. 区域性，产业生态学提倡一种区域观，不仅要考虑人类产业活动对局地、地区的环境影响，还要考虑对周边影响区域生命支持系统的重大影响。

产业生态学的原则包括开放性原则、闭路循环性原则和生态经济复合系统的经济性原则。开放性原则要求在产业生态系统的规划、构建和发展过程中，由于各种工艺技术之间紧密，关联度较高，各个环节影响和制约，需要按照开放性系统来组织。闭路循环性原则，要求系统的构建者在规划和发展中应以生态经济学价值观为指导，兼顾生态、经济和社会效益，提高产业系统对自身废物和消费的再利用，降低产业系统对不可再生资源的依赖程度。经济性原则要求在保障生态效益和社会效益的同时，全面提高产业生态系统的整体经济效益。

3.5.3 对环境规划的作用

循环经济理论与产业生态学互为基础，共同发展。循环经济导向的产业生态转型需要在技术、体制和文化领域开展异常深刻的变革。产业生态转型的实质是变产品经济为功能经济，变环境投入为生态产出，促进生态资产与经济资产、生态基础设施与生产基础实施、生态服务功能与社会服务功能的平衡与协调发展。它涉及生态效率和效用的创新。在循环经济与生态产业理论支撑下，产品开发的战略管理包括改善材料质量，减少材料消耗，优化工艺流程，提升流通渠道，延长生命周期，减少环境负担，废物合理处置等。

因此，循环经济与产业生态学理论对于现代环境规划的支持作用是显而易见的。在环规划的方案设计中，需要以这种理论作为指导，对"三废"（废水、废气、废渣）进行合理处置，同时对产业进行有效提升，充分显示清洁生产在降低环境影响的作用。

参 考 文 献

［1］　李小建. 经济地理学［M］. 北京：高等教育出版社，1999.

［2］　陆大道. 区域发展及空间结构［M］. 北京：科学出版社，1999.

［3］　唐剑武，郭怀成，叶文虎. 环境承载力及其环境规划中的初步应用［J］. 中国环境科学，1997，17（1）：6-9.

［4］　郭怀成，尚金城，张天柱. 环境规划学［M］. 北京：高等教育出版社，2001.

［5］　海热提·涂尔逊. 城市生态环境规划——理论、方法与实践［M］. 北京：化学工业出版社，2005.

［6］　曾思育. 环境管理与社会科学研究方法［M］. 北京：清华大学出版社，2004.

［7］　尚金城. 城市环境规划［M］. 北京：高等教育出版社，2008.

［8］　母学征. 小城镇环境规划的理论与应用研究［D］. 开封：河南大学，2007.

［9］　丁成日. 空间结构与城市竞争力［J］. 地理学报，2004，59（增刊）：85-92.

［10］　赵麦换. 区域生态环境规划的理论、指标体系及其应用初步研究——以延安市宝塔区为例［D］. 西安：西北大学，2001.

［11］　黄宝荣，张慧智，李颖明. 环境管理分区：理论基础及其与环境功能分区的关系［J］. 生态经济，2010（9）：160-165.

［12］　陈丽华，苏新琴. 小城镇规划原理［M］. 北京：中国环境科学出版社，2007.

第4章

现代环境规划的技术方法

本章介绍现代环境规划中常用的调查技术、预测方法、区划方法、总量控制方法、规划决策方法、循环经济构建方法、环境规划实施评估方法等技术方法，反映了现代环境规划的每个环节中的关键技术。

4.1 调查技术

传统意义上调查并不被列为关键技术方法的范畴，而我们在多年的环境规划实践中发现，由于现状调查的不明晰往往影响着最后的规划方案制定。其中的一个很重要原因就在于现状调查技术未能得到应有的重视，很多规划依赖于基层环境监测的数据，而后者往往受到一定设备、人员等条件的制约。很多地区污染源普查的结果与环境统计结果存在较大差异，而即便是污染源普查数据也未能代表区域环境现状的全部情况。尽管如此，除了部分地区为了特定项目的实施开展的详细调查，全国污染源普查是最为详尽的污染源数据来源。而环境质量调查则更多地有赖于环境质量监测网络的逐步完善，试图依靠某种数学方法实现区域以"点"数据代替"面"状况的方式在很多环境要素下存在困难。下面就对全国污染源普查的调查方法进行介绍。

4.1.1 污染源普查方法

根据《全国污染源普查条例》（中华人民共和国国务院令第 508 号），污染源普查采用全面调查的方法，必要时可以采用抽样调查的方法。污染源普查采用全国统一的标准和技术要求。污染源普查范围包括：工业污染源，农业污染源，生活污染源，集中式污染治理设施和其他产生、排放污染物的设施。

工业污染源普查的主要内容包括：企业基本登记信息，原材料消耗情况，产品生产情况，产生污染的设施情况，各类污染物产生、治理、排放和综合利用情况，各类污染防治设施建设、运行情况等。农业污染源普查的主要内容包括：农业生产规模，用水、排水情况，化肥、农药、饲料和饲料添加剂以及农用薄膜等农业投入品使用情况，秸秆等种植业剩余物处理情况以及养殖业污染物产生、治理情况等。生活污染源普查的主要内容包括：从事第三产业的单位的基本情况和污染物的产生、排放、治理情况，机动车污染物排放情况，城镇生活能源结构和能源消费量，生活用水量、排水量以及污染物排放情况等。集中式污染治理设施普查的主要内容包括：设施基本情况和运行状况，污染物的处理处置情况，渗滤液、污泥、焚烧残渣和废气的产生、处置以及利用情况等。

核算污染物排放量是污染源普查的核心内容，目前采用实际监测、产排污系数、物料衡算法三种方法进行较，通过三种方法的比较并结合企业的实际情况，选取最优化、合理的污染物普查方法，进行填报污染源普查表。实际监测法是依据实际监测普查对象产生和外排废水量及其污染物浓度，计算出废水排放量及各种污染物的产生量和排放量。产排污系数法是指根据《产排污系数手册》提供的产排污系数，核算普查对象污染物的产生量和排放量。物料衡算法是指根据物质质量守恒原理，对生产过程中使用的物料变化情况进行定量分析的一种方法。

根据普查对象的不同，可以采取不同的污染物核算方法（见表 4-1）。

表 4-1　污染源普查污染物排放量核算方法

序号	普查对象	污染物排放量核算方法
1	工业污染源	实际监测法、产排污系数法、物料衡算法
2	集中式污染治理设施	实际监测法、产排污系数法
3	农业源	产排污系数法、实际监测法
4	农村生活源	产排污系数法、实际监测法
5	非农村生活源	产排污系数法、实际监测法

4.1.1.1　实际监测法

监测数据包括：普查监测数据、历史监测数据和在线监测数据。

历史监测数据包括：近 3 年内环保部门对企业进行监督性监测数据（简称监督监测数据）、建设项目环保竣工验收监测数据（简称验收监测数据）、企业委托监测数据和企业自测数据。监测数据必须符合"有效性认定"要求，才能作为核算污染物产生、排放量的依据。

监测数据采用优先顺序：普查监测＞历史监测＞在线监测。历史监测数据采用优先顺序：监督监测＞验收监测＞委托监测＞企业自测。近 3 年内的监测数据：首先采用最近一年的数据，如最近一年没有符合要求的监测数据，可逐年后推，最多推至第 3 年。

产排污量的计算原则：

① 废水污染物产排污量　有累计流量的，按废水流量加权平均浓度和年累计废水流量计算得出，没有累计流量的，按监测的瞬时排放量（均值）和年生产时间进行核算；

② 废气污染物产排污量　按监测的瞬时排放量（均值）和年生产时间进行核算。

4.1.1.2　产排污系数法

根据《产排污系数手册》中提供产排污系数，核算普查对象年度污染物的产生量和排放量。

① 统一采用第一次全国污染源普查工作办公室印发的《产排污系数手册》，不得采用其他各类产排污系数或经验系数。

② 根据产品、生产过程中产排污的主导生产工艺、技术水平、规模等，选用相对应的

产排污系数，结合本企业原、辅材料消耗、生产管理水平、污染治理设施运行情况，确定产排污系数的具体取值，依据本企业年度的实际产量，核算产、排污量。

③《产排污系数手册》中没有涉及的行业，可根据生产采用的主导工艺、原辅材料，类比采用相近行业的产排污系数进行核算。

4.1.1.3 物料衡算法

根据物质质量守恒原理，对生产过程中使用的物料变化情况进行定量分析，核算产、排污量，即：

投入物料量总和＝产出物料量总和＝主副产品和回收及综合利用的物质量总和＋排出系统外的废物质量（包括可控制与不可控制生产性废物及工艺过程的泄漏等物料流失）

采用物料衡算法时应注意：对企业的生产工艺、能耗、物流及生产管理、污染控制水平进行充分了解；从物料平衡分析着手对企业的原材料、辅料、能源、水的消耗量、生产工艺过程进行综合分析，使测算出的污染物产生量和排放量能够比较真实地反映企业在生产过程中的实际情况。

(1) 重点污染源

① 以实际监测法和产排污系数法为主核算污染物的产生量和排放量。

——监测数据符合"监测数据认定要求"

——产、排污系数的应用及计算正确

② 物料衡算法只在无法采用实际监测法和产排污系数法核算时采用。

(2) 一般污染源

① 主要采用产排污系数法核算污染物的产生量和排放量

——监测数据符合《工业源与集中式污染治理设施普查技术规定》"监测数据的认定"章节中规定要求的，可采用实际监测法。

② 物料衡算法只在无法采用产排污系数法和实际监测法核算时采用。

采用实际监测法得到污染物产、排污量时，要用产排污系数法进行核算。若产排污系数法、实际监测法核算的污染物产、排污量出现差异：a. 如两种方法核算的污染物产、排污量相对误差小于20%，以实际监测法为准最终核定污染物产、排污量；b. 如两种方法核算的污染物产、排污量相对误差大于20%时，应核实实际监测时企业的生产工况及生产工艺，如实际监测时企业的生产工况不符合相关监测技术规定要求，应核准产排污系数适用是否正确，并用核准后的产排污系数核定污染物产、排污量；如监测时生产工况符合相关监测技术规定要求，同时产排污系数的应用正确，则取实际监测法和产排污系数法核算结果中污染物排放量大的数据作为认定数据。

对于使用监测数据和产排污系数核算产、排污量并出现差异时，应注意以下情况。

① 企业接受委托处理其他企业废水，应扣除接纳其他企业废水中污染物的产、排污量，再比较实际监测法与产排污系数法核算的产、排污量，并按上述原则最终核定企业的产、排污量；如无法扣除其他企业废水中污染物的产、排污量，则以产排污系数法最终核定污染物的产、排污量。

② 除水泥、钢铁、电力和焦化行业废气产、排污系数已包括无组织排放外，其他行业均不考虑无组织排放情况。对于钢铁、水泥、电力和焦化企业，根据产排污系数法核算的废气污染物产、排污量应大于按实际监测法核算的结果。

4.1.2　抽样调查方法

抽样调查是从研究对象的总体中抽取一部分个体作为样本进行调查，据此推断有关总体的数字特征。抽样调查虽然是非全面调查，但它的目的却在于取得反映总体情况的信息资料，因而，也可起到全面调查的作用。根据抽选样本的方法，抽样调查可以分为概率抽样和非概率抽样两类。概率抽样是按照概率论和数理统计的原理从调查研究的总体中，根据随机原则来抽选样本，并从数量上对总体的某些特征作出估计推断，对推断出可能出现的误差可以从概率意义上加以控制。习惯上将概率抽样称为抽样调查。迄今为止，抽样调查是非全面调查方法中用来推算和代表总体的最完善、最有科学根据的调查方法。

抽样调查的一般程序包括：a. 确定调查总体；b. 制定抽样框，确定个体编号（抽样框是指用以代表总体，并从中抽选样本的一个框架，其具体表现形式主要有包括总体全部单位的名册、地图等；抽样框在抽样调查中处于基础地位，是抽样调查必不可少的部分，其对于推断总体具有相当大的影响）；c. 分割总体，决定样本规模；d. 确定调查的信度和效度；e. 决定抽样方式；f. 实施抽样调查并推测总体。

（1）随机抽样

① 简单随机抽样法　这是一种最简单的一步抽样法，是对调查总体不进行任何分组、排队，完全凭着偶然的机会从中抽取个体加以调查。抽样时，处于抽样总体中的抽样单位被编排成 $1 \sim n$ 编码，然后利用随机数码表或专用的计算机程序确定处于 $1 \sim n$ 间的随机数码，那些在总体中与随机数码吻合的单位便成为随机抽样的样本。这种抽样方法简单，误差分析较容易，但是需要样本容量较多，适用于各个体之间差异较小的情况。

② 系统抽样法　这种方法又称顺序抽样法，是从随机点开始在总体中按照一定的间隔（即"每隔第几"的方式）抽取样本。此法的优点是抽样样本分布比较好，有好的理论，总体估计值容易计算。系统抽样法是随机抽样法中使用最广泛的方法之一。

③ 分层抽样法　分层抽样多在市场调查中使用，它是根据某些特定的特征，将总体分为同质、不相互重叠的若干层，再从各层中独立抽取样本，是一种不等概率抽样。分层抽样利用辅助信息分层，各层内应该同质，各层间差异尽可能大。这样的分层抽样能够提高样本的代表性、总体估计值的精度和抽样方案的效率，抽样的操作、管理比较方便。但是抽样框较复杂，费用较高，误差分析也较为复杂。可以分为等比例随机抽样和非等比例随机抽样两种。

④ 分群抽样法　分群抽样是"一批批"地抽取样本单位，先将总体单元分群，可以按照自然分群或按照需要分群，在交通调查中可以按照地理特征进行分群，随机选择群体作为抽样样本，调查样本群中的所有单元。整群抽样样本比较集中，可以降低调查费用。例如，在进行居民出行调查中，可以采用这种方法，以住宅区的不同将住户分群，然后随机选择群体为抽取的样本。此法优点是组织简单，缺点是样本代表性差。

⑤ 多阶段抽样法　多阶段抽样是采取两个或多个连续阶段抽取样本的一种不等概率抽样。第一阶段先将总体按照一定的规范分成若干抽样单位，称之为一级抽样单位（或称初级抽样单位），再把抽中的一级抽样单位分成若干更小的二级抽样单位，然后再把二级抽样单位分成三级抽样单位等等，这样就形成一个多阶段抽样过程。

（2）非随机抽样

① 重点抽样　只对总体中为数不多但影响颇大（标志值在总体中所占比重颇大）的重

点单位调查。

②典型抽样 挑选若干有代表性的单位进行研究。

③任意抽样 随意抽取调查单位进行调查（与随机抽样不同，不保证每个单位相等的入选机会），常用"街头拦人法"和"空间抽样法"。

④配额抽样 对总体作若干分类和样本容量既定情况下，按照配额从总体各部分进行。调查人员如果对调查总体结果的特征有较为详细的了解，在不具备随机抽样条件下，可以尝试该方法，可以分为独立和非独立控制两种方法。

⑤固定样本连续调查法 把选定的样本单位固定下来，进行长期调查。

⑥滚雪球抽样 也称为推荐抽样，通常采用随机方式选择一组调查方式或个体，在对它们进行调查后，根据它们所提供的信息由它们推荐选择下一组调查对象或个体。这样，通过上一组选择下一组，像滚雪球一样一波一波地继续下去，直至调查结束。

4.2 预测方法

4.2.1 社会经济发展与环境污染预测

环境预测是指对规划对象相关的社会、经济、环境要素的发展趋势进行科学的推断。环境预测包括确定预测目标、收集整理有关资料、选择预测方法、建立预测模型、评价预测模型、利用模型进行预测、分析预测结果等主要步骤。现代环境规划中强调环境预测与社会经济发展预测的同步性，一般需要首先预测社会经济发展，称之为发展情景预测。在此基础上，常采用产污系数或定性方法进行预测，一些统计分析、模型预测方法应用较少。但随着规划编制的往前推进，有必要采用统计、模拟分析来获得更好的规划背景。

4.2.2 情景分析方法

情景分析（scenario analysis）是建立在对研究对象的未来状态或者趋势进行多种可能性推断基础上的一种政策研究方法。在环境规划领域中通过对不同情景方案下的社会经济发展及污染物排放情况进行模拟分析和预测，从总体上给出环境与经济发展的策略框架。

情景分析法是一种适用于对可变因素较多的项目进行风险预测和识别的系统技术，它在假定关键影响因素有可能发生的基础上，构造出多重情景，提出多种未来的可能结果，进行综合预测。其最大的优势就是能够向管理者展示未来发展的不同情景，严密地推理和描述来构想未来各种可能的方案，并随时监测影响因素的变化。通过对各种情景方案下的预测结果进行优劣性评价，从而寻求最优化方案。

情景分析法发展到现在，已经形成了很多的版本。其中美国斯坦福研究院的六阶段分析法，焦点明确，步骤简介，在各个领域中应用广泛。其基本步骤如下：a. 决策焦点的确认；b. 认定关键影响因素；c. 分析外在驱动力量；d. 选择不确定轴面；e. 构建未来情景；f. 分析情景，制定相关决策。

我国学者刘永等（2005）确定环境规划中情景分析的步骤和方法主要包括：对象和焦点问题及关键决策识别，核心要素识别，驱动因子列举，驱动因子重要性和不确定性排序，核心情景驱动选择和情景勾画，情景的丰富和应用，并以邛海流域的环境规划为案例进行分析，设计了 2005～2015 年的 4 种情景，并利用系统动力学模型（SD）和不确定性模糊多目标模型（IFMOP）对情景进行了定量描述和分析。

目前，我国情景分析方法在环境规划领域中的应用常常基于现状分析，然后构造多种方案集合，通过模拟社会经济发展的不同情景，进而预测并确定最终方案，其典型步骤如下：a. 制定社会经济发展的不同情景发展方案；b. 结合环境现状提供关键环境影响因子；c. 通过模型进行不同情景方案分析；d. 对不同情景方案进行社会、经济、环境决策分析；e. 获得可行方案、推荐方案、高中低方案等的综合预测集合。

4.2.3　统计分析预测方法

环境系统内部各部分之间常存在某种因果关系，如产品产量的增加常导致污染物排放量的增加，交通流量的增加会使公路沿线噪声污染加重等。这种因果关系往往无法用精确的理论模型进行描述，只有通过对大量观测数据的统计处理，才能找到它们之间的关系和规律。相关分析、回归分析就是通过对观测数据的统计分析和处理，确定事物之间相关关系的方法。时间序列分析法是依据预测对象过去的统计数据，找到其随时间变化的规律，建立时序模型，进而推断未来数值的方法。此外，还有主成分分析、马尔可夫预测方法等，本节将对环境规划中常用的几种统计分析预测方法进行介绍。

4.2.3.1　相关分析预测方法

环境或经济要素之间相关分析的任务，是揭示研究对象之间的密切程度，这主要是通过对相关系数的计算与检验来完成的。

(1) 相关系数的计算和检验

① 相关系数的计算　对于两个要素 X 与 Y，如果它们的样本值分别为 x_i，y_i（$i=1$，$2,\cdots,n$），则它们之间的相关系数被定义为

$$r_{xy} = \frac{\sum\limits_{i=1}^{n}(x_i - \overline{x})(y_i - \overline{y})}{\sqrt{\sum\limits_{i=1}^{n}(x_i - \overline{x})^2 \sum\limits_{i=1}^{n}(y_i - \overline{y})^2}} \tag{4-1}$$

式中，$\overline{x}$，$\overline{y}$ 分别为两个要素的平均值。r_{xy} 大于 0，表示正相关；反之则为负相关。r_{xy} 值越接近 1，表示两要素的关系越密切，反之越不密切。

② 相关系数的检验　当要素之间的相关系数求出之后，还需要进行检验，这主要是因为由于样本数目的多少会影响要素之间的相关系数，需要通过检验才能知道可信度。一般情况下，通过查相关系数检验的临界值表来完成，见表 4-2。给出相关系数真值 $\rho=0$（即两要素不相关）时样本相关系数的临界值 r_α。

表 4-2　检验相关系数 $\rho=0$ 的临界值 r_α 表 ❶（$\rho\{|r|>r_\alpha\}=\alpha$）

f/α	0.10	0.05	0.02	0.01	0.001
1	0.98769	0.99692	0.999507	0.999877	0.9999988
2	0.90000	0.95000	0.98000	0.99000	0.999000
3	0.8054	0.8783	0.93433	0.95873	0.991160
4	0.7293	0.8114	0.8822	0.91720	0.97406

❶ 数据来源于文献 [23].

f/α	0.10	0.05	0.02	0.01	0.001
5	0.6694	0.7545	0.8329	0.8745	0.95074
6	0.6215	0.7067	0.7887	0.8343	0.92493
7	0.5822	0.6664	0.7493	0.7977	0.8982
8	0.5494	0.6319	0.7155	0.7646	0.8721
9	0.5214	0.6021	0.6851	0.7348	0.8471
10	0.4973	0.5760	0.6581	0.7079	0.8233
11	0.4762	0.5529	0.6339	0.6835	0.8010
12	0.4575	0.5324	0.6120	0.6614	0.7800
13	0.4409	0.5139	0.5923	0.6411	0.7603
14	0.4259	0.4973	0.5742	0.6226	0.7420
15	0.4124	0.4821	0.5577	0.6055	0.7246
16	0.4000	0.4683	0.5425	0.5897	0.7084
17	0.3887	0.4555	0.5285	0.5751	0.6932
18	0.3783	0.4438	0.5155	0.5614	0.6787
19	0.3687	0.4329	0.5034	0.5487	0.6652
20	0.3598	0.4227	0.4921	0.5368	0.6524
25	0.3233	0.3809	0.4451	0.4869	0.5974
30	0.2960	0.3494	0.4093	0.4487	0.5541
35	0.2746	0.3246	0.3810	0.4182	0.5189
40	0.2573	0.3044	0.3578	0.3932	0.4896
45	0.2428	0.2875	0.3384	0.3721	0.4648
50	0.2306	0.2732	0.3218	0.3541	0.4433
60	0.2108	0.2500	0.2948	0.3248	0.4078
70	0.1954	0.2319	0.2737	0.3017	0.3799
80	0.1829	0.2172	0.2565	0.2830	0.3568
90	0.1726	0.2050	0.2422	0.2673	0.3375
100	0.1638	0.1946	0.2301	0.2540	0.3211

其中 f 为自由度，$f=n-2$。$\rho\{|r|>r_\alpha\}=\alpha$ 的意思为，当 $|r|>r_\alpha$ 时，两要素不相关的可能性只有 α。现时的很多相关系数计算往往以超过 0.8 或 0.85 为相关性较强的描述，严格意义上而言是不科学的，因为未将自由度、样本和置信水平考虑在内。

(2) 秩相关系数的计算和检验

秩相关系数，又称等级相关系数，或顺序相关系数，是描述两要素之间相关程度的一种统计指标。它是将两要素的样本值按数据的大小顺序排列位次，以各要素样本值的位次代替实际数据而求得的一种统计量。它实际是位次分析方法的数量化。

若两个要素 X，Y 有 n 对样本值，$d_i^2=(R_{1i}-R_{2i})^2$ 代表要素 X 和 Y 的同一组样本位次差的平方，其中 R_1 和 R_2 分别代表要素 X 和 Y 的位次。则要素之间的秩相关系数为：

$$r'_{xy}=1-\frac{6\sum\limits_{i=1}^{n}d_i^2}{n(n^2-1)} \tag{4-2}$$

检验方法与相关系数的类似，秩相关系数的检验也通过临界值来得到反映。临界值见表 4-3。

表 4-3 秩相关系数检验的临界值

n	显著水平 α		n	显著水平 α	
	0.05	0.01		0.05	0.01
4	1.000		16	0.425	0.601
5	0.900	1.000	18	0.399	0.564
6	0.829	0.943	20	0.377	0.534
7	0.714	0.893	22	0.359	0.508
8	0.643	0.833	24	0.343	0.485
9	0.600	0.783	26	0.329	0.465
10	0.564	0.746	28	0.317	0.448
12	0.506	0.712	30	0.306	0.432
14	0.456	0.645			

(3) 偏相关系数的计算和检验

在多要素所构成的环境系统中，把其他要素的影响视为常数，单独研究某一个要素对另一要素的相关程度时，为偏相关，采用偏相关系数用以度量。偏相关系数利用单相关系数进行计算。三个要素的偏相关系数的计算方法如下：

$$r_{12 \cdot 3} = \frac{r_{12} - r_{13} r_{23}}{\sqrt{(1 - r_{13}^2)(1 - r_{23}^2)}} \tag{4-3}$$

$r_{12 \cdot 3}$ 代表 x_3 不变时 x_1 和 x_2 之间的偏相关系数。

三个要素情形下计算的偏相关系数称为一级偏相关系数。更多要素的可类比上述方法计算。偏相关系数采用 t 检验法进行检验。

$$t = \frac{r_{12 \cdot 34 \cdots m}}{\sqrt{1 - r_{12 \cdot 34 \cdots m}^2}} \sqrt{n - m - 1} \tag{4-4}$$

式中，$r_{12 \cdot 34 \cdots m}$ 为偏相关系数；n 为样本数；m 为 X 要素个数。

查 t 分布表，可得不同显著水平上的临界值 t_α，若 $t > t_\alpha$，则表示偏相关显著。

(4) 复相关系数的计算和检验

由于一个要素往往受到多种因素的综合影响，而采用单相关、偏相关系数不能反映这种综合影响，可以采用复相关系数测定几个要素与某一个要素之间的复相关程度。复相关系数的计算方法如下：一般地，当有 k 个影响因素（自变量）时，

$$R_{y \cdot 12 \cdots k} = \sqrt{1 - (1 - r_{y1}^2)(1 - r_{y2 \cdot 1}^2) \cdots [1 - r_{yk \cdot 12 \cdots (k-1)}^2]} \tag{4-5}$$

式中，y 为因变量；$x_1, x_2, \cdots, x_k$ 为自变量；$R_{y \cdot 12 \cdots k}$ 为 y 与 $x_1, x_2, \cdots, x_k$ 之间的复相关系数。复相关系数采用 F 检验法。

$$F = \frac{R_{y \cdot 12 \cdots k}^2}{1 - R_{y \cdot 12 \cdots k}^2} \times \frac{n - k - 1}{k} \tag{4-6}$$

查 F 检验的临界值表，可得不同显著水平上的临界值 F_α。若 $F > F_{0.01}$，则表示复相关在置信度水平 $\alpha = 0.01$ 上显著，称为极显著；若 $F_{0.05} < F \leqslant F_{0.01}$，则表示复相关在置信度水平 $\alpha = 0.05$ 上显著；若 $F_{0.10} \leqslant F \leqslant F_{0.05}$ 则表示复相关在置信度水平 $\alpha = 0.10$ 上显著；若 $F < F_{0.10}$，则表示复相关不显著。

4.2.3.2 回归预测方法

根据回归模型的线性特征，回归预测可分为线性回归预测和非线性回归预测。线性回归预测以多元线性回归模型为主，一元可以看成多元的特例。将预测对象作为因变量 y，各影响因素为自变量 x_i（$i=1,2,\cdots,k$），则因变量与自变量存在的线性关系常表示为：

$$y=\beta_0+\beta_1 x_1+\beta_2 x_2+\cdots+\beta_k x_k+\varepsilon \tag{4-7}$$

式中，β_0 为回归常数；β_i（$i=1,2,\cdots k$）为回归系数；ε 为随机干扰项，一般在预测中将其忽略。

环境系统内部各事物之间关系错综复杂，有时线性关系难以描述，在这种情况下，可以考虑采用非线性回归模型。非线性回归模型一般可以分为一元函数曲线模型和多元函数曲线模型。多元函数曲线模型的形式主要为：

$$Y=F(X_1,X_2,\cdots X_k) \tag{4-8}$$

常用的模型一般为一元函数曲线模型，包括：

(1) 对数双曲线回归模型

$$y=a+b\ln x+\varepsilon \tag{4-9}$$

(2) 幂函数曲线回归模型

$$y=ax^b+\varepsilon \tag{4-10}$$

(3) 指数曲线回归模型

$$y=ab^x+\varepsilon \tag{4-11}$$

(4) 多项式曲线回归模型

$$y=b_0+b_1 x+b_2 x^2+\cdots+b_k x^k \tag{4-12}$$

对于参数的确定要采用参数估计的方法，而多元线性回归中通常选用最小二乘估计的方法。在回归模型的参数估计之后要进行模型参数的检验，主要包括相关系数检验、F-检验、t-检验、DW 检验和共线性诊断等。有关参数估计和检验的详细知识请参阅相关统计学文献。非线性回归函数的获得通常也是转化成线性回归后再进行参数求取。

4.2.3.3 时间序列分析预测

相关分析、回归分析的前提在于因变量和自变量之间存在某种关系，但是这种关系如果不存在或者未知时，这两种方法就不再适用。采用时间序列分析法进行预测可以不依赖于变量之间的因果关系，通过预测对象过去的统计数据，找到其随时间变化的规律，建立时序模型，进而推断未来数值。时间序列分析方法包括平滑预测法、趋势线法、季节性指数法、ARMA 法等，有兴趣的读者想要了解更多的内容，可以参考本章之后的参考文献，本节仅介绍环境规划中常用的前两种方法。

(1) 平滑预测法

一个环境变量在不同时期的数值大小，通常受到主导因素和偶然因素的影响，可以采用平滑预测法来减少偶然因素的影响，以便使其时间序列过程清晰。平滑预测法可以分为以下三类。

① 移动平均法 设某一时间序列为 $y_1,y_2,\cdots,y_t$，则下一时刻（$t+1$）的移动平均预测值为：

$$y_{t+1}=\frac{1}{n}\sum_{i=0}^{n-1}y_{t-i}=\frac{y_t+y_{t-1}+\cdots+y_{t-n+1}}{n} \tag{4-13}$$

其中 n 为移动点数。

② 滑动平均法　计算公式为：

$$\overline{y}_t = \frac{1}{2n+1}\left(\sum_{i=0}^{n} y_{t-i} + \sum_{i=1}^{n} y_{t+i}\right) \tag{4-14}$$

③ 指数平滑法　为了克服移动平均法等权平均的不足，一次指数平滑法根据距离预测期的远近给予不同的权重，进行计算，得到下一时刻预测值，其数学表达式为：

$$S_{t+1} = aY_t + (1-\alpha)S_t \tag{4-15}$$

式中，α 为平滑常数（即权数，$0 < \alpha < 1$）；S_t 为 t 时刻的指数平滑值；Y_t 为 t 时刻的实际观测值。一次指数平滑法是用 $(t+1)$ 时刻的平滑值作为预测值，所以上式也是一次指数平滑的预测模型。平滑常数的选择直接影响过去各时刻观测值的作用。其值越大，越靠近预测期的观测值对预测值的作用越大，反之亦然。一般选择几个平滑常数进行分别计算，取平滑误差最小的常数为最后取值。一般时间序列比较平稳时，取 $\alpha \in (0.05, 0.3)$；如果起伏波动较大，可取 $\alpha \in (0.7, 0.95)$。

所有指数平滑法都需要确定一个初始值。一般来说，可用前一时刻观测值或者前面三次时刻观测值的平均值作为初始值，即：

$$S_1 = Y_1 \tag{4-16}$$

$$S_1 = \frac{Y_1 + Y_2 + Y_3}{3} \tag{4-17}$$

当时间序列呈直线趋势时，为了提高指数平滑对时间序列的吻合程度，在第一次指数平滑的基础上，再进行一次平滑，其目的不是直接用于预测，而是用来修正一次指数平滑的滞后偏差。用 S_t' 表示一次指数平滑值，用 S_t'' 表示二次指数平滑值，则：

$$S_t' = \alpha Y_t + (1-\alpha)S_{t-1}' \tag{4-18}$$

$$S_t'' = \alpha S_t' + (1-\alpha)S_{t-1}'' \tag{4-19}$$

二次指数平滑对原时间序列进行了二次修匀。因此，更能消除原序列的不规则变动和周期性变动，使序列的长期趋势更加明显。布朗三次指数平滑法是在二次指平滑的基础上再一次指数平滑，然后用平滑值建立预测模型的方法。布朗三次指数平滑法主要用于非线性时间序列的预测。

（2）趋势分析法

在环境规划的各要素预测中，采用趋势线分析是一种常用的方法，如人口预测、用水量预测、能源消费预测等。趋势线有直线和曲线两种，如线性、对数、多项式、乘幂等。系数的求解可采用回归分析的最小二乘法或直接在 Excel 软件中实现，但需要考虑相关系数是否满足要求。

① 线性（直线型）：　　　　$y_t = a + bt$ 　　　　　　　　　　　　　(4-20)

② 指数型：　　　　　　　　$y_t = ab^t$ 　　　　　　　　　　　　　(4-21)

③ 抛物线型：　　　　　　　$y_t = a + bt + ct^2$ 　　　　　　　　　　(4-22)

4.2.3.4　马尔可夫预测

马尔可夫法是以俄国数学家马尔可夫（A. A. Markov）名字命名的一种方法。它将时间序列看做一个随机过程，通过对事物不同状态的初始概率和状态之间转移概率的研究，确定状态变化趋势，以预测未来。马尔可夫预测方法是建立在大量统计数据基础之上的一种方法，这些统计数据主要用于状态之间转移概率矩阵。

（1）状态

状态是指某一事件在某个时刻出现的某种结果，例如经济发展过程的"欠发达"、"较发达"、"发达"水平，环境质量的"差"、"中"、"良"、"优"等。

（2）状态转移过程

一个时刻到另外一个时刻的状态转变过程，在马尔可夫预测中若每次状态的转移仅与前一时刻的状态相关，而与过去的状态无关，则称之为无后效性，属于马尔可夫过程。

（3）状态转移概率矩阵

$$P = \begin{bmatrix} P_{11} & P_{12} & \cdots & P_{1n} \\ P_{21} & P_{22} & \cdots & P_{2n} \\ \vdots & \vdots & \vdots & \vdots \\ P_{n1} & P_{n2} & \cdots & P_{nn} \end{bmatrix} \tag{4-23}$$

$$P_{ij} = P(E_j / E_i) = P(E_i \to E_j) \tag{4-24}$$

式中，E_i、E_j 为 i、j 相邻状态；P_{ij} 为 E_i 向 E_j 的状态转移概率，有 $\sum\limits_{j=1}^{n} P_{ij} = 1$。

（4）状态概率

与相邻状态之间的转移对比，事件在初始时状态为已知的条件下，经过 k 次状态转移后，处于状态 E_j 的概率，称之为状态概率 $\pi_j (k)$，有 $\sum\limits_{j=1}^{n} \pi_j (k) = 1$。这一状态转移过程，可以看做是首先经过 $k-1$ 次状态转移后到达状态 E_i，然后再经过一次状态转移到达状态移到状态 E_j。根据马尔可夫过程的无后效性及贝叶斯条件概率公式，有：

$$\pi_j (k) = \sum\limits_{i=1}^{n} \pi_i (k-1) P_{ij} \tag{4-25}$$

$\pi(0) = [\pi_1 (0), \pi_2 (0), \cdots \pi_n (0)]$ 为初始状态概率向量，经过无穷多次状态转移后得到的状态概率称为终极状态概率 $\pi = [\pi_1, \pi_2, \cdots, \pi_n]$，按照极限的定义可知：

$$\lim_{k \to \infty} \pi (k) = \lim_{k \to \infty} \pi (k+1) = \pi \tag{4-26}$$

这样就得到了终极状态概率应满足的条件：

a. $\pi = \pi P$；b. $0 \leqslant \pi_i \leqslant 1 \quad (i = 1, 2, \cdots, n)$；c. $\sum\limits_{i=1}^{n} \pi_i = 1$

可用来预测马尔可夫过程在遥远的未来会出现趋势。

4.2.3.5 主成分分析预测

主成分分析方法是把原来多个变量划为少数几个综合指标的一种统计分析方法，从数学的角度看，这是一种降维处理技术。主成分分析通过使用较少新变量来反映原来多变量信息，是综合处理问题的一种强有力的工具，随着统计软件 SPSS 等的发展，主成分分析方法得到了广泛的应用。其计算步骤如下。

① 计算相关系数矩阵 R（$p \times p$）。

② 计算相关系数矩阵特征值与特征向量。用雅可比法（Jacobi）求出特征值 $\lambda_i (i = 1, 2, \cdots, p)$，并按从大到小的顺序排列；分别求出各特征值对应的特征向量 $e_i (i = 1, 2, \cdots, p)$。要求 $\|e_i\| = 1$，即 $\sum\limits_{j=1}^{p} e_{ij}^2 = 1$，其中 e_{ij} 表示向量 e_i 的第 j 个分量。

③ 计算主成分贡献率 $z_i = \dfrac{\lambda_i}{\sum\limits_{k=1}^{p}\lambda_k}$，累计贡献率为 $\dfrac{\sum\limits_{k=1}^{i}\lambda_k}{\sum\limits_{k=1}^{p}\lambda_k}(i=1,2,\cdots,p)$。一般取累计贡献率达 $85\% \sim 95\%$ 的特征值 $\lambda_i (i=1,2,\cdots,m)$ 对应的 m 个主成分 $(m \leqslant p)$。

④ 计算主成分载荷。$l_{ij} = p(z_i, x_j) = \sqrt{\lambda_i} e_{ij} (i,j=1,2,\cdots,p)$

⑤ 由原来变量指标 x 计算综合指标，即新变量指标 z：

$$\begin{cases} z_1 = l_{11}x_1 + \cdots + l_{1p}x_p \\ z_2 = l_{21}x_1 + \cdots + l_{2p}x_p \\ \vdots \\ z_m = l_{m1}x_1 + \cdots + l_{mp}x_p \end{cases} \tag{4-27}$$

4.2.4 其他预测方法

4.2.4.1 灰色预测方法

环境的灰色预测以 GM(1,1) 模型为基础，一般包括数列预测、灾变预测、拓扑预测和系统预测。

(1) 数列预测

数列预测对环境要素发展变化情况所做的预测，其结果是未来各个时刻的值。设 $X^{(0)} = \{x^{(0)}(t), t=1,2,\cdots,n\}$ 是所要预测某种指标的原始数据，对其作一次累加生成处理，则得到一个新的数列；

$$X^{(1)}(k) = \sum_{i=1}^{k} X^{(0)}(i) \tag{4-28}$$

这个数列与原始数列相比较，其随机性程度弱化，平稳度增加。新数列可近似地用如下微分方程拟合；

$$\frac{\mathrm{d}x^{(1)}}{\mathrm{d}t} + ax^{(1)} = u \tag{4-29}$$

$$\begin{bmatrix} a \\ u \end{bmatrix} = (B^{\mathrm{T}} - B)^{-1} B^{\mathrm{T}} - Y_n \tag{4-30}$$

$$Y_n = [x^{(0)}(2), x^{(0)}(3), \cdots, x^{(0)}(n)]^{\mathrm{T}} \tag{4-31}$$

$$B = \begin{bmatrix} -\dfrac{1}{2}[x^{(1)}(1) + x^{(1)}(2)] & 1 \\ -\dfrac{1}{2}[x^{(1)}(2) + x^{(1)}(3)] & 1 \\ \vdots & \vdots \\ -\dfrac{1}{2}[x^{(1)}(n-1) + x^{(1)}(n)] & 1 \end{bmatrix} \tag{4-32}$$

解之，得：

$$x^{(1)}(t+1) = \left[x^{(0)}(1) - \frac{u}{a}\right]\mathrm{e}^{-at} + \frac{u}{a} \tag{4-33}$$

式 (4-33) 就是数列预测的基础公式，对一次累加生成数列的预测值还原，得原序列 $X^{(0)}(k)$ 预测模型为：

$$x^{(0)}(t) = x^{(1)}(t) - x^{(1)}(t-1) = \left[x^{(0)}(1) - \frac{u}{a}\right](1-e^a)e^{-a(t-1)} \tag{4-34}$$

式中规定 $x^{(1)}(0) = 0$。通过对预测值与实测值之间的残差值 $\varepsilon^{(0)}(t)$ 和相对误差值 $q(t)$ 的计算，得到计算方差比和小误差概率，进行预测模型的精度检验。具体计算过程如下：

$$\begin{cases} \varepsilon^{(0)}(k) = x^{(0)}(k) - \bar{x}^{(0)}(k) \\ q(k) = \dfrac{\varepsilon^{(0)}(k)}{x^{(0)}(k)} \times 100\% \end{cases} \tag{4-35}$$

$$\bar{x}^{(0)}(k) = \frac{1}{n}\sum_{k=1}^{n} x^{(0)}(k)$$

$$s_1^2 = \frac{1}{n}\sum_{k=1}^{n}\left[x^{(0)}(k) - \bar{x}^{(0)}(k)\right]^2 \tag{4-36}$$

$$\bar{\varepsilon}^{(0)}(k) = \frac{1}{n-1}\sum_{k=2}^{n}\varepsilon^{(0)}(k)$$

$$s_1^2 = \frac{1}{n-1}\sum_{k=2}^{n}\left[\varepsilon^{(0)}(k) - \bar{\varepsilon}^{(0)}(k)\right]^2$$

方差比：$\qquad\qquad\qquad c = s_2/s_1 \tag{4-37}$

小误差概率：$\qquad\quad p\{|\varepsilon^{(0)}(k) - \bar{\varepsilon}^{(0)}(k)| < 0.6745s_1\} \tag{4-38}$

一般预测模型的精度检验可由表 4-4 给出。如果 p、c 都在允许范围内，则表明模型可以进行预测，否则需要通过对残差序列，通过建模法和周期分析法等进行修正。

表 4-4　灰色预测方法精度检验等级标准

精度等级/检验指标	p	c
好	＞0.95	＜0.35
合格	＞0.80	＜0.5
勉强	＞0.70	＜0.65
不合格	≥0.70	≤0.65

(2) 其他预测

灾变预测是对这种异常在未来可能出现的时间进行预测。拓扑预测又称波形预测，从系统运动变化的现有波形曲线预测系统未来运动变化的图形，一般在原始数据列摆动的幅度大而且频繁的情况下应用。预测的原理与灾变预测类似，可以看做是灾变预测多次进行后的组合。

在系统预测中不仅用到 GM(1,1) 模型，还使用 GM(1,N) 模型（一阶多变量的灰色模型），称之为系统预测，用以预测系统中主导因素所起的作用。这些方法的使用说明可在相关文献中进行查阅。

4.2.4.2　系统动力学预测方法

系统动力学，是美国麻省理工学院福瑞斯特（J. W. Forrester）教授首创的一种运用结构、功能、历史相结合的系统仿真方法。它是以反馈理论为基础，以数学计算机仿真技术为手段，通过对系统各组成部分和系统行为研究的学科。借助于 DYNAMO 模型，定量地研究高阶次、非线性的复杂系统。由于其对复杂非线性问题强大的处理能力，目前已经在环境规划、战略环评等领域得到广泛应用。

系统动力学解决问题的主要步骤如下。

第一步：系统分析。主要任务在于分析问题，剖析要因，包括：了解问题，明确需求；分析基本矛盾与主要矛盾；初步划定系统的界限，确定内生变量、外生变量、输入变量；确定系统行为的参考模式；调查、收集有关资料。

第二步：系统因果关系图和流图的建立。分析系统结构，把握系统整体和局部的关系，变量和变量之间的关系（正负关系还是无关系），然后把这些关系转绘成反映系统结构的因果关系图和流图。

第三步：建立 DYNAMO 方程。基于流图，建立系统动力学的仿真模型，即 DYNAMO 方程式。主要包括以下方程，其标志符号分别为：L——状态变量方程；R——速率方程；A——辅助方程；C——赋值常数；T——赋值表函数中 Y 坐标；N——初始计算值。

其中 C\T\N 都是为模型提供参数值，L 是积累方程，R 和 A 是代数运算方程。

① L 状态方程，即计算状态变量 L1 的方程。其基本形式为：

L　L1(现在)＝L1(过去)＋DT(时间步长)＊(输入速率－输出速率)

② R 速率方程，即代表输入速率和输出速率的方程。

③ A 辅助方程，即辅助建立速率方程，其下标一般为 K。

在建立系统动力学方程时，为了使方程写得井井有条，往往按照子系统（模块）书写，书写顺序可沿流图按顺时针方向进行。

在运用 DYNOMA 方程进行模拟之前，首先应对参数赋值。一般参数有表函数、初始值、常数、转换系数、调节时间与参考数值等。

第四步：模型模拟与评估。系统动力学模型构建完之后，经过反复检查各个方程，确认无误后输入计算机进行调试运行。模拟调试通过后，便可进行系统仿真。对于系统仿真结果是否可信，一般通过模型的结构适合性检验（量纲、方程式极端条件、模型边界）、行为适合性检验（结构灵敏度、参数灵敏度、一致性检验）来进行。

DYNAMO 是系统动力学仿真的基础语言，虽然目前的仿真软件已经实现了可视化，但本质上都是以 DYNAMO 语言为依据的。目前流行的系统动力学仿真软件主要有 Rd-Plus、Vensim 和 Stalla。其中，Rd-Plus 是基于 DOS 界面的仿真软件，Vensim 和 Stall 是基于 Windows 界面的仿真软件。

4.3 区划方法

在现代环境规划实践中，进行环境功能分区，实现分区分类的环境管理目标，是现代环境规划的一项重要任务和有效手段。现代环境规划的区划以国家主体功能区划为依据，在进行综合环境功能区划的同时，需要对水、气、生态、噪声等要素进行功能区划。本节主要介绍一般区划的方法，对于已经出台标准的功能区划方法在专项规划中予以介绍。

4.3.1　生态功能区划方法

我国规定从 2003 年 5 月 5 日起执行《生态功能区划暂行规程》，并在 2008 年发布了《全国生态功能区划》。在《生态功能区划暂行规程》中说明了生态功能区划应包括以下内容：a. 生态环境现状评价；b. 生态环境敏感性评价；c. 生态服务功能重要性评价；d. 生态功能分区方案；e. 各生态功能区概述。并指出生态功能分区是依据区域生态环境敏感性、生态服务功能重要性以及生态环境特征的相似性和差异性而进行的地理空间分区。

在该规程中生态功能区划分区系统分三个等级。为了满足宏观指导与分级管理的需要，必须对自然区域开展分级区划。首先从宏观上以自然气候、地理特点划分自然生态区；然后根据生态系统类型与生态系统服务功能类型划分生态亚区；最后根据生态服务功能重要性、生态环境敏感性与生态环境问题划分生态功能区。规程中对 a. 生态环境现状评价；b. 生态环境敏感性评价；c. 生态服务功能重要性评价进行了详细方法说明，但对在此基础上如何进行生态功能区的划分仅进行了简单说明。

4.3.1.1 基本方法

一般地，生态功能区划可以分为基本方法和一般方法。基本方法包括顺序划分法和合并法。

(1) 顺序划分法

又称"自上而下"划分法，以空间异质性为基础，按区域内差异最小、区域间差异最大，以及区域共轭性划分最高级区划单元，再依此逐级向下划分。一般大尺度的区划多采用此方法，如全国生态功能区划。该方法存在越向低级单位划分，指标越不易选取，界限越难确定的缺点。

(2) 合并法

又称"自下而上"法，它是以相似性为基础，开始按相对一致性原则和区域共扼性原则依此向上合并。从划分最小区域单元开始，通过连续的组合、聚类，把基层的较简单的自然地理区域合并成较高级的地域。此方法多用于中小尺度的生态区域。该法容易保证更高一级区划单位界限的精确性。

4.3.1.2 一般方法

一般方法是在生态环境现状评价、生态环境敏感性评价和生态服务功能重要性评价基础上的区划方法。在基本方法的框架下，主要包括地图法和定量法。

(1) 地图法

包括（地图、空间、要素）空间叠置法、地理相关法、景观制图法等。

① 地理相关法　对区域各种生态要素之间的关系进行相关分析作为制定区划界限的依据。通过相关分析，编制生态要素组合图，采用加权叠加法逐级进行区域生态环境划分。

② 空间叠置法　指将要素（气候、地貌、植被、土壤等）建立相同比例尺后进行叠加，选择其中重叠最多的线条作为区划的依据。随着地理信息系统技术的发展，空间叠置分析在环境规划领域得到越来越广泛的应用。

③ 景观制图法　参照景观生态学原理，编制景观类型图，在不同尺度上划分景观区域。按一定的原则逐级合并，即可形成不同等级的区划单元。

(2) 定量分析法

针对传统定性区划分析中存在的一些主观性、模糊不确定性缺陷，一些数学方法如主成分分析、聚类分析、相关分析、层次分析、逐步判别分析等在区划工作中得到广泛应用。以聚类分析为例，在生态环境现状评价、生态环境敏感性评价和生态服务功能重要性评价基础上，可以通过 SPSS 软件进行聚类，得到低级单位的区划图，然后通过"自下而上"方法，调整归并得到中大尺度上的生态功能区划图。以下简要介绍聚类分析法。

聚类分析，又称群分析，或点群分析，是研究多要素事物分类问题的数量方法。其基本原理是根据样本自身的属性，用数学方法按照某种相似性或差异性指标，定量地确定样本之间的亲疏关系，并按这种亲疏关系程度对样本进行聚类。

① 直接聚类法　它是根据距离矩阵的结果一次并类得到结果的聚类方法。它先把各个分类对象单独视为一类，然后根据距离最小的原则，依次选出一对分类对象，并形成新类。若其中一个分类对象已归于一类，则把另一个也归入该类；若分类对象正好属于已归的两类，则把这两类并为一类。每一次归并，都划去该对象所在的列与列序相同的行。那么，经 $m-1$ 次则可把全部分类对象归为一类，并可根据归并先后顺序做出聚类谱系图。

② 最短距离聚类法　在 $m \times m$ 距离矩阵的非对角线元素中找出 $d_{pq} = \min \{d_{ij}\}$，把分类对象 G_p 和 G_q 归并为一新类 G_r，按公式 $d_{rk} = \min\{d_{pk}, d_{qk}\}(k \neq p, q)$ 计算原来各类与新类之间的距离，得到一个新的 $(m-1)$ 阶的距离矩阵。重复上述过程，直至所有分类对象被归为一类为止。

③ 最远距离聚类法　与最短距离聚类法类似，公式改为 $d_{pq} = \max \{d_{ij}\}$ 即可。

此外还有中线法、重心法、组平均法、距离平方和法、可变数平均法和可变法等用以计算距离，不同系统聚类方法计算类之间距离具有统一表达式。

4.3.2　环境功能区划方法

4.3.2.1　水环境功能区划方法

2003 年我国开展了全国水环境功能区划的核定工作，1989 年老一辈环境科学家夏青主编了《水环境保护功能区划分》一书，但与其他要素的环境功能区划相比，迄今为止水环境功能区划尚未出台相应的划分技术规范或导则。在现有水环境功能区划核定的基础上，目前我国水环境功能区划的划分多以调整为主。由于水生态功能分区尚处于探索阶段，将在第 7 章进行介绍。

在《水环境保护功能区划分》提出了划分的方法可以归结为 16 个字"系统分析，定性判断，定量决策，综合评价"。这也是一直以来指导我国水环境功能区划划分的主要依据。

(1) 系统分析

包括 8 个步骤，如下：

a. 功能分区提出保护目标；b. 选择相应的水质标准；c. 指定功能可达性分析，确定主要污染源；d. 建立污染物排放量与水质标准间的定量关系，进行水质影响评价；e. 分析实现目标的可选方案，规划不同的总量控制方案；f. 污染负荷分配，对工程规划环境、技术、经济效益进行多目标优化；g. 协调与行政决策，推荐最佳可行方案；h. 决策无可行方案，返回步骤 a.。

在这 8 个步骤中，如果无可行方案，则需要重新制定保护目标，以保证水质目标的可达性。

(2) 定性判断

① 现状功能区污染因子及时段分析　主要确定一年中功能区受污染影响最严重的时期和项目。目前在实际工作中项目多考虑 COD，而对其他指标考虑较少。

② 优先控制单元分析　根据超标情况，依据污染物列出对应的污染源，围绕污染源可控程度进行优先控制分析。

③ 指定功能可达性分析　对有争议用途的水域，核算在国家综合排放标准下水域是否

能达到水质标准。如定性无法得到判断，需要进行定量决策。

（3）定量决策

① 功能区水质模拟　这是进行水质目标可达性的关键步骤，首先需要确定设计条件。然后采用水质模型进行模拟，以确定是否满足水质目标。

② 混合区范围计算　混合区是允许污染物浓度超过水质标准的区域，主要在大江大河、感潮河段和河口、近海地区需要，结合水环境容量予以确立。

③ 多目标方案优化　对污染物总量进行分配，从技术、经济、环境效益等目标进行多方案最优化。多目标规划方法在 4.5 部分中予以介绍。

（4）综合评价

① 调整功能是否可行　通过定性和定量决策进行综合评价，并做出是否需要调整预设功能的分析。

② 经济效益与成本途径　包括对功能区划定需要的各类工程经济效益与成本分析，及资金和技术的可达性。

③ 污染物削减和分期实施计划　确定污染物削减分配量及各年度的实施要求，以及与总量控制目标的衔接。

4.3.2.2　环境空气质量功能区划方法

环境空气质量功能区指为保护生态环境和人群健康的基本要求而划分的环境空气质量保护区，可以分为三类功能区。现有的很多规划一般按照《环境空气质量标准（GB 3095—1996）》及其 2000 年修改单、《环境空气质量功能区划分原则与技术方法（HJ 14—1996）》的要求进行划分。该划分方法主要如下：

a. 分析区域或城市发展规划，确定环境空气质量功能区划分的范围并准备工作底图；b. 根据调查和监测数据，以及环境空气质量功能区类别的定义，划分原则等进行综合分析，确定每一单元的功能类别；c. 把区域类型相同的单元连成片并绘制在底图上，同时将环境空气质量标准中例行监测的污染物和特殊污染物的日平均值等值线绘制在底图上；d. 根据环境空气质量管理和城市总体规划的要求，依据被保护对象对环境空气质量的要求，兼顾自然条件和社会经济发展，将已建成区与规划中的开发区等所划分区域最终边界的区域功能类型进行反复审核，最后确定该区域的环境空气功能区划分的方案；e. 对有明显人为氟化物排放源的区域，其功能区应严格按环境空气质量标准中的有关条款进行划分。

该法对于功能区的划分主要依据现状调查和监测数据，对划定的功能区目标是否可达无明确说明，严格意义上是初步的功能区划方案。在这种情况下，划分环境空气质量功能区，还需完成以下步骤：

a. 对初步划定的功能区计算环境容量，对目标可达性进行分析；b. 征求相关意见，并做相应调整，反复校核确定边界；

c. 确定环境空气质量功能区划分方案，编制区划图。

4.3.2.3　噪声环境功能区划方法

（1）城市区域环境噪声适用区划分技术规范

中华人民共和国国家标准 GB/T 15190—94《城市区域环境噪声适用区划分技术规范》中对噪声功能区的划分有如下说明。

① 0 类区标准适用区域划分：特别需要安静的疗养区、高级宾馆和别墅区。该区域内及附近区域应无明显噪声源、区域边界明确。原则上面积不得小于 0.5km²。

② 1～3 类标准适用区域的划分：a. 城市规划明确划定且已形成一定规模的各类规划区分别根据其区域位置和范围按以下规定确定相应的标准适用区域。

1 类标准适用区域：指居住、文教、机关、事业单位集中，对声环境质量要求高的区域；大型公园，风景名胜区，森林公园。

2 类标准适用区域：指居住、商业与工业混合区，规划商业区。

3 类标准适用区域：指规划工业区和业已形成的工业集中地带。

b. 按上述要求未能确定的区域则按标准规定的 A 类、B 类、C 类用地占地率进行划分。

③ 4 类标准适用区域的划分：城市道路交通干线两侧区域；穿越城区的内河航道两侧区域；穿越城区的铁路主、次干线和轻轨交通道路两侧区域。

详细划分说明可以参照上述技术规范。

(2) 聚类分析法

包括灰色聚类法和模糊聚类分析方法等。模糊聚类分析法一般步骤为：a. 根据评价标准建立隶属函数；b. 由样本的各指标值及其对应的隶属函数确定各指标在某级别中的隶属度；c. 根据样本各指标间的相对重要性确定权重的大小；d. 进行模糊运算；e. 根据运算结果进行评判。灰色聚类是根据灰色关联矩阵或灰数的白化权函数将一些观测指标或观测对象划分成若干个可定义类别的方法。一个聚类可以看作是属于同一类的观测对象的集合。

按聚类对象划分，灰色聚类可分为灰色关联聚类和灰色白化权函数聚类。灰色关联聚类主要用于同类因素的归并，以使复杂系统简化。灰色白化权函数聚类主要用于检查观测对象是否属于事先设定的不同类别，将聚类对象对不同聚类指标所拥有的白化值按不同灰类进行归纳整理，从而判断聚类对象是属于哪一类的灰色统计，一般指灰色白化权函数聚类。计算方法如下。

① 确定聚类指标和灰类　设有 n 个聚类对象，m 个聚类指标，s 个不同灰类，根据第 i $(i=1,2,\cdots,n)$ 个对象关于 $j(j=1,2,\cdots,m)$ 指标的样本值 x_{ij} 将第 i 个对象归入第 $k(k=1,2,\cdots,s)$ 个灰类之中，称为灰色聚类。

② 白化权函数的建立　白化权函数有 4 种基本类型，分别如下。

a. 典型白化权函数记为 $f_j^k\ [x_j^k(1)，x_j^k(2)，x_j^k(3)，x_j^k(4)]$，表达式为：

$$f_j^k=\begin{cases}0,x\notin[x_j^k(1),x_j^k(4)]\\[2mm]\dfrac{x-x_j^k(1)}{x_j^k(2)-x_j^k(1)},x\in[x_j^k(1),x_j^k(2)]\\[3mm]1,x\in[x_j^k(2),x_j^k(3)]\\[2mm]\dfrac{x_j^k(4)-x}{x_j^k(4)-x_j^k(3)},x\in[x_j^k(3),x_j^k(4)]\end{cases}\tag{4-39}$$

b. 下限测度白化权函数记为 $f_j^k[-,-,x_j^k(3),x_j^k(4)]$，表达式为：

$$f_j^k=\begin{cases}0,x\notin[0,x_j^k(4)]\\[2mm]1,x\in[0,x_j^k(3)]\\[2mm]\dfrac{x_j^k(4)-x}{x_j^k(4)-x_j^k(3)},x\in[x_j^k(3),x_j^k(4)]\end{cases}\tag{4-40}$$

c. 适中测度白化权函数记为 $f_j^k[x_j^k(1),x_j^k(2),-,x_j^k(4)]$，表达式为：

$$f_j^k = \begin{cases} 0, x \notin [x_j^k(1), x_j^k(4)] \\ \dfrac{x - x_j^k(1)}{x_j^k(2) - x_j^k(1)}, x \in [x_j^k(1), x_j^k(2)] \\ \dfrac{x_j^k(4) - x}{x_j^k(4) - x_j^k(2)}, x \in [x_j^k(2), x_j^k(4)] \end{cases} \tag{4-41}$$

d. 上限测度白化权函数记为 $f_j^k[x_j^k(1), x_j^k(2), -, -]$，表达式为：

$$f_j^k = \begin{cases} 0, x < x_j^k(1) \\ \dfrac{x - x_j^k(1)}{x_j^k(2) - x_j^k(1)}, x \in [x_j^k(1), x_j^k(2)] \\ 1, x \geqslant x_j^k(2) \end{cases} \tag{4-42}$$

③ 聚类权的确定　在灰色聚类分析法中，权重系数的确定是很重要的，它反映了各个因素在综合决策中所占有的地位或所起的作用，它可以直接影响到评判的结果。其权重计算式一般为：

$$W_{jk} = \frac{S_{jk} \ \sqrt{S_{jk}}}{\displaystyle\sum_{j=1}^m S_{jk} \ \sqrt{S_{jk}}} \tag{4-43}$$

式中，W_{jk} 为第 j 个指标对应第 k 个级别的权重；S_{jk} 为第 j 个指标的各级分类标准的均值。

④ 求聚类系数　聚类系数反映了各评价对象与各污染级别之间的亲疏关系。各评价点聚类系数的大小，也反映了它们之间环境质量的优劣。聚类系数由下式确定：

$$\sigma_i^k = \sum_{j=1}^m W_{jk} f_j^k(x_{ij}) \tag{4-44}$$

对某一对象而言，聚类系数最大者所对应的级别，即为该对象最终的级别，对同一级别的功能区进行合并归整，即得到最后的噪声环境功能区划。

4.3.2.4　近岸海域环境功能区划方法

相比之下《近岸海域环境功能区划分技术规范》（HJ/T 82—2001）颁布较晚，在该规范中提出按以下方法和步骤开展功能区划分。

① 收集海域调查调查材料，对海域自然地理、社会经济、水文条件、污染源状况和水质、海域使用功能特征进行分析。

② 建立近岸海域水质模型，对海域水质变化趋势进行预测。

③ 制定区划方案　确定区划主导因素（一般以环境质量为主导），海域现状使用功能分析，确定使用功能区边界，确定环境功能区范围，根据功能区类别、水质现状和环境预测结果，进一步协商确定环境功能区保护目标；

④ 区划方案的协调　征求汇总部门和专家意见，以经济发展和环境保护为基本目标，开展不同方案的经济分析，确定科学实际的近岸海域环境功能区划方案。

在近岸海域、水体和大气的功能区划之中，均强调了目标可达性和多方案比较的要求，这对于这些功能区划的调整尤其必要。一个典型的近岸海域环境功能区划调整技术路线，见图 4-1。

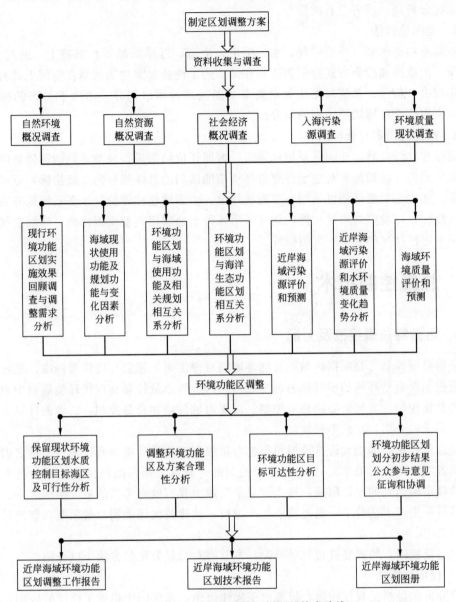

图 4-1 近岸海域环境功能区划调整技术路线

4.3.3 综合环境功能区划方法

现代环境规划的实践中一方面拓展要素规划（如近岸海域环境规划、环境与发展规划）的内容，另一方面也将专项规划与总体规划逐渐区分，与城乡规划体系类似。在环境总体规划中，综合环境功能区划是一项重要工作，既是对国家四类主体功能区划的衔接，又可以用来指导环境规划的整体布局。

由于综合环境功能区划尚处于探索阶段，其划分的类型也存在多种差异，如有些学者分为禁止开发区、有限开发区、集约利用区，有些学者分为严格保护区、引导开发区、优化控制区。而综合环境功能区划的划分方法也尚不成熟，但从环境功能区划划分的一般方法——地图叠置法和指标（因素）分析法的总体层面，综合环境功能区划也可以采取地图叠置法或指标分析法，或者二者的综合。

4.3.3.1 地图叠置法

即在要素功能区划（环境空气、水、噪声、生态、近岸海域等）基础上，通过 ArcGIS 中按照统一的范围和投影方式分别表达和存储。为了使各要素功能区划在空间上具有可叠加性，采用层次分析法、系统聚类法等对要素功能区进行等级划分，借助于 GIS 的格网精细化工具，实现综合环境功能区划的划分。

4.3.3.2 指标（因素）分析法

即通过建立综合环境功能区划指标体系，按照评价结果进行分类。该指标体系以各要素环境功能区划为一级指标，对应于各要素环境功能区划的具体指标为二级指标，更可细分为三级指标。如生态功能区划可采用生态现状评价、生态敏感性评价、生态系统服务功能评价为下一级指标；环境空气质量功能区划可采用各种土地利用类型面积比例，环境空气质量指数和污染源评价状况作为下一级指标等。

4.4 总量控制技术

4.4.1 污染物总量控制及分配

污染物总量控制，是根据区域的自然环境与自净能力，依据环境质量标准，把污染源的排污总量控制在自然环境的承载能力范围之内。污染物总量控制在现代环境规划中主要包括水污染物总量控制、大气污染物总量控制、近岸海域污染物总量控制，二者的计算方法在专项规划中将予以介绍，在此不重复。

容量总量控制，即把允许排放的污染物总量控制在受纳环境的允许纳污总量之内，并将其分配到各污染源（污染单元）。目标总量控制的"总量"指污染源排放的污染物不超过管理上人为规定能达到的允许限额，这个"总量"成为我国政府考核的重要指标之一。行业总量控制从行业生产工艺着手，通过清洁生产分析，使排放的污染物总量限制在管理目标所规定的限额之内。

实施总量控制，均需要进行总量分配，本节将对总量分配的方法予以介绍。

4.4.1.1 权重分析法

权重分析法虽然主观性较强，但是由于操作简单，在实际中得到了广泛的应用。针对权重的客观性程度，可以分为层次分析法、容量权重法、等比例分配法、排污权管理法、基尼系数法等。

（1）等比例分配法

按各分配对象的现状排放量在总排放量中所占的比例为权重。此法简单易行，所需数据少，但由于未考虑污染源的差异性，公平性较差。

（2）容量权重法

按不同功能区的最大允许排放量作为权重，直接分配到功能区。适用于区域总量分配，对于同一功能区控制单元的污染源分配受到限制。

（3）排污权管理法

主要通过排污权交易、排放绩效程度等作为权重，适用于初次总量分配后的再次调整，可操作性较低。

（4）基尼系数法

以人口、GDP、资源承载力和环境容量作为基尼系数的分配指标，通过计算基尼系数调整总量分配的公平性。由于受到人为影响较大，公平性难以得到有效平衡。

4.4.1.2　规划方法

通过线性规划方法可获得总污染源排放量最大、总污染源削减量（或削减率）最小，或削减污染物措施的总投资费用最小，还可通过动态规划方法求得污染物排放总量的分配问题。

（1）线性规划

标准模型为：

目标函数
$$\max(\min)Z = \sum_{j=1}^{n} C_j X_j \tag{4-45}$$

约束条件
$$\sum_{j=1}^{n} A_{ij} X_j \leqslant (=, \geqslant) B_i \qquad (i = 1, 2, \cdots, m) \tag{4-46}$$
$$X_j \geqslant 0 \qquad (j = 1, 2, \cdots, n) \tag{4-47}$$

式中，当 Z 为最小费用时，线性规划的数学模型在水环境、大气环境等规划中的物理意义为：X_j——第 j 个源的削减量，mg/m³（或 mg/L）；C_j——第 j 个源单位削减量费用，万元/(mg·m⁻³)[或万元/(mg·L⁻¹)]；A_{ij}——第 j 个单位源在第 i 个控制点上的浓度值贡献，即输入响应系数；B_i——第 i 个控制点目标值与现状值之差。

解线性规划常用的方法是单纯形法。单纯形法算法简便，理论上成熟，且有标准的计算程序可供使用，或采用专用软件进行计算。

（2）动态规划

动态规划是解决多阶段决策过程最优化的一种数学方法，一般而言与时间相关，通过转化为单阶段决策问题进行求解。在一些与时间没有关系的静态规划问题，只要引进时间因素，也可把它视为多阶段决策问题，可用动态规划去处理。一般在污染物总量分配中可以看成与时间无关的静态规划，采用动态规划处理的模型为：

$$\begin{cases} f_k(S_k) = \max[g_k(x_k) + f_{k+1}(S_k - x_k)] \\ 0 \leqslant x_k \leqslant S_k (k = n-1, \cdots, 1) \\ f_n(S_n) = \max_{x_n = S_n} g_n(x_n) \\ \sum_{i=1}^{n} x_n = W \end{cases} \tag{4-48}$$

式中，$f_k(S_k)$ 为排放量为 S_k 的污染物分配给第 k 个至第 n 个污染源所对应最大总生产效益，万元；S_k 为分配给第 k 个至第 n 个污染源的污染物排放量，mg/s；x_k 为第 k 个污染源的排放量，mg/s；$g_k(x_k)$ 为第 k 个污染源相对应的生产效益，万元；W 为允许排污总量，mg/s。

利用逆推解法进行逐段计算，最后求得 $f_1(W)$ 即为所求最大总生产效益，同时得到各污染源的排放量值。

4.4.2　生态足迹与生态承载力

生态足迹分析是用生态足迹来衡量人类对地球环境的影响，它的设计思路是：人类要维持生存必须消费各种产品、资源和服务，人类的每一项最终消费的量都可以追溯到生产该消费所需的原始物质与能量的生态生产性土地的面积（这里所谓的生态生产性土地是指有生态生产能力的土地）。因而，生态足迹是在一定技术条件下，要维持某一物质消费水平下，某人口持续生存必需的生态生产性土地的总面积和水资源面积，它既代表人口对环境影响的规模，又代表特定人口持续生存下去而对环境的需求。生态足迹用作可持续发展的测度指标，明显的特点是：a. 理论概念简明，计算方法简便，容易为不同专业背景的决策者和实际操作人员所理解、所接受和应用；b. 指标简洁，意义明白，并具普适性。

生态足迹分析的最大优点是用统一的单位——全球公顷（gha），同时度量生态承载力和生态足迹。因此，一个地区的生态承载力（或生态容量，也以生态生产性土地面积量表示）小于生态足迹时，出现生态赤字，相反，生态承载力大于生态足迹时，则出现生态盈余，其值等于生态足迹与生态承载力之差。很显然，一个地区的生态承载力大于生态足迹（有生态盈余）表明人类系统的发展可持续下去，相反当一个地区的发展连续地出现生态赤字，则表明该地区的发展有偏离可持续发展的方向的趋势。

生态足迹的计算是基于以下两个基本事实：一是人类可以确定自身消费的绝大多数资源及其所产生废弃物的数量；二是这些资源和废弃物流能转换成相应的生物生产土地面积，假设所有类型的物质消费、能源消费和污水处理需要一定数量的土地面积和水域面积。

计算步骤如下。

① 划分消费项目，计算各主要消费项目和废物消纳中自然资源的消费量。其中消费包括直接的家庭消费、间接消费、最终使家庭受益的商业和政府消费、服务。

② 折算生态系统面积　利用平均产量数据，将生态生产能力和废物消纳能力分别折算成具有生态生产力的 6 类主要的陆地和水域生态系统（耕地、草地、森林、化石能源用地、建筑用地和海洋）的面积：

$$A_j = \sum_{i=1}^{n} \frac{C_i}{\text{EP}_i \times \text{YF}_i} = \sum_{i=1}^{n} \frac{P_i + I_i - E_i}{\text{EP}_i \times \text{YF}_i}(j = 1,2,3,\cdots,6) \tag{4-49}$$

式中，A_j 为 j 类生态系统的面积；EP_i 为生态生产性土地第 i 种消费项目的全球年均产量，kg/hm^2；C_i、P_i、E_i、I_i 为分别为 i 种项目资源消费量、生产量、出口量、进口量；YF_i 为 i 种项目产量因子，待测地区单位面积生态生产力与全球平均生态生产力的比值。

③ 计算生态足迹（生态承载力）

$$\text{EF} = \sum_{j=1}^{6} A_j \times \text{EQ}_j \tag{4-50}$$

式中，EF 为生态承载力；EQ_j 为当量因子，森林和化石能源用地为 1.1，耕地和建筑用地为 2.8，草地为 0.5，海洋为 0.2。

④ 计算生态赤字与盈余　将上述步骤中的消费量用地区的实际生物产量代替，得现状生态足迹 EC：

$$\text{EC} = \sum_{j=1}^{6} \text{EC}_j \times \text{EQ}_j = \sum_{j=1}^{6} \text{AA}_j \times \text{YF}_j \times \text{EQ}_j \tag{4-51}$$

式中，AA_j 为各土地类型的地区实际生态生产性面积；EC_j 为各土地类型的生态足迹；EC 为地区总计生态足迹。若 EF＞EC，则表示生态盈余；反之则为生态赤字。

4.4.3　社会经济承载力

现代环境规划不仅仅对自然环境和生态系统计算污染物或消费量的承载能力，同时还对社会经济系统的承载状况提出了要求。主要表现为资源环境系统对人口和经济的承载能力。由于这里的承载能力计算多从宏观方面进行体现，因此，在环境规划领域里可以采取指数法计算，从宏观角度把握社会经济发展的规模。

一般地，通用的指数法社会经济承载力计算公式为（以人口为例）：

$$C_i = \min(I_i \times Q_i) \tag{4-52}$$

式中，C_i 为 i 种资源（环境）社会经济承载力；I_i 为 i 种资源（环境）的社会经济承载力指数；Q_i 为 i 种资源（环境）总量。

4.5　规划决策方法

4.5.1　环境规划决策

一般来说，凡是根据预定的目标做出的任何行动决定，都可以称之为决策。环境规划在经历现状调查与预测、功能区划与承载力计算、目标初步确定之后，对于各类规划方案的筛选成为环境规划的核心任务，对这些方案的比选需要通过各种各样的决策完成。

这些可供选择的方案，构成了一个决策问题。在决策问题中，每种客观条件或自然状态，称之为状态变量。这些可供选择的方案或策略称之为决策变量。每一个状态变量出现的概率称之为状态概率，对于每一种可供选择的方案取得的效果通过损益值来体现。最后需要按照某种决策准则，选取决策目标最优值的规划方案。

决策问题一般可分为确定型决策和随机型决策两类。确定型决策是指只存在一种完全确定的自然状态的决策。确定型问题的决策方法有很多，如线性规划、非线性规划、动态规划、环境费用效益分析等方法，都是解决确定型决策问题常用的规划方法。随机型决策指各种自然状态都是随机性出现的，如果这种状态出现的概率已知或者可以估计，则称之为风险型决策，否则就变成了一个非确定型决策问题。这种分类体系可以用图 4-2 表示。

决策问题 ┊ 确定型决策（只有一个自然状态）
┊ 随机型决策 ┊ 风险型决策（有若干个自然状态，且状态概率已知）
┊ 非确定型决策（有若干个自然状态，且状态概率未知）

图 4-2　决策问题的分类

若决策目标只有一个，则称之为单目标决策，否则称之为多目标决策。单目标和多目标决策还可以通过自然状态和决策条件是否满足确定型条件进一步划分。

4.5.2　随机性决策方法

4.5.2.1　风险型决策

常用的方法有最大可能法、期望值法、决策树分析法、灵敏度分析法、效用分析法、贝叶斯决策法等。实际中常常采取多种决策方法，分别计算比较，综合分析，以减少决策过程的风险性。

（1）最大可能法

该法是在"将大概率事件看成必然事件，小概率事件看成不可能事件"的假设条件下，将风险型决策问题转化为确定型决策问题的一种决策方法。

适用范围：某一组自然条件的状态概率比其他自然条件的状态概率大很多，且各决策方案的损益值相差不大。

（2）期望值法

一个决策变量的期望值，就是它在不同自然状态的损益值（或机会损益值）乘上相对应的发生概率之和，即：

$$E(x) = \sum_{j=1}^{n} p_j x_j \tag{4-53}$$

式中，$E(x)$ 为变量 x 的期望值；x_j 为变量在自然状态下的损益值；p_j 为决策变量的状态概率。

每个行动方案即为一个决策变量，其取值就是每个方案在不同自然状态下的损益值。把每个方案的损益值和相对应的状态概率相乘再加总，得到各方案的期望损益值，然后选择收益期望值最大者或者损失期望值最小者为最佳决策方案。

（3）决策树分析法

决策树，是树型决策法的基本结果模型，它由决策点、方案分枝、状态结点、概率分枝和结果点等要素构成。决策树分析方法是指以树状图形为分析和选择方案的一种图解决策方法。其依据是各个方案在不同自然状态下的期望值。其决策的原则一般是，选择在自然状态正反期望值最大（或最小）的方案作为最佳决策方案。根据需要做决策方案的次数，分为单级和多级风险型决策。

分析步骤如下：

① 画出决策树　把一个具体的决策问题，由决策点逐渐展开为方案分支、状态结点、概率分支、结果点；

② 计算期望损益值　从右至左逐步计算各个状态结点的期望收益值或期望损失值，即树梢-树枝-树干-树根的方向；

③ 剪枝，确定最优方案　在决策点将各状态节点上的期望值加以比较，选取期望收益值最大（或期望损失值最小）的方案，填入决策点，对不予选取的方案进行"剪枝"，留下最优方案。

（4）贝叶斯决策法

在进行风险型决策时状态概率的确定非常关键。当这种状态概率只能由决策者自身确定时，称为主观概率。对于决策时信息不够充分的情况，决策者可通过调查或试验等途径去获得更多更确切的信息来修正原有决策。这就是贝叶斯决策。其决策步骤主要分为两步：a. 先由过去的经验或专家估计获得将发生事件的事前（先验）概率；b. 根据调查或试验计算得到条件概率，利用贝叶斯公式：

$$P(Bi/A) = \frac{P(Bi)P(A/Bi)}{\sum P(Bi)P(A/Bi)} (i = 1, 2, \cdots, n) \tag{4-54}$$

计算出各事件的事后概率。根据这一状态概率，进而结合期望值法或决策树法进行分析。

（5）灵敏度分析法

由于状态概率的预测会受到很多不可控因素的影响，因而基于状态概率的期望值也不可能同实际情况完全一致。这样就必须对可能产生的数据变动是否会影响决策方案的选择进行灵敏度分析。通过灵敏度分析来求得决策方案的转移概率，即比选方案期望效益值相等情况下的状态概率。

4.5.2.2　不确定型决策

环境规划往往涉及社会、经济、自然等多方面要素，而且关系复杂，只能了解事物有可能出现哪几种状态，无法确定这些事件的哪一自然状态将会发生以及各种自然状态发生的概率，这类决策问题就是不确定型决策。对于这类问题的决策，主要取决于决策者的综合素质，没有一个固定的模式可循，因而仅能提供一些常见的处理方法，供读者参考。

（1）乐观决策法

又称之为最大准则法，以乐观的态度，将获得最好结果（收益）的方案作为最佳方案，而不考虑风险程度。假定有 m 个方案 $x_i(i=1,2,\cdots,m)$，有 n 个状态 $b_j(j=1,2,\cdots n)$，方案在状态下的效益值为 $V(x_i,b_j)$，则乐观法最佳决策方案为：

$$V(x_i^*,b_j^*)=\max_i\max_j[V(x_i,b_j)] \tag{4-55}$$

式中，x_i^*，b_j^* 分别为最佳决策方案及对应的状态。

（2）悲观决策法

与乐观法相反，采用悲观的态度，决策原则为"小中取大"。对应于式（4-55），最佳决策方案为：

$$V(x_i^*,b_j^*)=\max_i\min_j[V(x_i,b_j)] \tag{4-56}$$

（3）折中决策法

针对乐观法和悲观法在决策过程中损失的信息过多，通过折中系数 $\alpha\in[0,1]$ 计算效益，计算公式为：

$$V(x_i^*,b_j^*)=\max_i\{\alpha\max_j[V(x_i,b_j)]+(1-\alpha)\min_j[V(x_i,b_j)]\} \tag{4-57}$$

（4）后悔决策法

以各方案的最大后悔值的最小值作为最佳决策，也称为最小最大后增值法。其中后悔值是决策的主要依据，指某状态下的最大效益值与各方案的效益值之差。其决策公式为：

$$V(x_i^*,b_j^*)=\min_i\max_j\{\max_i[V(x_i,b_j)]-V(x_i,b_j)\} \tag{4-58}$$

（5）等概率决策法

在状态概率未知的情况下，假设状态概率相等，在这种情况下比较各个方案的收益值，选择最佳决策方案。计算公式为：

$$V(x_i^*,b_j^*)=\max_i[\frac{1}{n}\times V(x_i,b_j)] \tag{4-59}$$

4.5.3　多目标规划与决策方法

常用目标决策分类方法是按备选问题方案数量来划分。一类是多属性决策问题，其决策变量是离散的，备选方案个数是有限的，也称有限方案多目标决策问题，其求解核心是对各备选方案进行评价后，排定各方案的优劣顺序选择最优方案。另一类是多目标决策问题，这一类决策问题中的决策变量连续，备选方案数有无穷多个，也称为无限方案多目标决策问题，求解的方法即为多目标规划。

4.5.3.1　多目标规划

（1）多目标规划数学模型

表示如下：

$$\max(\min)Z=F(X)$$
$$\phi(X)\leqslant G \tag{4-60}$$

式中，$X=[x_1,x_2,\cdots,x_n]^{\mathrm{T}}$ 为规划决策变量向量；$Z=F(X)$ 为 K 维函数向量，K 是目标函数的个数；$\phi(X)$ 为 m 维函数向量，G 为 m 维常数向量，m 是约束方程的个数。

在单目标规划中，目标值可以进行比较，而在大部分多目标规划中，由于一个目标值大可能另外一个目标值较小，因而无法进行有效比较。这样最后无法确定优劣，又没有比它们更好的方案，则称这些方案为多目标规划的非劣解。所有非劣解构成的集合称为非劣解集。多目标规划就是要在这个集合中寻求一个最满意的方案。解决这一问题的方法通常是将多目标规划问题转化为单目标规划去处理，主要有效用最优化模型、罚函数方法和目标规划模型等。

（2）效用最优化模型

其原理是通过构建效用函数作为各目标函数的连接，使多目标问题可以在效用函数的求和下转化为单目标问题。其主要基于的假设为目标函数与效用函数具有一定的相关关系，目标函数经过转化后可以进行求和运算。依据式（4-60）转化后的单目标规划问题如下：

$$\max(\min)Z' = \sum_{i=1}^{k} \lambda_i C_i(X) \tag{4-61}$$

$$\phi_i(x_1,x_2,\cdots,x_m) \leqslant G_i (i=1,2,\cdots,m)$$

式中，$C_i(X)$ 为 i 目标函数相关效用函数；λ_i 为 i 目标函数在总体目标中的权重，其总和应等于 1。

（3）罚函数方法

如果每个目标函数都可以提出一个期望值或满意解 F_i^*，那么通过比较这个值与目标函数的偏差可以将其转化为单目标规划问题：

$$\min Z' = \sum_{i=1}^{k} \lambda_i (F_i - F_i^*)^2 \tag{4-62}$$

$$\phi_i(x_1,x_2,\cdots,x_m) \leqslant G_i (i=1,2,\cdots,m)$$

（4）目标规划法

目标规划法与罚函数法类似，也需要对每一个目标函数引进一个期望值。由于条件所限，这些目标值不能都同时达到，因而引入正、负偏差变量，表示实际值和目标期望值之间的偏差，并将目标函数转化为约束条件，与原有约束条件构成新的约束条件组。引入目标的优先等级和权系数，构造出一个新的单一目标函数，从而将多目标问题转化为单目标问题进行求解。

目标规划的一般数学模型为：

$$\min Z = \sum_{l=1}^{L} p_l \sum_{k=1}^{K} (w_{lk}^- d_k^- + w_{lk}^+ d_k^+) \tag{4-63}$$

$$\begin{cases} F_x + d_k^- - d_k^+ = e_k (k=1,2,\cdots,K) \\ \phi_j(x_1,x_2,\cdots,x_m) \leqslant G_j (j=1,2,\cdots,m) \\ x_j \geqslant 0 (j=1,2,\cdots,m) \\ d_k^-, d_k^+ \geqslant 0 (k=1,2,\cdots,K) \end{cases} \tag{4-64}$$

式中每一个目标函数值 $Z_k (k=1,2,\cdots,K)$ 确定一个期望值（或满意值）e_k。对每一个目标函数值，分别引入正、负偏差变量 d_k^+、d_k^-。正偏差变量 d_k^+ 表示第 k 个目标超出期望值 e_k 的数值，负偏差变量 d_k^- 表示第 k 个目标未达到期望值 e_k 的数值。对同一个目标函数，d_k^+、d_k^- 有一个为零，即 $d_k^+ \times d_k^- = 0$。引入偏差变量之后，目标函数就变成了约束条件，成为约束条件组的一部分。

优先决策目标可赋予优先因子 $p_l(l=1,2,\cdots,L)$，若两个目标之间有相同的优先因子，可分别赋予它们不同的权系数 w_{lk}，$\sum\limits_{k=1}^{K} w_{lk} = 1$。

（5）约束模型法

其基本原理是如果可以获知某一目标的可选范围，则可以将这一目标作为约束条件，而被排除出目标组，从而将多个目标逐步变成单目标。其基本形式采用矩阵方式可写为：

$$\max(\min)Z = F(X)$$
$$\phi(X) \leqslant G \qquad\qquad (4\text{-}65)$$
$$F_1^{\min} \leqslant F_1 \leqslant F_1^{\max}$$

4.5.3.2　多属性决策

多属性决策方法是建立在备选方案对给定目标的贡献值可以获得的基础上。一般情况下，有两种处理贡献值的方法：一是直接计算或者估算；二是通过定性指标和专家判断得出属性值。由于某个方案对于给定目标的贡献程度在现有的环境规划体系内很难计算得到，因而多属性决策方法在应用上往往受到一定限制。

设一决策问题，$z_j(j=1,2,\cdots,n)$ 是决策问题的目标（属性），$y_i(i=1,2,\cdots,m)$ 是满足 n 个目标要求的 m 个可行方案。V_{ij} 值代表方案 y_i 对目标 z_j 的实现程度，作为该方案在目标 z_j 下的属性值，w_j 为各目标的相对权重。V_i 为各方案在目标属性下的综合评价结果。

V_i 表达了任一备选方案在多个综合评价结果，通过 V_i 的大小即可对备选方案进行选择决策。主要是根据每一方案对各个目标的贡献（属性值 V_{ij}）和各目标间的权重（w_j），构造或选择一相应的算法，求得 V_i。最简单的算法是线性加权法：

$$V_i = \sum_{j=1}^{n} w_j V_{ij}^* \qquad\qquad (4\text{-}66)$$

式中，V_{ij}^* 为 V_{ij} 的无量纲化数值。

4.5.3.3　AHP 决策方法

层次分析法（AHP）是将复杂问题分解为若干层次和若干因素，在各因素间比较和计算得出不同方案重要性权重的决策分析方法，是一种定性与定量相结合的决策分析方法。由于层次分析法操作简便，在很多领域得到了广泛应用。

（1）基本步骤

① 明确问题，建立目标、备选方案等要素构成的层次分析结构模型。

② 构造判断矩阵。对同属一级的要素以上一级的要素为标准进行两两比较，根据评价尺度确定其相对重要尺度，据此确定建立判断矩阵。

③ 计算判断矩阵的特征向量以确定各要素的相对重要度。

④ 通过综合重要度的计算，对各种方案要素进行层次单排序和层次总排序。

⑤ 一致性检验，计算一致性指标，不符合要求需要调整判断矩阵。

（2）建立层次分析结构模型

根据具体问题的性质和要求，将问题的总目标及备选方案正确合理地进行层次划分，确定各层要素组成。按照最高层（决策目标）、中间层（准则层）以及最低层（方案层）的形式排列起来。

（3）构造判断矩阵

这是 AHP 法的一个关键步骤，表示针对上一层次的某元素而言，评定该层次中各有关元素相对重要性的状况。其形式如下：

A_k	B_1	B_2	...	B_n
B_1	b_{11}	b_{12}	...	b_{1n}
B_2	b_{21}	b_{22}	...	b_{2n}
...	...	...	...	...
B_n	b_{n1}	b_{n2}	...	b_{nn}

一般取 1，3，5，7，9 等 5 个等级标度，其意义为：1 表示同等重要，3 表示重要一点，5 表示重要得多，7 表示更重要，9 表示极其重要。当 5 个等级不够时，可以采取插值法，如使用 2，4，6，8。显然，对于任何判断矩阵都有：

$$\begin{cases} b_{ii} = 1 \\ b_{ij} \times b_{ji} = 1 \end{cases} \tag{4-67}$$

（4）层次单排序

层次单排序的目的是对于上层次的某元素而言，确定本层次与之有联系的各元素重要性次序的权重值。其任务可以归结为计算判断矩阵的特征根和特征向量问题。即对于判断矩阵计算满足下式的特征根和特征向量。

$$BW = \lambda_{\max} W \tag{4-68}$$

式中，$\lambda_{\max}$ 为判断矩阵的最大特征根；W 为对应于 $\lambda_{\max}$ 的正规化特征向量，其分量 W_i 就是对应元素单排序的权重值。

（5）一致性检验

为了检验判断矩阵的一致性，需要计算它的一致性目标：

$$CI = \frac{\lambda_{\max} - n}{n - 1} \tag{4-69}$$

式中，当 CI＝0 时，判断矩阵具有完全一致性；反之愈大则判断矩阵的一致性就愈差。为了检验判断矩阵是否具有令人满意的一致性，则需要将 CI 与平均随机一致性指标 RI（表 4-5）进行比较。对于 2 阶以上判断矩阵其一致性指标与同阶的平均随机一致性指标之比称为判断矩阵的随机一致性比例，记为 CR。一般地当下式成立时：

$$CR = \frac{CI}{RI} < 0.10 \tag{4-70}$$

我们就认为判断矩阵具有令人满意的一致性。否则当 CR≥0.10 时就需要调整判断矩阵直到满意为止。

表 4-5　平均随机一致性指标

阶数	1	2	3	4	5	6	7	8	9	10	11	12	13	14	15
RI	0	0	0.58	0.90	1.12	1.24	1.32	1.41	1.45	1.49	1.52	1.54	1.56	1.58	1.59

（6）层次总排序

最高层次的层次单排序就是层次总排序，需要从上到下逐层顺序进行。若层次 $A_k(k=1,2,\cdots,m)$ 的权重值分别为 $a_j(j=1,2,\cdots,m)$，则下一层次的综合权重为：

$$W_i = \sum_{j=1}^{m} a_j W_{ij} \ (i = 1,2,\cdots,n) \tag{4-71}$$

类似地对于综合排序结果同样也进行一致性检验，检验公式为：

$$CR = \frac{\sum\limits_{j=1}^{m} a_j CI_j}{\sum\limits_{j=1}^{m} a_j RI_j} \tag{4-72}$$

4.6　循环经济构建技术

4.6.1　物质流分析

循环经济是以资源的高效利用和循环利用为核心，以"减量化、再利用、资源化"为基本原则，以"低消耗、低排放、高效率"为基本特征，在遵循自然生态系统的物质循环和能量流动规律的前提下，最大限度地利用进入系统的物质和能量，提高经济运行的质量和效益，最大程度地减少废物排放，从而将人类的经济、社会活动对自然环境的影响减少到最低限度。

物质代谢分析主要分析系统中物质和能量的流动，包括从物质的提取到生长、消费和最终处置等运行过程如何影响社会、经济和环境，以及如何减少这些影响问题，它是循环经济研究的一个重要领域。国际上对于定量分析物质代谢效应的方法，除了生态足迹和净初级生产量之外，主要包括物质流和能量流分析。

（1）物质流分析（materials flow analysis，MFA）

是在工业代谢理论和社会代谢理论基础上提出的，是对某个区域的物质出入量进行分析的一种方法。物质流分析主要包括数据收集和整理、指标计算和分析等环节。通过研究输入、储存、输出三者的关系，揭示物质在特定区域的流动特征和转化效率。一般采用物理单位（通常用 t）对物质从采掘、生产、转换、消费、循环使用直到最终处置进行结算，其分析的物质可包括原材料、建筑材料、产品、制成品、"三废"等。

（2）能量流分析（energy flow analysis，EFA）

能量流与物质流是同一个物质代谢过程的两个不同方面，因此 EFA 与 MFA 的系统边界相同，具体是以能量守恒定律为基本依据，跟踪能量在社会经济系统中的流动途径及过程，揭示能量在特定区域内的流动特征、转化效率和总的吞吐量。

4.6.1.1　基本观点

人类活动所产生的环境影响在很大程度上取决于进入经济系统的自然资源和物质的数量与质量，以及从经济系统排入环境的废弃物质的数量与质量。这样从实物的质量出发，可以研究可持续发展的程度。同时采用质量加和的方法对不同物质进行综合考虑，这样处理有以下几个原因：a. 现有数据库的数据常以质量单位进行测量；b. 质量单位测量相对较容易，而且也稳定；c. 易于对比和分析。

物质流分析目的是对社会生产和消费领域的物质流动进行定量和定性分析，了解和掌握整个经济体系中物质的流向、流量，评价和量化经济社会活动的资源投入、产出和资源利用效率，找出降低资源投入量、减少废物排放量、提高资源利用率。

4.6.1.2 分析框架

在物质输入端，可分为直接物质输入和隐流两个部分。直接物质输入是指直接进入经济系统的自然物质，包括生物物质、固体非生物物质、水、空气四大类；隐流是指人类为获取直接物质输入而必须动用的数量巨大的环境物质，主要包括水土流失量、农业损失、建筑土方及河流疏浚。直接物质输入和隐流均可以分为区域内部开采和进口两部分。

在物质输出端，输出总量由区域内物质输出、区域内隐流、出口物质三部分组成。其中，区域内物质输出主要以"三废"为主。

这样，就构成了左端为物质输入端，右端为物质输出端的物质流分析框架。

4.6.1.3 主要指标

根据输入指标、输出指标、消耗指标的分类，可以建立物质流分析的指标体系。通过指标数据收集，就可以分析出物质流向的质量。

(1) 物质输入指标

① 直接物质输入　所有具有经济价值的直接进入经济生产和消费活动的物质，包括区域内部直接物质输入和进口物质两部分。

② 物质需求总量　区域内部的物质需求量与进口的物质需求量之和，其中进口物质的隐流虽然对出口地区产生环境压力，但仍计入进口地区的物质需求总量之中。物质需求总量是区域经济系统需求整个自然界物质总量的指标。

(2) 物质输出指标

① 区域内物质输出　从经济系统进入自然环境且不能再循环使用的排放到水域、大气、土地的各种物质，以"三废"为主。

② 物质输出总量　区域总的物质输出量，包括区域内物质输出、区域内隐流、出口物质三个部分。

(3) 物质消耗指标

① 区域内物质消耗　经济系统内部直接使用的物质总量，它等于直接物质输入减去出口物质，不计入隐流指标。

② 物质消耗总量　生产和消费活动中所消耗的物质总量，它等于物质需求总量减去出口物质以及出口物质的隐流。

③ 储存净增量　年度储存物质净增长量，主要包括新建房屋和基础设施的建筑材料和一些新生产的耐用消费品。

④ 物质贸易差额　年度物质进口与出口的差额，等于进口物质量减去出口物质量。用来衡量经济系统物质投入对区域内部资源和进口物质的依赖程度。

上述指标中最为重要的指标是物质需求总量，由于人类对自然环境的最根本影响是通过自然物质的输入产生的，并且输入在很大程度上决定着输出，因此，可用物质需求总量来量度一个国家或地区的可持续性。

物质流分析指标分类及其计算公式见表 4-6。

表 4-6 物质流分析指标分类及其计算公式

指 标	计算公式
物质输入指标	直接物质输入＝区域内物质提取＋进口 区域内物质输入总量＝直接物质输入量＋区域内隐流 物质需求总量＝区域内物质输入总量＋进口物质的隐流
物质输出指标	直接物质输出量＝区域内物质输出量＋出口 区域内物质输出总量＝区域内物质输出量＋区域内隐流 物质输出总量＝区域内物质输出总量＋出口
物质消耗指标	区域内物质消耗量＝直接物质输入－出口 物质消耗总量＝物质需求总量－出口及其隐流 物质储存净增量＝储存物质净增长量 物质贸易差额＝进口物质量－出口物质量
强度和效率指标	物质消耗强度＝物质消耗总量/人口基数 （或物质消耗强度＝物质消耗总量/GDP） 物质生产力＝GDP/国内物质消耗量 废弃物产生率＝废弃物产生量/GDP

4.6.1.4 应用平台

目前用于物质流分析或计算比较成熟技术平台或软件主要有 Excel、Umberto、Gabi 等。Gabi 软件是由斯图加特大学研制开发的，是一个主要用于生命周期评价的软件系统。Umberto 软件是由海德尔堡公司能源与环境研究所与汉堡公司环境情报研究所联合开发的一种软件，主要的功能包括物质流管理和生命周期成本估算。

4.6.2 投入产出分析

投入产出分析，又称"部门平衡"分析，或"产业联系"分析，它通过编制投入产出表即建立相应数学模型，反映经济系统各个部门（产业）之间的相互关系。投入产出模型，按照时间概念可分为静态和动态两种，但其基本原理是相同的。对投入产出分析的基本原理介绍，将以静态模型为例。静态模型按照不同的计量单位，可以分为实物型和价值型，前者是以实物单位（如 t）计量的，后者则是按货币单位（如美元）计量的。这两种模型最基本又最能反映投入产出特征。可应用于循环经济系统模型中，通过物质流系统和相应的物质流矩阵，来追踪直接流和间接流的路径。

实物型投入产出模型建立各类产品的生产和分配使用之间的平衡关系。模型通过列昂捷夫矩阵建立总产品与最终产品之间的关系，通过列昂捷夫逆矩阵建立最终产品与总产品之间的联系。价值型投入产出模型不仅能够反映各部门产品的实物运动过程，而且能够描述各部门产品的价值流动过程，因而它的实用性与实用范围比实物型投入产出模型更广。以下主要介绍价值型投入产出模型。

建立投入产出表见表 4-7，由于以货币为单位，故可以按行或者列建立模型。

表 4-7 价值型投入产出表

投入 \ 产出		中间使用					最终产品	总产品
		部门 1	部门 2	…	部门 n	小计		
物质消耗	部门 1	x_{11}	x_{12}	…	x_{1n}	E_1	y_1	x_1
	部门 2	x_{21}	x_{22}	…	x_{2n}	E_2	y_2	x_2
	…	…	…	…	…	…	…	…
	部门 n	x_{n1}	x_{n2}	…	x_{nn}	E_n	y_n	x_n
	小计	c_1	c_2	…	c_n	c	y	x

续表

投入	产出	中间使用					最终产品	总产品
		部门1	部门2	…	部门n	小计		
新 创造 价值	劳动报酬	v_1	v_2	…	v_n	v		
	纯收入	m_1	m_2	…	m_n	m		
	小计	N_1	N_2	…	N_n	N_0		
总产值		x_1	x_2	…	x_n	x		

注：本表引自文献 [23]。

按行建立模型，称之为产品分配方程组：

$$\begin{cases} \sum_{j=1}^{n} a_{ij}x_j + y_i = x_i (i = 1,2,\cdots,n) \\ a_{ij} = \dfrac{x_{ij}}{x_j} \end{cases} \tag{4-73}$$

按列建立模型，称之为费用平衡方程组：

$$\begin{cases} \sum_{i=1}^{n} a_{ij}x_j + v_j + m_j = x_j (j = 1,2,\cdots,n) \\ a_{ij} = \dfrac{x_{ij}}{x_j} \end{cases} \tag{4-74}$$

记 $c_j = \sum_{i=1}^{n} a_{ij}$，称之为 j 部门的物质消耗系数。解上述两个方程组，可以得到总产值-部门新创造价值，或者总产品-最终产品之间的关系，从而追踪到物质的流向过程。

若记 $\quad A = \begin{bmatrix} a_{11} & a_{12} & \cdots & a_{1n} \\ a_{21} & a_{22} & \cdots & a_{2n} \\ \vdots & \vdots & & \vdots \\ a_{n1} & a_{n2} & \cdots & a_{nn} \end{bmatrix}, 0 \leqslant a_{ij} < 1, 0 < \sum_{i=1}^{n} a_{ij} < 1$

在这里，称为系统的过程流系数矩阵，可得：

$$X = (I-A)^{-1}Y = NY \tag{4-75}$$

式中，N 为系统结构矩阵，代表组成系统的过程间的所有直接和间接关系。

4. 6. 3　清洁生产潜力分析

清洁生产潜力分析包括评估与模型计算两种方法。清洁生产潜力评估是指国家、地区、部门和企业，根据一定的科学、技术和经济条件，判定企业清洁生产所达到的水平，并比较其与先进水平的差距，为清洁生产技术方案的制定提供依据。清洁生产潜力评估包括两个步骤，首先是分析企业现有的清洁生产水平；其次是比较被评估企业的清洁生产水平与国内外先进清洁生产水平之间的差距，也即企业的清洁生产潜力。目前清洁生产潜力评估指标主要基于清洁生产标准确定，主要包括生产工艺、资源能源利用、产品、污染物产生、废物回收利用、环境管理6类指标，通过指标体系建立进行综合评判。

由于上述6项指标中以污染物产生为核心，加上产污水平和强度易于测定，目前建立模型中一般理解为污染物产生量的削减潜力作为实施清洁生产的潜力。污染物产生量削弱的潜力就是在不同经济增长模式下污染物的产生量与该行业的污染物产生基准值之间的差值。清洁生产潜力的数学模型为：

$$G_i^t = V_i^0 (1+x_i)^t (S_i^0 - S_i^t) \tag{4-76}$$

$$G^t = \sum_{i=1}^{n} G_i^t \tag{4-77}$$

式中，G^t 为目标年（第 t 年）清洁生产潜力；G_i^t 为 $i(i=1,2,\cdots,n)$ 行业污染物产生削减能力；V_i^0 为基准年 i 行业产值；x_i 为 i 行业产值年均增长率；S_i^0 为基准年 i 行业产污强度；S_i^t 为目标年 i 行业产污强度。产污强度（或称产污系数）定义为生产单位产品（产值）或使用单位原料所产生的污染物量。

4.7　GIS 应用技术

现代环境规划的一个突出特点是强调空间性，诸如流域级水污染控制，固体废弃物处置场址选择，自然保护区的规划等，都要处理大量的复杂的空间信息。由于 GIS 在空间信息管理和分析中的强大功能，为其引入环境规划带来了巨大的优越性。首先，GIS 对空间信息的分层布设管理比一般方法更为有效；其次 GIS 可以结合地面高程模型等进行空间分析；再次 GIS 对信息或者空间数据的表达形式具有直观形象的特点，更易为决策者所认知和公众所接受。目前 GIS 已经应用于环境规划的各个环节，突出体现了其空间分析能力。

下面将首先对 GIS 应用于环境规划领域的概貌进行简要介绍，其后介绍其突出的空间分析方法。

4.7.1　环境规划的 GIS 应用设计

(1) 系统分析

即总体需求，需要将 GIS 的空间信息处理优势与现代环境规划的要求相结合。从环境规划的主要内容上，可以采用 GIS 分析的主要环节包括现状环境状况调查评价与压力分析、环境数据的收集和管理、功能区划、污染控制规划和生态保护规划、环境规划决策等，尤其是现状调查、功能区划与规划决策系统的应用。

(2) 功能设计

在现代环境规划的应用，GIS 需要实现以下基本功能：数据管理与更新；空间分析；信息查询；绘制分析图。

(3) 结构设计

可采用三库一体的工作模式，便于地理信息系统在环境规划中以决策支持系统的方式辅助决策。数据库用于储存各种从人机界面录入或其他数据库中获取的数据，包括空间数据库和属性数据库。模型库可由环境质量评价模型、最优化模型、污染物总量控制模型、河流水质模型、大气污染物模拟模型等组成。方法库在数据处理中经常用到算法或难以用构模语言构造的算法，如前面 6 节中的方法，以便构造模型时选用。

在这种工作模式下，环境规划 GIS 一般按功能可分为信息查询、资料统计分析、环境现状评价、环境影响预测、功能区划、环境规划等功能模块。

(4) 输入输出设计

数据输入是环境规划 GIS 的源头，数据输入方法应简单、快速、经济、方便。计算机输出应与用户联系，提供各类环境规划图集，如污染源分布图、功能区划图、重点工程图、区域发展情景分析图等。

4.7.2　GIS 空间分析方法

空间分析是基于地理对象的位置和形态特征的空间数据分析技术，其目的在于提取和传输空间信息。GIS 空间分析包括基本方法和建模方法两大类。基本方法包括空间查询、空间量测、叠置分析、缓冲区分析、网络分析、空间统计分类分析等。空间分析建模方法是通过组合空间分析命令操作以回答有关空间现象问题的过程，目的是帮助分析人员组织和规划所要完成的分析过程，并逐步指定完成这一分析过程所需的数据。

4.7.2.1　基本方法

（1）空间查询

主要有两类，第一类是"属性查图形"，按照属性信息查询定位空间位置。需要利用图形和属性的关系，并在图上定位显示。第二类是"图形查属性"，首先借助空间索引，在GIS 数据库中快速检索出被选空间实体，然后根据空间实体与属性的连接关系即可得到所查询空间实体的属性列表。在大多数 GIS 中，提供的空间查询方式有：基于空间关系查询、基于空间关系和属性特征查询、地址匹配查询。

（2）空间量测

① 几何量算　几何量算对点、线、面、体四类地物而言，其含义是不同的。

a. 点状地物（0 维）：坐标。

b. 线状地物（一维）：长度、曲率、方向。

c. 面状地物（二维）：面积、周长、形状等。

d. 体状地物（三维）：体积、表面积等。

一般的 GIS 软件都具有对点、线、面状地物的几何量算功能，或者是针对矢量数据结构，或者是针对栅格数据结构的空间数据。

② 形状量算　对目标地物形状的量测一般有两个方面：空间一致性问题，即有孔多边形和破碎多边形的处理；多边形边界特征描述问题。度量空间一致性最常用的指标是欧拉函数，用来计算多边形的破碎程度和孔的数目。关于多边形边界描述的问题，由于目标地物的外观是复杂多变的，很难找到一个准确的指标量对其进行描述。最常用的指标包括多边形长、短轴之比、周长面积比、面积长度比等。绝大多数指标是基于面积的周长的，对目标地物属紧凑型的或膨胀型的判断极其模糊。对于一个标准的圆形地物既非紧凑型也非膨胀型，可以定义其形态系数 r 为：

$$r = \frac{P}{2\sqrt{\pi} \times \sqrt{A}} \tag{4-78}$$

式中，P 为目标地物周长；A 为地物面积。

如果 $r < 1$，目标地物为紧凑型；$r = 1$，目标地物为标准圆；$r > 1$，目标地物为膨胀型。

③ 质心量算　描述地理对象空间分布的一个重要指标是目标的质心位置。质心通常为一个多边形或面的几何中心，但在某些情况下质心描述的是分布中心。质心是目标保持均匀分布的平衡点，它可以被赋予权重系数，计算公式为：

$$x_G = \frac{\sum\limits_i w_i x_i}{\sum\limits_i w_i}, y_G = \frac{\sum\limits_i w_i y_i}{\sum\limits_i w_i} \tag{4-79}$$

式中，i 为离散目标物；w_i 为该目标权重；x_i，y_i 为离散目标物的坐标。

④ 距离量算 在 GIS 中，距离通常是两个地点之间的计算，最常用的距离是欧氏距离，无论是矢量结构，还是栅格结构都很容易实现。对于描述点、线、面坐标的矢量结构，有不同的距离概念。欧氏距离通常用于计算两点的直线距离，即：

$$d = \sqrt{(x_i - x_j)^2 + (y_i - y_j)^2} \tag{4-80}$$

当有障碍或阻力存在时，两点之间的距离就不是直线距离，计算非标准欧氏距离的公式为：

$$d = [(x_i - x_j)^k + (y_i - y_j)^k]^{1/k} \tag{4-81}$$

当 $k=2$ 时，就是欧氏距离计算方式。当 $k=1$ 时，得到的距离称为曼哈顿距离。

(3) 叠置分析

叠置分析是将两层或多层地图要素进行叠加产生一个新要素层的操作，其结果将原来要素通过分割或合并等生成新的要素，新要素综合了原来两层或多层要素所具有的属性。叠置分析不仅包含空间关系的比较，还包含属性关系的比较。

① 点与多边形叠加 点与多边形叠加，实际上是计算多边形对点的包含关系。叠加的结果是为每点产生一个新属性。通过叠加可以计算出每个多边形类型里有多少个点，以及这些点的属性信息。

② 线与多边形叠加 将线状地物层和多边形涂层叠加，比较线坐标与多边形坐标的关系，以确定每条弧段落在哪个多边形内，多边形内的新弧段以及多边形其他信息。

③ 多边形叠加 这个过程是将两个或多个多边形图层进行叠加产生一个新多边形图层的操作，其结果将原来多边形要素分割成新要素，新要素综合了原来两层或多层的属性，一般有三种情况：多边形之和（输出保留了输入的所有多边形）；多边形之交（输出保留了输入的多边形共同覆盖的区域）；多边形叠合（以一个输入的边界为准，将另一个多边形与之相匹配，输出内容是第一个多边形区域内的两个输入层的所有多边形）。

(4) 缓冲区分析

缓冲区分析是针对点、线、面实体，自动建立其周围一定宽度范围以内的缓冲区多边形。缓冲区的产生有三种情况：一是基于点要素的缓冲区，通常以点为圆心、以一定距离为半径的圆；二是基于线要素的缓冲区，通常是以线为中心轴线，距中心轴线一定距离的平行条带多边形；三是基于面要素多边形边界的缓冲区，向外或向内扩展一定距离以生成新的多边形。

(5) 网络分析

对地理网络（如河网、交通网络等）、基础设施网络（如各种网线、供排水管线等）进行地理分析和模型化，是 GIS 中网络分析功能的主要目的。其基本思想是在于人类活动总是趋向于按一定目标选择达到最佳效果的空间位置。这类问题在生产、社会、经济活动中不胜枚举，因此研究此类问题具有重大意义。

网络分析中的主要几种分析方法如下。

① 路径分析

1）静态求最佳路径。由用户确定权值关系后，即给定每条弧段的属性，当需求最佳路径时，读出路径的相关属性，求最佳路径。

2）动态分段技术。给定一条路径由多段联系组成，要求标注出这条路上的公里点或要求定位某一公路上的某一点，标注出某条路上从某一公里数到另一公里数的路段。

3）N 条最佳路径分析。确定起点、终点，求代价较小的几条路径，因为在实践中往往仅求出最佳路径并不能满足要求，可能因为某种因素不走最佳路径，而走近似最佳路径。

4）最短路径。确定起点、终点和经过的中间点、中间连线，求最佳路径。

5）动态最佳路径分析。实际网络分析中权值是随着权值关系式变化的，而且可能会临时出现一些障碍点，所以往往需要动态地计算最佳路径。

② 地址匹配　地址匹配实质是对地理位置地查询，它涉及地址编码。地址匹配与其他网络分析功能结合起来可以满足实际工作中非常复杂的分析要求。

③ 资源分配　资源分配网络模型由中心点（分配中心）及其状态属性和网络组成。分配有两种方式，一种是由分配中心向四周输出，另一种是由四周向中心集中。这种分配功能可以解决资源的有效流动和合理分配。其在地理网络中的应用与区位论中的中心地理论类似。常用的算法是 P 中心模型。

（6）空间统计分类分析

多变量统计分析主要用于数据分类和综合评价。数据分类方法是地理信息系统重要的组成部分。一般说地理信息系统存储的数据具有原始性质，用户可以根据不同的实用目的，进行提取和分析，特别是对于观测和取样数据，随着采用分类和内插方法的不同，得到的结果有很大的差异。这种分类方法可以采用 4.2 部分所介绍的方法如聚类分析、主成分分析等。

4.7.2.2　建模方法

空间分析模型是对现实世界科学体系问题域抽象的空间概念模型，主要分为以下几类。

（1）空间分布分析模型

用于研究地理对象的空间分布特征，如分布密度和均值、分布中心、离散度等；空间分布检验，以确定分布类型；空间聚类分析，反映分布的多中心特征并确定这些中心；趋势面分析，反映现象的空间分布趋势；空间聚合与分解，反映空间对比与趋势。

（2）空间关系分析模型

用于研究基于地理对象的位置和属性特征的空间物体之间的关系。包括距离、方向、连通和拓扑等四种空间关系。其中，拓扑关系是研究得较多的关系；距离是内容最丰富的一种关系；连通用于描述基于视线的空间物体之间的通视性；方向反映物体的方位。

（3）空间相关分析模型

用于研究物体位置和属性集成下的关系，尤其是物体群（类）之间的关系。在这方面，目前研究得最多的是空间统计学范畴的问题。统计上的空间相关、覆盖分析就是考虑物体类之间相关关系的分析。

（4）预测、评价与决策模型

用于研究地理对象的动态发展，根据过去和现在推断未来，根据已知推测未知，运用科学知识和手段来估计地理对象的未来发展趋势，并作出判断与评价，形成决策方案，用以指导行动，以获得尽可能好的实践效果。

GIS 与空间分析模型的结合本质上是由需求驱动的，常用的方式有耦合和嵌入两大类，包括松散耦合型、紧密耦合型、GIS 中嵌入模型、模型中嵌入 GIS 功能。目前空间分析建模方法一般有以下 5 种方式：a. GIS 环境内二次开发语言的空间分析建模法；b. 基于 GIS 外部松散耦合式的空间分析建模法；c. 混合型的空间分析建模法；d. 插件技术的空间分析建模法；e. 基于面向目标的图形语言建模法。各个模型的建立一般按照明确问题、分解问题、组建模型和检验模型结果的步骤完成。有关空间建模的计算机设计和编辑可以参考相关的GIS 应用书籍。

参 考 文 献

[1] [美] Odum H T. 系统生态学 [M]. 蒋有绪等译. 北京：科学出版社，1993.

[2] 国家环保局计划司《环境规划指南》编写组. 环境规划指南 [M]. 北京：清华大学出版社，1994.

[3] 李安贵，张志宏，段凤英. 模糊数学及其应用 [M]. 北京：冶金工业出版社，1994.

[4] 吉本斯. 博弈论基础 [M]. 高峰译. 北京：中国社会科学出版社，1999.

[5] 陆雍森. 环境评价 [M]. 第 2 版. 上海：同济大学出版社，1999.

[6] 隋春花，兰盛芳. 城市生态系统能值分析（EMA）原理和步骤 [J]. 重庆环境科学，1992（2）：18-20.

[7] 毛志峰. 区域可持续发展的理论与对策 [M]. 武汉：湖北科学技术出版社，2000.

[8] 郭怀成，尚金城，张天柱. 环境规划学 [M]. 北京：高等教育出版社，2001.

[9] 易丹辉. 统计预测方法与应用 [M]. 北京：中国统计出版社，2001.

[10] 李双成，傅晓峰，郑度. 中国经济持续发展水平能值分析 [J]. 自然资源学报，2001，16（4）：297-304.

[11] 冯文权. 经济预测与决策技术 [M]. 武汉：武汉大学出版社，2002.

[12] 尚金成，包存宽. 战略环境评价导论 [M]. 北京：科学出版社，2003.

[13] 黄思明，欧小昆等. 可持续发展的评判 [M]. 北京：高等教育出版社；海德堡：施普林格出版社，2001.

[14] 林齐宁. 决策分析 [M]. 北京：北京邮电大学出版社，2003.

[15] 岳超源. 决策理论与方法 [M]. 北京：科学出版社，2003.

[16] 尹璇，倪晋仁，毛小苓. 生态足迹研究述评 [J]. 中国人口·资源与环境，2004，14（5）：45-42.

[17] 黄贤金. 循环经济产业模式与政策体系 [M]. 南京：南京大学出版社，2004.

[18] 王燕. 应用时间序列分析 [M]. 北京：中国人民大学出版社，2005.

[19] 尚金城. 环境规划与管理 [M]. 北京：科学出版社，2005.

[20] 《运筹学》教材编写组. 运筹学 [M]. 第 3 版. 北京：清华大学出版社，2005.

[21] 郭立夫，李北伟. 决策理论与方法 [M]. 北京：高等教育出版社，2006.

[22] 孙启宏等. 清洁生产标准体系研究 [M]. 北京：新华出版社，2006.

[23] 徐建华. 现代地理学中的数学方法 [M]. 第 2 版. 北京：高等教育出版社，2002.

[24] 孟伟. 流域水污染物总量控制技术与示范 [M]. 北京：中国环境科学出版社，2008.

[25] 孙启宏，韩明霞，乔琦等. 辽河流域重点行业产污强度及节水减排清洁生产潜力 [J]. 环境科学研究，2010，23（7）：869-876.

[26] 夏青，孙艳，许振成等编著. 水环境保护功能区划分 [M]. 北京：海洋出版社，1989.

[27] 周瑛，刘衍君. 环境规划 GIS 的应用设计与实施 [J]. 中山大学学报：自然科学版，2004，43（增刊）：241-243.

[28] 刘湘南，黄方，王平等. GIS 空间分析原理与方法 [M]. 北京：科学出版社，2005.

[29] 彭剑楠. GIS 空间分析方法研究 [D]. 长春：吉林大学，2007.

[30] 中华人民共和国环境保护行业标准. 环境空气质量功能区划分原则与技术方法（HJ 14—1996）. 国家环境保护局，1996.

[31] 中华人民共和国国家标准. 城市区域环境噪声适用区划分技术规范（GB/T 15190—94）. 国家环境保护局，国家技术监督局，1994.

[32] 中华人民共和国环境保护行业标准. 近岸海域环境功能区划分技术规范（HJ/T 82—2001）. 国家环境保护总局，2001.

[33] 环境保护部 中国科学院. 全国生态功能区划. 2008.

第5章

环境总体规划

根据第 2 章的论述，环境总体规划是全面梳理环境现状、保护人们健康的总体安排，主要内容包括环境总体现状评估、区域发展定位、环境功能区划、环境承载力、总体目标、环境保护主要行动、执行监督保障措施等。本章将对环境总体规划的主要内容进行详细阐述。

5.1 规划背景与性质

5.1.1 规划缘起

规划缘起表明规划背景、编制目的及规划需求。一般而言，环境总体规划的编制与城市总体规划有着密切的关系，后者进行调整、修编均会产生环境总体规划同步编制的需求。一般环境总体规划以建设资源节约型和环境友好型生态区为目标，以维持并不断改善区域的良好生态环境、实现经济建设与环境保护协调发展为根本出发点，按照"低碳区域、绿色生活"的发展要求，全面梳理自身的环境问题，统筹考虑环境一体化发展，提出区域协调的环境需求，创建宜居生活环境，提升环境保护管理能力及环境决策功能。

环境总体规划编制需求主要体现在以下几个方面。

5.1.1.1 顺应环保潮流，实现区域可持续发展

欧美各国大规模的经济建设而导致一系列生态环境问题，使人们意识到必须对自己赖以生存的环境进行有计划的开发、保护与管理。因此从 20 世纪 60 年代以来，环境规划备受美国、日本、英国、德国等发达国家的充分重视，这在第 1 章中已有介绍。随着我国环境整体形势的日益严峻，环境规划的地位和作用不断凸显。国家和地方层面相继颁布了大量环境规划，2007 年颁布的"十一五"环境保护规划是国务院第一个以"国发"形式颁布的专项规划。在环境管理实践中，环境规划是实行各项环境保护法律基本制度的基础和先导，也是实现环境保护与经济、社会发展相协调的有力保障。

很多地区经济加速转型的同时，环境也不可避免地承受着相当大的压力，环境质量持续

改善对环境保护管理和举措提出更高的要求。环境规划制定的目的是保护良好的生态环境质量以及稳定健康的生态系统，因此实现环境保护优化经济发展，环境规划首当先行。

5.1.1.2　引导经济社会合理布局，持续提升区域环境质量

现代环境总体规划在时间与空间上对环境空间进行规划，通过划分综合环境功能区，引导区域经济社会和产业合理布局，改善城市建设；进而通过具体行动计划，持续改善区域环境质量，促进经济持续健康发展。避免走发达国家先污染后治理的老路，结合实际情况，探索区域环保新道路。

5.1.1.3　协调跨区域环境行为，共建宜居生活网

区域环保工作是区域与周边邻近地区共同面对的问题，近几年陆续出台的一系列区域一体化发展的政策和指引，为区域共同发展奠定了良好的基础，但同时也对区域环境保护工作提出了严峻的考验。在新区域主义背景下的环境一体化、合理调整优化产业布局、保护流域水源水质，加强大气污染联防联治、有效控制土壤污染、创新环境管理体制机制均需要环境总体规划提出和落实，以进一步深化区域环保合作，积极共建宜居生活网。

区域经济一体化的进程中，生态环境的协调发展是地区可持续发展的根本保障，如何根据区域生态环境状况，发展多元化经济，提升本地区的环境质量，促进环保工作的区域合作，为市民建设宜居城市，成为区域环境保护工作的重要内容之一。这均需要从总体角度制定环境保护规划，以指导工作有序开展。

5.1.2　规划定位与体系

5.1.2.1　规划性质

（1）指导性

环境总体规划属于指导性规划，宣示规划理念，拟定计划目标，研究环境保护基本策略，作为环保系统或相关政府部门拟订执行计划的指导，以维持并不断改善区域的良好生态环境、实现经济建设与环境保护协调发展为根本出发点，建立良好的环境质量管制体系，一方面需与其他规划相衔接，另一方面以环境要素表达的环境质量在空间上也需要具体措施落实，引导经济社会又好又快发展。

（2）实施性

环境总体规划虽然提出环境保护的总体策略，但是在确定目标的同时，也要辅以具体行动计划及建设的重点工程，并拟定规划之执行和监督体系以保障规划落实，使环境总体规划具有可实施性。

（3）综合性

环境保护总体规划相对于空气、水、生态、固体废弃物、噪声、光、辐射等主要环境要素的专项规划而言，是综合性规划，需要在上位层面进行总体设计，统筹考虑各专项之间，不同区域之间的内在联系，指导区域环境保护工作。当然，从规划体系上，环境总体规划仍然属于城市总体规划下的专项规划。

5.1.2.2　规划定位

环境规划既是保护自然环境、生存环境、保护生产力、保育生命支持系统的长远战略举措，也是一场技术、体制、管理领域的社会进步，是一种走向可持续发展的具体行动。对于环境总体规划，其功能定位如下。

（1）中观层次的专业性、引导性和协调性规划

总体规划应与其他规划（如交通规划、基础设施规划、土地利用规划等）相互衔接、补充和完善，作为今后编制或修订其他规划的重要依据。环境问题涉及经济、人口、资源等多方面，城市规划中的环境总体规划，是一个综合决策问题，在指导思想、优化产业结构、合理布局、功能区划分、污染物总量控制、城市基础设施建设和重大工程项目等方面，实行综合规划和引导，体现专业性、引导性与协调性特点。

（2）区域环境保护工作的指导性文件

环境总体规划以维持并不断改善区域的良好生态环境、实现经济建设与环境保护协调发展为根本出发点，坚持以人为本，建设低碳城市、转变经济发展方式的根本要求，紧密结合发展战略和实际情况，统筹规划区域生态体系构架，明确环境容量空间分布，科学划分区域发展生态功能区及环境功能区，优化产业结构，合理开发利用与保护自然资源，大力实施环境综合整治与生态修复，发展循环经济和清洁生产，促进经济、社会与环境全面、协调、可持续发展，实现人与自然的和谐。规划内容正是区域环境保护工作要解决的主要问题，指导思想和目标也是环保工作要追求的目标，因此环境总体规划应作为环保工作的指导性文件。

（3）所确定的目标、措施、工程等应纳入政府发展计划

按照可持续发展的要求，环境保护目标是区域建设和发展目标不可缺少的一部分，是对城市环境保护任务的综合反映，是编制环境保护专项规划的依据。环境保护是优化产业结构的重要因素，尤其是环境问题成为城市发展的主要矛盾或制约因素时，环境因素将成为产业结构调整的主要因素。城市环境保护目标的实现，一要靠管理；二要靠项目建设。环境总体规划中的重点项目计划是实施环境保护规划的落脚点，是规划编制的重点；同时规划的措施是保证规划实施的抓手，规划的措施和重点工程的投资应作为社会经济发展计划不可或缺的重要组成部分。规划所确定的目标、措施、工程等应纳入政府发展计划，通过不同部门的共同实施，才能共同维护与改善区域环境质量。

5.1.2.3 规划体系

环境总体规划主要承担以下几方面的任务：摸清现状，包括环境质量现状与污染源现状；合理预测社会经济发展趋势及对环境的压力，评估环境承载力及环境容量的空间分布；提出规划的目标和指标；制定规划的策略，优选各环境要素的污染防治方案，并提出近、中、远期行动计划和重点工程；提升环境保护局自身职能，完善政府环境决策的功能性建设，建立环境管理政策体系；制定规划实施的执行和监督机制。

环境规划分为三个层次，即概念性规划、总体规划和专项规划。其中，概念性规划是战略性、框架性规划，主要包括规划目标、规划理念和规划策略等，以指导环境总体规划和专项规划；总体规划是综合性、全局性的规划，既包括环境保护规划的目标和策略，也包括具体的行动计划和重点工程；而专项规划是以环境要素和环境管理能力及政策为专题，制定相应的规划方案、策略、行动计划。环境总体规划一方面系统解决区域环境与发展、环境保护目标与指标、环境承载力、空间生态控制、区域协调等战略层次与城市总体规划等相衔接，从战略和策略上规划环境保护管理工作，另一方面又以优化宜居环境、推动资源循环社会、融入绿色优质区域为政策主线，融合了专项规划的内容，提出各类环境问题解决的策略和未来行动。

为保障经济、社会与环境的可持续发展，分不同时期、不同层次制定相应的规划，形成一套完整的环境保护规划体系。就未来十年环境保护工作的开展，透过三个阶段完成环境规划体系。一般首次制定环境规划的地区可以分三阶段走，首阶段编制环境概念性规划构想，第二阶段是开展"环境总体规划"及"环境保护专项规划"研究，第三阶段是编制及提交区域环境保护规划文本。在修编和调整时则主要以总体规划和主要专项规划为主。由此可见，概念性规划指导总体规划和专项规划，总体规划和专项规划是概念性规划的落实和细化，而总体规划是专项规划的综合及提升，专项规划在技术上支撑总体规划。

5.1.3　规划理念与依据

5.1.3.1　规划理念

(1) 可持续发展

可持续发展是指既满足当代人的需求，又不损害后代人满足其需求的能力，环境保护是可持续发展的重要方面。因此，我们在环境总体规划中，首先要坚持可持续发展的理念，将改善和维护区域环境质量为根本出发点，通过加强环境保护与生态建设，确保区域人居环境健康和安全，将环境保护与经济发展"并重"和"同步"，以环境优化经济增长，促进经济社会发展与区域资源、环境承载力相协调。

(2) 低碳发展

低碳发展，是指通过技术创新、制度创新、产业转型、新能源开发等多种手段，尽可能地减少煤炭石油等高碳能源消耗，减少温室气体排放，达到经济社会发展与生态环境保护双赢的一种经济发展形态。现代环境总体规划应遵循低碳发展的理念，科学预测与规划，积极推进经济结构调整，进一步优化产业结构、促进经济社会布局优化，推进经济发展模式的转变。在社会层面上，提出建设低碳小区和景区的环保策略和行动计划；生产和消费领域，提出建设低碳生产和消费体系环保策略和行动计划，进而推进低碳城市、低碳园区建设。

(3) 倡导性规划

"公众参与"从社会学角度讲，是指社会群众、社会组织、单位或个人作为主体，在其权利义务范围内有目的的社会行为，在环境保护工作中公民责任非常重要。一般认为，除政府的环保行为和企业的环保责任行为外，其他所有环保行为均可认为是公众参与行为。从环境保护的主体看，公众的范围应包括广大普通市民以及相关的非政府组织和民间团体。环境经济政策是一个艰巨、长期的过程，其中社会公众的力量不可或缺，社会公众在参与制定环保新政、推动环保新政实施、监督环保新政运行、评判环保新政效果等方面有着至关重要的作用。因此环境总体规划强调环保规划在编制过程、实施过程的公众参与，体现倡导性规划的理念，让各种利益相关方获得规划编制、规划实施及规划效果评估的全过程参与。

(4) 以人为本，协调规划

以人为本是环境保护的目的与手段，环境保护根本目的是保护人类的健康，所以规划将秉守人本思想，改善环境质量，提升居民生活质素。同期在交通、城市等领域开展规划，环境保护规划除了要加强区域的规划协调之外，也要加强与相关规划的协调，把规划之间的协调落到实处，促进环境保护工作的开展。

(5) 区域管治

随着区域一体化发展的进一步深入和提速，环境保护的区域合作也日趋迫切。为此，环境总体规划把区域合作作为规划的理念和重要内容，从空气污染的联防联治、水污染防治的合作、建立资源废弃物回收再利用和危险废弃物处理的合作机制、基础设施的共建共享、实行环境信息共享、生态共建等方面多角度、多层面提出区域合作。这种合作共识需要建立在区域管治的理念之上，以合作、对话、协调为基本点，推进环境一体化和共有环境问题的解决。

5.1.3.2 规划依据

环境总体规划的依据主要如下。

① 国家有关法律，如《中华人民共和国环境保护法》（1989 年 12 月），《中华人民共和国水污染防治法》（1996 年 5 月修订）。

② 行政法规及规范性文件，如《废弃电器电子产品回收处理管理条例》（2008 年 8 月 20 日），《全国污染源普查条例》（2007 年 10 月 9 日）。

③ 部门规章及规范性文件，如《限期治理管理办法（试行）》（环境保护部 2009 年 6 月 11 日），《建设项目环境影响评价文件分级审批规定》（环境保护部 2008 年 12 月 11 日）。

④ 地方法规、行政规章及部门规范性文件，如《广东省饮用水源水质保护条例》（2007 年 3 月 29 日），《关于印发广东省环境保护与生态建设"十一五"规划的通知》（2007 年 5 月 16 日）。

⑤ 政策、规划及区划，如《全国生态保护"十一五"规划》（国家环境保护总局 2006 年 10 月 18 日），《小城镇环境规划编制导则（试行）》（2002 年 5 月 17 日）。

⑥ 相关标准、规范，如《地表水环境质量标准》（GB 3838—2002），《清洁生产审核指南 制订技术导则》（HJ 469—2009）。

5.2 现状、问题与压力

主要介绍区域环境总体现状，必要时需要通过基础调查与补充实测，系统分析区域环境状况及变化趋势，分析存在的问题，并根据社会与经济发展趋势，进行情景规划。计算环境承载力及环境容量，划分综合环境功能分区，分析未来不同发展情景下的环境压力，为总体规划方案提供依据。

5.2.1 环境总体现状评估

5.2.1.1 污染源与环境质量现状评估

结合大气、水、声、光、固体废物、辐射、生态等环境要素的质量、污染源现状及历史演变的调查分析，同时基于"环境指标"有效分析及评估一个地区或国家环境质素的重要参考依据，对不同的环境要素选择最能反映其污染状况和环境质量的指标进行综合评价，如大气环境现状选择空气质量、大气污染物排放、温室气体排放、能源、交通运输对大气环境的影响等指标；水环境现状选择饮用水水质及安全、水环境功能区水质达标率、污水处理率等指标；固体废物选择废物的产生、废物的最终处理方式等指标；声环境选择噪声状况、噪声投诉、噪声管理措施等指标；生态环境状况选择自然环境保护、物种的保育、绿化建设等指标。采用以上指标对区域环境总体状况进行分析和评估，以反映各种环境因素间的相互关系及目前存在的主要问题，同时较深入地剖析产生环境问题的主要原因。各要素具体的评估内容则在专项规划中详细表达。

5.2.1.2 环境治理与管理措施绩效评估

对区域投入资源建立的污水处理站（厂）、垃圾填埋场、垃圾焚烧发电厂、危险废物处理站等环保基础设施运行进行评估，获得环保基础设施运营管理经验和教训，找出环境治理方面需要改进的方面。对环境保护主管行政部门规划、执行、统筹等能力进行评估，对环境宣传教育和公众参与工作的重视程度进行评估，掌握区域环境管理的绩效水平。

统计分析规划与环境整治支出，投资项目包括固体废物的收集处理、下水道网络、都市重整、生态保护区的维护、空气质量的研究、危险品设施的建造、水质污染的调查、固定空气污染源的研究以及环境噪声的监测、环境信息系统等。在环境管理方面，掌握环境法规和区域合作与国际交流等工作的进展。

从"规划与环境整治"公共投资及开支、公众参与及关注、推广实施环境管理系统等方面分析评价对管理措施及有效性，同时分析在环境法制方面的建设情况及发挥的作用，找出环境管理方面需要改进的方面。

5.2.1.3 与邻近地区环境状况比较

对区域在大气环境、水环境、近岸海域环境、固体废物管理、环境噪声污染控制、光污染管理、生态保护、环境政策、法制、能力建设等方面的参数与邻近地区进行评估比较分析，初步掌握周边区域与本区域的环境影响关系。

5.2.1.4 现状环境问题分析

从以上三个方面提出环境总体规划需要优先解决的环境问题，在基础数据分析之上，对这些环境问题产生的原因进行深入研究，进而提出区域环境总体规划应该达到的目标要求。

5.2.2 社会经济发展情景预测

5.2.2.1 区域发展定位

采用 SWOT 方法（优势、劣势、机遇、挑战）分析区域在各类经济体中的地位，重点与邻近地区、国内外其他同类地区做比较，从产业发展前景、资本、劳动力和综合竞争力等方面，综合评价未来区域发展机会。

一般说来，区域发展优势可以从交通、体制、政策等方面来分析，区域发展劣势可以从经济总量、产业结构、基础设施、环境资源压力等方面来分析，区域发展机遇可以从总体发展规划、区域合作等提出，区域面临挑战则包括资源环境瓶颈、人力资源、国际竞争等方面分析。综合分析这些特点，进行区域发展定位，为社会经济发展情景预测提供背景支持。

在上述分析的基础上，参考城市规划、交通规划等，结合大型项目建设的需求，对规划期末区域人口规模、人口分布、人口结构等进行预测分析；对规划期末的 GDP、工业总产值、第三产业做出预测。

5.2.2.2 人口增长情景预测

在对规划区域近些年来的人口空间分布、人口结构（不同年龄段人口比例、外来人口与户籍人口比例）变化进行分析的基础上，参考规划区域的城市规划，交通规划等相关规划与发展定位，对规划期末区域人口规模、人口分布与人口结构进行预测分析。

人口预测包括总人口、常住人口、流动人口和旅游人口的预测，设定不同发展情景，最简单的可以采用综合指数法进行预测，并尽量直接引用已有的成果作为其中的发展情景。

(1) 常住人口

常住人口计算公式如下：

$$P = P_0(1+r)t$$

式中，P 为规划目标年人口数；P_0 为基准年的统计人口数；r 为规划目标年与基准年之间的年均增长率；t 为规划目标年与基准年之间的时间间隔。

（2）流动人口

流动人口很难采用诸如常住人口的综合指数法，但可以根据其变化趋势采用一些数学方法处理，如可以采用 Logistic 曲线拟合和灰色预测理论，预测规划水平年流动人口的增长情况。首先，通过 Logistic 曲线拟合与外推，掌握流动人口增长的总趋势；其次，选定不同长度的人口序列以建立灰色模型，检验并分析各种预测结果的合理性与不足；最终确定流动人口增长预测的高、中、低方案。

（3）旅游人口

根据区域旅游业发展态势，考虑区域的旅客可承载量，预测规划年入境旅客规模。

5.2.2.3 经济发展情景预测

（1）不同情景下的经济发展指标预测

根据产业发展特征，选择 GDP、工业产值作为区域经济发展前景规划的预测内容，设定不同发展情景，采用综合指数法进行预测，并尽量直接引用已有的成果作为其中的发展情景，计算公式分别如下。

GDP 的预测：

$$GDP = GDP_0(1+r)t$$

式中，GDP 为规划目标年 GDP；GDP_0 为基准年的统计 GDP；r 为规划目标年与基准年之间的 GDP 年均增长率；t 为规划目标年与基准年之间的时间间隔。

工业产值的预测：

$$G_{工业} = G_{工业,0}(1+r)t$$

式中，$G_{工业}$ 为规划目标年工业产值；$G_{工业,0}$ 为基准年的统计工业产值；r 为规划目标年与基准年之间的年均增长率；t 为规划目标年与基准年之间的时间间隔。

（2）绿色 GDP 核算

绿色 GDP 就是在 GDP 的基础上，扣除对资源（主要包括土地、森林、矿产、水）、环境（包括生态环境、自然环境、人文环境等）的破坏性影响后的余额，在一定程度上反映了经济与环境之间的相互作用，是反映可持续发展的重要指标之一。参照原国家环保总局、国家统计局 2006 年制定的"中国绿色国民经济核算体系框架"，确立环境实物量核算、环境价值量核算、环境保护投入产出核算以及经环境调整的绿色 GDP 核算，构建科学完整的环境资源统计指标体系，尝试对研究区进行绿色 GDP 的核算，同时提出与绿色 GDP 核算相配套的相关法规制度，包括有关绿色 GDP 核算的环境与统计法规、政策和评价标准等。

5.2.3 资源环境承载力

资源环境承载力分析方法已经在第 4 章予以介绍，在环境总体规划中，就是需要对各专项计算出来的水环境容量、大气环境容量、生态承载力、人口容量等承载力项目进行综合，常常根据短板原理进行分析，即一只水桶盛水的多少，并不取决于桶壁上最高的那块木块，而取决于桶壁上最短的那块。

5.2.4 综合环境功能区划

5.2.4.1 国家主体功能区划

我国制定"十一五"规划提出将国土空间划分为优化开发、重点开发、限制开发和禁止开发四类主体功能区。

优化开发区域是开发适宜度高但资源环境承载力有限的地区。在区域功能定位和未来发展方向上，优化开发区将依靠技术进步和制度创新，通过优化升级产业结构，促进形成集约型经济增长方式，建设成提升国家竞争力的重要区域，重要的人口和经济密集区域，带动经济社会发展的龙头区域。

重点开发区域为资源环境容量大，且开发适宜度高的地区。在区域功能定位和未来发展方向上，重点开发区将依靠发挥区域综合优势和提高资源配置效率，建设成为集聚经济和人口的重要区域，支撑经济发展的重要增长极。

限制开发区域是资源环境承载力小，且开发适宜度低的地区。在区域功能定位和未来发展方向上，限制开发区将依靠政策支持和加大保护力度，通过促进超载人口有序外迁和适度开发，加强生态修复保护与扶贫开发，建设成为保障国家生态安全的重要区域。

禁止开发区域是不论资源环境承载力高低，都不适宜开发的地区。在区域功能定位和未来发展方向上，禁止开发区将通过严格禁止人为活动对自然文化遗产的负面影响和实施强制性保护，有限发展与禁止开发区功能相容的相关产业，建设成为保护自然文化遗产的重要区域。

5.2.4.2　综合环境功能区划

在各环境要素功能区划的基础上，结合区域自然条件、社会经济、环境管理需求等分项评价结果，采用不同方法分别将各评价单元划分为若干不同的区域，将各环境要素功能区划结果作为衡量指标，结合 GIS 空间分析能力，将各环境要素功能区划因子进行综合，获得综合环境功能区划结果。在此基础上将综合结果可以划分为不同类型（如严格保护区、引导开发区、优化控制区三大类等），并对分区提出控制对策。一个典型分析过程流程可见图 5-1。

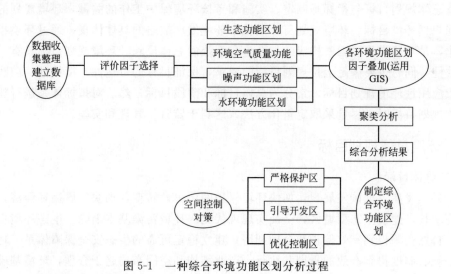

图 5-1　一种综合环境功能区划分析过程

综合环境功能区划分原则一般包括如下几条。

（1）整体性原则

区域环境保护，必须有效控制环境污染，保护生态环境，结合各环境要素的功能划分，保证区域整体功能的发挥。

（2）可持续发展原则

环境功能区划的目的是促进资源的合理利用与开发。避免盲目的资源开发和生态环境破坏，增强区域社会经济发展的生态环境支撑能力，促进区域的可持续发展。

（3）层次性原则

环境功能区划是一个多层次，多要素组成的综合系统。因此，评价因子应根据各环境要素分出层次，以利于做出正确评价。

（4）因地制宜原则

环境功能区划评价指针一定结合实际情况，根据不同的评价因子，以生态环境现状、社会经济发展水平为基础，科学合理地进行划分。

5.2.5 环境压力分析

依据不同的发展情景与本区域不同发展时期各行业对环境资源的占用方式、各区的产业结构、适合发展行业，确定各区污染源特点，对远期适当参照世界不同发展水平对环境资源占用的系数，给出区域经济发展对环境资源需求总量及由于污染物排放对环境容量的需求总量，以及环境质量、容量需求的地域分布、时间过程，敏感点、压力状况。在工作中将依据区域的特性、以往研究的成果和国内外同类工作的成果，建立区域环境需求与环境压力预测数学模型体系，使环境需求与压力预测定量化。

水、气、固废等各环境要素的具体预测方法和预测结果在专项规划中进行，总体规划主要对专项环境压力预测结果进行综合分析，包括对社会经济发展的约束和要求。

5.3 环境总体规划目标与指标

环境总体规划目标与指标是制定、实施和考核环境保护工作的关键，环境规划的目的就是要实现规划环境目标。环境规划目标是城市环境发展战略的具体体现，通过环境指标体系进行量化，是对所有环境因素构成的复合生态系统的总体反映。环境规划目标具有一般规划目标的共性，同时也要满足上位规划目标的要求，保证目标的可达性、衔接性、前瞻性。

一般应用性环境规划目标，常分为总体目标和阶段目标，然后对指标体系进行建立。在确定总体规划目标时，尽量采取定量化方法，这利于监督、管理和实施。

5.3.1 环境总体规划目标

5.3.1.1 总体目标

落实科学发展、低碳发展观，加快环境保护的历史性转变，加快发展循环经济，以环境优化经济增长，建设生态型城区，全面实现现代化。环境污染基本消除，生态环境良好并不断提高，自然资源得到有效保护和合理利用；建立稳定可靠的生态安全保障体系，环境保护法律、法规、制度得到有效的贯彻和执行；产业结构和空间布局趋于合理，环境基础设施建设完善，城市、乡村环境整洁优美，人与自然和谐共处，构建"资源节约型、环境友好型"社会。

5.3.1.2 阶段目标

根据总体建设目标以及环境压力分析，分阶段提出近期、中期、远期环境规划的目标，增强规划的可操作性。近期目标应确保可以实现，可操作性强，一般有效地控制环境污染和生态破坏，环境污染加剧趋势得到遏制，主要污染排放量得到消减。中期目标城市环境质量总体提高，发展充分利用环境容量，逐步普及清洁能源应用，进一步消除环境污染与生态破环现象。中期目标可以包含一些定性目标。远期目标区域环境质量得到进一步提高，良好的生态环境安全格局基本形成，资源消耗、污染物排放标准达到先进水平。远期目标是战略上的宏观要求。各地需要因地制宜，合理确定规划目标，切实改变以往"规划规划，墙上挂挂"的局面。

5.3.2　环境总体规划的指标体系

衔接水、气、噪声、生态、固废、光、辐射、环境管理与政策等专题规划所设定的有关指标，参照上位规划以及国家总量控制等指标体系、生态省（市、县）指标体系，全面建设小康社会指标体系等提出区域可达到的环境目标与对应的指针体系。

环境总体规划的指标既要与专项规划衔接，又要有区分，应该是体现环境总体状况的代表性指标。规划期总体规划目标要能体现资源能源利用水平、环境质量改善、污染控制成效、物质循环利用水平及生态保育等几个方面，因此确定了资源能源利用水平指标、环境质量指标、污染控制与资源化指标、生态保育指标等几类指标。

其中，资源能源利用指标主要考虑能源、水资源等消耗水平和使用状况，考虑资源能源利用水平的指标主要体现在水资源和能源利用水平方面，对于水资源的利用水平，一方面考虑经济活动耗水情况，另一方面考虑中水回用情况，例如选择单位 GDP 水耗和中水回用率作为定量指标；对于能源利用水平，例如用单位 GDP 能耗、城市清洁能源使用率两个指标来衡量。

环境质量指标主要用来表征空气、水、近岸海域环境等环境质量改善状况，如对于环境空气质量采用空气质量优良天数比例表征，水体水质采用评估指数或水环境功能区水质达标率来表征。

污染控制与资源化指标主要表征污染控制能力、水平以及废水、固体废物等再生利用状况，考虑到区域主要的污染控制对象一般为大气、水体、噪声和固体废弃物，因此选择可量化、可操作的、具有代表意义的指标衡量污染控制水平和能力。大气污染控制指标难以定量化，主要采用定性描述的指标来表达；水污染防治指标使用城市生活污水集中处理率进行考虑；对于噪声污染控制，主要考虑区域和交通噪声控制水平，但由于交通噪声难以定量化，且与区域噪声难以区分，可采用区域噪声平均消减量来表征；固体废物污染控制重点是生活垃圾、危险废弃物和废旧电子电器，分别选生活垃圾无害化处理率、危险废物处理处置率、电子电器废物集中回收率作为考虑指标。

生态保育指标主要表征区域内生态保护和建设能力水平，综合考虑区域需求，参考国内外常用的定量衡量指标，可选择有代表性的人均绿地面积、受保护地区占总土地面积比例、绿化覆盖率三个指标。表 5-1 是一个环境总体规划选定的指标体系的例子。

表 5-1　环境总体规划指标体系举例

分类	序号	指标名称	单位
资源能源利用水平	1	单位 GDP 能耗	吨标准煤/万元
	2	单位 GDP 水耗	m³/万元
	3	清洁能源使用率	%
	4	中水回用率	%
	5	工业用水重复利用率	%

分类	序号	指标名称	单位
环境质量	6	环境空气质量优良天数比例	％
	7	近岸海域水质评估指数	／
	8	水环境功能区水质达标率	％
污染物控制与资源化	9	城市生活污水集中处理率	％
	10	万元 GDP 污染物排放量	t／万元
	11	区域噪声平均消减量	dB(A)
	12	生活垃圾无害化处理率	％
	13	电子电器废弃物集中回收率	％
生态保育	14	人均公共绿地面积	m²／人
	15	受保护地区占总土地面积比例	％
	16	森林覆盖率	％

5. 3. 3 环境总体规划指标可达性分析

经过调查、分析、预测确定出环境规划目标后，还要对规划目标进行可达性分析，并及时反馈回来对目标进行修改完善，以使目标准确可行。主要包括环境保护分析投资分析、技术力量分析、污染负荷削减能力分析、公众参与分析、政策等其他分析等。一些可以从规划方案直接获得的定量化关系来解释指标可达需要在总体规划中予以说明，同时还需对环境规划与其他规划的衔接性进行分析。

规划指标可达性分析工作是保证规划目标可达的一项重要工作，需要严肃认真对待。对于不能确定是否可以达到的指标需要十分慎重，必要时可结合专家咨询意见确定。

5. 4 规划方案与行动

主要包括规划方案及重点工程，围绕总体规划愿景，在环境保护概念性规划构想（如果有）以及专项规划研究的基础上，提出总体规划策略。并结合未来环保需求及近期工作要点，提出大气、水、生态、固废、辐射、噪声、光等环境要素的重点工程及行动计划，为环境总体规划的核心内容。

5. 4. 1 环境总体规划策略

环境总体规划策略要反映规划愿景，是对所有规划方案的高度概括和总结。这里的总体策略尤其要与城市总体规划对环境的战略要求、国家环境保护战略要求相衔接，要体现当地居民的环境需求，因此总体策略的制定需从国家、居民和环境管理的角度来入手。我们曾经在某珠三角城市中提出了优化宜居环境，落实节能减排、建设低碳城市，优化环境功能分区、强化区域合作的三条策略，充分体现了当地居民对于"宜居"的需求，国家对于"节能减排"的需求和"环境功能区划"的环境管理需求，在这样的策略下提出环境总体规划的重点行动计划与工程。

5.4.2　重点行动计划与工程

根据规划总体策略，以及阶段性规划目标与指标体系，提出规划策略下的行动计划，计划既包含政策法规内容，也包含工程及措施，以定性分析为主，辅以部分定量分析。重点行动计划是对总体策略的分解，也是环境管理部门布置工作计划的依据。

例如，针对"优化宜居环境"的策略，可以提出空气质量维护行动计划、水质保护行动计划、固体废物安全处置计划、城市噪声管制计划、生态保育与文化旅游保护计划、光污染防治计划、核与辐射环境保护计划等。针对"落实节能减排，建设低碳城市"的策略可以提出推广节能技术和产品，实施能源审计与合同能源管理计划，节水计划，固体废物资源化计划，企业污染减排和资源节约计划，低碳生产和绿色出行计划，建设低碳城市计划等。针对"优化环境功能分区，强化区域合作"的策略可以提出加强周边地区环境合作计划、实施综合环境功能分区管理计划、区域管治计划等。

在重点行动计划之下，还需要根据具体的项目来执行，这就是重点工程。需要对各专项提出的重点工程的优先顺序进行排列，在环境总体规划目标下提出需要安排的重点工程，包括从要素治理和环境管理两方面得到体现。同时，需要对这些重点工程项目投资效益进行分析，提出投融资体系建议。

5.5　环境总体规划的执行与监督

任何规划均需要通过执行发挥效力，而在这个执行的过程中需要通过监督得以有效贯彻，环境总体规划也不例外。而且，随着国家对环境规划的重视，主要对公众产生影响的环境总体规划在执行与监督上就显得更加必要。

5.5.1　执行机制

5.5.1.1　完善政策和法规制度建设

"工欲善其事，必先利其器。"环境保护行政主管部门需要有效管理，就须不断完善政府管理机构的建设来提升政府环境管理能力。首先，需要完善政府环境管理机构建设，主要包括以下几个方面：a. 人员和基础设施；b. 综合决策能力；c. 环境执法能力；d. 危机处理能力。

其次，需要完善环境政策。纵向以可持续发展战略为"根"；"污染预防"、"污染者付费"、"污染治理"、"区域合作"和"公众参与"五大基本环境政策为"干"；各环境介质（大气、水、固体废弃物、噪声、生态环境、辐射以及光）污染防治政策为"枝叶"。横向以环境政策的约束、诱导、协调功能构建，使各项政策在不同层次上相互统一，建立全方位配套和增强环境政策的有效性。

第三，完善环境管理制度和环境立法。增修环境保护单行法律法规，增修环境保护标准，包括环境质量标准和污染物排放标准；增加环境管理立法，开展国际环境协议及公约适用本地立法研究等。

5.5.1.2　优化环境监测网络，提高应急防范能力

对区域水、空气、噪声、电磁辐射、生态监测网络进行优化，建立环境监测与监控体系，扩大环境质量覆盖面，积极推动跨界地区的线上监控，建立多部门共享的监测网络。建

立和完善环境污染事故应急预警机制，加强环保能力建设。建立环境事件危险源数据库、建设突发环境事件应急体系与区域联动机制、健全突发环境事件长效机制。

5.5.1.3 加强环境保护宣传教育

积极开展环境保护宣传教育活动，广泛普及和宣传环保法律法规知识和科学知识，提高各级领导的环境意识和综合决策水平，提高各级领导和公众自觉遵守环境法律、法规的自觉性，建立有效的社会和舆论监督机制。

完善公众参与环境监督制度，促进环境保护的广泛公众支持和参与。依照人类生产消费的活动与环境的关系，社会中的各个社群可以分成企业（生产者）、消费者、政府（协调管理）、民间团体（协调管理）。彼此间须有良好的互助与制衡，才能达到永续发展的目标。在不同的阶段，不同的环境问题，不同的公众参与的程度、内容和方式都不同。

5.5.2 保障机制

5.5.2.1 加大资金投入

环境保护具有外部性，是存在市场失灵的典型领域。在相当长的一段时间内，政府仍然要发挥环境保护的主导作用。在设施建设方面，政府必须发挥主导投资作用，市场化方式为辅，在中长期法律政策完善以后，可以期望市场化方式发挥较大作用。当然，政府主导投资作用的发挥可以有多种实现方式，包括市场化融资手段和吸引民间资本直接投入，但在设施的运营以及垃圾收集、转运等方面，可以全面实行市场化。

5.5.2.2 发挥科技支撑

为保证环境总体规划在科学的基础上得到不断的修正与有效的实施，必须策划配套的规划科技支撑。充分运用科技、标准、技术等组合手段，进一步提高污染防治科技含量；加强科技人才培养，进一步加大环保科技投入，真正发挥科技在环境保护中的作用。

5.5.2.3 建立区域合作机制

加强与周边地区的合作，借助区域合作的机遇，重点加强区域环境的联防联治，并制定相应的区域发展协调机制，保障区域发展的互补和协同。强化区域环境安全协调机制、实现区域污染联防联治行动、开拓固废危废联合处理处置管道、共建大区域生态系统。

5.5.2.4 规划的修订与延续

由于规划区域发展具有很大的可变化性，为了能够判断规划是否收到了预期效果，从而决定规划是应该继续、调整还是终结，并及时总结经验教训，必须建立规划实施评估机制。客观评价实施效果，认真总结实施经验，综合判断实施过程中存在的问题和原因，及时提出加快规划实施的措施和建议。规划实施一定时期后进行评估，针对出现问题对规划进行修订和完善，形成实施修订后的新规划。

5.5.3 监督机制

5.5.3.1 监察机制

为系统、持续地实现环境保护的目标，由相关部门组成的规划专责组将根据规划-执行-检核-行动（简称 PDCA 管理循环）原则，循环监控各行动计划和重点工程推进情况，对规划中出现的偏差迅速采取纠正措施予以修正，解决规划中存在的问题。包括：编定年度计划、对不同规划时段进行评价考核、进行中期和终期监察。

5.5.3.2 监督机制

建立规划监督员制度。从相关政府机构、民间团体、企业、其他公众中聘请规划监督员，负责以下监督事务：参与审议环保规划，并向规划执行部门提出建设意见；对企业的排污行为进行监督，核查是否违反规划和法规的要求；对政府行为违反规划及其法规规定的提出督察意见，要求进行改正和处理；对提出督察意见的事项处理情况及时进行跟踪调查，并将调查结果及时回馈给有关机构；对规划执行情况提出意见。

需要进一步完善专家论证和公众参与制度，发挥公众对规划的监督作用。完善规划决策体制和制度，建立重大问题的政策研究机构、专家论证制度、重大建设项目公式和听证制度，提高决策的科学性，以确保规划的有效实施。切实落实公众参与原则，推进公众参与的法制化和制度化，让公众通过法定的程序和管道有效地参与规划实施的决策和监督。

5.5.3.3 政府环境咨询公开

加强环境政务信息公开的广度和深度，同时加强环境保护局公开环境信息的能力建设。政府及其环境保护部门应依照有关法律法规的规定应向公众全面公开环境信息，并创造条件方便公众查询。同时，大力推动企业环境信息公开，并使之制度化，让公众了解周边企业的环境行为，并监督其严格执行环境保护的法律法规。

5.5.3.4 规划执行评估

环境保护是一个长期、动态的过程，其根本目的是不断改善区域的生态环境，提升区域的生活环境质量，建设低碳城市，实现经济建设与环境保护协调发展。而其贯彻实施需要将规划意图自上而下传递到不同政府部门和相关机构，因此，规划实施过程中可能会受到各种因素的影响。为了顺利实施规划，有必要建立评价考核机制。

5.5.4 规划的局限性与建议

由于环境总体规划在我国实施尚处于起步阶段，在标准方面尚不完善，部分甚至还是空白，所以环境总体规划体系还需未来工作中进一步矫正，同时其他专项规划亦在同步开展，规划之间的相互协调尚需进一步完善。建议进一步明确环境总体规划的地位、体系、内容、关键点和实施方法。

参 考 文 献

[1] 郭怀成，尚金城，张天柱. 环境规划学 [M]. 北京：高等教育出版社，2001.

[2] 尚金城. 城市环境规划 [M]. 北京：高等教育出版社，2008.

[3] 姚卫华，张保生，黄哲等. 包头市环境综合功能区划初探 [J]. 北方环境，2011，23（3）：27-29.

[4] 李德华. 城市规划原理 [M]. 第 3 版. 北京：中国建筑工业出版社，2001.

[5] 符国基. 海南岛综合环境功能区划研究 [J]. 海南大学学报：人文社会科学版，2001，19（1）：37-40.

[6] 许开鹏. 我国环境功能区划的基本框架 [C] //2008 年中国环境科学学会学术年会论文集，北京：[出版者不详]，2008.

第6章

环境与发展规划

6.1 支柱产业的排污特征及其空间布局

6.1.1 支柱产业及其空间布局

(1) 支柱产业的定义与特征

目前，不同学者从不同角度对支柱产业进行定义，孟庆红等认为："支柱产业是一个国家或地区经济的主体和骨骼，是在产值、利税、劳动就业人数上占有较大比重的产业。"杨公仆等认为："支柱产业是指在当前的产业结构中具有举足轻重地位的产业。"胡子祥认为："在一般场合下，支柱产业是指产出或者收入所占比重较大的产业。"支柱产业是指在生产规模、发展速度、技术状况等方面对国家或区域的经济发展、财政收入、就业率、技术进步等能够产生重大的影响，在当前和未来的国民生产总值和工业生产总值中占有举足轻重地位的产业。综上，支柱产业是指在一定时期内，构成一个国家或地区产业体系的主体，具有广阔的市场前景、技术密度高、产业关联度强、发展规模大、经济效益好，对整个国民经济起支撑作用的产业。支柱产业具有较强的连锁效应：诱导新产业崛起；对为其提供生产资料的各部门、所处地区的经济结构和发展变化，有深刻而广泛的影响。

支柱产业具有以下主要特征。

① 经济规模大 在国内生产总值即 GDP 中占较大比重，一般认为产业的增加值占 GDP 百分之五以上的，可以叫支柱产业。为区域财政上交的利税较多，通常达到 10% 以上。因此，在一些地方政府看来，保护和扶植地方支柱产业，往往是区域产业政策的头等大事。

② 生产成本不断下降。

③ 产业关联度高 支柱产业可以通过产业间的前向、后向和旁侧效应带动整个国民经济发展。

④ 市场扩张能力强 支柱产业具有较高的需求弹性，为该产业提供广阔的市场发展空

间，因此，支柱产业的发展一般快于其他行业。

⑤ 经济效益相对显著，能够更好地发挥支柱产业的作用。

⑥ 是当地历史文化、自然资源、经济运行模式高效率组合的产物　经济发达地区的支柱产业多以技术密集型、知识密集型产业为主，而经济欠发达地区的支柱产业多以资源密集型、技术密集型产业为主。

(2) 支柱产业与主导产业辨析

主导产业是指在经济发展的一定阶段上，本身成长性很高并具有很高的创新率，能迅速引入技术创新，对一定阶段的技术进步和产业结构升级转换具有重大的关键性的导向作用和推动作用，对经济增长具有很强的带动性和扩散性的产业。

主导产业主要具有以下特点：a. 具有高创新率，即能迅速地引入技术创新或制度创新；b. 具有高速增长的能力，其增长率应高于整个经济的增长率；c. 具有很高的"扩散效应"，能带动其他产业部门的发展。主导产业的扩散效应包括：前向效应、后向效应和旁侧效应三种。其中，前向效应是指主导产业部门的发展诱发出新的经济活动或产生出新的经济部门；后向效应是指主导产业的发展对向其提供投入品的产业部门的带动作用；旁侧效应是指主导产业部门的发展对地区的影响，包括地区经济结构、基础设施、城镇建设以及人员素质等方面的影响。主导产业正是通过这几个方面带动各个产业部门的发展，引起社会经济结构的变化，为经济的进一步增长创造条件。

支柱产业与主导产业之间存在着既相互联系又相互区别的关系。从动态上看，支柱产业与主导产业之间在某种条件下存在着时间上的继起性。可以说，主导产业是未来的、潜在的支柱产业。在一定条件下，当前的主导产业将会转化为未来的支柱产业。然而，并非所有的主导产业都会转化为支柱产业，只有当其蕴含的先进技术与一切影响生产的因素诸如各种资源、市场需求、制度和意识形态等相适合，才能发生转化。主导产业与支柱产业之间的转化周期随条件的变化而长短不一。随着社会对技术进步的强烈要求，市场竞争机制的完善等，转化的速度或频率将会加快，转化的时间将会缩短，在此情况下，由于主导产业从一开始便发挥支柱产业的作用，故难以区分主导产业与支柱产业。

由于支柱产业侧重于国民经济和产业结构的近期或中期目标，主要着眼于它在国民经济中的地位以及国民经济的发展与构成，目的在于提高现实的经济效益和规模，实现当前国民经济和产业结构升级，可以说，支柱产业在很大程度上直接影响着区域产业的排污特征与产业发展的可持续性。

(3) 支柱产业的空间布局

产业布局是指产业在一国或一地区范围内的空间分布和组合的经济现象。产业布局在静态上看是指形成产业的各部门、各要素、各链环在空间上的分布态势和地域上的组合。在动态上，产业布局则表现为各种资源、各生产要素甚至各产业和各企业为选择最佳区位而形成的在空间地域上的流动、转移或重新组合的配置与再配置过程。产业布局理论源于西方国家以企业为研究对象的区位论研究，其主体是实施产业布局的具体行动者，它的理论体系是在古典区位理论的基础上产生和发展起来的。

我国最初产业布局思想主要受到前苏联的"社会主义生产布局理论"的影响。1978 年以后引入的西方区位理论，其地位以及对我国产业布局思想的影响正在逐步提高，目前企业的布局行为已经越来越受到市场力量的支配，而政府参与布局的作用主要在于弥补市场的缺陷。综观产业布局的理论研究和实践运用发现，产业布局主要着眼于生产要素在时空的配置过程，其实质是政府通过战略布局计划及相关政策措施，引导和干预产业整体、局部和个体布局，实现经济增长、社会稳定和生态平衡的目标。在区域社会经济与国民经济发展规划以及各类专项规划中，根据区域发展定位与目标，对地区产业发展及其布局进行提前计划，配合区域产业政策，引导形成合理的产业结构与产业布局。

支柱产业空间布局对区域产业布局影响非常大，主要有以下表现。

① 支柱产业一定程度上决定区域产业布局　支柱产业作为地区产业体系的主体，其自身经济总量占地区经济总量比重较大，具有较大的产业关联度，其产业布局直接或间接影响着区域其他产业的空间布局。支柱产业聚集区域通常也聚集了该产业的上游产业与下游产业，在一定区域范围内形成较完整的产业链。可见，支柱产业布局对区域产业布局具有一定的决定作用。

② 支柱产业的空间布局影响区域未来的产业布局　产业布局的形成实质上是通过区域支柱产业的确立，围绕支柱产业的产前服务、协作配套和产后深加工、资源综合利用等发展关联产业，形成高效率的区域经济有机体。因此，其产业布局直接关联产业乃至区域产业总体布局，其中也包括区域主导产业的布局。可见，支柱产业布局通过影响其关联产业和未来支柱产业布局影响区域未来的产业布局。

③ 支柱产业的空间布局合理性影响其本身与区域经济的可持续发展　支柱产业是区域经济的核心，它决定着区域经济的发展方向、速度、性质和规模，其选择合理与否不仅关系到主导产业本身的发展，而且决定着整个区域的经济发展和产业结构的合理化。不同类型的产业，对所在区域的资源分布、交通运输、市场因素等的要求不同，合理的支柱产业布局有利于该产业发挥最大优势，实现持续发展。支柱产业由于其极高的产业关联度，对于区域经济整体影响至关重要，支柱产业的发展态势直接影响着区域经济的总体态势，因此，支柱产业的空间布局合理性影响其自身与区域经济的可持续发展。

6.1.2　支柱产业的排污特征及其空间分布

(1) 支柱产业空间影响区域排污特征

支柱产业整体规模占区域产业比重大，其生产过程中的能源使用、资源消耗与污染物排放量在区域产业生产中举足轻重。因此，区域支柱产业的排污特征直接影响区域的排污特征。

作为区域产业的主体部分，支柱产业对区域产业结构与布局具有举足轻重的影响，不同的支柱产业形成了围绕其形成的区域产业格局与布局。因此，不同的支柱产业通过影响区域相关产业的发展与布局，进而影响区域的排污特征。

在某一区域内，相同的支柱产业选择，不同的产业布局，其区域污染物排放也将不同。合理、科学、适当集中的产业布局，有利于实现能源的梯级利用与物质的循环使用，减少区域工业生产过程中的污染排放。

(2) 优化支柱产业布局有利于区域污染防治

区域污染防治应突破"末端治理"实现前端防治，而其中最根本的措施便是优化区域产业结构与空间布局，从源头上减少污染物的排放与实现污染物的集中处理处置。区域产业组成复杂，如何最有效率地开展产业布局优化呢？那便是从区域支柱产业着手，通过优化支柱产业布局影响上下游产业的组成与布局。

优化支柱产业布局以防治区域污染，可从以下几方面着手。

① 根据区域资源环境禀赋，做好未来支柱产业发展规划　在科学评估现有区域支柱产

业与资源环境禀赋匹配性的基础上，结合区域发展目标，在可持续发展目标的指导下，规划区域支柱产业发展方向。

② 加强支柱产业及相关发展的引导与培育　适当利用区域产业政策，鼓励发展支柱产业上下游产业，适当延长以支柱产业为核心的产业链。进一步提高区域产业发展中资源的利用效率，从总体构建循环型产业体系。

③ 进一步优化区域支柱产业布局　改变支柱产业分散分布的现象，利用现有、新建各类工业园区，形成聚集效应，加速区域支柱产业的发展，并带动相关产业发展，在区域内形成若干以支柱产业为核心的、产业链完整的、高能效、环境管理完善的工业园区。

6.2 基于环境容量的区域产业布局规划优化

环境保护规划的一个重要作用就是主动引导产业发展，也是环境保护规划全面纳入国民经济和社会发展规划的要求。因此，基于区域环境容量和生态承载力，做好引导区域产业发展引导与产业布局规划，是产业引导发展规划的核心内容。

6.2.1 区域四类主体功能区划设计

(1) 主体功能区内涵

主体功能区是国家在制定"十一五"规划时才形成的概念，是为了规范空间开发秩序，形成合理的空间开发结构，推进区域协调发展，根据现有经济技术条件下各空间单元的开发潜力，按照国土空间整体功能最大化和各空间单元协调发展的原则，对国土空间按发展定位和发展方向进行空间划分而形成的借以实行分类管理的区域政策的特定空间单元。划分主体功能区主要应考虑自然生态状况、水土资源承载能力、区位特征、环境容量、现有开发密度、经济结构特征、人口集聚状况、参与国际分工的程度等多种因素。

主体功能区既不同于一般的综合性区域，也不同于一般的类型区。与一般的综合性区域相比，它有一种特别突出的特征，这种特征决定着该区域的发展定位及其发展方向；与一般的类型区相比，在多数情况下，它有着多重的功能。主体功能区的主要特性可以概括如下。

① 它服务于人与自然协调发展　主体功能区的划分是根据经济社会可持续发展的要求和各区域的现实条件和发展潜力，对各区域按其功能定位、发展方向和模式加以分类，以便对各区域进行分类管理，促进人与自然的和谐相处。主体功能区的发展和演变对未来我国国土空间格局的形成、人口分布、经济布局、生态系统建设等具有长期和重大的影响。

② 它是实践科学的空间治理理念所依托的区域单元　对各空间单元按照资源环境承载力和开发适宜度进行分类，是通过分类管理的政策引导或规制区域的开发活动，促进形成理想的空间开发结构，是实践科学的空间治理理念的需要。

③ 它承担一主多辅的功能　主体功能区突出的是区域的主要功能和主导作用，但又不排斥一般功能和特殊功能、辅助功能或附属功能的存在和发展。其基本要求是该区域未来的开发目标和方向必须符合主体功能的性质，但主体功能和作用的发挥并不排斥其他功能及其作用的发挥，关键是其他功能的发挥不能影响和破坏主体功能的发挥，或者说要以不影响和不破坏区域的主体功能为前提。

④ 它在空间整体功能最大化中确定自身的功能　主体功能区功能的确定，以空间整体的功能最大化、总体利益和长远利益的最大化为出发点和归宿。对一个特定区域的划分和功

能定位不单考虑了该区域自身的资源环境承载能力和已有的开发强度，还考虑了其在周边甚至更大范围的区域内所具有的发展条件和比较优势，是放在一个大的空间系统里来统筹考虑其分工协作关系的。

⑤ 它具有多层级性和功能的非排他性　划分主体功能区，首先需要分层次，可以按照不同的空间尺度进行划分，具体空间尺度的选取取决于空间管理的要求和能力。其次，主体功能区的定位也需要区别其所在的层级。另外，在上一层次确定的某类主体功能区内，其内部可能存在其他的主体功能区单元，比如在限制开发区内部选择少数条件较好的地区进行集约式重点开发等，或者在重点开发区内存在需要严格保护的禁止开发区等。

（2）四类主体功能区

我国制定"十一五"规划提出将国土空间划分为优化开发、重点开发、限制开发和禁止开发四类主体功能区。

优化开发区域是开发适宜度高，但资源环境承载力有限的地区。在区域功能定位和未来发展方向上，优化开发区将依靠技术进步和制度创新，通过优化升级产业结构，促进形成集约型经济增长方式，建设成提升国家竞争力的重要区域，重要的人口和经济密集区域，带动经济社会发展的龙头区域。

重点开发区域为资源环境容量大，且开发适宜度高的地区。在区域功能定位和未来发展方向上，重点开发区将依靠发挥区域综合优势和提高资源配置效率，建设成为集聚经济和人口的重要区域，支撑经济发展的重要增长极。

限制开发区域是资源环境承载力小，且开发适宜度低的地区。在区域功能定位和未来发展方向上，限制开发区将依靠政策支持和加大保护力度，通过促进超载人口有序外迁和适度开发，加强生态修复保护与扶贫开发，建设成为保障国家生态安全的重要区域。

禁止开发区域是不论资源环境承载力高低，都不适宜开发的地区。在区域功能定位和未来发展方向上，禁止开发区将通过严格禁止人为活动对自然文化遗产的负面影响和实施强制性保护，有限发展与禁止开发区功能相容的相关产业，建设成为保护自然文化遗产的重要区域。

四类主体功能区功能定位与发展目标的实现，需要配套不同的经济发展策略，其中重点包括区域产业布局的调整。

（3）区域四类主体功能区设计原则

为实现区域主体功能分区发展目标，应根据各主体功能区功能定位，依法规范区域开发秩序，落实土地用途管制，逐步形成主体功能清晰、发展导向明确、经济发展与人口资源环境相协调、区域之间分工合理的有序发展格局。

对于优化开发区，针对其大部分地区区域开发密度较高，其发展受空间和环境制约比较明显的特点，该类主体功能区在产业布局上，要转变增长方式，提高产业发展层次，严格限制发展低水平、高耗能、高排放、多占地产业，科学规划人口、经济与自然的空间比例，合理划定区域内的经济中心、产业聚集区、基础设施网络、绿色空间和待开发的保留地区，适度培育新兴产业，担当引导区域产业发展方向中心的角色。

对于重点开发，针对其具有较好资源承载力、具备较强的聚集经济和人口能力的特点，该类主体功能区在产业布局上，要高起点规划、高标准推进基础设施建设与综合服务功能塑造，增强吸纳资金、技术、人才、产业和人口聚集的能力，尽快形成新的经济增长极与人口密集区。

对于限制开发，针对其资源环境承载力有限，生态敏感性较强，需要进行保护性开发的特点，该类主体功能区的产业发展应根据区域特点与优势，因地制宜，兼顾发展经济与保护生态环境的双重诉求，适当控制工业发展规模与产业结构，在积极引导区域内人口资源、有序转移到重点开发区和优化开发区的同时，调整形成有利于区域生态环境保护的生态友好型产业结构。

对于禁止开发区，针对其资源环境承载能力差、依据法律法规实施强制性保护的特点，该类主体功能区应严格禁止不符合保护区功能定位的开发建设活动。

6.2.2　区域产业准入规划

6.2.2.1　区域产业准入规划依据

（1）促进产业结构调整暂行规定和产业结构调整指导目录

为制止低水平重复建设，防止环境污染，加快结构调整步伐，促进生产工艺、装备和产品的升级换代。自 1999 年 1 月至 2002 年 6 月，经国务院批准，原国家经贸委前后公布了三批《淘汰落后生产能力、工艺和产品目录》，该目录涉及各行各业中违反国家法律法规、生产方式落后、产品质量低劣、环境污染严重、原材料和能源消耗高的落后生产能力、工艺和产品，给出了明确具体的内容和淘汰期限。

2005 年 12 月 2 日，国务院颁布了《促进产业结构调整暂行规定》（国发［2005］40号）。该规定自发布之日起施行。原国家计委、国家经贸委发布的《当前国家重点鼓励发展的产业、产品和技术目录（2000 年修订）》，原国家经贸委发布的《淘汰落后生产能力、工艺和技术的目录（第一批、第二批、第三批）》和《工商投资领域制止重复建设目录（第一批）》同时废止。

制定和实施《促进产业结构调整暂行规定》，是贯彻落实党的十六届五中全会精神，实现"十一五"规划目标的一项重要举措，对于全面落实科学发展观，加强和改善宏观调控，进一步转变经济增长方式，推进产业结构调整和优化升级，保持国民经济平稳较快发展具有重要意义。区域产业发展战略与政策制定时，应将其作为区域产业准入的重要依据之一。

《促进产业结构调整暂行规定》规定了产业结构调整的方向与重点。a. 巩固和加强农业基础地位，加快传统农业向现代农业转变。加快农业科技进步，加强农业设施建设，调整农业生产结构，转变农业增长方式，提高农业综合生产能力。b. 加强能源、交通、水利和信息等基础设施建设，增强对经济社会发展的保障能力。c. 以振兴装备制造业为重点发展先进制造业，发挥其对经济发展的重要支撑作用。d. 加快发展高技术产业，进一步增强高技术产业对经济增长的带动作用。e. 提高服务业比重，优化服务业结构，促进服务业全面快速发展。f. 大力发展循环经济，建设资源节约和环境友好型社会，实现经济增长与人口资源环境相协调。g. 优化产业组织结构，调整区域产业布局。提高企业规模经济水平和产业集中度，加快大型企业发展，形成一批拥有自主知识产权、主业突出、核心竞争力强的大公司和企业集团。h. 实施互利共赢的开放战略，提高对外开放水平，促进国内产业结构升级。

《产业结构调整指导目录（2005 年本）》由鼓励、限制和淘汰三类目录组成。不属于鼓励类、限制类和淘汰类，且符合国家有关法律、法规和政策规定的，为允许类。允许类不列入《产业机构调整指导目录（2005 年本）》。a. 鼓励类主要是对经济社会发展有重要促进作用，有利于节约资源、保护环境、产业结构优化升级和需要采取政策措施予以鼓励和支持和关键技术、装备及产品。b. 限制类主要是工艺技术落后，不符合行业准入条件和有关规定，不利于产业结构优化升级，需要督促改造和禁止新建的生产能力、工艺技术、装备及产品。c. 淘汰类主要是不符合有关法律法规规定，严重浪费资源、污染环境、不具备安全生产条件，需要淘汰的落后工艺技术、装备及产品。d. 对于属于限制类的新建项目，禁止投资，投资管理部门不予审批、核准或备案，各金融机构不得发放贷款，土地管理、城市规划和建设、环境保护、质检、消防、海关、工商等部门不得办理有关手续。凡违反规定进行投融资建设的，要追究有关单位和人员的责任。

(2) 国务院关于加快推进产能过剩行业结构调整的通知

为加快推进产能过剩行业的结构调整，2006 年 3 月 20 日国务院发布了《国务院关于加快推进产能过剩行业结构调整的通知》（国发〔2006〕1 号）。该通知要求对于产能过剩行业，应：a. 切实防止固定资产投资反弹；b. 严格控制新上项目；c. 淘汰落后生产能力；d. 推进技术改造；e. 促进兼并重组；f. 加强信贷、土地、建设、环保、安全等政策与产业政策的协调配合；g. 深化行政管理和投资体制、价格形成和市场退出机制等方面的改革。h. 健全行业信息发布制度。

(3) 工业产业调整和振兴规划

为应对金融危机对我国实体经济的冲击，2009 年，国务院发布了钢铁、汽车、船舶、石化、纺织、轻工、有色金属、装备制造、电子信息以及物流业十个重点产业调整和执行规划。制定和实施重点产业调整和振兴规划，是确保经济平稳较快增长、增强后劲的重要举措，对于促进产业结构调整、转变经济发展方式和增强国民经济竞争力具有重要意义。

(4) 关于抑制部分行业产能过剩和重复建设　引导产业健康发展若干意见

为切实将党中央、国务院应对国际金融危机的一揽子计划落实到实处，巩固和发展当前经济企稳向好的势头，加快推动结构调整，坚决抑制部分行业的产能过剩和重复建设，引导新兴产业有序发展，2009 年 9 月国务院批转了发展改革委、工业和信息化部、监察部、财政部、国土资源部、环境保护部、人民银行、质检总局、银监会、证监会十部门《关于抑制部分行业产能过剩和重复建设　引导产业健康发展的若干意见》，其中详细规定了钢铁、水泥、平板玻璃、煤化工、多晶硅、风电设备等产业产能过剩和重复建设抑制的产业政策导向。

(5) 环境保护部《关于贯彻落实抑制部分行业产能过剩和重复建设引导产业健康发展的通知》

为贯彻落实《国务院批转发发展改革委等部门关于抑制部分行业产能过剩和重复建设引导行业健康发展若干意见的通知》（〔2009〕38 号）精神，强化产能过剩、重复建设行业的环境监管，环境保护部 2009 年 10 月 31 日印发了《关于贯彻落实抑制部分行业产能过剩和重复建设引导产业健康发展的通知》（环发〔2009〕127 号），该通知要求对产能过剩和重复建设行业实施：a. 提高环保准入门槛；b. 加强区域产业规划环评。严格建设项目环评审批；c. 清查突出环境问题并责令整改；d. 强化项目建设过程环境监管；e. 加强建设项目竣工环保验收工作；f. 严肃查处企业环境违法行为；g. 建立重污染企业退出机制；h. 严禁违规审批；i. 认真落实问责制；j. 加强环保信息发布工作。

(6) 外商投资产业指导目录

2007 年 10 月，国家发展和改革委员会、商务部联合发布了《外商投资企业指导目录（2007 年修订）》。目录分为鼓励外商投资产业目录、限制外商投资产业目录和禁止外商投资产业目录。

(7) 国家危险废物目录

《国家危险废物目录》于 2008 年 6 月 6 日由环境保护部、国家发展改革委员会公布，自 2008 年 8 月 1 日起施行。1998 年 1 月 4 日原国家环保总局、国家经济贸易委员会、对外贸易经济合作部、公安部发布的《国家危险废物目录》（环发［1998］89 号）同时废止。新目录共列入 49 类危险废物。

（8）地方产业准入政策

各地为推进区域产业结构调整与优化升级，根据本地区产业发展情况与需求，制定地方产业调整、产业优化、产业准入等相关内容的政策，这些政策也应作为区域产业准入规划的依据。

6.2.2.2　区域产业准入原则

区域产业准入规划的制定应遵循前述各项国家产业政策与地方产业政策，充分考虑区域现有产业结构、资源环境要素与产业发展趋势。将保障区域生态环境安全作为区域产业准入的最高标准，以区域环境容量为科学依据，归纳区域适宜发展工业和不适宜发展工业，将各类产业分为鼓励、限制、禁止和允许四类。对于鼓励类和允许类实行产业准入，并对鼓励类产业提供适当的鼓励政策；限制类产业严格审批；禁止类产品不准引入，投资管理部门不予审批、核准或备案，土地管理、城市规划和建设、环境保护、质检、消防、工商等部门不得办理有关手续。

① 鼓励类产业　对区域产业结构优化与升级有重要促进作用，代表先进工艺、技术发展方向的，有利于节约资源、保护环境、产业结构升级，需要采取政策措施予以鼓励和支持的关键技术、装备和产品。

② 限制类产业　工艺技术落后，不符合行业准入条件和有关规定，不利于产业结构优化升级，能耗较高、水耗较大、污染较大、市场容量有限，存在重复建设的产业，需要督促改造和禁止新建的生产能力、工艺技术、装备及产品。

③ 禁止类产业　不符合法律法规规定，造成严重浪费、环境污染、不具备安全生产条件，需要淘汰的落后工艺技术、装备和产品。

④ 允许类产业　以上三类产业之外的环境污染较小、能耗较低、符合产业发展政策的产业。

6.2.3　现有产业结构调整和布局优化规划

（1）产业结构与污染排放

区域产业结构是指一个国家按照一定的划分标准划分的经济区域内产业与产业之间的技术经济联系和数量比例关系。区域产业结构按照不同划分标准可以划分为区域三次产业结构、农轻重结构、原材料与加工工业结构、要素密集型产业结构等。

同一产业，由于其输入资源相似、生产工艺相似、产品相似，所以产业的污染排放物也基本相同。对于一个产业来说，其产业规模决定了某种或某几种污染物的排放总量。若区域内某种产业企业规模普遍较小、工艺比较落后，该产业造成的环境污染水平相对较大；若区域内该类产业企业规模较大、工艺比较先进、企业污染治理能力较强，则该产业造成的环境污染水平相对较低。因此，可以说，区域污染状况与该区域的产业结构密切相关。

由于不同类型产业的排污特征不同，区域内不同的产业结构组合，便构成了区域不同的排污特征。对于一个区域来说，其工业污染物的排污特征决定于区域内各工业产业的类型与比重。若区域内产业结构中以二氧化硫为排放特征的产业占主要地位，则区域工业排污特征为二氧化硫排放为主；若区域内产内结构中以重金属排放为特征的产业占主要地位，则区域工业排污特征为重金属排放为主。

可见，区域中产业类型结构与各产业内部结构与区域的排污特征紧密联系。

产业结构还存在地区之间的分布问题，称为产业布局。产业布局是各产业在地域上的分布状况。各个国家或地区在一定的自然条件下和社会发展的历史进程中形成的产业分布是指已经形成的各产业在地域空间上的分布状态，是已经实现的。产业布局是产业的地域分工与协作关系，是各产业的地域组合。任何产业的分布与组合要落实到产业特定的地域空间，并与区域的具体情况相结合，形成不同的经济区域。

区域产业布局对于区域污染排放以及污染治理的影响非常大。相同的产业类型结构与产业内部结构，不同的产业布局，将产生不同的排污特征。区域产业分散分布与集中分布，虽然排放的污染物在总量上一样，但是，后者更有利于实现污染物的集中处理。

可见，区域产业布局与区域排污特征密切联系。

（2）产业结构与能源消耗

不同的行业有着不同的单位能耗水平，比如电力生产和石油加工与炼焦的单位能耗水平远远高于食品加工和服装业。不同部门的单位产品在生产的过程中，所消耗的能源数量是不同的。有些部门的单位产品对能源的消耗量较大，有些部门则较小。如果在保证地区经济规模不变的情况下，通过产业结构调整与优化升级，减少单位能耗较高的部门产品的产出，相应地增加单位能耗较低的部门产品的产出，便可以达到降低能源消耗数量的目的。

同一产业，由于其生产工艺相似、产品相似，所以单位产品的能源消耗也基本相同。对于一个产业来说，其产业规模决定了能源的消耗总量。若区域内某种产业企业规模普遍较小、工艺比较落后，该产业造成的能源消耗水平相对较大；若区域内该类产业企业规模较大、工艺比较先进较强，则该产业能源消耗水平相对较低。从能源消费内部结构看，工业部门是能源消费大户，其能源消费占全国能源消费总量的比重一直保持在 70% 左右，最近几年，工业消费能源的比重逐步提高。可见，区域节能目标的实现有赖于工业能源消耗的有效下降。

（3）基于环境容量的产业结构调整和布局优化规划

区域产业结构优化主要是指区域产业结构的合理化和高度化。环境保护规划中的产业结构调整和布局优化规划较之一般的产业规划，应更多地考虑区域资源禀赋与环境保护需求，在区域环境容量合理利用的基础上进行。

区域环境保护规划中，进行区域产业结构调整与布局优化规划时，应遵守以下几个原则：

a. 应以保障区域生态环境安全为产业准入最高标准；b. 以区域各环境要素环境容量为科学依据，确定产业结构调整方向与区域产业准入要求；c. 严格禁止新建国家、地方产业政策明令禁止的行业和其他不符合国家、地方产业政策的工业项目；d. 从水环境容量的角度，对于水环境容量利用程度较高甚至存在削减需求的，应从区域削减的角度建设新项目，结合区域污水处理设施的建设与污水处理系统优化，适应区域污水集中处理要求，进行产业结构调整与布局优化；e. 从大气环境容量的角度，利用产业准入政策，严格控制大气污染严重项目的落户，加强对新建、改、扩建项目大气污染控制的监督，逐步淘汰大气污染严重工艺、技术，实现有利于区域空气质量保护的产业结构；f. 从生态容量的角度，在城市开发与产业布局规划中应将保护基本农田保护区作为基本原则，考虑工业发展与农业发展之间的相互影响关系，重点开展工业与农业布局规划。

6.3 工业园区环境优化发展规划

6.3.1 工业园区生态化需求分析

6.3.1.1 工业园区生态化需求

至今为止，我国城市工业园区的发展经历了两个阶段，即第一阶段的"经济技术开发区"和第二阶段的"高新技术开发区"。第一代园区主要以劳动密集型的"三来一补"型企业为主，技术含量低，环境污染严重；第二代园区内的企业以高新技术应用为特征。

目前，我国正处在工业化中期阶段，传统产业仍然是工业的主题，真正代表高新技术前沿的产业比重仍相对较小。而传统产业的生产活动是由"资源-产品-废物"所构成的物质单向流动的生产过程，是一种线性经济发展模式，这种发展模式以高污染、高消耗为特征，是一种不可持续的模式。

随着工业园区内企业数量与种类的不断增加，若仍保持线性发展模式运作工业园区，将给城市带来严重的区域性环境污染压力，同时，由于高消耗与低效率的能源、资源利用所带来的资源、能源需求将导致供需矛盾不断加剧，不利于区域经济的可持续发展。

应通过现有企业的生态化改造、工业园区的生态化改造与新建生态园区的方式，推进区域工业园区进入"生态工业园区"的第三阶段。

6.3.1.2 生态工业

随着可持续发展的思想日益成为世界的共识，人们认识到，只有通过把工业经济的单向发展模式，改造成为拟生态的循环经济模式才能接近或达到所期望的可持续发展目标。

生态工业起源于 20 世纪 70 年代丹麦卡伦堡生态工业园的建设，而直到 90 年代生态工业的理论研究才逐渐发展起来。通过跨部门的合理，利用现代的管理和生产方式减少对自然环境的影响成为区域工业环境管理的新理念。

生态工业（ecological industry）是依据生态经济学原理，以节约资源、清洁生产和废弃物多层次循环利用等为特征，以现代科学技术为依托，运用生态规律、经济规律和系统工程的方法经营和管理的一种综合工业发展模式。在生态工业中系统中，各生产过程不是孤立的，而是通过物质流、能量流和信息流相会关联，一个生产过程的废物可以作为另一个生产过程的原料加以利用，在企业与企业之间形成废弃物的输出与输入关系，最终达到工业系统接近废弃物"零排放"的目标，达到资源利用效率的最大化。

6.3.1.3 生态工业园

（1）生态工业园内涵

生态工业实践的最主要模式是生态工业园。20 世纪 90 年代以来，生态工业园开始成为世界工业园发展领域的主流，目前，国内外都在积极探讨和发展这一工业模式。

生态工业园区是依据循环经济理念、工业生态学原理和清洁生产要求而建立的一种新型工业园区。它通过理念创新、体制创新、机制创新，把不同工厂、企业、产业联系起来，提供可持续的服务体系，形成共享资源和互换副产品的产业共生组合，建立"生产者-消费者-分解者"的循环方式，寻求物质闭环循环、能量多级利用、信息反馈，实现园区经济的协调健康发展。

生态工业园是各种产业、企业为提高各自经济绩效而集聚起来，进行副产品交换、能源层递使用的生产社区。生态工业园区内企业通过建立企业间产业共生式关联，进行物质、能量的优化配置，使产业系统获得互补的、共生网络式的集聚效应，从而提高工业园区的总体生产效率。生态工业园区的产业系统在实现企业利用最大化目标的同时，通过质能循环实现原材料、能源消耗的最小化、有害废弃物排放的最小化，实现经济、社会、环境的协调发展、可持续发展。

(2) 生态工业园分类

① 全新规划型 即从无到有进行全程的规划和建设，全程监控。在生态工业园区规划、设计与建设的全过程，模拟自然系统，通过企业间共生关系的构建，寻求物质闭环循环、能量多级利用和废物产生最小化。

② 综合改造型 即地区已有多种类型产业，如化工、冶金、炼油、生化、电子等，需要综合组织产业，优化产业链。改建和扩建现有工业园区时，应在理清工业园区物质流、能量流的基础上，以副产品或废弃物的交换和再循环利用为中心，构建园区企业间共生关系。

③ 专题主导型 即以某一大型企业为主导，配置地区综合产业链。主要利用纵向延长产业链、横向培育相关产业的方式，形成以某一大型企业为主导的综合产业链，进而构成完整的生态工业园。

④ 虚拟型 即通过数据库的信息流交换建立多方位、长短期结合的综合利用，实施跨地区的合作。虚拟型生态园区借助先进的信息技术，可以突破地理区位的限制，构建跨区域的企业间共生系统，将是生态工业园区建设的方向。

(3) 几类重要的生态工业园区

① 行业类生态工业园区 指以某一类工业行业的一个或几个企业为核心，通过物质和能量的集成，在更多同类企业或相关行业企业间建立共生关系而形成的生态工业园区。

② 综合类生态工业园区 主要指在高新技术产业开发区、经济技术开发区等工业园区基础上改造而成的生态工业园区。

③ 静脉产业类生态工业园区 指以从事静脉产业生产的企业为主体建设的工业园区。静脉产业是以保障环境安全为前提，以节约资源、保护环境为目的，运用先进的技术，将生产和消费过程中产生的废物转化为可重新利用的资源和产品，实现各类废物的再利用和资源化的产业，包括废物转化为再生资源及再生资源加工为产品两个过程。

6.3.2 生态工业园区规划目标和原则

6.3.2.1 生态工业园区规划目标

引进生态工业和循环经济理念，采用生命周期评价、系统工程方法和景观生态规划方法，调整工业园区规模和结构，优化工业园区布局，使产品生命周期中资源消耗最少、废物产生最小、易于拆卸回收，由此优化产品结构，并合理构建和完善产品链，从而提高资源效率，降低环境排放，为园区寻找新的经济增长点，促进园区的可持续发展。

6.3.2.2 生态工业园区规划原则

生态工业园区与传统的工业园区有着重要的区别，其环境规划的运作是由体现生态学原则的园区设计来实现的，主要包括以下内容。

(1) 尽可能保持当地的生态特征和自然景观的原则

应与区域自然生态系统相结合，保持尽可能多的生态功能。对于现有工业园区的生态化改造，应通过提高资源能源利用效率和减少污染物排放来减轻对环境的压力。新建园区的选址应充分考虑当地的生态环境容量，调整列入生态敏感区的工业企业，最大限度地降低园区对局地景观和水文背景、区域生态系统的影响。

（2）注重整体性与个性的统一并兼顾区域发展的原则

生态工业园区追求工业园区整体乃至地区的经济效益和环境效益，也追求成员自身的经济效益和环境业绩。因此，需要从操作和管理上使物质和能量流动以及信息交流在整个园区内形成快捷、顺畅的网络，而成员个体间以市场原则进行联系以体现个性。

（3）以预防为主，从生命周期角度设计工业生态链的原则

生态工业园区成员之间物质和能量的使用上要形成类似于自然生态系统的生态链，从而实现物质与能量的封闭循环和废物最小化。

（4）高科技、高效益及信息畅通原则

生态工业园区的主要优势就是根据各企业间的废物利用所形成的"工业共生体系"，所以必须预先建立工业生态园信息系统，以便进行资源共享、信息查询和获得网上帮助，以使物质和能量得到多层次的利用，提高系统物质能量的转化率。

6.3.3　生态工业园区总体设计

为了指导我国生态工业园区的规划与建设，国家分别为制定了《行业类生态工业园区标准（试行）》（HJ/T 273—2006）、《综合类生态工业园区标准》（HJ 274—2009）、《静脉产业类生态工业园区标准（试行）》（HJ/T 275—2006），分别适用于行业类、综合类和静脉产业类生态工业园区的建设、管理和验收。在上述三个标准中分别规定了三类生态工业园区验收的基本条件与指标，这些条件与指标也是生态工业园区总体设计需要满足的参数。

（1）行业类生态工业园区设计要求

行业类生态工业园区规划应满足以下基本条件：a. 国家和地方有关法律、法规、制度及各项政策得到有效的贯彻执行，近三年内未发生重大污染事故；b. 环境质量达到国家或地方规定的环境功能区环境质量标准，园区内企业污染物达标排放，污染物排放总量不超过总量控制指标；c.《生态工业园区建设规划》已通过国家环保总局组织的论证，并由当地人民政府或人大批准实施。

行业类生态工业园区规划应满足表 6-1 所列指标。

表 6-1　行业类生态工业园区指标

项目	序号	指标	单位	指标值或要求
经济发展	1	工业增加值增长率		≥12%
物质减量与循环	2	单位工业增加值综合能耗	吨标煤/万元	达到同行业国际先进水平
	3	单位工业增加值新鲜水耗	m³/万元	
	4	单位工业增加值废水产生量	t/万元	
	5	工业用水重复利用率	%	
	6	工业固体废物综合利用率	%	
	7	单位工业增加值 COD 排放量	kg/万元	
	8	单位工业增加值 SO_2 排放量	kg/万元	
污染控制	9	危险废物处理处置率		100%
	10	行业特征污染物排放总量[①]		低于总量控制指标
	11	行业特征污染物排放达标率[①]		100%
	12	废物收集系统		具备
	13	废物集中处理处置设施		具备
	14	环境管理制度		完善

续表

项目	序号	指标	单位	指标值或要求
园区管理	15	工艺技术水平		达到同行业国内先进水平
	16	信息平台的完善度		100%
	17	园区编写环境报告书情况		1期/年
	18	周边社区对园区的满意率		≥90%
	19	职工对生态工业的认知率		≥90%

① 行业特征污染物指除 COD、SO_2 等常规监测指标外，行业重点控制的污染物。

（2）综合类生态工业园区设计要求

综合类生态工业园区规划应满足以下基本条件：a. 国家和地方有关法律、法规、制度及各项政策得到有效的贯彻执行，近 3 年内未发生重大污染事故或重大生态破坏事件；b. 环境质量达到国家或地方规定的环境功能区环境质量标准，园区内企业污染物达标排放，各类重点污染物排放总量不超过国家或地方的总量控制要求；c.《生态工业园区建设规划》已通过国务院环境保护行政主管部门或国家生态工业园区建设领导小组办公室的论证，并由当地人民政府或人大批准实施；d. 园区有环保机构并有专人负责，具备明确的环境管理职能，鼓励有条件的地方设立独立的环保机构，环境保护工作纳入园区行政管理机构领导班子实绩考核内容，并建立相应的考核机制；e. 园区管理机构通过 ISO14001 环境管理体系认证；f.《生态工业园区建设规划》通过论证后，规划范围内新增建筑的建筑节能率符合国家或地方的有关建筑节能的政策和标准；g. 园区主要产业形成集群并具备较为显著的工业生态链条。

综合类生态工业园区规划应满足表 6-2 所列指标。

表 6-2 综合类生态工业园区指标

项目	序号	指标		单位	指标值或要求
经济发展	1	人均工业增加值		万元/人	≥15
	2	工业增加值增长率		%	≥15
物质减量与循环	3	单位工业用地工业增加值		亿元/km²	≥9
	4	单位工业增加值综合能耗		吨标煤/万元	≤0.5
	5	综合能耗弹性系数			<0.6
	6	单位工业增加值新鲜水耗		m³/万元	≤9
	7	新鲜水耗弹性系数			<0.55
	8	单位工业增加值废水产生量		t/万元	≤8
	9	单位工业增加值固废产生量		t/万元	≤0.1
	10	工业用水重复利用率		%	≥75
	11	工业固体废物综合利用率		%	≥85
	12	中水回用率①	人均水资源占有量≤1000m³	%	≥40
			人均水资源占有量>1000m³，≤2000m³		≥25
			人均水资源占有量>2000m³		≥12
污染控制	13	单位工业增加值 COD 排放量		kg/万元	≤1
	14	COD 排放弹性系数			<0.3
	15	单位工业增加值 SO_2 排放量		kg/万元	≤1
	16	SO_2 排放弹性系数			<0.2

续表

项目	序号	指标	单位	指标值或要求
污染控制	17	危险废物处理处置率	%	100
	18	生活污水集中处理率	%	≥85
	19	生活垃圾无害化处理率	%	100
	20	废物收集和集中处理处置能力		具备
园区管理	21	环境管理制度与能力		完善
	22	生态工业信息平台的完善度	%	100
	23	园区编写环境报告书情况	期/年	1
	24	重点企业清洁生产审核实施率	%	100
	25	公众对环境满意度	%	≥90
	26	公众对生态工业的认知率	%	≥90

① 园区内没有城市污水集中处理厂的不设该考核指标。

(3) 静脉产业类生态工业园区设计要求

静脉产业类生态工业园区规划应满足以下基本条件：a. 国家和地方有关法律、法规、规章及各项政策得到有效的贯彻执行，近三年内未发生重大污染事故或重大生态破坏事件；b. 环境质量达到国家或地方规定的环境功能区环境质量标准，园区内企业污染物达标排放，污染物排放总量不超过总量控制指标；c. 入园项目及园区内企业生产的产品、使用和开发的技术等符合国家产业政策；d. 已对园区规划开展环境影响评价，并通过环保行政主管部门组织的评审；e. 园区建设符合国家节水、节地、节能、节材等相关要求；f.《静脉产业类生态工业园区建设规划》已通过国家环境保护总局组织的论证，并经由当地人大常委会或人民政府批准实施。

静脉产业类生态工业园区规划应满足表 6-3 所列指标。

表 6-3　静脉产业类生态工业园区指标

项目	序号	指标	单位	指标值或要求
经济发展	1	人均工业增加值	万元/人	5
	2	静脉产业对园区工业增加值的贡献率	%	70
资源循环与利用	3	废物处理量	万吨/年	3
	4	废旧家电资源化率*	%	80
	5	报废汽车资源化率*	%	90
	6	电子废物资源化率*	%	80
	7	废旧轮胎资源化率*	%	90
	8	废塑料资源化率*	%	70
	9	其他废物资源化率*	%	符合相关规定
污染控制	10	危险废物安全处置率	%	100
	11	单位工业增加值废水排放量	吨/万元	7
	12	入园企业污染物排放达标率	%	100
	13	废物集中处理处置设施		具备
	14	集中式污水处理设施		具备

续表

项目	序号	指标	单位	指标值或要求
	15	园区环境监管制度		具备
	16	入园企业的废物拆解和生产加工工艺		达到国际同行业先进水平
园区管理	17	园区绿化覆盖率	%	35
	18	信息平台的完善度	%	100
	19	园区旅游观光、参观学习人数	人次/年	5000
	20	园区编写环境报告书情况		1期/年

注：带 * 的指标为选择性指标，根据各园区废物种类进行选择。

6.4 环境与发展规划实例

6.4.1 广东省生态分级控制规划

按照国家发改委"十一五"期间区域分级管理的体系，区域分为优化开发区、重点开发区、限制开发区和禁止开发区四个层次。其中优化开发区为目前开发程度较高，人口和经济聚集条件较好，目前资源与环境问题比较突出，需要加强优化和整治的区域；重点开发区为人口和经济聚集条件较好，目前开发程度不高，具有较大发展潜力，未来发展前景良好的区域。限制开发区主要指由于生态环境、资源限制或特殊保护要求，发展受到一定限制的区域。禁止开发区指自然保护区等需要严格保护的区域。

《广东省环境保护规划》（2006～2020）提出生态分级控制规划的思路，将全省划分为严格保护区、有限（引导）开发区、集约利用区三个控制级别。国家发改委分级控制和广东省环境保护规划的分级控制两个体系从划分依据和控制导则方面分析，严格保护区的内涵与保护要求基本一致，有限（引导）开发区基本对应限制开发区，集约利用区基本对应优化开发区和重点开发区。

从生态环境保护的角度出发，各地市生态分级控制规划的分级体系采用"严格控制区、引导开发区和集约利用区"三个级别，划分标准与控制导则与广东省环境保护规划分级体系一致。

6.4.2 生态分级控制措施

（1）集约利用区生态保护措施

① 合理布局城镇建设体系，集约和节约用地，控制城镇建设用地规模，防止城镇建设用地向限制开发区和禁止开发区的扩张。

② 合理控制工业用地规模，提高工业用地效率，按照国家有关政策规定，适度提高土地投资水平；按照发展循环经济和建设生态产业园的要求，进行项目筛选和选址；工业集中区内适当发展为集中区配套服务的居住区，但应控制人口密度；控制工业污染企业的数量，建立严格的企业准入制度，限制高污染行业和企业的引入和发展。

③ 积极开发和推广资源节约、替代和循环利用技术，以优化资源利用方式为核心，加快发展先进制造业、绿色建筑业、生态农业和环保型产业，逐步形成绿色产业体系。积极开发资源节约和替代技术等"绿色技术"，不断提高单位资源消耗产出水平。建成一批符合循

环经济要求的清洁生产企业、生态工业园区。

④ 控制种植业和水产养殖业的面源污染及畜禽养殖污染。科学合理施用农药、化肥、杀虫剂，预防流失；发展生态农业，推进农业产业化进程，建立无公害生产基地和有机、绿色农产品的生产基地。

⑤ 加强水土保持工程措施，促进植被恢复，对在水土流失较敏感区域已经开发的农业种植区和经济林果区，要结合种植结构和区域经济结构的调整，加强农田防护林体系建设。

（2）引导开发区生态保护措施

① 城镇居住和工矿开发建设要低于一定的开发强度，以不会对当地的生态环境造成显著不良影响为宜。合理控制人类的土地开发活动，对森林与水体等自然资源的开发利用要以不损害生态系统的服务功能为原则，禁止导致生态退化的各种生产活动。

② 对大于 25°的坡耕地必须退耕还林，对小于 25°的农田要加强生态防护林体系建设，经济林要培育多种立体种植模式，适当控制商品林的开发。

③ 开矿作业，加强水土流失区的治理和水土流失敏感区的保护，适当建设森林公园和休闲景观。

④ 加强基本农田的保护和利用，依法严格控制非农建设用地和小城镇用地规模，建立基本农田保护新机制，加大耕地开发、复垦和整理力度，确保全市耕地总量动态平衡。通过合理使用农药化肥提高土壤环境质量，同时加强农田防护林体系建设，防止水土流失。

⑤ 矿业开发要坚持先规划后开发、先评估后建设的原则，尽可能降低矿业和工程开发对生态环境的破坏，对于已经造成水源污染与景观破坏的矿业开发活动要坚决取缔，对于遭到破坏的矿山山体进行复绿。

（3）严格控制区生态保护措施

① 停止一切导致生态功能继续退化的开发活动和其他人为破坏活动，尤其是不合理开发利用森林资源的活动，对在保护区内已经存在的工矿企业应予以搬迁或采用严格的保护手段及污染控制措施。

② 在水源涵养区内，禁止新建、扩建与供水设施和保护水源无关的建设项目；禁止向水域排放污水，已设置的排污口必须拆；禁止从事种植、放养禽畜，严格控制网箱养殖活动；在水源地周围，大力加强涵养林的建设与保护，涵养林的面积不得低于保护区核心面积。

③ 严格控制区域内人口，保证区域内人口总量不超出人口承载能力的范围，已经超过的应采取必要的移民措施。严格贯彻耕地保护政策，确保基本农田面积不减少，并采取有效措施提高土壤质量。对于区域内不破坏生态环境的农业和林业生产活动，改变生产经营方式，走生态经济化和经济生态化的发展道路，同时严格控制城建建设用地，防止城镇过度扩张侵占严格保护区的土地。

④ 对已经破坏的重要生态系统，结合生态环境保护工程和建设措施，进行生态恢复和重建。

6.4.3 某沿海城市工业园区和产业布局优化方案

以汕头市为例，根据《汕头市总体规划（2002～2020）》、《澄海区总体规划（2001～2020）》、《汕头市南澳县总体规划（2001～2020）》、《汕头市潮南区可持续发展总体战略研究》、《汕头市十年大发展战略规划纲要（2007～2016）》以及《汕头市统计年鉴》，汕头市现状的主导产业为轻工业，包括纺织服装、工艺玩具、音像制品、化工塑料、食品加工等，并在发展规划中提出加快发展高新技术产业、新兴制造业、临港工业、现代服务业、效益农业和海洋产业的发展目标。

6.4.3.1 四类主体功能区划设计

在产业结构调整中，严格按照国家发改委《产业结构调整指导目录》（2005 年本）以及国土资源部关于发布实施《限制用地项目目录（2006 年本）》和《禁止用地项目目录（2006 年本）》的通知（国土资发 ［2006］296 号），要以维护区域环境安全特别是饮用水安全，不突破区域总量控制目标和排污强度、能耗强度为基础。以产业的生态转型为核心，大力发展循环经济，改变高投入、高能耗、高污染的经济增长方式，发展生态经济，建设节约型社会；调整工业结构布局，建设环保工业园区、生态工业园区，推广清洁生产工艺。推广生态农业，控制农村面源污染，稳步推进生态旅游，切实保护生态环境。

《汕头市国民经济和社会发展"十一五"规划纲要》中指出：加强主体功能区控制。根据市域自然资源禀赋和发展现状，划分四类主体功能区。按照功能区定位，依法规范区域开发秩序，落实土地用途管制，逐步形成主体功能清晰、发展导向明确、经济发展与人口资源环境相协调、区域之间分工合理的有序发展格局。

① 优化开发区域　中心城区和澄海、潮阳、潮南城区及南澳县城绝大部分地方开发密度较高，其发展受空间和环境的制约十分明显。要转变增长方式，提高产业发展层次，严格限制发展低水平、多占地、有污染产业，科学规划人口、经济与自然的空间比例，合理划定区域内的经济中心、产业聚集区、基础设施网络、绿色空间和待开发的保留地区。

② 重点开发区域　"三大经济带"资源环境承载力较好，中心镇具备较强的集聚经济和人口的能力，要高起点规划、高标准推进基础设施建设与综合服务功能塑造，增强吸纳资金、技术、产业和人口集聚的能力，尽快形成新的经济和人口密集区。

③ 禁止开发区域　依法设立的资源、湿地、动物、文物、地质等保护区以及风景名胜区、森林公园等的资源环境承载力差，要依据法律法规实施强制性保护，严禁不符合保护区功能定位的开发建设活动。

④ 限制开发区域　介于重点开发区与禁止开发区之间的其余区域，可因地制宜，根据各地的特点和优势，兼顾发展经济和保护生态环境，适当控制城镇建设和工业发展规模。积极引导区域内人口自愿、有序转移到重点开发区，缓解人与自然关系紧张的状况。

6.4.3.2 区域产业准入规划

区域产业准入应该遵循国家政策调控原则：《产业结构调整指导目录（2005 年本）》、《关于印发广东省工业结构调整实施方案的通知》（粤府办 ［2001］74 号）、《国家重点行业清洁生产技术导向目录》、《外商投资产业指导目录》（2007 年修订）《汕头市产业结构调整导向意见》（优先发展目录）（汕府 ［2007］96 号）。同时要有较高的技术含量，有利于资源节约利用，符合环境容量要求，并承诺采用清洁的工艺和技术。

综合前述分析，本规划将适宜发展工业和不适宜发展工业作出归纳，分为鼓励、限制、禁止和允许四类。对于鼓励类和允许类实行产业准入，限制类产业严格审批，禁止类产业不准引入，允许类为除其他三类之外的污染较小的工业类型。

(1) 鼓励类

主要包括：a. 综合利用资源和再生能源、环境保护工程和市政工程产品；b. 基础设施建设项目［即能改善汕头市投资环境的交通运输、邮电通信、污水处理、供热（气、水）等项目］；c. 机械制造（即智能式、高效、低能耗和多功能机械产品）；d. 轻工纺织（即采用新材料、高新技术和清洁生产的高档产品）；e. 电子信息、生物制药和新材料等高新技术产业；f. 环保型化工、高性能钢铁和船舶制造。

（2）限制类

主要包括：a. 造纸工业；b. 电镀工业；c. 高能耗、高污染的工业项目；d. 石油化工；e. 生产能力大、市场容量小的项目。

（3）禁止类

主要包括：a. 电力工业的小火力发电；b. 来料加工的海外废金属、塑料的二次污染转嫁工业；c. 纺织、印刷、机械制造类的落后产品；d. 致癌、致畸、致突变产品和 POPs 产品生产项目；e. 国家明文禁止的"十五小"和"新五小"项目。

6.4.3.3　现有产业结构调整和布局优化规划

结合产业结构调整导向意见（优先发展产业目录）（汕府 [2007] 96 号）和《汕头·省示范性产业转移工业园总体规划》，以汕头东部城市经济带、工业经济带、生态经济带的规划建设为突破口，加快发展壮大新兴制造业基地、临港工业基地、综合服务业基地和现代效益农业基地，加强交通、能源、水利、市政、生态环境基础设施的配套建设，构筑规模化、集约化、带动力强的城市和产业发展载体，重点打好基础设施、产业发展和社会环境三个基础，增强城市产业集聚辐射功能，提高城市综合竞争力。

产业布局的总体要求：a. 重点建设项目向"三条经济带"和高新区、保税区、产业转移工业园等特定区域集聚，促进区域产业带（片）的形成和功能开发；b. 加强城镇（村）规划，按规划安排和改造村镇工业项目，培育区域特色产业；c. 新建项目根据其对环境影响情况（大气、水污染、噪声等），按环境分区要求及各片区的环境容量选址；d. 严格控制新建污染型项目，通过易地改造，相对集中污染型企业，提高整治污染的效率和质量；e. 严格控制沿海岸带和沿江河岸的新建、扩建项目。

应该说，在选择如何定位以及以何种产业发展战略方面，汕头市做出了积极不懈的努力，通过充分的思考逐步形成和明确汕头市产业发展方向。然而也正如导向意见中提出的需要充分考虑区域和项目选址地的环境容量，上述规划中对这一点考虑不够。因此，有必要从汕头市的大气环境容量、水环境容量和海洋环境容量（入海总量控制）、生态容量角度来阐明产业调整的环境可行性，优化产业布局。

在《汕头市产业结构调整导向意见（优先发展产业目录）的基础上，结合上述环境容量要求，提出规划产业发展区域布局优化要点如下。

① 金平区　重点发展机械装备、印刷包装、生物医药、食品加工、精细化工，积极发展新材料、环保产品等新兴产业，着力发展现代服务业。高起点规划、设计和高质量实施旧城区改造，加快完善市政、公共设施，建成城市区域行政及商业中心。重点发展区域：广东省汕头金平工业园区、汕头大学科技园、省级农业科技园。

② 龙湖区　以东部城市经济带为依托，重点加快发展高新技术产业、现代服务业和电子信息、生物医药、装备制造等产业，促进城市东延，建设新城区，尽快形成兼具国际贸易、招商、博览、技术服务等功能的综合性商务区，为建设汕头未来新城市中心与 CBD 奠定基础。重点发展区域：东部城市经济带、广东省汕头龙湖工业园区、国家光机电产业基地、省火炬计划输变电设备特色产业基地、以时代广场为中心的商贸会展区。

③ 澄海区　重点发展工艺玩具、纺织服装、精细化工、新型建材等特色产业和新兴产业。发挥"中国玩具礼品城"、"中国工艺毛衫名城"品牌优势，建成国际知名的玩具礼品、

工艺毛衫生产基地和商品集散地。大力发展效益农业及农副产品加工，以侨文化观光旅游作为发展主体，建成汕头市的城郊型休闲度假旅游地。重点发展区域：岭海工业园区、澄海凤翔玩具专业镇（国家星火技术产业密集区）、澄华工艺毛织服装专业镇（专业技术创新试点）、东里五金专业镇、莲下精细化工专业镇。

④ 濠江区　依托工业经济带和广澳深水港，重点发展以资本密集、大运输量的能源、船舶修造、新型材料为主体的临港工业，大力发展"两头在外"的出口加工业和大型仓储基地及物流、配送、运输业；加快市政、公共设施建设，大力发展海洋渔业、旅游观光产业。重点发展区域：省示范园濠江片和广澳片、南山湾工业区和北山湾教育、南滨片区会展文体等专业园区。

⑤ 潮阳区　加强城市发展规划，重点加快市政基础设施建设，推进生态经济带建设步伐。加大利用高新技术和先进适用技术改造传统产业。大力发展纺织服装、音像制品、塑料制品、文具纸品包装、食品加工和生态高效农业，加快莲花峰、灵山寺、旅游观光农业等旅游资源综合开发，建设成为国内外知名的纺织服装、音像制品生产基地。重点发展区域：和平工业区、省示范园海门片、谷饶"中国针织内衣名镇"、贵屿循环经济国家示范园区和关埠运输枢纽。

⑥ 潮南区　加强城区和两英、陈店等中心镇的规划，加快市政基础设施建设。以深汕公路、国道 324 线和陈沙公路为发展轴，大力发展纺织服装、精细化工、塑料文具，配套建设物流业，推进农业产业化。加强红色旅游、特色旅游规划建设。重点发展区域：省示范园潮南片、国道 324 线纺织服装、精细化工、塑料文具三大产业基地，峡山物流中心及两英纺织服装、陈店电子器件等特色轻工产品市场。

⑦ 南澳海岛开发试验区　加快南澳岛开发试验区和国家一类口岸的综合功能开发。重点发展风能综合利用、船舶修造、水产养殖、海洋渔业、海产品深加工、海洋生物制品（药品）开发等海洋产业，转口贸易及其配套的仓储、运输业；加快海岛旅游业发展及配套建设，积极拓展对台经济合作，努力建设生态岛。

⑧ 汕头高新技术产业开发试验区　重点发展软件、集成电路设计与制造、光机电一体化、生物医药、电力系统设备、数据通信和网络技术等高新技术产业。

⑨ 汕头保税区　大力发展仓储物流、电子信息、光机电一体化、生物医药等高新技术产业。

参 考 文 献

[1] 孟庆红，李耀平. 产业选择论 [M]. 昆明：云南大学出版社，1999：28.

[2] 杨公仆，夏大慰. 产业经济学教程 [M]. 上海：上海财经大学出版社，2003：57-63.

[3] 胡子祥. 中国支柱产业发展战略 [M]. 北京：经济管理出版社，1996：101-120.

[4] 王家新. 论支柱产业的概念、选择及作用机理 [J]. 江苏社会科学，1995 (4)：31-36.

[5] 马晓燕. 支柱产业理论探析 [J]. 西南民族大学学报：人文社科版，2004，25 (2)：260-264.

[6] 郭信. 长株潭城市群产业布局理论分析 [J]. 合作经济与科技，2009 (375)：4-6.

[7] 周起业. 区域经济学 [M]. 北京：中国人民大学出版社，1997.

[8] 陈雨生. 基于产业结构调整的能源消耗控制模式与优化研究 [D]. 上海：复旦大学，2008.

[9] Coté R P, Cohen-Rosenthal E. Designing eco-industrial parks：a synthesis of some experiences. Journal of Cleaner Production，1998，6 (3-4)：181-188.

第7章

水环境与水生态规划

　　水是环境中的重要要素之一，对城市经济发展和建设起着重要的控制作用。保护水资源，重点是保护饮用水水源地，防治水污染，建设水生态系统，形成人水和谐的水环境系统控制和管理模式，使水环境规划的研究范围从单纯的污染防治转向水环境、水资源和水生态系统统一规划，是现代城市水环境规划的主要任务。本章简要介绍水环境与水生态规划的基本思路、规划基础和规划方案，并对典型案例开展重点分析。

7.1　水环境系统保护总体策略

7.1.1　建立流域系统控制框架

　　环境是指环绕人类周围的客观事物的整体，包括自然因素和社会因素，它们既可以实体形式存在，也可以非实体形式存在。以实体形式存在的环境总是与土地的利用方式紧密结合在一起的。一直以来土地的概念仅侧重其社会经济属性，主要关注的是土地的肥力、土地的产权关系、土地的经济价值等，而忽略了水资源的量与质都是随着土地利用方式、人类生产与生活方式而改变的。水随地变，地随人变，水环境保护归根结底是汇流区域内的人类生产和生活方式的有序控制问题，只有从其活动的根本上考虑水环境保护，才能实现人类的可持续生存与发展。因此，现代城市水环境规划面向新时期的发展需求，应该建立流域系统控制框架，从土地利用空间控制、社会发展布局、经济发展布局以及人工提升流域环境承载力等四个方面建立起流域系统控制，力求使所有下垫面污染源都要处于受控状态，保证江河湖泊休养生息。

7.1.2　优先保障饮用水环境安全，协调"三生用水"关系

　　随着工业化的推进，研究区域很多城镇的饮用水源受到污染，农村的饮用水安全更得不到保障。饮用水中人工合成有机物含量的增加形成了致癌、致畸、致突变的潜在威胁，重金属则会使人迅速中毒、患病，水污染也大大增加了饮用水源中致病微生物的数量。水污染防

治的最终目的是确保人民的身体健康，因此，应该把安全饮用水的保障作为水污染防治的重点。必须加强对饮用水源地的保护，特别是为区域性集中供水的水库及其直接产流地应该实行严格的保护措施。

以往水污染防治规划比较关注生产与生活用水，而对"生态用水"与"水环境用水"不是很关注，"生态用水"是指动物、植物能够保持正常生存状态所需要的水，侧重的是人与自然的关系，实现人水和谐的自然生态平衡。"水环境用水"是指保持水体自净能力的用水，侧重的是人和资源的关系，但用在河道生态用水上，两者意思就比较相近。现在国际上通常认为一条河调水不能超过 20%，用水不能超过 40%，用水超过 40% 就会对生态有影响。所以在城市水环境规划中，应根据际情况认真考虑"三生用水"。

7.1.3 从末端控制为主向源头控制、引导发展方式为主转移

目前我国排放的污水量与美国、日本相近，而经济发展水平却相差较远，可见我国为粗放型经济增长付出了巨大的环境代价，长期以来采用的末端治理、达标排放为主的工业污染控制战略已被国内外证明是耗资大、效果差、不符合可持续发展战略的。因此，在面对快速城市化与工业化的实际情况，应该强调污染的系统控制，从预防技术上，应该大力推行清洁生产，建立生态产业；从预防管理上，应该提出环境发展"阈值"，引导社会、经济的优化布局。通过主动有序引导产业结构调整和合理布局，实现水环境保护规划在综合决策中的作用。

7.1.4 建立点源、面源和内源相配套的综合治理控制工程体系

污染源可以分为点源、面源与内源。除了工业和城市生活污水排放造成的点源污染外，我国的面源污染也越来越严重，同时由河流、湖泊以及海湾底部沉积物蓄积着多年排入的大量内源污染物已成为水体富营养化与赤潮形成的重要因素，在适当的条件下还会释放出储存的重金属、有毒有机化学品成为二次污染源，对生态和人体健康造成长期危害。针对点源、面源以及内源污染，应该建立起产业点源控制系统、城镇（片区）污水处理厂、面源控制工程以及水体的生态修复的系统控制工程，只有这样才能全面控制污染。

7.2 水环境与水生态规划主要内容

7.2.1 规划概述

7.2.1.1 规划指导思想

贯彻落实科学发展观，以"让江河湖泊休养生息"为指导，以优化经济结构和产业布局为重点，以重点工程为依托，以机制创新为保障，综合运用工程、技术、生态的方法，加大生态环境保护和建设力度，提升水污染治理水平和水环境监管水平，重点保障饮用水源水质安全，解决突出的水环境与水生态问题，努力恢复江河湖泊的生机和活力，促进流域经济社会的可持续发展。

7.2.1.2 规划目的与原则

通过城市水环境与水生态规划方案的编制，促进水资源优化配置、水环境污染防治和水生态系统保护，实现水环境保护与社会经济发展的协调、人水和谐。相比之下，现代城市水

环境与水生态规划的内容比传统内容更加全面，也更加复杂，需要用综合的、系统的思路去考虑。具体而言，在编制水环境与水生态规划时，应遵循以下的基本原则。

(1) 引导发展的原则

水既是生产要素，也是生活必不可缺的一部分，由于水资源的上述自然特性与经济特性，水资源在经济社会发展中具有特殊的重要地位，世界各国均把水资源作为政府管理和控制的公共服务领域，并在整个流域或跨流域实行系统控制，优化社会经济发展布局。规划应结合水环境已划分的功能及水质现状，提出规划期内水环境功能区划，以引导新发展时期的社会经济发展布局，并把其作为规划的首要原则予以实施。

(2) 流域系统控制原则

流域系统控制主要分四个层面进行控制：一是流域土地空间规划优化系统；二是系统转变经济增长方式；三是系统转变社会生活方式；四是建成区域污染控制工程系统（人工提升环境承载力）。

(3) 与相关水环境规划协调原则

这体现了环境规划之间的协调性，例如珠江三角洲区域不但是广东省水系最具特色的有机组成部分，更是广东省社会、经济核心区域与龙头。在广东省水污染防治规划中，应该综合考虑已经完成的珠江三角洲水污染规划的成果，并与之协调。

(4) 优先保障饮用水源安全原则

水环境与水生态保护规划不仅仅是提供河道外的措施保证与河道内的生态修复，其最优先的目标是保障饮用水的安全。在保障饮用水安全方面将按照两个层面进行规划：首先是保护主干河流水质达标，以干流为各地的公共水源；第二是保护流域内大中型水库及其水源集水区，确保能从水库供饮用水上提供保障，以基本依靠本地水资源实现区域的可持续发展。

(5) "三生"（生活、生产、生态）用水综合平衡原则

规划不只考虑协调好生产与生活用水的安全，而且对河道的生态修复及其生态需水量进行全盘考虑，设定合理的径污比与总量控制目标，提出水质保护预警方案与对策，全面系统地进行水质保护。

(6) 因地制宜原则

由于水环境系统是一个动态的且与人类活动密切相关的系统，因此制订水环境保护规划，既要因时因地合理选择保护方案，更要留有余地，考虑各种可能的新情况出现，方案应具有足够的"应变"能力，同时还要有"发展"的观点，随时吸收新的资料与科学技术，分析新出现的问题，能及时调整水环境保护规划，以满足不同时间、不同地点的水环境保护需求。

7.2.1.3　规划任务与技术路线

(1) 规划任务

① 实施分区污染防治策略　针对水环境共性问题，对水资源优化配置、饮用水水源地保护、工业污染防控、城镇污水处理设施建设运营、流动源污染治理提出统一要求。而针对特性问题，则需要分区制定重点防治策略。

② 优先保障饮用水源安全　严格划定饮用水源保护区，健全饮用水水源水环境监控制度、强化饮用水源水质达标的各项措施，制定饮用水源污染事故应急预案。合理配置水资源，保障生态用水，优先保障饮用水源安全。

③ **提高工业污染防控水平** 加大工业结构调整力度，实现经济发展方式转变。淘汰国家和地方明确要求淘汰退出的工艺、设备、产品，鼓励发展低污染、无污染、节水和资源综合利用的项目。合理规划工业布局，积极推进深度治理，鼓励企业在稳定达标排放的基础上集中建设污水深度处理设施。积极推进清洁生产，大力发展循环经济。加强工业园区的污染控制及管理，提高园区污染综合防治水平，积极建设生态工业园区。推行环保准入门槛，实施工业污染物总量控制。对重点污染源加强监管，推进环境执法工作。

④ **实现污水处理设施稳定运行** 合理确定污水处理厂规模、排放标准及处理工艺，完善污水处理厂配套管网建设，妥善处置污泥。实现污水处理设施运营稳定，合理征收污水处理费用。积极推行污水处理中水回用，实施节水减排工程。

⑤ **推进非点源污染防治，加强水生生态系统保护** 保护好水生生物的栖息地环境，对重要水生生态系统功能区加以有效保护。合理开展水产养殖业，进行非点源污染治理。保护好水生生物多样性，优化水资源调度，保障生态用水。建立健全水生生态系统动态监控体系，推动湿地修复与重建，严格管理旅游区开发建设活动。

⑥ **强化重金属污染防治** 针对未来一段时间国家对重金属污染防治的重视，深化涉重金属产业结构调整，采用清洁生产手段实现企业全过程控制，并提高对历史遗留问题的治理效果。

⑦ **实施总量控制，引导发展布局** 实施水污染物总量控制制度。在第一次全国污染源

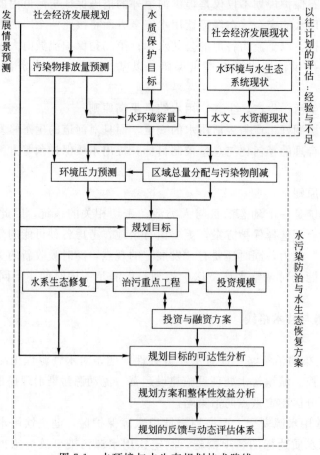

图 7-1 水环境与水生态规划技术路线

普查基础上，建立污染源台账。推行排污许可证制度，依法按总量控制要求发放排污许可证，把总量控制指标分解落实到污染源。根据流域水环境容量空间分布优化发展布局。

⑧ 强化环境监管，健全环境事故应急体系　加强水环境管理能力建设，包括监测、监察、宣教、信息、执法等。根据《国家突发性环境事件应急预案》的规定，分级制定流域、省、市、县四级突发性环境事件应急方案，建立风险数据库系统，提高环境机构应对突发环境事件的能力。

（2）技术路线

现代水环境与水生态规划的一般技术路线见图 7-1。

7.2.2　水环境与水生态现状调查

7.2.2.1　水污染源现状调查

污染源现状调查目的在于确定研究范围内主要区域污染源和主要污染物质、主要污染行业以及重点污染源，弄清污染物的主要来源。同时，确定区域内各污染源的排污水平、排污强度，据此制定相应的污染防治计划。根据社会经济发展情况，预测不同水平年污染发展趋势。这是整项规划的基础和重点内容。分为工业污染源、规模化畜禽养殖污染源、城镇生活污染源和非点源 4 大类，其中非点源又包括农村生活源、农村散养、农田径流、城市径流和矿山径流 5 小类。2010 年我国发布了全国污染源普查（环境保护部公告 2010 年第 13 号）之后，可以根据污染源普查系数进行工业、农业、居民生活源及集中式污染治理设施的污染源核算。

（1）污染源现状调查内容

① 工业　以污染源普查数据、环境统计数据、排污申报登记数据为依据，统计出按部门（行业）的废污水及污染物排放量、削减量、环境保护支出等，由排放量加上削减量算出污染物产生量，并按行政区汇总，分析各行政区内的万元工业产值废水量及 COD、氨氮产生量。从所有工业污染源中筛选出废水量及 COD 累加排放量占总量 80％以上的重点工业污染源，列出重点工业污染源清单，并调查该重点污染源达标情况。

② 城镇生活　调查城镇人口数量、人均社会综合用水量（包括社会各企事业单位用水量）、生活污水排放系数等，污水排放系数根据当地实际情况取值，一般为 0.8～0.9，也可参照各地污染源普查系数。根据城镇人口数量、人均综合用水量以及污水排放系数可计算城镇生活污水产生量，以及城镇污水处理厂的处理运行情况等。

③ 规模化畜禽养殖　规模化畜禽养殖调查包括规模化畜禽养殖场养殖种类、养殖规模、年用水量及排水量、排污方式等内容。规模化畜禽养殖场定义是：按存栏量计，猪≥400 头（相当于年出栏 500 头），鸡≥10000 只，其他禽（鸭、鹅）≥3000 只，奶牛≥100 头，肉牛≥200 头（约相当于年出栏 65 头，选用统计数据时可以以 50 头为界）。以污染源普查系数为主，以标准猪估算为辅。

④ 面源调查按照分类调查其影响因子，主要是农村人口数量、农田面积、矿山面积、城镇建成区面积等。

⑤ 调查各种污染源的产生量、排放量和入河量。

（2）污染源现状调查方法

对于具备污染源普查系数的按照这些系数进行调查，缺少污染源普查数据的可按照《全国水环境容量核定技术指南》中的污染源调查方法进行调查。收集近几年工业、农业、养殖业等水污染源资料，核实数据的可靠性及准确性，在必要的情况下，对主要污染源资料作补充调查及更正；分析污染源达标排放情况，分析污染源污染排放削减的潜力及可行技术；统计分析主要污染物排放量及分布，绘制水污染源现状分布图。包括内容如下。

a. 统计近几年工业、农业等水污染源资料，分别分析；b. 对于数据，要结合其生产规模、工艺、水量消耗等数据，核实数据的可靠性及准确性，如果差别太大，明显不合理，应对主要污染源资料作具体补充调查，必要时更正；c. 对于数据缺乏的污染源，要结合其生产规模、工艺、水量消耗等数据，使用类比等方法进行补充；d. 对所有的污染源作达标排放分析，分析污染源、尤其是超标排放的污染源的污染排放削减的潜力及可行技术，并作统计和分析；e. 统计分析主要污染物排放量及分布，绘制水污染源现状分布图，为污染预测模拟分析提供数据。

7.2.2.2 水质现状调查与评价

调查评价规划区域内主要河流水环境质量现状，找出主要污染物及其时空变化特征，阐明目前存在的主要水环境问题，为水环境功能区划分、水质预测和水污染综合整治规划以及水环境管理提供依据。

(1) 水环境质量现状调查内容

① 地表水　地面水环境质量现状调查的基本监测项目按照《地表水环境质量标准》（GB 3838—2002）项目进行分析，各项目均按照国家标准分析方法或者国家环保局组织编写的《水和废水监测分析方法》（中国环境科学出版社，2002 年）中所规定的分析方法进行检测。

② 地下水　地下水水质监测项目主要包括 pH 值、电导率、矿化度、总硬度、汞、砷、六价铬、硫酸根、氯离子、细菌总数、大肠菌群。

③ 底质　掌握规划区域区内河流底泥的质量现状值，为环境管理提供依据。主要分析样品中的 pH 值、有机质、无机氮、磷酸盐、粒级配、汞（Hg）、锌（Zn）、砷（As）、镉（Cd）、铜（Cu）、镍（Ni）、六价铬（Cr^{6+}）、总铬（Cr）和铅（Pb）的含量分布特征，以掌握底泥环境质量的基本情况。

(2) 水环境质量现状调查方法

收集近十年所有常规水环境质量监测资料，收集近三年已完成的主要研究项目与重大环评项目所取得的水环境质量监测资料，在必要的情况下，适当补充水环境质量监测。利用资料分析水环境质量现状，包括：a. 超标要素的分析；b. 超标河段的分析；c. 超标频率的分析；d. 超标原因的分析等。

如发现某些地区工业污染集中、又缺乏必要的纳污水环境质量监测资料，则需要适当补充水环境质量监测。对于河宽大于 100m 的断面，分左、中、右采样；河宽介于 50～100m 之间的断面，分左右岸采样；小于 50m 的河段，只采中泓线水样。各垂线均按国家水质采样监测规范要求采集分层混合样。

(3) 水质（地表水、地下水）**现状评价**

评价标准主要采用《地表水环境质量标准》（GB 3838—2002）、《地下水质量标准》（GB/T 14848—93），《土壤环境质量标准》（GB 15618—1995）。评价方法地表水采用标准指数法，地下水采用单因子评价法。

水质标准指数法计算公式如下。

① 对 pH 值　其标准指数为：

pH≤7 时：
$$P_{pH} = \frac{7.0 - pH_j}{7.0 - pH_{sd}}$$

pH＞7 时：
$$P_{pH} = \frac{pH_j - 7.0}{pH_{su} - 7.0}$$

式中，P_{pH} 为 pH 值的标准指数；pH_j 为 j 测点实测的 pH 值；pH_{su} 为 pH 值的评价标准的上限值；pH_{sd} 为 pH 值的评价标准下限值。

② 对溶解氧（DO）　其标准指数为：

$$P_{DO} = \frac{C_{max} - C_j}{C_{max} - C_s}$$

式中，P_{DO} 为 DO 的标准指数；C_{max} 为 DO 的饱和值；C_j 为 j 测点实测 DO 值；C_s 为 DO 的评价标准值。

③ 对其他项目　其标准指数为：

$$P_{ij} = \frac{C_{ij}}{C_{is}}$$

式中，P_{ij} 为第 j 测点第 i 项水质指标的标准指数；C_{is} 和 C_{ij} 分别为该水质指标评价标准值和第 j 测点的实测浓度值。

根据上述的现状调查成果，以各类水域的水环境质量管理目标作为评价标准，采用浓度指标法评价规划区域内的水环境质量现状。结合水污染源的分布，解释水质的时空分布特征，并对规划区内的水质作分区论述。

用水质的现状调研资料和历年的水质资料分析地面水环境质量的变化趋势：

① 往年数据分析　分析各河流、河涌、海域的水质污染状况，污染类型、主要污染指标和污染原因；

② 历史趋势分析　收集近 10 年内评价范围内的水质监测数据进行对比和历史趋势的分析。

7.2.2.3　饮用水源水质现状与评价

饮用水源基本监测项目按照《地表水环境质量标准》（GB 3838—2002）29 项目进行分析，同时在国家要求的重点城市每年须进行一次 109 项的全分析。收集城市集中饮用水水源地常规和水源地来水的水环境质量监测数据。属于地表水水源，包括目前已经进行监测的地表水环境质量标准中表 1、表 2 和表 3 种各项指标。此外，水库水源地，补充总磷、总氮、叶绿素 a 和透明度四项指标。地下水饮用水源水质评价与 7.2.2.2 部分地下水相同。

（1）地表水饮用水源水质评价

地表水水源地评价标准采用《地表水环境质量标准》（GB 3838—2002）。基本项目水质类别分Ⅰ类、Ⅱ类、Ⅲ类、Ⅳ类、Ⅴ类及劣Ⅴ类评价；饮用水源一级保护区以Ⅱ类地表水标准值为限值，二级保护区以Ⅲ类地表水标准值为限值，给出是否达标、主要不达标污染指标、超标倍数等。补充项目及附表三中有毒有机物和地区特定监测项目按达标、不达标评价。分析水体主要污染类型。

① 河流型饮用水源水质评价　评价的项目包括 pH 值、溶解氧、高锰酸盐指数（COD$_{Mn}$）、五日生化需氧量、氨氮、汞、铅、挥发酚、石油类 9 项［注：当高锰酸盐指数大于 30mg/L 时，用化学耗氧量（COD）项目及其标准评价］。评价时段为枯、丰、平水期，评价方法与 7.2.2.2 部分相同。

② 湖库型饮用水源地水质评价　水库型水源地的水质评价方法和河流型水源地的水质

评价方法相同。水库型水源地还需增加营养状态评价，水库营养状态评价选择的项目为叶绿素 a（chla）、总磷（TP）、总氮（TN）、透明度（SD）和高锰酸盐指数（COD$_{Mn}$）5 个项目。水库类水源地富营养化按"贫"、"中"、"富"评价。确定主要污染项目。

（2）水质评价结论

汇总各水源地水质评价现状，判断水质达标现状、分析不达标水源地水质的主要超标物及超标倍数、不同水期的变化情况、主要污染类型和造成污染的主要原因等。

7.2.2.4 水生态系统现状与评价

水生态系统状况调查包括社会经济、自然地理、物理化学和生物要素、生物生产力测定等内容，其中社会经济、自然地理、物理化学在前述中已有论述，此处仅对生物要素和生物生产力测定进行介绍。

（1）浮游植物的种类组成与现存量

浮游植物包括所有生活在水中营浮游生活方式的微小植物，一般指的是藻类。浮游植物含有叶绿素，能进行光合作用，是主要的初级生产者，在水生生态系统中具有重要地位。现存量的概念为单位体积或面积中生物的数量或质量，数量常以丰度、密度表示，质量以生物量表示。

采集浮游植物样品的工具主要有浮游生物采集网和采水器。浮游生物网的孔径一般为 $64\mu m$（25 号）和 $86\mu m$（13 号）两种，采水器一般为有机玻璃采水器，容量为 2.5L 和 5L 两种。水样一般在水体的中心区、沿岸区、进出水口设置采样点，规划中一般一年两次。由于浮游生物具有明显的垂直分层先下，因而需要进行分层采样，然后加以混合或分层观测，采样层次的设置见表 7-1。

表 7-1 水体采样层次

水深范围/m	采样层次	水深范围/m	采样层次
0～2	表层	6～10	表层、每隔 3m 采样
2～3	表层、中层、底层	10～20	表层、每隔 5m 采样
3～4	表层、每隔 1m 采样	20～50	表层、每隔 10m 采样
4～6	表层、每隔 2m 采样	50～100	表层、每隔 20m 采样

注：资料来源于文献 [1]。

采水量一般为 1000mL，有些藻类（例如蓝藻）常上浮在水表面或有成片、成带分布时采样时应予以注意。采样完毕后通过浓缩样品，采用显微镜计数方法获得浮游植物数量后再换算到单位体积内浮游植物数量（丰度），并根据生物体积采用求积公式生物量。浮游植物的初级生产力可采用黑白瓶测氧法或模拟法得到，可采用叶绿素测定仪测定水中叶绿素。

（2）大型水生植物的种类组成与现存量

大型水生植物包括种子植物、蕨类植物、苔藓植物中的水生类群和大型藻类，是不同分类群植物长期适应水环境而形成的趋同适应。一般可以分为挺水植物、沉水植物和浮叶植物。常常采用框架采集法测定挺水植物和浮叶植物，远距离采集法或潜水挖取法（使用挖泥器、带网铁铗、长柄镰刀等）测定沉水植物。大型水生植物的生物量确定常常根据典型断面样本来推断总体情况。

（3）浮游动物、底栖动物的种类组成与现存量

浮游动物的组成十分复杂，在淡水水域中主要由原生动物、轮虫、枝角类等为主。底栖动物是指生活在水体底部的、肉眼可见的一般动物群里，多数种类可以作为经济动物的食物，主要包括水生寡毛类、软体动物、水生昆虫幼虫等。浮游动物和底栖动物的测定包括水样采集、水样固定、浓缩、种类鉴定、计数、生物量的测定几个步骤，其水样采集方法与浮游植物相似。

除了对生物量测定之外，还可以采用微量分析方法测定浮游物的有机碳、氮、磷的含量及热值。

（4）游泳动物和细菌

游泳动物主要指鱼类，渔业生产的很多捕捞方法可以用于实验采集。鱼类统计包括渔获物、鱼类长度测量、称量、生长量、回捕率等指标。此外采用平板计数法可以得到水样中细菌总数。

通过对浮游植物、大型水生植物、浮游动物、底栖动物、游泳动物和细菌的测定，可以掌握水体生物多样性状况，并通过生物指示剂作用分析水体生态系统水平。水生生态系统评价可以采取多种指数来进行反映，如 Shannon-Wiener 多样性指数、生物完整性指数法、污染耐受指数、均匀度指数、King 指数与 Goodnight 修正指数、底栖动物群落恢复指数等，也可以结合自然条件、理化性质进行水生态系统健康评价。有关指数和生态系统健康评价方法可参考相关书籍，在此不再赘述。

7.2.3　水污染物预测与压力分析

通过对该区域经济发展规划的分析，识别区域发展的主要水环境污染问题，主要污染排放种类、总量和污染排放方式与可能产生的主要污染问题。利用有关资料，依据社会经济发展情况、技术经济政策、生活水平，预测不同水平年污（废）水及主要水污染物排放量，作为水污染综合整治方案设计的依据。利用有关资料，依据工农业发展情况及技术经济政策，预测各地区不同水平年的水污染物排放发展趋势。

对于点源，通过指数增长法或万元产值污染物的排放系数或单位产品污染物或废物的排放系数预测排污的发展趋势。对于面源，主要采用区域土地属性变化-面源污染源强的关系估算法，根据土地利用情况进行预测。

7.2.3.1　用水量预测

（1）工业生产用水量

生产用水量的预测采用以规划目标年工业产值的预测值为基础，根据现状年的万元工业产值用水量预测规划年工业生产用水量，例如可取现状年的万元工业产值用水量的 60％预测规划年工业生产用水量，具体可视实际计算结果调整，计算公式如下：

$$Q_{工业} = \alpha G_t$$

式中，$Q_{工业}$ 为规划目标年工业需水量，万吨/年；G_t 为规划目标年工业产值预测值，万元；α 为规划目标年万元工业产值用水系数，万吨/（万元·年）。

（2）生活用水量

考虑节水力度、经济发展速度变化，城镇化进程的迟缓等因素对生活用水量的影响，取定规划目标年的人均生活用水系数，对生活用水量进行预测。

生活用水量预测可采用以下公式：

$$Q_t = 365 \times AD_t$$

式中，Q_t 为规划目标年城镇生活用水量，万吨；A 为规划目标年份城镇人口，万人；D_t 为规划目标年城镇人均生活用水量，吨/（人·日）。

D_t 的确定方法：以规划基准年的城镇人均生活用水量为基准，延续现有城镇生活用水方式，根据近年来的城镇人均生活用水量推测目标年的城镇人均生活用水量并适当考虑节水力度加大、经济发展速度变化、城镇化进程的迟缓等因素的影响。

7.2.3.2 废水排放量预测

(1) 工业废水

用水量和排水量之间存在密切的相关关系，根据规划目标年用水量预测指标，推算排水量，表达式如下：

$$W_{ti} = Q_{ti} c_t$$

式中，W_{ti} 为规划目标年工业废水产生量，万吨/年；Q_{ti} 为规划目标年工业用水量，万吨/年；c_t 为规划目标年排水系数。

规划目标年排水系数可用规划基准年排水系数，并适当考虑节水措施深化、工业结构调整等的影响。

(2) 生活污水

城市生活污水指某城市（镇）除工业废水外，所有排放污水的总和，包括居民生活污水、企事业单位生活污水、公共设施排水、餐饮服务业废污水和景观用途排水等。本节的生活污水预测是指城镇生活污水排放量（包括自各种生活排放源排放到自然水体的水量和自排放源排放到污水处理厂的水量两部分）预测，农村生活污水属非点源范畴。

根据规划目标年城市（镇）生活用水量预测指标，推算排水量，表达式如下：

$$W_{tu} = Q_t c_t$$

式中，W_{tu} 为规划目标年生活废水排放量，万吨；Q_t 为规划目标年生活用水量，万吨；c_t 为排水系数。

在确定规划目标年排水系数时，不考虑污水处理厂对排水量的影响，可直接采用规划基准年的排水系数（可采用基准年的城镇生活污水排放量除以城镇生活用水量）。

(3) 规模化畜禽养殖废水

规模化畜禽养殖场必须执行《畜禽养殖业污染物排放标准》（GB 18596—2001）中对排水量的规定，根据基准年调查的实际情况，结合今后几年对规模化养殖场可能采取的整治力度，预测规模化养殖废水排放量。预测时也可将规模化发展规模折算为猪的数量以猪的单位排水量进行计算。换算关系如下：45 只鸟类折合为 1 头猪，3 只羊折合为 1 头猪，5 头猪折合为 1 头牛。基本公式可表述为：

$$W = \sum Q_i \times P_i / 100$$

式中，W 为预测年规模化畜禽养殖排水量，m^3/d；Q_i 为预测年第 i 种处理工艺下猪的单位排水量，$m^3/$（百头·d）；P_i 为预测年第 i 种处理工艺下的猪的存栏数，头。

《畜禽养殖业污染物排放标准》中有关排水量的规定见表 7-2，表 7-3。

表 7-2 规模化畜禽养殖业水冲工艺最高允许排水量

种类	猪/[$m^3/$（百头·d）]		鸡/[$m^3/$（千只·d）]		牛/[$m^3/$（百头·d）]	
季节	冬季	夏季	冬季	夏季	冬季	夏季
标准值	2.5	3.5	0.8	1.2	20	30

表 7-3 集约化畜禽养殖业干清粪工艺最高允许排水量

种类	猪/[m³/(百头·d)]		鸡/[m³/(千只·d)]		牛/[m³/(百头·d)]	
季节	冬季	夏季	冬季	夏季	冬季	夏季
标准值	1.2	1.8	0.5	0.7	17	20

注：废水最高允许排放量的单位中，百头、千只均指存栏数。春、秋两季废水最高允许排放量按冬、夏两季的平均值计算。

7.2.3.3 污染物产生量、排放量预测

(1) 工业污染物排放量预测

工业污染物排放量预测表达式如下：

$$P_{ti} = \beta_t G_t$$

式中，P_t 为规划目标年工业污染物排放量，吨/年；G_t 为规划目标年工业产值预测值，万元；β_t 为万元工业产值污染物排放量，吨/（万元·年）。

按现状万元工业产值污染物排放量进行预测，适当考虑技术进步、产业结构调整等因素的影响。预测指标一般为 COD 和氨氮。

(2) 生活污染物产生量、排放量预测

城市（镇）生活污染物产生量预测表达式如下：

$$P_{tu} = 3.65 \times A \times E_{tu}$$

式中，P_{tu} 为规划目标年生活污染物产生量，吨/年；A 为规划目标年份人口，万人；E_{tu} 为规划目标年人均污染负荷，克/（人·日）。

城镇生活污水人均 COD 产生量推荐范围：60～100g/d，人均氨氮产生量推荐范围 4～9g/d。适当考虑受城镇生活用水方式改变（如节水力度加大）等因素的影响，可以参照各地污染源普查数据进行计算。产生量减去生活污水厂的去除量就得出排放量。

(3) 规模化养殖场污染物排放量预测

规模化畜禽养殖场必须执行《畜禽养殖业污染物排放标准》（GB 18596—2001）中对排水量的规定，各省规划区应根据基准年调查的实际情况，结合今后几年对规模化养殖场可能采取的整治力度，预测规模化养殖污染物排放量。以《畜禽养殖业污染物排放标准》（GB 18596—2001）中水污染物最高允许日排放浓度为参数，计算预测年的规模化养殖污染物排放量。《畜禽养殖业污染物排放标准》中有关污染物浓度的规定见表 7-4。

其基本公式可表述为：

$$L = W \times c/1000$$

式中，L 为预测年规模化畜禽养殖污染物排放量，kg/d；W 为预测年规模化畜禽养殖排水量，m³/d；c 为预测年畜禽养殖业水污染物排放浓度，mg/L。

表 7-4 集约化畜禽养殖业水污染物最高允许日均排放浓度

控制项目	BOD_5 /(mg/L)	COD /(mg/L)	悬浮量 /(mg/L)	氨氮 /(mg/L)	总磷(以 P 计) /(mg/L)	粪大肠菌群数/(mg/L)	蛔虫卵 /(个/L)
标准值	150	400	200	80	8.0	1000	2.0

(4) 面源污染物排放量预测

参考《全国污染源普查》和《全国地表水环境容量核定》中的产污系数进行预测，根据

入河距离、方式等信息确定入河系数。

① 个别参数说明

a. 农村生活污染源。农村人口数量采用社会经济预测中的结果。

b. 散养式畜禽养殖源。各地区按现状分布比例，参考农村人口增长率进行增长预测。

c. 农田径流污染源。农田面积采用土地利用规划的结果。

d. 矿山径流污染源。在现状值的基础上根据各地的具体情况进行适当调整。

e. 城市径流污染源。非农业人口采用社会经济预测中的结果，建成区面积根据土地利用规划结果。

② 农田径流计算　除了可以采用全国污染源普查的产污系数之外，对于缺少普查系数地区，还可以参考《全国水环境容量核定技术指南》中推荐的标准农田法进行估算。标准农田指的是平原、种植作物为小麦、土壤类型为壤土、化肥施用量为 $25\sim35kg/$（亩·年），降水量在 $400\sim800mm$ 范围内的农田。标准农田源强系数为 COD $0.5\sim1.0kg/$（亩·年），氨氮 $0.1\sim0.3kg/$（亩·年）。对于其他农田，对应的源强系数需要进行修正。

a. 坡度修正。土地坡度在 25°以下，流失系数为 $1.0\sim1.2$；25°以上，流失系数为 $1.2\sim1.5$。

b. 农作物类型修正。以玉米、高粱、小麦、大麦、水稻、大豆、棉花、油料、糖料、经济林等主要作物作为研究对象，确定不同作物的污染物流失修正系数。此修正系数需通过科研实验或者经验数据进行验证。

c. 土壤类型修正。将农田土壤按质地进行分类，即根据土壤成分中的黏土和砂土比例进行分类，分为砂土、壤土和黏土。以壤土为 1.0；砂土修正系数为 $1.0\sim0.8$；黏土修正系数为 $0.8\sim0.6$。

d. 化肥施用量修正。化肥亩施用量在 25kg 以下，修正系数取 $0.8\sim1.0$；在 $25\sim35kg$ 之间，修正系数取 $1.0\sim1.2$；在 35kg 以上，修正系数取 $1.2\sim1.5$。

e. 降水量修正。将年降雨量分 400mm 以下、$400\sim800mm$、800mm 以上 3 种情况，分别给出降雨修正系数：400mm 以下取降雨修正系数为 0.7；$400\sim800mm$ 之间取修正系数为 1；800mm 以上取修正系数为 1.4。

③ 城市径流污染源计算　计算采用《全国水环境容量核定技术指南》中推荐的标准城市法。所谓标准城市的定义为：地处平原地带，城市非农业人口在 100 万～200 万之间，建成区面积在 $100km^2$ 左右，年降水量在 $400\sim800mm$ 之间，城市雨水收集管网普及率在 $50\%\sim70\%$ 之间的城市。标准源强系数为 COD $50t/a$，氨氮 $5t/a$。

考虑影响城市径流的几个因素，分别进行系数修正，见表 7-5。

表 7-5　非标准城市产污系数修正值

主要因素	修正类别	修正系数
地形特征	平原城市	1.0
	丘陵城市	2.5
	山区城市	3.8
城市人口/万	<100	0.3
	100～200	1.0
	200～500	2.0
	>500	3.3

续表

主要因素	修正类别	修正系数
建成区面积/km²	<75km²	0.5
	75~150	1.0
	150~250	1.6
	>250	2.3
化肥施用量/kg	<25	0.8~1.0
	25~35	1.0~1.2
	>35	1.2~1.5
降水量/mm	<400	0.7
	400~800	1.0
	>800	1.4
管网覆盖率/%	<30	1.2
	30~50	1.0
	50~70	0.8
	>70	0.6

对于城市化水平高且城市面积较小的地区，可以采取其他方法进行估算。其中以承受水体为对象，主要有承受水体浓度乘流量法和利用支流水质及流量进行回顾分析；以地表污染物为对象，有简易法、单位面积输出系数法、负荷函数法和模拟仿真法。在规划层面主要采用流量乘以浓度法和简易法、单位面积输出系数法。目前采用较多的是在监测时段内获得 EMC（场次平均浓度）之后，乘以径流量估算得到污染负荷。计算公式如下。

$$L_y = \sum_{i=1}^{n} \text{EMC}_i R_i A_i P_i$$

$$\text{EMC}_i = \frac{\sum_{j=1}^{m} C_j V_j}{\sum_{j=1}^{m} V_j}$$

式中，L_y 为年径流污染负荷，t/a；EMC_i 为 i 汇水区场次降雨污染物平均浓度，监测降雨次数越多，代表性越强，mg/L；P_i 为 i 汇水区的多年平均降雨量，mm；A_i 为 i 汇水区的面积，km²；n 为汇水区个数，个；m 为时间分段数，个；C_j 为第 j 时段所测的污染物浓度，mg/L；V_j 为第 j 时间段的径流量，m³，一般按 2 个样品采集时间间隔之中间值划分流量区间（平均分割法）；R_i 为 i 汇水区的年径流系数，用来计算区域一个较长时段的平均径流量。自然下垫面和农村下垫面的径流系数一般在 0.2~0.5 之间，湿润地区大于干旱地区。在城市生态系统中，由于植被和土壤的面积减少，不透水表面的增加，城市各类土地利用类型下垫面的径流系数要高得多。表 7-6 为 5 年一遇和 10 年一遇时城市各种土地利用类型的建议径流系数，径流系数受到设计重现期、土壤类型、土地利用、平均坡度等许多因子影响。当估算的区域由多种土地利用类型混合组成时，区域的径流系数由这几种土地利用类型加权平均得出[1]。我国公路路面排水径流系数按设计规范一般取为 0.87~0.97。在具体计算中，将

---

❶ 尹澄清. 城市面源污染的控制原理和技术 [M]. 北京：中国建筑工业出版社，2009.

根据土地利用类型的实际情况，进行合成径流系数的选取。

表 7-6　各种土地利用类型的建议径流系数

土地利用类型	区域描述	径流系数	土地利用类型	区域描述	径流系数
商业区	市区区域	0.70～0.95	工业区	运动场	0.20～0.40
	临近区域	0.50～0.70		铁路	0.20～0.40
居民区	别墅型居民区	0.30～0.50	街道	沥青街道	0.70～0.95
	公寓住宅区	0.50～0.70		混凝土街道	0.80～0.95
工业区	轻工业区	0.50～0.80		快车道和人行道	0.75～0.85
	重工业区	0.60～0.90	屋顶		0.75～0.95
	公园	0.10～0.25			

此外，有条件的地区还可以采用数值模拟法进行计算，如模拟城市非点源污染的有关模型（SWMM、STORM、SLAMM、HSPF、DR3M-QUAL、MOUSE 和 HydroWorks），一般采用 SWMM 和 STORM 模型进行模拟。结合城市面源污染特性，将城市地表径流产、汇流联系在一起，基于单元网格产流产污、汇流模型，以及排水管网的水动力学模型和污染迁移模型，建立分布式城市面源污染模型，来进行计算。

以 SWMM 模型为例，SWMM 是 1971 年 USEPA 为解决日益严重的城市非点源污染而推出的城市暴雨水量水质预测和管理模型。历经几次改进后，最新版本为 SWMMVersion5，并可嵌入到 MIKE 软件之中。SWMM 主要由径流模块、输送模块、扩充输送模块、存储处理模块 4 个计算模块和用于统计分析和绘图的一个服务模块组成，可以模拟完整的城市降雨径流过程，包括不透水区地表径流，透水区土壤侵蚀和下渗过程，排水管网中的溢流以及受纳水体的水质变化。通过 SWMM 模拟生化需氧量（BOD）、化学需氧量（COD）、总氮（TN）、总磷（TP）、总固体悬浮物（TSS）污染物。输入信息包括水文气象、土地利用、累积和冲刷系数、地形、排水管网等参数，输出信息包括模拟区域任何地点的污染负荷、管道溢流等。通过对现场监测区域输出信息的验证对各种输入信息的关键参数进行率定。

7.2.3.4　污染物排放量预测分析

把上述工业、生活、面源与养殖业废水排放量、污染物排放量、污染物入河量汇总，进行分析。根据预测的各种类型污染物排放情况及其空间分布，分析其基本特征：如面源、点源的比例，空间分布、消长情况等等。通过污染物排放量的预测，分析区域水环境保护的压力。

7.2.4　水环境与水生态保护目标

水环境与水生态规划应与城市规划总目标相衔接，确定阶段目标，以维持并不断改善区域的良好生态环境、实现经济建设与环境保护协调发展为根本出发点，坚持以人为本，按照"生产发展、生活富裕、生态良好"根本要求，紧密结合区域发展战略和实际情况，统筹规划城市生态体系构架，明确水资源承载力空间分布，科学划分水环境功能区；优化产业结构，合理开发利用与保护自然资源；大力实施水环境综合整治与生态修复，发展循环经济和清洁生产，促进经济、社会与环境全面、协调、可持续发展，实现人与自然和谐。

水环境保护指标可以分为直接指标和间接指标两大类，直接指标主要包括环境质量指标、污染控制、生态保护指标，间接指标主要是与水环境相关的经济、社会发展指标，生态建设指标等。参照上位规划、国家、省、市总量控制等指标体系、生态市指标体系，全面建设小康社会指标体系，提出各项指标。一般地，主要指标如下：a. 集中式饮用水水源地水质达标率；b. 生活污水集中处理率；c. 工业废水达标排放率；d. 工业用水重复利用率；e. 中水回用率；f. 万元 GDP 水耗；g. 万元 GDP COD 排放量；h. 万元 GDP 氨氮排放量；i. 新鲜水耗弹性系数；j. 城市水面比例；k. 重点污染源在线监控率；l. COD 排放弹性系数。

　　根据选择的指标，列出基准年的现状值，并根据预测等其他依据提出规划年目标值。在现代水环境与水生态规划中，对于规划指标的可达性、衔接性及其与规划方案的关系提出了更多的要求，需要在初步确立之后根据规划方案的制定进行反馈调整。在一些计划性比较强或者环境规划弹性比较弱的地区，尤其是近期规划指标，还需要绘制规划方案与指标关系表。

7.2.5　水环境功能区划与水生态功能分区

7.2.5.1　水环境功能区划

　　从 20 世纪 90 年初开始，我国各省级政府针对地表水陆续开展了省域的水环境功能区划工作，截止到 2001 年，除新疆外，我国绝大部分省（市、自治区）的水环境功能区划都已完成，2002 年，国家环保总局汇总了全国的水环境功能区划成果，形成了世界上规模最大、涉及范围最广的水环境功能区划体系，该区划体系基本覆盖了几乎所有河流干流和一级保护区，明确了各水环境功能区的范围和水质目标。可以说，该水环境功能区划体系对于指导水资源的利用和水环境保护，引导区域社会经济的发展发挥了极其重要的作用。

　　在全国各地 16 年水环境功能区划工作的基础上，在全国环保系统 20 多年水环境保护工作的实践上，在全国 31 个省、自治区、直辖市以及 113 个环境保护重点城市环境保护主管部门 1500 人共同努力下，全国水环境功能区划汇总工作于 2002 年初步完成，我国第一次对对 10 大流域、51 个二级流域、600 个水系、57374 条总计 298386km 的河流、980 个总计 52442km^2 的湖库进行了系统的水环境功能区划，得到了我国水环境功能区划全息描绘，将我国水环境管理出发点、最终目标以及地表水环境质量标准对应到 1.3 万个水环境功能区，形成以地理信息系统（GIS）为工具、以 1∶25 万或 1∶5 万标准电子地图为平台，省市 2 级、数据表和数据图两种表现形式的工作成果，构建了数字水环境管理工程的开放的、动态的平台，这将为全国水环境管理工作、地表水环境标准实施奠定了坚实的基础，并将引导新时期水环境管理的新实践。

　　部分省、自治区、直辖市水环境功能区划情况[●]如下。

　　① 山东　1999 年 9 月山东省环保局编制完成《山东省地面水功能区划方案》，省政府于 2000 年 3 月给予批复（鲁政字［2000］86 号文）。青岛市环保局于 2000 年又对其地面水重新进行了功能区划，青岛市人民政府于 2000 年 3 月 29 日给予批复（青政字［2000］63 号文）。

　　② 江西　1991 年省局开展划定水体功能区工作，1992 年 6 月以后，南昌市、九江市、景德镇市等先后完成了城区地面水环境功能区划方案，并报当地人民政府批准实施。

　　③ 云南　1990 年开始第一次水环境功能区划工作，两年后编制完成《云南省地面水功

　　● 资料来源：http://www.zhb.gov.cn/cont/gnqh/gzjb/200303/t20030310_84679.htm

能区划分类》，1995 年 12 月以省环保局文件形式下发并执行。2000 年 10 月根据形势的变化开始第二次水环境功能区划工作，并延续至今。

④ 江苏　江苏省环保厅（原江苏省环保局）于 1994 年组织各市环保局对辖区内地面水水域进行了环境功能类别划分工作，并于 1995 年 2 月向江苏省人民政府上报了《关于请求批准并颁发〈江苏省地面水环境功能类别划分〉的请示》。省人民政府于 1995 年 9 月 16 日作出了同意批复（苏政复［1995］93 号文），开始实施《江苏省地面水环境功能类别划分》。2003 年 3 月 18 日江苏人民政府以苏政复［2003］29 号文批准了《江苏省地表水（环境）功能区划》。

⑤ 甘肃　第一次区划分工作于 1994 年 4 月完成，编写了《甘肃省地面水环境保护功能区划与技术报告》，经甘肃省人民政府批准（甘政办发［1994］75 号）后，已于 1995 年 1 月 1 日起执行。

⑥ 青海　由于经济和环保工作发展的不平衡，在全省范围内仅围绕西宁市、格尔木市、海西州及湟水流域开展了相关工作。

⑦ 陕西　陕西省辖各地市的水环境功能区划是从 1991 年开始到 1996 年完成。陕西省河流水系地面水域功能区划分方案经省人大授权，由省环保局制定并批准、省技术监督局或省技术监督局委托省环境保护局以标准形式发布执行，包括渭河水系（陕西省辖区内）、延河水系、汉江水系、丹江水系等四水系的地面水域功能区划分方案。同时省环保局对有关市辖区地面水域功能区划分方案进行批复，包括宝鸡市、渭南市、西安市、汉中市、铜川市、咸阳市、榆林地区、延安地区、安康地区、商洛地区等。

⑧ 贵州　贵州于 1992～1994 年对贵州省地表水域进行水环境功能区划，并于 1994 年 2 月完成贵州省水环境功能区划方案报省政府审批。1994 年 4 月经贵州省人民政府（黔府发［1994］22 号文）批准并遵照执行。

⑨ 河南　省政府于 1992 年 6 月下发《关于开展我省地面水环境功能区划分工作问题的批复》，要求在全省范围内开展地面水环境功能区划分工作，截止到 1995 年 4 月，全省 18 个市地均对本辖区的水环境进行了功能区划，并报当地政府批复实施。1995 年 6 月，河南省环保局在各地、市区划的基础上，将出省境和跨市（地）河流、重点管理的流经城市河流及大型水库（含重要的中型水库）、湖泊的功能区进行汇总、协调、论证，1996 年初步完成河南省地面水环境功能区划分方案。

⑩ 宁夏　全区区划工作于 2000 年 12 月开始启动，于 2001 年 3 月底完成了宁夏水环境功能区划分析报告（初稿），同年 5 月，由自治区环境保护局组织审核并对报告做了进一步的补充修改。

⑪ 福建　1990 年，福建省即着手组织开展水环境功能区划分工作，在有关防治规划以及各城市、县城的环境保护规划中均有环境功能区划分的内容与篇章。1997 年，省局在设市城市范围布置了环境功能区划专项编制工作。1999 年，根据《福建省人民政府批转省环保局 2000 年工业污染源达标排放和环境保护重点城市环境功能区达标工作方案的通知》，福建省组织开展了全省辖区范围环境功能区划编制工作。1999 年 4 月，根据国家环保总局《关于城市功能区划分有关问题的复函》（环办［1999］38 号）的答复，以及国家环保总局《关于上报地面水环境功能区划分方案的通知》要求，福建省对开展地表水环境功能区划工作进行了再次布置，要求全省 9 个设区市在全辖区范围内的地表水环境功能区划编制完成后，报同级人民政府批准执行。至 2001 年元月，9 个设区市辖区范围内的水环境功能区划

已全部划定完毕并获政府批准。

⑫ 浙江 1990 年 5 月，省局在全省启动了地表水环境保护功能区划分工作；1992 年 5 月，全省完成了地表水环境保护功能区划分建议方案；1992 年 5 月～1994 年 5 月，建议方案在全省范围内进行了两年的试行；1994 年 5 月～1995 年 11 月，对建议方案进行了多次修改和调整；1995 年 11 月，浙江省环境保护局主持召开了方案论证会，最终形成了《浙江省地面水环境保护功能区划方案》。1996 年 4 月，浙江省人民政府下发了《关于浙江省地面水环境保护功能区划方案的复函》，确定了浙江省水环境功能区划。

⑬ 上海 1995 年 12 月，上海市环保局组织编制上海市水体环境功能区划，1996 年 4 月完成科研报告。1998 年 12 月上海市人民政府下发了关于同意《上海市水环境功能区划》和《上海市环境空气质量功能区划》的批复（沪府 [1998] 73 号），确定了上海市环境空气和水环境功能区划。

⑭ 湖北 20 世纪 80 年代，武汉等大中城市已对部分城市内湖进行了初步的水环境功能区划分。1992 年，全省的水环境功能区划工作正式启动，到 1998 年湖北省主要市、县的地面水环境功能区划工作基本完成。为汇总各地的工作成果，省环保局组织了"湖北省地面水功能区划分研究"，于 1998 年 12 月基本完成，并于 1999 年 5 月通过专家论证。2000 年，省环保局在此项工作的基础上，编制了"湖北省水环境功能区类别"（鄂政办发 [2000] 10 号），并于 2000 年 2 月由湖北省人民政府批准执行。

⑮ 湖南 1989 年 6 月湖南省环保局正式开展全省"四水干流"（湘江、资江、沅江、澧水四水）的水环境功能区划工作，两年半后省标准局以地方标准的形式颁布了上述四水干流的水环境功能区划（1991 年 12 月颁布 DB43/023—91《湘江（干流）水域功能区划》；1992 年 6 月～9 月颁布了 DB43/067—92《资水（干流）水域功能区划》、DB43/068—92《沅水（干流）水域功能区划》及 DB43/069—92《澧水（干流）水域功能区划》。

⑯ 山西 山西省的水环境功能区划工作从 1990 年开始，到 1994 年以山西省地方标准《山西省水环境功能的划分》（DB14/67—94）颁布实施，历时 4 年完成。

⑰ 辽宁 辽宁省水环境功能区划的时间是从 1991 年开始到 1996 年完成，形成了各市的分界划定，出入市界段面由省环保局划定。1996 年全省地面水域功能区划分方案，经辽宁省政府以《辽宁省地表水域环境功能划类管理有关问题的通知》（辽政发 [1996] 26 号文）批准并执行，辽宁省水环境功能区划分跨市河流出市界断面和大型水库水环境功能类别 2 个方面。

⑱ 广东 根据《中华人民共和国水污染防治法》等法规要求，广东省局组织各市对辖区内地表水水域进行了环境功能区划分，1999 年省政府批准《关于〈广东省地表水环境功能区划（试行方案）〉的批复》（粤府发 [1999] 553 号文）并实施。

⑲ 北京 北京市水环境功能区划工作是 1997 年编制《北京市海河流域水污染防治规划》时，由北京市环保局牵头，北京市水利局、市规划院、市政工程局共同完成的。1998 年 2 月 27 日第二次市长办公会同意市环保局提出的关于本市各水系主要河流、水库水体功能区划与水质分类方案，组织实施。

⑳ 河北 1996 年开始《河北省地面水环境功能区划》的编制工作，1997 年底报省政府批准同意，1998 年 3 月由省环保局、省水利厅联合发布实施。

㉑ 重庆 早在 1989 年重庆市环保局制定出《重庆市地面水域适用功能类别划分规定》，市政府曾以重府发 [1989] 63 号文发布了该《规定》。在以后的几年中，《规定》在重庆市

地面水环境的保护工作中发挥了很好的作用。随着环保工作的深化，重庆市的直辖，幅员的扩大，1989 年制定的地面水域功能区划已不适应变化了的新情况。在此背景情况下，市环保局重新按照国家环保局制定的《水环境质量功能区划分原则与技术方法》对重庆市地面水域功能区重新进行了划分。1997 年底开始筹划这项工作，经过 10 多个月的艰苦工作，完成了《重庆市地面水域适用功能区划分》，市政府在 1998 年 12 月 21 日以渝府发［1998］89号文发布了《重庆市地面水域适用功能类别划分规定》。

㉒ 吉林　1990 年吉林省以地方标准形式颁布实施了省内水环境功能区划方案。"吉林省水域功能分类划分"修订工作始于 1997 年 10 月，1999 年 3 月结束。2001 年 1 月 1 日由吉林省质量技术监督局发布《吉林省地表水水域功能分类》（DB22/274—2001），2001 年 1月 1 日实施。

㉓ 四川　1989 年 6 月省局发出地面水域区划的工作通知，1990 年 5 月完成功能区划征求意见稿，修订后 1990 年 12 月通过四川省环境管理标准化技术委员会和省局组织的审定，形成《四川省地面水水域环境功能划类管理方法》。1992 年 1 月四川省政府批准（川府发［1992］5 号文）并正式实施。

㉔ 天津　先后开展了四次水环境功能区划工作。最早是 1989 年，就天津市水环境功能区划分的方法，天津市水系、水环境现状、特点等做了研究；1994 年，天津市人民政府以政府令（《天津市防止水污染管理办法》）的形式批准了天津市的市属河道、水库功能区划方案和水质保护目标；在此基础上，天津市各有关区县又制定了天津市区县属二级河道水库水功能区划和水质保护目标；1998 年，根据国家环保总局"环发［1998］366 号文""一控双达标"工作方案的要求，完成了《天津市市属河道水库功能区划方案》以及现状评价报告和达标工作方案，同年 12 月 31 日，经天津市人民政府津政函［1998］86 号文正式批准后，报送国家环保总局；2001 年，以"创模"为目标，以水环境功能区划为基础，又对区县（13 个有关区县）属水体进行水环境功能区划工作，形成了包含全市市属一级河道水库和区县属二级河道水库的，比较完整的水环境功能区划，成为其后天津市水环境管理实施流域水质系统管理的基础和依据。也为全国水环境区划汇总工作提供了基础资料。

㉕ 黑龙江：1992 年对省内松花江流域部分地面水水域进行了功能区划分，1996 年开始全省范围内的地面水功能区划工作，并由各地、市政府批准实施，省环保局在各地水功能区划分的基础上，会同省技术监督局以地方标准的形式对省内主要河流及湖泊水质功能类别进行了确定，并于 1999 年 5 月开始实施。

根据《地表水环境质量标准》（GB 3838—2002）的规定，依据地表水水域环境功能和保护目标，按功能高低依次划分为五类。

Ⅰ类：主要适用于源头水、国家自然保护区。

Ⅱ类：主要适用于集中式生活饮用水地表水源地一级保护区、珍稀水生生物栖息地、鱼虾类产卵场、仔稚幼鱼的索饵场等。

Ⅲ类：主要适用于集中式生活饮用水地表水源地二级保护区、鱼虾类越冬场、洄游通道、水产养殖区等渔业水域及游泳区。

Ⅳ类：主要适用于一般工业用水区及人体非直接接触的娱乐用水区。

Ⅴ类：主要适用于农业用水区及一般景观要求水域。

由于社会经济发展的要求需要进行水环境功能区调整的，或者尚未进行水环境功能区划的水体需要重新划分的，一般可按照"技术准备-定性判断-定量模拟-综合决策"过程进行划定。

7.2.5.2　饮用水水源保护区

饮用水水源保护区是一类特殊的水环境功能区，按防治饮用水水源地污染，保证水源地环境质量而划定，并要求加以特殊保护的一定水域和陆域。我国已经出台了《饮用水水源保护区划分技术规范》（HJ/T 338—2007），目前正在开展修订。包括地表水饮用水源保护区和地下水饮用水源保护区。

饮用水水源保护区包括一定面积的水域和陆域，一般划分为一级保护区和二级保护区，必要时可增设准保护区。在水源保护区内不得设立排污口，不得进行和水源保护无关的活动。保护区的设置应纳入城市社会经济规划和水环境保护规划，并将其置为水环境功能区划分的优先位置，其水环境监测和污染源监督应纳入环境管理体系之中。

2008 年修订的《中华人民共和国水污染防治法》第五章第五十六条提出：国家建立饮用水水源保护区制度。饮用水水源保护区分为一级保护区和二级保护区；必要时，可以在饮用水水源保护区外围划定一定的区域作为准保护区。

饮用水水源保护区的划定，由有关市、县人民政府提出划定方案，报省、自治区、直辖市人民政府批准；跨市、县饮用水水源保护区的划定，由有关市、县人民政府协商提出划定方案，报省、自治区、直辖市人民政府批准；协商不成的，由省、自治区、直辖市人民政府环境保护主管部门会同同级水行政、国土资源、卫生、建设等部门提出划定方案，征求同级有关部门的意见后，报省、自治区、直辖市人民政府批准。

跨省、自治区、直辖市的饮用水水源保护区，由有关省、自治区、直辖市人民政府商请有关流域管理机构划定；协商不成的，由国务院环境保护主管部门会同同级水行政、国土资源、卫生、建设等部门提出划定方案，征求国务院有关部门的意见后，报国务院批准。

国务院和省、自治区、直辖市人民政府可以根据保护饮用水水源的实际需要，调整饮用水水源保护区的范围，确保饮用水安全。有关地方人民政府应当在饮用水水源保护区的边界设立明确的地理界标和明显的警示标志。

根据《饮用水水源保护区划分技术规范》（HJ/T 338—2007），确定饮用水水源保护区划分的技术指标，应考虑以下因素：当地的地理位置、水文、气象、地质特征、土地利用、水动力特性、水域污染类型、污染特征、污染源分布、排水区分布、水源地规模、水量需求等。

地表水饮用水水源保护区范围，应按照不同水域特点进行水质预测，并考虑当地具体条件，保证在规划设计的水文条件、污染负荷以及供水量时，保护区的水质能满足相应的标准。地下水饮用水水源保护区范围，应根据当地的水文地质条件、供水量、开采方式和污染源分布确定，并保证开采规划水量时能达到所要求的水质标准。

地表水饮用水源一级保护区的水质基本项目限值不得低于 GB 3838—2002 中的 Ⅱ 类标准，且补充项目和特定项目应满足该标准规定的限值要求。地表水饮用水源二级保护区的水质基本项目限值不得低于 GB 3838—2002 中的 Ⅲ 类标准，并保证流入一级保护区的水质满足一级保护区水质标准的要求。地表水饮用水源准保护区的水质应保证流入二级保护区的水质满足二级保护区水质标准的要求。地下水饮用水水源保护区（包括一级、二级和准保护区）水质各项指标不得低于 GB/T 14848 中的 Ⅲ 类标准。具体划分方法可参见该技术规范。

7.2.5.3　水生态功能分区

由于从生态系统的角度进行环境保护被很多学者认为是主流趋势，将淡水水域进行水生态分区也被认为是进行水生态管理的重要手段。淡水生态分区是生态分区的一个重要类型，虽然与水文分区、水环境功能分区、水功能分区相比，其在管理、评价和保护河流、溪流和湖泊等淡水水体资源、环境及水生生态系统方面具有优势，但我国目前在水生态分区评价指标体系上尚缺乏统一意见，因而目前在管理上实现尚有难度。下面对近年来我国水生态分区、水生态功能分区的研究进展进行简单论述。

20 世纪 80 年代后期，美国环境保护署开展全美生态分区，首次提出针对河流、湖泊的生态分区方案。之后世界各国纷纷开展适应于本国国情的生态分区来管理淡水水体。近二十年来基于水生态分区的河流、湖泊管理和研究已成为水体生态保护和环境管理、评价的热点问题。很多学者认为，在进行流域水环境资源调查和评估，制定水资源管理目标、发展环境生物基准和标准方面，水生态分区体系是一个有效的辅助工具（孙小银和周启星，2010）。我国淡水水体的管理和评价的基本空间单元是以行政单元和流域水文分区单元为主，而基于生态分区体系开展管理和评价的仅仅只有少量的理论研究（尹民等，2005；孟伟等，2007；孙小银和周启星，2010），尚未应用到水体管理实践。

一般认为水生态分区是指划分出具有相对同质的淡水生态系统和组成的地域单元。水生态分区的方法主要是通过建立指标体系，然后划分不同的分区。孙小银和周启星（2010）提出现有体系中大尺度常用气候因子和地形因子划分，中尺度常用生物多样性、水系特征、气候地形因子、人类活动因子作为分区指标，小尺度常用水生生物结构、水生态敏感性因子、河流特征、地形进行分区。孟伟等（2007）采用多指标叠加分析和专家判断方法，根据地貌、土壤类型、植被类型、土地利用将辽河流域划分为 3 个一级区（缺水区、少水区、多水区）、14 个二级区，将水域和陆域进行了统一整合划分，已经不再是单纯的水域分区概念。

尹民等（2005）划分了 10 个一级区、44 个二级区和 406 个三级区，一级区的特征指标为流域水系，二级区为径流深度、干燥度、地形格局，三级区为地貌类型、海拔高度、水生态状况、河湖分布、河段划分、水库节点。黄艺等（2009）认为应从水质、生态、行政、社会经济、地理指标进行水生态功能分区划分，将流域区域水域和陆域地图进行分别矢量化后叠加成最后的分区。高永年和高俊峰（2010）提出了太湖流域的东部平原和西部丘陵两个水生态一级区，在分区指标上，对于大比例尺低级别水生态功能分区主要采用水质、水体理化和水生物等水生态指标进行划分。

这样，国内主要开展的是水生态功能分区的工作，以生态学理论为指导，在流域尺度上开展的区划，由于水生态功能分区涉及因素多，涵盖范围包括水域和陆域，与水环境功能分区不属于同一层次概念。同时由于指标体系容易存在争论，小尺度下的水生生物种群结构数据量欠缺，全国统一划定尚需一定时间。

7.2.6　水环境容量计算

水环境容量是一定尺度自然水体对污染物质的消化能力，是维持水体一定使用功能时所能接纳的水污染物量。理论上的水环境容量只与自然水体的尺度及其动力条件有关。为维护水生生态平衡，通常用保障某种功能的水质指标来控制和确定水环境容量。由此，衍生出"一定水质管理目标控制下，水体对污染物质的接纳能力"的水环境管理容量概念。现阶段我国的水环境容量常以《全国地表水环境容量核定》为依据，结合地方地表水环境容量核算体系和分类计算方法，对水环境容量分为 4 类，即天然容量、理想容量、可利用容量和允许排放量。水环境容量的计算要以控制单元为基础，并将容量计算分配到各控制单元之中。为此，对于水环境规划分区体系先做简单介绍。

7.2.6.1　水环境规划分区体系

规划分区体系一般按规划区、污染控制区、污染控制单元三级划分。规划分区是编制流域水污染防治规划的重要内容，其作用是针对不同区域的水环境问题，提出有针对性的规划方案。我国现在的分区体系包括两类：一是出于行政管理需要划定的行政分区，为省（自治区、直辖市）、市（地区、州、盟）、县（区、旗）、镇（乡）、村的五级分区体系。这种分区体系与行政职能直接挂钩，是区域社会经济发展和行政管理的载体；二是出于水资源保护及开发利用进行的水资源分区，为技术分区，由水资源一级区、二级区、三级区构成，并在水资源三级区下划分一级水功能区和二级水功能区。

水污染防治规划从流域层面分析水环境问题，提出水环境保护目标，方案措施和责任分工则落实到各级行政区，因此，规划分区必然同时具有流域性和区域性特点。例如按照行政区域特点，珠江流域水污染防治规划可分为六个规划区，分别为广东规划区、广西规划区、云南规划区、贵州规划区、江西规划区、湖南规划区。

根据地形特点，以各水系的汇水范围为主要依据，将每个规划区划分为若干个污染控制区，例如广东规划区的污染控制区可包括北江污染控制区、西江污染控制区、东江污染控制区和珠江三角洲污染控制区。

一个污染控制区可能涉及多个行政区和多个水环境功能区，为了有效地监控污染物排放，便于总量控制方案和水污染防治措施的贯彻和实施，便于环境日常管理与环境考核的落实，还需要将污染控制区细分为若干个污染控制单元。水污染控制单元是环境管理的基本对象，具有地理和区域的特征，因此有相应的区域界线和明确的环境管理目标。

根据控制断面水质现状、控制单元排污量现状，结合各地污染重点治理需求，并考虑水体敏感性等因素，可以筛选一些控制单元作为规划的优先控制单元，要求在规划近期完成针对性的治污任务，超标河段要求实现水质根本好转，水源地河段要求水质稳定达标。非优先控制单元执行流域水污染防治的普适性要求，同时要求主要断面水质一般不低于规划基准年的水质类别。例如可在东江污染控制区筛选超标河段和饮用水源地河段作为优先控制单元。

在进行水环境容量计算时，首先应该明确计算单元。计算单元、控制单元和水环境功能区之间存在相互联系但涵义也不相同。控制单元包括水域和陆域，以水环境功能区为基础，控制单元水域范围可以为多个水文参数基本相同、水质目标也基本相同的水环境功能区的总和。同一河流，当水质目标和河流形态未发生显著变化的，可以将若干个功能区合并为一个控制单元的水域范围，而将其中的每个功能区划河段作为计算单元。在同一控制单元水域范围内，若存在重要的取水、排水口等，则同一个控制单元水域范围可以细化为若干个水环境容量计算模型应用单元（计算单元）。控制单元的陆域范围即控制所在城镇范围，通过分析各行政区地形特征、汇水区划分和主要污染源去向，确定各控制单元水域的排污控制城镇位置。

一般划分计算单元的基本原则是：a. 有较大的支流汇入或河道发生分流，导致河段流量等参数发生突变；b. 有较大的入河排放口汇入，划分独立的计算单元有利于入河排放口可利用容量的计算；c. 有重要的饮用水源吸水口；d. 计算单元长度不超过10km。

由于县级以上行政区界已作为控制断面考虑，故无需作为计算单元的节点。计算单元是模型应用的单元对象，控制单元是污染物调查的单元对象，因此不要求污染物调查对应到计算单元。即以水环境功能区为基础划分控制单元，以河段长度和重要的取水口、排水口、河道条件变异区等重要敏感的断面划分节点并确定计算单元。若不存在上述划分节点，不需要对某控制单元进行节点划分和细化为计算单元时，则控制单元等同于计算单元。一个环境功能区划分为多个计算单元时，各个计算单元的水质目标均采用本功能区水质目标。

7.2.6.2　水环境容量计算模型

（1）天然容量

① 河流　根据控制断面处的水质保护目标 C_s，对水质模型进行反解，即可求出该河段的天然环境容量为：

$$W = Q_R(C_s e^{kx/u} - C_R) \tag{7-1}$$

单向河流控制单元天然容量计算需输入的数据清单见表 7-7。

表 7-7　单向河流控制单元天然容量计算参数清单

类　别	数　据	注　释
水文参数	• 河道流量 Q_R • 河道流速 u	设计水文条件对应的流量和流速
河道参数	• 河段长度 X	与设计流量对应的数据
水质参数	• 上游来水水质目标 C_R • 污染物衰减系数 K • 水质保护目标 C_s	上游、下游水质目标在一般情况下是相同的，但也有例外情况

② 湖库　对湖库而言，较易获得水体积参数，因此可以采用零维模型计算其天然环境容量：

$$W = KVC_s \tag{7-2}$$

式中，W 为该湖库的理想环境容量，g/s；V 为湖库水体积，m³；C_s 为湖库的水质保护目标，mg/L；K 为污染物的综合衰减系数，1/s。

一般情况下，湖库的水体积较大。为了反映最不利的水文条件，应采用死库容计算其天然环境容量。

湖库控制单元天然容量计算需要输入的数据清单见表 7-8。

表 7-8　湖库控制单元天然容量计算参数清单

类　别	数　据	注　释
水文参数	• 库容 V	采用最小的死库容
水质参数	• 污染物衰减系数 K • 水质保护目标 C_s	

③ 潮汐河网区　潮汐河网区潮流运动和污染物迁移扩散的控制方程通常采取断面平均的一维形式：

$$\frac{\partial A}{\partial t} + \frac{\partial Q}{\partial x} = q \tag{7-3}$$

$$\frac{\partial Q}{\partial t} + \frac{\partial (uQ)}{\partial x} - \frac{\partial}{\partial x}\left(\varepsilon \frac{\partial Q}{\partial x}\right) + gA\frac{\partial \zeta}{\partial x} + \frac{gn^2 Q|Q|}{AR^{4/3}} = 0 \tag{7-4}$$

$$\frac{\partial C}{\partial t} + \frac{\partial (uC)}{\partial x} - \frac{\partial}{\partial x}\left(M_x \frac{\partial C}{\partial x}\right) + K(C - C_s) = S_{LB} \tag{7-5}$$

首先求解圣维南方程组式（7-3）和式（7-4）得出各河段的潮流场分布，然后将计算出的流场和依据水环境功能区划确定的水质目标作为输入条件，用试错法反解水质扩散方程

（7-5），可得出源项即环境容量分布。

（2）理想容量

理想环境容量与水体的控制区属性（特殊控制区或一般用水区）、排放口布局及排放方式密切相关，而且以控制单元为基本对象进行计算。

① 一般控制单元　对于一般用水区（除去特殊控制区之外的控制单元），理想容量采用天然容量乘以不均匀系数得到。例如根据《广东省地表水环境容量核定技术报告》确定的一维控制单元的不均匀系数见表 7-9，水库不均匀系数取值见表 7-10。

表 7-9　一维计算的理想环境容量的不均匀调整系数

河宽/m 水深/m	200	100	河宽/m 水深/m	200	100
30	0.568	1.000	10	0.585	1.000
25	0.564	1.000	5	0.639	1.000
20	0.564	1.000	1	0.883	1.000
15	0.569	1.000			

表 7-10　湖库理想环境容量的不均匀调整系数

水面面积 A/km^2	<3	3～5	5～10	10～20	>20
不均匀系数	1.0	1.0～0.8	0.8～0.5	0.5～0.3	$3/A^{0.77}$

对于感潮控制单元，参考环境保护部环境规划院的推荐值，结合地方经验值确定。例如广东省环境保护局在制定《珠江三角洲水质保护条例》和《珠江三角洲水污染防治规划》时采用的折算值，并贯彻"大水体有相对大容量"这个基本原则，经过大量实例分析计算，确定的不均匀系数的具体取值见表 7-11。

表 7-11　感潮控制单元理想环境容量的不均匀调整系数

河宽/m 水深/m	2000	1500	1000	500	200	100
30	0.042	0.056	0.085	0.185	0.568	1.000
25	0.043	0.057	0.087	0.188	0.564	1.000
20	0.044	0.059	0.090	0.192	0.564	1.000
15	0.047	0.062	0.095	0.199	0.569	1.000
10	0.051	0.068	0.102	0.212	0.585	1.000
5	0.060	0.079	0.119	0.242	0.639	1.000
1	0.087	0.116	0.174	0.349	0.883	1.000

② 特殊控制区理想容量的进一步处理　在不均匀系数调整的基础上，对于"特殊控制区"控制单元，还需依据国家和地方对特殊控制区的有关规定对"理想水环境容量"做进一步处理。特殊控制区是指"水质目标为Ⅰ类、Ⅱ类的控制单元以及目标虽为Ⅲ类但属于保护区或游泳区"的水体。例如《广东省水污染物排放限值（DB44/26—2001）》规定，"特殊控制区内不得新设排污口，现有排污口执行一级排放标准且不得增加污染物排放总量"。而根据水源保护的有关规定："禁止向一级水源保护区排放污水；原已设置的排污口，由县级以上人民政府按照规定的权限责令限期拆除"，因此，对特殊控制区的理想容量，采取下列 2

种处理方法：a. 由于一级水源保护区是不允许排污的，因此应进一步扣除一级水源保护区所对应的那部分理想容量；b. 当现状没有排放口时，理想容量取面源入河量与模型计算理想容量中的较小值。

(3) 可利用容量

从理想环境容量中扣除非点源入河量即得到某个控制单元的可利用环境容量；而对"特殊控制区"，根据"特殊控制区内不得新设排污口，现有排污口执行一级排放标准且不得增加污染物排放总量"的规定，可利用容量应取理想容量减去非点源入河量、现状点源入河量、按一级排放标准核定的允许排放量之中的最小值。

(4) 各控制单元容量允许排放量、剩余容量与现状要求削减量

采用上述方法计算出的是入河排放口处的可利用容量，需通过折算系数换算成各行政区的允许排放量。参考相关成熟做法，重点污染源折算系数要充分考虑温度，排放方式和排污渠道特点得到每个控制单元折算系数（<1），对于现状没有排污口的控制单元，从保守的角度出发将其入河系数取为 1。剩余容量是允许排放量减去现状点源排放量的差，而现状要求削减量则是对于现状点源排放量大于允许排放量的，要求其削减二者的差值。

7.2.7 水环境与水生态规划方案

现代水环境与水生态规划方案的确定采用水环境容量总量控制技术，对于规划方案的优选常常通过最优化问题或模拟优选问题进行处理，这在本书的技术方法中已有论述。从水环境与水生态规划的系统角度上，一般规划方案围绕着源头控制、总量控制、生态修复和末端工程治理几个方面来展开。具体而言，常见的规划方案或措施主要包括以下几个方面。

7.2.7.1 饮用水源保护规划

首先要核定饮用水源保护区划分方案（包括地表水和地下水），包括已经划定的进行重新核定，尚未划定的进行划定，已经划定尚未批复的提交上级主管部门批复。其次需要完善饮用水源水质标准，一般从国家层面统一制定，但需要考虑特殊区域的特点。根据保护区范围，制定污染控制方案和应急预案。

(1) 饮用水源保护区污染控制方案

① 点源污染防治 点源污染防治工程的目的为了有效防止饮用水水源保护区内的点源污染，及时控制现有的重点污染源，保障饮用水源水质。在近期，主要解除饮用水水源地水质的重要威胁，在远期实现污染的有效预防和控制。一级保护区污染防治工程按照"查明核定"、"清理拆除"、"严格控制"污染源为基本原则，实施清理、整治与管理。按照相关规定，列出相应的主要污染点源清单；清理核定拟拆迁建筑物和建设项目名单，制定拆迁方案；整理核定污水排放口的数量及分布，制定截污和拆除方案。二级、准保护区的点源污染防治工程按照近期以清查、拆除违规污染源为主，远期以污染预防为主的原则予以实施。

② 面源污染防治与生态恢复 面源污染防治工程的目的为了有效减少和防止饮用水水源保护区内的面源污染，尤其是面源污染，保障饮用水源水质。面源污染防治工程的基本原则包括：坚持系统、循环、平衡的生态学原则；与生态修复工程相结合。针对水源保护区内的生态现状，进行生态修复、生态建设工程，提高保护区内自然净化能力，促进生态良性循环，改善和保护饮用水源水质。生态恢复与建设工程的内容以饮用水源的保护涵养为核心，根据不同保护区的生态现状，识别诊断主要问题，确定工程主要内容和目标，制定各时期的工程方案。

③ 环境管理能力建设 为保障规划实施效果，制定饮用水水源地保护的监督管理能力建设方案，重点内容包括三个方面：保护区的基础设施建设、监督管理自身能力建设、环境监控信息系统建设。制定饮用水水源保护区的基础设施建设方案，工程内容如保护区界碑、界桩的建设、宣传警示牌等，具体涉及内容根据区域实际情况有所差异。制定监督管理自身能力建设方案，着重从管理者自身角度加强监督管理能力，包括管理者相关技术培训、监督管理考核体制，同时，包括相关的基础性科学研究。建设饮用水水源地监控信息系统，包括饮用水水源地数据库建设，数据采集和传输系统建设、数据管理系统建设及监控管理中心建设。

（2）饮用水源水质预警应急预案

通过饮用水源风险源的识别，制定不同风险源的应急处理处置方案，形成应对突发性事故应急处理处置能力。工程的主要内容包括：建设饮用水水源地应急系统，保障系统有效运行；建立饮用水水源地应急能力；制定饮用水水源地应急预案。建设的内容设置以近期为重点建设期，中、远期不断更新和完善。

对水源地周边区域发展对水源地水质的影响，制定水源地水质应急预案，尤其是开展和珠海方面的跨界区域协调。为实时监测、控制水源地的水质、水量安全状况，提高预警预报能力，适应饮用水水源地保护的管理需求，开展该项工程建设。提交成果为饮用水水源地预警监控体系建设工程报告。

提出现有站网完善方案、监测能力建设方案。在饮用水水源保护区建立水量和水质自动监测网。筛选保护区内重要污染源、直接进入水体的排污口，建立水量水质实时监测系统。

7.2.7.2 水资源保护及开发利用规划

为保障社会经济发展和生态环境需水，主要采用的水资源保护及开发利用措施包括：节水、治污和开源。开展服务业及城镇生活节水、工业生产节水工程，加强"推广节约用水工作小组"的制度建设。通过推行生活节水用具，提高公众节水意识，降低生活用水量。

设计多源供水方案，提出饮用水、工业用水、工业冷却水、景观用水、绿化用水，中水和生活杂用水等集成与共享的水资源梯阶利用模式与方法。通过中水回用以及雨水利用等模式，提出水资源的可行性替代方案。应用多目标决策分析方法，对中水回用和雨水综合利用工程进行优化。

建立健全并贯彻落实水资源一体化的政策、法规与管理办法，强化法制管理和科学管理，严格用水许可证制度、排污许可证制度、水资源利用监管制度，实行总量监督与监测，污水处理厂企业管理及运行机制等。

7.2.7.3 水污染控制工程规划

（1）总量控制与负荷分配方案

所谓的总量控制就是：在特定污染物、特定区域、有限时间范围内进行实施污染物总量控制。目前实施的总量控制有两种，即基于目标的总量控制和基于容量的总量控制，实施容量总量控制的基础是对区域水环境容量结果的核算。以水环境容量结果为基础，通过对规划年新增排放量的预测确定控制单元的理想削减量，然后结合地区单位投资污染物削减效率分析所需的理想投资并分析理想投资的可能性。理想投资可能的则执行理想削减量为总量控制目标，理想投资作为削减投资方案；理想投资不可行的则需要根据可投入资金的数量确定阶段性控制目标。最终得到区域的总量控制方案。

（2）污染控制工程规划

为实现水环境保护目标，根据污染物削减的需要，针对重点污染源与主要污染物，从生活污染的治理、工业污染控制、面源污染控制、畜禽养殖污染控制等方面，结合水利工程，规划水污染控制工程项目。

在生活污染控制方面，优化规划区域内生活污染控制设施，包括污水处理厂的布局与规模、投资、分阶段实施的优先顺序。在工业污染控制方面，优化规划工业污染控制工程项目、规模、投资、分阶段实施的优先顺序。明确列出工程内容、规模和布置，工程主要工艺，费用估算及投资渠道，预期工程效益，工程时间安排等。河道工程规划主要通过对区内河道状况的调查，结合防治面源污染需要，提出切实可行的河道整治工程。部分地区因地制宜地利用人工湿地作为污染物的土地处理系统。

对规划的工程措施进行经济和环境上的可行性论证，分析其对实现规划目标的可达性。重点工程包括：污水处理及配套污水收集系统工程，污水处理厂污泥处理处置工程，重点工业污染源废水治理工程，重点河道综合整治工程，农村饮水净化达标示范工程等。根据上述工程规划，估算出水污染控制工程总投资。

7.2.7.4　水系建设与生态修复规划

为更好地服务社会经济发展，以提高生态环境质量为重点，结合水生态分区或水生态功能分区，通过绿化设计、水土保持、水系生态建设等，促进组织功能与自然景观的协调一致。在自然法则和社会经济技术原则的基础上，制定湿地景观规划、城市湖泊水体生态建设规划、植被恢复堤段的景观设计，提出规划要求和布局。提出城市水系的生态修复技术，如生态堤岸技术、水陆生物系统配置技术、河道生物滤床技术等。

7.2.7.5　水环境监测网络优化规划

完善现有水环境监测网络，包括饮用水源保护监测网络（将外部供水水源纳入等）、感潮河网监测网络（将上游河口纳入等）、其他地表水监测网络（纳入水库和城市径流监测等），建设水环境监测与监控体系，扩大水环境质量覆盖面，积极推动跨界地区的水质在线监控，建立多部门共享的水生生态监测网络。通过多方案比较分析，实现水环境监测网络的优化规划，对监测布点、频率、指标和分析方法等提出要求。

结合POPs调查结果和污染源调查结果，制定保护水环境，控制毒害污染物的产业结构完善和布局规划，提出减少或避免水体中毒害污染物对水环境及人体健康影响的对策。将毒害污染物检测纳入水环境监测网络体系，实现水体中毒害污染物的长期跟踪。

7.2.7.6　城市面源污染防治规划

针对规划区域雨污合流和雨污分流的不同区域，以转向将城市生态、环境保护、水资源利用统筹考虑的综合管理为城市面源污染防治思路，其目标是尽可能减少排入水体的污染负荷，进行城市面源综合管理。采取源头控制和末端控制的方式进行污染防治，源头控制包括减少雨水径流量、削减地面径流的污染负荷；具体措施为减少直接连接的不透水面积，清除雨污混接现象，对屋面雨水进行收集利用，加强地面清扫。末端控制，通过增加系统的截流倍数，削减溢流排江量，具体措施主要是建造调蓄池和调蓄隧道，对溢流雨水进行就地处理以及加强雨水系统的维护和运行管理。对各种规划工程措施进行多目标综合决策，获得城市面源污染控制的重点工程规划优化方案。

7.2.7.7　水环境管理规划

加强水环境保护立法工作，加大环境执法监管力度，建立健全环境污染报告制度和环境保护社会监督制度。对现有的水环境管理体系提出建议方案，根据建设高效、规范的"监督、监测"体系要求，增强环境应急能力，对照环境管理现状，提出能力建设规划方案。对比分析规划区域与发达国家、邻近地区的饮用水、地表水和地下水质标准，提出各类水体水质标准建议以及规章修订方案，提出保障水环境与水生态规划贯彻实施的保障体系。

7.2.7.8　基于多目标决策的水环境规划方案优选

以环境效益最大化、投资费用最小化、用水费用最小化等为目标函数，以各项工程投资、增供水量、污水处理量、中水回用量等为决策变量，重点针对水资源保护及开发利用方案、污水处理及资源化方案、水系建设和景观规划方案、水环境监测网络优化方案、城市面源污染防治方案中的可行方案，在各子方案独立优选的基础上，构建基于多目标决策的水环境规划方案优选模型。通过情景分析方法，求解在不同情景和政策条件下的水环境规划优选方案，包括项目构成、目标满意程度和投资总量等。

7.2.7.9　重点工程及可达性分析

为了实现水环境保护和生态建设目标，对开展的污水处理及管网建设工程、中水回用及雨水利用工程、跨界水污染综合整治工程、第三产业污染源控制工程、水环境监测网络建设工程、水环境能力建设工程及区域水环境协调工程等进行汇总，通过多目标规划方案综合评价，检验和比较各个方案的可行性和可操作性。根据方案评价的结果，对规划专题研究以及规划方案进行反馈和调整。与概念规划重点工程相衔接，制定重点工程的实施计划，包括实施年限、实施部门、实施内容、实施保障以及投资年度计划等。

在规划上要加大环保投入，抓好重点工程建设。根据环境保护目标实现的要求，估算各类水环境保护重点工程不同规划发展年的环保投资需求，提出环境保护资金的渠道和来源。根据实现规划目标的时间进度安排，提出各阶段需要完成的项目，年度项目实施计划。根据项目情况，从技术、经济和环境角度进行工程可达性分析和保护目标的可达性分析。如果投资规模过大，就需要对方案的优先性进行识别并列出优先方案的清单以供决策者参考。

建立规划的评估体系。监督规划的实施力度，为规划实施中出现的新问题提供技术支持，并对规划中的不足进行完善。

7.3　水环境与水生态规划实例

为全面落实科学发展观，加快构建社会主义和谐社会，全面实现建设小康社会的奋斗目标，广东省惠州市惠阳区委、区政府已把环境保护摆在非常重要的战略位置，已将东江支流-淡水河流域水环境综合整治作为一项重要工作摆上了议事日程，并已多次召集相关部门召开协调会，研究讨论"东江支流-淡水河流域"水环境综合整治的具体工作。与此同时，惠州市十届人大一次会议提出《关于淡水河、淡澳河综合整治的议案》（第 1 号），把对东江支流-淡水河流域综合整治当作促进惠州又快又好发展和关系群众切身利益的大事，当作是建设大惠州和生态和谐惠州的重大举措，开展惠阳区东江支流-淡水河流域水环境综合整治规划工作已刻不容缓。从惠阳区的实际情况来看，东江支流-淡水河流域已占了整个辖区的绝大部分区域，因此，惠阳区委区政府决定开展全区水环境保护规划工作，重点内容之一为东江支流-淡水河流域水环境综合整治规划❶。

---

❶ 环境保护部华南环境科学研究所，惠阳区环境科学研究所. 淡水河流域（惠阳段）水环境综合整治规划（2009～2020 年）[R]. 2009.

7.3.1 规划区现状分析

7.3.1.1 概况

惠阳区位于广东省东南部，居东江下游南岸，东北与惠东县和紫金县相接，西南与深圳市相连，西与东莞市接壤，北与博罗县相邻，南临大亚湾，与香港隔海相望，中部与惠州市市区环接。全境位于北纬 22°27′ 至 25°25′，东经 114°7′ 至 114°27′ 之间，南北相距约107.3km，东西相隔逾 67.8km。境内地势东南高，西北低，形状东北窄，西南宽，平原丘陵交错，低山浅谷广布。境内江河众多，东江、西枝江及其支流淡水河交叉贯通全区。沿海有较多岛屿，海岸线迂回曲折，全长 51.8km，占全惠州市海岸线长的 23.2%。

淡水河发源于深圳市梧桐山，流经深圳市龙岗区的横岗、龙岗、坪地、坑梓镇，经惠州市惠阳区的秋长、淡水、永湖后在惠城区马安汇入西枝江，是西枝江一级支流，东江的二级支流。淡水河在惠阳区的流域主要包括淡水街道、秋长街道、沙田镇、新圩镇、永良镇、良井镇还有经济开发区。

2007 年，淡水河流域人口总数约为 28.44 万人，其中：非农业人口 13.03 万，占45.8%；农业人口 15.41 万人，占 54.2%。总人口中，男性 14.42 万人，占 50.7%；女性14.02 万人，占 49.3%。出生人数为 2718 人，出生率为 9.45‰；死亡人数 1103 人，死亡率达 4.30‰；全年净增人口 1615 人，自然增长率为 5.15‰。2007 年，淡水河流域生产总值（GDP）接近百亿元，达 95.16 亿元，与上年相比，增长率超过 16.0%，工业总产值高达 181.49 亿元。按常住人口计算，人均 GDP 为 33460 元。根据社会经济统计资料，流域GDP 从 2001 年的 43.80 亿元增加到 2007 年的 95.16 亿元，每年 GDP 经济增长率平均在两位数水平。

7.3.1.2 水环境状况分析与评价

采用全国污染源普查结果和环境统计数据分析对比，对淡水河流域（惠阳段）水资源供需利用、水污染源调查和水环境质量分析和评价，得出以下结论。

惠阳主要以工业和养殖业为主要产业，从大体上来看，淡水河和淡澳河流域内主要超标的污染物包括有氨氮、COD、阴离子表面活性剂以及总磷。淡水河和淡澳河全流域水体基本处于重污染状态，根据流域各地区的产业类型的特点，各地区的主要污染物类型也不尽相同。

从水质监测总体上来看，淡水河和淡澳河流域从 2006 年到 2008 年三年间，水质逐渐好转而趋于稳定，各检测断面的水质综合污染指数从 2006 年开始渐渐下降，于 2008 年趋于平稳。流域内主要的污染物包括化学需氧量、氨氮、总磷和阴离子洗涤剂，而其中化学需氧量、氨氮和阴离子洗涤剂三项的污染指数在三年内基本呈现出下降的趋势，总磷在 2006～2007 年呈现出上升趋势，但在 2007～2008 年又呈现出下降的趋势，表明流域内的主要污染物在近三年得到了控制。其中化学需氧量和阴离子洗涤剂得到了有效的控制。

纵观各个水质监测指标不难发现，大部分指标是合格的，仅个别指标出现超标现象。然而正是这个别超标严重的指标，导致各个断面水质综合指数居高不下。如氨氮、总磷、阴离子洗涤剂等指标严重超标，直接导致了流域水质恶化，综合指数达到 1.5 左右，处于"重污染"状态。

污染严重的上游来水，令水环境容量极其有限的淡水河水质每况愈下。从监测断面的空间分布分析水质的变化规律，可以清楚地看出：淡水河上游（惠龙交界处）水质较差，水质综合指数曾达到 1.7，近三年均值为 1.3，沿着淡水河的流向水质逐渐好转，上游来水成为重要污染源。上游丁山河（南坑桥断面）除了氨氮、总磷等超标明显外，重金属污染亦较严重。

淡水河属于雨源型河流，补给水来源有限，径流量较小、自净能力较差。再加上上游将绝大部分新鲜水截留，经过工业、生活及农用后，又将废水排入淡水河，致使淡水河中污染物浓度较高，部分水质因子严重超标。

其他的诸如产业结构与布局不合理导致的污染负荷过重、人口增长过快导致的新鲜水消耗过大、环保投入不足导致的污染物消减量不足、环保宣传不够导致的环保意识薄弱等问题，也是流域水环境质量不断下降的重要原因。

7.3.2　水污染物排放预测

水污染物排放预测中除了生活污染预测采用污普系数之外，其余均与过去规划采用的方法相似。下面介绍城市生活污染的预测，其余类别污染此处略。城市生活污水指某城市（镇）除工业废水外，所有排放污水的总和，包括居民生活污水、企事业单位生活污水、公共设施排水、餐饮服务业废污水和景观用途排水等。采用《第一次全国污染源普查城镇生活源产排污系数手册》中的方法估算和预测规划年城市城镇生活污水，表达式如下：

$$G_c = 3650 \times N \times F_c \tag{7-6}$$

$$G_p = 3650 \times N \times F_p \tag{7-7}$$

式中，G_c、G_p 分别为规划目标年城镇居民生活污水或污染物年产生量和排放量，其中污水量单位为吨/年，污染物量单位为千克/年；N 为城镇居民常住人口，单位万人；F_c、F_p 为规划年城镇居民生活污水或污染物产生系数或排放系数，其中污水量系数单位升/（人·天），污染物系数单位为克/（人·天）。

由产排污系数表查得惠阳区属于归类表中的二区一类地区，生活污水量的产生系数为185 升/（人·天），COD 的产生系数和直排的排放系数为 79 克/（人·天）；氨氮的产生系数和直排的排放系数为 9.7 克/（人·天），由此可得到各镇（区）的城镇生活污水污染物排放量见表 7-12。

表 7-12　淡水河流域惠阳段城镇生活污染物产生量预测　　　　　　　单位：吨/年

年份	2010 年产生量		2015 年产生量		2020 年产生量	
区域/流域	COD	氨氮	COD	氨氮	COD	氨氮
淡水街道	4617.75	566.99	5327.3	654.11	5881.76	722.19
秋长街道	870.3	106.86	965.6	118.56	1045.36	128.35
沙田镇	443.83	54.5	471.11	57.84	500.06	61.4
新圩镇	687.2	84.38	729.44	89.56	774.25	95.07
永湖镇	830.59	101.98	872.98	107.19	917.5	112.66
良井镇	1112.14	136.55	1151.61	141.4	1186.59	145.7
经济开发区	268.77	33	276.93	34	285.35	35.04
全流域	8830.58	1084.26	9794.97	1202.66	10590.87	1300.41

7.3.3 水环境综合整治总体构思与目标

以水污染控制与治理作为促进产业结构调整的切入点，以控源减排、水质改善为核心，保证区域社会经济建设和环境保护相协调的可持续发展；坚持"治水先节水、控污先减污"的技术原则；按区域总体规划系统布置各阶段任务，污染综合整治工程技术选择因地制宜，体现标本兼治；综合整治实施安排按水质目标、效益优先原则，体现分期实施。

淡水河流域（惠阳段）水环境综合整治的总体思路：控源减排、截污处理、清理疏浚、持续净化、生态修复、兼顾景观。具体构思如下。

① 建立水污染综合整治工程体系，体系包括点源治理，面源控制工程方案，集中污水处理厂和河道整治工程。确定综合整治工程具体项目清单和工程安排优先次序。

② 加强对工业点源企业环境污染设施的运行监督管理，重点污染企业采用在线监控管理，确保达标排放。

③ 加强城（镇）区排水体系建设上，逐步形成以源分离、资源化和组团式为核心的第三代城市排水体系。

④ 按规划要求及时建造污水处理厂，全部处理被截流污、雨水，其出水水质必须达到相关河道的出水标准要求，方可排入河道；深度处理与河道生态治理相结合，利用再生水作为生态补水或景观用水，逐步恢复河道的生态自净能力，实现污水资源化，逐步达到水环境功能目标。

⑤ 全面整治清除东江支流-淡水河流域范围内全部生活垃圾堆和工业垃圾堆，彻底根除垃圾污染源导致的面源污染。

⑥ 河道底泥疏浚是解决河道内源污染的重要措施，必须保证河道水流具有一定的冲刷能力，也就是说河水要形成一定流速的基流，以改善河流水动力条件，提高水体自净能力。视周边环境情况、污染程度选择"两河四岸"中部分河段进行河道底泥疏浚。

⑦ 分河段充分有效利用河边湿地，营造人工或自然湿地系统，处理近期无法完全截流进入河道的污水或部分初期雨水，使枯水期内河流水质获得明显改善。核查河道防洪工程设施的功能状况，拆除河道红线内一切违章建筑，建设人工或自然湿地工程，建设生态治污设施，以达到防洪标准和生态治河的目的。有条件的河段修复或重建河道沿岸植被，恢复河道生态功能、两岸生态景观功能。

⑧ 恢复河流生态　恢复河流的生态及城市功能可采取"生态治岸、蓄水补水、沿河布景"的方法，使更多的市民回归滨水空间。

⑨ 其他措施　淡水河流域属于跨市河流，流域的污水治理需由深圳和惠州两市协调行动，统一治理。要克服现在淡水河流域水污染防治中的条块分割，多龙治污的弊端，流域的各管理机构须突破上下游地域观念和管理体制的限制。

淡水河流域水环境综合整治与水生态建设技术路线如图 7-2 所示。

通过对淡水河流域（惠阳段）的水环境综合整治，减轻各类排污对淡水河的污染，改善城市水体景观和城市生态环境，而改善人民的居住环境，实现区域的可持续发展。设定各时期水环境保护的总的目标如下。

① 近期"十一五"目标　建立并开始实施区域水污染系统控制总体策略与工程体系，工业污水、危险废物和固体废物所带来的水环境污染得到有效控制，工业污水在达标排放的基础上全面实施排污总量控制，主要水污染物排放量逐年减少；工业污水全部达标排放，生

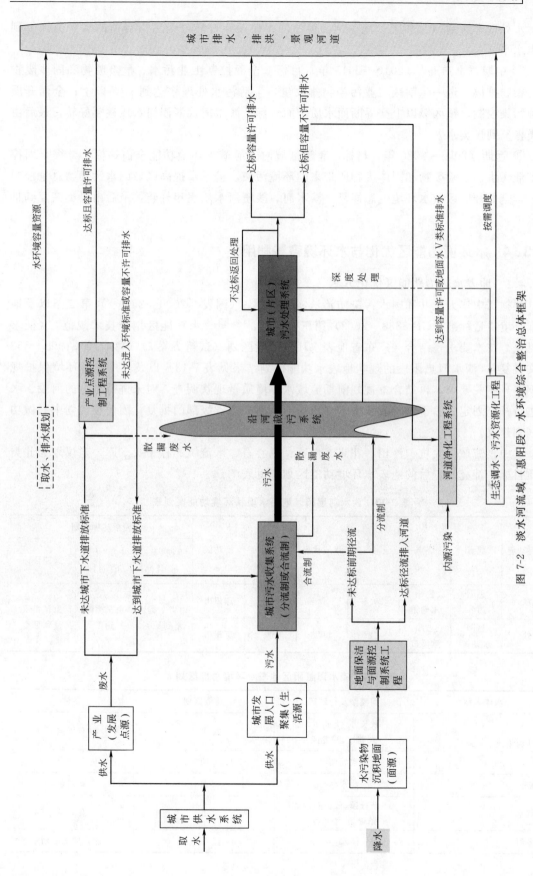

图 7-2 淡水河流域（惠阳段）水环境综合整治总体框架

活污水处理率达到 80％ 以上。淡水河、淡澳河水质逐年好转，最后由目前的劣 V 类恢复到 V 类水平。

② 中期"十二五"（2010～2015 年）目标 全面控制工业污水、危险废物和固体废物的污染物排放，进一步削减工业污染物排放量，生活污水处理率达到 90％ 以上；全面开展面源污染控制，镇区级以上交界断面水质全面达标。淡水河、淡澳河水质逐年好转，最后由 V 类恢复到 IV 类水平。

③ 远期（2016～2020 年）目标 整治区域内的河道水环境功能全面达标，继续全面控制工业污水、危险废物和固体废物所带来的环境污染，进一步提高区域的水污染物总量控制水平，全面开展区域水环境生态修复。淡水河、淡澳河水质逐年好转，最后由 IV 类恢复到 III 类水平。

7.3.4 水环境功能区优化与水环境容量利用

7.3.4.1 地表水环境功能区优化方案

根据《中华人民共和国水污染防治法实施细则》（国发〔2000〕284 号）第二条以及地表水环境质量标准（GB 3838—2002）第三条规定，参照《水功能区划分技术规范》（征求意见稿）技术要求，结合《广东省地表水环境功能区划（试行方案）》（粤府函〔1999〕553 号文批复）（淡水河惠阳段的现状地表水功能区划结果见表 7-13）以及《广东省环境保护规划纲要》相关要求，再结合本规划前期流域水环境质量现状调查，对未进行划分的河段、水库进行补充划定。由于广东省要求水环境功能区划要由省级部门批复，因而在规划中只做功能区划建议。

其中，流域内大坑、沙田、花果、坳背、鸡心石、水流坑、径子头水库，建议划为 II 类水质目标；补充划定后的地表水环境功能区划详见表 7-14。

表 7-13 淡水河惠阳区地表水现状环境功能区划表

主要功能	起点	终点	长度/km	水质状况	水质目标	行政区	近期"十一五"目标	中期"十二五"目标	远期目标
饮	惠阳边界	惠阳永湖镇	29.5	IV	II	惠州市	由劣 V 类恢复到 V 类	由 V 类恢复到 IV 类	由 IV 类恢复到 III 类
饮	惠阳永湖镇	惠阳紫溪口	12	IV	III	惠州市			

表 7-14 淡水河惠阳区地表水环境功能区划表

水体名称	河流涉及行政区	功能区划	备注
淡水河干流	秋长办、淡水办、永湖镇、开发区	II	有划定
	永湖镇	III	有划定
坪山河	淡水办	III	有划定
横岭水	新圩镇、秋长办、镇隆镇、淡水办	II	有划定
古屋河	淡水办	III	建议功能区划

续表

水体名称	河流涉及行政区	功能区划	备注
洋纳水	淡水办、沙田镇	Ⅲ	建议功能区划
黄沙田水	淡水办	Ⅲ	建议功能区划
周田水	秋长办	Ⅲ	建议功能区划
石门潭水	秋长办、开发区	Ⅲ	建议功能区划
沙田河	沙田镇、淡水办	Ⅱ	建议功能区划
白路仔水	秋长办	Ⅲ	建议功能区划
麻溪水	永湖镇	Ⅲ	建议功能区划
大坑水	永湖镇	Ⅲ	建议功能区划
大沥河	良井镇、永湖镇	Ⅲ	建议功能区划
淡澳河	淡水办	Ⅴ	大亚湾环境保护规划中划定为Ⅴ类

7.3.4.2 水环境容量分布特征及合理利用

对容量计算结果的分析，研究区容量分布及其利用建议如下。

① 从现状天然容量分布来看，惠阳区河流中以淡水河最大，其次为潼湖水；惠阳区水库中，天然容量最大的为沙田水库，其次为黄沙水库。由于天然容量主要与水资源的数量相关，从行政区分布来看，淡水街道、沙田镇的天然容量相对较大，其次为永湖镇、镇隆镇和秋长街道。

② 从可利用的容量分布来看，在扣除面源影响后，由于沙田水库、黄沙水库和鸡心石水库均有饮用水功能，没有纳污能力，因此其容量分布格局基本与理想容量有所变化，排在前4位的是淡水街道、永湖镇、镇隆镇和秋长街道。

③ 从剩余容量来看，惠阳区各主要河段的水质超标严重，这意味着实际进入这些河道的污染负荷已远超过其环境容量，特别是淡水河位于淡水街道和永湖镇段，容量已严重亏缺，需要削减的污染负荷较大。仅有剩余的容量的为潼湖水，但氨氮也无剩余容量。

④ 从水环境容量的空间分布情况来看，惠阳区淡水河的可利用环境容量最大，可列为惠阳区今后经济发展的主轴。

⑤ 从削减量来看，淡水街道的削减任务较重，其次为永湖镇。由于惠阳城区生活污水处理厂一期和二期工程、永湖镇生活污水处理厂工程和沙田镇生活污水处理厂工程的规划实施，该区域的污染负荷将会有所降低，但削减任务在短期内还是比较重。

7.3.5 水环境综合整治与水生态恢复规划方案

在前述分析的基础上，可以制定研究区的水环境与水生态规划方案，主要包括以下几个部分。

a. 截污管网工程规划；b. 城镇污水处理工程规划；c. 尾水回用与补给工程规划；d. 村落污水生态处理工程规划；e. 河道清淤工程规划；f. 固体废物清理处置工程规划；g. 河水持续净化与生态修复工程规划；h. 沿河面源污染控制与景观工程规划；i. 排水自然净化回归规划。

以下简单介绍城镇污水处理工程规划和河水持续净化与生态修复工程规划方案。

7.3.5.1 城镇污水处理工程规划

结合总量控制结果，制定总量控制方案。其中近期生活污染物总量控制目标及控制方案：加快城市污水处理厂规划，推进近期污水处理厂及配套管网建设，生活污水处理率达到60%，COD 和氨氮去除率分别达到50%和45%，生活污水增量得到削减。

本流域地区近期（2009～2010）新建惠阳城区污水处理厂二期（4 万吨/日）、惠阳经济开发区（2 万吨/日）以及新圩（2 万吨/日）、沙田（1 万吨/日）、永湖（0.5 万吨/日）、秋西-白云坑片区生活污水处理厂（一期）（2 万吨/日）等污水处理厂，提高流域内生活污水处理能力；在新区规划建设中，全部采用雨污分流方式，雨水就近排入河流，污水收集至污水处理厂。

根据各区的污水量预测，各污水处理厂 2010～2020 年污水处理设计量经分解后见表7-15。

表 7-15　污水处理厂近远期规模情况　　　　　　　　　单位：万吨/天

污水厂		近期	中、远期	合计	说明
城区污水厂	一厂	7	4	11	第一期为 3 万吨/天处理量
	二厂	2	2	4	秋西-白云坑片区生活污水处理厂（一期）
	三厂		2	2	处理秋长北、开发区南片区
惠阳经济开发区		2		2	南片考虑排入城区污水三厂
新圩镇		2	3	5	包括镇区长布片、丁山河流域、塘吓约场片
沙田镇		1	1	2	视发展情况规划二期污水厂
永湖镇		0.5	1	1.5	视发展情况规划二期污水厂
良井镇			1	1	
合计		14.5	14	28.5	

根据《室外排水设计规范》（GB 50014—2006）污水处理厂地址的选择应符合城镇总体规划和排水工程专业规划的要求，并应根据下列因素综合确定：a. 在城镇水体的下游；b. 便于处理后出水回用和安全排放；c. 便于污泥集中处理和处置；d. 在城镇夏季主导风向的下风侧；e. 有良好的工程地质条件；f. 少拆迁，少占地，根据环境评价要求，有一定的卫生防护距离；g. 有扩建的可能；h. 厂区地形不应受洪涝影响，防洪标准不应低于城镇防洪标准，有良好的排水条件；i. 有方便的交通、运输和水电条件。

按照以上地址选择的要求，惠阳区各污水处理厂的拟选址见表 7-16。

按照这样的选择既可以达到节省近期建设投资、缩短建设周期、降低运行费用、高效处理城市污水的效果，也可以为排水找到合适的出口，保障远期拟建污水处理厂基础工作的顺利完成。

根据污水处理厂的进水水质和出水水质要求，结合工程实际，参照国内外污水处理研究成果及已建成的污水处理厂的运行经验，本报告选择改良型 A^2/O 法，即 UCT 处理工艺和SBR 处理工艺两种方案进行论证和比较。由于本污水处理工程有脱氮除磷要求，设计中不设初次沉淀池，以保证进水有效高的碳氮比、碳磷比，有利于脱氮除磷，并可抑制污泥膨胀，使生物处理系统运转稳定。两种工艺对比见表 7-17。

表 7-16　污水处理厂拟选址情况

污水厂		选址或拟选址
城区污水厂	一厂	淡水东门
	二厂（远期时建设）	西湖村南端淡水河边
	三厂（远期时建设）	秋长街办以北惠阳开发区以南牛栏径
惠阳经济开发区		淡水河与永湖交界东岸
新圩镇		长布横岭河边、约场圩丁山河下游
沙田镇		沙田河下游
永湖镇		永湖与惠城区交界处
良井镇		良井镇区西面大福地大沥河边

表 7-17　改良 A^2/O 处理工艺和 SBR 处理工艺技术比较

项目	方案一：改良 A^2/O 处理工艺	方案二：SBR 处理工艺
处理效果	好，耐冲击负荷	好，耐冲击负荷
技术先进性和成熟性	先进，成熟	成熟，较先进
动力效率	高	高
容积利用率	高	不高
设备利用率	高	不高
构筑物数量	一般	较少
工艺流程	一般	简单
操作管理	一般	较复杂，自控要求高
产生污泥量	少	较少
运转可靠性	高	较高
占地面积	一般	较少
除磷脱氮效果	好	较好
应用实例	多	较少

由表 7-16 可以看出，两个方案都具有良好的脱氮除磷效果，且都能达到本工程要求的出水水质要求，在技术上都是可行的，相对而言，方案一处理工艺操作管理要求较低，设备利用率较高，运行较稳定可靠，方案二占地面积少，且投资也省，但管理、控制要求高。

改良 A^2/O 处理工艺除磷脱氮效果和出水更加稳定可靠，且易于操作和管理，对人员要求不高，投资成本和运行成本与 SBR 处理工艺相当，对于惠阳区采用改良 A^2/O 处理工艺更加符合其城市发展实际情况和政策要求。因此，本规划对污水处理工程推荐方案二：改良 A^2/O 生化处理工艺。

7.3.5.2　河水持续净化与生态修复工程规划

根据《广东省地表水环境功能区划（试行方案）》（粤府函〔1999〕553 号）中的要求，淡水河的干流惠龙交界断面至永湖断面执行水环境质量Ⅱ类标准，而永湖断面至入西枝江的紫溪口断面执行水环境质量Ⅲ类标准。随着惠阳区经济的持续发展，城市建设进程的加快，人口的急剧增长，城市水环境污染问题日益突出。从淡水河多年的监测结果分析可以看出，淡水河流域（惠阳境内）的纳污河段水体水质污染严重，主要是有机类污染物污染，污染程度持续加剧，水体的颜色、气味均不同程度的恶化，淡水河出口紫溪口的水质也明显恶化，据监测结果，也有 10 项指标超标，淡水河莲塘面处已达不到国家Ⅲ类水标准。同时，由于淡水河上游龙岗区的经济快速发展，根据西湖村自动监测站的数据显示，淡水河上游龙岗区下来的河水基本都是地表水Ⅴ类水水质，远远达不到水环境质量Ⅱ类标准。由于河水中缺少溶解氧，降低了河水的自净作用，导致河水变黑发臭，影响河岸两旁的景观和居民的身体健康。

因此，改善淡水河水质，使其达到水环境功能要求的首要任务之一是提高河水中的溶解氧、增加水体的自净能力，从而削减河水的污染物。在工程措施方面可以采用河水原位曝气充氧处理和河道生态修复相结合的技术，通过各种技术的有机组合，结合淡水河的各段实际情况对污染河进行净化处理。

（1）污染河水原位净化工程规划方案

本工程采用新型曝气复氧技术是：a. 可移动单元模块化成套技术；b. 进口 SuperOxygenation（ECO₂）技术。前者主要用于结合人工水草技术，后者主要用于淡水河后段溶解氧保持和水环境自然恢复技术。对于一条被污染河道而言，采用该技术可集中建立多个规范化的曝气复氧站来解决河道溶解氧太低的问题，修复水环境功能。采用"鼓风机＋微孔曝气＋高效扩散"系统，微孔曝气水下部分采用专门设计的单元模块化移动式安装方式，充分考虑到洪水条件、枯水条件下运行、维修方便，该单元为专利设计技术。

（2）污染河道生态修复工程规划方案

① 生态修复技术论述　在底泥清理和河道充氧曝气的工程实施的同时，需要淡水河干和主要支流的生态系统进行修复，恢复其生物多样性，提高其自净能力。淡水河流的河道生态修复主要由 2 方面组成：一是水生植物种植，就是在河道内两旁种植适合当地气候的水生植物，完善生态系统结构；二是通过在河岸边，利用块石等材料建设水生动物栖息地，提高生物多样性。

② 水生植物修复方案　本方案是清淤工程完成和充氧曝气及投加强化微生物有一定效果后进行的，主要是在对淡水河干流和主要支流的河道两岸边种植适合当地气候的水生植物，包括淡水河干流、淡澳河、坪山河、丁山河、横岭河、麻溪河、沙田河、大坑河和黄沙河等河流，干流单边种植宽度为 1.0～1.50m，支流种植宽度为 0.3～0.80m。植物品种根据当地植物种类，避免生物入侵。水生植物包括菹草、黑藻、伊乐藻、金鱼藻、苦草、浮叶植物睡莲、凤眼莲、芦苇、香蒲、喜旱莲子草、水芹、浮萍、菱和菖蒲等。

③ 水生动物栖息地重建方案　河道与河漫滩区的横向连通，包括建设堤坝并设置鱼道和产卵区构造等；河流蜿蜒性的恢复；河流深槽和浅滩序列的重建；洪泛区湿地特征的创建；河流内栖息地加强结构（如遮蔽物、遮荫、导流设施等）；亲水设施的建设等。尽量利用自然的漫滩区湿地系统，提高水体的自净能力。

河漫滩湿地重建恢复主要布置在干流的中下游，水生动物栖息地则在全流域根据实际情况而定（表 7-18）。

表 7-18　水生动物栖息地重建参数一览表

序号	河段范围	河漫滩湿地重建恢复面积/m²	水生动物栖息地重建	备注
1	淡水河干流	42000	20 处，长 6400m，块石 4000m³	
2	淡水河支流	27000	32 处，长 7800m，块石 4200m³	
3	小计	69000	52 处，长 14200m，块石 8200m³	

7.3.6　规划方案可行性分析

7.3.6.1　规划政策要求和需要的可行性分析

淡水河流域水环境综合整治一直是惠阳人民群众关心的热点、难点问题，自 20 世纪 90 年代起，各方面要求整治淡水河的呼声越来越高。在未来，随着经济的发展，淡水河流域内污水排放量将会大幅增长，若不尽快治理，污染会更加严重，水体生态环境更加恶化，人民群众将面临更加严峻的环境污染问题，老百姓的饮水和身体健康问题将受到威胁。惠州市、惠阳区以及广东省的人大代表多次提出议案，要求彻底整治淡水河，省、市两级人大曾多次实地调研淡水河水质及污染整治问题。为实现"全面加快城市建设，打造山水优美生态和谐的现代化城市"的目标，淡水河、淡澳河的防灾减灾、整治污染问题已经成为"建设大惠州"、"打造山水优美生态和谐的现代化城市"的重大项目之一。所以，在惠州实施"十一五"规划以促进更快更好发展的战略时期，对淡水河流域实施实质性、攻坚式综合整治已经迫在眉睫、势在必行。

淡水河作为东江水系二级支流、惠阳区的母亲河，其水质的好坏不仅直接影响着流域内 260 多万（深圳 200 多万，惠州 60 多万）人民群众的饮水安全问题，而且间接影响着以东江为水源的 4000 万人民的身体健康。保证饮用水安全，确保人民群众身体健康是"以人为本、建设和谐社会、实现人与自然和谐以及经济社会全面、协调和可持续发展"的头等大事，也是保障流域内群众生存发展权利和建设社会主义新农村的需要。

7.3.6.2　规划所用技术的可行性分析

规划中各类工程所采用的技术都是在国内外相当成熟的技术，在流域治理中的应用广泛，有相当多的工程实例。在淡水河流域治理中采用该类技术，既能达到污染治理的目的，又符合惠阳当地的实际情况。

7.3.6.3　规划目标的可行性分析

规划工程的实施可有效处理生活污水和部分工业废水中的污染物，减少面源污染对淡水河的影响，这对减少东江饮用水源地的水质污染，起到了非常重要的作用。预计主要工程污染物削减量见表 7-19。

表 7-19　主要工程污染物削减量　　　　　　　　　　　　　　　单位：t

工程名称		污染指标					
		COD	BOD	SS	NH₃-N	TN	TP
城镇污水处理工程	近期	23.1	15.4	15.4	2.75	3.03	1.05
	远期	79.8	53.2	53.2	9.5	10.5	3.61
污染河水净化与生态修复		18	3	—		10.5	0.15
生态排水自然回归		19.5	2.6	—	2.6	—	0.19
村落污水生态处理工程		2.85	1.71	1.57	0.24	—	0.05
合计		143.25	75.91	70.17	15.09	24.03	5.05

从表分析可知，规划工程的上马与整个项目的实施可望解决淡水河流域污水严重污染的现状，逐步恢复和创建淡水河流域良好的生态环境，改善东江的水质，力争恢复到 Ⅲ 类水质，重现惠阳淡水河流域往日青山绿水的美景。

综上分析，本工程规划的实施是可行的。

参 考 文 献

[1] 中国生态系统研究网络科学委员会. 水域生态系统观测规范 [M]. 北京：中国环境科学出版社，2007.

[2] 陈新庚. 环境管理与环境规划 [M]. 广州：中山大学出版社，1992.

[3] 《珠江三角洲环境保护规划》编委会. 珠江三角洲环境保护规划 [M]. 北京：中国环境科学出版社，2006.

[4] 《广东省环境保护规划》编委会. 广东省环境保护规划 [M]. 北京：中国环境科学出版社，2006.

[5] 郭怀成，尚金城，张天柱. 环境规划学 [M]. 北京：高等教育出版社，2001.

[6] 海热提·涂尔逊著. 城市生态环境规划：理论、方法与实践 [M]. 北京：化学工业出版社，2005.

[7] 杨志峰，李巍，徐琳瑜等. 生态城区环境规划理论与实践 [M]. 北京：化学工业出版社，2004.

[8] 《珠江流域水污染防治规划》编制技术组，国家环境保护总局华南环境科学研究所. 珠江流域水污染防治规划研究报告 [R]. 2006.

[9] 史晓新，朱党生，张建永编著. 现代水资源保护规划 [M]. 北京：化学工业出版社，2005.

[10] 程声通. 水污染防治规划原理与方法 [M]. 北京：化学工业出版社，2010.

[11] 韩龙喜，朱党生. 河网地区水环境规划中的污染源控制方法 [J]. 水利学报，2001 (10)：28-31.

[12] 孙小银，周启星. 中国水生态分区初探 [J]. 环境科学学报，2010，30 (2)：415-423.

[13] 孟伟，张远，郑丙辉. 辽河流域水生态分区研究 [J]. 环境科学学报，2007，27 (6)：911-918.

[14] 黄艺，蔡佳亮，郑维爽等. 流域水生态功能分区以及区划方法的研究进展 [J]. 生态学杂志，2009，28 (3)：542-548.

[15] 高永年，高俊峰. 太湖流域水生态功能区 [J]. 地理研究，2010，29 (1)：111-117.

[16] 尹民，杨志峰，崔保山. 中国河流生态水文分区初探 [J]. 环境科学学报，2005，25 (4)：423-428.

[17] 贺涛，马小玲，彭晓春等. 东江水资源环境管理问题及矛盾 [J]. 水资源保护，2009，25 (6)：85-89.

[18] 刘洁，许振成，彭晓春等. 基于空间控制理念的新丰江库区可持续发展探讨 [J]. 人民长江，2011，42 (19)：54-57.

[19] 许振成，叶玉香，彭晓春等. 流域水质资源有偿使用机制的思考——以东江为例 [J]. 长江流域资源与环境，2007，16 (5)：598-602.

第8章

大气环境规划

8.1 大气环境规划概述

8.1.1 定义

大气环境规划指为协调某一区域经济、社会和大气环境质量要求之间的关系，在分析环境空气质量变化趋势，预测区域社会经济对大气环境影响的基础上，为保证人类健康设定大气环境目标，以期达到大气环境系统功能的最优化，寻求解决该区域大气环境问题的环境方案。

大气环境规划是现代环境规划的重要组成部分。它旨在为控制和改善地区内大气环境质量提供保障，通过研究该地区内环境气象特征、工业布局、能源消耗和循环利用、城镇建设、人口密度、交通运输、经济文化等，采取调整产业结构、合理开发、改造交通路线、改变能源结构和供能方式、规范大气污染物排放行为标准、优化绿化系统等方式，实现区域环境空气质量的提高，优化区域产业布局。

近些年来，随着人们对细粒子、毒害污染物的关注，在大气环境污染控制污染物上也逐步拓宽，且随着数学模型的发展，在进行大气环境容量计算时逐步采用了一些精细化的数值方法，呈现出控制污染物增加和精细预测的两种发展趋势。

8.1.2 规划主要内容

① 大气环境现状评价与环境问题分析。通过调查、评价与预测找出现状和规划期内大气环境主要问题。由于能源消耗与环境空气质量密切相关，现代大气环境规划对能流分析、能源预测逐步关注起来，尤其是在小尺度区域内。

② 环境空气质量功能区与环境目标确定。环境功能区划是环境管理的抓手，环境目标则是环境规划的核心，也是环境空气质量达标的要求，需要根据大气环境容量来合理设置。

③ 大气污染控制规划方案，是确保规划目标得以实现的手段和途径。分析污染物排放

与环境空气质量的关系，确定主要污染源和合理布局方案。通过污染物削减模型，通过多个方案的反复比较与论证，得到优化方案，提出规划执行的保障措施。

8.1.3 环境空气质量标准

与制定各种大气环境规划措施相比，环境空气质量标准、环境空气质量功能区的划定与环境规划实施、管理更为重要。

8.1.3.1 制定大气环境质量标准的基本要求

保持一个良好、舒适和健康的环境条件是人们生活所必需的，环境空气质量标准是从保护人类健康角度出发，对环境空气中的有毒有害污染物质提出的限量标准，制定环境空气质量标准的基本条件是：a. 环境空气中污染物质的允许浓度在各种途径作用下都应低于人群或其他生物的急性、慢性作用的阈值浓度，不应发生以空气作为媒介的传染病；b. 不应降低居住区的大气透明度、紫外线强度和日光强度以及增加灰霾天数；c. 保证环境舒适、感官性状良好，无异色、味和臭，对身体器官无刺激和致敏作用；d. 对人类不产生"三致"的毒性作用、衰老等远期效应。

8.1.3.2 我国的大气环境质量标准与分级

20 世纪 80 年代，针对煤烟型污染我国首次制定了《大气环境质量标准》（GB 3095—1982），并于 1982 年发布实施。当时，该标准将环境空气质量功能区分为三类，标准分为三级，规定了总悬浮颗粒物（TSP）、飘尘、二氧化硫（SO_2）、氮氧化物（NO_x）、光化学氧化剂（O_3）共 6 项污染物项目，其中飘尘的标准为参考标准。标准制定时，决定将氟化物等具有局地污染特征的污染物由地方制定地方环境质量标准。

1996 年第一次修订 GB 3095—1982，名称改为《环境空气质量标准》（GB 3095—1996）。此次修订针对煤烟型大气污染的同时，也适当考虑了城市机动车排放污染问题；修订后的标准缩小了三类区，扩大了二类区，增加了二氧化氮（NO_2）、铅（Pb）、氟化物、苯并［a］芘（B［a］P），污染物项目扩大到 10 项，并将飘尘和光化学氧化剂的名称调整为可吸入颗粒物（PM_{10}）和臭氧（O_3）。实施 4 年后，针对标准实施后存在的一些问题，2000 年对 GB 3095—1996 进行了局部修改，取消了 NO_x，适当放宽了 NO_2 和 O_3 的标准，以利于社会经济的快速发展。

现行标准（GB 3095—1996）是在 20 世纪末主要针对煤烟型大气污染特征制定的，在区域复合型大气污染特征的环境空气质量评价与管理工作中已显不足。随着我国工业化进程的不断加快，各类企业排放有毒有害污染物的种类和数量也显著增加，污染事件发生概率不断升高，有毒有害大气污染物环境风险愈来愈大。因此，有必要考虑修订现行标准（GB 3095—1996），使之进一步适应今后复合型大气污染的环境管理需求。

2010 年 10 月 9 日，环境保护部科技标准司标准处在北京主持召开《环境空气质量标准》（GB 3095—1996）修订讨论会，会议认为当前国家制定实施 $PM_{2.5}$ 环境空气质量标准时机不成熟，国家实施氟化物等具有区域特征的污染物环境空气质量标准的必要性不大，同意发布 $PM_{2.5}$ 及氟化物等污染物环境空气质量参考限值，地方省级政府可参考其制定地方环境空气质量标准；同意增加 O_3 8 小时标准；会议同意取消现行标准中的三类功能区，但应考虑无人口居住的沙漠、荒漠等地区环境空气质量管理；对于 NO_x，如果要恢复该指标，应慎重处理好城区 NO_2 与 NO_x 的关系；应增加标准实施成本分析等。2010 年 11 月，在上述工作的基础上完成了《环境空气质量标准》征求意见稿及编制说明，截至书稿完成日尚未定下最终发布稿。

我国现行标准（GB 3095—1996）及其修改单将环境空气质量功能区划分为三类：一类区为自然保护区、风景名胜区和其他需要特殊保护的地区；二类区为城镇规划中确定的居住区、商业交通居民混合区、文化区、一般工业区和农村地区；三类区为特定工业区。

环境空气质量标准分为三级：① 一类区执行一级标准　为保护人群和生态系统健康，在长期接触情况下，不发生任何危害影响的环境质量要求；② 二类区执行二级标准　为保护人群和生态系统健康，在长期和短期接触下，不发生伤害的空气质量要求；③ 三类区执行三级标准　为保护人群不发生急性、慢性中毒和其他生物正常生长的空气质量要求。

主要空气污染物的三级标准浓度限值见表 8-1。

表 8-1　我国现行环境空气质量标准

污染物名称	取值时间	浓度限值 一级标准	浓度限值 二级标准	浓度限值 三级标准	浓度单位
二氧化硫 SO₂	年平均	0.02	0.06	0.10	
	日平均	0.05	0.15	0.25	
	1 小时平均	0.15	0.50	0.70	
总悬浮颗粒物 TSP	年平均	0.08	0.20	0.30	
	日平均	0.12	0.30	0.50	
可吸入颗粒物 PM₁₀	年平均	0.04	0.10	0.15	
	日平均	0.05	0.15	0.25	mg/m³ （标准状态）
二氧化氮 NO₂	年平均	0.04	0.08	0.08	
	日平均	0.08	0.12	0.12	
	1 小时平均	0.12	0.24	0.24	
一氧化碳 CO	日平均	4.00	4.00	6.00	
	1 小时平均	10.00	10.00	20.00	
臭氧 O₃	1 小时平均	0.16	0.20	0.20	
铅 Pb	季平均		1.50		
	年平均		1.00		
苯并[a]芘 B[a]P	日平均		0.01		μg/m³ （标准状态）
氟化物 F	日平均		7①		
	1 小时平均		20①		
	月平均	1.8②	3.0③		μg/(dm²·d)
	植物生长季平均	1.2②	2.0③		

① 适用于城市地区；② 适用于牧业区和以牧业为主的半农半牧区，蚕桑区；③ 适用于农业和林业区。

8.1.3.3　国外大气环境质量标准和分级

我国现行标准制定时，参考了美国、欧盟、日本等国家和地区的环境空气质量标准。1996 年以来，很多国家和地区的标准都不同程度地进行了修订，有关进展情况见表 8-2。

表 8-2　1996 年以来国际上环境空气质量标准最新制修订情况

国家/地区/组织	时间	修订内容
WHO	1997 年	发布适用全球的《空气质量准则》（AQG），增加了 1,3-丁二烯等污染物
	2005 年	发布 AQG 全球升级版，修订了颗粒物（PM₁₀和PM₂.₅），O₃，NO₂和SO₂基准值

国家/地区/组织	时间	修订内容
美国	1997 年	发布 PM$_{2.5}$ 标准，日均浓度限值为 65$\mu g/m^3$，年均浓度限值为 15$\mu g/m^3$
	2006 年	修订 PM$_{2.5}$ 标准，日均浓度限值为 35$\mu g/m^3$；取消 PM$_{10}$ 年均浓度限值
	2008 年	实施新 O$_3$ 浓度限值 160$\mu g/m^3$；加严空气中 Pb 的浓度限值，连续 3 月滚动平均 0.15$\mu g/m^3$
	2010 年	增加 NO$_2$ 日最大 1 小时浓度值 190$\mu g/m^3$
欧盟	1999 年	发布《环境空气中 SO$_2$、NO$_2$、NO$_x$、PM$_{10}$、Pb 的限值指令》，规定 SO$_2$ 等 5 种污染物浓度限值
	2000 年	发布《环境空气中苯和 CO 限值指令》，规定环境空气中苯和 CO 的浓度限值
	2002 年	发布《环境空气中有关 O$_3$ 的指令》，分别规定保护人体健康和植被的 O$_3$ 的 2010 年目标值
	2004 年	发布《环境空气中砷、镉、汞、镍和多环芳烃指令》，规定了砷等污染物 2012 年目标浓度限值
	2008 年	发布《关于欧洲空气质量及更加清洁的空气指令》，规定 PM$_{2.5}$ 2010 年的目标浓度限值 25$\mu g/m^3$
日本	1997 年	增加了空气中苯、三氯乙烯、四氯乙烯的标准
	1999/2001/2009 年	分别增加了二噁英、二氯甲烷和 PM$_{2.5}$ 的标准
印度	2009 年	修订了 1986 年实施的空气质量标准，删除 TSP 污染物项目，增加了 PM$_{2.5}$、C$_6$H$_6$、B[a]P、As、Ni 污染物项目，加严了 SO$_2$、NO$_2$、PM$_{10}$、O$_3$ 和 Pb 的浓度限值
澳大利亚	1998 年	调整了基于健康 CO，NO$_2$，O$_3$，SO$_2$，Pb 和 PM$_{10}$ 的空气质量标准
	2003 年	把 PM$_{2.5}$ 纳入到环境空气质量标准中，日均和年均浓度限值分别为 25,8$\mu g/m^3$
加拿大	1998 年	增加 PM$_{2.5}$ 浓度参考值
中国香港	2009 年	2007～2009 年回顾现行标准，并基于 WHO 最新空气质量准则提出了新修订环境空气质量标准草案，增加 PM$_{2.5}$ 的标准

美国将环境空气质量分为 2 级：一级标准以保护人体健康为主要对象，包括对"敏感"人群健康状况保护，如哮喘病患者、儿童、老年人等；二级标准以保护自然生态及公众福利为主要对象，包括防止能见度降低和防止对动物、庄稼、蔬菜及建筑物等的损害。美国的一级标准与中国的二级、三级标准所保护的对象相当，美国的二级标准与中国的一级标准所保护的对象相当。美国国家空气质量标准见表 8-3。

表 8-3 美国空气质量标准

污染物	一级标准		二级标准	
	标准值	平均时间	标准值	平均时间
一氧化碳	9ppm(10mg/m^3)	8 小时	无	
	35ppm(40mg/m^3)	1 小时		
铅	0.15$\mu g/m^3$	3 个月滚动	同一级标准	
	1.5$\mu g/m^3$	季		
二氧化氮	53ppb	年	同一级标准	
	100ppb	1 小时	无	

续表

污染物	一级标准		二级标准	
	标准值	平均时间	标准值	平均时间
PM$_{10}$	$150\mu g/m^3$	日	同一级标准	
PM$_{2.5}$	$15\mu g/m^3$	年	同一级标准	
	$35\mu g/m^3$	日		
臭氧	0.075ppm（2008 标准）	8 小时	同一级标准	
	0.08ppm（1997 标准）	8 小时		
	0.12ppm	1 小时		
二氧化硫	0.03ppm	年	0.5ppm	3 小时
	0.14ppm	日		
	75ppb	1 小时	无	

注：资料来源http://www.epa.gov/air/criteria.html

8.2　大气环境规划体系

8.2.1　大气环境评价与预测

8.2.1.1　能流分析与能源预测

能流分析是大气环境规划的基本技术方法之一，包括能量的输入过程、转换过程、分配过程、输出过程。输入过程分析能源种类、产地、总量、结构及污染物含量，转换过程分析各种能源之间的转换总量、比例、效率，分配过程分析不同行业之间的能量及其比例，输出过程分析终端用能总量、结构和污染物排放量。通过各阶段输入、输出和损失之间的平衡关系，进行能流平衡分析，提出能源结构优化调整和能流过程优化分析思路，目前在大气环境规划中对于能量流的过程分析尚显较少，而在清洁生产审核中则应用较多。

在大气污染物排放预测分析中，除采用排污系数法之外，还可以通过能耗预测来获得源强预测结果，一般包括工业耗能量、取暖耗能量、居民生活耗能量、流动线源耗能量预测。由于燃烧方式和燃烧条件对各种污染物的发生量有很大影响，不同的燃煤锅炉、燃油锅炉和燃气锅炉的排放因子是不一样的，因此在预测时要根据各种燃料的含硫量、含氮量等计算。也可以为了预测未来能源消费量的变化趋势，将影响能源变化的 GDP 和人口作为依赖因子，建立多元回归模型，再根据人口和 GDP 变化趋势预测规划阶段总能源消费量的变化情况。

8.2.1.2　大气环境现状分析与评价

大气环境现状评价是摸清污染物来源、性质、数量和分布的重要手段，依据此评价结果，可以了解区域内大气环境质量现状优劣和主要污染源，为确定大气环境的控制目标提供依据；也可通过大气污染物浓度的时空分布特征，了解当地烟气扩散的特征和污染物来源，进行大气污染趋势分析，并可为建立污染源和大气环境质量的响应关系提供基础数据。

（1）污染气象特征

收集具有代表性的主要气象站的近年常规气象资料，尤其是已完成的主要研究项目与重大环评项目所取得的近地层气象观测资料。利用资料分析污染气象特征及大气污染扩散条件，包括如下一些。

① 主要气象站的近年常规气象资料，分别统计和分析；主要因素有风向、风速、云量、温度、湿度和降雨量等。

② 完成的主要研究项目与重大环评项目所取得的近地层气象观测资料，包括冬、夏季边界层风、温度垂直分布资料和平衡球扩散参数观测资料。

③ 气象资料的统计分析包括：a. 当地气候特征；b. 各季及全年的风向频率分布（风玫瑰图）；c. 各季及全年各风向的平均风速；d. 全年的大气稳定度频率分布以及风向、风速、大气稳定度联合频率分布等。

（2）环境空气污染现状分析

收集区域近十年所有常规环境空气质量监测资料，收集近三年已完成的主要研究项目与重大环评项目所取得的环境空气质量监测资料，在必要的情况下，适当补充环境空气质量监测；利用资料分析环境空气质量现状，结合污染物分布资料，绘制大气污染较严重、需要重点作污染整治的地块分布图。包括：a. 近十年所有常规环境空气质量监测资料，分别统计和分析，主要要素有 SO_2、NO_2、TSP、PM_{10} 等；b. 已完成的主要研究项目与重大环评项目所取得的环境空气质量监测资料，包括 SO_2、NO_2、TSP、PM_{10} 等；c. 如某些地区工业污染集中、又缺乏必要的环境空气质量监测资料，则需要适当补充环境空气质量监测，包括 SO_2、NO_2、TSP、PM_{10}、$PM_{2.5}$；d. 通过环境空气质量现状分析，确定当地大气污染物超标严重的地区，结合污染物分布资料，绘制大气污染较严重、需要重点作污染整治的地块分布图。

（3）大气污染排放现状

大气污染源现状调查主要分为工业污染源、居民生活污染源（包括工业企业职工餐厅等饮食业污染源）及交通污染源等三大类。分析近五年工业、居民生活、交通等大气污染源资料，核实数据的可靠性及准确性，在必要的情况下，对主要污染源资料作补充调查及更正；分析污染源达标排放情况，分析污染源污染排放削减的潜力及可行技术；统计分析主要污染物排放量及分布，绘制大气污染源现状分布图。以设想的各种发展情景，估计主要大气污染物排放量及分布，绘制大气污染源预测分布图。按近五年工业、居民生活、交通等大气污染源资料，分别统计和分析；主要要素有 SO_2、NO_x、烟尘、粉尘等，其他参数包括烟囱高度、烟囱内径、烟气温度、烟囱位置等。具体如下。

① 工业污染源 调查收集所辖范围内现有工业污染源分布情况，燃料结构及消耗量，大气污染防治措施，污染源排放高度及主要大气污染物排放量等。主要采用单位产品排污系数法或物料平衡法估算。

② 居民生活污染源 调查收集所辖范围内现有居民人口分布情况，民用燃料结构及其消耗量，估算大气污染物排放量。

③ 第三产业污染源 调查收集所辖范围内现有主要饮食服务行业（宾馆、酒店、个体饮食店等）分布情况，燃料结构及其用量，估算污染物排放量。

④ 交通污染源 调查收集所辖范围内各主要公路、街道的长度及车流量情况，估算其大气污染物排放量。

对于数据，要结合其生产规模、工艺、能源消耗等数据，核实数据的可靠性及准确性，如果差别太大，明显不合理，应对主要污染源资料作具体补充调查，必要时更正。

对于数据缺乏的污染源，要结合其生产规模、工艺、能源消耗等数据，使用物料衡算等方法进行补充。

统计分析主要污染物排放量及分布，绘制大气污染源现状分布图，为污染预测模拟分析提供数据。

调查内容还包括近5年的城市集中供热和供气基础设施建设和生产情况，80%以上的民用和工业型煤以及洗煤生产企业的生产情况等。

（4）大气环境现状评价

按照《环境空气质量标准》（GB 3095—1996）及其修改单的通知（环发［2000］1号文）中的一、二级标准为评价标准，对监测因子小时浓度、日均浓度进行评价。

8.2.1.3 大气环境污染预测

首先应确定主要大气污染物，以及影响排污量增长的主要因素；然后预测排污量增长对大气环境质量的影响。这就需要确定描述环境质量的指标体系，并建立或选择能够表达这种关系的数学模型。大气污染预测主要包括两部分：一是污染物排放量（源强）预测；二是大气环境质量变化预测。

根据区域及所辖区、县的近期、中期及远期规划发展的特点和性质，在污染源现状调查的基础上，依据社会经济发展预测、技术经济政策，估算主要工业大气污染物排放量及分布，适当考虑机动车尾气排放，绘制大气污染源预测分布图，为污染预测模拟分析提供数据。另外，依据所辖区人口发展规模、城市道路发展规划等资料来预测近期、远期规划情况下居民生活、交通污染源的排放情况。

对于设想的各种发展情景及对应的主要大气污染物排放方案，将运用大气污染预测模拟模型，进行污染预测计算及比较，分析环境的可行性，对各方案的优劣做比较，选择对环境比较友好的方案。预测模拟的主要内容拟包括如下一些。

（1）预测因子

以 SO_2、NO_2 以及 PM_{10}、$PM_{2.5}$ 等作为预测因子。并在浓度计算时保守地假定所有氮氧化物均为 NO_2。

（2）预测内容

将对污染源在不同气象条件下分别预测计算。具体预测计算内容如下：

① 小时浓度预测计算　不利气象条件下小时浓度分布状况；各环境敏感点的污染物小时浓度。

② 日、年平均浓度预测计算　长期（年日）平均浓度预测计算；各环境敏感点的污染物日均浓度。

（3）大气预测模式

在大气环境规划中预测模式一般选择高斯烟流扩散系列模式，对小风和静风情况使用相应扩散模式。日平均浓度是根据一日的气象参数，计算各时刻的小时平均浓度再叠加平均得到。年日平均浓度计算采用相应的模式计算。对于非点源扩散模式以及封闭性扩散模式、熏烟型扩散模式、颗粒物的倾斜烟云模式等可以参考相关文献。

① 常风扩散模式　当源高处平均风速 $U \geqslant 1.5\text{m/s}$ 时，考虑混合层顶（逆温层底）对烟羽的反射作用，地面1小时平均浓度计算公式为：

$$C = \frac{Q}{2\pi U \sigma_y \sigma_z} \cdot \exp\left(-\frac{y^2}{2\sigma_y^2}\right) \cdot \sum_{n=-k}^{k} \left\{ \exp\left[-\frac{(2nh - H_e)^2}{2\sigma_z^2}\right] + \exp\left[-\frac{(2nh + H_e)^2}{2\sigma_z^2}\right] \right\}$$

$$(8\text{-}1)$$

② 小风（静风）时的扩散模式　当源高处平均风速 $U<1.5\mathrm{m/s}$ 时，采用如下公式计算其地面浓度：

$$C_{\mathrm{L}}(x,y,0)=\frac{2Q}{(2\pi)^{3/2}\gamma_{02}\eta^2}\cdot\exp\left(-\frac{U^2}{2\gamma_{01}^2}\right)\cdot\left\{1+\sqrt{2\pi}\cdot s\cdot\exp\left(\frac{s^2}{2}\right)\right\} \tag{8-2}$$

式中 η 和 s 按下式计算：

$$\eta^2=\left(x^2+y^2+\frac{\gamma_{01}^2}{\gamma_{02}^2}\cdot H_{\mathrm{e}}^2\right) \tag{8-3}$$

$$\Phi(s)=\frac{1}{\sqrt{2\pi}}\int_{-\infty}^{s}\mathrm{e}^{-\frac{t^2}{2}}\mathrm{d}t \tag{8-4}$$

$$s=\frac{ux}{\gamma_{01}\eta} \tag{8-5}$$

$\Phi(s)$ 为正态概率积分，γ_{01}、γ_{02} 分别是横向和铅直向扩散参数的回归系数，按 HJ/T 2.2—2008《环境影响评价技术导则　大气环境》附录 B 中给定的数值进行选取，其余符号意义同前。

③ 日平均浓度扩散模式　日平均浓度按典型日的气象条件进行计算。选择对不利的典型气象日气象数据，选用扩散模式计算小时平均浓度，而后再求它们的平均值，即得日平均浓度，其表达式为：

$$C_{\mathrm{d}}=\frac{1}{N}\sum_{i=1}^{N}C_i(x,y,0,H_{\mathrm{e}}) \tag{8-6}$$

④ 年平均浓度扩散模式　单个点源的地面年平均浓度可表示为：

$$C=\sum_{i=1}^{I}\cdot\sum_{j=1}^{J}\cdot\sum_{k=1}^{K}F_{ijk}\cdot C_{ijk}+\sum_{i=1}^{I}\cdot\sum_{j=1}^{J}\cdot\sum_{k=1}^{K}F_{\mathrm{L}ijk}\cdot C_{\mathrm{L}ijk} \tag{8-7}$$

C_{ijk} 的数学表达式为：

$$C_{ijk}=\left(\frac{2}{\pi}\right)^{\frac{1}{2}}\cdot\frac{Q}{\left(\frac{2\pi x}{16}\right)\cdot U_j\sigma_{zk}}\cdot\exp\left(-\frac{H_{ejk}^2}{2\sigma_{zk}^2}\right) \tag{8-8}$$

⑤ 地形修正　对于山地扩散模式需进行地形修正，拟采用的方法是，在中性和不稳定天气，地形高度 h_{T}，烟气有效高度 H_{e}，地形修正系数 T，修正后的烟气有效高度 TH_{e}，T 按下式取值：

$$T=0.5 \qquad (H_{\mathrm{e}}\leqslant h_{\mathrm{T}}) \tag{8-9}$$

$$T=\left(H_{\mathrm{e}}-\frac{h_{\mathrm{T}}}{2}\right)\Big/H_{\mathrm{e}} \qquad (H_{\mathrm{e}}>h_{\mathrm{T}}) \tag{8-10}$$

在高斯模式基本原理下，自 20 世纪 70 年代起，各国相继开发了一系列空气质量模式系统，并且编制了相应的软件。除了在 HJ/T 2.2—2008 规定的 AERMOD 模式系统、ADMS 模式系统和 CALPUFF 模式系统外，还有美国希格玛公司的混合烟羽扩散模式（HPDM）、丹麦气象空气质量模式（OML）、加拿大安大略省的清洁空气软件包（CAP）、法规空气模式（RAM）、工业源区模式（ISC）、北京大学大气环境模式（PUMA）等。

在 HJ/T 2.2—2008 规定的 AERMOD 模式系统、ADMS 模式系统和 CALPUFF 模式系统是进行环境影响预测与评价的推荐模式，其适用范围及参数要求见表 8-4。

表 8-4　大气环境预测推荐模式适用范围及参数要求

分类/参数类型	AERMOD	ADMS	CALPUFF
适用评价等级	一级、二级评价	一级、二级评价	一级、二级评价
污染源类型	点源、面源、体源	点源、面源、线源、体源	点源、面源、线源、体源
适用评价范围	小于等于 50km	小于等于 50km	大于 50km
对气象数据最低要求	地面气象数据及对应高空气象数据	地面气象观测数据	地面气象数据及对应高空气象数据
适用污染源类型	点源、面源、体源	点源、面源、线源、体源	点源、面源、线源、体源
适用地形及风场条件	简单、复杂地形	简单、复杂地形	简单、复杂地形、复杂风场
模拟污染物	气态污染物、颗粒物	气态污染物、颗粒物	气态污染物、颗粒物、恶臭、能见度
其他	街谷模式		长时间静风、岸边熏烟
地表参数	地表粗糙度、最小 M-O 长度	地表反照率、BOWEN 率、地表粗糙度	地表粗糙度、土地使用类型、植被代码
干沉降参数	沉降率	干沉降参数	干沉降参数
湿沉降参数	清洗滤	湿沉降参数	湿沉降参数
化学反应参数	化学反应选项	半衰期、氮氧化物转化系数、臭氧浓度等	化学反应计算选项
其他参数	模拟建筑物/山区	时区、城市/农村	时区、地形影响半径、气象台站影响半径、风速幂指数、静风域值、混合层域值

8.2.2　大气环境规划目标

为了改善区域大气环境质量，使经济建设和环境保护协调发展，对新建项目必须合理规划和布局，对现有的主要大气污染源必须有计划有步骤地进行治理，对现有不合理的企业进行搬迁，需要制定大气环境规划目标。大气环境规划目标需与总体规划目标相协调，一般包括近期、中期和远期目标。指标体系包括环境质量类、环境污染控制类等指标。举例如下，某南方地级市近期指标：

① 环境质量类指标　市域范围内的风景名胜区、自然保护区、旅游度假区的环境空气质量达到国家一级标准，市域范围内除一类区以外的其他区域的环境空气质量达到二级标准天数的比例达到 96％，降水酸度有所减轻；

② 环境污染控制类指标　工业废气排放达标率 92％，机动车尾气达标率在 90％以上，烟尘去除率 98％以上，城镇燃气普及率 90％，工业排放 SO_2 脱硫率 30％，SO_2 排放总量控制在 5 万吨以内、氮氧化物排放总量控制在 1 万吨以内。

8.2.3　环境空气质量功能区划

根据《环境空气质量标准》（GB 3095—1996）第四条规定，参照《环境空气质量功能区划分原则与技术方法》（HJ 14—1996）技术要求，在已有大气环境功能区划的基础上，对全区空气环境质量功能进行优化。大气环境功能区划要充分考虑现有产业布局及其优化调整，并结合区域污染治理规划，系统划定，既便于保护大气环境质量，又便于环境管理。由于《环境空气质量标准》的修订要求，现代环境规划一般去掉原来的三类区，并画出控制区域（如禁燃区）。

环境空气质量功能区以保护环境、保障人体健康及动植物正常生存、生长和文物古迹为宗旨。划分的一般原则和要求包括：a. 根据区域功能划分功能区，如经济技术开发区、工业区、居民区、文教区等，或对重点保护区、一般保护区、污染控制区、重点污染治理区等；b. 应充分利用现行行政区界或自然分界线，应重点保护的一类区置于最大风频的上风向，三类区置于下风向；c. 宜粗不宜细，既要考虑环境空气质量现状，又要兼顾城市发展规划；d. 不能随意降低原已划定的功能区类型；e. 一、二类功能区不得小于 $4km^2$；f. 各类区之间应设置一定的缓冲带，缓冲带的宽度根据区划面积、污染源分布、大气扩散能力确定。一般情况下一类区和三类区之间的缓冲带宽度小于 500m，其他类别功能区之间的缓冲带宽度不小于 300m。缓冲带内的环境空气质量应向要求高的区域靠拢。

此外，部分地区还需划定禁止销售和使用高污染燃料的区域。根据《中华人民共和国大气污染防治法》的有关规定和要求，为了保护中心城区和居民集中城镇的环境空气质量，在所辖范围内将热电厂的供热范围（除了较大工业区）、中心城区和居民集中城镇，规划中确定的环境空气质量一类功能区、风景名胜区范围划定为禁止销售和使用高污染燃料的区域，热电厂的供热范围内可以允许备用燃煤锅炉的存在。在上述禁止销售和使用高污染燃料区域内的企业、单位和个人不得销售和使用燃煤、重油等高污染燃料，应改用天然气、液化石油气、电或者其他清洁能源。规划中的高污染燃料一般是指含硫率高于 0.5％ 的煤、油或其他燃料，并制定禁燃区划图。

8.2.4 大气环境容量与总量控制

8.2.4.1 大气环境容量理论

(1) 概念

环境容量是指单位时间允许排入某一环境系统的污染物质量。大气环境容量的概念有两种不同的理解：一方面大气是运动着的整体，某地的一团气块和其中的污染物质，最终可能被输送、分散至地球大气圈中的每个角落，按这样的理解，应当研究在全球范围内大气污染物的发生、输送、转化和清除过程，考察大气对它们的自净能力；在此基础上方能求取大气环境对各种污染物质的容量。这种容量至少要在相当大的区域内考虑才有意义，并且求解起来十分复杂，不可能在近期内解决。另一方面对一个城市或地区的污染控制来说，急需了解的是，为达到一定的环境质量目标所允许的总排放量。这是环境规划所关心的。于是称后一种允许排放量为大气环境容量，即在一定气象条件和污染源结构条件下区域满足大气环境质量目标时大气污染物的允许排放总量称为区域的大气环境容量。

(2) 大气环境容量的确定

为了能够定量计算一定城市或地区的大气环境容量，首先应弄清有关影响因子和相互关系的原理。为此，应从它的定义出发来考虑，其关键则为所期望达到的环境目标。一个地区的大气环境质量目标通常以所能允许的污染物地面浓度来表示。因此，一切能够影响该地区污染物地面浓度的因子都与环境容量有关。其原理可由图 8-1 表示。

图 8-1 表明，决定一个地区大气环境容量的因素有两类：一类是自然因素，包括污染物在大气中的输送、扩散、干沉积和湿沉积，以及各种化学和清除过程，这些过程由空气质量

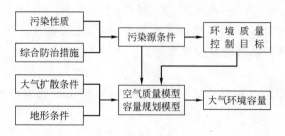

图 8-1　大气环境容量

模式中的有关方程和公式来模拟。另一类是人为的社会经济因素，包括环境质量目标的确定和对污染源的干预（治理、控制措施）等。因此，大气环境容量不是一个简单的固定值，它是随下列因素改变的：a. 环境质量目标；b. 污染物质种类及排放状况；c. 气象条件；d. 综合防治对策及治理措施等。只有当上述因素具体确定之后，"大气环境容量"才具有实际意义。对于一个特定的区域来说影响其大气环境容量的自然因素是随时空尺度变化的，但是这些因素在一确定的地区在一定时间尺度上具有统计平均的特征。因此，对某一地区的大气环境容量通常是指该地区在一定时间尺度上的平均大气环境容量。另外在污染控制时也需要了解该地区的平均大气环境容量。

（3）计算条件

平均大气环境容量主要取决于计算时气象条件的时间尺度及所对应的环境质量目标。已有的容量研究工作中一般选择典型日（或不利）气象条件和日平均浓度作为计算容量的条件，并提出了设计或选择典型日的方法。北方污染城市采用典型日或恶劣气象条件作为计算条件的一个原因是采暖季与非采暖季浓度差别太大，如以年平均浓度达标作目标，则不能保证采暖季浓度达标；另一个原因是这些城市大气环境规划的目的是进行污染控制规划，可以用较恶劣或不利气象条件作为控制条件。但是以典型日（或不利）气象条件计算得到的污染源与控制点之间的关系是不完全的，由此规划得出区域的大气环境容量并进行污染物总量控制，其结果是没有保证的或非最优的。

南方城市污染物年内的浓度差异变化较小，但由于风向的季节变化，污染源造成的污染区是变化的。如以典型日或某种气象状况作计算条件，不能完全反映污染源与周围控制点的影响关系。由以上分析，我们认为以年平均浓度标准作环境质量控制目标，以根据气象条件年的联合频率计算的污染源对控制点的影响系数（即传递函数）进行平均大气环境容量规划比较合适。年平均大气环境容量一方面保证计算结果的完全性和可信性，另一方面便于环境管理部门据此制定分年度的污染控制对策，保证连续性。由于污染物年平均浓度和日平均浓度之间存在着内在的关系，因此，年平均浓度达标的条件将保证日平均浓度以一定的保证率达标。即以年平均浓度作为环境质量目标并不会使计算容量偏大而致使日平均浓度不能达到要求。

为了计算年平均大气环境容量，需要确定大气污染物的年日平均浓度标准，根据 GB 3095—1996《环境空气标准》中的有关规定，可得到二氧化硫、二氧化氮、PM_{10} 等污染物的年平均浓度标准值。

8.2.4.2　大气环境容量计算模型

区域在满足大气环境质量目标的前提下，最多允许向大气中排放的大气污染物数量，称为区域的大气环境容量。大气环境容量值取决于区域的大气扩散能力、区域大气质量目标和区域污染源排放条件。

目前应用较广泛的大气环境容量计算模型有 *A-P* 值法模型、箱模型、线性规划模型、ADMS 模型及多种模型相结合的复合模式等。

(1) *A-P* 值法

① 区域总量控制限值　根据总量控制 *A* 值法，可给出一般城市范围气态污染物的允许排放总量：

$$Q_a = AC_s\sqrt{S} \tag{8-11}$$

$$A = 3.1536 \times 10^{-3}\sqrt{\pi}V_E/2 \tag{8-12}$$

式中，Q_a 为允许排放总量，10^4 t/a；A 为总量控制系数，A 值对一个地区平均而言是常数；C_s 为污染物年平均浓度的标准限值，mg/m³；S 为控制区域面积，km²；V_E 为通风量。

如果城市分成 n 个功能分区，每个分区面积为 S_i，则各分区允许排放总量为：

$$Q_{ai} = AC_{si}\frac{S_i}{\sqrt{S}} \tag{8-13}$$

全控制区允许排放总量为：

$$Q_a = A\sum_i C_{si}\frac{S_i}{\sqrt{S}} \tag{8-14}$$

因此，根据控制区所在地理位置、面积大小及各功能区的大气质量标准，就可以求出该区域内的允许排放总量。

夜间大气温度层结构稳定时，高架源对地面影响不大，但低源及地面源都能产生严重的污染。根据低架源的分担率 α，可推出各分区低架源的允许排放总量：

$$Q_{bi} = \alpha Q_{ai} \tag{8-15}$$

全控制区夜间低架源的允许排放总量 Q_b 为：

$$Q_b = \alpha Q_a \tag{8-16}$$

② 点源排放限值与总量控制限值的配合　总量控制 A 值法规定了区域总允许排放量，但无法确定每个源的允许排放量。A-P 值法就是指用 A 值法计算控制区域中允许排放总量，用修正的 P 值法分配到每一个污染源的一种方法。点源排放 P 值法中规定烟囱有效高度为 H_e 的点源允许排放率为：

$$q_{pi} = P \times C_{si} \times 10^{-6} \times H_e^2 \tag{8-17}$$

式中，q_{pi} 为点源允许排放率，t/h；P 为点源地区控制系数；C_{si} 为污染物日平均浓度的标准限值，mg/m³；H_e 为点源有效源高，m。

用 P 值法可限制固定的某个烟囱的排放总量，但不能对烟囱个数加以限制，因而也无法限制区域排放总量。为了将 A 值法和 P 值法互相配合，首先将点源分为中架点源（几何高度在 100m 以下 30m 以上）与高架点源（几何高度在 100m 及以上）。中架源与低矮源一般主要影响邻近区域或所在功能区的大气质量，而 100m 以上高架源则可能影响全控制区的大气质量。

由于某 i 功能区内所有高度在 100m 以下的点源及低矮源的排放总量不能超过允许排放总量 Q_{ai}，即：$Q_{ai} \geqslant T\sum_j \beta_i \times P \times C_{si} \times 10^{-6} \times h_{ej}^2 + Q_{bi}$　$(H < 100\text{m})$ $\tag{8-18}$

式中，T 为控制周期(一年)；β_i 为调整系数，$\beta_i = (Q_{ai} - Q_{bi})/Q_{mi}$；$Q_{mi}$ 为中架源允许排

放总量

$$Q_{mi} = T \sum_j n_{ij} \times P \times C_{si} \times 10^{-6} \times h_{aij}^2 \quad (H < 100\text{m}) \tag{8-19}$$

n_{ij} 为第 i 个功能区内 j 烟囱高度分组中的烟囱根数。当计算结果 $\beta_i > 1$ 时，β_i 取 1。对每个功能区都求出调整系数 β_i 后，可得到调整后全区域中架源排放量 Q_m：

$$Q_m = \sum_{i=1} \beta_i Q_{mi} \tag{8-20}$$

由调整后全区域中架源排放总量 Q_m，全区高架源排放总量 Q_h，则可求出整个控制区的总调整系数 β：

$$\beta = (Q_a - Q_b)/(Q_m - Q_h) \tag{8-21}$$

当 β 大于 1 时，β 取 1。当 β_i 及 β 值确定后，各功能区的 P 新的实施值可取为：

$$P_i = \beta_i \times \beta \times P \tag{8-22}$$

各功能区点源新的允许排放限值可为：

$$q_{pi} = \beta_i \times \beta \times P \times C_{si} \times 10^{-3} \times H_e^2 \tag{8-23}$$

当实施该限值后，各功能区即可保证排放总量不超过总限值。

我国各地区（不含港澳地区）总量控制系数 A、低源分担率 α、点源控制系数 P 值见表 8-5。

表 8-5 我国各地区（不含港澳）A、α、P 值表

序号	地　　区	A	α	P	
				总量控制区	非总量控制区
1	新疆、西藏、青海	7.0~8.4	0.15	100~150	100~200
2	黑龙江、吉林、辽宁、内蒙古（阴山以北）	5.6~7.0	0.25	120~180	120~240
3	北京、天津、河北、河南、山东	4.2~5.6	0.15	120~180	120~240
4	内蒙古（阴山以南）、陕西（秦岭以北）、山西、宁夏、甘肃（渭河以北）	3.6~4.9	0.20	100~150	100~200
5	上海、广东、广西、湖南、湖北、江西、安徽、浙江、江苏、福建、台湾、海南	3.6~4.9	0.25	50~75	50~100
6	云南、贵州、四川、重庆、甘肃（渭河以南）、陕西（秦岭以南）	2.8~4.2	0.15	50~75	50~100
7	静风区（年平均风速小于 1m/s）	1.4~2.8	0.25	40~80	40~80

（2）线性规划法

① 线性规划模型　首先利用城市多源模式模拟计算出污染源对质量控制点的浓度影响矩阵，然后再利用线性规划模型对大气环境容量计算。线性规划模型的优点是在大气容量计算的过程中可以将城市区域的大气扩散能力、大气质量目标及所采取的大气污染控制措施等因素进行综合考虑，其计算得到的大气环境容量较符合实际情况。

线性规划模型为：

目标函数　　$\max F(Q) = \sum_{j=1}^N Q_j$

约束条件 $\quad \sum\limits_{j=1}^{N} A_{i,j}Q_j \leqslant C_i$

$\qquad Q_j \geqslant 0 \qquad (j=1,2,\cdots,N;i=1,2,\cdots,M)$ （8-24）

模型（8-24）中，$F(Q)$ 为目标函数，即区域所有污染源污染物排放量之和为最大；约束条件是区域内各质量控制点浓度达到目标值 C_i；A_{ij} 为区域内污染源 j 对控制点 i 的浓度贡献系数，Q_j 为污染源 j 的允许排放量；M 和 N 分别为区域质量控制点数和污染源总数。

区域的浓度控制目标是根据区域环境质量目标来确定的，区域内污染源 j 对控制点 i 的浓度贡献系数 A_{ij} 是利用本节③中的城市多源大气扩散模式计算而得到。

② 剩余大气环境容量计算模型　区域在现状大气污染水平基础上，在满足大气质量目标要求的前提下尚允许向大气中排放污染物的数量，可称为区域的剩余大气环境容量。

剩余大气环境容量计算模型为：

目标函数 $\quad \max F(Q) = \sum\limits_{j=1}^{N} Q_j$

约束条件 $\quad \sum\limits_{j=1}^{N} A_{i,j}Q_j \leqslant C_i - C_i^0$

$\qquad (j=1,2,\cdots,N;i=1,2,\cdots,M)$ （8-25）

模型（8-25）基本结构同模型（8-24），只是约束条件中右端项变为环境目标值 C_i 与现状污染浓度 C_i^0 之差；其他各项意义同前。

区域的剩余大气环境容量除取决于区域大气扩散条件，区域环境质量要求和区域污染源排放条件外，还取决于区域现状污染物浓度水平。环境质量目标值与现状污染水平的差越大，剩余容量值就越大；反之，差越小剩余容量值就越小。

③ 大气扩散模式

a. 多源大气扩散模式。城市多源大气扩散模式即为如下多源长期（年）平均大气扩散计算公式：

$$C(X,Y) = \sum\limits_i \sum\limits_j \sum\limits_k \left(\sum\limits_n C_{nijk} f_{ijk} + \sum\limits_n C_{Lnijk} f_{Lijk} \right)$$ （8-26）

式中，f_{ijk} 为有风时风向、稳定度、风速联合频率；C_{nijk} 为第 n 个污染源对应于联合频率 f_{ijk} 在 (X,Y) 点的浓度贡献值；f_{Lijk}、C_{Lnijk} 为静风或小风时，相应的联合频率和平均浓度。

b. 面源扩散模式。城市中有许多低矮的工业烟源和大量分散的家庭炉灶、饮食摊点及繁华区的密集交通网，这些污染源数量多，排放高度低且排放源强小，如果把它们用点源和线源模式逐一处理，计算量将十分庞大，因此，在具体的计算过程中往往把它们作为面源来处理。

城市中的家庭炉灶、低矮烟囱、饮食摊点及交通道路网的分布是不均匀的，在本规划中把城市区域划分为若干个 1000m×1000m 的计算网格，每个计算网格作为一个面源单元，然后把每一面源单元简化成一个"等效点源"来进行计算。为了克服在等效点源附近造成不合理的高浓度，必须给面源加上一个初始扩散尺度 σ_{z_0} 和 σ_{y_0}，σ_{z_0} 和 σ_{y_0} 由下面的经验公式给定：

$$\sigma_{z_0} = H_e/2.15, \sigma_{y_0} = L/4.3$$ （8-27）

式中，L 为面源元的边长；H_e 为面元单元的平均有效源高。由初始扩散可以求解出等效点源距面源中心的上风距离 X_y 和 X_z，然后用 $\sigma_y = \sigma_y (X + X_y)$，$\sigma_z = (X + X_z)$ 代入上面的大气扩散公式就可以计算面源的浓度贡献值。

（3）数值模拟法

目前比较热门的研究方法是通过数值模拟，计算各污染物在一定条件下满足排放标准的允许排放量，各种数值模式在 8.2.1 预测章节中已有说明，主要采用试错法或模型反推法的方式，即利用环境空气质量模型，依据环境空气质量标准，对研究区域的大气污染物通过试错不断进行削减，使超过环境标准的各时段不断逼近环境标准，便可得到不同达标率条件下的大气环境容量。

我国之前开展的区域大气环境容量总量控制研究中提出了理想环境容量、实际环境容量和规划环境容量的概念，其中理想环境容量是保证区域内整体空气质量的允许污染物排放总量，当污染物输入总量小于等于当地的大气理想环境容量时，污染物不会在该体积内累积，污染物的平均浓度不会随时间增加，确定主要应用 A 值法。实际环境容量是在保证区域内现状污染源格局条件下，污染物地面浓度不超过浓度限值的总量，主要应用多源模型法。规划环境容量是在保证区域内规划污染源格局条件下，污染物地面浓度不超过浓度限值的总量，与实际环境容量的确定方法相同，其中在实际和规划中应用的是后两者，规划环境容量更侧重于污染源的重新布局，是布局规划的主要依据。这三个均属于环境容量的概念，在研究尺度上不同。

8.2.4.3 大气环境容量分配与总量控制

国家已经在大区域内实施 SO_2 等污染物的总量控制，并在"十二五"期间开始实施氮氧化物的总量控制，各地区大气污染物排放总量控制应在其容量的基础上，满足大区域内污染物排放总量协调分配及总量控制的各方面要求，提出区域 SO_2、氮氧化物等的总量控制目标。如果在大气环境容量计算中已经采用网格方法，那么此处就可以不必再进行二次分配。

区域大气污染物削减的分配应遵循公平、效率和可行性原则，参照国内外一些做法，削减方式可以分为按燃料或原料用量的分配方法、一律削减排放量的分配方法、优化规划分配方法、投标博弈分配方法、多目标评价方法等。

在获得分区大气污染物削减量的基础上，就可以指定 SO_2、氮氧化物、颗粒物的总量控制技术路线了。即根据环境空气质量目标，对污染物实施总量控制，应考虑各源类对环境空气中污染物的现状排放量和贡献值，并通过一定的技术方法和手段制定各源类的允许排放量和贡献值。其中对于颗粒物而言，由于其来源复杂，需要通过颗粒物的源解析技术来获得浓度贡献值。

8.2.5 大气环境规划方案与控制措施

针对目前大气环境状况以及结合将来社会经济发展规划，结合城市经济发展规模、城市总体规划和工业布局等情况，提出控制和改善大气环境的优化规划方案，包括工业布局对策、交通、能源结构、产业结构和规模等方面的对策，主要包括如下方面。

① 推广使用清洁能源，改善燃料结构，加大排污口监察力度，抓住大气污染物的达标排放和总量控制不能放松。引进产生有机废气较多的产业时更多注意空间布局的集中性和远离居民区。改进废气处理技术，加大废气处理能力，完善工艺。

② 加强重污染工业布局调整和整治。重工业相对集中，引入工业区，远离居民区，污染物

高架点源排放，集中供热等等以实现合理利用大气环境容量，使大气环境质量得以健康保持。

③ 基于大气污染控制，按照相对集中，远离居民区的原则适当发展相对污染较轻工业项目。同时对现有的与居民区混杂的轻污染企业进行限期治理，重点在于排污口的设计合理和废气处理设施的正常运行，必要时对于规模小的企业可以采取搬迁或者转产。

④ 合理设置工业卫生防护带。在城市总体规划及工业布局时，使工业区和居民区之间保持一定距离，布置绿地构成工业区卫生防护带，对减轻居民区的污染具有重要意义。

⑤ 采用集中供热工程集中控制工业区污染源。新建工业区积极推广集中供热，各规划工业区可采用小区集中供热。使用高效除尘设备，减少粉尘污染。在项目建设过程中，应保持施工区有一定的湿度，在干燥天气要及时喷水。项目投产后应选择适当的工艺对锅炉烟气进行除尘。进行有机废气排放源工程技术治理，推广使用清洁能源，控制机动车尾气污染和餐饮业油烟污染。

⑥ 提高监控监测能力。重点废气污染源名单的污染源要逐步安装在线监控设施。同时基层环保部门也要加强技术能力，获得实时采样、快速分析、明确认证的能力。控制扬尘污染。重视对二次扬尘施工管理、道路和运输扬尘污染的控制，对施工工地实行围挡、道路硬化和覆盖，将"四堆"扬尘量削减到最低限度，增加绿地面积，改善道路质量，实行土地硬化与铺装，及时进行道路冲刷和清扫，积极控制扬尘污染。

综合污染源治理方案，能源结构调整方案，交通污染控制方案等对各情景方案的投资及政策保证要求进行分析。

8.3 大气环境规划实例

汕尾市位于广东省东部沿海，属南亚热带季风气候区。其气候特点是冬暖夏凉，阳光充足，多雨，夏秋台风影响较大。年平均气温 22.1℃，1 月气温最低，为 14.7℃，7 月最高，为 28.2℃，极端最高气温为 39.2℃，极端最低气温－0.1℃。由于汕尾南接南海，因此很少出现炎热天气。年最多风向为东北风，风向的季节变化大，9 月至次年 1 月盛行东北风，2～5 月盛行偏东风，6～8 月盛行西南风。年平均风速 2.2m/s，年平均大风日数 8 天，夏季明显多于冬季。6～10 月可有台风登陆本地，在台风影响下，曾出现过 45m/s 的最大风速，极大风速达到 60.4m/s。

随着汕尾市经济社会快速发展和珠三角产业向山区转移加速，区域环境保护压力也持续增加，迫切需要把握汕尾市环境现状，优化环境功能分区，明确区域环境承载力（或环境容量）及其空间分布，引导经济社会合理布局，以适应新时期环境保护与经济社会协调发展的需要，大气环境保护规划就是其中的一个主要研究专项。

明确规划任务和目标之后，制定汕尾市大气环境保护规划技术路线，见图 8-2，规划基准年为 2007 年。规划的重点任务在于优化环境空气质量功能区划，明确环境容量分布，引导经济社会合理布局。

8.3.1 区域现状与压力分析

8.3.1.1 汕尾市大气污染源现状调查分析

根据《汕尾统计年鉴 2008》针对 2007 年汕尾全市各种能源消费情况的统计（见表 8-

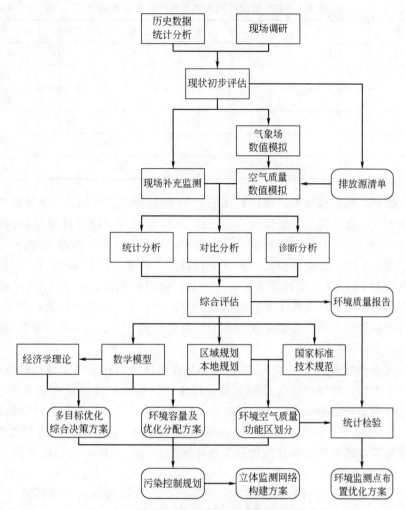

图 8-2　汕尾市大气环境保护专项规划技术路线

6)，采用排放因子法核算汕尾市全市及各区县主要大气污染物二氧化硫、氮氧化物和 PM_{10} 的年排放量，排放因子的选用参考了相关文献，各污染物排放因子详见表 8-7。

表 8-6　2007 年汕尾市能源消费统计　　　　　　单位：t

行政区	原煤	汽油	柴油	燃料油	焦炭	液化石油气
全市	26521.23	2646.12	15329.9	11199.2	1200	279.01
市直	0	183	4173.58	50	无统计	无统计
城区	1840	791.44	4166.74	16.7	无统计	无统计
红海湾	0	95	1019	0	无统计	无统计
华侨	0	60	0	160	无统计	无统计
海丰	17848.63	738.9	2543.33	2156.5	无统计	无统计
陆丰	6500	88	133	100	无统计	无统计
陆河	332.6	689.78	3294.25	8716	无统计	无统计

注：数据源自《汕尾统计年鉴 2008》。

表 8-7 本规划使用的大气主要污染源排放因子   单位：g/kg

种　类	NO$_x$	SO$_2$	PM$_{10}$
原煤	4.0	15.38	28.08
焦炭	4.80	19.0	0.288
汽油	16.7	1.6	0.250
柴油	9.62	2.24	0.5
燃料油	5.84	2.24	1.03
LPG	2.1	0.18	0.22

　　基于以上数据，利用排放因子法核算出的 2007 年汕尾市二氧化硫、氮氧化物和 PM$_{10}$ 排放源清单。从大气污染源排放总量来看，汕尾市 2007 年大气污染源排放总量较低，这主要是因为 2007 年汕尾电厂一期 1、2 号机组等大型火电厂暂未启用，而海丰的公平、鲘门等小型火力发电厂濒临关闭，发电量较低，燃煤消耗较少。从源区分布来看，海丰县、陆丰市和城区是二氧化硫和 PM$_{10}$ 的主要排放源区，海丰县、陆河县和城区是 NO$_x$ 的主要排放源区。预计随着红海湾的汕尾电厂、海丰县的华润电厂等大型火电厂的投产运营，汕尾市的大气污染物排放量将大幅增加，尤其需要重视海丰和红海湾的大气污染物未来的排放情况及其大气环境容量问题。

　　根据《汕尾市环境质量报告》，2007 年汕尾市在市区分别在市环保局、科技中心、新城中学共布设三个点位，对环境空气进行监测。环境空气质量继续保持良好水平。2007 年汕尾市区空气综合污染指数为 1.59，较 2006 年（1.60）降低 0.1％，四项污染物中可吸入颗粒物分指数（P$_3$）和降尘分指数（P$_4$）较 2006 年有所升高，主要原因可能是由于 2007 年度秋冬两季雨水较少，路面扬尘和建筑物施工扬尘所致。二氧化硫和二氧化氮的分指数（P$_1$、P$_2$）较 2006 年有所下降。

　　由于空气质量受到周边的影响较大，需要在一个大区域范围内考虑环境空气质量的情况。以海丰县为代表，对汕尾市市区外大气环境现状进行评价。2007 年海丰县环境空气中 SO$_2$、NO$_2$ 和 PM$_{10}$ 的年平均浓度皆达到了环境空气质量一级标准，全年环境空气质量良好。与 2006 年相比 SO$_2$、PM$_{10}$ 年平均浓度稍降，这主要是由于 SO$_2$ 浓度在第一季度、PM$_{10}$ 浓度在第三季度降低显著降低所致；然而，两年相比，SO$_2$ 浓度在第三季度、PM$_{10}$ 在第一季度仍出现较上年显著偏高的情况；与上年相比，2007 年的 NO$_2$ 年平均浓度偏高，主要体现在第一、三季度的偏高上。

8.3.1.2　大气环境压力预测分析

　　利用本规划近期（2010 年）、中期（2015 年）和远期（2020 年）社会经济规划的"中方案"预测情境，在污染源现状调查的基础上，根据"能源弹性系数理论"测算基于 GDP 增长情景下的能源增长情况，从而利用能源排放因子法对汕尾市大气污染源排放进行预测。预测中充分利用了《广东省东西两翼地区能源基础设施专项规划》关于能源消费弹性系数的预测结果，考虑到了汕尾市未来将要建设和上马的大型火电项目对能源消费弹性系数的影响，可较为客观地反映汕尾市经济社会发展与能源利用间的关系。

　　能源弹性系数包括能源生产弹性系数和能源消费弹性系数，前者是研究能源生产量的增长速度与国民经济增长速度之间比例关系的指标；后者［见公式(8-28)］是反映一个国家或地区某一阶段时期内能源消费增长速度与国民经济增长速度之间比例关系的指标。它直接反映了经济增长对能源消费的依赖关系。

$$能源消费弹性系数＝能源消费量增长率/GDP 增长率 \qquad (8\text{-}28)$$

本规划主要利用能源消费弹性系数来预测经济增长带来的能源消费增长率，即能源消费量增长率＝能源消费弹性系数×GDP 增长率。

广东省发展与改革委员会公布的《广东省东西两翼地区能源基础设施专项规划》显示，随着东西两翼经济加快发展以及大型电源项目的建设，东西两翼能源消费将保持较快增长。预计"十五"期间东西两翼能源消费年均增长 8.5％，能源消费弹性系数 0.91；"十一五"期间年均增长 10.6％，能源消费弹性系数 1.00；到 2010 年，东西两翼能源消费总量达 3282 万吨标煤，占全省能源消费总量 16％，全社会用电量 436 亿千瓦时，约占全省用电量 10％。2011～2020 年能源消费年均增长 10.4％，能源消费弹性系数 0.95。汕尾市隶属广东省东翼，因此本规划参考该能源专项规划关于能源消费弹性系数的预测结果（本规划近中远期时段内分别取值为 1.0、0.95 和 0.95），将汕尾市近、中、远期规划的能源消费弹性系数分别设定为 1.0、0.95 和 0.95。基于能源消费弹性系数及本规划的近中远期 GDP 增长率预测值，估算出大气主要污染物的近中远期排放情况，详见表 8-8。

表 8-8　汕尾市现状年及近中远期大气主要污染物排放预测　　　　　　单位：t

行政区	污染物	2007 年排放现状	2010 年排放	2015 年排放	2020 年排放
全市	二氧化硫	494.41	703.95	1399.04	2897.54
	氮氧化物	369.50	526.10	1045.59	2165.50
	可吸入颗粒物	764.98	1089.21	2164.71	4483.30
市直	二氧化硫	9.75	14.22	28.15	51.25
	氮氧化物	43.50	63.43	125.54	228.56
	可吸入颗粒物	2.18	3.18	6.30	11.48
城区	二氧化硫	38.94	55.73	111.69	233.22
	氮氧化物	60.76	86.97	174.29	363.94
	可吸入颗粒物	53.97	77.25	154.80	323.25
红海湾	二氧化硫	2.43	3.44	6.75	13.81
	氮氧化物	11.39	16.09	31.58	64.60
	可吸入颗粒物	0.53	0.75	1.48	3.02
华侨	二氧化硫	0.45	0.64	1.23	2.49
	氮氧化物	1.94	2.71	5.26	10.63
	可吸入颗粒物	0.18	0.25	0.49	0.99
海丰	二氧化硫	286.22	397.83	761.63	1519.95
	氮氧化物	120.79	167.90	321.43	641.47
	可吸入颗粒物	504.87	701.73	1343.43	2681.04
陆丰	二氧化硫	100.63	145.59	296.61	629.58
	氮氧化物	29.33	42.44	86.46	183.51
	可吸入颗粒物	182.71	264.33	538.53	1143.08
陆河	二氧化硫	33.12	45.91	87.53	173.97
	氮氧化物	95.44	132.30	252.23	501.29
	可吸入颗粒物	20.14	27.91	53.22	105.76

另外，考虑到汕尾市将有较多大型火电项目上马，如红海湾的汕尾电厂工程、海丰的华润电厂等，这些项目对汕尾市大气环境有较大影响，因此，在上述能源消费弹性系数理论预测的污染物排放量的基础上，需单独对海丰和红海湾区域电厂项目累加的污染物排放量进行核算。

根据项目调研，2008 年红海湾汕尾电厂一期工程的 1、2 号机组（于 2008 年运营投产）总装机容量为 2（个）×60（万千瓦），若 1 天按 24 小时连续发电计算，则日发电量为 24（小时）×2×60（万千瓦）=2880 万千瓦时，一年按 365 天连续发电计算，则年最大总发电量为 1051200 万度电，根据汕尾电厂 2008 年标准煤耗 305.95 克/千瓦时来计算，则年总耗煤量最大为 305.95 克/千瓦时×1051200 万千瓦时=3216146.4 吨。选择符合汕尾实际的参数，可核算出汕尾电厂一期工程 1、2 号机组二氧化硫、NO_x、烟尘的年最大排放量分别为 3087.50t、5789.06t、28507.73t。以此类推，汕尾电厂一期工程的 3、4 号机组（预计 2010～2015 年间运营投产）二氧化硫、NO_x、烟尘的年最大排放量分别为 3087.50t、5789.06t、28507.73t；根据原广东省电力工业局 1992 年的部署，规划建设容量为 8 台 600MW 燃煤机组，而其中就包括了汕尾电厂一期工程的 4×600MW 机组，因此，预计汕尾电厂二期工程（装机容量为 4×600 万千瓦）可能于 2015～2020 年进行建设并投产，则可核算出汕尾电厂二期工程二氧化硫、NO_x、烟尘的年最大排放量分别为 6175t、57015.46t、11578.13t。而海丰的华润电厂（预计 2010～2015 年间运营投产）规划的装机容量为 2（个）×100（万千瓦），按比例折算后可得二氧化硫、NO_x、烟尘的年最大排放量分别为 5156.13t、47607.91t、9667.74t。

（注：上述核算中，电厂燃煤灰分含量和含硫率分别按 30% 和 0.75% 计算，灰分中烟尘含量按 60% 计算，脱硫和除尘效率分别按 92% 和 99.3% 计算，氮转化率按 30% 计算，核算中未考虑脱硝。）

基于此，海丰和红海湾近期、中期、远期规划中，在充分考虑到火电厂能源消费情形下，累加的大气污染物排放量的压力预测如表 8-9 所列。

表 8-9　海丰、红海湾及全市大气主要污染物累加排放量预测　　单位：t

行政区	污染物	2010 年排放	2015 年排放	2020 年排放
全市	二氧化硫	3087.50	11331.13	17506.13
	氮氧化物	28507.73	104623.36	161638.82
	烟尘	5789.06	21245.86	32823.99
红海湾	二氧化硫	3087.50	6175.00	12350.00
	氮氧化物	28507.73	57015.46	114030.91
	烟尘	5789.06	11578.13	23156.25
海丰	二氧化硫	0	5156.13	5156.13
	氮氧化物	0	47607.91	47607.91
	烟尘	0	9667.74	9667.74

综上所述，汕尾市近中远期大气环境压力预测见表 8-10。

表 8-10 汕尾市近中远期规划大气主要污染物排放压力预测 单位：t

行政区	污染物	2010 年排放	2015 年排放	2020 年排放
全市	二氧化硫	3791.45	12730.17	20403.66
	氮氧化物	29033.83	105668.95	163804.32
	可吸入颗粒物	6878.27	23410.58	37307.29
市直	二氧化硫	14.22	28.15	51.25
	氮氧化物	63.43	125.54	228.56
	可吸入颗粒物	3.18	6.30	11.48
城区	二氧化硫	55.73	111.69	233.22
	氮氧化物	86.97	174.29	363.94
	可吸入颗粒物	77.25	154.80	323.25
红海湾	二氧化硫	3090.94	6181.75	12363.81
	氮氧化物	28523.82	57047.03	114095.51
	可吸入颗粒物	5789.82	11579.61	23159.28
华侨	二氧化硫	0.64	1.23	2.49
	氮氧化物	2.71	5.26	10.63
	可吸入颗粒物	0.25	0.49	0.99
海丰	二氧化硫	397.83	5917.75	6676.08
	氮氧化物	167.90	47929.34	48249.38
	可吸入颗粒物	701.73	11011.17	12348.78
陆丰	二氧化硫	145.59	296.61	629.58
	氮氧化物	42.44	86.46	183.51
	可吸入颗粒物	264.33	538.53	1143.08
陆河	二氧化硫	45.91	87.53	173.97
	氮氧化物	132.30	252.23	501.29
	可吸入颗粒物	27.91	53.22	105.76

注：核算中涉及烟尘和可吸入颗粒物转化，设定烟尘中的可吸入颗粒物占 80%。

8.3.2 规划目标

在大气环境现状评价和预测分析的基础上，制定汕尾市大气环境规划目标，近期要求环境空气质量稳定达标，污染物总量得到控制。中远期要求改变以总量扩张带动高速增长的经济发展格局和高投入、高能耗的经济增长模式，调整优化产业结构，具体指标见表 8-11。

表 8-11 汕尾市大气环境保护规划指标

序号	指标名称	单位	2010 年	2015 年	2020 年
1	单位 GDP 能耗	吨标煤/万元	<0.52	<0.50	<0.48
2	实施清洁生产企业的比例	%	10	20	30
3	万元产值二氧化硫排放量	kg/万元 GDP	<8.00	<7.20	<6.50
4	碳密度(万元 GDP 碳排放量)	kg/万元 GDP	—		低于 2005 年排放水平

序号	指标名称		单位	2010 年	2015 年	2020 年
5	总量控制指标	SO_2	万吨/年	2.00	2.00	2.00
6		NO_x		—	低于 2010 年排放量	低于 2015 年排放量
7	城市空气质量达到二级的天数占全年比例		%	≥95	≥95	≥95
8	机动车尾气达标率		%	≥90	≥95	≥95

8.3.3 环境空气质量功能区和容量

(1) 环境空气质量功能区划分

按照 GB 3095—1996《环境空气质量标准》及其 2000 年修改单、HJ 14—1996《环境空气质量功能区划分原则与技术方法》的要求，结合汕尾市的城市总体规划、大气污染源排放现状调查及环境空气质量现状分析，对汕尾市的环境空气质量功能区进行划分。将汕尾市划分为Ⅰ类和Ⅱ类环境空气质量功能区。其中一类功能区占地面积约 1584km²，包含海拔高度大于 400m 的大部分山体和汕尾市主要自然保护区所辖地带。其余部分划为二类区，约占地 3614km²，Ⅰ、Ⅱ类缓冲区，占地面积约为 73km²。

各类功能区的环境空气质量要求分别执行《环境空气质量标准》（GB 3095—1996）及其修改单的通知规定的各项污染物规定的标准，一类区执行环境空气质量一级标准；二类区执行环境空气质量二级标准。

(2) 大气环境容量测算

通过对汕尾市气象局提供的 2005～2007 年地面气象数据的统计分析，得出如下污染气象特征：汕尾市大气污染扩散的气象条件较好，一般来说冬半年吹东北偏东风较多，夏半年吹西南风较多，即常年存在一东北-西南走向的水平风通道，该水平风通道正好与汕尾市西部边界线相平行，而汕尾市西部边界线一带多为地势较高的山地地形，因而汕尾市大气污染对该区域影响较小。从汕尾市的大气稳定度及大气混合层高度来看，汕尾市大气常年多呈中性或弱不稳定性，大气混合层高度普遍较高，此种大气边界层结构有利于大气污染物的扩散。

基于上述理论，本规划利用对汕尾市污染气象条件的分析和对汕尾市污染源的调查结果，引入美国 EPA 的 AERMOD 多源高斯扩散模型，将本规划制定的环境空气质量功能区划分区控制标准作为汕尾市的浓度限值判据，采用源倍增法测算汕尾市大气自然环境容量和剩余容量。

模式中模拟了三种排放源（SO_2、NO_2 和 PM_{10}）在地形和气象条件影响下的环境浓度变化。其中，考虑了 PM_{10} 的干湿沉降和扩散削减以及 SO_2、NO_2 的化学反应衰减和扩散削减，其中单倍源 SO_2 模拟结果如图 8-3、图 8-4 所示。经分析可见整体上，汕尾市大气中 SO_2、NO_2 和 PM_{10} 的浓度皆优于环境空气质量一级标准，环境空气质量优良，这与监测数据保持一致。从污染物浓度分布上来看，污染物浓度较高地区主要集中在汕尾市城区、海丰县城区和陆丰市的南部地区，陆河县是汕尾市环境空气质量最优区域，汕尾市大气剩余环境容量较大。

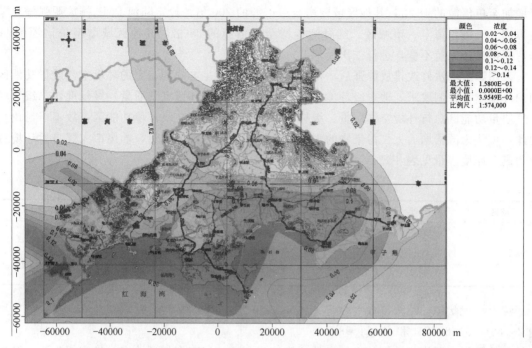

图 8-3　AERMOD 模拟的汕尾市 SO_2 小时平均浓度分布（单位：mg/m^3）

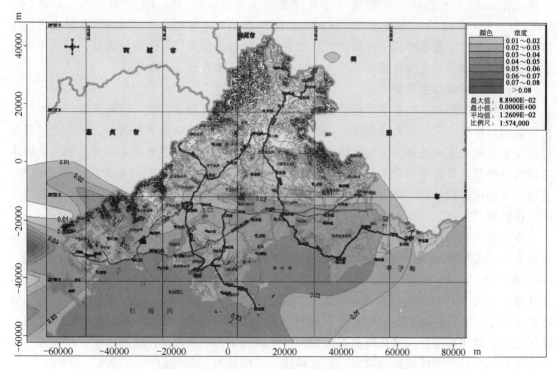

图 8-4　AERMOD 模拟的汕尾市 SO_2 日均浓度分布（单位：mg/m^3）

　　为计算汕尾市大气自然环境容量和剩余环境容量，通过对排放现状的模拟结果分析，并结合本规划功能区划分，采用排放源倍增方案设定海丰和陆河 SO_2 的排放源强分别为单倍源的 42 倍和 240 倍，红海湾 SO_2 的排放源强分别为单倍源的 36 倍，陆丰和华侨 SO_2 的排放源强为单倍源的 30 倍，其他区域排放源强皆为单倍源的 24 倍；设定城区 NO_2 排放源强度增加至单倍源的 48 倍，其他区域皆增至单倍源的 200 倍；设定陆河 PM_{10} 排放源强增至单倍源的 300 倍，海丰、市城区、红海湾皆增至单倍源的 36 倍，其他区域增至单倍源的 90 倍，模拟参数保持不变，进行二次模拟。

采用源倍增法修改排放源强后，模拟结果基本上满足本规划制定的环境空气质量功能区划的环境质量控制要求，即一级环境空气质量功能区执行环境空气质量一级标准，二级环境空气质量功能区执行环境空气质量二级标准（本规划不涉及三级环境功能区，故不予讨论）。因此，可认为源倍增后大气污染物的大气容量可作为自然环境容量，汕尾市大气自然环境容量和剩余环境容量见表 8-12。

表 8-12　汕尾市大气自然环境容量和剩余环境容量

行政区	指　标	计量单位	2007 年排放现状	自然环境容量	剩余环境容量
汕尾全市	SO_2	t	494.41	24259.41	23765.00
	NO_x	t	369.50	55052.25	54682.75
	PM_{10}	t	764.98	42716.96	41951.98

综上，现状年汕尾全市大气中 SO_2、NO_x 和 PM_{10} 都有较大剩余环境容量，其数值分别为 23765t、54682.75t 和 41951.98t。

此处采用多源模式计算的大气自然环境容量与《汕尾市大气环境容量核定报告》中利用 A 值法给出的大气自然环境容量（二氧化硫为 4.307 万吨/年、NO_x 为 9.305 万吨/年、PM_{10} 为 9.147 万吨/年）相比偏低，这可能是由于 A 值法中对地形及气象场因素考虑得过于简单，其中忽略了很多不利于污染物扩散的条件，这会高估大气自然环境容量，所以本规划采取多源模式核算的大气自然环境容量给出大气剩余环境容量。

(3) 大气环境总量控制

总量控制有两种，即基于目标的总量控制和基于容量的总量控制，目前实施的主要是基于目标的总量控制。区域大气剩余环境容量是指在现状大气污染水平基础上，满足大气质量目标要求的前提下尚允许向大气中排放污染物的数量，剩余环境容量是今后潜在的污染物排放最大容纳量，并非等同于大气污染源可以占用的量，为了控制大气污染源污染物的排放，实现大气环境保护目标，促进区域大气环境质量改善，本规划用目标总量控制方案对大气污染物排放进行控制。

本规划根据汕尾市各县（市、区）SO_2 排放量压力预测结果和"十一五"总量控制目标修订方案在汕尾市各县（市、区）的分配量（见表 8-13）来计算 2010 年 SO_2 的削减量，2015 和 2020 年 SO_2 的削减量的计算是在假设总量控制目标与 2010 年相同的情况下得到的，计算结果见表 8-14，由该表可见，近期（2010 年）、中期（2015 年）汕尾全市及各区县皆达到了"十一五"总量控制目标所分配的排放控制要求，远期（2020 年）由于红海湾地区汕尾电厂二期工程项目二氧化硫的累加排放，导致汕尾市二氧化硫排放超过了"十一五"总量控制目标所分配的排放控制要求，需要减排，减排量为 393.66t。

表 8-13　各县（市、区）"十一五"二氧化硫总量控制目标修订方案　　单位：t/a

地区	2005 年修订排放量	2010 年修订目标	"十一五"减排任务
汕尾全市	10010	20010	−10000
市城区	660	1060	−400

续表

地区	2005 年修订排放量	2010 年修订目标	"十一五"减排任务
华侨管理区	20	30	−10
红海湾	170	6510	−6340
海丰县	6630	9030	−2400
陆丰市	2100	2800	−700
陆河县	430	580	−150

注：减排任务为负值的，表示允许比 2005 年增加该数值。

表 8-14   汕尾市规划水平年 SO_2 总量控制目标和消减量   单位：t/a

行政区	2010 年			2015 年			2020 年		
	控制目标	排放量	削减量	控制目标	排放量	削减量	控制目标	排放量	削减量
汕尾市	20010	3791.45	−16218.55	20010	12730.2	−7279.8	20010	20403.7	393.7
市城区	1000	69.96	−930.04	1000	139.84	−860.16	1000	284.47	−715.53
华侨管理区	30	0.64	−29.36	30	1.23	−28.77	30	2.49	−27.51
红海湾	6510	3090.94	−3419.06	6510	6181.75	−328.25	6510	12363.8	5853.8
海丰县	9030	397.83	−8632.17	9030	5917.8	−3112.2	9030	6676.1	−2353.9
陆丰市	2800	145.59	−2654.41	2800	296.6	−2503.4	2800	629.6	−2170.4
陆河县	580	45.91	−534.09	580	87.53	−492.47	580	173.97	−406.03

注：削减量为负值时表示规划年限内本区域 SO_2 已达到控制目标要求无需消减，这里市城区包括市直和城区。

8. 3. 4   大气污染防治规划方案

通过大气环境容量分析和总量控制要求，得到各区域的削减量，再进行分配，优先削减排放量大的污染源，并从 SO_2、氮氧化物、颗粒物三种污染物来进行控制，得到如下的规划方案和重点工程。

（1）控制二氧化硫排放

控制二氧化硫排放量的关键是控制燃煤产生的二氧化硫排放，并兼顾工艺过程排放的二氧化硫。对于汕尾市二氧化硫排放的治理，应通过加强二氧化硫重点排放源的监测，控制工业炉窑二氧化硫排放，淘汰能耗高、效率低和污染大的企业和生产工艺，控制燃煤民用炉灶二氧化硫排放，实现煤气化以大大减少 SO_2 和 NO_x 排放，重点控制电厂、工业锅炉、工艺过程以及柴油车等污染源等措施，使汕尾市 2010 年、2015 年、2020 年二氧化硫排放总量均控制在 2.0 万吨之内，二氧化硫年日均浓度达到国家空气质量二级标准的要求。

（2）控制颗粒物排放

颗粒物的来源复杂，工业排放的主要来源是电站锅炉排放、工业锅炉排放、民用小煤炉排放、居民炊事灶排放、工业工艺过程排放、建材排放等。控制的技术包括电厂、工业锅炉、建材工业和餐饮排放安装和使用除尘设施，淘汰高污染车，禁止秸秆燃烧，加强建筑和城镇施工工地的管理，防治防尘污染。

（3）控制氮氧化物排放

对于汕尾电厂和规划落户海丰小漠的华润海丰电厂一期工程 $2 \times 1000MW$ 超临界燃煤发电机组工程，要求电厂加强对 NO_x 排放的控制，建议安装低氮燃烧器。2020 年前可考虑采用烟气脱硝技术，如钙烧天然气和采用先进的再燃技术，或采用选择性催化还原技术或非选择性催化还原技术。此外，对于小锅炉氮氧化物的控制，可以采用燃烧方式解决；对于大型燃煤锅炉，则需采用先进的再燃技术，或者采用选择性催化还原技术或非选择型催化还原技术的烟气脱硝技术。

（4）控制汽车尾气排放

汽车尾气污染物将是造成大气光化学烟雾的隐患，解决这一问题，一靠法规，加强监督管理，二靠技术进步，改进汽车发动机和性能，减少大气污染物排放量。具体措施包括，严把汽车质量关，最大限度地降低每辆车辆的排放强度；提高燃料质量，改变燃料结构，减少污染物排放；加强城镇道路建设，提高车辆行驶速度；加强交通管理，减少大气污染物排放等。

近几年内，汕尾市有几个大型项目已经或正要建设上马，如汕尾城区的汕尾电厂3、4号机组、番禺（汕尾）产业转移项目，海丰县的深圳（汕尾）产业转移工业园、华城能源、华润发电项目，陆河县的深圳水田（陆河）产业转移工业园项目，陆丰市星都经济试验区和东海经济开发区建设项目以及汕尾市各工业园区建设项目等，这些项目势必导致大气污染物的排放量增加，排放强度加大，这给顺利完成汕尾市"十一五"主要污染物排放总量控制目标带来了巨大的挑战。因此，配合这些大型项目的建设及投产运营，必然要求政府及各企业采取行之有效的大气污染防治措施，为实现区域内污染物排放总量达标创造条件。

汕尾市大气污染防治工程以电厂的脱硫脱硝、毛织、电镀、制鞋企业的除尘、片区内大于或等于2蒸吨/小时锅炉二氧化硫削减工程、民用天然气改造、重点企业大气污染源在线监测、旧车环保技术改造、区域大气环境综合整治及搬迁等为重点。工程内容及投资见表8-15。

表8-15 汕尾市大气污染防治重点工程一览表

行政区	序号	工业园、区名称	工程建设内容	完成时限	投资金额/万元	资金来源
城区	1	汕尾市新湖工业园	园区内工厂安装除尘装置	近、中、远期	400	企业自筹
	2	番禺（汕尾）产业转移工业园	园区内工厂安装除尘装置	中、远期	300	企业自筹
	3	汕尾市城区三和综合开发区	开发区内工厂安装除尘装置	近、中、远期	200	企业自筹
	4	东涌民营科技园	园区内工厂安装除尘装置	近、中、远期	200	企业自筹
	5	汕尾市城区马宫长沙湾工业区	园区内工厂安装除尘装置	近、中、远期	200	企业自筹
	6	汕尾电厂	安装脱硫脱硝设施及在线监测装置	近、中、远期	6000	企业自筹
陆丰	7	星都经济试验区	区内工厂安装除尘装置	近、中、远期	200	企业自筹
	8	东海经济开发区	开发区内工厂安装除尘装置	近、中、远期	200	企业自筹
海丰	9	深圳（汕尾）产业转移工业园	园区内工厂安装除尘装置	中、远期	300	企业自筹
	10	老区经济开发区	开发区内工厂安装除尘装置	近、中、远期	200	企业自筹
	11	海丰县科技工业园	园区内工厂安装除尘装置	近、中、远期	300	企业自筹
	12	海丰县金园工业园	园区内工厂安装除尘装置	近、中、远期	300	企业自筹

续表

行政区	序号	工业园、区名称	工程建设内容	完成时限	投资金额/万元	资金来源
海丰	13	华润发电项目	安装脱硫脱硝设施及在线监测装置	近、中、远期	200	企业自筹
	14	小漠石化基地	安装脱硫脱硝设施及在线监测装置	中、远期	200	企业自筹
	15	1 个电镀基地	园区内工厂安装除尘装置	中、远期	200	企业自筹
陆河	16	深圳水田（陆河）产业转移工业园	园区内工厂安装除尘装置	中、远期	300	企业自筹
	17	城东工业园	园区内工厂安装除尘装置	近、中、远期	500	企业自筹
	18	新河高新科技工业园	园区内工厂安装除尘装置	近、中、远期	400	企业自筹
华侨管理区	19	侨兴工业园区	园区内工厂安装除尘装置	近、中、远期	500	企业自筹
红海湾	20	红海湾开发区	开发区内工厂安装除尘装置	近、中、远期	300	企业自筹
	21	龙腾工业区	园区内工厂安装除尘装置	近、中、远期	300	企业自筹
	22	田墘民营工业区	园区内工厂安装除尘装置	近、中、远期	300	企业自筹
	23	遮浪能源工业区	园区内工厂安装除尘装置	近、中、远期	300	企业自筹
合计	—	—	—	—	12300	—

在上述规划案例中，采用了多源高斯扩散模型来计算大气环境容量，比理想状态下采用 *A-P* 值法得到的结果偏低，更加符合实际情况，也反映了现代大气环境规划容量计算的一个发展方向。同时，在规划目标和污染控制中，考虑了 SO_2、氮氧化物、颗粒物、碳排放的要求，区域压力预测中更强调能源消费的作用，这些都是现代环境规划的拓展领域。

参 考 文 献

[1] 李云生主编. 城市区域大气环境容量总量控制技术指南 [M]. 北京：中国环境科学出版社，2005.

[2] 环境保护部环境工程评估中心. 环境影响评价技术导则与标准 [M]. 北京：中国环境科学出版社，2010.

[3] 环境保护部华南环境科学研究所. 汕尾市环境保护规划（2008～2020）研究报告 [R]. 2008.

[4] 王瑞斌，王明霞，安华. 我国环境空气质量标准与国外相应标准的比较 [J]. 环境科学研究，1997，10（6）：35-39.

[5] 孙家仁，许振成，刘煜等. 气候变化对环境空气质量影响的研究进展 [J]. 气候与环境研究，2011，16（6）：805-814.

第9章

噪声污染控制规划

9.1 声环境污染防治规划概述

9.1.1 噪声的定义、危害及污染特点

噪声是指人们不需要的、令人厌恶或对生活和工作有妨碍的声音。它与人们的主观意愿有关，与人们的生活状态有关，因而它具有与其他公害不同的特点。另外，噪声可能有自然现象产生的，也可能是由人们活动形成的。

(1) 噪声的特点

噪声的特点主要表现为四个方面：第一，噪声属于感觉性公害，与人的主观意愿有关；第二，噪声在开始污染时，噪声的危害立刻就显现出来，噪声源停止污染后噪声的污染也随之消失；第三，噪声污染的形成涉及很多因素，而且污染源比较分散，给噪声污染的防治工作带来一定的困难；第四，噪声污染是物理性污染，本身对人无害，只是在环境中的流量过高或过低时，才会造成污染或异常，同时，其污染一般是局部性的，即一个噪声源不会影响很大的区域。

(2) 噪声的分类

按噪声的来源可将噪声分为交通噪声、社会噪声、工业噪声、施工噪声。

① 交通噪声　是指机动车辆、铁路机车、机动船舶、航空器等交通工具在运行的过程中所产生的干扰周围生活环境的声音。目前，随着城市车辆的增加，城市交通噪声也越来越严重。

② 工业噪声　是指在工业生产活动中使用固定设备时产生的干扰周围生活环境的声音。工业活动中由于机械振动、摩擦撞击及气流扰动等产生的噪声都属于工业噪声。它不仅直接对生产工人造成危害，而且给附近居民带来危害。

③ 施工噪声　是指在施工过程中产生的干扰周围生活环境的声音。如在施工过程中使

用的一些机械设备如搅拌机、打桩机等在运转时产生的噪声。虽然施工具有暂时性，但是声级高，因此影响较大。

④ 社会噪声 主要指社会活动和家庭活动所产生的噪声，如娱乐场所、餐饮业、菜市场等的噪声，家庭中的音响、电视等的噪声，户外或街道人声喧哗、宣传或做广告用高音喇叭噪声等。

另外，根据噪声的频率还可以将噪声分为低频噪声（频率在 20～200Hz 以下的声音）和高频噪声（频率在 2～16kHz 的声音）。其中，低频噪声虽然没有高频噪声对生理的影响明显，但低频噪声对人体健康的长远影响也应得到重视。

(3) 噪声的危害

① 干扰休息和睡眠 休息和睡眠是人们消除疲劳、恢复体力和维持健康的必要条件。但噪声会影响人的睡眠。在一般情况下，40dB（A）的连续噪声可使 10% 的人受到影响，突发性的噪声可使 10% 的人惊醒；50dB（A）的连续噪声可使 50% 的人受到影响；60dB（A）的突然噪声可使 70% 的人惊醒，对年老、体弱的人群影响更大。长期受噪声干扰睡眠会造成失眠、疲劳无力、记忆力衰退，以至产生神经衰弱综合征等。

② 影响语言交流 噪声对语言交流的影响，来自噪声对听力的影响。这种影响，轻则降低交流效率，重则损伤人们的语言听力。研究表明，30dB 以下属于非常安静的环境，如播音室、医院等应该满足这个条件。40dB 是正常的环境，如一般办公室应保持这种水平。50～60dB 则属于较吵的环境，此时脑力劳动受到影响，谈话也受到干扰。当打电话时，周围噪声达 65dB 则对话有困难；在 80dB 时，则听不清楚。在噪声达 80～90dB 时，距离约 0.15m 也得提高嗓门才能进行对话。如果噪声分贝数再高，实际上不可能进行对话。

③ 损伤听觉 如果人长时间遭受强烈噪声作用，听力就会减弱，进而导致听觉器官的器质性损伤，造成听力下降。强的噪声可以引起耳部的不适，如耳鸣、耳痛、听力损伤。一般情况下 85dB 以下的噪声不至于危害听觉，而 85dB 以上则可能发生危险。统计表明，长期工作在 90dB 以上的噪声环境中，耳聋发病率明显增加。

④ 造成生理或心理失调 噪声会引起人的生理、心理失调。实验表明，噪声会引起人体紧张的反应，使人烦燥、易怒甚至失去理智，使肾上腺素增加，随之引起心率改变和血压升高。还有实验证明，在噪声影响下，人脑电波可发生变化。噪声可引起大脑皮层兴奋和抑制的平衡，从而导致条件反射的异常。有的患者会引起顽固性头痛、神经衰弱和脑神经机能不全等。

9.1.2 规划目标、内容与技术路线

(1) 规划目标

在对城市的环境噪声污染现状评价、趋势预测的基础上，结合各噪声污染控制功能区的基本要求，以及地区相关规划，提出功能区的控制要求。通过一系列工程、管理措施以及优化城市空间布局控制噪声污染的程度和范围，提高声环境质量，保障居民正常生活、学习和工作场所的安静；有效遏制交通噪声对区域的影响。具体指标包括区域环境噪声达标率、交通噪声达标率、工业企业厂界达标率、建设施工场界达标率、区域环境噪声平均值、交通干线噪声平均值等。

(2) 规划主要内容及技术路线

噪声污染控制规划的制定，强调在遵循一定顺序的基础上开展，重点包括以下几部分的

内容：a. 声环境质量现状评价及相关规划分析；b. 噪声污染控制目标的制定；c. 对未划定声环境功能区划地区划定功能区，或对已划定的地区评估其有效性并修订完善；d. 从管理、工程、空间布局等方面对各类噪声制定噪声污染控制方案。具体技术路线见图 9-1。

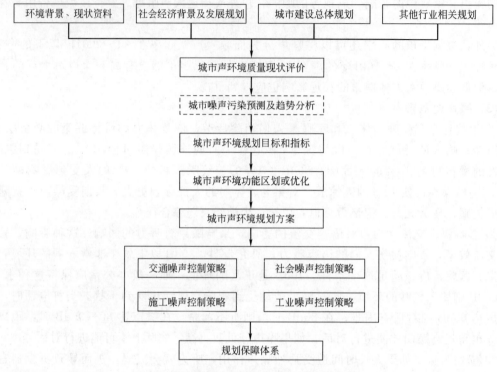

图 9-1　噪声污染控制达标规划技术路线

9.2　声环境污染防治规划体系

9.2.1　声环境质量现状与变化预测

(1) 声环境质量现状

声环境质量现状主要以国家和地方相关噪声标准为依据，以历年的噪声常规监测、噪声固定监测站以及噪声现状补充监测等数据为基础，对区域环境噪声、交通噪声和功能区噪声等声环境质量现状进行客观的分析和评价。

① 噪声标准或技术规范　声环境质量现状评价中涉及的噪声标准主要有：《声环境质量标准》（GB 3096—2008）、《工业企业厂界环境噪声排放标准》（GB 12348—2008）、《社会生活环境噪声排放标准》（GB 22337—2008）、《建筑施工厂界噪声限值》（GB 12523—90）、《机场周围飞机噪声环境标准》（GB 9660—88）、《城市区域环境振动标准》（GB 10070—88）、《声环境质量评价方法技术规定》。另外，在对不同地区进行环境规划工作时，还应参考该地区行政部门制定的相关标准。

② 声环境质量调查和信息采集　环境数据的收集分析不仅在编制规划时是必不可少的，而且在规划的实施过程中也要经常反馈信息，进行分析以调查规划或采取应变措施，保障规划目标的实现。声环境质量的数据信息一般来源于当地相关部门的噪声常规监测资料、环境

质量报告、噪声固定监测站的数据、资料，以及利用现场、部门调研获取地区的噪声分布情况、主要噪声源等信息；如有需要进一步了解噪声现状，可以根据实际需要进行噪声补充监测。在信息采集的过程中，要保障信息的针对性和权威性。另外，还需要收集规划地区的如城市发展规划、土地利用规划、交通规划等相关信息，以了解未来城市布局以及发展趋势。

③ 声环境质量现状分析　现状评价一般分为区域环境噪声现状评价、交通噪声现状评价和功能区噪声现状评价。区域环境噪声现状一般以行政区域为边界、以国家声环境质量标准为依据、噪声常规监测的数据为基础来进行评价，较常用的指标为"区域环境噪声等效声级平均值"。交通噪声的评价，首先监测点位应该选取在道路沿线，其次点位分布要尽量均匀，要能体现区域的交通噪声现状，较常用的指标为"道路交通噪声等效声级平均值"。功能区噪声现状评价是建立在声环境的功能区划基础上的评价体系，评价数据一般从网格中按照功能区划来抽取或者从各功能区的声环境固定监测站获取；如果数据资料不充足，还可以在各功能区内选择具有代表性的点位利用网格布点法进行补充监测。最后，总结识别地区噪声污染的主要问题。

（2）城市噪声变化趋势分析及预测

噪声变化趋势分析是以历年噪声值为分析对象，分析噪声变化趋势的一种分析方法。变化趋势分析没有相关的标准对声环境的历史变化趋势进行规定，但在从事声环境规划工作时，对声环境状况的历史变化趋势进行分析，是非常有意义的。对声环境进行历史变化趋势分析，可以让规划人员对规划区域的声环境变化规律有一个直观的了解，可以为后续的声环境污染压力趋势预测提供数据支持。

而声环境污染压力趋势预测主要有环境噪声预测和交通噪声预测。区域环境噪声预测的方法主要有灰色系统预测模型、人口密度预测模型、平滑指数预测模型等；交通噪声预测则有等间距车流模型、等效车流模型等。

① 区域环境噪声预测方法　区域环境噪声预测方法主要有人口密度预测模型、平滑指数预测模型、灰色系统预测模型、BP 神经网络预测模型、政策影响预测模型、整合预测区域内所有点声源的模型等。

a. 人口密度预测模型。人口预测模型认为城市噪声强度的分布与人们的活动有密切关系，人口密度的增长，道路交通的汽车流量因而增多，社会噪声也会相应加大，美国环保局在对美国不同城镇中所做的 100 次环境噪声测量之后，得出日夜等效噪声级 L_{dn} 与人口密度之间具有较好相关性的，其具体的关系式为：

$$L_{dn} = 10 \lg \rho + K_1 \tag{9-1}$$

式中，L_{dn} 为区域昼夜等效声级；ρ 为人口密度，人/km^2；K_1 为城市特征系数。

b. 平滑指数预测模型。指数平滑法兼容了全期平均和移动平均所长，不舍弃过去的数据，但是仅给予逐渐减弱的影响程度，即随着数据的远离，赋予逐渐收敛为零的权数。指数平滑法的基本公式是：

$$S_t = aX_t + (1-a)S_{t-1} \tag{9-2}$$

式中，S_t 为时间 t 的平滑值；X_t 为时间 t 的实际值；S_{t-1} 为时间 $t-1$ 的平滑值；a 为平滑常数，其取值范围为 $[0, 1]$。

c. 灰色系统预测模型。灰色预测模型又称 GM 模型，它是一组用微分方程给出的数学模型。利用 GM 可对所研究系统的发展变化进行全局观察、分析和长期预测。根据预测因子的数目可分为一阶多元预测模型 GM(1, N) 和一阶一元预测模型 GM(1, 1)。噪声预测一般采用 GM(1，1)模型，设 $x^{(0)}(1)$，$x^{(0)}(2)$，…，$x^{(0)}(M)$ 是所要预测的某项指标的原始数据，对原始数列做一次累加生成处理得到的数列为 $x^{(1)}(1)$，$x^{(1)}(2)$，…，$x^{(1)}(M)$。其中累加生成的新数列变化趋势可以近似地用微分方程描述：

$$\frac{\mathrm{d}x^{(1)}}{\mathrm{d}t} + ax^{(1)} = u \tag{9-3}$$

式中，a 和 u 可以通过最小二乘法拟合得到：$\begin{bmatrix} a \\ u \end{bmatrix} = (B^{\mathrm{T}}B)^{-1}B^{\mathrm{T}}Y_M$ (9-4)

式(9-4)中构造的数列矩阵 B 和列向量 Y_M 分别为：

$$B = \begin{bmatrix} -\frac{1}{2}\left[x^{(1)}(1) + x^{(1)}(2)\right] & 1 \\ -\frac{1}{2}\left[x^{(1)}(2) + x^{(1)}(3)\right] & 1 \\ \vdots & \vdots \\ -\frac{1}{2}\left[x^{(1)}(M-1) + x^{(1)}(M)\right] & 1 \end{bmatrix}, \quad Y_M = \begin{bmatrix} x^{(0)}(2) \\ x^{(0)}(3) \\ \vdots \\ x^{(0)}(M) \end{bmatrix} \tag{9-5}$$

微分方程（9-5）所对应的时间响应函数（数列预测的基础公式）和原始数的还原值为

$$\hat{x}^{(1)}(t+1) = \left[x^{(0)}(1) - \frac{u}{a}\right]\mathrm{e}^{-at} + \frac{u}{a}, \quad \hat{x}^{(0)}(t) = \hat{x}^{(1)}(t) - \hat{x}^{(1)}(t-1) \tag{9-6}$$

式中 $t = 1,2,\cdots,M$，并规定 $\hat{x}^{(1)}(0) = 0$。式(9-6)为 GM(1,1) 灰色预测模型的具体计算公式。

d. BP 神经网络预测模型。BP（back propagation，反向传播神经网络）人工神经网络是一种具有多层结构的前馈型映射网络，具有很强的非线性映射能力和柔性的网络结构，网络由输入层、中间隐含层、输出层三部分构成。BP 人工神经网络的工作原理是将一组样本的输入输出问题转化为一个非线性优化问题，是一个从输入到输出的高度非线性映射过程，其中采用的迭代运算求解权值和阈值相当于网络的学习记忆问题，加入隐含层节点单元使优化问题的可调参数增加，从而得到更精确的求解。

e. 政策影响预测模型。政策影响预测模型则是把政策对环境噪声的影响考虑到噪声预测中，以政策发布的年份为基准年，认为基准年政策对区域环境噪声的影响最大，基准年后政策的影响逐年降低。

f. 拟合点源预测模型。拟合点声源的模型是根据区域内其主要作用的声源数据，结合 GIS 资料，利用相关专业软件对区域内的噪声分布进行预测计算，从而得出区域的噪声平均水平。该方法较为直观，但对区域内基础数据要求较高，需要区域内所有交通噪声声源及其主要作用的固定声源数据以及自然高程、建筑物位置及分布、建筑高度、道路位置及分布、道路宽度、道路高程等大量数据。

② 交通噪声预测方法 道路交通噪声预测模型的出现代表着政府对噪声污染问题的重视。随着理论研究的深入，预测模型也在不断地发展。道路交通噪声的预测，是以一定的预测模式，根据交通量、车速、车型比、路面和地形等条件，预测公路建成后评价对象处的噪声值。

a. 等间距车流模型。等间距车流模型仅考虑车流量和车速，同时假设车辆在道路上均匀分布，则交通噪声级为：

$$L_{eq} = L_w + 10\lg(N/V) - 10\lg l - 33 \tag{9-7}$$

式中，L_{eq} 为交通噪声等效声级；N 为车流量；V 为车速；l 为测量点距离车道中心的距离。

b. 等效车流模型。城市道路交通噪声主要与车流量、车速、车辆种类等因素相关，其中最主要的是车流量，车流量达到一定程度时，它能够体现车速。因而采用等效车流量的方法可以使预测模型大大简化。

ⅰ. 车辆种类的考虑。根据不同车种在相同行驶状况和道路条件下所辐射的声功率级不同，以某一车型作为标准车，将不同车种的声功率级和标准车的比值作为该种车的计权权重。

$$a_i = W_i/W_b = 10^{0.1 \times (L_{wi} - L_{wb})} \tag{9-8}$$

式中，a_i 为第 i 种车的计权系数；W_i 为第 i 种车的声功率；W_b 为标准车的声功率。

ⅱ. 车速的考虑。一般随着车速的增加，车辆所辐射的声功率级也会相应增加。当车流量比较大时，车速受到限制而较小，而在交通低峰，车流量较小，车速相应较大。具体计算时，可以根据不同时段的车流量，选定不同车种的声功率级，从而考虑了车速的影响。

ⅲ. 等效车流量。将各种车型的车流量按照相应的计权系数换算为标准车，然后相加便得到了等效车流量 Q。

因而可以等到对式(9-8)的修正公式：

$$L_{eq} = L_w + 10\lg Q - 10\lg l - K_2 \tag{9-9}$$

式中，L_{eq} 为等效声级；L_w 为特定速度下等效车辆的声功率级；Q 为等效车流量；l 为预测点距车道中心的距离；K_2 为城市特征系数。

由以上分析可知，对于车流量比较大的城市交通噪声，采用等效车流量的方法来预测交通噪声级简便有效又能满足一定的精度要求。而根据经验统计的各车型声功率级将不同的车型换算成标准车型，使得计算与预测过程得以简化。

9.2.2 声环境功能区划

为了进一步加强环境噪声管理，有效地控制城镇的噪声污染程度和范围，提高声环境质量，需要通过声环境功能区划为噪声管理以及城市布局优化提供依据，为不同功能分区确定具体的声环境保护目标。主要按照国家《声环境质量标准》（GB 3096—2008）、《城市区域环境噪声功能区划分技术规范》（GB/T 15190—94）中的有关规定，结合规划区域的规划与现状特点，进行声环境功能区划分。

声环境功能区划应该注意与城市规划和土地利用规划结合，可根据城市规划的功能分区要求，结合相关噪声标准、规范的分类方法进行划分，其范围可参照土地利用规划以及城市总体规划分区的范围，落实到相应的网格区划图上。

在实际的规划中可能规划区域已划分声环境功能区，此时则需要评估原有功能区的合理性以及对于将来规划的适用性，并根据评估的结果以及新的发展规划适当地对该功能区进行优化和修改。

9.2.3 噪声污染控制规划

噪声污染不像水污染、大气污染那样问题突出，但也与人们生活息息相关。以噪声现状调查与评价为基础，进行噪声控制功能区划分，按不同的功能给出不同的噪声控制目标，并提出相应的综合防治措施。

根据交通噪声是从声源-传播途径-接收者的过程，所以对交通噪声的治理应该从控制噪声源、控制传播途径、噪声受体防护三方面考虑。

① 控制噪声源是噪声控制的最根本的措施，可通过如选用低噪声设备，加装减振、降噪装置以及改变操作程序或改造工艺等方式实现。需要控制的噪声源主要来源于工业、交通、娱乐场所、工地施工等。

② 传播途径控制是通过隔声、吸声、消声等措施，削减或消除噪声对敏感目标的影响。如在高架桥上加建隔声屏障、在道路两侧设置绿化隔声带等措施。

③ 噪声受体防护，即在采取以上措施后仍不能达到声环境要求的，需对直接敏感目标采取的防护措施。如在道路两侧的居民楼改装隔声窗、隔声门等措施。

以上这些主要是工程方面的措施。但由于噪声污染的形成涉及很多因素，而且污染源比较分散，单一的工程措施一般不能有效控制区域的噪声问题，还需要制定管理、优化区域布局规划、建筑结构与布局优化等综合控制与预防的措施。例如提出噪声敏感区的行业准入制度、加强法制管理、控制施工时间、合理规划道路建设从设计上减缓对周边敏感区的影响等，为待规划区域提供改善或维护声环境质量状况的管理及合理发展建设的建议。

最后，除了通过工程措施以及行政管理手段对噪声污染的控制外，还需要通过加大宣传教育力度，提高噪声防治的环境意识。环境宣传教育是开展好环保工作的一项重要手段，为环保执法制造了良好的舆论氛围。只有加强环境宣传教育工作，提高全民的环境法制意识，才能使人们自觉地执行环保法律、法规，正确行使职权，形成全社会共同参与、共同监督的良好氛围。要切实加强对"环境污染防治"的宣传教育，让人们了解噪声对人体的危害及对人们生活的影响。提高人们的社会公德意识和治理噪声污染的责任感，使企业自觉地安装污染防治设施，彻底杜绝对周围环境的污染。特别是随着社会的发展，现今居民对噪声扰民的问题逐渐关注，居民对邻里间、周边餐饮、工商业的噪声投诉增加，而这些很多是突发的噪声，在执法的过程中难于取证；因此，在规划中需要提出通过宣传引导来减少这些噪声以及新的噪声问题控制的相关内容。

9.3 声环境污染防治规划实例

声环境污染防治规划实例，我们以《海丰县环境保护规划（2008—2020 年）》的内容简单介绍。

9.3.1 城市噪声污染状况评价

(1) 区域环境噪声

① 县城区域环境噪声　根据海丰县环保局监测数据，2007 年海丰县城区环境噪声为55.7dB，较 2006 年上升了 0.1dB。海丰县环境噪声总体较稳定，年变化较小（见图 9-2），2005～2007 年总体达到国家规定的标准水平。而在声环境功能区达标方面，海丰县城区域噪声 1 类功能区超标最为严重，2 类功能区次之。1 类功能区 2007 年超标率为 30.8%，较2006 年上升了 3.9%；2 类功能区 2007 年超标率为 24.6%，较 2006 年上升了 2.1%；1、2类功能区三年来超标呈上升趋势，现有声环境功能区划已出现一定的不合理性，在规划中应适当调整其功能区。

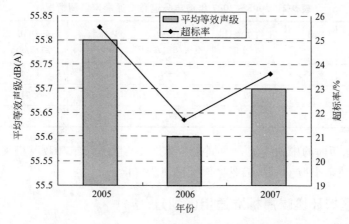

图 9-2 2005～2007 年海丰县城区域环境噪声概况

② 小城镇区域环境噪声 选取西部鹅埠、赤石、小漠、鮜门四镇镇区作代表监测，以分析海丰县小城镇区域环境噪声。以 120m×120m 的网格布点，共布点 29 个，监测结果依据 GB 3096—2008《声环境质量标准》中 2 类区标准作为评价标准，监测结果见表 9-1。从监测结果看，昼间只有鹅埠镇昼测值全部达标，其余三镇均有部分测点超标；夜间四镇均有部分测点超标；其中，鮜门镇噪声污染较为突出，昼间达标率较低，夜间所有测点均超标，可见，小城镇随着经济的发展，各种声源增加，声环境受到一定程度的污染。

表 9-1 四镇区域环境噪声现状统计表

镇区名称	评价标准/dB	点位个数	达标率/%	区域环境噪声平均值/dB	平均值达标情况
赤石镇	60	6	88	57	达标
	50		17	51	超标
鹅埠镇	60	8	100	55	达标
	50		63	50	达标
鮜门镇	60	7	43	60	达标
	50		0	53	超标
小漠镇	60	8	78	56	达标
	50		69	50	达标

（2）道路交通噪声

根据环保局资料，2005～2007 年海丰县道路交通噪声在 12 条交通主、次干线上共设 31 个测点进行监测，监测情况统计表见表 9-2。2005～2007 年交通噪声平均等效声级年度变化较小，较为稳定，平均等效声级均达到《声环境质量标准》（GB 3096—2008）标准要求，但路段达标率逐年下降较快，由 2005 年的 80.65% 下降到 2007 年的 61.29%，下降了 19.36%，交通噪声总体呈恶化趋势。

（3）主要声环境问题

① 从信访投诉率来看，生活噪声中饭店、宾馆等第三产业的风机噪声、卡拉 OK 的音响噪声、五金加工店的切割噪声成为主要扰民问题。

② 交通噪声影响较大，过境公路对城区的影响更加突出，城镇缺少交通管理和噪声控制。过境公路穿越城区，城市发展与公路运输相互干扰矛盾较大：324 国道经过城区的路段

表 9-2 2005~2007 年海丰县道路交通噪声监测情况

年度	测点数/个	总路长/km	平均车流量/(辆/小时)	平均等效声级/dB(A)	达标率/%	大于70dB(A)路长/km	等效声级范围/dB(A)
2005	31	43.35	994	67.0	80.65	4.24	62.8~76.0
2006	31	43.35	995	67.2	70.97	8.31	61.8~72.2
2007	31	43.35	991	67.0	61.29	13.3	51.1~80.7

位置,处于城市东西向的中轴线上,两侧基本都是公共服务设施和政府机关。

③ 居住区内混杂小型工厂,工业噪声扰民现象突出。

9.3.2 城市区域环境噪声标准适用区划分

(1) 海丰县原有声环境功能区划方案

根据 2001 年《海丰县城"城市区域环境噪声标准"适用区划分》技术报告,海丰县执行的功能区划见表 9-3。

表 9-3 海丰县城区域原有区划方案 单位:dB

类别	适应区名称	面积/km²	四至界限 东	西	南	北	噪声标准 昼	夜
1	城东旧址区	2.07	开发大道	滨河路	三环路	穿城路	55	45
	西北文教区	0.63	海银路	二环路	穿城路	二环路		
	云岭机关区	0.75	二环路	云岭山庄路	穿城路	三环路		
	面积合计	3.45						
	占总区域比例	8.69%						
2	东南混合区	8.31	外环路	海汕路	外环路	二环路	60	55
	西南混合区	8.35	海汕路	联河路	南缘路	穿城路		
	北片混合区	6.31	开发大道	海银四化路	穿城路	东银路		
	面积合计	22.97						
	占总区划比例	57.86%						
3	城东工业区	6.75	江缘路	二环路开发大道	穿城外环路	北外环路	65	55
	城西工业区	4.63	联河路云岭山庄路	边路	南外环路	西北环路		
	面积合计	11.38						
	占总区划比例	28.66%						
4	二环路第一排建筑物面向一侧区域	0.48	三角站黄江大桥	海关县政府	穿城路	尖山岭变电站	70	55
	三环路第一排建筑物面向道路一侧区域	0.6						
	外环路	0.14						
	老广汕路	0.10						
	穿城路	0.37						
	海尾路	0.07			曾厝村车站	二环路森林公园标牌		
	海紫路	0.07						
	海银路	0.04			二环路口			
	人民西路	0.03		车站				
	面积合计	1.90						
	占总区划比例	4.97%						

随着海丰县的发展，原有的区划方案已逐渐不能满足功能区的要求。如 1 类区城东旧址区部分区域、西北文教区部分区域因县城发展增加了声环境压力，已难以满足功能区要求等，因此该声环境功能区应适当调整。

（2）海丰县（镇区）**声环境功能区修订方案**

在原有《海丰县城"城市区域环境噪声标准"适用区划分》的基础上，利用《海丰县县城总体规划》、《海丰县土地利用总体规划》各土地类型分类以及海丰县县城噪声常规监测数据等相关资料进行对比、叠加分析，并根据《城市区域环境噪声适用区划分技术规范》的划分原则，对海丰县声环境功能区调整结果如下。

① 0 类区　是指特别需要安静的疗养区、高级宾馆和别墅区。该区域内及附近区域无明显噪声源，区域界限明确，面积原则上不少于 $0.5km^2$。按海丰县城市总体规划的构想，县城现阶段还不具备这类标准的区域条件，故本方案暂不划分 0 类标准适用区。

② 1 类区　a. 准堤阁、龙山公园、烈士纪念碑、总农会旧址、彭湃故居、龙舌埔公园文化故址区。b. 西北教育科研用地区域。c. 云岭机关区、云岭山庄住宅区。d. 北部公园教育区（青年公园、海丰公学、育才艺术学校区域）。

③ 2 类区　3 类区、4 类区以外区域，以居住商业混合功能为主的区域。

④ 3 类区　科技工业园、金园工业园、金岸工业园。

⑤ 4 类区　主要包括主次干道。包括二环路、三环路、外环路、广汕公路、穿城路、公园北路、开发大道、海银路、海紫路、海龙路、三新路、海汕路、人民西路、渠边路、科技路、西北路、青年绿道、老广汕路、南夏路、关厝围路、柯上路、横排路、四化路、解放路、中龙路、三阳路、龙中路、滨河西路、滨河东路、赤山路、象围西路、象围东路、教育路、东银路、茗下北路。

另外，对于县内各乡村原则上执行 1 类声环境功能区要求，工业活动较多的村庄以及有交通干线经过的村庄（指执行 4 类声环境功能区要求以外的地区）可局部或全部执行 2 类声环境功能区要求。

9.3.3　城市噪声污染控制目标和措施

（1）声环境规划目标

① 近期（2008～2012 年）　主要控制施工噪声与交通噪声。严格按照施工期噪声标准要求进行施工，在道路建设的同时对路两边进行绿化，对进入文教区、行政办公区、居住集中区的车辆（特别是摩托车）严禁鸣喇叭，使噪声达标区覆盖率大于 75%，区域环境噪声年均等效声级达到国家 2 类混合区标准。近期控制目标见表 9-4。

② 中期（2013～2015 年）　主要控制目标为施工噪声、工业区噪声及交通噪声，在工业区周围进行绿化减噪，发展公共交通，使噪声达标区覆盖率达到 90%。

③ 远期（2016～2020 年）　主要控制工业区及交通噪声，在工业区周围进行绿化减噪，逐步淘汰摩托车，大力发展公共交通，使噪声达标区覆盖率达到 100%。

（2）声环境污染防治措施

① 区域环境噪声控制　主要从优化功能布局以及强化城镇规模、人口密度控制两方面出发。一方面，规划近期应逐步改变和优化"城中厂"布局，逐步使各功能区合理分割，改变现状大量混合区存在的局面，工业区、交通干线与居民区文教区之间应设有一定距离的防护隔离带，并逐步从功能定位上消除一楼商铺、二楼居住的格局。另一方面，人口密度增

表9-4　声环境近期控制目标

项目 年份	2012 年
工业企业厂界达标率/%	95
建设施工场界达标率/%	85
区域环境噪声达标率/%	85
交通噪声达标率/%	80

加，则势必带来生活噪声、建筑噪声、商业噪声和交通噪声的提高；因此在城乡建设规划中应考虑控制人口和用地规模，合理安排功能区和建设布局，处理好交通发展与环境保护的关系，有效预防交通噪声污染。

对于居民区噪声控制主要通过加强管理以及优化布局实现。居住区应以组团结构为主要形式，将居住小区建成若干组团，每个组团组成相对封密的组团院落，一些公共建筑或防噪住宅可布置在居住区级或小区级道路处，合理将区域内的中央空调、变压器站、临时发电机等声源构筑物布置于对居民日常生活影响较小的区域；合理布局道路网，使其保持低的车流量和车速。建筑群可采用平行式（建筑物与道路平行）或混合式（第一排建筑物与道路平行，其他各排建筑与道路垂直）来减少噪声的影响；同时，临街第一排建筑物本身应加强防噪措施，合理安排不同安静要求的房间。

② 交通噪声的控制　结合海丰县交通状况实际，交通规划应与城乡建设规划、声环境保护规划协调一致，合理规划交通路网。若条件许可，公路、城市道路应尽可能采用有绿化分割带的断面形式；在经过噪声敏感目标时，不宜设计较长、较陡的纵坡；合理确定新建住宅、学校、医院及其他需要保持安静的场所与地面交通线路间有足够的消声距离；同时，控制过境车辆，规划城镇过境公路，使与该区域交通关系不大的过境车辆从城区边缘绕行。

道路规划后，还应通过管理来提高效能。控制车辆的总数和构成，机动车辆有计划发展；优先发展公共客运交通系统，总体减轻交通噪声对周围环境的影响；老区中较窄的街道可考虑实行单向行车。

最后，还需要一些工程措施加以控制。穿越城市居民区、文教区等的铁路及公路等交通干线两侧应视其具体情况设置隔声屏障、对两侧敏感建筑安装隔声窗或对适合的道路铺设多孔性路面材料等噪声污染防治措施，以减轻机动车或火车运行对噪声敏感区域的影响。合理规划停车场，控制车辆乱停乱放现象，疏导交通。

③ 噪声污染预防管治措施

a. 在噪声敏感建筑物集中区域内，禁止设立产生环境噪声污染的金属加工、木材加工、车辆修理等小型企业，已经设立的，应当限期治理或限期搬迁。禁止在居民楼内兴办产生噪声污染的娱乐场点、餐饮业及其他超标准排放噪声的加工厂；控制居民区周边的以上场所的营业时间，并必须采取相应的隔声措施以免干扰居民的生活。

b. 宾馆、饭店和商业等经营场所安装的空调器产生的噪声，应采取措施进行防治，对离居民点较近的空调装置，应采取降噪、隔声等措施。不得在商业区步行街和主要街道旁直接朝向人行便道或在居民窗户附近设置空调散热装置。

c. 未经批准，不得在夜间使用产生严重噪声污染的大型施工设备；在已竣工交付使用的住宅楼进行室内装修活动，需采取有效措施，以减轻、避免对周围居民造成环境噪声污染。同时，限制这些施工的作业时间。

　　d. 在街道、广场、公园、住宅区等公共场所组织娱乐等活动，使用音响器材所产生的环境噪声不得超过相应的区域环境噪声标准等。

参 考 文 献

[1]　洪宗辉主编. 环境噪声控制工程 [M]. 北京：高等教育出版社，2000.

[2]　尚金城主编. 环境规划与管理 [M]. 北京：科学出版社，2005.

[3]　黄天龙，张丹等. 噪声危害与控制论述 [J]. 环保科技，2010 (32)：315，307.

[4]　陈晓华. 城镇环境噪声污染问题及其防治对策 [J]. 中国高新技术企业，2009 (18)：99-100.

[5]　王素萍，李大伟. 灰色模型在城市环境噪声预测中的应用 [J]. 噪声与振动控制，2001 (3)：32-33.

[6]　Faulkner Lee. Handbook of Industrial Noise Control [M]. NewYork：Industrial Press Inc，1976：67-89.

[7]　谢正文，张凡玉. 城市环境噪声污染预测模型及应用 [J]. 中国计量学院学报，2006 (17)：341-344.

[8]　张蓉蓉，朱莉. 改进的 BP 模型在噪声预测中的应用 [J]. 计算器与数字工程，2009 (8)：176-178.

[9]　王凌. 海口市声环境影响因素分析及预测 [J]. 环境监测管理与技术，2002 (2)：37-39.

[10]　傅晓薇. 城市道路交通噪声治理措施分析 [J]. 交通建设与管理，2010 (Z1)：94-96.

第10章

固体废物污染防治规划

10.1 固体废物污染防治规划概述

固体废物管理规划是在资源利用最大化、处置费用最小化的条件下，对固体废物管理系统中的各个环节、层次进行整合调节和优化设计，进而筛选出切实的规划方案，以使整个固体废物管理系统处于良性运转。通常，固体废物管理规划有三个层次：操作运行层、计划策略层和政策制定层。其中计划策略层是管理规划的重点。一般来说，该层次规划的系统主要由各固体废物产生源及各种处理和处置设施组成。

近年来，由于城市化、城市人口和居民富裕程度的增长，我国城市固体废弃物产生总量也在快速增长。与此不相适应的是废弃物的管理还处于初级阶段，远不能满足环境保护的要求，迫切需要进行各个层面的长期、中期和短期的科学规划。立足现状，从基础入手，提高规划及其实施的有效性，加快改善城市环境状况。

10.1.1 固体废物的分类、危害及污染特点

《中华人民共和国固体废物污染环境防治法》对固体废物的定义为：在生产、生活和其他活动中产生的丧失原有利用价值或者虽未丧失利用价值但被抛弃或者放弃的固态、半固态和置于容器中的气态的物品、物质以及法律、行政法规规定纳入固体废物管理的物品、物质。

固体废物来源广泛，种类繁多，组成复杂。从不同角度出发，可进行不同的分类。按其化学组成可分为有机废物和无机废物，有机废物包括食品、纸类、塑料、织物、竹木类等，有机废物包括灰土、砖瓦、玻璃、金属及其制品等；按其危害性可分为一般固体废物和危险性固体废物；按其形状可分为固体废物（粉状、粒状、块状）和泥状废物（污泥）；根据固体废物的来源大体可分为两类：一类是生产过程中所产生的废物称为生产废物；另一类是在产品进入市场后在流动过程中或使用消费后产生的固体废物，称为生活废物。按其来源的不

同具体分为矿业废物、工业废物、城市垃圾、农业废物和放射性废物五类。工业固体废物是指来自各工业生产部门的生产和加工过程及流通中所产生的废渣、粉尘、废屑、污泥等。矿业固体废物主要指来自矿业开采和矿石洗选过程中所产生的废物，主要包括煤矸石、采矿废石和尾矿。城市垃圾是指在城市日常生活中或者为城市生活提供服务的活动中产生的固体废物以及法律、行政法规规定视为城市垃圾的固体废物，如生活垃圾、建筑垃圾、废纸、废家具、废塑料等。农业固体废物主要指农林生产和禽畜饲养过程中所产生的废物，包括植物秸秆、人和牲畜的粪便等。

在我国城市废物的收集、运输、中转、处理和处置均由各地方政府的环境卫生管理部门承担。长期以来，由于法律法规不健全和投入资金的不足，大量的城市废物未经处理而直接运往城郊堆置或者建议填埋处置。其结果，不仅占用了大量的农田，形成"废物包围城市"的局面，同时由于处置过程的环境保护措施不完善，造成填埋场周围严重的大气、地表水、地下水和土壤环境的污染。

（1）对水环境的影响

城市废物不但含有大量的病原性微生物，在堆放过程中还会产生大量的酸性和碱性有机物，并会将废物中重金属溶解出来，是集有机物、重金属和病原性微生物三位一体的污染源。

城市废物在雨水的作用下，随天然降水或地表径流进入河流、湖泊，长期淤积，使水面面积缩小，其有害成分造成了水体的各种污染，如果人们将废物直接倾倒入水体中，那造成的危害将是更大的，可引发大批水生生物中毒死亡。废物中的有害成分，如来自红塑料、霓虹灯管、电池等的汞，来自印刷、墨水、纤维、搪瓷、玻璃、镉颜料、涂料、着色陶瓷等的镉，来自黄色聚乙烯、铅制自来水管、防锈涂料等的铅，这些微量有害元素，如处理不当，能随渗出液进入土壤，从而污染地下水，同时也可能随雨水渗入水网，流入水井、河流以及附近海域，被植物摄入，再通过食物链进入人体，影响人体健康。在我国个别城市的废物填埋场周围发现，地下水的浓度、色度、总细菌数、重金属含量等污染指标严重超标。

（2）对大气环境的影响

城市废物中的干物质或轻物质随风飘扬，会对大气造成污染。固体废物在堆放过程中，在温度、水分的作用下，某些有机物质发生分解，产生有害气体；一些腐败的废物散发腥臭味，造成对大气的污染。

废物在堆放场或填埋场中受到微生物的作用，会产生大量的沼气。填埋场在活跃期产生的沼气 90% 以上为甲烷和二氧化碳。其中甲烷向大气逸散过程中，容易在低洼处或建筑物内聚集，容易燃烧和爆炸。在有氧存在的条件下，甲烷的爆炸极限是 5%～15%。我国大部分城市废物采用露天堆放和简易填埋的方式进行处置，许多处置场没有设置沼气导排系统，大量产生的释放气体处于无组织排放的状态，一方面对周围的大气环境造成污染，另一方面也成为爆炸和火灾的隐患。

此外废物场还会产生氨、硫化氢等恶臭气体和其他挥发性气体。另外，近年来也有人报道在填埋场浸出液和释放气体中检测出二噁英致癌物质。

（3）对全球环境的影响

全球气候变暖问题是威胁到人类可持续发展的重大全球性环境问题。根据 IPCC 发表的 1995 年评估报告估计，甲烷对全球气候变暖有 19% 的贡献，而二氧化碳的贡献为 64%，由此可见 CO_2 和 CH_4 是两种最重要的温室气体。据统计，每年约有 5 亿吨 CH_4 排入大气。

尽管目前 CH_4 的总排放量低于 CO_2 的排放量，但其温室效应的增长速率却大大高于 CO_2 的温室效应的增长速率。

大气中二氧化碳浓度增加会产生温室玻璃的保温效果，最终导致全球气温升高。过去二氧化碳浓度的年平均增长为 1.3ppm，近年来为 1.6ppm。但 2001 年至 2002 年，二氧化碳的年平均增长竟达 2.08ppm（从 371.02ppm 到 373.10ppm），2002 至 2003 年二氧化碳的年平均增长依旧维持在高水平，为 2.54ppm（从 373.10ppm 到 375.64ppm）。像这样二氧化碳年平均增长持续保持在 2ppm 以上的年份过去还没有出现过。通常认为二氧化碳浓度增加一般与厄尔尼诺现象相关，如 1998 年二氧化碳的年平均增长为 2.45ppm，1998 为 2.74ppm，而这两年都发生了厄尔尼诺现象。但近两年都不是厄尔尼诺年，同时二氧化碳排放物也没有明显增加。

甲烷是地球大气中仅次于二氧化碳的第二号能导致全球变暖的温室气体。据科学家们计算，过去 200 年中，人类活动造成的温室效应约 1/5 和甲烷排放有关。在这段时期，大气中甲烷含量增长了 1 倍多。

大气中的 CH_4 主要来自于稻田、动物反刍、自然湿地、有机物堆放点（如废物、粪便处理、沼气池）等。在全球排放的约 5 亿吨 CH_4 中有 2200 万～3600 万吨来自废物填埋场。在英国，几种 CH_4 释放源中，填埋场大约占释放总量的 20%，估计每年有 220 万吨 CH_4 来自填埋场的排放，被认为可能是最大的 CH_4 排放源。在美国估计，据估计填埋场是最大的人类产生 CH_4 的来源，并被认为对全球气候变暖有重要影响。据日本环境报告厅的报告，日本的废物填埋场产生的甲烷气体大约占日本甲烷产生总量的 30%。

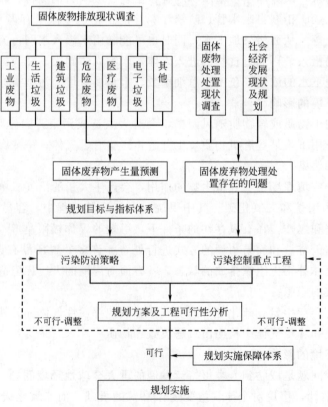

图 10-1　固体废弃物污染防治规划技术路线

填埋场释放气体主要成分是甲烷，其对温室效应的贡献相当于相同质量二氧化碳的 21 倍。据报道，城市废物产生的甲烷排放量约占全球甲烷排放量的 6％～18％，在控制全球性气候变暖的过程中是一个不容忽视的重要方面。

10.1.2　规划目标、内容与技术路线

(1) 规划目标

目标选择是管理与规划的核心，是为了更好地实现固体废物的"减量化、资源化和无害化"所制定的未来一段时间内预期达到的固体废物管理水平。固体废物管理规划目标的设立，既要考虑环境、资源效益，也不能忽视社会、经济和技术条件的约束。在可持续发展战略思想的指导下，将城市固体废弃物管理置于整个社会、经济、环境大系统中，通过对固体废弃物产生源到最终处置各个环节的全过程集成管理、逐步实现固体废弃物的处理对环境无害、促进资源再生且不过度增加经济负担，从而使环境、经济、资源得以协同发展的管理目标。具体的规划指标包括工业固体废物综合利用率、城镇生活垃圾无害化处理率、城镇生活垃圾分类收集率、危险废物处理处置率、医疗垃圾处置率等等。

(2) 规划内容及技术路线

一般规划内容主要包括现状分析、趋势预测、规划目标确定，固体废物污染防治规划方案制定，方案的可行性分析以及规划实施的保障措施等方面组成。固体废物污染防治规划技术路线详见图 10-1。

10.2　固体废物污染防治规划体系

10.2.1　固体废物现状调查分析和预测

10.2.1.1　固体废物现状调查分析

主要包括生活垃圾、工业固体废物、医疗废物、电子废物等，通过对产生情况、处理处置方式等进行调查，分析固体废物处理处置及管理中存在的问题。

10.2.1.2　固体废物产生量预测

作为城市固体废物系统规划管理的基础，必须对研究区域的固体废物的产生量做出一个较为准确的预测，从而为进一步的管理规划工作提供数据支持。国内外的专家学者在固体废物的产生量预测方面已经做了大量的工作，并有了一些比较成熟的方法。其中经常使用的方法主要有灰色预测法、比率推算法、问卷调查法和时间序列法等。

(1) 灰色预测法

灰色预测法是利用灰色模型进行有关数据预测的方法。灰色模型记为 GM (n, h)，其中 n 为微分方程的阶数，h 为变量个数。在固体废物产量预测中应用最为广泛的 GM(1, 1) 预测模型，即一阶一个变量的微分方程型的灰色动态模型（grey dynamic model，简记为GM）。采用 GM(1, 1) 模型预测需要的原始数据少，并且所建立的预测模型精度也可以达到满意的结果。GM(1, 1) 建模的基本思路是把无明显规律的时间序列经过一次累加生成有规律的时间序列，为建立 GM(1, 1) 灰色模型提供中间信息，同时弱化原序列的随机性，然后采用一阶单变量动态模型 GM(1, 1) 进行拟合，用模型推求出来的生成数回代计算值，做累减还原运算，最后对还原值进行精度检测，就可用于预测。

国内一些学者在针对佛山市、长春市等地的城市固体废物产生量预测的研究中采用了灰色模型法；另外，H. W. Chen 和 Ni-Bin Chang 提出了灰色模糊动态模型，并将其用来预测台南市的固体废物产生量；林艺芸等采用 GM 模型预测了中国工业固体废物产生量。

（2）比率推算法

这里的比率是指城市固体废物的产率。对城市固体废物产生历史趋势的比较，通常以人均产率为基准，其单位为 kg/（人·d）。对废物的监测工作显示出城市固体废物量与人口数量密切相关，而商业、工业废物与经济活动的关系同样重要，因此，生活废物和商业、工业废物应该分开考虑。

对于生活废物的产量预测，仍然是依靠人均产率。也就是根据所收集到的有关资料数据，经过数值拟合得出人均固废产率与时间的关系函数，然后，再结合相关资料数据推算出未来某一时间的人口数量，乘以对应该时间的人均固废产率，即可得出固体废物的产生量。而对于与经济活动关系密切的工、商业废物的产生量预测，可以考虑利用当地的 GDP 来进行量度。即利用固体废物产生量与 GDP 的比率来进行推算，方法同上。

此种方法简便易用，在历史资料数据较为充分的情况下，预测结果能够达到相当高的精确度。因此，在实际当中也有较为广泛的应用。

（3）时间序列法

固体废物产生是一个多维随机过程。因为影响因素错综复杂，而且有关影响因素的资料难于得到，所以无法利用回归分析法进行预测。但可以时间综合替代这些因素，将其作为一维过程来处理。时间序列分析就是通过分析这种一维随机过程的演变规律来进行预测预报。

李金惠等在中国工业固体废物产生预测研究中，便采用了幂指数平滑的时间序列分析法。平滑计算实际上就是对时间序列过去数据进行加权平均，权重的大小取决于 $a(1-a)^{t-1}$。可以利用过去连续观测值进行预测，也可以附加一个独立的趋势（如线性、指数和衰减）。研究者利用时间序列分析法，对 1981 年以来中国固体废物产生量的数据进行分析，并对 2015 年中国县及县以上工业企业固体废物产生量做了预测，取得了很好的结果。

10.2.2 固体废物处理处置模式

10.2.2.1 城市固体废物处理方式

固体废物处理的方法有物理处理、化学处理、热处理、固化处理等，应用较广的具体方法有堆肥、焚烧发电、卫生填埋等。

① 物理处理　通过浓缩或相变化改变固体废物的结构，使之成为便于运输、储存、利用或处置的状态过程。

② 化学处理　采用化学方法破坏固体废物中的有害成分从而达到无害化，或者将其转变成为适于进一步处理、处置或资源化的状态。

③ 热处理　是通过焚烧、焙烧、热解、湿式氧化等高温破坏和改变固体废物的组成和结构，使废物中的有机有害物质得到分解或转化；同时，通过回收处理过程中产生的余热或有价值的分解产物使废物中的潜在资源得到再生利用。

④ 固化处理　采用固化基材料将废物固定或包裹起来，以降低其对环境的危害和使之便于安全运输和处置的处理过程。

⑤ 生物处理　利用微生物对有机固体废物的分解作用实现其无害化和资源化的过程。可以是有机固体废物转化为能源、饲料和肥料，还可以用来从废品和废渣中提取金属，是进

行固体废物处理与资源化的有效方法。

10.2.2.2 城市固体废物处置设施选址方法

在固体废物处置设施选址的研究中，经常使用的方法是层次分析法。另外，近年也有使用问卷调查法和 GIS 方法进行研究的实例。

(1) 层次分析法

层次分析房（AHP）是美国运筹学家 T. L. Stay 于 20 世纪 70 年代提出的，是一种定性与定量相结合的多目标决策分析方法。特别是将决策者的经验判断给予量化，对在目标（或因素）结构复杂且又缺乏必要的数据的情况下尤为适用。

层次分析法用于填埋场选址的基本思路是：先根据当地的城市规划、交通运输条件、环境保护、环境地质条件等，拟定若干可选场地（段），再将这些场地（段）的适应性影响因素与选择原则结合起来，构造一个层次分析图，再将各层次中各因素进行一一的量化处理，得到每一层各因素的相对权重值，直至计算出方案层各个方案的相对权重，计算这些权重进行评判。

刘长礼等人在浦东垃圾填埋场选址研究中使用了层次分析法。实践经验证明，层次分析法既能综合处理具有递阶层次结构的场地（段）适宜性影响因素之间的复杂关系，又易于操作，得到比较量化的结果，方法科学而准确。

(2) 问卷调查法

人口迅速增长，城市化进程加快，同时可供利用的城市土地日益减少，而且公众对环境质量的关心程度有了很大提高，这些都造成了固废处置的难度日益增大。据此，国外的许多专家学者认为固体废物处理场选址已经不仅仅是一个单纯的技术性问题，而是涉及经济、社会和政治等诸多方面的综合性问题。例如，美国国家环保署（EPA）的选址分析因子中就较多地考虑到了对财产价值的影响以及补偿计划、对社区形象的影响、美学和政治问题等方面的影响因素。而对于这些因素的分析，一个很好的方法就是问卷调查法。这也正是社会学领域里常用的研究方法。在实际应用中，问卷调查法需要根据研究对象的实际情况来确定不同的具体操作方案，设计具有较强针对性的调查问卷。

P. A. Koushki 在固体废物处置选址的研究中认为由于城市的迅速发展，土地资源日益紧张，填埋场选址的选择空间已经极为狭小，几乎没有可供选择的余地。因此，应当把规划的重点放在城市社区内的垃圾堆放点和转运站的设计和位置选择。该案例研究所使用的调查问卷的内容主要包括：a. 某一家庭的社会经济特性，如家庭规模、年收入等；b. 产生固体废物的数量，如垃圾袋的体积、每周产生的垃圾袋数量等；c. 经常使用的垃圾站以及路径；d. 对于拟建的垃圾转运站的偏好程度。对于调查结果采用统计学方法加以分析，得到家庭规模、收入与固体废物产生量之间的关系，并结合从垃圾运输部门得到的有关数据计算对于各垃圾站的需求情况，估计拟建转运站的容量。

问卷调查法在实际应用中，一定要注意遵循社会调查统计方面的有关原则。比如说，样本的选取方式、样本数量的确定等等。也就是要保证样本的可信度，这样才能保证预测的准确性。

(3) GIS 方法

GIS（地理信息系统）是集地球科学、信息科学与计算机技术为一体的高新技术，目前已广泛用于众多领域。在城市固体废物管理规划中，同样可以应用这项技术作为填埋场选址的工具，对填埋场选址有影响的各种相关因子进行分析。

GIS 在选址中的应用，主要是利用 GIS 的制图功能，把搜集到的对选址区域起决定性作用的限制性因素绘制成各种图形，然后将其绘出的各种图形进行对比和叠加，选择出不受限制性因素制约的空间位置。例如，场地受百年一遇洪水位标高的限制，在洪水位标高以下的区域则不能选择为场址，受该因素的制约，场地只能在其标高以上的区域选择。诸如此类的众多因素，都要输入计算机，利用 GIS 软件的功能，可直观地在屏幕中显示哪些有可能被选为场址的范围和位置，再在这些有效的空间位置中进行对比分析，最终确定理想场址。

实质上，应用 GIS 优选场址是专家系统和 GIS 软件功能相结合的产物。选址的限制性因素要由专家给定，GIS 只能按专家的指令去工作，确定出具有可选性的区域，最后还得由专家在可选性的区域内选择出理想的场地位置。

10.2.3 固体废物处理处置规划

根据产业结构特点，经济、人口发展趋势和社会消费预测，以减少固体废弃物产生，大力开展固体废弃物综合利用和保障固体废物安全处置为基本目标，制定固体废物污染防治规划，提出工程、管理和技术对策和措施，主要包括生活垃圾、工业固体废物、危险废物、医疗废物、电子废物、建筑垃圾以及污水处理厂污泥处理处置等。根据固体废物的全过程管理，从固体废物产生的源头、收运的方式以及处理处置三方面提出固体废物污染防治的规划方案。

(1) 源头管理规划

固体废物的源头管理的目标是要求商品的生产和包装尽量采用低废或无废的工艺，同时改变居民的生活和消费习惯，以最大限度地减少生活垃圾的产生，并且在源头实现分类。

源头管理的重要环节是搞清生活垃圾的来源和数量，鉴别、分类，同时建立必要的垃圾档案，其次是对生活垃圾进行记录生活垃圾的种类、特征、有害成分的含量，以及在运输、处理过程中的注意事项等。源头管理规划的最终目的是尽可能地降低固体废物的收运量和处理、处置和资源化成本。

(2) 收运管理规划

收运管理是针对从不同的产生地将固体废物集中运送到中转站，再集中送到每一个处理厂、处置场或综合利用设施的过程管理。它包括收集容器和运输工具的选择、收运方式的选择、收运管理模式运行机制的建立等。

收运系统是衔接源头管理系统和处理、处置和资源化系统的中间环节，它在整个生活垃圾管理系统占有十分特殊的地位。收集和运输系统效率的高低，不仅影响到收运系统本身的经济成本和环境卫生目标的实现，而且还直接影响到生活垃圾的后续处理及处置，如收运方式中的分类收集对垃圾的资源化具有重大影响，而垃圾的资源化应是垃圾处理、处置的归宿。

(3) 处理与处置管理规划

固体废物的处理、处置的管理规划的目标是选用先进、科学的处理工艺，使生活垃圾处理逐步实现无害化、减量化和资源化再利用。

因此，一方面在工业固体废物综合规划中还需要提出必要的处理处置以及与其配套的工程建设项目，以保证基础设施的能力。按照国家关于工程、管理经费的概算方法或参照已建同类项目经费使用情况，进行重点工程和管理项目的经费概算，提出实现规划目标的时间进度安排，包括各阶段需要完成的工程项目、年度实施计划等。

另一方面，应提出固体废物资源化利用及其产业化的规划方案。通过制定与实施相关政策扶持并促进与固体废物资源化相关的企业或行业的发展，建立并规范固体废物及再生资源交易市场，以促进固体废物资源化的发展并融入区域循环经济建设之中。

另外，加强固体废物管理以及处置的效率以及技术水平。

其中，建立城市废弃物信息化管理数据库也是目前管理规划的一个重要环节，通过信息网络在源头对废弃物进行分类的废弃物管理总体控制。城市固体废弃物管理规划的科学性与实施的高效性，与可靠的废弃物种类、数量和处理成本等数据有着很强的相关性，精准的数据不仅有利于各级政府科学地编制废弃物管理的战略规划，还有助于保证区域范围城市废弃物回收利用体系建设的科学性、前瞻性与联动性，为城市固体废弃物回收、处理以及再生利用等相关产业的投资决策提供基本的数据支撑。

最后，固体废物处理、处置与资源化利用技术的发展可以提高固体废物的处理、处置效率及资源化利用的效率与效益，也可为固体废物的产业化提供技术支撑。

10.3 固体废物污染防治规划实例

10.3.1 城市固体废弃物状况分析

通过现场调研以及对相关部门的资料收集，了解城市各种固体废弃物的产生、处理处置等情况。并对固体废物相关的主要问题总结阐述。

(1) 固体废物产生及处理处置状况

① 生活垃圾产生及处置状况　2007 年，某市区人均生活垃圾日产量约 0.798kg。2003～2007 年，随着市人口逐年平稳增加，生活垃圾的产生量也呈逐年平稳增加的趋势（见图 10-2）。其中，对比"九五"，"十五"期间该市生活垃圾中动物性残渣、煤灰渣土含量呈逐年下降趋势，植物性有机物及塑料含量则有所增加，其余组分含量基本保持稳定。

处理处置方面，城镇居民生活垃圾收集运输主要为住宅小区的袋装收集，沿街设置垃圾桶收集以及摇铃定时收集三种方式。目前主要的垃圾填埋场有蛇浦油麻埔垃圾填埋场和雷打石生活垃圾卫生填埋场。中心城区生活垃圾大部分采用卫生填埋，而新建区及郊县仅采用简易填埋，全市生活垃圾处置能力达 1570t/d。

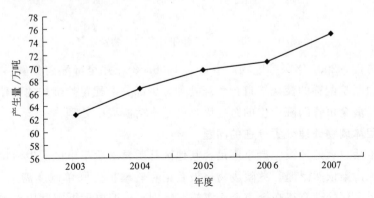

图 10-2　2003～2007 年某市生活垃圾产生量

② 工业固体废物状况　工业固体废物的种类主要是粉煤灰、炉渣、煤矸石、脱硫石膏

及其他废物；2007 年产生量分别为 541251.52t、200845.54t、163.14t、103086.80t 和 134285.91t。2002～2007 年工业固体废物排放量逐年增加（见图 10-3）主要原因是发电量逐年上升，粉煤灰等产生量相应增加。由于工业基础较薄弱，工业多以轻工加工业为主，废弃物的构成比较简单，有毒、有害废弃物较少，大部分都能回收利用，其余部分送往集中处置场处置。

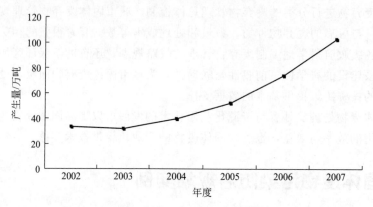

图 10-3　某市 2002～2007 年工业固体废物产生量

③ 危险废物状况　工业企业危险废物大部分由生产单位进行回收利用，目前中心城区的危险废物综合利用率较高，工业危险废物由市内一家有资质的处置公司处理，无法回收利用部分由外地具备资质单位回收利用或处置。2003～2007 年工业危险废物产生状况见图 10-4。

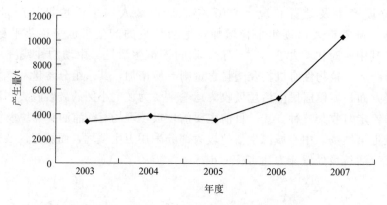

图 10-4　2003～2007 年工业危险废物产生量

医疗废物方面，2007 年医疗废物产生量为 1066.48t，并全部妥善处置。2006 年以前医疗废物大部分由医院配置的焚烧炉自行焚烧处理，少部分未配置焚烧炉的单位由市级医院有偿集中处理。目前全市各医院产生的医疗废物已基本落实集中处理。

（2）某市固体废物处理处置存在的问题

目前该市生活垃圾处理设施严重不足，其他区县明显落后于市区。生活垃圾对环境的污染及占地，白色污染依然泛滥。危险废物申报登记和转移报告联单制度需进一步贯彻落实，医疗废物集中无害化处理有待在全市全面实施。特别是废旧电器拆解利用不规范，已污染当地水体、空气及土壤等，并危及当地居民的身体健康。

另外，在实际规划资料收集的过程中，特别是一些经济相对落后的县、市，往往现状的一些所需数据或资料未作统计或汇总，而这些资料则是整个规划的基础。此时，需要在调研的过程中可向资历较深或对基层工作熟悉的相关人员了解情况或选择足够数量的、具有代表性的单位（如家庭、餐饮业、商店、垃圾处理站等）进行抽样调查；数据方面，可通过估算获得，如利用《全国污染源普查城镇生活源产排污系数》中相关地区的生活垃圾排放系数与规划区域的常住人口的乘积估算得到当地的生活垃圾产生量。

10.3.2 城市固体废物污染预测

将规划年限分为近期（2007～2010 年）、中期（2011～2015 年）、远期（2016～2020 年）三个时段结合社会经济以及相关规划发展状况，预测该市固体废物产生状况。

(1) 工业固体废物预测

工业固体废物产生量采用万元工业总产值产污系数法进行预测。规划通过 2002～2006 年工业固体废物产生量与该年度的工业总产值的相关关系，确定在不同规划年限万元产值产污系数。固体废物产生量的预测分析一般应用产值系数分析模型，但由于中、远期预测受不同行业科技进步水平的影响，因此，需要引入废物产生量衰减因子。

$$DW_t = S_t \times W_t \tag{10-1}$$

$$S_t = S_D \times e^{-k_1 \Delta t} \tag{10-2}$$

式中，DW_t 为预测年工业废物产生量，t/a；S_t 为预测年废工业废物产生当量，t/万元；W_t 为预测年工业总产值，t/万元；S_D 为基准年工业废物产生当量，t/万元；Δt 为由基准年到预测年的时段；k_1 为工业废物产生当量衰减系数。

根据统计年鉴的资料，计算 SD 为 0.05t/万元，根据全省固体废物污染防治规划 k_1 取 0.04 进行计算。

(2) 生活垃圾预测

生活垃圾产生量预测采用人口增长预测法，公式如下。

$$R_t = 365 \times \psi \times P_t / 1000 \tag{10-3}$$

式中，R_t 为预测年生活垃圾产生量，t/a；P_t 为预测年人口数，人；ψ 为人均生活垃圾产生系数，千克/（天·人）。根据国内外人均生活垃圾产生量变化规律及全省固体废物污染防治规划中对山区生活垃圾的预测结果，结合实际情况，得到本规划的人均生活垃圾产生系数：2010 年、2015 年、2020 年分别为 1.05kg/（天·人）、1.10kg/（天·人）、1.15kg/（天·人）。

另外，根据近年城区垃圾组分分析和垃圾分类的推进程度，若 2010 年生活垃圾可回收利用量暂按产生量的 10% 估算，那么近期垃圾无害化处理设施规模需达 4885t/d。若 2015 年生活垃圾可回收利用量按产生量的 12% 估算，那么中期垃圾无害化处理设施规模需达 5220t/d。若 2020 年生活垃圾可回收利用量按产生量的 15% 估算，那么远期垃圾无害化处理设施规模需达 5445t/d。

(3) 医疗废物预测

根据国家环境保护总局办公厅文件（环办［2003］41 号），医疗废物产生量可按经验统计方法进行估算。参照其他地区的医疗废物单位产生量和增长速率，将医疗废物单位产生量年增长率 2007～2010 年各区按 3%～7%，2010～2020 年各区按 5%～10% 计算，由此可得到各规划年医疗废物的产生量。

（4）废旧电子电器预测

根据统计年鉴，获取历年城镇居民家庭主要消费品年末平均每百户拥有量的相关数据，并分析其增长趋势；然后根据相关部门的统计数据确定家用电器的淘汰率为 5%，对各类电子电器废弃物进行统计预测，公式如下：

$$W_t = \frac{A_t}{100} \times B_t \times u \times r / 1000 \times 365 \tag{10-4}$$

式中，W_t 为某规划年限产生的电子废物量，t/d；A_t 为某规划年户口数，户；B_t 为某规划年每百户拥有电器的指标，台/100 户；u 为电器的淘汰率；r 为电器产生的固体废物量，kg/台。

（5）污水处理厂污泥预测

根据污水排放量预测结果以及规划污水处理量。根据相关文献、资料以及经验，按万吨污水产 1.5t 绝干泥计，然后折合成含水率为 80% 的脱水污泥产生量。各类固废产生量预测结果可参见表 10-1。

表 10-1　各类固体废物产生量预测结果

项　目	计量单位	2010 年	2015 年	2020 年
工业固体废物	万吨/年	86.36	113.9	144.12
生活垃圾	万吨/年	198.14	216.53	233.8
医疗垃圾	t/a	1063.55	1411.96	1996.08
废旧电子电器	t/d	35.8	40	43.3
污水处理厂污泥(含水 80%)	万吨/年	18.7	21.8	25.8

10.3.3　固体废物规划目标及污染防治策略

（1）规划目标

根据全省环境保护规划纲要和全省固体废物污染防治规划中对于该市的环境控制性指标要求，结实际情况，确定该市的环境保护目标（见表 10-2）。

表 10-2　固体废物环境保护指标

指标名称	规划年固体废物环境保护评价指标		
	2010 年	2015 年	2020 年
工业固体废物综合利用率/%	90	95	95
城镇生活垃圾无害化处理率/%	80	90	95
城镇生活垃圾分类收集率/%	30	60	90
危险废物处理处置率/%	100	100	100
医疗垃圾处置率/%	100	100	100
放射性废源、废物收储率/%	100	100	100
电子电器废物集中收集率/%	50	70	90

（2）污染防治策略

① 工业固废污染防治策略　工业固体废物处理以资源化为主，处理处置应坚持"谁污染，谁治理"原则。工业企业应建立健全固体废物污染防治责任制度，制定并落实固体废物

管理的规章制度人员职责及污染事故应急预案。强化源头控制管理，推行工业固体废物重点产生企业清洁生产审计，促进企业加强技术改进、降低能耗和物耗，减少固体废物产生，促进废物在企业内部的循环使用和综合利用。对产生的固体废物进行分类收集和分选利用，尽可能资源化；暂时无法安全处理处置的须按规范建设专门场所和设施妥善堆存。

同时，建立工业固废管理服务信息网，协调工业固废的综合利用，促进工业固废的资源化利用。通过全过程监控管理，逐步建立综合利用与安全处置相结合的工业固体废物处置体系，实现"减量化、资源化、无害化"的目标。

② 城镇生活垃圾污染防治策略　城镇生活垃圾处理处置按照卫生填埋与焚烧发电结合原则，分期分批建设生活垃圾卫生填埋场和生活垃圾焚烧发电厂。乡镇以下垃圾收运方式采用：各村垃圾集中就地进行压缩，并转运到区（县）垃圾卫生填埋厂进行卫生填埋或焚烧。与此同时，推进垃圾的分类收集，在该市建立 1 个区域性废纸、金属、玻璃、塑料和橡胶分拣加工集散中心，各区中心和镇区均建设 1 个以上的垃圾回收站，提高生活垃圾资源化利用水平。

③ 危险废物污染防治策略　完善工业危险废物交换和医疗废物收运网络体系，加快建设工业危险废物处置中心和医疗废物安全处置设施，到 2010 年，全市工业危险废物和医疗垃圾基本得到安全处理处置。根据具体情况，产生危险废物的企业要进行综合利用或委托有资质的企业进行处理处置；积极培育、建设一些有资质的危险、严控废物综合利用项目，完善危险废物应急管理及污染防治措施。统一收集全市医疗机构的医疗垃圾，并运至特种废弃物处理中心进行安全处置。

④ 电子垃圾污染防治策略　组建废旧电子电器收集网络：2010 年，各区（县）、镇至少设置 1 个集中收集点，并对废旧电子电器收集网点进行管理。到 2020 年，全面控制废旧电子电器的流向，废旧电子电器收集率达 90％，资源化利用率达 80％。并且需在全市范围内建立电子电器回收网络，统一收集全市的废弃电子电器，全部运往专门的废旧五金电器拆解中心进行处理。

⑤ 污水厂污泥污染防治策略　鉴于未来污泥产生量较大的状况，污泥防治应坚持减量化、稳定化、无害化为主。规划污泥处理设施建设采取分散与集中处理相结合的方法。近期考虑以填埋方式集中处置污泥，远期主要通过焚烧有效处置产生的污泥，并辅以部分综合利用。

10.3.4　固体废物处理处置重点工程

规划期间固体废物处理处置主要包括生活垃圾综合处理、危险废物安全处置、废旧电子电器综合处理、污泥无害化处理四大工程，总投资约 22.97 亿元。项目汇总见表 10-3。

10.3.5　规划方案综合评价及保障措施

为保证规划能够顺利地实施，并实现既定目标，针对规划实施工作的需求，均需要提出规划实施的保证措施。从政策法规的完善，环境保护的监管能力建设，环境保护的资金、技术保障，公众参与的宣传加强以及意识提升，规划的修正等方面出发，为规划的实施提供基础。同时，规划为达到规划的有效实施需要各个平行部委和部门之间的友好合作，以保证政策和规划的一致性。同时，在规划中应根据实际需要，考虑城市之间和城区之间的合作，以保证废弃物处理效益的最大化。

表 10-3　固体废物污染防治规划项目汇总

序号	项目类别	项目数量/个	投资估算/万元	实施时间	目标和效果
1	生活垃圾	8	106700	近中远期	限期治理卫生填埋场,新建、扩建生活垃圾卫生填埋场,改善生活垃圾收运方式,新建生活垃圾焚烧厂,实现生活垃圾无害化
2	废旧五金电器拆解中心	1	50000	近中期	在鼓励生产企业回收的基础上,建设废旧五金电器拆解中心,实现废旧电子电器资源化、无害化
3	污泥无害化处理工程	1	23000	近中远期	污泥稳定化处置利用
4	粤东危险废物处理中心	2	50000	远期	
	合计	11	229700		

参 考 文 献

[1]　王立新主编. 城市固体废物管理手册 [M]. 北京:中国环境科学出版社,2007.

[2]　海热提·涂尔逊主编. 城市生态环境规划-理论、方法与实践 [M]. 北京:化学工业出版社,2005.

[3]　尚金城主编. 环境规划与管理 [M]. 北京:科学出版社,2005.

[4]　中国 21 世纪议程管理中心,环境无害化技术转移中心组织编写. 工业园区固体废物可持续管理工具指南 [M]. 北京:化学工业出版社,2007.

[5]　郭怀成主编. 环境规划方法与应用 [M]. 北京:化学工业出版社,2006.

[6]　郭怀成,尚金城,张天柱主编. 环境规划学 [M]. 北京:高等教育出版社,2001.

[7]　赵岩,司继涛等. 城市固体废物处理处置技术政策方法-案例分析 [J]. 北京大学学报:自然科学版,2008,44 (2):217-223.

[8]　李恒. 柳州市城市生活垃圾集中处理过程中的环境管理 [J]. 经营管理者,2009 (11):187-189.

[9]　孙文娴,杨海真等. 全过程固体废物管理研究进展及其对我国相关管理的启示 [J]. 四川环境,2007,26 (4):88-92.

[10]　张钡,李慧明. 城市固体废弃物管理规划的分析与思考 [J]. 中国建材,2011 (2):101-103.

[11]　李金惠. 中国工业固体废物产生量预测研究 [J]. 环境科学学报,1999,19 (6):625-630.

[12]　刘培桐. 环境学概论 [M]. 北京:高等教育出版社,1995.

[13]　邓聚龙. 灰色预测与决策 [M]. 武汉:华中理工大学出版社,1996.

[14]　范常忠,张淑娟. 佛山市生活垃圾的灰色预测与构成特征研究 [J]. 环境科学研究,1997,10 (4):61-64.

[15]　苏小四,阎静齐. 吉林省长春市垃圾产量特征及其灰色预测 [J]. 长春科技大学学报,1999,29 (4):360-364.

[16]　林艺芸,张江山,刘常青. 中国工业固体废物产生量的预测及对策研究 [J]. 环境科学与管理,33 (7):47-50.

[17]　胡小英,田书磊,王琪等. 飞灰热处理过程中基本特性研究 [J]. 环境工程学报,2007,1 (12):120-123.

第11章

近岸海域环境保护规划

11.1 近岸海域环境保护规划概述

11.1.1 规划目的与原则

11.1.1.1 规划目的

海岸带和海洋资源的可持续使用，与公共健康、食品安全以及经济和社会福利，包括文化价值和传统生计都是密切相关的。更广泛地讲，上述内容被认为是减轻贫困的决定性因素。但是，沿海和海洋环境是陆地上所进行活动的一面镜子。从工农业生产到人们日常的家庭活动，其产生的后果积累在一起，共同影响着这些重要的生态系统的健康，并最终影响到生活在那里并依赖这些生态系统维持生计和实现经济发展的人们。

健康的河口、近岸及海洋系统为人们提供了文化背景、可再生的食物供应、旅游业机会、交通干线、生物技术超级市场，以及在世界的许多地方经常受到忽视或滥用的其他许多好处。由于陆上活动十分广泛，而且这些活动集合在一起对这些无价的海水生态系统造成有害的影响，对海洋生态系统的可持续开发和保护构成了挑战，因此，需要采取多学科、跨部门的对策，来保护海岸带和海洋免受陆基活动。编制近岸海域环境保护规划的主要目的就是为更好地保护海岸带和海洋。

11.1.1.2 规划原则

(1) 以人为本，和谐发展

以维护海域生态系统健康、保障人类生存和发展为根本，坚持人与自然和谐发展。

(2) 突出重点，循序渐进

突出优先控制问题、关注重点控制区域、抓住关键影响因素，分清轻重缓急、坚持循序渐进，合理部署行动内容与行动时间。

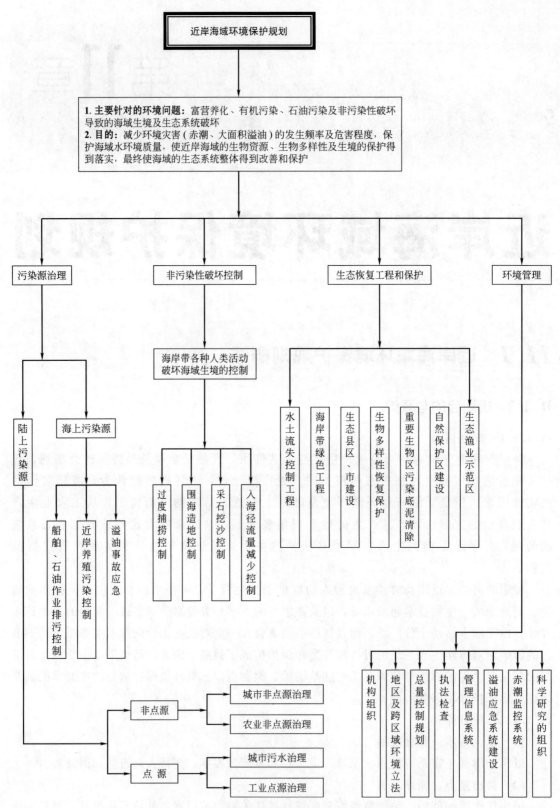

图 11-1　近岸海域环境保护规划内容及技术路线

（3）陆海兼顾、河海统筹

秉承 GPA（保护海洋环境免受陆基活动影响全球行动方案）倡导的"从山顶到海洋"的行动理念，坚持陆海兼顾、河海统筹，把近岸海域、海岸带、沿海陆域及入海河流作为有机整体，纳入行动框架给予考虑。

（4）海洋污染问题与海洋生态损害问题并重

关注污水排放、富营养化、海洋垃圾、持久性有机物（POPs）、石油污染、重金属、底泥污染等海洋环境污染问题；同时，关注资源过度利用、生物多样性减少、物理生境改变、栖息地破坏及外来物种入侵栖息地变化等海洋生态损害问题。

（5）注重与相关工作的协调衔接

注重与国家近岸海域环境保护的理念、目标与内容衔接；注重与省内环保规划、海域污染防治规划、重点海湾及碧海行动计划、沿海市县的国民经济与社会发展规划的内容协调衔接。

11.1.2　规划的指导思想

以邓小平理论和"三个代表"重要思想为指导，切实贯彻落实科学发展观和全面建设小康社会的基本要求，倡导 GPA 的"从山顶到海洋"的行动理念，以保护和提高近岸海域的水质和生态环境为立足点，以调整和改变沿海地区的生产生活方式、促进经济增长方式的转变为基本途径，陆海兼顾、河海统筹，以整治陆源污染和海岸带综合治理为重点，抓好入海河口附近海区及海湾的污染防治和生态保护；加强法制，强化管理，分层推进，突出重点，因地制宜，分类指导，促进海域环境质量的提高，努力增强海洋生态系统服务功能，确保沿海地区社会经济的可持续发展。

11.1.3　规划内容与技术路线

近岸海域环境保护规划的规划内容及技术路线见图 11-1。

11.2　近岸海域环境保护规划体系

11.2.1　近岸海域环境现状调查与分析

11.2.1.1　水系分布及其水文特征调查与分析

对规划区域内的水系进行调查，收集和分析区内水系的水文、水工建筑物等相关资料。对于入海河流重点收集感潮河段的范围及相关水文资料，从调查与分析的结果中获取区内水系的水文特征，为规划的水环境质量调查分析、污染源入海量分析、陆源污染物总量控制、近岸海域环境功能区划调整、近岸海域环境容量计算等内容做准备。

11.2.1.2　海洋生态环境质量现状调查与评价

（1）监测方案

通过资料收集或现场补充调查等方法评价规划区域内入海河流水环境质量现状，重点为入海河口段的水环境质量，获取主要污染物及其时空变化特征，阐明目前入海河流主要污染物的入海通量，为区内的近岸海域环境保护问题，为近岸海域环境功能区划分与调整、水质预测和水污染综合整治规划以及水环境管理提供依据。

对于近岸海域，一方面收集现有功能区划的水质控制站位的水质现状数据，并补充功能区与功能区的，界站位的监测数据。如果有必要的，还需对海域的海域生态进行调查与分析，包括叶绿素 A、初级生产力、浮游植物、浮游动物、底栖生物、拖网底栖生物、潮间带生物等。

（2）监测项目及分析方法

① 近岸海域水质环境质量　一般调查的项目包含水温、水色、pH 值、溶解氧（DO）、盐度、化学耗氧量（COD_{Mn}）、悬浮物（SS）、NO_3^--N、NO_2-N、NH_3-N、PO_4^{3-}-P、石油类、挥发酚、硫化物、总汞（Hg）、铜（Cu）、铅（Pb）、锌（Zn）、镉（Cd）、铬（Cr）和砷（As）等 21 项，按需要可以做相应的增减。方法：按《海洋调查规范》（GB 12763—2007）和《海洋监测规范》（GB 17378—2007）的要求进行。

② 海洋沉积物环境　一般调查的项目包含总汞（Hg）、铜（Cu）、铅（Pb）、锌（Zn）、镉（Cd）、铬（Cr）、砷（As）、石油类、有机碳和硫化物等 10 项，按需要可以做相应的增减。方法：按《海洋调查规范》（GB 12763—2007）和《海洋监测规范》（GB 17378—2007）的要求进行。

③ 海洋生物环境　一般调查的项目包含：叶绿素 A、初级生产力、浮游植物、浮游动物、采泥底栖生物、拖网底栖生物、潮间带生物等 7 项，按需要可以做相应的增减。方法：采样按《海洋监测规范》（GB 17378—2007）、《海洋调查规范 海洋生物调查》（GB 12763.6—2007）和《建设项目对海洋生物资源影响评价技术规程》（SC/T 9110—2007）进行。

④ 渔业资源与渔业生产现状　一般调查的项目包含：渔业资源调查内容包括鱼卵仔稚鱼的种类组成、数量分布、主要种类；游泳生物的种类组成、生物学特征、优势种分布、渔获量分布和现存资源密度；规划区域附近海域渔业生产现状。方法：采样按《海洋监测规范》（GB 17378—2007）、《海洋调查规范　海洋生物调查》（GB 12763.6—2007）和《建设项目对海洋生物资源影响评价技术规程》（SC/T 9110—2007）进行。现场目视法、社会调查法和资料分析。

⑤ 海洋生物体质量　一般调查的项目包含海洋生物的总汞（Hg）、铜（Cu）、铅（Pb）、锌（Zn）、镉（Cd）、铬（Cr）和砷（As）和总石油烃等 8 项。方法：采样按《海洋监测规范》（GB 17378—2007）和《海洋调查规范　海洋生物调查》（GB 12763.6—2007）进行。

⑥ 项目附近海域珍稀濒危生物分布　内容：调查海域珍稀生物的种类及其分布情况。方法：现场目视法、社会调查法和资料分析。

（3）结果分析与评价

对以上监测结果进行分析和评价，获取规划区划近岸海域环境区划的水质目标达标情况，摸清海洋生态特征现状，为提出区内近岸海域环境问题，并制定近岸海域环境保护规划方案准备。

近岸海域水质现状采用单因子指数法进行评价，通过综合污染指数对各个测站的综合污染程度进行比较，污染等级划分见表 11-1。

11.2.2　近岸海域环境保护目标与指标

11.2.2.1　近岸海域环境保护规划目标

近岸海域环境保护规划目标一般分近期、中期和远期，以某市的近岸海域环境保护规划

表 11-1　污染等级划分表

污染等级	污染指数	划 分 依 据
未污染	$P \leqslant 0.50$	样品的测定值未出现超二类标准
微污染	$0.50 < P \leqslant 0.70$	少量的测定值超二类标准,年均值未超
轻污染	$0.70 < P \leqslant 1.00$	较多样品测定值超二类标准,年均值未超
中污染	$1.00 < P \leqslant 2.00$	年均值仅达三类标准
重污染	$P > 2.00$	年均值超三类标准

目标为例如下。

(1) 近期目标（2006～2010 年）

通过实施某江等重点流域（水系）水污染防治规划及水环境综合整治方案，强化工业污染防治，建设、改造完成一批市政污水处理工程和设施，控制禽畜养殖污染，降低面源污染，实施重点区域及河涌综合整治等措施，削减主要污染物的入海总量，使海域环境污染得到初步控制，生态破坏的趋势得到初步缓解。到 2010 年底基本满足全市各涉海行业的用海需求，保障海洋经济快速健康发展。近岸海域水质达到环境功能区划保护目标要求。

(2) 远期目标（2011～2020 年）

逐步实施一批海岸生态环境整治工程项目，恢复和改善海岸带生态环境，通过完成一批重点岸段海域的环境综合整治、水产养殖业基本实现生态养殖、全面实施对海上流动污染源及其相关作业的监控和管理等系列措施，建设海洋自然保护区，逐步建成一个类型齐全、布局合理、管理有效、社会生态效益明显的全市海洋自然保护区体系。

11.2.2.2　近岸海域环境保护规划指标

要实现近岸海域环境保护规划的目标，须建立相应的规划指标体系。设定的指标要充分考虑规划区域的现状，符合规划区的近岸海域的环境特征，同时设定的指标应具有较好的可操作性，并在规划方案中对设定的指标进行可达性分析。指标体系一般包括以下指标。

① 近岸海域环境功能区的管理监控性指标　含近岸海域环境功能区监测达标率（％）、近岸海域环境功能区监控率（％）等。

② 陆源污染控制性指标　含工业废水达标排放率（％）、城镇生活污水处理率（％）、规模化畜禽养殖粪便综合利用率（％）、规模化畜禽养殖废水达标排放率（％）、城镇生活垃圾无害化处理率（％）、危险废物安全处置率（％）、工业固体废弃物综合利用率（％）等。

③ 海上污染源控制性指标　含海洋船舶石油类排放量比前期削减率（％）、海洋船舶石油类排放量（t/a）、对虾养殖废水处理率（％）、对虾养殖废水达标排放率（％）等。

④ 海洋生态环境建设指标　含海洋与水产自然保护区新建扩建数量（个）、近岸海域自然保护区面积占全市近岸海域面积比例（％）等。

以某市的近岸海域水环境保护规划指标为例，见表 11-2。

11.2.3　近岸海域环境功能区划现状及调整建议

近岸海域环境功能区划，主要在国家相关法律法规的指导下，为执行《海洋环境保护法》和《海水水质标准》，环境保护行政主管部门根据海域水体的使用功能和地方经济发展的需要对海域环境划定的按水质分类管理的区域。

按照海域的不同使用功能将海水划分为四类：一类环境功能区（包括海洋渔业水域、海

表 11-2 某市近岸海域环境保护规划指标（2006～2020 年）

序号	项目	指　标	现状	2010 年	2020 年
1	管理监控性指标	近岸海域环境功能区监测达标率/%	100	100	100
2		近岸海域环境功能区监控率/%	38	>55	>70
3	海上污染源控制性指标	海洋船舶石油类排放量比前期削减率/%	—	20	20
4		海洋船舶石油类排放量/(t/a)	177.8	151.1	130
5		对虾养殖废水处理率/%	8	25	50
6		对虾养殖废水达标排放率/%	5	20	45
7	陆源污染控制性指标	工业废水达标排放率/%	61.75	>90	100
8		城镇生活污水处理率/%	—	70	80
9		规模化畜禽养殖粪便综合利用率/%		90	95
10		规模化畜禽养殖废水达标排放率/%		100	100
11		城镇生活垃圾无害化处理率/%		70	80
12		危险废物安全处置率/%	94.76	100	100
13		工业固体废弃物综合利用率/%	96.73	90	95
14	海洋生态环境建设指标	海洋与水产自然保护区新建扩建数量/个		8	—
15		近岸海域自然保护区面积占全市近岸海域面积比例/%		22.46	22.46

洋自然保护区和珍稀濒危海洋生物保护区等，其水质执行国家Ⅰ类海水水质标准）；二类环境功能区（包括水产养殖区、海水浴场、人体直接接触海水的海上运动或娱乐区以及与人类食用直接有关的工业用水区等，其水质执行不低于国家Ⅱ类的海水水质标准）；三类环境功能区（包括一般工业用水区、滨海风景旅游区等，其水质不低于国家Ⅲ类的海水水质标准）；四类环境功能区（包括海洋港口水域、海洋开发作用区等，其水质不低于国家Ⅳ类的海水水质标准）。

下面将通过陆丰市近岸海域环境功能区划调整建议为例介绍本节的内容。

11.2.3.1　陆丰现有近岸海域环境功能区划现状

根据《广东省近岸海域环境功能区划》（粤府办［1999］68 号），项目拟调整的海域附近的近岸海域环境功能区划有 9 个近岸环境功能区段，见表 11-3。

表 11-3　拟调整海域近岸海域环境功能区划现状

标识号	行政区	功能区名称	范围	平均宽度/km	长度/km	主要功能	水质目标
403	汕尾市	湖东养殖区、渔业功能区	甲子山尾至三洲澳		20	渔业	二
405	汕尾市	田尾山生态功能区	三洲澳至田尾山	1.2	18	海洋生态保护	二
406	汕尾市	碣石浅澳港口功能区	田尾山至西澳农场	1.5	11	港口	三
407	汕尾市	金厢盐业、养殖、旅游功能区	西澳农场至金厢角	2.2	12	盐业、养殖、旅游	二
408	汕尾市	乌坎工业、港口功能区	金厢角至烟港口	2	13	工业、港口	三
410	汕尾市	大湖养殖功能区	大湖镇附近海域	0.75	2	养殖	二
411	汕尾市	白沙湖养殖功能区	白沙湖内及附近海域	5	18	养殖、港口	二
412	汕尾市	碣石湾浅海渔业功能区	碣石湾内浅海			渔场作业区	—

陆丰拟上马一个项目，该项目附近海域 405、406 和 412 岸段环境功能是"渔业"、"海洋生态保护"分别执行《海水水质标准（GB 3097—1997）》"第一类"和"第二类"标准，将对陆项目的工业污废水排放构成严重的约束。根据《汕尾市"十二五"国民社会与经济发展规划》，碣石镇邻近的岸段主要发展能源产业，配套该项目的产业发展；在《汕尾市"十二五"

环境保护规划》中，对周边的环境功能进行调整优化，规划中提出对其进行调整的建议。

11.2.3.2 近岸海域环境功能区调整方案

(1) 近岸海域环境功能区划调整的原则

① 社会效益、经济效益、环境效益三效益相统一原则　调整功能区时要充分考虑陆丰核电所在地附近海域沿岸自然环境特点、资源利用状况以及汕尾市沿海经济发展布局和相应海域的水质要求，优先开发利用和重点保护相一致，使项目所在地近岸海域的开发利用程度同环境容量和资源承受能力保持一致，遵循统一规划，合理布局，因地制宜，陆海兼顾，局部利益服从全局利益，近期计划与长远规划相协调，从经济发展的总体战略和布局规划出发，做到经济效益、社会效益和环境效益相统一，促进经济、社会可持续发展。

② 突出重点，优先保护原则　生态繁衍栖息区、珍贵海洋资源区和鱼类洄游通道区是重点保护区域。优先保护重点保护区域和养殖、制盐、食品加工等与人类食物有关的功能区域；优先保护高水质功能，同一水域具有多种使用功能，应以高水质功能确定其保护水质类别。如确有困难，也不能低于主体功能水质类别。同时注意选择性窄（特定）的优于选择性宽的。对于生态环境相对不敏感的近岸海域，适当放宽功能要求。

③ 合理利用海域环境容量，尽量不降低现有海水水质标准的原则　根据有关发展规划，充分考虑海域海流特点及其扩散规律，在不影响邻近规定功能区域水质的前提下，合理利用海洋水环境自净能力，给出适当的排水通道，同时将其影响范围缩小到最低限度；相邻区域互相配合，协调一致，容量共享共护。

应严格按照功能区划调整的"三大原则"制定调整方案，尽可能避免由于功能区划的调整而大范围降低现状海水水质。首先通过确定由现状执行第一类（412 功能区）和第三类（405 功能区）海水水质标准的海域调整为第三类海水水质标准的范围，然后在调整后的第三类海域内，针对污水稀释区划定相应的排污混合区，由此避免直接把现状执行第一类（412 功能区）和第二类（405 功能区）海水水质标准的海域调整为低于第三类的海水水质标准。同时由于项目污水对 412 功能区（第一类）影响范围较大，为保护碣石湾内浅海海水水质现状，调整后原属于 412 功能区的海域，配合项目的要求，通过总量控制等对策，加强周边海域使用管理减少其他类型的排污。

(2) 调整范围的确定

根据陆丰市经济发展规划的需求、水质现状、未来水质变化趋势以及海洋功能区调整方案，现提出陆丰核电厂附近海域近岸海域的环境功能区调整方案见表 11-4。为了便于比较，调整前的环境功能区划也列在表 11-4 中。

11.2.3.3 功能区调整后水质保护目标可达性分析

应对调整后的近海域的环境功能区进行如下分析：经调整的功能区水质目标的可达性分析、调整后各功能区水质目标的衔接性分析、混合区水质目标的可达性分析、邻近海域、环境功能区水质目标的可达性分析、与邻近海洋功能区水质目标的相互衔接分析等。综合分析功能区调整后水质目标的可达性，如不可达应对调整方案进行优化调整。

11.2.4 近岸海域环境容量计算与总量控制

11.2.4.1 近岸海域环境容量计算

(1) 近岸海域环境容量计算模型介绍

影响环境容量的因素是多种多样的，主要包含以下方面。

表 11-4　陆丰核电厂附近海域拟调整的近岸海域环境功能区划属性表

标识号	属性	行政区	功能区名称	范围	平均宽度	长度	主要功能	水质目标	备注
403	调整前	汕尾市	湖东养殖区、渔业功能区	甲子山尾至三洲澳		20	渔业	二	
405	调整前	汕尾市	田尾山生态功能区	三洲澳至田尾山	1.2	18	海洋生态保护	二	
405A	调整后	汕尾市	田尾山生态功能区	三洲澳至沈厝地	1.2	10	海洋生态保护	二	
405B		汕尾市	碣石港口工业用海功能区	沈厝地至田尾山	3.7	8	港口、工业	三	平均宽度往外海扩大至 3.7km
406	调整前	汕尾市	碣石浅澳港口功能区	田尾山至西澳农场	1.5	11	港口	三	
406A	调整后	汕尾市	碣石浅澳港口、工业功能区	田尾山至西澳农场	1.5	11	港口、工业	三	
406B		汕尾市	碣石浅澳工业功能区	田尾山至西澳农场	4.0	15	工业	三	靠 412 功能区一侧
406-1		汕尾市	排污稀释混合区	—	0.5	1.0	排污稀释混合区	不执行海水水质标准	
412	调整前	汕尾市	碣石湾浅海渔业功能区	碣石湾内浅海	—	—	渔场作业区	一	

① 受纳水域的水体特征　包括水体几何参数、水文参数，水体受污染的程度、水生态系统健康程度、水生生物多样性的保护程度等。

② 水环境质量要求　水环境质量要求的标准不同决定了水环境承载力的差异，同一地区的同一时期，对水环境质量的要求不同，水环境承载力的大小也不相同。

③ 水体对不同污染物的自净能力　不同污染物对水生生物的毒性作用及对人体健康的影响程度不同，允许存在于水体中的污染物量也不同。因此，对于不同的污染物有不同的环境容量。在海湾环境容量计算中普遍接受的观点有以下两种。

第一种：在水质不超过所要求的国家海水质量标准条件下，一定时间范围内水体所容纳的最大污染物数量，即污染物自净容量与相应海水浓度本底值所确定的污染物蓄存量之和。王修林基于此概念计算了胶州湾环境容量、基准海洋环境容量、极小海洋环境容量、极大海洋环境容量。

第二种：从总量控制和环境管理的角度出发，认为环境容量是在水质不超过环境功能区所要求的环境标准的前提下，污染物的最大允许排放量。

第一种观点可以给出海域纳污能力的宏观背景信息，但无法反映现状排污布局对环境容量的影响，而且没有较好的反映不同水域的水质要求，一般采用第二种观点的研究方法。

① 模型试算法　栗苏文在大鹏湾海域污染源和水质现状调查的基础上，分析影响大鹏湾水质的主要因素有：生活污水、工业废水、水产养殖业造成的有机污染以及伴随雨洪径流产生的面源污染，进一步对三个时期（2005、2010、2015 年）各种污染负荷进行估算。应用 Delft3D 模型对 2000 年水质现状进行模拟，对三个时期水质进行预测，采用模型试算方法对大鹏湾水环境容量进行了估算。水环境容量的估算方法分 3 步：a. 保持香港集水区的污染量不变，改变深圳集水区的污染量，以估算深圳方的最大污染负荷；b. 保持深圳集水区的污染量不变，改变香港集水区的污染量，以估算香港方的最大污染负荷；c. 利用前 2 步的计算结果，计算双方在同时排放最大污染量时大鹏湾的水质情况，并根据各次区的超标

情况削减其污染量，直至整个大鹏湾集水区水质达到水质标准。每个步骤均采用模型试算法，共进行了 124 次模拟运算。按照上述方法估算了大鹏湾水环境容量。试算法比较直观，但是需要设计多个方案，且如果污染源数量较多、水质模型时空分辨率较高时，工作量可想而知。另外，试算法得出的不一定是最优方案。

② 污染源-水质响应法　张存智、韩康等基于以下理论假设讨论了海湾纳污能力计算模型。

a. 海区的水质状况主要取决于污染源特性（位置、排放量等）和水体环境特性（海区几何尺度、动力状况等），这些影响因素构成一个复杂的相互作用系统，即污染源-水质响应系统。并且定义单位点源所形成的浓度场为响应系数，它表征了海区内水质点对某个点源的响应关系。

b. 污染物在水体中的运移遵循平流-扩散输运模型，在已知流速、湍流扩散系数的条件下，浓度模型是线性的，满足叠加原理。环境容量计算方法和步骤如下所示：第一步，计算各个点源的响应系数场；第二步，计算各点源的分担率场；第三步，计算各点源最大允许排放量。

张学庆、孙英兰等将 N、P 看作保守物质，采用此方法计算了胶州湾 COD、N、P 的环境容量；余静，孙英兰等采用此方法计算了宁波-舟山海域 COD、N、P 环境容量。

此方法相对于试算法工作量小，但只适用于海域面积不太大，浓度场模拟不太长的时间就能达到平衡，能够得到比较稳定的响应系数场的海湾；此外还要求对所有排放源资料掌握比较全面，水质现状控制较好，基本满足水质目标。这种方法思想容易理解，方便管理和实际操作，但有个问题值得探讨：响应系数场是不是唯一、稳定的，即它是不是时间、源强的函数，是不是随时间推移不断演变，是否随源强的改变而变化。这里主要有两个因素影响响应系数场：潮流的周期波动和单位源强的大小。首先，在一个潮周期内，浓度场会有周期性的波动，这可以用一个周期的平均来消除。当排污口以单位源强排放某污染物，各种自净过程把该污染物从计算海域去除，只有当排入速率与去除速率相等的时候，模拟足够长的时间后，才有可能形成稳定的浓度场；否则，浓度场就有逐渐增大或减小的趋势，而不会趋近于某一稳定的响应系数场。

③ 分区达标控制法　李适宇、李耀初等提出分区达标控制法用于求解海域环境容量。引进贡献度系数将容量问题定义为线性规划问题，使各类水功能区在达到所对应的环境标准的前提下各排污口污染物允许排放量之和最大。计算方法与步骤如下。

第一步：选取水质控制点。根据流域（区域）可持续发展的要求，往往对流域（区域）内的水体划分不同的功能区，针对不同的功能区，制定不同的水环境保护目标。在功能区边界，选取一定间隔的水质控制点，以保证各类水域分别达标。

第二步：计算贡献度系数。排污口为单位负荷，即 $x_j=1$，其他排污口无负荷，即 $x_k=0(k=1,\cdots,n;k\neq j)$。然后用水质模型计算出在这种情况下的浓度分布，确定出 m 个水质控制点的浓度值，即为 $a_{ij}(i=1,\cdots,m)$。改变排污口，重复以上步骤，就可以求出每个排污口在各控制点的贡献度系数。

第三步：线性规划方法求解区域最大环境容量。区域环境容量资源利用问题可以归结为如下问题：即如何在现有污染源格局（数量和相对位置）不变、各污染源的排放量在一定范围之内，在满足环境质量目标要求的约束条件下，尽可能有效地使用水环境资源，使区域的污染物排放量最大。王悦采用此方法计算了渤海湾 COD 的环境容量；余静采用此方法计算了胶州湾 COD、N、P 的环境容量。

鉴于近岸海域环境保护规划的实际需要，一方面需要较为准确地计算近岸海域的环境容量，另一方面又要方便快捷，通常会使用两种方法进行计算：a. 标准自净容量法；b. 污染源-水质响应法或分区达标控制法。下面通过两个实例对以上方面进行说明。

(2) 标准自净容量法

采用标准自净容量法可对近岸海域水环境容量进行估算。近岸海域的水质主要受潮汐变化引起的水动力条件、排入该海域的污染物负荷量以及上游来水的水量和水质等因素所决定。环境容量包括基本环境容量（稀释容量）和变动环境容量（自净容量）两个部分，即环境容量在数值上等于污染物标准自净容量与标准蓄存量之和。海水的自净能力是研究环境容量的基础，海水的自净能力又是指海水中污染物质通过海洋物理、化学、生物的变化等自净机制净化污染物质的能力。由于海洋自净机理的研究非常复杂，当前国内外尚无全面报导，而从宏观上对自净能力的物理分析，已被广大海洋环境工作者所采用，即泄入湾内的污染物质，在海洋动力因子（潮汐、海流、潮余流、波浪、风海流）的作用下，首先与海水发生混合过程而被海水所稀释，使水体中的污染物质的浓度降低，进而通过海水运动污染物质发生扩散和迁移，再在潮汐作用下湾内的污染水体与湾外的清洁海水进行交换，这是污染物质被海水净化的重要过程，显见海水交换能力越大，海水的物理净化能力越强。

标准自净容量法将目标海域海水视为一个污染物混合较为均匀的箱式水体，箱内污染物蓄存量（M）时间变化率不仅取决于单位时间内各污染源排海通量（F_i）和箱内外水动力输运下的水物理迁移通量（T_p），而且同时取决于单位时间内除水动力输运过程之外的其他物理、化学、生物迁移转化通量（T_j），即

$$\frac{\mathrm{d}M}{\mathrm{d}t} = V\frac{\mathrm{d}C}{\mathrm{d}t} = \sum_i F_i - T_p - \sum_j T_j \tag{11-1}$$

式中，C 为箱内水中污染物平均浓度；下标 i 和 j 分别为某一污染源和迁移-转化过程。设定箱内污染物浓度等于一定等级国家海水水质标准，$C = C_s$，然后对上式时间积分，时间范围 t 为 1 年，则有

$$M_s = \int_{C^0}^{C_s} V\mathrm{d}C = \sum_i \int_0^t F_i \mathrm{d}t - (\int_0^t T_p \mathrm{d}t + \sum_j \int_0^t T_j \mathrm{d}t) \tag{11-2}$$

根据海洋环境容量（EC_s）定义，则

$$\mathrm{EC}_s = \sum_i \int_0^t F_i \mathrm{d}t \tag{11-3}$$

可以得到

$$\mathrm{EC}_s = M^S + \int_0^t T_p \mathrm{d}t + \sum_j T_j \mathrm{d}t \tag{11-4}$$

如前所述，考虑宏观自净能力的作用，则式(11-4) 可以简化为

$$\mathrm{EC}_s = M^S + \int_0^t T_p \mathrm{d}t \tag{11-5}$$

其中，海洋标准蓄存量可用下式计算：

$$M^S = V(C_s - C_b) \tag{11-6}$$

式中，V 为海水体积；C_s 为某一污染物的水质标准值；C_b 为污染物的环境背景值。

标准自净容量即变动环境容量，即实际引起海水中污染物质浓度变化的是交换水量，可

表达为海水交换水量与水质标准值之积，因而广义上把海水交换的污染物质的量称作变动环境容量值，其公式为：

$$\int_0^t T_p \, dt = Q_r(C_s - C_b) = V\gamma(C_s - C_b) \tag{11-7}$$

式中，Q_r 为一个潮周期的交换水量；γ 为海水交换率。

由于标准自净容量法要求海域面积较小，混合较为均匀，结合近岸海域环境功能区划，将近岸海域划分为若干个网格，在不同的网格内进行海洋环境容量的估算，从而可以得到近岸海域环境容量的估算式如下：

$$EC_s = \sum_i^n (V_i + 365Q_{ri}/T)(C_{si} - C_{bi}) \tag{11-8}$$

式中，n 为计算网格数；T 为一个潮周期的时间，天；i 为计算网格的编号；其他变量意义同上。另外，各网格内控制点处的背景浓度 C_b 是由于开边界上的浓度即计算领域外的污染物流入引起的。严格来说，C_b 值应在只有开边界浓度而领域内无负荷排出的条件下由潮扩散数值模拟计算得出，每点的值是不相同的。在研究中，为简化计，以基准年现状监测点的实测浓度作为这些近岸海域控制点的背景浓度，计算剩余环境容量。从以往的调查经验来看，这种选取是比较接近实际情况的。

海水交换模式可按 Paker 和柏井定义，可用公式简述如下：

设 C_0 为外海水的指标物质平均浓度；C_B 为湾内水的指标物质平均浓度；C_E 为落潮时流出水的指标物质平均浓度；C_F 为涨潮时流入水的指标物质平均浓度。

则涨潮时流入湾内的海水中浓度为 C_0 的纯外海水所占的比率为：

$$R_E = \frac{C_F - C_E}{C_0 - C_E} \tag{11-9}$$

落潮时流出湾外的海水中浓度为 C_B 的纯湾内水所占的比率为：

$$R_F = \frac{C_F - C_E}{C_F - C_B} \tag{11-10}$$

那么一个潮周期湾内、外水的交换率为：

$$R_G = \frac{R_F \times R_E}{R_E + R_F - R_E \times R_F} \tag{11-11}$$

另外，海水平均交换率（γ）还可以用以下公式计算：

$$\gamma = Q_j / V \tag{11-12}$$

式中，Q_j 为一个潮周期内的净流出水量；V 为海水总体积。由文献可知，世界各海湾海水平均交换率在 $4.5\%\sim35\%$ 之间，国内研究中得到的福建省罗源湾 $7\%\sim10.1\%$、三沙湾 $3.9\%\sim5.1\%$，山东省鳌山湾 14%、丁字湾 13.85%、乳山湾东湾 8.4%，辽宁省大连湾 14.05%、小窑湾 16.7%，黄海沙子口 7.91%，海南省海口湾 4.9%，广西区钦州湾 12.4% 也均在此范围之内。

(3) 污染源-水质响应法

下文将以海丰县近岸海域环境容量计算为例，对污染源-水质响应法的使用进行说明。先根据海丰县海洋水文、水质数据，核算近岸海域主要污染物的环境容量。计算方法是根据水文条件建立水动力（潮流）模型，根据环境条件选择水质生态模型，利用实测资料检验和验证模型，然后利用水质模型和限制性条件在排污口污染物总量控制目标下反推出海域的环境容量。

① 二维水动力数学模型

a. 控制方程与说明

Ⅰ. 基本方程

二维潮流基本方程包括连续方程和动量方程，即：

连续方程：

$$\frac{\partial \zeta}{\partial t}+\frac{\partial \left[(h+\zeta)u\right]}{\partial x}+\frac{\partial \left[(h+\zeta)v\right]}{\partial y}=0 \tag{11-13}$$

动量方程：

$$\frac{\partial u}{\partial t}+u\frac{\partial u}{\partial x}+v\frac{\partial u}{\partial y}-fv=-g\frac{\partial \zeta}{\partial x}-\frac{gu\sqrt{u^2+v^2}}{c^2(h+\zeta)}+A_{\mathrm{H}}\left(\frac{\partial^2 u}{\partial x^2}+\frac{\partial^2 u}{\partial y^2}\right) \tag{11-14}$$

$$\frac{\partial v}{\partial t}+u\frac{\partial v}{\partial x}+v\frac{\partial v}{\partial y}+fu=-g\frac{\partial \zeta}{\partial y}-\frac{gv\sqrt{u^2+v^2}}{c^2(h+\zeta)}+A_{\mathrm{H}}\left(\frac{\partial^2 v}{\partial x^2}+\frac{\partial^2 v}{\partial y^2}\right) \tag{11-15}$$

式中，t 为时间；x、y 为与静止海面重合的直角坐标系坐标；u、v 分别为沿 x、y 方向的流速分量；h 为海底到静止海面的距离（静水深）；ζ 为自静止海面向上起算的海面起伏（水位）；f 为柯氏参数；g 为重力加速度；A_{H} 为水平涡动黏性系数；c 为谢才系数，$c=\frac{1}{n}(h+\zeta)^{\frac{1}{6}}$，其中 n 为曼宁糙率系数。

Ⅱ. 边界条件

计算域与其他水域相通的开边界 Γ_1 上有：

$$\zeta(x,y,t)\big|_{\Gamma_1}=\zeta^*(x,y,t) \tag{11-16}$$

或：

$$\left.\begin{array}{l}u(x,y,t)\big|_{\Gamma_1}=u^*(x,y,t)\\[2mm]v(x,y,t)\big|_{\Gamma_1}=v^*(x,y,t)\end{array}\right\} \tag{11-17}$$

计算水域与陆地交界的固边界 Γ_2 上有：

$$\vec{U}\cdot\vec{n}\big|_{\Gamma_2}=0 \tag{11-18}$$

上述各式中：$\vec{n}$ 为固边界法向；$\zeta^*(x,y,t)$、$u^*(x,y,t)$ 和 $v^*(x,y,t)$ 为已知值（实测或准实测或分析值），$\vec{U}$ 为流速矢量（$|\vec{U}|=\sqrt{u^2+v^2}$）。

Ⅲ. 初始条件

$$\left.\begin{array}{l}\zeta(x,y,t)\big|_{t=t_0}=\zeta_0(x,y,t_0)\\[2mm]u(x,y,t)\big|_{t=t_0}=u_0(x,y,t_0)\\[2mm]v(x,y,t)\big|_{t=t_0}=v_0(x,y,t_0)\end{array}\right\} \tag{11-19}$$

式中，$\zeta_0(x,y,t_0)$、$u_0(x,y,t_0)$ 和 $v_0(x,y,t_0)$ 为初始时刻 t_0 的已知值。

b. 数值计算方法。采用 ADI 方法进行数值离散求解。使用交错网格（见图 11-2，图中实线网格为水深网格，虚线网格为虚设网格，表示 u、v、ζ、h 等在水深网格中交错布置的位置），流速 u 和 v、潮位 ζ、水深 h 交错布置。

将时间步长 Δt 分成二等份，在前半时间步长，对式(11-13) 和式(11-14) 采用隐式离散，求解出 u 和 ζ，对式(11-15) 采用显式离散，求解出 v；在后半时间步长，对式(11-13) 和式(11-15) 采用隐式离散，求解出 v 和 ζ，对式(11-14) 采用显式离散，求解出 u，从而完

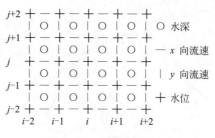

图 11-2　交错网格示意

成一个时间步长的计算。

c. 计算参数说明

Ⅰ. 计算网格。模拟使用的计算网格为矩形网格，网格步长设置可设置为 35m，网格数为 840×450。

Ⅱ. 计算范围地形。采用中国人民解放军海军司令部航海保证部 2006 年印制的红海湾 1:60000 海图地形对计算网格地形进行插值给定。而岸线则在参考该海图岸线的基础上根据现状，对填海岸线进行了修正。

Ⅲ. 时间步长。由于受计算网格步长及特征水深的限制，设定计算时间步长为 10s。

Ⅳ. 其他参数。Manning 系数取值随水深变化而变化，其值一般在 0.028~0.057 之间，侧摩擦系数取值在 100~200 之间。

Ⅴ. 计算时段及水文资料。本研究选用深圳市勘察测绘院有限公司在枯水期测定的 2006 年 1 月 23 日 14:00~26 日 16:40 来对红海湾进行水动力计算及验证。潮位 T1 及流速 C1-C3 验证点见图 11-3。

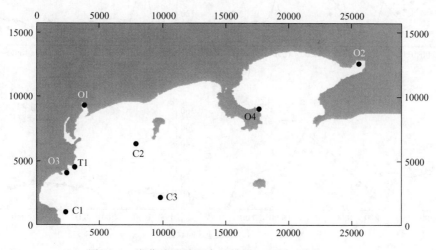

图 11-3　潮位流速验证点、排污口布置（单位：m）

Ⅵ. 边界条件。分别选取计算时段的水位资料对东和南两条边界进行线性插值给定。

d. 水动力计算结果与验证。为了检验计算模式及资料处理的合理性，首先对模型进行验证计算，验证点位见图 11-4、图 11-5。潮位及流速、流向验证计算结果如图 11-6、图 11-7 所示，从中可以看出，验证计算基本与工程海区实测情况相吻合。

② 二维水质数学模型

描述污染物质在水体中输移转化运动的平面二维运动方程如下：

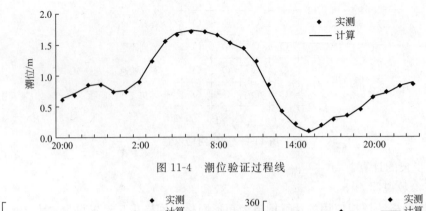

图 11-4　潮位验证过程线

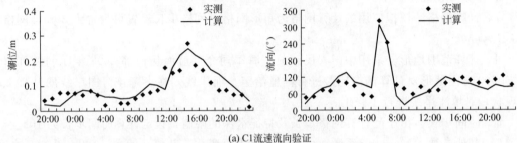

(a) C1流速流向验证

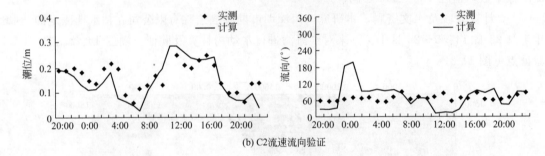

(b) C2流速流向验证

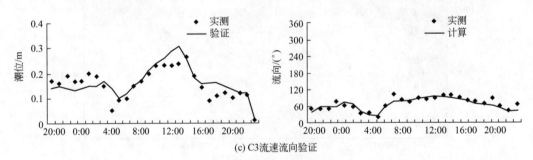

(c) C3流速流向验证

图 11-5　流速、流向验证过程线

$$\frac{\partial(hC)}{\partial t}+\frac{\partial(uhC)}{\partial x}+\frac{\partial(vhC)}{\partial y}=\frac{\partial}{\partial x}\left[E_x h \frac{\partial C}{\partial x}\right]+\frac{\partial}{\partial y}\left[E_y h \frac{\partial C}{\partial y}\right]+S+F(C) \quad (11\text{-}20)$$

式中，C 为污染物物质浓度，mg/L；E_x、E_y 分别为 x、y 方向的热扩散系数，取 $10\mathrm{m}^2/\mathrm{s}$；$S$ 为源（汇）项，g/(m²·s)；u、v 分别为 x、y 方向流速；$F(C)$ 为生化反应项；h 为水深值，m。

③ 环境容量计算参数确定

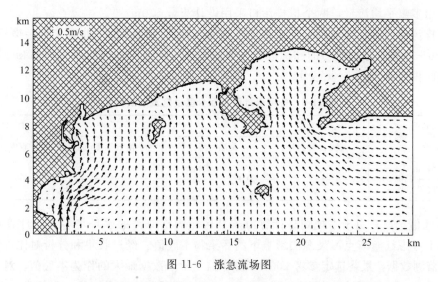

图 11-6　涨急流场图

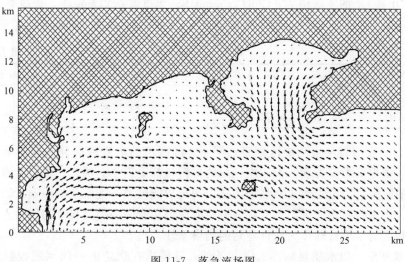

图 11-7　落急流场图

先通过对水质模拟计算，找出污染物浓度与对应排污口源强的响应关系，然后以在混合区外的水质控制点的污染物浓度的潮平均浓度 100% 达标为控制条件，反算出排污口的最大允许排放量以作为排污口附近区域的水环境容量值。具体作如下说明。

a. 模拟因子选取。本报告将选取 COD、无机氮及石油类作为水环境容量的模拟因子。选取原因如下。Ⅰ. COD。COD_{Cr} 为国家规定的总量控制指标，而在海水中的对应水质指标是 COD_{Mn}，两者转换关系约为 3:1，本节中如无特别说明，则所指 COD 为 COD_{Mn}。Ⅱ. 无机氮。表征海域富营养化水平的重要指标。Ⅲ. 石油类。新建石油化工基地（小漠石化基地）最重要的特征污染物，红海湾水产资源区的敏感污染指标。

b. 混合区设定。根据海丰县污染源排放的现状分析，赤石河和黄江河的汇入为红海湾的主要水污染源，另外根据海丰县的发展规划、重大项目的启动以及对小漠至鲘门部分近岸海域功能区调整等事实，拟在小漠石化基地及百安核电站站址附近增设排污口。据以上分析，本报告将给出四个排污口的水环境容量计算及分析结果，它们分别是：赤石河河口 O1、黄江河河口 O2、小漠石化基地拟排污口 O3 及百安核电站拟排污口 O4（赤石河和黄江河入海流量采用多年平均流量，两个拟排污口采用设计流量 5.0m/s）。

四个排污口的混合区面积未有相关规定，因此参照《污水海洋处置工程污染控制标准》（GB 18486—2001）限定排污的超标混合区面积，红海湾湾内水域面积为 1000km²，因此混合区允许面积为 3.0km²。见表 11-5。

表 11-5 各可选排污口混合区设定及水质要求

排污口号	O1	O2	O3	O4
水域	赤石河河口	黄江河河口	小漠石化排污口	百安排污口
水深/m	2	3.3	4.3	1.9
混合区范围限制/km²	≤3.0			

c. 本底值选取。由于本规划是计算海丰县区域内红海湾的水环境容量，计算选取的本底值应为不考虑红海湾点污染源的影响下的污染物本底值。经过收集和分析对比近年来的红海湾水质监测数据，最终选定参考 2006 年海洋监测中，数据最大的作为本底值。对于近河口处的污染源 O1 和 O2 的本底值为：COD 2.53mg/L、无机氮 0.217mg/L、石油类 0.004mg/L。O3 和 O4 本底值为：COD 2.10mg/L、无机氮 0.202mg/L、石油类 0.003mg/L。见表 11-6。

表 11-6 本底值　　　　　　　　单位：mg/L

水质因子	COD_{Mn}	无机氮	石油类
O1 和 O2	2.53	0.217	0.004
O3 和 O4	2.10	0.202	0.003

d. 排污口所在海域环境功能区划目标限制。红海湾的水质目标分布较为单一，近岸海域环境功能区划主要为一类和二类，本区域的排污口都受到 419 鲘门、小漠养殖功能区第二类水质目标的限制，同时受到 420 红海湾浅海渔场功能区第一类水质的限制。因此，文中将把 419 鲘门、小漠养殖功能区与 420 红海湾浅海渔场功能区一类交接处的网格点作为水质控制点，用控制点的水质目标作为线性规划的约束条件。

e. 线性规划法。以水质目标作为限制条件，就要求在选定的一组水质控制点的污染物浓度不超过其各自对应的环境标准的前提下，使各排污口的污染负荷排放量之和最大，即：

目标函数
$$\max L = \sum_{j=1}^{n} x_j \tag{11-21}$$

约束条件
$$\sum_{j=1}^{n} a_{ij} x_j + c_{bi} \leqslant c_i (i = 1, \cdots, m) \tag{11-22}$$

$$x_j \geqslant 0 (j = 1, \cdots, n) \tag{11-23}$$

式中，i 为水质控制点编号；m 为水质控制点数目；j 为排污口编号；n 为排污口数目；x 为负荷量；L 为总负荷；a_{ij} 为第 j 个排污口的单位负荷量对第 i 个水质控制点的污染贡献度系数；c_{bi} 为第 i 水质控制点的污染背景浓度；c_i 为第 i 个水质控制点处的环境标准值。

式(11-22) 中左边实际是控制点的浓度。由于水质扩散模型是线性的，浓度有可叠加性，所以用线性叠加的方法来求某一点的浓度是可行的。由此，求解海域环境容量问题可以归结为求解式(11-21)～式(11-23) 所表达的线性规划问题。

对于单一的排污口，线性规划法可以简化为：

目标函数
$$\max L = x \tag{11-24}$$

约束条件 $\qquad\qquad\qquad \sum_{j=1}^{n} a_i x + c_b \leqslant c(i = 1, \cdots, m)$ $\qquad$ (11-25)

$$x_j \geqslant 0 (j = 1, \cdots, n) \qquad\qquad (11\text{-}26)$$

由此可推出排污口容量： $\qquad\qquad x \leqslant \dfrac{C - C_b}{a_i}$ $\qquad\qquad$ (11-27)

根据各系数的计算结果和参数选定结果，用适当的方法求解线性规划问题式(11-24)～式(11-26)，得到总排放负荷量最大时的各排污口允许排放负荷量及环境容量。

f. 环境容量计算结果及分析

Ⅰ. 单个排污口的环境容量。根据以上计算方法、要求及参数，模拟计算出如表 11-7 所示的各个可选排污口单独排污仅考虑水质目标限制时的 COD、无机氮和石油类的最大允许排放量（水环境容量），当各排污口达到最大排放量时，COD、无机氮和石油类当排污口处于最大排放量时，其最大浓度增量的包络线见图 11-8～图 11-13。

表 11-7　各可选排污口单独排污仅考虑水质目标限制时 COD、无机氮和石油类最大允许排放量及超标混合区面积

排污口号		O1	O2	O3	O4
容量/(t/a)	COD	8890.59	10586.82	28540.08	12614.42
	无机氮	915.29	1065.26	2838.24	1263.44
	石油类	155.32	183.09	473.04	204.98
超标混合区/km²		2.5	2.5	2.8	2.8

可以看到在四个可选排污口中最大允许排放量从大到小依次为：O3＞O4＞O2＞O1，四个排污口中 O3 的水环境容量最大，其次为 O4，而 O1 则和 O2 的水环境容量相近，均小于 O3 和 O4。由此可见，O3 和 O4 的环境自净能力是相当强的，明显优于 O1 和 O2。

Ⅱ. 多个排污口的环境容量。通过上一小节中的分析可以看到，当只利用单个排污口进行排污时，其各自的排污量有限。但是多个可选排污口的水环境容量相加以后也是相当可观的，因此可以考虑在海丰县所属的红海湾区域排污方案上采用多个排污口排污以充分利用水体自净能力，减小经济社会发展中对水污染物排污所受的限制，并可以优化污水收集和排放系统，尽量实现污水的就近排放。而各排污口之间的排污量分配以达到排污总量最大的问题通常是运用线性规划方法来求解。即：

由水质模拟得的排污浓度场分布可知，可选的四个排污口可分为两组：一组为赤石河河口 O1 和小漠石化基地拟排污口 O3，其排污主要对排污口附近的红海湾西南部水域的污染有贡献；另一组是黄江河河口 O2 和百安核电拟排污口 O4，其排污则主要对排污口附近的红海湾北部水域的污染有贡献。第一组的两个排污口 O1 和 O3 的污染影响水域之间有一定程度的交叉，双方于对方的水环境容量有一定影响，但影响不大；而 O2 和 O4 的相互影响相对 O1 和 O3 的影响要大一些，但与 O1 和 O3 这组排污口影响极小，因此原本需考虑四个排污口的线性规划问题可以简化为分别考虑排污口 O1 和 O3、O2 和 O4 两组排污口的线性规划问题。利用 MATLAB 程序进行单纯形法求解，得 O1 和 O3、O2 和 O4 两组两排污口组合排污情况下的水环境容量结果（见表 11-8 及图 11-14～图 11-16）。

可见，当运用 O1 和 O3、O2 和 O4 两组排污口组合排污后，由于达最大允许排放量时污染源强仍较小，O1 和 O3、O2 和 O4 两组排污口组合排污时各水质因子的水环境容量分别

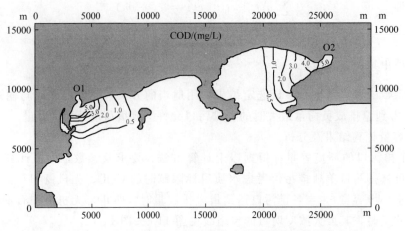

图 11-8　O1 及 O2 排污口 COD 最大允许排放量时增量浓度场

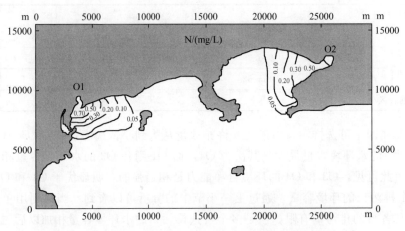

图 11-9　O1 及 O2 排污口无机氮最大允许排放量时增量浓度场

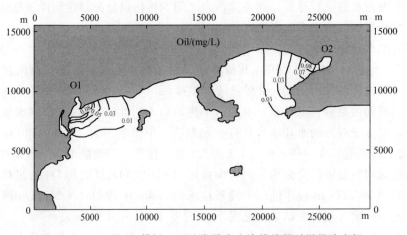

图 11-10　O1 及 O2 排污口石油类最大允许排放量时增量浓度场

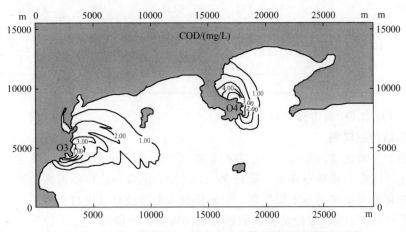

图 11-11　O3 及 O4 排污口 COD 最大允许排放量时增量浓度场

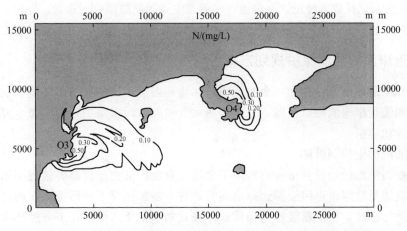

图 11-12　O3 及 O4 排污口无机氮最大允许排放量时增量浓度场

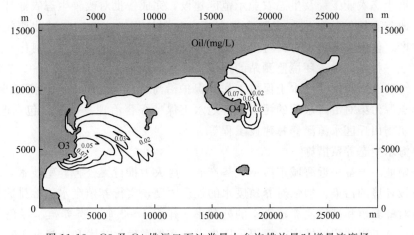

图 11-13　O3 及 O4 排污口石油类最大允许排放量时增量浓度场

表 11-8　组合线性规划下排污口的最大允许排放量

排污口号		O1	O3	组合	O2	O4	组合
容量 /(t/a)	COD	8890.59	28540.08	37430.67	10586.82	12614.42	23201.24
	无机氮	915.29	2838.24	3753.53	1065.26	1263.44	2328.7
	石油类	155.32	473.04	628.36	183.09	204.98	388.07
超标混合区/km²		2.5	2.5	3	2.5	2.5	3

为 O1 和 O2、O3 和 O4 两组排污口之和。

11.2.4.2　总量控制规划

一般来说，主要化学污染物排海总量控制应该按照近岸海域环境容量确定污染物总量控制方案，但由于近岸海域环境容量一般较大，并考虑到陆源污染控制的必要性，通常根据所在区域的海洋环境保护规划等上层规划，对污染物入海排放总量进行控制。

控制的指标根据不同区域的特征入海污染物来确定，一般因子包括 COD、无机氮、磷酸盐、石油类等。污染物入海总量包括工业废水经河流入海或直接排海排放量、城镇生活污水经河流入海和直接排海排放入海量、畜禽养殖污染物经河流和直接排海排放入海量；面源所产生的主要污染物经河流排放入海量；高位池海水养殖主要污染物排放入海量、港口、船舶污染物入海量等。对以上的污染物入海量进行控制，可以得到相应的近岸海域总量控制方案。

11.2.5　近岸海域环境保护规划方案

将海洋和陆地环境保护作为一个有机整体，协调近岸海域与陆域水环境功能，合理控制入海总量。加强近岸海域污染控制，对影响海域的船舶油污水集中处理，海水养殖规模不允许超过海域养殖容量。

11.2.5.1　陆源污染控制措施

海岸工业污染源的治理。所有直排海工业污染企业污染物排放都要达到国家或地方规定的标准。在巩固与稳定重点污染源达标的同时，进一步加强对工业污染企业的监督管理，实施污染项目达标排放，使工业废水达标排放率在规划水平年达标；在工业经济带和东部经济带沿海建设大型的污水综合处理厂，提高工业污染和生活污水的治理水平；近期重点抓好造纸、食品和纺织印染等污染严重的行业治理。

继续开展生态农业工程及生态农业示范区建设，完成一批对改善生态农业环境有重要影响的工程，改善土壤结构，推广少肥农田，减少化肥施用量，近期削减化肥施用量 5% 以上。禁止生产、使用含 POPs 的农药。普及生物农药、复合肥的使用，控制化肥、农药的使用总量，完成一批农业生态环境监测站的建设，保证入海河流流域建成 1～2 个农业生态环境监测站。继续全面深入开展水土保持工作，保护沿海地区生态环境，逐渐减少水土流失，有效治理非点源污染对沿海水质的污染。各地水土保持综合治理具体项目包括改造坡耕地、退耕还林、实施山丘区水源涵养林建设工程等。

11.2.5.2　海水生态养殖措施

海水养殖业一般都是近海城市典型优势产业，应大力推行无公害养殖技术，减少海水养殖对近岸海域环境的污染。加强对养殖废水的处理力度，实行养殖废水达标排放制度。进一步提高沿海对虾养殖和高位池养殖废水的处理率，建设 1～2 个生态养殖、绿色养殖和高科技化养殖的示范工程并积极推广，提倡采用先进的高效微生物技术和防渗漏工程技术，增加养殖用水的循环利用，减少污染物排放量，使水产养殖逐步走绿色养殖、生态养殖和高科技

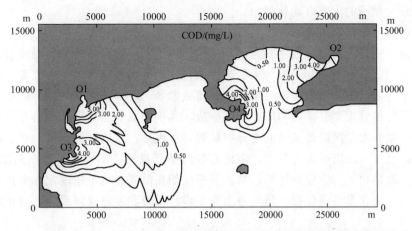

图 11-14　O1 与 O3、O2 与 O4 组合排污口 COD 最大允许排放量时增量浓度场

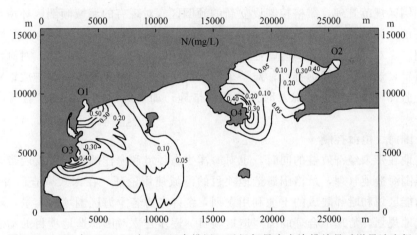

图 11-15　O1 与 O3、O2 与 O4 组合排污口无机氮最大允许排放量时增量浓度场

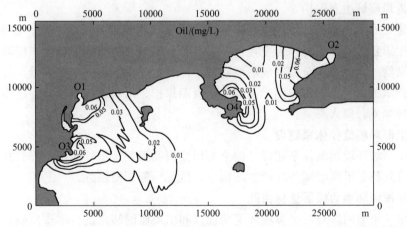

图 11-16　O1 与 O3、O2 与 O4 组合排污口石油类最大允许排放量时增量浓度场

集约化养殖道路，促使经济和环境协调发展；尽快制定集约化水产养殖技术规范，使集约化水产养殖做到标准化、规范化，指导集约化水产养殖健康科学发展，对沿海已有的低标准养殖池有计划地进行改造，实现布局合理、建池规范、集中排污、取排水口分开，提高养殖池的标准和养殖条件，促进集约化水产养殖科学化和规范化发展。使沿海养殖实现立体生态综

合养殖，实现大规模的生态自动化养殖。

11.2.5.3 海域污染控制措施

一般来说，海域污染物排放主要有船舶排污、海上石油开采排污和船舶或石油开采事故排污，其中渔船、海上石油开采排污和船舶事故排污是海域污染排放主要来源。以广东省为例，以上污染物分别占了广东海洋污染物石油排放的 36.3％、31.6％和 25.5％。

海域污染物排放主要有排污和船舶污染事故，其中渔船和船舶事故排污是海域污染排放主要来源。中型和大型渔船要安装油水分离装置，实现油污水的达标排放；在国家政策和资金的扶持下，通过实施渔船报废制度，淘汰报废污染严重的破旧渔船，控制新增捕捞渔船。实施有毒有害液体物质污染应急计划，禁止各类船舶在沿海海域不按规定标准排放有毒有害液体的压载水、洗仓水或混合物。建立海上突发事件报警和紧急处理系统，防止海上油污染突发事件。

11.2.5.4 控制和优化倾倒区

加强倾倒区规范管理，严格控制设立新的倾倒区。对现有的海域倾倒区环境污染状况进行监测和评价，调整和清理 20m 水深以浅的倾倒区；关闭对海域生态环境和海洋生物影响明显的倾倒区。对于现有的倾倒区，需要加强倾倒区使用的全程监控管理，对倾倒区的使用期限进行监督，避免超期倾倒排放；对整个倾倒活动监控，避免违规倾倒排放；对倾倒物环境影响程度监控，根据实际情况及时采取相应措施；加强对倾倒操作技术监督，倡导文明施工。

11.2.5.5 围海、填海控制

围海造地在带来经济效益的同时，也对海洋生态环境和海洋的可持续发展带来了严重影响。应加强围海造地管理，严格围海造地项目的海域使用论证，在深入调查研究的基础上，根据海洋功能区划和毗邻陆域的土地利用规划，统筹考虑各个海区围填海容量，科学合理地制定围海造地规划，清理不合理的围海造地项目。逐步建立对围海造地项目的动态监测和后评估制度，调整、引导围海造地走健康、可持续发展之路。

11.2.5.6 近岸海域生态保护

进一步建立沿海生态保护带或生态保护区，切实保护及恢复沿海湿地、潟湖生态系统，强化海岸带生态建设，形成以林为主，林、灌、草有机结合的海岸绿色生态屏障，削减和控制氮、磷污染物的入海量。全面完成沿海防护林体系的建设。进一步加强沿海红树林、生态公益林、生态示范区、生态农业生产基地、水资源保护、水利设施建设，促进沿海生态系统良性循环，减少氮、磷入海量。

11.2.5.7 沿海环境监控体系建设

加强近岸海域环境监测体系建设，健全环境监测和预警预报等体系，提高技术装备支撑能力，形成有效覆盖沿岸海域的环境监测网络，做好预警预报服务。

（1）近岸海域环境功能区达标监测

在规划水平年期间，对近岸海域环境功能区和水质监测站点进行水质监测，确保近岸海域环境功能区监控率和被监测功能区达标率达到相应目标，准确评估规划实施的效果，并实行近海环境质量的月报制度。

（2）继续实施点源入海污染物排放总量监测

对入沿海的直排口、混排口、入海河口、市政下水口、海上船舶、石油平台的主要污染物入海排放总量进行年度监测。

（3）开展非点源入海污染物监测试点工作

运用遥感与 GIS 等新技术，建立非点源污染（包括海水养殖）监测指标体系和评价模型，开展示范监测研究。

（4）建设重点河口和可控制点源入海口水质自动监测系统

对入海的重要河流建成水质自动监测系统。

（5）开展沿海生态监测

在生态监测与评价指标体系研究和示范研究的基础上，运用遥感与地理信息系统等先进技术手段，在沿海全面开展定期、连续的生态监测工作，为全面、客观地反映碧海行动实施效果提供有效的技术支持。

（6）实现立体生态环境监测，建立赤潮灾害应急机制

建立以岸站、船舶、水域站、卫星、航测组成的多种监测技术集成的监测体系，实现我省沿海地区的立体生态环境监测。建立赤潮监测和预报系统，以赤潮高发水域的生态环境监测站点系统为基础，实现监测结果的数字化、自动化和直读可视化。建立赤潮预警的快速反映机制，强化人力、物力、财力，一旦发现赤潮，即刻提出对策和做出应急反应。

参 考 文 献

［1］ 国家环境保护总局. 保护海洋环境免受陆基活动影响中国行动计划编制技术大纲［R］. 北京：中国环境科学研究院，2006.

［2］ 张燕. 海湾入海污染物总量控制方法与应用研究［D］. 青岛：中国海洋大学，2007.

［3］ 王修林，李克强等. 胶州湾主要化学污染物海洋环境容量［M］. 北京：科学出版社，2006.

［4］ 栗苏文，李红艳，夏建新. 基于 Delft 3D 模型的大鹏湾水环境容量分析［J］. 环境科学研究. 2005，18（5）：91-95.

［5］ 张存智，韩康，张砚峰等. 大连湾污染物排放总量控制研究［J］. 海洋环境科学，2002，17（3）：225.

［6］ 张学庆. 胶州湾三维环境动力学数值模拟及环境容量研究［D］. 青岛：中国海洋大学，2003.

［7］ 余静，孙英兰，张越美等. 宁波-舟山海域入海污染物环境容量研究［J］. 环境污染与防治，2006，28（1）：21-24.

［8］ 李适宇，李耀初，陈炳禄等. 分区达标控制法求解海域环境容量［J］. 环境科学，1999，20（4）：96-99.

［9］ 王悦. M2 分潮潮流作用下渤海湾物理自净能力与环境容量的数值研究［D］. 青岛：中国海洋大学，2005.

［10］ 余静. 青岛市近岸海域污染控制规划研究［D］. 青岛：中国海洋大学，2006.

［11］ 王修林，李克强. 渤海主要化学污染物海洋环境容量［M］. 北京：科学出版社，2006.

［12］ 周诗赟，陈聚法，马绍赛. 丁字湾海水交换规律研究［J］. 海洋水产研究，1996，17（1）：49-56.

［13］ 姬厚德，潘伟然，张国荣等. 筼筜湖纳潮量与海水交换时间的计算［J］. 厦门大学学报：自然科学版，2006，45（5）：660-663.

［14］ 曾刚. 厦门港海水交换的初步计算［J］. 海洋通报，1984，3（5）：7-11.

［15］ 胡建宇. 罗源湾海水与外海水的交换研究［J］. 海洋环境科学，1998，17（3）：51-54.

［16］ 叶海桃，王义刚，曹兵. 三沙湾纳潮量及湾内外的水交换［J］. 河海大学学报：自然科学版，2007，35（1）：96-98.

［17］ 韩康，张存智，张砚峰等. 大连湾潮交换能力的数值研究［J］，海洋通报，1996，15（2）：86-91.

［18］ 陈新庚，黄孝宜主编. 汕头市经济特区环境保护规划研究［M］. 北京：海洋出版社，1992.

［19］ 罗家海，潘南明，汪道明. 汕头港湾附近水域潮流特征和污染物扩散的数值计算［J］. 海洋环境科学，1996，15（3）：22-28.

［20］ 许振成. 珠江口海域环境及其综合治理问题辨析［J］. 热带海洋学报，2003，22（6）：88-93.

第12章

生态保护与建设规划

12.1 生态保护与建设规划的研究现状

12.1.1 国外研究现状

生态规划的产生可以追溯到 19 世纪末，George Marsh，John Powel，Patrick Geddes 等为代表的生态学思想家以及区域规划的先驱者，正是他们对人类活动和区域土地、水、矿产等自然资源之间协调保护的关注以及努力工作导致了生态规划的形成。1864 年，George Marsh 在其著作中提出应该合理地规划人类活动，使其不破坏自然，而是与自然协调发展。这个观点至今仍是生态规划中重要的思想之一。John Powel 是最早建议通过立法与政策促进制定与生态条件相适应的发展规划的人之一，他在给美国国会的报告 "Report on the Lands of the United States" 中强调要制定一种土地和水资源利用政策，并要求选择能适应干旱、半干旱地区的一种新的土地利用方式，新的管理机制和生活方式。Patrick Geddes 在其著作 "Cites in Evolution" 中提到应该以人与环境的关系为出发点，以了解自然环境、分析自然潜力为基础，来制定相应的人与自然和谐的规划方案。

英国人 Howard 提出的田园城市理论影响深远。由人工构筑物与自然景观（指包围城市的绿带与农村景观及城市内部大量的绿地与开阔地）组成的所谓"田园城市"实质上就是从城市规划与建设中寻求与自然协调的一种探索（Holl P.，1975）。在他的倡导下，英国曾有过试验，但由于田园城市理论与社会现实距离较大，该理论在实践中并未取得预期的结果。Howard 的理论开创了城市规划与城市经济、城市环境绿化等问题相结合的新阶段，对后来城市生态规划理论的研究与发展起了很大作用。同时景观设计师 Jens Jensen 与芝加哥大学的生态学家 Henry Cowles 曾共同探索如何在不断扩展的城市区域保护自然景观。20 世纪 20 年代，美国区域规划协会成立后明确说明了规划和生态学之间的关系，作为协会主要成员之一的 Mackaye 在此基础上将区域规划定义为：在一定区域范围内，为了优化人类活动，改善生活条件，而重新配置物质基础的过程，包括对区域的生产、生活设施、资源、人口以及其他可能的各种人类活动的综合安排与排序（Mackaye，1940）。

20 世纪 60 年代是生态规划的复苏阶段，随着环境问题的加剧，生态规划倍受重视，更多地关注生态学理论和方法，使用的语言也开始生态学化，尤其强调生态规划应是以生态学为基础的规划。许多生态学家都曾致力于将生态学理论与方法应用于规划之中。McHarg 在其著作《Design with Nature》中建立了一个城市与区域规划的生态学框架，并通过案例研究，如海岸带管理、城市开阔地的设计、农田保护、高速公路的选线及流域综合开发规划等的分析，对生态规划的工作流程及应用方法作了较全面的探讨。McHarg 的生态规划框架对后来的生态规划影响很大，成为 70 年代以来的生态规划的一个基本思路，以后许多工作大多遵循这一思路展开，并将这个框架称之为 McHarg 方法（Steiner F.，1987）。

20 世纪 80 年代，前苏联生态学家 Yanitsty 提出生态城市的思想，并提出生态城市的设计和实施的三种知识层次和五种行动阶段。生态城市建设规划是国外生态规划的最新阶段。

1984 年，联合国教科文组织的 MAB 报告提出了生态城规划的五项原则是：a. 生态保护策略（包括自然保护、动植物区系及资源保护和污染防治）；b. 生态基础设施（自然景观和腹地对城市的持久支持能力）；c. 居民的生活标准；d. 文化历史的保护；e. 将自然融入城市。

近年来，生态规划的发展在理论上更多地吸收了现代生态学的思想和可持续发展理论，从协调保护规划逐渐走向持续利用规划；在方法上广泛应用计算机技术、3S 技术和数学模型，从定性分析走向定量模拟；在实践上，从单一对象和目标的规划走向多目标、区域整体发展规划，尤其是生态城市规划的兴起，更是使得生态规划成为保障区域、城市实现可持续发展的有力工具。

12.1.2　国内研究现状

我国生态规划的研究与实践起步于 20 世纪 80 年代。尽管起步较晚，但发展很快。一开始我国生态规划的研究就吸收了现代生态学的新成果，并注重与区域、城市、农村发展、生态环境问题以及持续发展的主题相结合，在理论、方法和实践方面都有自己的特色。

我国城市生态理论研究学者们将现代生态学的理论、国际城市生态规划研究与实践的成果与我国国情相结合，进行了深入的研究，提出了很多切实可行的理论和方法。1984 年我国著名生态学家马世骏等提出了"社会-经济-自然复合生态系统的理论"。这一理论不仅丰富了城市与区域生态规划的内容，而且为实现社会经济环境的持续发展提供了行之有效的方法论。在此基础上，王如松对城市生态规划进行了深入的研究，将数学方法引入生态规划，提出了泛目标城市生态规划方法，即将规划对象视为一个由相互作用要素构成的系统，其主要特征为：a. 规划目标在于按生态学原理、生态经济学原则调控以人为主体的生态系统，即城乡复合生态系统的生态关系，优化系统的功能，追求整体功能最优；b. 在优化过程中，主要关心的是那些上、下限的限制因子动态，以及这些限制因子与系统内部组分的关系；c. 从多目标到泛目标，一般多目标规划方法的基本思想都是在固定的系统结构参数之下按某种确定的优化指标或规划去求值，其规划结果不过是系统参数与最优结果间的一种特殊映射关系而已，而使优化结果缺乏普遍性和灵活性，而泛目标生态规划则在整个系统关系组成的网络空间中优化生态关系，并允许系统特征数据不定量与不确定，输出结果是一系列效益、机会、风险矩阵和关系调节方案；d. 在规划过程中，强调决策者的参与。

　　欧阳志云等根据持续发展理论的要求，探讨了区域资源环境生态评价的理论与方法，即生态过程分析、景观格局、生态敏感性、生态风险以及土地质量及区位的生态学评价方法，并根据区域资源性能与自然环境特征，及其与区域发展的关系，建立了生态位适宜度模型，借助于地理信息系统进行空间模拟对定量分析区域资源与环境的生态适宜性进行了探索，为建立合理的区域资源开发与区域发展策略提供生态学基础。

12.2 生态保护与建设规划指标体系

12.2.1 指标体系设计原则

　　目前国际上普遍认可的生态规划指标体系的设置原则包括政策的相关性原则、易于分析原则、可预测性原则等。

　　(1) 政策的相关性（Policy Relevance）

　　主要包括：a. 对环境状况、环境所受的压力或者社会的响应进行有代表性的描述；b. 简明、易于理解，能够显示出随时间变化的趋势；c. 对环境和相关人类活动的变化反应灵敏；d. 为国际比较提供基础；e. 在范围上是国家性的，或者可以应用于具有国家职能纲要性的区域环境问题；f. 存在一个阈值或参考值，可以与之进行比较，以便使用户能够对与之相关的数值的显著性作出判断。

　　(2) 易于分析（Analytical Soundness）

　　主要包括：a. 理论上具有坚实的技术和科学基础；b. 以国际性标准及其有效性的国际共识为基础；c. 自身可以同经济模型、预测和信息系统联系起来。

　　(3) 可预测性（Measurability）

　　主要包括：a. 已经取得或者可以通过一个合理的费用效益比来取得；b. 适当的存档，确保质量；c. 以可行的步骤定期更新。

12.2.2 指标体系构建

　　指标体系采用层次分析方法。确定城市生态规划评价的主要方面，逐层分解为体现该项指标的具体指标，按此原则再次进行分解，直至为最底层的单项评价指标，根据指标体系的框架建立一个二层次的评价指标结构用以评价城市的生态化程度。

　　参考《国家生态县、生态市、生态省建设标准（试用）》中的指标体系，生态保护与建设规划中可根据区域的特点，可设定森林覆盖率、受保护地区占国土面积比例、空气环境质量、水环境质量、主要污染物排放强度、城镇人均公共绿地面积、农村生活用能中清洁能源所占比例、规模化畜禽养殖场粪便综合利用率、集中式饮用水源水质达标率、公众对生态环境满意率等指标以评定各规划年的生态环境质量。

12.2.3 指标的评估方法和技术

　　为评价规划指标及规划实施的情况，需要从规划目标的实现，规划结果，规划实施产生的社会、经济、环境影响或效益，以及公众主观感受进行评估。

　　规划目标和指标实现程度包含规划指标完成率、重点工程完成比例和指标完成质量，前两项衡量规划目标的整体实现程度，后一项则针对性评价单项指标的完成情况。比较指标实际值与目标值，超出程度越大，指标完成质量越高。可以针对社会、经济、环境不同系统分别进行统计、分析，找出较为薄弱的领域。

规划效益可以从经济、环境和社会 3 个系统分别衡量。目前对规划综合效益的研究力一法较多，常用的是将环境和社会效益转化为经济效益，通过费用成本法进行定量评价，或是基于模糊数学和层次分析法建立综合评价模型，对规划效益进行半定量评价。

公众主观感受包括公众对规划知晓率和公众对规划实施的满意度，可以通过问卷调查、公众访谈、听证会等方式获得相关信息。

12.3 生态保护与建设规划方法

12.3.1 规划的指导思想

以可持续发展的理论为基础，运用生态经济学和系统工程的原理与方法，对某一区域社会、经济和生态环境复合系统进行结构改善和功能强化的中、长期发展和运行的战略部署，遵循生态规律和经济规律，在恢复和保持良好的生态环境、保护与合理利用各类自然资源的前提下，促进国民经济和社会健康、持续、稳定与协调发展。

在区域规划的基础上，通过对某一区域生态环境和自然资源条件的全面调查、分析与评价，以环境容量和承载力为依据，把区域内生态建设、环境保护、自然资源的合理利用、生态建设以及区域社会经济发展与城乡建设有机地结合起来，培育天蓝、水清、地绿、景美的生态景观，诱导整体、协同、自生、开放的生态文明，孵化经济高效、环境和谐、社会适用的生态产业，确定社会、经济、环境协调发展的最佳生态位，建设人与自然和谐共处的、健康、文明向上的生态区，建立自然资源可循环利用体系和低投入、高产出、低污染、高循环、高效运行的生产调控系统，最终实现区域经济效益、社会效益、生态效益高度统一的可持续发展。

12.3.2 规划方法

根据我国生态市建设规划编制以及参考各级别的相关环境保护规划的生态专题的技术要求，可将城市生态规划的一般程序，概括为五个步骤。

① 生态调查与资料收集　这一步骤是生态规划的基础。资料收集包括对历史、现状资料，卫星图片、航片资料、访问当地人获得的资料、实地调查资料等，然后进行初步的统计分析、因子相关分析以及现场核实与图件的清绘工作，然后建立资料数据库。

② 生态系统分析与评估　这是生态规划的一个主要内容，为生态规划提供决策依据。主要是分析生态系统结构、功能的状况，辨识生态位势，评估生态系统的健康度、可持续度等。提出自然-社会-经济发展的优势、劣势和制约因子。

③ 生态环境区划和生态功能区划　这是对区域空间在结构功能上的类聚和划分，是生态空间规划、产业布局规划、土地利用规划等规划的基础。

④ 规划设计与规划方案的建立　它是根据区域发展要求和生态规划的目标，以及在研究区的生态环境、资源及社会条件的适宜度和承载力范围内，选择最适于区域发展的方案的措施。一般分为战略规划和专项规划。

⑤ 规划方案的分析与决策　根据设计的规划方案，通过风险评价和损益分析等进行方

案可行性分析，同时分析规划区域的执行能力和潜力。

具体的规划方法有 McHarg 方法、环境资源分析方法、灵敏度模型、泛目标生态规划法。

（1）McHarg 方法

20 世纪 60 年代以来，尽管国外不同研究者及规划工作者乃至政府部门在其生态规划研究与实践中所用方法各有特点，但总体来说是以 McHarg 方法作基础的。McHarg 生态规划方法可以分为 5 个步骤：a. 确定规划范围与规划目标；b. 广泛收集规划区域的自然及人文资料，包括地理、地质、气候、水文、土壤、植被、野生动物、自然景观、土地利用、人口、交通、文化、人的价值观调查，并分别描绘在地图上；c. 根据规划目标综合分析，提取在第 2 步所收集的资料；d. 对各主要因素及各种资源开发（利用）方式进行适应性分析，确定适应性等级；e. 建立综合适应性图。McHarg 方法的核心是根据区域自然环境与自然资源性能，对其进行生态适应性分析，以确定利用方式与发展规划，从而使自然的利用与开发、人类其他活动与开发及人类其他活动与自然特征、自然过程协调统一起来。

（2）环境资源分析方法

此方法由 Lewis 建立，其基本思想与 McHarg 方法类似，但是它试图区分主要因素与次要因素在规划中的作用，以避免 McHarg 方法中对不同重要性要素的"平等"处理。显然，由于不同自然要素在区域发展与资源利用中的作用与重要性不同，这种区分对规划有益。因此，Lewis 在其流程图中首先分析与区域发展相协调的资源利用的自然属性，以明确主要资源与辅助资源；接着分析主辅资源的关系；然后根据主要资源特征，并辅以辅助资源特征，对区域或区域资源进行区划，在生态环境区划的基础上进行适应性分析，提出规划方案。

（3）灵敏度模型

德国科学家 Vester 等将系统规划与生物控制论相结合，在此基础上建立了城市与区域规划的灵敏度模型（Sensitivity Model），其基本思路包括：a. 将一个城市或区域作为一个整体，着重分析系统要素之间的相互关系与相互作用，以把握系统的整体行为；b. 在系统对要素变化反应的基础上，对系统进行动态调控；c. 运用生物控制论原理，调节系统要素的关系（增强或削弱），以提高系统的自我调控能力。灵敏度模型强调系统要素之间的相互作用关系及其对系统整体行为的影响，以及在规划过程中公众的广泛参与。灵敏度模型也可以说是生物控制论与计算机技术相结合及其在规划上应用的产物，在灵敏度模型中，将规划对象（一个城市或一个区域）描述成由相互联系与相互作用的变量构成的"反馈图"，可以通过对构成变量状态的改变，模拟整个系统的行为，一旦构筑了"反馈图"，就可以在计算机上进行模拟规划，还可以对各种规划方案进行比较，即"政策试验"。灵敏度模型将规划由传统的"野外"工作搬进了实验室，并使规划成为可测试和可验证的过程。简单地说，灵敏度模型包括辨识系统结构、模拟系统过程和调控系统行为与动态 2 个步骤。其中，灵敏度模型重点关心的是系统结构与功能的时间动态，对空间关系与空间格局的动态过程则难以反映出来。

（4）泛目标生态规划法

泛目标生态规划法是将数学方法引入生态规划方面的成功探索。泛目标生态规划法将规划对象视为一个由相互作用要素构成的系统，其主要特征为：a. 规划目标在于按生态学原理和生态经济学原则调控以人为主体的生态系统，即城乡复合生态系统的生态关系，优化系统的功能，追求整体功能最优；b. 在优化过程中，重点优化那些上、下限的限制因子动态以及这些限制因子与系统内部组分的关系；c. 从多目标到泛目标，一般多目标规划方法的基本思想都是在固定的系统结构参数之下，按某种确定的优化指标或规划去求值，其规划结果只是系统参数与最优结果间的一种特殊映射关系，使优化结果缺乏普遍性和灵活性，而泛目标生态规划则在整个系统关系组成的网络空间中优化生态关系，并允许系统特征数据不定量与不确定，输出结果是一系列效益、机会、风险矩阵和关系调节方案；d. 在规划过程中强调决策者的参与。

12.3.3 综合生态承载力分析

生态承载力是生态系统的自我维持、自我调节能力，资源与环境的供容能力及其可维育的社会经济活动强度和具有一定生活水平的人口数量。对于承载力的量化，国内外提出了许多直观的、较易操作的定量评价方法及模式。

(1) 模型预估法

许新宜等曾采用投入产出分析方法，将水资源纳入宏观经济系统集成研究，采用多目标分析技术对水资源进行合理配置，取得了重大研究成果。徐中民等采用投入产出方法将水资源承载力的研究纳入了可持续发展的系统分析框架下，以投入产出方法为基础，采用情景基础的多目标分析框架研究了黑河流域水资源承载力。国外也有很多类似的研究采用多目标模型进行。

随着承载力研究的日趋深入，特别是在计算机的支持下，各种数理模型进入该领域，有从早期的线性规划模型，到现在广泛应用的系统动力学模型、模糊目标规划模型、门槛分析模型、层次分析模型等。

(2) 自然植被净第一性生产力测算法

净第一性生产力反映了某一自然体系的恢复能力。虽然生态承载力受众多因素和不同时空条件制约，但是，特定生态区域内第一性生产者的生产能力是在一个中心位置上下波动的，而这个生产能力是可以被测定的。同时与背景数据进行比较，偏离中心位置的某一数值可视为生态承载力的阈值，这种偏离一般是由于内外干扰使某一自然体系变化为另一等级自然体系。因此，通过对自然植被净第一性生产力的估测，确定该区域生态承载力的指示值，通过判定现状生态环境质量偏离本底数据的程度作为自然体系生态承载力的指示值。

由于对各种调控因子的侧重及对净第一性生产力调控机理解释的不同，大致可分为三类模型：气候统计模型、过程模型和光能利用率模型。我国一般采用气候统计模型。

(3) 生态足迹法

在生态足迹法中不同的资源和能源消费类型均被折算为耕地、草地、林地、建筑用地、化石燃料用地和水域六种生物生产土地面积类型。考虑到六类土地面积的生态生产力不同，因此将计算得到的各类土地面积乘以一个均衡因子。生态足迹法考虑人类及其发展与生态环境的关系，通过跟踪区域能源与资源消费，将它们转化为这种物质流所必需的各种生物生产土地的面积，即人类的生物生产面积需求。给出了一个核算全球、国家、地区以及家庭和个人对自然资本利用的简明框架。

(4) 资源与需求差量法

区域生态承载力体现了一定时期、一定区域的生态环境系统，对区域社会经济发展和人类各种需求在量（各种资源量）与质（生态环境质量）方面的满足程度。因此，衡量区域生态环境承载力可以从该地区现有的各种资源量（P_i）与当前发展模式下社会经济对各种资

源的需求量 (Q_i) 之间的差量关系 $[如(P_i-Q_i)/Q_i]$，以及该地区现有的生态环境质量 $(CBQL_i)$ 与前人们所需求的生态环境质量之间的差量关系入手。结合完整的指标体系，依据这种差量度量评价方法，王中根等人对西北干旱区河流进行了生态承载力评价分析，证明此方法能够简单、可行地对区域生态承载力进行有效的分析和预测。

(5) 状态空间法

状态空间法是欧氏几何空间用于定量描述系统状态的一种有效方法。通常由系统各要素状态向量的三维状态空间轴组成。利用状态空间法中的承载状态点，可表示一定时间尺度内区域的不同承载状况。利用状态空间中的原点同系统状态点所构成的矢量模数表示区域承载力的大小。

12.4 生态保护与建设规划体系

12.4.1 规划区域环境现状及问题介绍

(1) 生态调查

① 生态系统调查　生态系统调查可分为一般调查和生态系统类型调查。一般调查的内容主要有动、植物物种，特别是珍稀、濒危物种的种类、数量、分布、生活习性、生长、繁殖以及迁移行为的规律。生态系统类型调查内容主要有生态系统的类型是什么，每种类型的特点、结构等因素，如淡水生态系统、海洋生态系统、荒漠生态系统、草原生态系统、森林生态系统、城市生态系统、农业生态系统等。

② 生态结构与功能调查　生态结构与功能调查主要如景观结构特点及其变化趋势调查分析，绿化系统结构特点及其变化趋势分析，生态系统中物质流、能量流、信息流调查分析等。

③ 区域敏感保护目标调查　区域敏感保护目标主要包括：地方性敏感生态目标，如自然景观与风景名胜、水源地、集水区、地质遗迹、农业特产地、动物园、特别人群保护目标等；脆弱生态系统，如岛屿生态系统、荒漠生态系统等受外力作用后难于恢复或处于十分不稳定状态的生态系统；生态安全区，主要有江河源头保护区和城市或人口经济集中等具有重要保护作用的地区；重要生境，如原始森林、湿地生态系统，受人类影响较少的红树林、珊瑚礁等。

(2) 生态环境分析

① 生态系统分析　主要是通过分析确定生态系统的类型；其次进行生态系统结构的整体性分析；然后分析生态系统的物质与能量流动；最后是生态系统的生态功能分析。此外还有生态系统相关性分析、生态约束条件分析、生态特殊性分析等。

② 生态环境现状分析　对主要规划区域内生态环境破坏现状进行原因分析，主要包括以下一些。

a. 土地资源开发利用中的问题分析。水土流失，土地沙漠化（荒漠化）、盐渍化加剧，土地肥力减退是土地资源开发利用中面临的主要问题。应分析规划区域存在问题的现状并分析造成问题的原因。

b. 森林破坏分析。由于过度采伐、毁林开荒、毁林烧柴、森林火灾和病虫害，使大面积森林破坏严重，而且至今尚未得到有效控制。应分析规划区域森林破坏的现状，并在诸多原因中找出主要原因。

c. 草原破坏分析。由于过度放牧、乱开滥垦；虫鼠灾害；退化、沙化、碱化的草地面积扩大；生产力下降；这是我国草原地区的主要问题。应分析规划区域草原破坏现状并分析主要原因。

d. 生物多样性减少分析。分析由于生境的破坏、偷猎及乱采、乱挖，造成本区野生动植物物种的减少，以及生态类型的减少等。

e. 矿产开采造成的破坏分析。分析矿产开采造成的地表植被破坏、地面塌陷、地下水破坏、废弃物（碎石、尾矿等）挤占良田等生态破坏的现状及其原因。

f. 城市生态环境现状分析。分析城市绿地被挤占和绿化系统存在的缺陷造成的生态功能下降、城市景观生态的不良变化趋势及超采地下水造成的地面沉降等。

③ 生态破坏的效应分析

a. 人体效应分析。主要分析因森林破坏、绿地被挤占、水土流失、土地荒漠化、生物群落结构破坏，给人群生活和健康造成的不良影响和损害。

b. 经济效应分析。主要分析生态破坏造成的经济损失，包括直接经济损失和间接经济损失。

12.4.2 情景分析

通过设计不同的发展情形，分析人口增长以及经济、城市发展对生态环境的影响。

① 人口压力对生态环境的影响分析 我国人口增加的趋势在未来很长一段时间还将继续保持，如果整体素质不高，将对经济发展、生态环境保护带来压力。应预测本区域人口数量的增长和人口密度的变化，分析可能造成的生态环境的变化。

② 预测经济增长和城乡建设对生态环境的影响 根据经济发展计划、城乡建设总体规划，分析其对生态环境的影响。

12.4.3 生态功能区划

生态功能区划是进行生态规划的基础，是根据生态系统结构及其服务功能、经济功能的特点划分不同类型的单元，研究其结构、特点、环境污染、环境负荷以及承载力等问题。

由于生态环境问题形成原因的复杂性和地方上的差异性，使得不同区域存在的生态环境问题有所不同，其导致的结果也可能存在较大的差别。这就要求我们在充分认识客观自然条件的基础上，依据区域生态环境主要生态过程、服务功能特点和人类活动规律进行区域的划分和合并，最终确定不同的区域单元，明确其对人类的生态服务功能和生态敏感性大小，有针对性地进行区域生态建设政策的制订和合理的环境整治。而这些正是生态功能区划的目的。

生态功能区划是在分析区域生态环境空间分异规律，明确各生态区的生态服务功能、经济功能特征的基础上进行的地理空间分区。生态功能分区与区域经济开发、生态环境规划和生态系统管理有直接的关系，是实施区域生态系统有效管理的基础单元。在功能区划时应综合考虑地区生态要素的现状、问题、发展趋势及生态适宜度，提出工业、生活居住、对外交通、仓储、公建、园林绿化、游乐等功能区的划分以及大型生态工程布局的方案，充分发挥各地区生态要素的有利条件，及其对功能分区的反馈作用，促使功能区生态要素朝着良性方向发展。

生态功能分区一般根据气候、地理及生态环境特点，确定其主导生态功能和辅助生态功能。依次划分生态功能的一级区（亚区）、二级区（子区）。

12.4.4 生态保护及建设规划方案

根据生态功能区划及生态分级控制规划结果，制定切实有效的严格控制区、有限开发区、集约利用区管理和建设方案。制定生物多样性保护方案、重点和敏感生态区保护和建设方案、重点资源开发管护方案、城市生态体系格局建设方案、农业及农村环境保护方案、土壤环境保护与污染土壤综合治理方案等。

12.5 生态保护与建设规划实例

本节主要以《梅州市环境保护规划（2007～2020年）》为例，介绍生态保护与建设规划的方法及内容概要。

12.5.1 水土保持建设规划方案

梅州市处于水土流失典型区，水土流失以崩岗为主。长期以来由于受自然与人为因素的影响。根据广东省水利厅2006年最新遥感遥测数据，梅州市水土流失面积3505.63km^2，占全市总面积的22.08%，其中自然侵蚀面积2172.9km^2，人为侵蚀面积1332.73km^2。

根据梅州市水土流失的分布及特点，对全市水土流失进行分级控制。将水土流失区划为重点治理区、重点监督区和重点水土保持保护区，对已经发生严重水土流失，对生态环境造成很大破坏的地区划为重点治理区。南部重点治理区位于梅州市的南部，涉及五华县部分地区（华城、转水、周江、安流、棉洋、横陂、平南等镇）、兴宁南部（包括新陂、福兴、刁坊等镇）、梅县南部（包括荷泗镇、水车镇、畲江镇）。北部重点治理区主要包括平远、蕉岭以及梅县的松源镇；东部重点治理区位于韩江流域的上游地带，行政区域主要包括大埔的高陂镇、光德镇、桃源镇，以及丰顺的砂田镇、潭江镇。在城市开发建设与农业生产中具有水土流失潜在危险的地区划为重点监督。已建成区、开发在建区和列入城市建设规划但尚未动工的地区，均应列入重点监督区范围，包括主要交通道路沿线监督区，以产业园区为代表的重大区域性开发监督区，城市扩展区域监督区，在自然保护区、饮用水源保护区、生态公益林设立重点水土保持保护区。

除分级控制外，还需要通过具体的防治措施控制自然水土流失以及人为水土流失。根据自然水土流失中以面蚀的面积为最大，类型也较多的特点，主要以人工造林、人工种草以及封育治理为主；对于沟蚀的治理须采取工程与植物措施相结合的治理方法；对于崩岗的治理应以工程措施为先导，紧密结合生物措施进行综合治理。人为水土流失的防治中，对于采石取土场水土流失需采用工程措施和植物措施相结合的综合措施进行治理；开发区的治理措施，要以工程措施和生物措施相结合；修路施工期间产生的水土流失治理措施可分为排水工程、护坡工程和绿化工程；对坡耕地水土流失的治理，主要采取保水保土耕作法，提高土壤抗蚀性能，以保水保土，减轻土壤侵蚀，提高作物产量。

12.5.2 绿地系统建设规划方案

利用GIS软件分析梅州市植被覆盖度及结合实地调研情况，梅州市植被覆盖以中覆盖区和高覆盖区面积最大，区内植被覆盖良好。随着城市化进程的加快，城市建设用地增加，挤占城市绿化面积，使得城市绿地比率减少，居民生活的舒适度下降。另外，全市森林覆盖率较高（达 68%），但森林生态系统较为脆弱；由于人工林的林种、树种结构简单，造成森林生态系统抗干扰、抗病虫害、抗灾能力较弱。

针对以上问题，需从优化城市绿地系统规划、加强区域生物多样性保育、合理利用森林资源等方面制定治理的规划方案。

① 优化城市绿地系统规划　规划形成"一环、三片、四带、众多城市公园及珍珠散点绿地"的绿地系统规划布局结构。梅州市城区四周为连绵山体，从清凉山、泮坑、扶大、明阳寨、曹塘到芹黄城区外共有山林地 10 万多亩，形成天然的环城绿带；利用千佛塔、百岁山山体，江南泮坑、高观音山体，梅县新城梅花山、肥古岌、蔡岭山体，建成三片大面积的生态休闲景观绿地，成为城市的绿肺；规划形成梅江、程江、黄塘河、周溪河四条生态景观绿化带，河岸两侧预留 10～200m 不等的绿化用地，为市民提供休闲的场所；对公园绿地、生产绿地、防护绿地、单位附属绿地等块状绿地进行整合，合理规划建设，将利用与保护相结合。

② 生物多样性保育　建议定期监控、保护现有的原始森林资源，避免人为破坏。原始森林区域严禁旅游开发活动，保护森林生态系统的多样性；对湿地要注意在提高可利用的经济效益同时，还要保护水质和周边自然生态环境，避免出现工业污染、农业中的化学污染等问题，保护湿地资源的多样性；正确处理好科学保护与合理利用之间的关系。加强对森林生态环境的保护，加强森林防火、森林病虫害防治，采取人工促进次生阔叶林恢复等措施，促进珍稀濒危野生植物生存、繁衍环境的巩固和恢复。

③ 合理利用森林资源　通过生态公益林体系建设工程、水源涵养林工程、迹地和荒山造林绿化工程、封山护林工程、绿色通道工程、自然保护区建设工程、森林公园建设工程、营造生物防火林带建设工程、城乡绿化工程、种子种苗基地建设工程等，将森林资源的利用和保护有机结合；通过监管体制建设，建立功能完备、布局合理的自然保护区网络等以加强生态环境保护的监督管理。

12.5.3　区域生态保护规划方案

以山体、绿地为载体，河流干流、道路主干道为基本廊道，构建一个网络化、连通性高的完整景观格局结构，使生物多样性、水源涵养、水土保持等重要生态服务功能得到正常发挥。规划将全市建成"五区、三核、十一通道、十二生态节点"的生态体系。"五区"即重要的生态控制区，城区利用千佛塔、百岁山山体，江南泮坑、高观音山体，梅县新城梅花山、肥古岌、蔡岭山体建成为城区城市绿核。阴那山作为雁洋镇的城镇绿核，以及梅县城区生态服务功能的补充；平远县城市绿核建议为南台山，加强南台山生态系统的维护与建设；兴宁市以神光山为城市绿核。在全市生态体系中重要的生态通道包括河流通道、对外交通和经济辐射通道、连绵山脉通道等三种通道和三级廊道。

同时，需要加强自然保护区的建设。近期通过对现有自然保护区进行规划与保护的基础上，对区域有重要意义的生境、物种、景观和对区域社会经济持续发展有重要意义的区域通过禁止人类活动干扰，在规划期内将全市自然保护区面积占陆域总面积保持在 13.71%，进一步完善自然保护区的规章制度体系，所有自然保护区都设置专职管理机构和配备必要的管理人员，80% 左右自然保护区具备基本的保护管理设施；到中远期（即 2020 年底），自然保护区占陆地面积的比例达到 13.71％以上，形成完整的自然保护区规章制度体系，100％的自然保护区有健全的管理机构和工作人员，自然保护区具有较完善的保护和管理设施。另外，通过扩建、升级对现有森林生态系统类型保护区进行深化建设，以及注意加强湿地生态系统类型保护区的建设；近期规划在全市选择具有典型生态系统类型的地区进行升级，近期争取升级到 2 个国家级自然保护区，8 个省级保护区，46 个市县级保护区，建设面积 2176.60hm²。

12.5.4 生态农业建设规划方案

生态农业发展的基本思路是：把握机遇，突出重点，以政策推动全局，以项目带动发展，以基础设施建设为保障，发挥资源、区位、生态三个比较优势，实施标准化、品牌化、规模化三项战略措施，大力发展特色农业、设施农业、生态农业，建立农产品批发市场和科技支持两个体系，提高农业现代化水平、延长产业链条，提高农业整体素质和竞争力，促进农业增效、农民增收，全面建设小康社会。

根据不同时期的发展思路和目标，生态农业建设的重点应各有侧重。根据梅州市农业的优势潜力、发展机遇和发展思路，围绕"特色农业产业带、一镇一业、一村一品"，确定梅州市生态农业建设的重点和区域布局。如在梅县重点发展金柚、青梅、优质水稻、油茶、无公害蔬菜、南药、花卉等种养；肉猪、山地鸡、奶山羊、肉牛、肉兔等畜禽养殖；胡子鲶、草鱼、鲮鱼、黄颡鱼、罗非鱼、鲫鱼等水产养殖。充分发挥现有示范基地的示范作用，如金柚国家标准化示范区、雁南飞茶叶国家标准化示范区、无公害蔬菜省级标准化示范区。

同时，按照"源头-传输途径-汇集区域"三个环节进行分区控制管理，加强农业面源污染控制。选择适宜的生态农业技术，大力推广农业节水技术，积极推广适合区域发展的物能循环再生模式丘陵山区立体农业模式、庭院立体经营模式、观光农业模式、基塘结合模式、优质产业化带动模式、农产品加工链延长模式等多种农业循环经济模式。从耕地保障、农产品品质安全管理、特色农产品原产地保护、农业产业政策扶持等方面强化生态农业管理措施。

12.5.5 社会主义新农村环境保护规划方案

根据现场调研以及资料收集，梅州市农村生态环境普遍较差。存在没有修建集中的排水沟，公厕普及率不高并大部分没有达到无害化要求；人畜粪尿缺乏完善的收集和处理利用措施，与生活污水一起未经处理而就近直接排放；生活垃圾被随意抛弃在房前屋后和村前村后的河塘或低洼地，造成河道淤积和水体污染；禽畜养殖业家底不清，污染现状不明，监管软弱，管理措施不力，治理成本较重、难度大，缺乏规范技术指导等问题。同时，全市农用化肥、农药施用量和农膜使用量显著增长；规模化禽畜养殖规模增长较快，但规模化禽畜养殖业粪尿等污染物体的综合利用率较低；农业面源污染负荷大，土地污染日趋严重。

对于现状的种种问题，需加强农业和农村环境保护和建设，建设社会主义新农村。充分利用农业和山区的消纳功能，采用沼气技术、先进施肥技术、有机肥堆积制造技术、先进种养技术，解决农业和农村污染问题。

加强畜禽养殖的污染控制，通过污染物排放总量控制、养殖场的合理规划和布局、大力推进污染消纳容量确定规模的生态养殖模式、实施污染防治工程、加强管理和控制等一系列的污染控制措施，减少畜禽养殖业的污染物排放量。通过优化农业土地利用与布局、强化农村生活污水集中处理、达标排放、降低乡镇企业污染物排放量等一系列的污染控制措施，并结合农业景观生态建设示范工程、多种形式的农村生活污水治理示范工程建设等工程措施，加强农村环境保护的管理和控制。同时，通过控制化肥和农药施用强度，引导合理、科学的农药、化肥施用方法，完善土壤环境监管等，改善种植业环境污染状况，从源头上提高农业环境质量。

规范农村垃圾处理方式，提倡"村收、镇运、县统筹"的模式，或采取先将农村垃圾收集，设立区域垃圾处理（主要填埋）、暂时镇集中处理的方法。对于农村污水的处理，需先实行对厕所的改造，然后逐步推行简单实用的深化处理、自然生态消纳处理，或灌溉利用。

12.5.6　生态旅游业环境保护规划方案

按照"一都三品"（世界客都和客家文化精品、热泉康体休闲特品、山水休闲度假名品）的旅游产品开发定位，围绕一个屏障（全省生态屏障）、一个基地（休闲旅游基地）、建设好两条长廊（百里休闲长廊、千里客家文化长廊）的目标，做大做强旅游产业，把梅州市建设成为著名的富有客家文化特色的生态旅游目的地和中国最佳休闲度假旅游城市之一。抓好"文化"、"生态"、"休闲"和"红色"等旅游特色品牌建设，形成梅州市旅游"五区六线"的旅游格局。创建生态村镇、培育和发展特色乡村旅游休闲项目。重点指导和推进梅县南口镇侨乡村、雁洋镇桥溪村、平远县长田镇官仁村、大埔县三河镇汇城村和丰顺县沙田镇黄花村等一批具有客家文化特征的乡村游示范点的建设。

重点建设及管理任务如下。

一是加强客家文化保护力度。结合"客家文化生态旅游示范区"创建工作，开展全市客家古民居、古村寨的普查、保护和开发利用工作，开发利用好客家山歌、汉剧等客家非物质文化遗产资源，挖掘、开发利用客家服饰、客家饮食等客家民俗文化旅游资源；收集、丰富广东客家博物馆的收藏品资源，加快客家博物馆的各项建设。

二是加强文化生态旅游资源的开发利用。尽快编制完善生态旅游业相关规划，并与城乡规划、国土规划、环保规划等规划衔接，更能体现"世界客都、文化梅州、生态梅州、休闲梅州"的特色；结合新农村创建工作建设一批既有客家民居村落特色又有旅游价值的乡村旅游点，在遵循开发建设与保护并重原则下，开展旅游大项目建设，尽快形成一批具有鲜明特色并具有客家文化与生态特色的旅游品牌，充分利用客家文化和丰富旅游资源的优势，加强对梅州市旅游的整体策划、推介和建设。

三是加强旅游区生态环境保护与建设。坚持"保护为主、强化管理、合理利用"的方针，合理利用客家文化和自然生态旅游资源，加强旅游区自然资源和生态环境的保护与建设。重点加强森林植被、公路干线绿化和生态农业建设工作，同时结合水利建设，加强河流水系沿岸的绿化和整治，推动和保障梅州市文化和生态休闲旅游业的快速发展。

另外，还需要制定有关生态旅游发展的各项规章制度，加入生态环境保护管理的内容，引导景区实施生态化进程。建立生态旅游景区，建设生态旅馆、生态旅行社，推出生态旅游线路。提高景区经营者的生态管理能力，建立生态旅游景区的环境监测机制。

12.5.7　生态保护规划保障措施实施对策

逐步开展征收资源利用补偿费试点工作，研究并试行将自然资源和环境成本纳入国民经济核算体系。加快建立生态补偿机制，进一步完善生态公益林补偿制度和水资源有偿使用制度，强化资源有价和生态补偿意识。

完善落实领导绿色考核机制。需要利用干部环保考核体系，用可持续发展的综合指标替代片面强调经济发展的考核体系来任用、考核和提拔干部，这样能够使主要从事经济管理的官员转变观念，实现梅州市经济社会和环境的可持续发展，维护良好的生态环境。

加强宣传教育。特别是环境宣传教育要向农村扩展，逐步提高农民的环境意识。在全市范围内普遍开展"环保下乡"活动，将环保下乡与扶贫结合起来，逐步推动面向农民的环境教育，教育农民爱护和保护生态环境，保护国家稀有濒危动植物，开展环境保护和环境危害教育，教育农民减少使用化肥和农药，鼓励推广生态农业和有机农业，扩大有机食品、绿色食品和无公害食品的种植。

参 考 文 献

[1] Mackaye, B. Regional planning and ecology. Ecological Monographs, 1940, 10 (3): 349-353.

[2] Holl, P. Urban and Regional Planning [M]. London: Oxford University Press, 1975.

[3] 王如松. 高效，和谐：城市生态学调控原理 [M]. 长沙：湖南教育出版社，1987.

[4] 欧阳志云，王如松. 生态规划——寻求区域持续发展的途径//陈昌笃主编. 生态学与持续发展 [M]. 北京：中国科学技术出版社，1993.

[5] Steiner F, G L Young, E H Zube. Ecological planning: retrospect and prospect, Landscape journal, 1987, 6 (2): 31-39.

[6] 欧阳志云，王如松. 生态规划的回顾与展望 [J]. 自然资源学报，1995, 10 (3): 203-215.

[7] Elizabeth Kline. Planning and Creating Eco-cities: Indicators as a Tool for Shaping development and Measuring Progress [J]. Local Environment, 2002, 5 (30), 343-350.

[8] Joe Raretz: Integrated Assessment of Sustainability Appraisal for Cities and Regions [J]. EIAR, 2000, 20 (1): 31-64.

[9] 黄光宇. 中国生态城市规划与建设进展 [J]. 城市环境与城市生态，2001, 14 (3): 6-8.

[10] 黄肇义，杨东援. 国内外生态城市理论研究综述 [J]. 城市规划，2001, 25 (1): 59-65.

[11] 马世骏，王如松. 复合生态系统与持续发展的复杂性研究 [M]. 北京：科学出版社，1993.

[12] 刘康，李团胜等. 生态规划——理论、方法与应用 [M]. 北京：化学工业出版社，2004.

[13] 刘洁，吴仁海. 城市生态规划的回顾与展望 [J]. 生态学杂志，2003, 22 (5): 118-122.

[14] 梁伊任，林世平. 生态规划设计理论与实践 [J]. 北京林业大学学报，2004, 3 (2): 9-12.

[15] 王祥荣等. 城市生态规划的基础理论与实证研究——以马銮湾为例 [J]. 复旦学报，2004, 43 (6): 957-966.

[16] 王军，傅伯杰，陈利顶. 景观生态规划的原理和方法 [J]. 资源科学，1999, 21 (2): 71-76.

[17] 王祥荣. 生态与环境——城市可持续发展与生态环境调控新论 [M]. 南京：东南大学出版社，2000.

[18] 陈端吕，董明辉等. 生态承载力研究综述 [J]. 湖南文理学院学报，2005, 30 (5): 70-73.

[19] 海热提·涂尔逊主编. 城市生态环境规划——理论、方法与实践 [M]. 北京：化学工业出版社，2005.

[20] 彭晓春，陈新庚，李明光等. 城市生长管理与城市生态规划 [J]. 中国人口、资源与环境，2002, 12 (4): 24-27.

第13章

核与辐射污染防治规划

13.1　核与辐射污染防治规划概述

在电气化高度发展的今天，各式各样的电磁辐射波充满人类生存的空间。无线电广播、电视、无线通信、卫星通信、高压及超高压输电网、变电站等广泛应用，以及目前与人们日常生活密切相关的手机、对讲机、家用电脑、电热毯、微波炉等家用电器等相继进入千家万户、通信事业的崛起，给人们的学习、经济生活带来极大的方便。但是，随之而来的电磁污染日趋严重，不仅危害人体健康，产生多方面的严重负面效应，而且阻碍与影响了正当发射功能设施的应用与发展。人们在享受"电磁文明"的同时，也无形中受到伤害，其危害的载体恰恰是看不见摸不着的"电磁辐射"，因此电磁辐射又被称作"隐形杀手"。除了电磁辐射造成信息、干扰及失控等技术层面的负面效应外，人们更关心的是对人体健康的危害方面。随着人们环境意识的增强，城市居住区的环境质量正日益受到重视，因此，从城市规划建设入手，如何减少和防止电磁辐射对人体的危害是新世纪人类面临的新课题。

电磁辐射污染是指人类使用产生电磁辐射的器具而泄漏的电磁能量传播到室内外空间中，其量超出环境本底值，且其性质、频率、强度和持续时间等综合影响引起周围受辐射影响人群的不适感，并使健康和生态环境受到损害。

13.1.1　总体战略

根据《中华人民共和国放射性污染防治法》，国家对放射性污染的防治，实行预防为主、防治结合、严格管理、安全第一的方针。同时，国家鼓励、支持放射性污染防治的科学研究和技术开发利用，推广先进的放射性污染防治技术。国家支持开展放射性污染防治的国际交流与合作。

县级以上人民政府应当将放射性污染防治工作纳入环境保护规划，并组织开展有针对性的放射性污染防治宣传教育，使公众了解放射性污染防治的有关情况和科学知识。

13.1.2 规划目标与内容

必须在建立监管机构的同时，组织力量开展全面的调查，获取必要的基础信息。包含有两部分内容，一是监管机构和监管能力的建设，二是基础信息的调查与获取。配备必要的监管机构和监管能力，建立相对完善的管理和监测网络，是核与辐射管理的必要条件。而基础信息是辐射环境保护工作的重要基础资料，同时也是保证放射源安全受控的前提。

核与辐射污染防治的主要内容包括：核安全管理与辐射环境保护管理机构的健全；核安全管理与辐射环境保护监测网络的建设；基础信息调查与辐射环境管理信息系统的建设；伴生放射性尾矿区域地表处置场的规划和建设；城市放射性废物和废源暂存问题的处理。

13.2 **核与辐射污染防治规划体系**

核与辐射污染防治规划，首先需要了解规划区域的现状，从当地的相关环境管理能力、辐射设施建设情况、电磁辐射现状水平、伴生矿资源的调查以及自然环境的辐射水平调查等方面出发，全面掌握当地的辐射环境。从中制定规划的目标，并提出相应的防治策略。如图13-1所示。

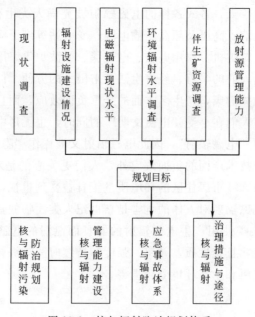

图 13-1　核与辐射防治规划体系

13.2.1 电磁辐射现状调查与分析

13.2.1.1 电磁辐射评价标准

《环境电磁波卫生标准》为控制电磁波对环境的污染、保护人民健康、促进电磁技术发展而制订。标准适用于一切人群经常居住和活动场所的环境电磁辐射，不包括职业辐射和射频、微波治疗需要的辐射。

以电磁波辐射强度及其频段特性对人体可能引起潜在不良影响的阈下值为界，将环境电磁波容许辐射强度标准分为二级。其中，一级标准为安全区，指在该环境电磁波强度下长期居住、工作、生活的一切人群（包括婴儿、孕妇和老弱病残者），均不会受到任何有害影响的区域；新建、改建或扩建电台、电视台和雷达站等发射天线，在其居民覆盖区内，必须符合"一级标准"的要求。二级标准为中间区，指在该环境电磁波强度下长期居住、工作和生活的一切人群（包括婴儿、孕妇和老弱病残者）可能引起潜在不良反应的区域；在此区内可建造工厂和机关，但不许建造居民住宅、学校、医院和疗养院等，已建造的必须采取适当的防护措施。超过二级标准地区，对人体可带来有害影响；在此区内可作绿化或种植农作物，但禁止建造居民住宅及人群经常活动的一切公共设施，如机关、工厂、商店和影剧院等；如在此区内已有这些建筑，则应采取措施，或限制辐射时间。国标的一些规定见表 13-1。

表 13-1　《环境电磁波卫生标准》（GB 9175—88）

波长	单位	容　许　场　强	
		一级（安全区）	二级（中间区）
长、中、短波	V/m	<10	<25
超短波	V/m	<5	<12
微波	$\mu W/cm^2$	<0	<40
混合	V/m	按主要波段场强；若各波段场分散，则按复合场强加权确定	

13.2.1.2　电磁辐射评价范围

对电磁辐射进行评价的测量范围见表 13-2。

表 13-2　电磁辐射防护评价测量范围

电磁辐射设备	防护测量范围	
功率 $P>200kW$ 的发射设备	以发射无线为中心，半径为 1km 的范围；若最大辐射场强点处于 1km 外，则范围扩大至最大场强处，直至场强值低于标准限值处	
功率 $200kW \geqslant P>100kW$ 的发射设备	以天线为中心半径为 1km 的范围	对于有方向性的天线，范围可从天线辐射主瓣的半功率角内扩大到 0.5km；如有高层建筑的部分楼层进入天线辐射主瓣的半功率角内时，应选择不同高度对这些楼层进行室内或室外的场强测量
功率 $P \leqslant 100kW$ 的发射设备	以天线为中心半径为 0.5km 的范围	
工业、科教、医疗电磁辐射设备	以设备为中心，半径 250m 内	
高压输电线路和电气化铁道	以有代表性为准，对具体线路作认真详尽分析后，确定其具体范围	
可移动式电磁辐射设备	一般按移动设备载体的移动范围来确定；对于可能进入人口稠密区的陆上可移动设备，尚需考虑对公众的影响，来确定其具体范围	

13.2.1.3　放射性废物分类标准

我国根据国际原子能机构（IAEA）提出的放射性废物分类的建议，修订颁布了《放射性废物分类标准》（GB 9133—1995）。该标准从处理和处置的角度，按比活度和半衰期将放射性废物分为高放长寿命、中放长寿命、低放长寿命、中放短寿命和低放短寿命五类。寿命长短的区分按半衰期 30 年为限。表 13-3 为我国放射性废物分类标准。

放射性废物，按其物理性状分为气载废物、液体废物和固体废物三类。放射性气载废物按其放射性浓度水平分为不同的等级；放射性浓度以 Bq/m^3 表示。放射性液体废物按其放

表 13-3 我国放射性废物分类标准

分类	分级类别	指标	特征	处理
废气	高放	$10^8 DAC_{公众} \leqslant A_v$	工艺废气	需分离、过滤等法综合处理
	中放	$10^4 DAC_{公众} < A_v \leqslant 10^8 DAC_{公众}$ [①]	工艺废气,设备室排气	需多级过滤处理
	低放	$DAC_{公众} < A_v < 10^4 DAC_{公众}$	厂房或放化实验室排风	需过滤或稀释处理
废液	高放	$A_v < 3.7 \times 10^9 Bq/m^3$	工艺废液(大量裂变元素)	需厚屏蔽、冷却、特殊处理
	中放	$3.7 \times 10^5 Bq/m^3 < A_v < 3.7 \times 10^9 Bq/m^3$	工艺废液(含铀钚等)	需适当屏蔽和处理
	低放	$3.7 \times 10^2 Bq/m^3 < A_v \leqslant 3.7 \times 10^5 Bq/m^3$	去污废液、冷凝液	不需屏蔽或只要简单屏蔽,处理较简单
	弱放	$DIC_{公众}$ [②] $< A_v \leqslant 3.7 \times 10^2 Bq/m^3$	淋洗废液	不需屏蔽或只要简单屏蔽,处理较简单
固体废物 A_m	高放	$3.7 \times 10^9 Bq/m^3 < A_m , T_{1/2} > 30a$ $3.7 \times 10^{11} Bq/m^3 < A_m , T_{1/2} \leqslant 30a$	显著 α、高毒性、高发热量	深地层处置,如高放固化体、乏燃料元件等
	长寿命中放 [③]	$3.7 \times 10^6 Bq/m^3 < A_m \leqslant 3.7 \times 10^9 Bq/m^3$ $T_{1/2} > 30a$	显著 α、中等毒性	深地层处置,如 α 废物
	中放	$3.7 \times 10^7 Bq/m^3 < A_m \leqslant 3.7 \times 10^{11} Bq/m^3$ $T_{1/2} \leqslant 30a$	微量 α、中等毒性、低发热量	浅地层处置(矿坑、岩穴处置),如包壳废物等
	长寿命低放	$7.4 \times 10^4 Bq/m^3 < A_m \leqslant 3.7 \times 10^6 Bq/m^3$ $T_{1/2} > 30a$	显著 α、低/中毒性	深地层处置,如 α 废物
	低放	$7.4 \times 10^4 Bq/m^3 < A_m \leqslant 3.7 \times 10^7 Bq/m^3$ $T_{1/2} \leqslant 30a$	微量 α、低/中毒性、微发热量	地表处置,如核电站废物、城市放射性废物等
	超铀废物 [④]	$A_m \geqslant 3.7 \times 10^6 Bq/kg$	显著 α、高毒性、微发热量	深地层处置,如铀钚污染废物

① $DAC_{公众}$:公众导出空气浓度,不同核素年摄入量限值除以参考人一年中吸入空气总量。
② $DIC_{公众}$:公众导出食入浓度,不同核素年摄入量限值除以参考人一年中食入总水量。
③ 固体废物长寿命,短寿命的限值为 30 年。
④ 超铀废物定义为原子序数>92,半衰期>20 年,比活度≥$3.7 \times 10^6 Bq/kg$ 的废物。

射性浓度水平分为不同的等级;放射性浓度以 Bq/L 表示。放射性固体废物首先按其所含核素的半衰期长短和发射类型分为五种,然后按其放射性比活度水平分为不同的等级;放射性比活度以 Bq/kg 表示。

13.2.2 放射性环境现状与分析

13.2.2.1 测量点的布设

原则上实行网格布点,根据剖面测试及城市目前格局等实际情况,确定网格大小。根据测区岩性、构造特点布设测量点,测点尽量垂直地质体。遇异常情况(高点、异常点)时,重复测量,并向周边地区加密追索。

① 在人口居住密集区、沿海旅游观光区等,按 100m×100m 网格布点。遇障碍时,根据实际情况适当调整,但相邻点的间距不大于 150m、小于 50m。

② 在市区沿路网布点,测量道路时,如铺路材料基本相同,路旁情况也基本相似时,按 250m×250m 网格布点。遇障碍时,根据实际情况适当调整,但相邻点的间距不大于 300m、小于 200m。在市郊沿路网布点,与上述情况相同时,网格放宽至 500m×500m。

③ 田野、荒郊及人口稀少地区以及盐滩，按 500m×500m 网格布点。

④ 无人居住山区，按穿越法进行测量，点距 250～300m。

⑤ 在构造带，按垂直于构造带的方向测量；岩性变化复杂区按 100m×100m 网格布点。以上两种情形在现场测量时，根据实际情况加密布点，直至加密到 5m×5m。

⑥ 测氡时，构造带和异常区布设短剖面，线距 50～100m，点距 5～30m。

13.2.2.2　测量方法

现场地质环境观察、环境地表 γ 剂量率测量、地面放射性核素浓度测量、土壤氡浓度测量和少量的放射性地化取样的方法如下。

(1) 地质定位、描述、环境观测及现场采样

现场用 GPS 定位，要求误差±15m。手图采用 1：1 万地形图，要求误差±10m。如 GPS 与手图不一致时，要复查并找出原因。定位时，如遇 GPS 盲区，以手图为准。并记录经、纬度，实际误差。

地质描述和环境观测录入掌上电脑。掌上电脑记录的选项内容，根据工作区地质、环境等实际情况，进行规范化描述，现场记录时采用选择填入。

样品采集力求覆盖全区各种岩石类型和松散层。每类岩石样品采集应均匀分布全区露头。测区主要岩石（沉积岩、火山岩）及松散层（海积层、冲洪积层、残坡积层、土壤层等），原则上每类采集不少于 20 个样品。

(2) γ 剂量率测量

本调查选用能量响应较好、灵敏度高、稳定性好的 CKL-3120χ-γ 剂量率仪，严格执行国家标准 GB/T 14583—93《环境地表 γ 辐射剂量率测定规范》，进行现场 γ 辐射剂量率的测定。

① γ 剂量率仪性能检查　主要有：a. 项目开工前，γ 剂量率仪经中国计量科学研究院检定，合格后方可使用；b. 每日工作前后，在选定的固定点上进行测量，测量方式与野外测点上的测量方式一致，以此作为仪器的长期稳定性检查。剂量率仪校准源的偏差应小于 15%，固定点测量值偏差应小于 20%。

② γ 剂量率现场测定工作质量保证　主要包括：a. 测点位置尽可能选择周边 5m 内无建筑物的平坦地点；b. 探头距地面 1m 高，测点距附近高大建筑物的距离需大于 30m，并选择在被测对象中间地面上 1m 处；c. 仪器设置为 10 秒/次，3 次为 1 个循环，1 个测量点进行 10 个循环。10 次测量值间的变异系数应小于 15%；d. 环境地表 γ 辐射剂量率水平与地下水位、土壤中水分、降雨的影响、冰雪的覆盖、放射性物质的地面沉降、射气的析出和扩散与植被的关系等环境因素有关，测量时应加以注意，记录清楚。

(3) 地表放射性核素浓度测量

当某地区铀与镭基本上处于平衡状态，可以采用微机四道伽玛能谱仪直读含量方式测量。

① 微机四道伽玛能谱仪"三性"检查　主要包括：a. 每年项目开工前，到核工业放射性勘查计量站对所有仪器进行精确性检定，检定合格方可使用；b. 检定合格后，按《规程》对仪器进行高精度短期稳定性检查，然后对各台仪器的测量一致性进行高精度比对测量检查，检查合格后方可进行野外测量；c. 选择一处读数相对稳定、环境影响较小的点，作为工作区的基准点，并测量基准点上的标准值；每天出工前和收工后，在保持相同的测量时间和几何条件下，各台仪器在基准点上进行检查测量，分别读多组数据，并取其平均值与基准

点的标准读数对比，要求各道含量值相对误差不超过±15％。若有超差现象，则重复检查测量，检查不合格的仪器停止野外工作；若收工后发现仪器不合格，则该仪器的当天测量结果作废。以此作为仪器的长期稳定性检查。

② 放射性核素浓度现场测定工作质量保证　主要包括：a. 测点位置尽可能选择周边 5m内无建筑物的平坦地点；b. 将仪器探头置于地面，采用 GPS 手持卫星定位仪确定测点坐标；c. 每次读数的测量时间选定 120s，每点读数三次，三次读数之间允许误差为铀含量 ≤±1.5×10⁻⁶，钍含量≤±2.0×10⁻⁶，钾含量≤±0.5％，总道含量≤±10％。

(4) 土壤氡气测量

按核行业标准 EJ/T 605—91《氡及其子体测量规范》进行现场测定。

① 测氡仪性能检查　主要包括：a. 每年项目开工前，到核工业放射性勘查计量站对仪器进行测值检定，取得合理的校准因子后方可使用；b. 每日出工前检查仪器校验系数和阈值旋钮的刻度位置，工作前后用工作标准源（²³⁹Pu α 源）对仪器进行检测，检测计数的相对误差应小于 10％，作为仪器稳定性检查；c. 开工前，选择 1～2 条剖面进行多台仪器测量，对比测量结果作为各仪器的一致性检查，各仪器的测量结果综合相对误差应不大于 30％。

② 土壤氡浓度现场测定工作质量保证　主要包括：a. 布点密度原则上同地表核素测量，但在人工覆盖（如柏油路、水泥硬化地面、各类地砖铺面和人工松散堆积物）和浮土厚度不足 0.5m 的地段不进行测量；b. 测点应选择浮土出露大于 10m² 的地段中心，以保证测量的氡浓度具有客观性；c. 测点上采用 GPS 手持卫星定位仪确定测点坐标，取气深度 0.5m，抽气体积选定 1.5L，抽气时间不少于 30s；d. 测量时高压加电时间为 2min，测量读数时间为 2min，每测点测量一次。

13.2.2.3　结果分析

分别对环境地表 γ 辐射剂量率水平、土壤氡浓度分布、放射性核素（U、Th、K）浓度对环境的影响、土壤氡浓度对环境的影响。

13.2.3　放射源调查与管理分析

(1) 电磁辐射防护基本原则

a. 主动防护与治理，即抑制电磁辐射源，包括所有电子设备以及电子系统。具体做法是：设备的合理设计；加强电磁兼容性设计的审查与管理；做好模拟预测和危害分析工作等。b. 被动防护与治理，即从被辐射方着手进行防护，具体做法有：采用调频、编码等方法防治干扰；对特定区域和特定人群进行屏蔽保护。

根据上述电磁辐射防护技术原则，可将电磁辐射防护的形式分为两大类。a. 在泄漏和辐射源层面采取防护措施。其特点是着眼于减少设备的电磁漏场和电磁漏能，使泄露到空间的电磁场强度和功率密度减低到最小程度。b. 在作业人员层面（包括其工作环境）所采取的防护措施。其特点是着眼于增加电磁波在介质中的传播衰减，使到达人体时的场强和能量水平降低到电磁波照射卫生标准以下。

(2) 放射性废物的处理原则

IAEA 提出的放射性废物管理的九条基本原则见表 13-4。据此规定了放射性废物管理的 40 字方针：减少产生、分类收集、净化浓缩、减容固化、严格包装、安全运输、就地暂存、集中处置、控制排放、加强监测。

表 13-4 IAEA 的放射性废物管理基本原则

序号	基本原则	说 明
1	保护人类健康	必须确保对人类健康的影响达到可接受水平
2	保护环境	必须确保对环境的影响达到可接受的水平
3	超越国界的保护	考虑超越国界的人员健康和环境的可能影响
4	保护后代	必须保证对后代预期的健康影响不大于当今可接受的水平
5	给后代的负担	放射性废物管理必须保证不给后代造成不适当的负担
6	国家法律框架	必须在适当的国家法律框架内进行,明确划分责任和规定独立的审管职能
7	控制放射性废物产生	放射性废物的产生必须尽可能最少化
8	放射性废物产生和管理间的相依性	必须适当考虑放射性废物产生和管理的各阶段间的相互依赖关系
9	设施安全	必须保证放射性废物管理设施使用寿期内的安全

13.2.4 核与辐射规划战略与目标

辐射防护的基本原则有四点:第一,任何具有电离辐射照射的实践对人群和环境可能产生的危害,与从中获取的利益相比,应当是很小的,而且是值得进行的,若所进行的时间不能带来通过一定代价获取的利益,则是不可取的;第二,辐射防护的最优化,应当避免一切不必要的照射,任何必要的照射应保持在可能达到的最低水平,应当谋求辐射防护的最优化,而不是盲目追求无限制的降低剂量,否则所增加的防护费用将是得不偿失;第三,个人剂量限制,在实施第一和第二两项时,要同时保证个人受到的剂量当量不应超过规定的相应限值;第四,为将来的发展留有余地。

实践的正当化和防护的最优化是与辐射源有关的防护,在涉及时首先对该项实施给人类可能带来的总危害和总利益进行论证、权衡,同时谋求防护的最优化,把所有照射减低到可以合理达到的最低水平,提高防护的经济效益。个人剂量限制是对任何个人接受所有辐射源照射的总剂量(天然本底照射和医疗照射除外)加以限制。经过实践的正当化和防护的最优化,所有具有最优防护辐射源的剂量值相加不会超过剂量限值,保证放射工作人员不致接受过高的危险度,防护基本原则是四位一体,不能分割的。在防护工作中遵守新剂量限制体系,才有可能使放射工作的危险度低到与其他安全行业相似,从而使放射工作属于安全行业。

13.2.5 核与辐射规划方案

13.2.5.1 电磁辐射的防护措施

(1) 屏蔽防护

电磁屏蔽分为主动屏蔽和被动屏蔽两类,主动屏蔽是将电磁场的作用限定在某一范围内,具体做法是用屏蔽壳体将电磁辐射污染源包围起来,并对壳体进行良好接地,这种方法可以屏蔽电磁辐射强度很大的辐射源。被动屏蔽是将场源放置于屏蔽体体外。具体做法是用屏蔽壳体将需保护的区域包围起来,屏蔽体可以不接地。屏蔽体材料可用钢、铁、铝等金属,或用涂有导电涂料或金属涂层的绝缘材料。一般来说,电场屏蔽选用铜材为好。磁场屏蔽则选用铁材。目前常用的屏蔽装置有屏蔽罩、屏蔽室、屏蔽衣、屏蔽眼罩、屏蔽头盔等。可根据不同的屏蔽对象与要求进行选择。

(2) 吸收防护

吸收防护是减少微波辐射危害的一项积极有效的措施。它是利用某些对电磁辐射具有良好吸收作用的材料放置于电磁污染源外围，以防止大范围污染。该方法运用在电磁辐射现场源附近将辐射能大幅度降低。微波辐射实际使用的吸收材料种类很多，通常可在塑料、橡胶、胶木、陶瓷等材料中加入铁粉、石墨、木材和水等制成。如泡沫吸收材料、涂层吸收材料和塑料板吸收材料等。使用不同的建筑材料或金属网覆盖建筑物，以衰减对室内的辐射场强。研制开发防辐射电磁污染新材料越来越受人们的重视，如俄罗斯混凝土和钢筋混凝土科学研究所发明了一种理想的防电磁辐射的导电水泥；日本一家玻璃公司研制成功的一种阻挡电磁波的玻璃，这种玻璃内侧有导电性很强的特殊金属，可遮挡从建筑物外侵入的电磁波。我国研制成功的吸收电磁波涂料是以聚氨酯为胶黏剂，以羰基铁为吸收剂，通过添加缓蚀剂、有机膨润土、润湿分散剂、偶联剂等助剂改进涂料的工艺性能，使其具有吸收电磁辐射能力强、施工方便、层间附着力好、耐腐蚀、不流挂等特点。该研究体现了军工技术运用于环保型民品开发的新思路，同时为城市建设治理电磁辐射污染提供了新的技术途径。

(3) 个人防护

个人防护主要针对长期接触电脑辐射的对象实施，由特殊网状金属制成的电脑防护屏一方面可以有效地遮挡电脑显示器的电磁辐射，另一方面也可以缓解视觉疲劳。研究发现饮茶能降低电磁辐射的危害，茶叶对造血功能有保护作用，茶叶中的胡萝卜素有利于视力保健。

13.2.5.2 核与辐射融入社会建设和谐发展

(1) 将治理电磁辐射污染理念引入城市规划管理

开展电磁辐射污染环境监测，确定重点电磁辐射污染源，在此基础上科学合理地规划通信、广播、电视发射台站的布局，使这些台站尽量远离人口稠密区。要改变传统的仅仅考虑接受信号的强弱以及覆盖使用范围的大小确定这些发射台站位置的设计思路。对于已探明的电磁辐射严重污染源应考虑搬迁或采取必要的技术措施加以防治。对电子工业集中的城市或电气设备密集使用地区，可以将电磁辐射源相对集中在某一区域，使其远离一般办公区或居住区，并对这些区域设置安全隔离带，从而在较大的区域范围内控制电磁辐射的危害。城市规划管理要划分干净区、轻度污染区、广播辐射区和严重工业辐射区，确定管理和控制的重点，逐步加以改造和治理。由于绿色植物对电磁辐射具有良好的吸收作用，因此在安全隔离带区域内加强绿化是防治电磁污染的有效措施之一。在电磁辐射源集中的区域大面积种植树木，利用电磁波在"防护林"中传播的衰减作用，可以有效地缓解"防护林"外围区域的电磁辐射危害。杨树、泡桐等阔叶林对电磁波的吸收作用明显。积极开展绿化树种对电磁辐射防治的深层次研究是拓展城市绿化生态效益的重要方面。

(2) 绿色生态小区规划建设

绿色生态小区规划建设的目标是基于人和生理和心理要求，着力创造健康、舒适的室内外环境。除了传统的声、光、热等物理环境指标外，对于电磁辐射污染的有效控制也应作为重要的课题加以重视。近年来我国城市乡建设发展迅速，"绿色建筑"、"生态小区"的概念受到人们的关注。2001 年 5 月，建设部通过了《绿色生态住宅小区建设要点与技术导则》，提出了"绿色生态小区"的概念、内涵。《导则》对绿色生态小区评定的论述主要集中在建筑节能、绿色建材、热、光、声环境、废弃物管理等方面，涉及电磁辐射污染的相关内容有限。电磁辐射污染是人类现代文明发展历程中面临的新课题，有些相关研究还不很成熟。但是未雨绸缪是我们应该采取的积极态度。从生态小区的规划布局、绿化配置、建筑材料的选择以及构造设备等方面都应充分体现防治电磁辐射的理念，并制定相关法规加以引导。将电磁辐射的屏蔽、吸收的相关技术应用于绿色建材的开发研究及应用当中，通过优化电路配线设计，接地线设计、家电设备的外壳屏蔽来改善居住环境的电磁辐射安全系数，使得未来绿色生态住宅小区成为预防电磁辐射污染的生活乐园，这应该是人类的共同目标。包括智能建筑在内的高新技术及电子信息产业引入城市规划及建筑领域，为城市规划及居住区室内、外环境中电磁辐射污染的治理提出了新的课题和挑战。借鉴电磁辐射污染防治的最新成果，将预防电磁辐射污染的环保理念及时引入现代城市规划及建筑技术设计领域，加强防治电磁辐射的公众教育工作，使得防治电磁辐射逐步成为人们的自觉行为，增强公众参与意识，这些都有助于促进电磁辐射污染治理工作的开展，应该引起人们的重视。

13.2.5.3　核与辐射环境管理能力建设

根据全国辐射环境监测与监察机构建设标准，全国辐射环境监测与监察机构共分四级：国家级、省级、地市级、县级，其中省级辐射环境监测与监察机构分为辖区内有核设施的省份和辖区内无核设施的省份两类。

标准规定了省级、地市级辐射环境监测与监察机构人员编制标准及结构、工作经费、业务用房、基本仪器设备配置、核与辐射事故应急专用设备配置、专项辐射环境监测仪器配置。本标准为最低配置标准，有能力的地区可以适当提高标准。国家级辐射环境监测与监察机构的建设标准另行规定，县级辐射环境监测与监察机构的建设标准暂不作统一要求。标准的一些规定见表 13-5～表 13-8。

表 13-5　人员编制及人员结构

机构级别	适用范围	人员编制	技术人员比例	高、中级专业技术人员比例
省　级	有核设施的省份	不少于 60 人	不低于 85％	高级技术人员占技术人员总数比例不低于 25％，中级不低于 45％
	无核设施的省份	不少于 40 人	不低于 85％	高级技术人员占技术人员总数比例不低于 20％，中级不低于 50％
地市级		不少于 10 人	不低于 75％	中级以上技术人员占技术人员总数比例不低于 50％

表 13-6　工作经费

机构级别	适用范围	业务费/[万元/(人·年)]	仪器设备维护费/(万元/年)	自动监测、信息系统运行费/(万元/年)
省　级	有核设施的省份	不低于 7.0	按上一年仪器设备总值的 10％计	1. 每个辐射自动监测子站运行费用 10.0 万元/年
	无核设施的省份	不低于 7.0		2. 信息系统运行维护费每年按建设总经费的 10％计
地市级		不低于 5.0		

注：业务费包括常规监测、质量保证、报告编写、信息统计等费用。

表 13-7　业务用房

机构级别	适用范围	监测实验室用房/m²	行政办公用房/m²	用房要求
省　级	有核设施的省份	不低于 2500	不低于人均 15	1. 监测实验室用房要严格按照国家有关实验室建设要求，做好水、电、通风、防腐蚀、紧急救援、恒温等设施
	无核设施的省份	不低于 1500		2. 行政办公用房配备桌、椅、柜等办公设施，配备传真机、复印机、互联网登陆设备等
地市级		不低于 500		

注：表中所列实验室用房面积不包括辐射自动监测站的站房面积。

表 13-8　仪器设备配置

序　号		指标内容	建　设　标　准		地市级
			省　级		
			有核设施的省份	无核设施的省份	
监测仪器	1	便携式环境 X、γ 剂量率监测仪	8 台	6 台	2 台
	2	高量程 X、γ 剂量率监测仪	3 台	2 台	1 台
	3	α、β 表面污染仪	3 台	2 台	1 台
	4	个人剂量报警仪	15 台	8 台	2 台
	5	高压电离室(含数据分析软件和数据传输装置)	2 台	1 台	自定
	6	氡及氡子体测量设备	2 套	1 套	自定
	7	氡析出率仪	1 台	1 台	自定
	8	便携式 γ 谱仪测量系统	1 套	1 套	自定
	9	热释光读出装置(含退火装置)	1 套	自定	自定
	10	射频辐射监测仪	3 台	3 台	自定
	11	工频电场监测仪	2 台	2 台	自定
	12	工频磁场监测仪	2 台	2 台	自定
	13	频谱仪	1 台	1 台	自定
	14	无线电干扰测量仪	2 台	2 台	自定
	15	γ 辐射剂量率连续自动监测系统	4 套	2 套	自定
	16	气溶胶连续监测系统	2 套	1 套	自定
	17	气溶胶大流量采样器	3 台	3 台	自定
	18	标准采样设备	5 套	5 套	2 套
	19	现场气象测量仪	3 套	3 套	自定
	20	激光测距仪	3 台	3 台	自定
	21	γ 能谱仪系统	2 套	1 套	自定
	22	低本底液闪谱仪	1 台	自定	自定
	23	低本底 α、β 计数器	2 台	1 台	自定
	24	激光铀测量仪	1 台	1 台	自定
	25	中子剂量率仪	1 台	1 台	自定
	26	分析天平	3 台	3 台	自定
	27	声级计	1 台	1 台	自定
	28	样品前处理装置	2 套	1 套	自定
	29	标准源、标准物质	1 套	自定	自定
录音录像设备	30	摄像机	4 部	4 部	1 部
	31	照相机	1 部/4 人	1 部/4 人	1 部/5 人
	32	录音设备	4 部	4 部	1 部
	33	影像设备	1 套	1 套	1 套

序　号		指标内容	建设标准		
			省级		地市级
			有核设施的省份	无核设施的省份	
移动监测、废源收储及交通工具	34	执法、监督、监察、监测用车	1辆/5人	1辆/6人	1～3辆
	35	放射性自动监测车(含车载监测设备)	2辆(套)	1辆(套)	自定
	36	应急指挥车	1辆	1辆	1辆
	37	放射源收储专用车	1辆	1辆	—
	38	车载样品保存设备	5套	3套	2套
	39	车载GPS卫星定位仪	每车1台	每车1台	每车1台
办公设备	40	复印机	2台	2台	1台
	41	传真机	2台	2台	1台
	42	台式计算机(含打印机)	1台/1人	1台/1人	1台/2人
	43	笔记本电脑	10台	6台	2台
信息化设备	44	辐射源监测数据管理系统	1套	1套	1套
	45	辐射环境质量监测数据管理系统	1套	1套	自定
	46	放射源安全管理系统	1套	1套	自定
	47	电磁环境管理系统	1套	1套	自定

辐射污染防治管理中,应从以下几方面考虑。

(1) 加强各部门沟通与配合,落实联席会议制度

定期由环保部门组织公安、卫生、城乡规划、无线电管理、工商管理质量监督等部门召开联席会议,解决辐射污染防治工作的重点和难点工作。加强企业放射源的实时监控,做好辐射事故应急和处理,避免重大和较大辐射污染事故的发生;开展电磁辐射规划环境影响评价。各部门共同努力,形成辐射污染防治的合力。

(2) 加强管理,明确分工,建立一支贯穿省、市、县的辐射污染防治监管队伍

切实加强监管,以辐射安全许可证审批为龙头,按照"谁许可,谁审批,谁监督"的职责分工,进一步理顺"一级审批、二级监管"模式,建立辐射环境监督管理、监测和事故应急体系。建立与工作内容相适应的机构,引进专业人才,增加投入。对于核设施所在地设区的市环保部门,应设立专门监测机构,满足核电站监管实时、快速、有效等技术要求,配合省环境保护部门实施监督性监测。

(3) 强化电磁辐射污染防治与促进利用电磁辐射技术造福人类不是对立的,这也是所有法规与标准的制定宗旨

应当加大电磁辐射科普宣传力度,在报纸等权威媒体开辟专栏,发放宣传片,开展有奖知识竞赛,使人人都要用的公益设施建设得到广大公众的理解和支持。政府和建设部门应当以人为本,在符合国家相关标准和程序的前提下,促进合法项目的建设,构建和谐社会。

(4) 严格执行,提高行政执法手段

各级环保部门要强化执法监督,认真履行法规规定的各项职责,维护法规的严肃性与权威性。加强核与辐射环境执法队伍建设,加强业务培训,提高执法水平,进一步强化环保部门执法主体地位,对各种违法行为,要坚决查处。对存在安全隐患的辐射工作单位和造成周围电磁辐射污染的项目要限期治理，拒不整改的，坚决予以处罚。

13.3 核与辐射污染防治规划实例

以汕尾市核与辐射污染防治规划为例，介绍核与辐射污染防治规划概况。

13.3.1 核与辐射现状调查与评价

(1) 放射性污染现状

汕尾市到 2004 年为止，清查放射源行动共出动 3 次，重点检查了汕尾市区、海丰县、陆丰市和陆河县。经检查，现有放射源使用单位 2 个。一个是汕尾市公路局，使用的是核子仪（公路工程测量用），属密封源装置，该装置内装有放射源 2 枚，分别是活度为 1.85×10^9 Bq 的镅铍源和活度为 3.7×10^8 Bq 的铯-137 源（已送省核废库），总活度 2.22×10^9 Bq。另一个是海丰县彭湃纪念医院，使用肿瘤放射治疗装置，该装置采用钴-60 放射源，活度为 5000Ci。此外，海丰县粤东医院与外地医院合作开展应用放射性药物（碘-131）治疗甲亢项目。其他在汕尾市未查到有生产、销售放射源的单位，也没有伽玛探伤作业装置、伽玛辐射装置和闲置废弃放射源、无主源，目前没有要送储的放射废物或源。汕尾市过去没有发生放射源丢失、被盗以及因放射源丢失而造成环境污染事故的情况。

(2) 伴生矿资源的辐射环境影响

汕尾市矿产资源比较丰富，矿产种类较多，全市已发现矿产 29 种，矿产地 211 处，其中能源矿产 3 种，矿产地 13 处，金属矿产 15 种，矿产地 110 处，非金属矿产 10 种，矿产地 65 处，地下水矿产 1 种，矿产地 23 处。本市金属矿产有铁、铜、铅、锌、锡、钨、铍、钼、钛及锆等 15 种，矿产地 110 处，规模均为小型或地质程度较低的矿点，其中锆英石、钛铁矿储量相对较大，多分布于沿海地区，属滨海沉积稀有砂矿床，锆英石资源量 2.55 万吨，钛铁矿资源量 4.32 万吨。本市锡、钨矿产地较多，锡矿产地 70 处，主要分布在海丰县境内，以河流冲积砂锡矿和产于花岗岩中的锡石、石英脉型为主，总资源储量 7379.41t，钨矿产地 12 处，主要产在陆丰市和海丰县境内，以石英脉型钨矿为主，资源储量 4830.3t。非金属矿产有黄铁矿、建筑用花岗岩、建筑用砂、砖瓦黏土、水晶等。区内花岗岩分布范围广，适用于建筑石材中的花岗岩储量估计在 100 亿立方米以上，岩性主要为燕山早期中粒黑云母花岗岩，石材质量较好，大部分可适用于重大工程建筑使用。海丰宫田硫铁矿资源储量 1600 多万吨，规模达大型，因本区位于环境敏感区，不宜大量开采。

伴生矿资源开发与利用过程中的放射性物质主要通过两种途径影响环境：生产过程中的废水排放和尾矿或矿渣。一般而言伴生矿物的有用成分提取后，原矿中所含的天然放射性物质（主要是 U、Ra、Th 及其子体）将残留在矿渣、尾矿及废液中。有些伴生矿选矿厂废水和废渣中含有天然放射性核素，因此，如废水处理不达标排放、废渣处理或处置不当，将对环境造成放射性污染。

(3) 电磁辐射水平现状

截止到 2004 年底汕尾电网有 220kV 变电站 3 座，分别为 220kV 桂竹站、海丰站、星云站，主变容量合计 600MV·A。220kV 线路 3 条，长 229km；110kV 变电站 15 座，主变 21 台，总容量 618.5MV·A，110kV 线路 30 条，总长度约 536km。35kV 变电站 10 座，变电站容量 48.7MV·A，35kV 线路 250.9km。见表 13-9。

表 13-9　汕尾市 35kV 及以上等级变电站统计表

站名	电压等级/kV	变压器数	总容量/(MV·A)	投产日期
220kV 总计	220kV	4	600	
桂竹站	220kV	2	300	1991
海丰站	220kV	1	150	2003
星云站	220kV	1	150	2001
110kV 总计	110kV	21	618.5	
汕尾城区				
汕尾站	110kV	2	2×31.5	1988
东洲站	110kV	2	2×31.5	1994/2002
香洲站	110kV	1	40	2003
海丰县				
尖山岭站	110kV	2	2×31.5	1993
公平站	110kV	1	20	1993
南山站	110kV	1	20	1989
吉水门站	110kV	1	20	1988
可塘站	110kV	2	2×40	2004
陆丰站				
河西站	110kV	2	20＋31.5	1989
甲子站	110kV	1	31.5	1989
博美站	110kV	1	20	1994
南塘站	110kV	1	15	1998
碣石站	110kV	2	20＋31.5	1988
沙浦站	110kV	1	40	2003
陆河站				
河田站	110kV	1	40	1994
35kV 总计	35kV	14	48.7	
归河站	35kV	2	2×1.6	1983
朝面山站	35kV	1	3.15	1979
赤坑站	35kV	2	2×2	1986
陶河站	35kV	1	3.15	1999
头垵站	35kV	2	2＋3.2	1985/1992
大安站	35kV	2	2×1	1976
新田站	35kV	1	4	2001
螺西站	35kV	1	5	2000
漳河站	35kV	1	4	2000
柏树站	35kV	1	5	2002

（4）辐射设施建设情况

汕尾目前广播电视、无线通信、卫星发射、工业生产、医疗诊断、科学研究等伴有电磁辐射设备的应用日趋广泛。根据正在开展的广东省电磁辐射环境污染源调查资料，汕尾市的电磁辐射环境污染源主要包括如下一些。

① 广电系统发射设备 广播电台 7 座，中波电台 4 座，调频发射台 15 座，微波台 8 座。发射总功率 41.916kW。

② 移动通信基站 GSM 制式基站 1623 个，总功率 80987W。

广东省环境辐射研究监测中心于 2005 年至 2007 年分别对 1～10 期和 11 期基站环境影响进行评价。

根据现场测量结果，基站周围公众活动区的辐射水平 99.3% 低于管理目标值，即 $8.0\mu W/cm^2$，其中 98.6% 低于管理目标值的 1/10。基站周围工作区的辐射水平均低于国家标准限值 $200\mu W/cm^2$，其中 99.2% 低于标准的 1/10。绝大部分区域（99% 以上）电磁辐射水平满足国家标准要求。11 期移动通信基站站址处电磁辐射水平，最大值为 $<0.01～0.32\mu W/cm^2$，最小值为 $<0.01～0.05\mu W/cm^2$，平均值为 $<0.01～0.17\mu W/cm^2$。在所测量的 29 个基站站址处周围公众活动区，电磁辐射水平均小于 $0.32\mu W/cm^2$，属正常环境现状水平。

由主城区巡测结果可以看出，网格最大值的平均值是 1.1V/m，网格均值的平均值是 0.4V/m。从区域整体角度考虑，大部分区域地面电磁辐射水平处于一个相对较低的水平。

③ 核电站 目前陆丰核电站与海丰核电新建工程正在筹建中。陆丰核电工程地处陆丰市碣石镇以南约 8km 的田尾山，规划容量 $6×1000MW$，分两到三期建设，一期工程建设 $2×1000MW$ 压水堆核电机组，计划首台机组于 2015 年 10 月投产。海丰县小漠镇东南海湾汕尾海丰电厂新建工程，建设规模为 $4×1000MW$ 超临界凝汽式机组，其工程已列入广东省发展和改革委员会文件粤发改能 ［2008］499 号《广东省发展改革委关于上报惠州大亚湾石化区 $2×30$ 万千瓦热电联供工程等"上大压小"电源项目计划的请示》。核辐射的环境监测问题显得尤为突出。

(5) 与辐射安全管理的主要问题

① 辐射环境本底不清 汕尾市有众多的通信、雷达、输变电、工业高频加热设备等设施，但对其数量、分布、类别、辐射强度、管理等基本情况掌握不是十分准确。

② 伴生矿物开发利用污染源的底数不清 由于国家仍然没有放射性伴生矿物判别标准，以及长期以来对于矿产资源开发利用的放射性污染问题未能给予足够的重视，至今还没有掌握放射性伴生矿物资源开发、加工和利用企业的基本情况。

因此，不论是企业业主还是环境管理部门，对于现有矿物资源的开发、加工和利用是否为放射性伴生矿企业的界定并没有统一的标准和依据。

③ 放射源核素应用及射线装置情况掌握不准确 近几年，汕尾市进行过放射源核素应用情况申报登记调查，掌握了一些放射源核素应用、射线装置情况。但环保部门无法全部掌握放射源核素应用情况。

④ 电磁辐射设施底数不清 汕尾市有众多的通信、雷达、输变电、工业高频加热设备等设施，但对其数量、分布、类别、辐射强度、管理等还有待加强调查。

⑤ 能力不足、监管薄弱 由于管理政策和辐射标准存在模糊区，造成对伴生矿的开发利用企业的放射性环境管理存在盲点现象，实际办理了放射性相关环境保护管理手续的企业不多，区域环保部门掌握的情况欠缺较多。

对于其他核技术应用企业（如辐照装置等）的监管，由于管理权限在省级管理和监测部门，汕尾市环境保护部门并没有权限和能力实施运行期间的监督和监测，所在地环境保护部门难以掌握运营情况，不能及时发现和掌握污染情况或突发事件。目前也只注重于项目建设前的环境影响评价审批，事后监管难以全面到位。

对放射源、医用及其他生产性应用的射线装置要全面履行安全监管的职能，环保部门还需配备基本的监管机构和适当的监测设备。

环境保护部门缺乏辐射监管机构和编制，管理、技术工作人员辐射技术能力低、辐射监测设备严重不足。

⑥ 社会发展带来的辐射新挑战　随着社会技术经济发展，通信事业得到了飞速的发展，无线移动通信企业网络已经遍布该区，同时，电力输送网络也越来越密集，电磁辐射源的不断增加，电磁辐射污染问题将越来越受到公众的关注。虽然广播电视发射台数量不多，但具有发射功率强、接近城市或居民密集区的特点，是主要的电磁辐射源；移动通信、小灵通基站周围电磁辐射水平虽然比一般环境本底水平高，数量少时并不会对人群健康造成危害影响，但不断增加的基站不能不引起重视；对电力输送网络而言，即便输变电站工作场所内的工频电磁辐射水平较高，但也未有对环境产生明显的不良影响。

13.3.2　核与辐射规划目标

(1) 基本建设目标

对于汕尾的辐射环境状况，存在有几方面的底数不清，即辐射环境本底不清、放射源核素应用及射线装置情况掌握不准确、电磁辐射设施底数不清。要使该区辐射环境工作走上正轨，则必须在建立监管机构的同时，组织力量开展全面的调查，获取必要的基础信息。包含有两部分内容，一是监管机构和监管能力的建设，二是基础信息的调查与获取。

① 配备必要的监管机构和监管能力，逐步建立相对完善的管理和监测网络。

② 基础信息是辐射环境保护工作的重要基础资料，基础信息的调查与获取。组织力量在全区范围开展全面的辐射源调查，并制定定期检查监测制度，保证放射源的安全受控。

(2) 环境安全目标

要保证该区境内所有高于国家规定豁免值的辐射源（包括电离辐射源和电磁辐射源）处于管理部门的有效监控之下，避免或减少发生辐射事故；建立健全的应急响应体系，使环境和公众得到有效的保护；完成全区范围内的天然放射性本底调查并获取区域性较全面的基础信息；建设辐射环境管理必要的基础设施，组成一支高素质的核应急和辐射环境监管队伍，防治辐射污染的发生，维持良好的环境辐射水平，保障辐射环境的安全。

(3) 效率管理目标

实现辐射环境的效率管理目标就是实现辐射环境资源管理的信息化，借助现代通信技术和信息处理技术，实现辐射环境资源管理的信息化、现代化建设。根据核设施的规划建设情况，适时建立快速、实时的辐射环境质量及重要辐射污染源周围辐射环境状况的监测体系，并建立辐射环境状况日报制度，为核安全与辐射环境管理及其他相关产业的发展服务。

13.3.3　核与辐射环境保护监测网络建设

(1) 制订辐射环境质量及重要污染源监督监测方案

随着社会经济的发展，今后辐射源的应用将不断增加，但其对环境的影响无论如何将不会产生像常规环境那样的区域环境污染问题，这就决定了进行辐射环境监测与常规环境监测应该采用不同原则，即辐射环境质量监测应以辐射污染源周围地区为重点，并及时反映监管范围内的辐射污染源的动态状况。应设立重点河流的放射性常规监测断面，加强监测预防事故发生。适时建立快速、实时的辐射环境质量及重要辐射污染源周围辐射环境状况的监测体系，并建立辐射环境状况日报制度。

（2）实现辐射环境资源管理的信息化、现代化建设

在信息化高度发展的现代社会，数据和信息的集中电子化管理与处理是提高管理效率和实现效率管理目标的前提条件，是保证公众及时了解环境辐射状况的必要手段。今后几年，实现辐射环境资源管理的信息化、现代化建设。借助现代通信技术和信息处理技术，建设全区的核安全与辐射环境管理的信息平台。

辐射环境信息化、现代化建设应包括：a. 建立地理信息系统，以本底调查的数据为基础，反映全区的环境辐射水平和陆地天然放射性核素分布水平；b. 建立重点污染源环境监测数据库，动态反映主要辐射污染源周围的环境质量状况和放射源的分布、流动状况；c. 建立环境辐射日常管理与监测数据库，并与省环保局等相关单位建立动态联络系统，可实时反映辐射环境质量状况，便于事故应急；d. 含有强大的信息与数据检索功能和信息报告制作功能，随时为辐射环境管理决策和为公众提供信息资料。

13.3.4 核与辐射事故应急体系

所有高于国家规定豁免值的辐射源处于管理部门的有效监控之下，避免或减少发生辐射事故，并建立健全的应急响应体系，使环境和公众得到有效的保护。

鉴于核事故与辐射事故所具有的突发性，应急响应的复杂性，及政治、社会影响等方面的敏感性，必须做好应急响应准备工作。一旦发生事故，可及时响应，按事故性质及应急状态级别，准确地收集信息进行分析评价并决策，及时采取必要的响应行动。

近期应要求对存在较大环境风险的设施做好事故应急预案以及建设健全事故防范设施。

13.3.5 辐射环境影响治理方法、措施和途径

13.3.5.1 从源头控制放射性物质的扩散和危害规划

（1）组织力量开展全面的辐射源调查

近期在全市范围组织力量开展全面的辐射源调查，并制定定期检查监测制度，保证放射源的安全受控。获取必要的基础信息，建立污染源统计信息系统，重点解决放射源的底数不清的问题。a. 对调查过程中发现不符合环保要求的放射源或相关污染源，应严格实施限期治理。对于废放射源的清理与收储，应本着"谁污染、谁治理"的原则，由污染企业自己承担，由于企业倒闭或关停并转的企业，应由各级地方政府承担；b. 对在用的放射源，进行重新申报登记，未填环境影响报告表的进行补充；对从事科学研究和生产使用的老放射源进行清查登记；c. 对新的放射源应严格执行申报制度和责任人制度；d. 加强高放射性区域的管理，对区域内的开采开发等活动进行监控，严格控制水土流失，从源头控制放射性物质的扩散和危害。

（2）区域天然放射性普查

重点在天然辐射水平的调查方面，全面掌握该区域放射性地形分布。

天然放射性环境调查与评价以调查全区天然放射性源区分布及其主要地质控制因素为重点，研究各天然放射性源区的"关键核素"组成类别、辐射水平、分布特征及其运移、扩散

方式和途径为手段，评价不同生态圈层（水、气、生物、土壤、岩石）放射性本底和污染，实现保护人和环境为目标。

通过查明全市辐射环境现状，为经济建设提供科学、系统的决策依据，为公众提供确知的放射性辐射环境质量信息，这对于汕尾市社会、经济的可持续发展、产业布局以及土地利用规划等都将产生积极的作用。

（3）建立具有该市环境特点的建设项目放射性评价制度

针对汕尾市的环境特征，建立具有该市环境特点的建设项目放射性评价制度。

陆丰核电站一期工程的场地布置在西田尾山东南侧的山脚，向东扩建，二期和三期工程的场地规划布置在东田尾山北侧，开山填海，形成厂区场地。厂区用地面积为 150ha，其中陆地 100ha，海域 50ha。项目规划容量为 6 台百万千瓦级压水堆核电机组，拟分两到三期建设，一期工程新建两台百万千瓦级机组，建设 2×1000MW 压水堆核电机组，首台机组计划于 2015 年 2 月投产。每台机组的蒸汽供热系统（NSSS）的额定热功率为 2905MW，相应的电功率输出值为 1000MW 左右。陆丰核电厂一期工程提高了反应堆安全系统对严重事故的处置能力，并充分考虑国家核安全局于 2002 年发布的《新建核电厂设计中几个重要安全问题的技术政策》，将概率安全目标确定为堆芯损坏频率为 1×10^{-5}/堆年、严重事故下大量放射性物质释放至环境的频率为 1×10^{-6}/堆年。2006 年 12 月 29 日广东省汕尾市人民政府与中国核工业集团公司签署《合作建设核电项目框架协议》，广东海丰核电厂候选百安厂址，距广州约 260km，距深圳约 150km，距汕头约 200km，厂址距 324 国道 2.5km，距深汕高速公路 4km，水陆交通便捷。百安厂址拟建 6 台百万千瓦级压水堆核电机组，芒屿岛厂址拟建 5 台百万千瓦级压水堆核电机组。厂址周围较开阔，人口密度小，半径 5km 范围内无工矿企业，厂区内没有居民。核电站的选址、设计、建造、运行和退役必须贯彻安全第一的方针；必须有足够的措施保证质量，保证安全运行，预防核事故，限制可能产生的有害影响；必须保障工作人员、群众和环境不致遭到超过国家规定限值的辐射照射和污染，并将辐射和污染减至可以合理达到的尽量低的水平。

对区域开发建设项目（含工业开发区）、铁路公路及其隧道、堆筑堤坝与民居相邻等项目，在进行环境影响评价（含报告表）时，应要求进行辐射水平或放射性核素的监测和评价；对一些环境敏感建设项目（如医院、学校、幼儿园、养老院、商品房开发建设项目等）也应要求进行辐射水平监测，尤其在重点地区。当发现建设地放射性异常时，可为政府及建设开发机构采取必要的辐射防护措施或调整建设规划提供技术依据。

（4）加强建筑材料的辐射水平监管

应加强对原料取自当地的建筑材料产品、原料场进行放射性甄别和管理。建筑材料包括毛石、商品土、水泥、地板砖、墙砖等材料中，或多或少地存在放射性核素，核素衰变产生氡气，由于居室封闭，造成氡气累积。氡气是对居民产生的最主要的放射性危害物，氡气在我国出台了相关控制标准，其危害性也已经确认，环保应当会同商检、城建等部门加强建材放射性含量的检测和监测管理，避免危害公众健康。

对现有的建筑材料生产企业，原料（土、石）取自当地的，应对其产品、原料场进行放射性甄别，当发现辐射水平或放射性核素超过国家相关标准时，应采取措施，要求企业调整原料使用来源。对新建的建筑材料生产企业，应在环境影响评价过程要求对其原料场进行放射性相关评价。

(5) 加强固体废弃物放射性检测与管理

应根据国家《进口废金属放射性污染检测规程》(SN 0570—1996) 及其他有关规定对这些原料进行检测,对原料使用单位进行放射性方面的监测,并对金属矿物废进行放射性甄别和监管。

13.3.5.2 放射性废物管理与污染防治规划

(1) 安全监管工作内容

① 要明确职责,强化机构队伍建设,设置专人负责核与辐射安全监管工作。加强监管能力建设,加大对核与辐射安全监管工作的资金投入,切实保障工作经费。

② 强化放射源安全管理,切实消除隐患,把放射源安全监管列入日常工作,建立健全放射源管理体系。

③ 大力开展宣传和培训工作,应通过各种群众喜闻乐见的形式和通俗易懂的语言,向社会广泛宣传《中华人民共和国放射性污染防治法》和放射源及辐射安全基本知识。

④ 对已存在的放射源进行全面清查,做好放射源申报登记工作,掌握辖区内放射源情况,上报上级环保部门。

⑤ 指导当地涉及放射源的项目严格开展环境影响评价工作,同时对新建、改建、扩建和退役的伴有放射源项目同样做好记录,并上报上级环保部门。

⑥ 在放射源清查、登记的同时,要求并指导新涉源单位填写"辐射工作安全责任书"、申领"辐射工作安全许可证"。

⑦ 加强监督检查,发现问题及时纠正,限期整改,对屡教不改者依法处罚。

(2) 区内涉放射源单位的责任

① 产生放射性废物的单位应采取各种相应措施,减少放射性废物的产生量或减小体积;

② 放射性废物和废放射源在本单位暂存期间,应严格管理,有效控制,保证人员安全和环境不受污染;

③ 产生放射性废物的单位不得自行在环境中处置放射性废物和废放射源,必须由城市放射性废物管理单位集中收处;

④ 产生放射性废物的单位,应到广东省环保局办理登记手续,对本单位的废物进行收集、包装和送储(处)前的暂存;

⑤ 按放射性废物的收集、包装和送储的相关规定进行操作。

(3) 放射源废物的收运

① 放射性废物统一由广东省放射性废物库收运,并由该单位定期派专人和专用车辆到产生单位收运。特殊情况,由双方商定。

② 准备送储(处)的放射性废物,应事先填好登记卡片,卡片一式三份,收运人员根据卡片进行验收,合格后方能接收。对不合格的,有权拒绝接收。

③ 送储(处)的放射性废物,一律装入 200L 标准容器内,废放射源应装入包装容器中。产生废物单位应协助收运人员将废物妥善装好。标准桶装满废物后,其表面剂量率应不超过 $0.2mSv/h$ ($2.5mrem/h$)。

④ 每次收运废物后,工作人员应进行体表污染检查,合格后方能离开废物库区。汽车和工具也应进行污染检查。当污染超过国家标准规定的限值时,必须进行去污处理。

(4) 室内放射源污染规避措施及防护办法

① 对于室内放射性污染防治,要从源头把关,选择放射性低的建筑及装修材料。

② 室内放射性污染防治，要特别注意氡的危害。增加室内通风是最方便、最有效的降氡措施。

13.3.5.3 电磁辐射的污染防治规划

汕尾市有广播电视发射台、微波站，全市各地的居民集中区都有较密集的移动通信、小灵通基站，而且电力输送站、高压线路较多，以往没有统一的建设布局规划。

今后应该根据现有的发射台、微波站、无线通信基站、变电站等电磁辐射源的布置情况，根据《电磁辐射防护规定》、《电磁辐射环境保护管理办法》、《500kV 超高压送变电工程电磁辐射环境影响评价技术规范》等相关规定、规范、标准等，合理布设新的点、线源，尽量避免在居民区等其他电磁辐射敏感点附近建设，对不合理的已建辐射源进行迁移或拆除。有关电磁辐射的建设项目应履行建设项目环境评价手续，达到国家有关环境保护标准，使城市电磁环境有序发展。

到 2010 年底全市辐射环境质量满足 GB 9175—88《环境电磁波卫生标准》中一级安全区标准限值。环保部门要将放射源和电磁辐射源全部纳入环境管理范围，保证放射源的安全受控。其他相关部门监测机构，包括卫生、商检和海关的监测机构也要加强本行业涉及辐射安全机构的监测。

2015 年达到辐射环境安全的目标，即保证汕尾市市境内所有高于国家规定豁免值的辐射源（包括电离辐射源和电磁辐射源）处于管理部门的有效监控之下，避免或减少发生核及其他辐射事故，如果一旦发生事故，则可以通过健全的应急响应体系，使环境和公众会得到有效的保护。

2020 年，完善电磁辐射、放射性监管体制，实现辐射环境资源管理的信息化、现代化。借助现代通信技术和信息处理技术，实现辐射环境资源管理的信息化、现代化建设。根据核电站或其他核设施的规划建设情况，适时建立快速、实时的辐射环境质量及重要辐射污染源周围辐射环境状况的监测体系，并建立辐射环境状况日报制度，为核安全与辐射环境管理及其他相关产业的发展服务。

13.3.5.4 电磁污染防治的管理措施

① 对污染严重、工艺设备落后、资源浪费和生态破坏严重的电磁辐射建设项目与设备，禁止建设或者购置。

② 对符合城市发展规划要求、豁免水平以上的电磁辐射建设项目，要求从事电磁辐射活动的单位或个人履行环境影响报告书审批手续。

③ 对有关工业、科学、医疗应用中的电磁辐射设备，要求从事电磁辐射活动的单位或个人履行环境影响报告表审批手续。

④ 在电磁辐射设施的选址、设计、运行和退役阶段，均应有相应的辐射防护评价、运行阶段的评价。

⑤ 电磁辐射建设项目和设备环境影响报告书（表）确定需要配套建设的防治电磁辐射污染环境的保护设施，必须严格执行环境保护设施"三同时"制度。

13.3.5.5 电力系统电磁污染防治规划

城市架空电力线路接近或跨越建筑物的安全距离应达到《电力设施保护条例实施细则》和中华人民共和国国家标准 GB 50293—1999《城市电力规划规范》的要求，见表 13-10。

表 13-10　架空电力线路边导线与建筑物之间的安全距离

线路电压/kV	<1	1～10	35	66～110	220	330	500
安全距离/m	1.0	1.5	3.0	4.0	5.0	6.0	8.5

电力系统工作人员工作中正常活动范围与带电设备的安全距离应满足电力行业 DL 408—91《电业安全工作规程》的规定，见表 13-11。

表 13-11　工作人员正常活动范围与带电设备的安全距离

电压等级/kV	<10	20～35	60～110	220	330	500
安全距离/m	0.35	0.6	1.5	3.0	4.0	5.0

13.3.6　核与辐射环境管理能力建设方案

汕尾市应设立核安全与辐射环境保护专门监测机构，配备技术人员和监测仪器设备，使其形成应有的能力。

对于核安全与辐射环境管理来说，缺乏监测仪器、设备，辐射环境保护管理工作将寸步难行，作为一个完整的监测网络，应配备一些专业人员和专业设备。从目前汕尾市辐射环境管理的状况和将来的发展趋势分析，辐射环境的监督监测工作量在今后数年时间内还不至于达到需要进行日常辐射监测那么大。因此，在规划期限内，基本能力建设规划本着合理使用资源和节约成本原则，在现有的环境监测站内设立辐射监测科（室），负责该区的相关辐射监测等相关工作。近期配备专职（或部分兼职）1～2 人，配置基本的辐射监测仪器设备配备，基本可形成相应的监测（检测）能力。如开展环境辐射水平的监测、放射源丢失的巡查、环境样品中天然放射性核素的检测、辐射放射源的甄别、放射性污染事故的应急测量和环境氡浓度的监测等。

参 考 文 献

[1]　陈杰瑢等．物理性污染控制 [M]．北京：高等教育出版社，2007．
[2]　任连海等．环境物理性污染控制工程 [M]．北京：化学工业出版社，2008．
[3]　王波，毛建西，申东杰等．城市规划建设与电磁辐射防护 [J]．南方建筑，2003（4）：87-88．
[4]　张起虹．《江苏省辐射污染防治条例》解读 [J]．辐射防护通信，2008，28（2）：16-19．
[5]　中华人民共和国国家标准．辐射防护规定（GB 8703—88）．
[6]　中华人民共和国国家标准．核辐射环境质量评价一般规定（GB 11215—89）．
[7]　中华人民共和国环境保护行业标准．核设施环境保护管理导则（HJ/T 5.1—93）．

第14章

生态工业园区建设规划

14.1 生态工业园区建设概述

　　生态工业园区是指依据循环经济理念、工业生态学原理和清洁生产要求而设计创建的新型工业园区。通过园区的创建，可加快实现工业园区的生态化改造，促进我国工业粗放型增长方式的转变和高新技术产业发展，从根本上缓解环境污染的压力。生态工业园区建设已经成为我国实现低碳发展，转变经济发展方式和进行产业结构升级的引擎力量，是我国现代环境规划的重要组成部分。由于生态工业园区建设规划考核指标可操作性强，受到越来越多地区的重视。

　　生态工业园区是依据循环经济理念、工业生态学原理及清洁生产要求设计建立的一种新型工业园区。它通过成员之间的副产物和废物的交换、能量和废水的逐级利用、基础设施的共享来实现园区在经济效益和环境效益的协调发展，具有横向耦合性、纵向闭合性、区域整合性和结构柔性等优势，是区域层面循环经济的表现形式和具体实践。

　　原国家环保总局早在 2000 年就已经开始探索开展国家生态工业园区推动工作，截止到2011 年 3 月 24 日，已批准建设 28 个国家生态工业示范园区，通过验收批准命名的国家生态工业示范园区 11 个，见表 14-1 和表 14-2。

表 14-1　通过验收批准命名的国家生态工业示范园区

序号	名　　称	批准文号	批准时间
1	苏州工业园区国家生态工业示范园区	环发[2008]9 号	2008 年 3 月 31 日
2	苏州高新技术产业开发区国家生态工业示范园区	环发[2008]9 号	2008 年 3 月 31 日
3	天津经济技术开发区国家生态工业示范园区	环发[2008]9 号	2008 年 3 月 31 日
4	无锡新区国家生态工业示范园区	环发[2010]46 号	2010 年 4 月 1 日
5	烟台经济技术开发区国家生态工业示范园区	环发[2010]46 号	2010 年 4 月 1 日
6	山东潍坊滨海经济开发区国家生态工业示范园区	环发[2010]47 号	2010 年 4 月 1 日

续表

序号	名　称	批准文号	批准时间
7	上海市莘庄工业区国家生态工业示范园区	环发〔2010〕103 号	2010 年 8 月 26 日
8	日照经济技术开发区国家生态工业示范园区	环发〔2010〕103 号	2010 年 8 月 26 日
9	昆山经济技术开发区国家生态工业示范园区	环发〔2010〕135 号	2010 年 11 月 29 日
10	张家港保税区暨扬子江国际化学工业园国家生态工业示范园区	环发〔2010〕135 号	2010 年 11 月 29 日
11	扬州经济技术开发区国家生态工业示范园区	环发〔2010〕135 号	2010 年 11 月 29 日

表 14-2　批准建设的国家生态工业示范园区

序号	名　称	批准文号	批准时间
1	贵港国家生态工业(制糖)建设示范园区	环函〔2001〕170 号	2001 年 8 月 14 日
2	南海国家生态工业建设示范园区暨华南环保科技产业园	环函〔2001〕293 号	2001 年 11 月 29 日
3	包头国家生态工业(铝业)建设示范园区	环函〔2003〕102 号	2003 年 4 月 18 日
4	长沙黄兴国家生态工业建设示范园区	环函〔2003〕115 号	2003 年 4 月 29 日
5	鲁北国家生态工业建设示范园区	环函〔2003〕324 号	2003 年 11 月 18 日
6	抚顺矿业集团国家生态工业建设示范园区	环函〔2004〕113 号	2004 年 4 月 26 日
7	大连经济技术开发区国家生态工业建设示范园区	环函〔2004〕114 号	2004 年 4 月 26 日
8	贵阳市开阳磷煤化工国家生态工业示范基地	环函〔2004〕418 号	2004 年 11 月 29 日
9	郑州市上街区国家生态工业示范园区	环函〔2005〕144 号	2005 年 4 月 21 日
10	包头钢铁国家生态工业示范园区	环函〔2005〕536 号	2005 年 12 月 8 日
11	山西安泰国家生态工业示范园区	环函〔2006〕198 号	2006 年 5 月 18 日
12	青岛新天地工业园(静脉产业类)国家生态工业示范园区	环函〔2006〕347 号	2006 年 9 月 11 日
13	福州经济技术开发区国家生态工业示范园区	环函〔2006〕417 号	2006 年 10 月 24 日
14	绍兴袍江工业区国家生态工业示范园区	环函〔2006〕481 号	2006 年 12 月 4 日
15	青岛高新区市北新产业园国家生态工业示范园区	环函〔2007〕166 号	2007 年 5 月 16 日
16	上海金桥出口加工区国家生态工业示范园区	环发〔2008〕75 号	2008 年 8 月 25 日
17	南京经济技术开发区国家生态工业示范园区	环发〔2008〕75 号	2008 年 8 月 25 日
18	天津新技术产业园区华苑产业区国家生态工业示范园区	环发〔2008〕75 号	2008 年 8 月 25 日
19	昆明高新技术产业开发区国家生态工业示范园区	环发〔2008〕75 号	2008 年 8 月 25 日
20	北京经济技术开发区国家生态工业示范园区	环发〔2009〕3 号	2009 年 1 月 7 日
21	萧山经济技术开发区国家生态工业示范园区	环发〔2009〕3 号	2009 年 1 月 7 日
22	广州开发区(含广州经济技术开发区、广州高新技术产业开发区)国家生态工业示范园区	环发〔2009〕3 号	2009 年 1 月 7 日
23	上海张江高新技术产业开发区国家生态工业示范园区	环发〔2010〕45 号	2010 年 4 月 1 日
24	南昌高新技术产业开发区国家生态工业示范园区	环发〔2010〕45 号	2010 年 4 月 1 日
25	宁波经济技术开发区国家生态工业示范园区	环发〔2010〕45 号	2010 年 4 月 1 日
26	温州经济技术开发区国家生态工业示范园区	环发〔2010〕104 号	2010 年 8 月 26 日
27	西安高新技术产业开发区国家生态工业示范园区	环发〔2010〕104 号	2010 年 8 月 26 日
28	上海化学工业区国家生态工业示范园区	环发〔2010〕104 号	2010 年 8 月 26 日
29	上海漕河泾新兴技术开发区	环发〔2010〕117 号	2010 年 9 月 20 日

序号	名　　称	批准文号	批准时间
30	江苏常州钟楼经济开发区	环发[2010]117 号	2010 年 9 月 20 日
31	合肥高新技术产业开发区	环发[2010]117 号	2010 年 9 月 20 日
32	重庆永川港桥工业园	环发[2010]129 号	2010 年 11 月 4 日
33	上海闵行经济技术开发区	环发[2010]129 号	2010 年 11 月 4 日
34	郑州经济技术开发区	环发[2010]129 号	2010 年 11 月 4 日
35	合肥经济技术开发区	环发[2010]129 号	2010 年 11 月 4 日
36	东营经济技术开发区	环发[2010]149 号	2010 年 12 月 25 日
37	南通经济技术开发区	环发[2010]149 号	2010 年 12 月 25 日
38	株洲高新技术产业开发区	环发[2010]149 号	2010 年 12 月 25 日
39	宁波国家高新技术产业开发区	环发[2010]149 号	2010 年 12 月 25 日

多年来的实践和经验表明，生态工业示范园区建设是落实科学发展观的成功探索，是新型工业化发展的有效模式，对于解决结构性污染和区域性污染，调整产业结构和工业布局，实现节能减排，建设资源节约型、环境友好型社会具有十分重要的意义。2007 年，原国家环保总局、商务部和科技部联合发布了《关于开展国家生态工业示范园区建设工作的通知》，决定共同开展国家生态工业示范园区建设工作。根据三部门《通知》精神，原国家环保总局、商务部、科技部组成了国家生态工业示范园区建设领导小组，负责国家生态工业示范园区的审核、批准和综合协调工作，下设领导小组办公室，负责推动创建国家生态工业示范园区的日常工作。可以说，三部门联手推进，标志着我国国家生态工业示范园区建设进入了一个新的加快发展期。这一点也可以从表 14-1 和表 14-2 看出，2010 年批准命名的达 8 个，批准建设的达 17 个，但批准建设的 39 个园区截止到 2011 年 3 月 24 日尚未通过验收批准命名。

近年来，国家生态工业示范园区管理体系建设也逐步走向科学化和规范化的轨道。陆续颁布了一批标准和指南，包括《行业类生态工业园区标准（试行）》、《综合类生态工业园区标准》、《静脉产业类生态工业园区标准（试行）》，以及《生态工业园区建设规划编制指南》。这些标准和指南的出台，为国家生态工业示范园区规划和建设提供了依据和技术指导，并推动了各地生态工业园区的建设。

14.1.1　生态工业园区建设分类

根据《生态工业园区建设规划编制指南》（HJ/T 409—2007），生态工业园区是依据循环经济理念、工业生态学原理和清洁生产要求而设计建立的一种新型工业园区。它通过物流或能流传递等方式把不同工厂或企业连接起来，形成共享资源和互换副产品的产业共生组合，建立"生产者-消费者-分解者"的物质循环方式，使一家工厂的废物或副产品成为另一家工厂的原料或能源，寻求物质闭环循环、能量多级利用和废物产生最小化。

生态工业园区建设不仅局限于国家级经济技术开发区、国家级高新技术产业开发区、国家级保税区、国家级进出口加工区和省级各类开发区，还包括工业集中区及以大型企业为核心的工业聚集区域。根据园区的产业和行业结构特点，可将生态工业园区分为行业类、综合类和静脉产业类三种类型。

① 综合类生态工业园区　由不同工业行业的企业组成的工业园区，主要指在高新技术

产业开发区、经济技术开发区等工业园区基础上改造而成的生态工业园区。

② 行业类生态工业园区　指某一类工业行业的一个或几个企业为核心，通过物质能量的集成，在更多相关企业或同类行业中形成共生关系的生态工业园区。

③ 静脉产业类生态工业园区　以从事静脉产业生产为主体的工业园区，静脉产业指在以保障环境安全为前提的情况下，通过运用先进的技术，将废物转化为有用资源和产品，实现废物再利用和资源化的产业，包括废物转化为再生资源及将再生资源加工为产品的两个过程。2006 年批准建设的青岛新天地工业园就是一家以静脉产业类为主的国家生态工业示范园区。

14.1.2　生态工业园区建设规划编制工作程序

一般地，在创建生态工业园区时需要编制建设规划和技术报告。其中技术报告为编制内容的详细技术解释，建设规划为生态工业园区编制的纲要说明。可分为以下几个步骤进行编制。

(1) 确定任务、队伍建立

园区管委会、行政主管部门或者开发建设单位委托具有相关规划编制工作经验的单位编制生态工业园区建设规划，包括领导机构和技术机构。通过委托文件和合同明确规划各方的责任、要求、工作进度、验收方式等。

(2) 现状调研、收集资料

主要调查和分析园区以及周围区域内当前的自然条件、社会经济背景，现有行业和企业状况，物质流和能量流，废物产生和处置，现有生态工业雏形，环境容量和环境标准，可能的废物利用渠道，可能形成的产业链等。

收集编制规划所需的社会经济、生态环境或现状背景资料，包括社会经济发展规划、区域总体规划、土地利用规划、产业发展规划、环境要素功能区划等资料，以广和全为原则。调查范围以园区为主，兼顾对园区影响较大的周边区域。

(3) 编制规划大纲

按照《行业类生态工业园区标准（试行）》、《综合类生态工业园区标准》、《静脉产业类生态工业园区标准（试行）》，以及《生态工业园区建设规划编制指南》编制规划大纲。

(4) 编制规划

参照规划大纲和《生态工业园区建设规划编制指南》的要求编制规划，包括确定规划目标、方案设计、投资和效益分析、保障体系设计等。

(5) 成果

包括生态工业园区建设规划和技术报告。还可以根据上报要求提供建设规划的简本。

14.1.3　生态工业园区建设规划主要内容

参考《生态工业园区建设规划编制指南》和国家生态工业示范园区管理办法（试行），建设规划应包括生态工业园区的总体思路、指导原则、发展目标和指标、建设产业链、重点支撑项目、保障体系和措施等。各园区应当根据实际情况，有所侧重、增删和调整。建设规划文本的基本内容如下。

(1) 建设意义和有利条件

① 社会、经济和环境概况

② 生态工业园区建设必要性和意义

③ 有利条件和制约因素分析

（2）总体设计

① 指导思想与基本原则

② 规划范围和规划期限

③ 规划依据

④ 总体目标和指标

⑤ 园区建设总体框架

（3）行业生态工业发展规划（分行业分别阐述）

① 发展现状和问题分析

② 发展目标和具体指标

③ 清洁生产方案

④ 生态产业链设计

其中行业类生态工业园区重点于核心行业为基础的产业链，综合类生态工业园区重点于主导行业内部和之间形成的产业链条，静脉产业类生态工业园区着重于废物减量化和资源化设计。

（4）主要污染物控制方案

① 水污染控制和水资源循环利用方案

② 大气污染物控制与能源利用方案

③ 固体废物减量和循环利用方案

④ 生态建设与景观规划方案

（5）重点支撑项目及投资效益分析

① 项目入园条件

② 重点支撑项目清单及说明（包括工业项目、基础设施、服务设施等）

③ 投资效益分析（经济效益、社会效益、环境效益）

（6）保障体系

① 组织机构和管理体系

② 政策保障体系

③ 信息平台建设

④ 环境风险应急管理系统

⑤ 环境管理工具

此外，技术报告中还需要对园区环境影响进行回顾性分析，一般对于建设 10 年以上的园区，要根据 5～10 年的污染源、环境质量等数据进行分析；不足 5 年建设的园区，按实际年限进行分析。在 14.2 部分将对上述几个方面的内容进行具体阐述。

14.2　生态工业园区建设规划体系

14.2.1　园区概况和现状分析

（1）概况

主要包括地理位置、地形地貌、水文气象、自然资源、植被土壤等自然地理条件和行政区划、社会经济状况等。其中社会经济现状包括园区人口状况、基础设施状况、与周边区域的交通联系状况和基础设施共享关系、产业结构和布局现状、园区经济和产业发展水平等。需要从经济发展、物质和能量集成、污染控制等角度分析园区主导产业、重点企业及其发展状况。

（2）环境现状分析

主要包括水环境、大气环境、固体废物处理处置和生态环境现状分析，通过现状分析，对生态工业园区建设的潜力和优劣势有一个基本的判断。由于水、气、生态等环境要素属于区域尺度，在园区面积较小、容易受到外界影响的情况下需要从区域环境影响上予以考虑。各环境要素的现状分析在前面章节中已有介绍，此处不再赘述。

① 水环境　描述园区水环境质量现状、污水排放和处理现状、污水处理设施现状，分析园区水环境发展趋势，评价园区水环境质量和容量占用情况。

② 大气环境　描述园区环境空气质量和大气污染源排放情况，分析能源利用、消耗与产业结构之间的关系，分析园区环境空气质量变化趋势。

③ 固废处理处置　包括园区生活垃圾、一般工业固体废物、危险废物的产生、收集、处理、处置、储存和综合利用状况，分析园区固废产生量的变化趋势。

④ 生态环境　从园区绿化、生物多样性、山体保护、珍稀资源保护、生态系统稳定性和完整性、宜居建设等角度分析生态环境现状。

14.2.2　园区建设必要性分析

（1）园区环境影响回顾性分析

主要包括园区污染源数量和分布的变化、主要污染物特征和产排污量的变化、潜在的环境风险和应急方案、主要能源和资源的消耗水平及其国内外的比较、区域环境质量的变化、环境法律法规的贯彻执行、环保投入、环境管理等。原则上对建设 10 年以上的园区，要进行过去 5～10 年的分析；建设不足 5 年的园区，回顾性分析按实际建设年进行。

（2）园区建设必要性和意义

结合资料收集和调研分析的结果，应从推进循环经济、实现低碳发展、突出辐射作用、环境质量改善、产业结构调整和经济发展方式转变、资源条件改善等方面分析生态工业园区建设对园区乃至周边关系区域的影响和意义。

（3）有利条件和制约因素分析

有利条件包括资源优势、产业基础、区位条件、知名企业示范、基础设施增强、人才、政策、交通、生态工业雏形等方面，有利条件的具备是生态工业园区创建基本条件的重要组成部分。

制约因素应从环境资源承载力、产业结构调整、环境管理机制、周边区域竞争等方面分析，找出制约园区可持续发展的关键问题。

通过园区建设优劣势分析和环境影响回顾性评价，找出园区创建需要解决的突出问题，为总体设计和产业链共生提供支持。

14.2.3　总体设计

（1）指导思想

① 与发挥区域比较优势、提高市场竞争力相结合　区域比较优势不但是地区经济社会

发展的基础，也是发展生态工业的重要依据。例如珠三角区域在历史上就是我国主要的经济发达地区之一，改革开放以来，依托临海沿边的地理区位优势，形成深厚的工业和经济基础和密集的骨干城市群优势。在未来发展生态工业过程中，区域内开发区应当因地制宜，大力培植适合自己的产业，突出优势产业，开发新型产业，与其他开发区错位竞争，协调发展。要充分发挥珠三角区域的资源、产业、资本和人文优势，将区域优势转化为竞争优势，构建独具特色、抗市场风险能力强的生态产业系统，增强其市场竞争力。

② 与引进高新技术、提高经济增长质量相结合　在经济全球化的背景下，跨越国界的竞争将越来越激烈，而竞争的焦点则是技术、知识的竞争。因此，高新技术是提高经济质量、保持经济持续发展的重要支撑条件，包括开发自主知识产权和对传统产业进行自身技术升级，提高产品的技术含量和增加值率。在生态工业园区规划过程中，依托区域科技中心城市所拥有的科研单位和高等院校等丰富资源，发挥自身优势，对规划区现有主导产业的技术水平、发展趋势进行调研，在保障体系设计、入园项目选择原则等规划工作中把引进和开发高新技术作为园区产业结构调整和升级的根本动力，实现生态工业链网中物质、能量和信息高效转化和流动。

③ 与区域改造和产业结构调整相结合　生态工业园以工业生态学理论为指导，通过调整和优化产业结构，着力于园区内生态产业链网的建设，最大限度地提高资源能源效率，从工业生产源头上将污染物排放量减至最低，实现区域清洁生产。

④ 与生态保护和区域环境综合整治相结合　生态工业的最大特点是模拟自然系统中生产者、消费者、分解者间的关系，构建工业共生体系。在生态工业系统中，上游生产单元的废物和副产品，用于下游单元的原料，进行产品生产，从而实现系统内的资源利用最大化和废物排放最小化。这与生态保护和区域环境综合整治的宗旨是一致的。因此，规划中要对规划区现有产业结构进行充分调研，识别、摸清园区内生产者、消费者和分解者之间的物流关系，通过物流分析确定三者的比例关系，为生态产业链设计和补链项目引进提供依据。

在生态工业园区规划过程中，强化污染物总量控制目标，基于区域水、大气环境容量，人口和生态容量进行产业结构调整和优化布局，使园区产业布局、经济发展规模和速度与区域环境承载力相适应。通过构建生态产业链使系统中上下游企业间形成共享资源和互换副产品的产业共生组合，实现资源最优化配置的同时，又根据区域污染综合整治的需要，把治理结构性污染和产业结构调整相结合，改善区域生态环境质量，实现环境和经济的可持续发展。

（2）基本原则

① 与自然和谐共存原则　园区应与区域自然生态系统相结合，保持尽可能多的生态功能。对于现有工业园区，按照可持续发展的要求进行产业结构的调整和传统产业的技术改造，大幅度提高资源利用效率，减少污染物产生和对环境的压力。新建园区的选址应充分考虑当地的生态环境容量，调整列入生态敏感区的工业企业，最大限度地降低园区对局地景观和水文背景、区域生态系统以及对全球环境造成的影响。

② 生态效率原则　在园区布局、基础设施、建筑物构造和工业过程中，全面实施清洁生产。通过园区各企业和企业生产单元的清洁生产，降低本企业的资源消耗和废物产生；通过各企业或单元间的副产品交换，降低园区总的物耗、水耗和能耗；通过物料替代、工艺革新，减少有毒有害物质的使用和排放；在建筑材料、能源使用、产品和服务中，鼓励利用可再生资源和可重复利用资源。贯彻"减量第一"的最基本的要求，使园区各单元尽可能降低

资源消耗和废物产生。

③ 生命周期原则 加强原材料入园前以及产品、废物出园后的生命周期管理，最大限度地降低产品全生命周期的环境影响。鼓励生产和提供资源、能源消耗低的产品和服务；鼓励生产和提供对环境少害、无害和使用中安全的产品和服务；鼓励生产和提供可以再循环、再使用和进行安全处置的产品和服务。

④ 区域发展原则 将园区与社区发展和地方特色经济相结合，将园区建设与区域生态环境综合整治相结合。通过培训和教育计划、工业开发、住房建设、社区建设等，加强园区与社区间的联系。将园区规划纳入当地的社会经济发展规划，并与地区发展规划、区域环境保护规划方案相协调，探索实现园区低污染、低能耗的发展道路。

⑤ 高科技、高效益原则 大力采用现代化生物技术、生态技术、节能技术、节水技术、再循环技术和信息技术，采纳国际上先进的生产过程管理和环境管理标准，要求经济效益和环境效益实现最佳平衡，实现"双赢"。

⑥ 软硬件并重原则 硬件即工业设施、基础设施、服务设施等具体工程项目的建设；软件包括园区环境管理体系的建立、信息支持系统的建设、优惠政策的制定等。园区建设必须突出关键工程项目，突出项目（企业）间工业生态链建设，以项目为基础。同时必须建立和完善软件建设，使园区得到健康、持续发展。

⑦ "3R"原则 即生态工业园区建设要体现"减量化、再利用、资源化"的原则。

a. 减量化原则。要求减少进入生产和消费流程的物质量，即用较少的原料和能源投入满足既定的生产或消费需求，在经济活动的源头就做到节约资源和减少污染。在生产中，要求产品体积小型化和产品重量轻型化，产品包装追求简单朴实而不是豪华浪费。

b. 再利用原则。要求产品和包装能够以初始的形式被多次使用。在生产中，要求制造商使用标准尺寸进行设计，以便于更换部件而不必更换整个产品，同时鼓励发展再制造产业。

c. 资源化原则。要求生产出来的产品在完成其使用功能后能重新变成可以利用的资源而不是无用的垃圾。资源化通常有两种方式，一是资源循环利用后形成与原来相同的产品，二是资源循环利用后形成不同的新产品。资源化原则要求消费者和生产者购买循环物质比例大的产品，以使循环经济的整个过程实现闭合。

⑧ 逐步推进原则 规划区内既有比较成型的装备产业基地，也有未完全开发的万顷沙片区，要发挥园区内已有良好表率作用企业的示范作用，针对园区内主要产业链，各选取几家龙头企业，进行重点建设和取得重点突破；在此基础上，由点及面，逐步推进。同时实现与原有建设成果的无缝结合，并按照生态的要求进一步提升园区的生命力、竞争力和生态化水平。

(3) 规划范围和期限

应明确园区的准确边界范围，一般包括核心区、扩展区和辐射区三个部分。核心区和扩展区以国批面积为主，辐射区是园区的影响区域。园区规划范围需与土地利用规划相一致。

园区规划的基准年一般为编制年之前有最新数据的年份，如 2010 年 8 月份之前编制，应采用 2008 年的数据；2010 年 8 月份之后，采用 2009 年的数据。在规划基准年的基础上，提出近期、中期和远期目标年份，一般以验收年作为近期规划年，远期规划年与城市总体规划、国民经济和社会发展规划保持一致。

(4) 规划依据

应对生态工业园区建设提供支撑作用的各项政策、标准、规划、文件通知逐项列出，主要包括：a. 园区规划年限内国家对园区所在区域的定位；b. 国家和地方环境保护、清洁生产和循环经济方面的法律法规、政策；c. 园区所在区域国民经济和社会发展规划、城市总体规划、控制性详细规划、土地利用规划、产业发展规划、环境保护规划、基础设施规划；d. 拟建园区主导及相关行业清洁生产标准；e. 拟建园区主导及相关行业中长期发展规划。

（5）规划目标和指标

规划目标分总体目标和阶段目标，阶段目标一般按照近期、中期和远期设定。结合园区发展现状和未来趋势预测，提出园区各规划水平年的目标和具体指标，各指标值也是园区验收的重要依据。同时，为了体现园区生态工业的持续发展，指标在不同规划年上应朝着有利于环境质量改善和经济发展的方向制定。

综合类生态工业园区规划指标体系可参照 HJ 274—2009 要求，行业类生态工业园区规划指标体系可参照 HJ/T 273—2006 的要求，静脉产业类生态工业园区规划指标可参照 HJ/T 275—2006 的要求。此外，园区要根据国家最新提出的各项政策、自身特点增加特色指标。

我国发布的《综合类生态工业园区标准》（HJ 274—2009）分为经济发展、物质减量与循环、污染控制、园区管理 4 类指标，共计 26 项指标，见表 14-3。根据园区特色还可以指定特色指标，如园区绿化覆盖率、可再生能源比例等。规划指标可以结合情景分析和相关要求，通过趋势外推、统计分析、源强系数等预测方法确定。在此基础上，结合重点支撑项目的引进和保障体系的建设，分析主要指标的可达性，后者也是规划可以实施的保障。

（6）总体框架

生态工业园建设的总体框架一般包括产业循环体系、资源循环利用和污染控制体系、保障体系三个部分。产业循环体系主要从产业共生、物质流动和循环来体现，资源循环利用主要包括能源梯级利用、水资源循环利用和固体废物资源化，污染控制体系包括水污染控制、大气污染控制、固体废物污染控制和生态建设与恢复。保障体系主要包括组织、政策、技术、经济、信息以及宣传教育等方面的内容。通过总体框架，设计出园区总体生态产业链图及主导产业类型。

表 14-3 综合类生态工业园区指标

项目	序号	指标		单位	指标值或要求
经济发展	1	人均工业增加值		万元/人	≥15
	2	工业增加值年均增长率		%	≥15
物质减量与循环	3	单位工业用地工业增加值		亿元/km²	≥9
	4	单位工业增加值综合能耗		吨标煤/万元	≤0.5
	5	综合能耗弹性系数			<0.6
	6	单位工业增加值新鲜水耗		m³/万元	≤9
	7	新鲜水耗弹性系数			<0.55
	8	单位工业增加值废水产生量		t/万元	≤8
	9	单位工业增加值固废产生量		t/万元	≤0.1
	10	工业用水重复利用率		%	≥75
	11	工业固体废物综合利用率		%	≥85
	12	中水回用率[①]	人均水资源年占有量≤1000m³	%	≥40
			1000m³<人均水资源年占有量≤2000m³		≥25
			人均水资源年占有量≥2000m³		≥12

续表

项目	序号	指标	单位	指标值或要求
污染控制	13	单位工业增加值 COD 排放量	kg/万元	≤1
	14	COD 排放弹性系数		<0.3
	15	单位工业增加值 SO_2 排放量	kg/万元	≤1
	16	SO_2 排放弹性系数		<0.2
	17	危险废物处理处置率	%	100
	18	生活污水集中处理率	%	≥85
	19	生活垃圾无害化处理率	%	100
	20	废物收集和集中处理能力		具备
园区管理	21	环境管理制度与能力		完善
	22	生态工业信息平台的完善度	%	100
	23	园区编写环境报告书情况	期/年	1
	24	重点企业清洁生产审核实施率	%	100
	25	公众对环境的满意度	%	≥90
	26	公众对生态工业的认知率	%	≥90

① 园区内没有城市污水处理厂的不考核该指标。

14.2.4 主导行业生态工业发展规划

针对综合类、静脉产业类和行业类生态工业园区，对于主导行业的产业生态化要求基本相同，在此仅介绍综合类园区的建设规划要求，静脉产业类、行业类建设规划要求可参照综合类园区。

(1) 发展现状和问题分析

分析园区核心行业发展现状、存在问题及发展潜力。园区主导产业的选择要与核心企业衔接，充分利用核心企业的辐射能力，并与周边开发区域相比较。同时，在园区产业生态链的总体框架下，分析几个主导行业内部、主导行业之间的共生关系。在现状分析之中，特别要注重物质流和能量流、信息流的状况，这是后续补链和重点支撑项目的基础。

(2) 发展目标和指标

与总体目标和指标对应，从产业发展、物质代谢和循环、污染控制等方面建立生态工业指标体系。由于生态工业园区的先进性要求，在行业生态工业指标体系中要融入国家和地区战略要求、环保控制重点。例如，我国"十二五"期间对于重金属的关注要求在电子主导行业中高度关注五类毒害重金属指标，这样在规划中才具有前瞻性。

(3) 清洁生产方案

从清洁生产全过程角度提出行业中主控环节的清洁生产方案，例如现在我国的汽车产业中涂装环节是污染产生的重要环节，可以依据涂装标准提出污染物减排和资源回收利用的具体方案。

(4) 生态产业链设计

依据各行业的自身特点，从物质流分析、产品链设计、工业代谢关系、产业间共生设计等方面提出，包括产品链补链设计、绿色供应链延伸、优质服务链打造、废物代谢链与静脉产业链设计、主导产业共生链建构等。生态产业链设计是补链项目的重要依据。

14.2.5　资源循环利用和污染控制规划

生态工业园区的创建不仅需要得到产业提升，而且需要在资源利用和环境污染控制方面起示范作用。水、大气、固体废物污染控制和生态建设规划在之前的章节中已经阐述，在此不再赘述，其差异主要由于区域尺度较小控制上一般需要落实到具体的污染源。资源循环利用上主要包括水资源、能源和固体废物资源化。

（1）水资源循环利用

评估水资源开发利用、工业用水重复利用水平，分析水资源开发利用和水污染控制存在的问题，分析园区对整个区域的贡献，进行用水量预测。制定水资源循环利用和污染控制近期、中长期指标，主要包括：单位工业增加值新鲜水耗、新鲜水耗弹性系数、单位工业增加值废水产生量、工业用水重复利用率、中水回用率、单位工业增加值 COD 排放量、COD 排放弹性系数、生活污水集中处理率、单位工业增加值氨氮排放量、单位工业增加值五类毒害重金属排放量、工业废水达标排放率、间接冷却水循环利用率、再生水与新鲜水供水比例等。

在保证园区工业生产用水需求的同时，运用循环经济的原理对园区水资源进行综合利用规划，利用"减量化、水再使用、水再生利用、水再循环、水资源管理"的水循环经济模式，使生态工业园区成为水资源循环系统的有效平台，增加水资源在社会循环中的停留时间，使水资源得到充分利用，达到削减工业用水量、提高用水效率和减少废水排放量等目的。

① 园区水的梯级利用　不同企业或企业内不同的生产环节，对进水水质的要求不尽相同。因此在园区内可将水细分为更多等级，见表 14-4。由于下一级使用的水质要求较低，因此可以采用上一级使用后的出水。目前，许多企业采用的水循环利用系统，即"清水-第一次清循环水-第二次浊循环水"的循环过程以及蒸汽冷凝回用、间接冷却水循环利用、封闭水循环等技术，都可以在生态工业园区中跨企业采用。

表 14-4　基于生态工业园区水梯级利用的水质分类及用途

等级序号	等级名称	用途
1	超纯水	用于半导体芯片制造
2	去离子水	用于生物或制药工艺
3	饮用水	用于厨房、餐厅、喷水池
4	清洗水	用于清洗车辆、建筑物
5	灌溉水	用于草坪、灌木、树木等景观园艺

② 园区水资源循环利用模式　总结现有生态工业园区内水资源管理的成功实践经验，通过废水的再生利用、同自然水体的融合、同地方社区合作等方式，构建一种新模式的"取水-配水-用水-排水"用水方式，如图 14-1 所示。

生态工业园区水循环模式与传统的末端治理"取水-用水-污水处理-排放"用水方式相比，主要有以下四方面不同：a. 一个企业的废水经治理后，在水质允许的条件下，作为另一个企业的水源再次利用；b. 建造人造景观湖、循环再生池等景观设施促进水的循环再生，替代了使用更多地表水作为水源；c. 水循环体系的建立及企业之间用水方面的协作，使得

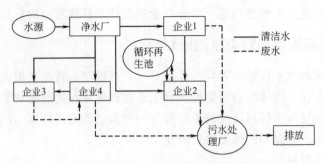

图 14-1　生态工业园区水循环模式

水重复利用率变高，园区整体取水量变小，污水排放量减小；d. 从自来水公司购买新鲜水与从其他企业购买再生水之间水价的差值及排污权交易等因素，会给双方企业带来经济效益。

　　生态工业园区水循环模式的构建能够实现废水减量化的目标，是指局域或区域总体效果的废水减量化，而不是指单个企业或者少数几个企业的孤立效果。把治理污染的着眼点从单个企业扩大到企业组团，园区整体排放污染物达到国家排放标准和总量控制指标。

　　③ 废水处理与资源化　在目前水资源局势不断紧张的局势下，人们把注意力转移到废水的再生资源化中。从某种意义上这些处理达标的污水也是一种相对优良的水资源，对污水进行处理和资源化，不仅能够减少水污染对环境的影响，而且能够部分替代新鲜水资源。污水处理厂的二级处理出水，进行深度处理后的再生水，然后通过管道输送到可以使用这类品质再生水的回用用户。再生水的回用越来越受到重视，其原因包括：人口和用水量的增加对现有水资源的压力越来越大；来自于污水的再生水品质比较稳定，数量有保证，是一种非常可靠的供水水源；再生水回用的经济和环境效益越来越明显等。就南沙生态工业园区自身的情况而言，废水的资源化可以分为企业内部和园区两个层次实施。

　　a. 企业内部污水资源化。不同的企业，尤其是上、下游形成配套的企业之间，往往由于产品的配套，各种副产品也能够形成一定的匹配关系，其中有些废水经过一定的处理后也能作为另一企业的生产用水。这样能够在不影响另一个企业正常生产的情况下，节约大量的水资源，但就目前来看，往往受企业间的制约关系的限制，该类型的方案难以实施。因此，企业间的污水资源化和循环利用需要建立一种第三方的调节和管理机构和体制，协调企业间的污水综合利用。

　　对于大型企业，生产工艺复杂，企业内部的不同生产工段，可以使用不同水质的水源，相应的排水水质也各不相同，有些工段的排水水质比较简单，可以直接作为其他工段的水源，实现水资源的梯度利用；或者就地经过简单处理后就可以回到本工段或其他工段，实现水资源的内部循环。这种简单工段的就地废水再生资源化，可以降低输送、混合处理所需要的能源消耗，大大节约生产成本，同时可以降低生产过程中的新鲜水资源消耗量，取得明显的经济效益和环境效益。

　　b. 园区层次的污水再生资源化。随着园区工业的不断发展，园区居住的人口数量不断增加，第三产业的发展势头迅猛，以餐饮、住宿为主的第三产业同时也必然会产生大量的市政生活污水。目前，园区企业中基本上都有污水收集和处理系统，能够稳定运行且满足达标排放的要求。但是逐渐形成完整的产业链势必会有许多下游和配套的企业进入园区，其中有些企业的规模可能很小，很难独立建立自用的污水处理系统，因此在这些下游和配套企业建立前，就应合理规划项目的位置，并建立完善的排水管网、企业自己的预处理设施和园区的集中污水处理厂。通过收集园区企业的污水和初期雨水，集中处理，降低处理成本，保证园区内污水处理达标后再利用或深海排放，减少对水环境的压力。

（2）能源利用规划

通过调查园区能源储量、供应、来源、消耗和利用状况，分析园区能源利用存在的问题。结合区域能源规划、园区经济发展水平和对优质能源的承担能力，对能源消耗进行预测分析，制定能源供应规划、能源供给及供应网络，提出能源梯级利用和节能要求。

能源利用规划指标主要包括：单位工业增加值综合能耗、综合能耗弹性系数、清洁能源使用率、可再生能源使用率、建筑节能率等。

在国家对低碳发展逐步重视的情况下，能源的有效利用是减少 CO_2 排放量、实施碳减排的重要举措。由于能源供给及供应网络更多依赖于电力部门的统一布置，因此园区能量梯级利用与节能方案是能源利用的主要方式。主要规划方案包括如下一些：①制定鼓励使用清洁能源的政策，发展清洁发电项目，如推进洁净煤技术的研发和应用，同时在落实稳定的天然气供给来源后应逐步拓展天然气管网进行集中供气，远期发展风能、太阳能和生物能利用，可作为常规能源的有效补充；②推广节能技术，充分利用园区的光热资源，如太阳能热水、余热回收利用等；③发展集中供热、热电联产项目，平衡冷量、热量和电量需求，优化电网、热网、气网布局和能源供应网络等；④对能耗高的企业实施合同能源管理和能源审计，逐步淘汰高能耗高污染企业。

（3）固体废物资源化

分析工业固体废物、生活垃圾、危险废物的处理处置现状及存在问题，通过预测，提出固废循环利用和资源化的目标和指标，主要包括工业固体废物综合利用率、规模企业实施清洁生产审核比例、单位工业增加值固体废物产生量、城镇生活垃圾无害化处理率、工业固体废物处置利用率、垃圾分类收集率、资源回收利用率等。其中工业固体废物建议采用产排污系数法，结合全国最新开展的污染源普查成果。

园区固体废物管理的基本原则是遵循总量控制和全过程控制原则，资源化和循环利用的主要方案包括如下一些。

① 固体废物的源头减量化　加强生产流程和品质管理，降低次品和废品率；改进提高工艺技术水平，减少生产过程的废弃物产生；全面改进生产模式，转向闭环式生产，使每一环节的产出转化为下一环节的投入或者自然界的营养物质，最大限度地减少废弃物处置成本。进一步改进包装设计，减少和避免过度化包装，提高包装设计的绿色化水平；推动集中供热，减少炉渣和粉煤灰的产生量；倡导绿色生活方式，鼓励使用节能型机器，减少使用一次性消耗品。

② 建立较完善的废物回收体系　制定垃圾分类标准，促进源头有效分拣；强化分类处理制度，建立规范的分类收集、分类管理、分类运输和分类处置机制；建立废弃资源交换与管理信息系统。实现园区内机关事业单位电子废物的统一申报和集中收集，逐步引导园区内企业进行电子废物的统一申报和集中收集。

③ 废弃物的综合利用，减少碳排放　积极探索产业链延伸废弃物的综合利用，形成"资源-产品-废弃物-再生资源"的循环经济模式。

④ 强化废物的监管力度及宣传教育　加大对重点企业的监管力度；强化危险废物的管理、处置；加强对污泥渣土排放的管理和处置；加强对企业进行固体废物法律法规的宣传

教育。

⑤ 完善危险废物的转移联单制度和申报登记制度　区内企业应推行有毒有害固体废物的转移联单制度和申报登记制度，控制固体废物从产生到无害化处置的全过程。

14.2.6　重点支撑项目及投资效益分析

(1) 重点支撑项目

首先确定项目入园条件。补链项目的引进可促进园区产业结构生态化、经济运行国际化、基础设施现代化、社会发展协调化，加快循环经济健康、快速发展，最终实现园区经济发展和环境保护的双赢目标。需要遵循低物质化原则、再循环化原则、多级利用原则、生态链原则和清洁化生产原则。

① "低物质化" 原则　降低工业生产过程中的物料消耗和能源消耗，摒弃粗放型的增长方式，采取高效的集约式增长方式。

② "再循环化" 原则　实现原料产品及废物的循环利用。

③ "多级利用化" 原则　物质和能源多层次、逐级利用。

④ "生态链" 原则　模拟合理高效协调的自然生态系统，将所有 "废物" 作为资源来认识和利用，在产业生态系统的个体（企业）间形成一种高效的 "食物网" 供给关系。

⑤ "清洁生产" 原则　将产业活动和环境行为一体化，将污染消除在生产过程中，包括选用清洁原料，降低生产能耗，减少排放，废旧产品便于回收利用等。入园企业需要提出对污染预防的承诺，并承诺采用清洁的工艺和技术。对于清洁生产型企业、通过 ISO 14001 认证的企业，以及已获得产品环境标志认证的企业均可优先入园。

补链入园的企业应满足以下条件：符合国家的产业政策和环保政策；符合园区产业规划的产业发展方向；满足园区发展的补链需要；能够可持续地利用当地优势资源和能源，属于国家鼓励发展的高新技术产业。

分别筛选总体框架内的重点支撑项目，主要包括工业生产链补链项目、产业代谢链项目、基础设施项目、服务管理项目。规划方案中应将有关重点工程及投资方案进行逐一汇总，作为规划的重点内容之一加以明确。各重点支撑项目的主要内容包括项目名称、建设内容、实施主体、实施分阶段安排等。对于具备投资数量和来源的，需做出投资年度计划表。

(2) 投资效益分析

① 社会效益　主要从以下几个方面来分析：a. 增强园区活力，提高园区综合竞争力；b. 扩大就业、增加税收，提高园区教科文卫软硬件水平；c. 改善生存环境和生活质量；d. 加快基础设施配套，推进园区建设。

② 经济效益，主要从以下几个方面来分析：a. 打造循环经济示范点，推进区域循环经济的全面发展；b. 良好的投资环境带动地区经济发展；c. 培育一批产业链条，形成新的经济增长点。

③ 生态环境效益　主要从以下几个方面来分析：a. 实现物质利用最大化和废物产生最小化；b. 资源能源消耗减少，生态效率提高；c. 降低生态环境脆弱程度。

14.2.7　保障体系

提出保障规划目标实施的组织、政策、技术、管理和其他等各项措施，包括组织机构和管理体系、政策保障体系、信息平台建设、环境风险应急管理系统、环境管理工具、公众参与与宣传教育等。

（1）政策保障

① 首先要通过国家和当地政府法律、法规的实施保障园区发展，其次要积极落实国家关于生态工业园区的各项优惠政策。

② 制定生态工业园区建设管理办法及相关的实施细则，其内容要与现有的法律、法规和上位规划等相衔接。

③ 园区及主管园区的上级政府要制定相关扶持政策，保障生态工业园区建设的顺利实施，包括产业政策、投融资政策、信贷政策、土地开发政策、财务政策、税收政策、清洁生产审核政策、企业环境年报政策等。鼓励发展环保产业，延伸静脉产业链，发展生态工业，对通过清洁生产审核、ISO 14001 环境管理体系审核等企事业单位给予政策优惠。

（2）组织机构和管理体系

① 成立生态工业园区建设领导小组和实施小组，成员包括计划、建设、规划、环保、国土、财税、招商、水务、教育、经贸等部门，根据园区特点，明确部门分工，保障生态工业园区建设和运行，并将生态工业园区建设纳入园区管委会或所属行政机构相关领导的政绩考核体系。

② 通过制定人才引进政策，吸引各类人才在园区积极开展工作，并与周边高校、科研院所联合设立专业培训基地，形成人才引进的长效动力。组织设立专家咨询委员会针对园区规划、建设、设计、运行中的各类问题开展咨询，及时为园区决策提供支持。

（3）技术保障

① 信息技术体系　建设数字园区，充分发挥信息平台、管理平台、宣教平台作用，网络各类信息，加强园区内企业之间的信息交流。依托集中型废物交换平台，满足不同企业间交换废物信息的需要。

② 生态工业技术研发　依托国内外科研机构，积极实施产学研结合项目，引进、研发各种有利于生态工业建设的新技术、新工业、新材料，并进行推广使用，促进科技成果产业化和生态化。积极探索、扶持区域能源有效利用和容量合理利用的技术和措施。从全过程着手进行生态设计，推进生态工业孵化器实施。

③ 环境风险应急管理　评估园区重点风险源和风险环节，制定环境风险应急预案和应急措施，提高园区环境风险应急管理能力。

（4）环境管理和宣传教育

① 在园区积极推行生命周期评价、清洁生产审核、环境管理体系和环境标志、能源审计、合同能源管理、绿色产品认证等环境管理工具。

② 制定公众参与机制，强化公众监督能力。加强生态工业的宣传教育，提高公众对生态工业的认知率。宣传教育分高级决策层、中级技术管理层、大众和社区三个层次。

14.3　**生态工业园区建设规划实例**

——广州南沙经济技术开发区创建国家生态工业示范园区建设规划❶

---

❶ 资料来源：环境保护部华南环境科学研究所. 广州南沙经济技术开发区创建国家生态工业示范园区建设规划及技术报告［R］. 2010 年.

广州南沙处于珠江三角洲经济区的几何中心，位于珠江出海口虎门水道西岸，是西江、北江、东江三江汇集之处，东与东莞虎门隔海相望，西连中山市，以南沙为中心，周围60km半径内有14个大中城市。1993年5月12日，中华人民共和国国务院批准成立广州南沙经济技术开发区；2002年广州市委、市政府成立了广州南沙开发区建设指挥部；2005年4月28日，国务院正式批准设立广州市南沙区。在《珠江三角洲地区改革发展规划纲要》的指引下，为进一步提高广州南沙开发区建设管理水平、优化空间布局和区域环境，逐步建立循环经济和低碳模式，发展生态工业，实现区域经济可持续发展，南沙经济技术开发区开展创建国家生态工业示范园区工作，在此背景下编制建设规划。

按此次规划的要求，建设"一园三片"，一园即南沙经济技术开发区创建国家生态工业示范园，三片包括南沙经济技术开发区黄阁片区（7.58km²，占园区总面积的25.2%）、南沙经济技术开发区南沙岛片区（12.56km²，内含南沙资讯科技园2.5km²，占园区总面积的41.7%）、南沙经济技术开发区万顷沙片区（灵新大道以东八涌-十一涌范围9.96km²，占园区总面积的33.1%，内含出口加工区1.36km²），合计30.1km²（见图14-2）。规划基准年为2009年，规划期限为2010～2020年。其中规划近期期限为2010～2013年；规划中远期期限为2014～2020年。

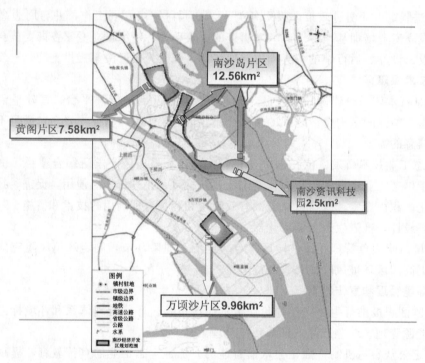

图14-2 广州南沙经济技术开发区创建国家生态工业示范园区范围

园区以低碳发展和循环经济为理念，以生态工业理论为指导，以构建区域工业共生网络为途径，以实现企业和区域层次资源高效利用、最大限度地减少污染物的排放、改善区域环境质量、提高经济增长质量为目标，以国家先进港口城市港区为标杆，以实施《珠江三角洲地区改革发展规划纲要》为契机，按照"生态优先，宜居宜业"的要求，力争把规划区建设成为广州探索科学发展、转变经济发展模式的先行区、产业高端发展的主力区、资源节约型和环境友好型社会建设的示范区。

参考《生态工业园区建设规划编制指南》，结合广州南沙经济技术开发区产业实际状况，在对园区环境影响回顾性分析之后，规划产业定位为先进制造业和现代服务业的载体，协调广州南沙经济技术开发区产业布局，拓展和优化主要行业内部以及行业间的产品代谢链和废物代谢链，充分发挥黄阁片区汽车整车及零配件生产等先进制造业，南沙岛片区服务外包和创意产业、科技创新服务等现代服务业，万顷沙片区电子信息产业等高新技术业共三类主导产业的辐射带动作用，推动区内产业结构的合理调整和优化，推进区域内工业向高质量、高速度、高效益、低污染、生态化、低碳化方向发展。

园区规划对《综合类生态工业园区标准》（HJ 274—2009）要求的 26 项指标进行了逐一分析，发现现状条件下除工业用水重复利用率、生活污水集中处理率之外，其余指标均可以得到满足。为此规划报告重点提出了采用清洁生产审核、水平衡测试等措施提高这一比例。此外，考虑到国家十二五规划的要求，增加了氨氮排放量、氮氧化物排放量、重金属排放和节能方面的指标类型，为保持园区在产业发展和环境保护方面的先进性奠定了基础。

园区建设总体框架包括产业循环体系、污染控制体系、基础设施支持体系和社会保障体系四部分。围绕汽车整车及零配件、电子信息制造业、服务外包和创意产业、科技创新服务业等主导行业进行生态工业链和补链设计、提出重点支撑项目。从能源和水资源上进行资源能源集成，通过清洁生产等措施着力解决工业用水重复利用率问题，将大气、水、固体废物污染控制纳入南沙区整体环保设施建设体系中，并完善信息平台建设、生态文化建设、体制机制建设。

例如，对汽车整车及零配件产业现状分析发现，园区汽车制造业产业链结构明晰，但产业价值链过短，需要向两端延伸，形成哑铃型结构。同时，传统的劳动密集型、资源密集型经济增长模式已经开始受到资源和环境的限制。根据前述现状分析，汽车整车及零配件制造业产生的固体废物量较大，加上南沙地区现状一般工业固废和危险废物处置较为无序，需要

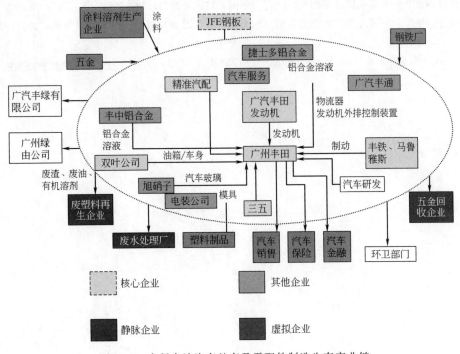

图 14-3　广州南沙汽车整车及零配件制造生态产业链

完善该主导产业的废物代谢链。因此，得到补链项目重点为产业价值链延伸和废物代谢链，需要在现有生态产业链雏形的基础上发展完善，后者的补链还需要考虑园区外虚拟企业的作用，从而提出了如下生态产业设计链，见图 14-3。

通过工业产业链项目、产业代谢链项目、环境服务链项目及信息产业的引进，南沙国家生态工业示范园区的创建工作有助于推动区域低碳经济的全面发展，增强园区综合竞争力，提高南沙区社会、经济和环境效益。同时，南沙国家生态工业示范园区的创建还需要组织机构和管理体系、经济政策、信息平台建设、环境风险应急管理系统的保障。

可以说，上述生态工业园区建设规划是在按照国家标准和编制指南要求的基础上，紧密结合地区实际状况完成的。规划目标和指标在满足国家要求的前提下，更注重可实施性，提出的生态产业链条紧紧围绕生态工业园区先进性的理念，推动园区在经济发展的同时保护生态环境。生态工业园区建设规划是现代环境规划体系走向实践化、具体化和精细化的重要表现形式。

参 考 文 献

[1] 国家环境保护总局. 生态工业园区建设规划编制指南（HJ/T 409—2007）.

[2] 环境保护部. 综合类生态工业园区标准（HJ 274—2009）.

[3] ［日］末吉兴一. 环境保护与产业振兴——北九州生态工业园零排放的挑战［M］. 卢雪强等译. 北京：中国环境科学出版社，2010.

[4] 段宁，乔琦. 循环经济理论与生态工业技术［M］. 北京：中国环境科学出版社，2009.

[5] 吴季松. 百国考察廿省实践生态修复——兼论生态工业园建设［M］. 北京：北京航空航天大学出版社，2009.

[6] 徐海. 生态工业园规划与模式研究［D］. 上海：上海大学，2007.

[7] 郭素荣. 生态工业园建设的物质和能量集成［D］. 上海：同济大学，2006.

[8] 冯久田. 鲁北生态工业园区案例研究［J］. 中国人口·资源与环境，2003，13（4）：98-102.

[9] 袁增伟，毕军，王习元等. 生态工业园区生态系统理论及调控机制［J］. 生态学报，2004，24（11）：2501-2508.

[10] Ernest A L. Eco-Industrial Park Handbook［EB/OL］. 2001，http：//www.indigodev.com.

第**15**章

环境管理能力建设规划

15.1 环境管理能力建设规划概述

15.1.1 环境管理的内涵

随着我国经济的快速发展，由此产生的环境问题也日益凸显。这些环境问题广泛复杂，其处置也需要大量的人力财力，已经成为制约经济社会可持续发展的瓶颈。而环境管理作为运用计划、组织、协调、控制、监督等手段，为达到预期环境目标而进行的一项综合性活动，可以很好地预防环境问题的发生并对已有环境问题进行处理，在环境保护中起着举足轻重的作用。

狭义的环境管理是指采取各种措施来控制污染行为，例如，通过制定法律、法规和标准，实施各种有利于环境保护的方针、政策等以控制各种污染物的排放。广义的环境管理是指运用各种经济、法律、技术、行政、教育等手段，限制人类破坏、损害环境质量的活动，通过全面规划使经济发展与环境保护相协调，达到既要发展经济满足人类的基本需要，又不超出环境的容许极限。环境管理是现代行政管理的重要内容之一，也是环境保护工作的基础工作之一。环境问题的综合性、广泛性、不确定性及潜在性决定了环境管理必须是系统化、规范化的统一管理。

15.1.1.1 环境管理的对象

环境管理的对象主要应该是人类的社会经济活动。人类社会经济活动的主体大体可以分为三个方面。

① 个人　个人是社会活动的主体，个人为了满足自身生存和发展需要，通过生产劳动或购买去获得用于消费的物品。消费物品在使用或废弃过程中会对环境产生各种不利影响。

② 企业　企业是社会经济活动的主体，其主要目标是追求经济利益的最大化。企业的生产活动对环境系统的结构、功能和状态具有极大的负面影响。

③ 政府　政府是政治、经济活动的主体，其行为方式和内容包容极广。无论是在提供

公共事业和服务,在重要行业实行国家垄断,还是对市场进行宏观调控等方面,政府行为对环境的影响具有极大的特殊性。它涉及面广、影响深远且不宜察觉,可能会对环境产生难以估计的巨大负面影响。要解决政府决策行为对环境的损坏或不利影响,关键在于促进宏观决策与规划的科学化。

15.1.1.2 环境管理的内容

由于环境管理涉及人口、经济、社会、资源和环境等众多方面的问题,并关系到国民经济的各个层面,因而,环境管理的内容是非常广泛、复杂的。其主要内容可分为三方面。

① 环境计划的管理　环境计划包括工业交通污染防治、城市污染控制计划、流域污染控制计划、自然环境保护计划,以及环境科学技术发展计划、宣传教育计划等;还包括在调查、评价特定区域的环境状况的基础区域环境规划。

② 环境质量的管理　主要有组织制订各种质量标准、各类污染物排放标准和监督检查工作,组织调查、监测和评价环境质量状况以及预测环境质量变化趋势。

③ 环境技术的管理　主要包括确定环境污染和破坏的防治技术路线和技术政策;确定环境科学技术发展方向;组织环境保护的技术咨询和情报服务;组织国内和国际的环境科学技术合作交流等。

15.1.1.3 环境管理的手段

环境管理的基本手段包括法律手段、经济手段、技术手段、行政手段、教育手段等,它是政府在实施社会、经济和技术发展战略的一个重要组成部分,是政府的一项基本职能。

(1) 行政手段

行政手段是指国家通过各级行政管理机关,根据国家的有关环境保护方针政策、法律法规和标准而实施的环境管理措施。行政手段是环保部门经常大量采用的手段,主要是研究制定环境政策、组织制定和检查环境规划,运用行政权力,采取行政制约手段及其他方式以达到环境管理的目的。

(2) 法律手段

法律手段是环境管理的一个最基本手段,依法管理环境是"控制并消除污染"、"保障自然资源合理运用"及"维护生态平衡"的重要措施。法律手段是环境管理的强制性措施,依据《中华人民共和国环境保护法》及有关环境保护标准、规定来处理环境污染和破坏问题。

(3) 教育手段

教育手段是指通过基础的、专业的和社会的环境教育,不断提高环保人员的业务水平和社会公民的环境意识,来实现科学管理环境以及提倡社会监督的环境管理措施。教育手段是环境管理不可缺少的手段,是环境管理工作的基础和首要条件,是提高全民族环境保护意识和环境保护知识水平,促进环境科学技术发展的重要工作。

(4) 经济手段

经济手段是指运用经济杠杆、经济规律和市场经济理论以促进和诱导人们的生产活动及生活行为能遵循环境保护和生态建设的基本要求。经济手段是环境管理的一种重要措施,主要可通过以下几个方面来执行:a. 征收排污费;b. 征收水资源费;c. 征收环境补偿费;d. 奖励综合利用;e. 罚款与赔款;f. 企业中有关的环境保护经济责任制;g. 其他经济手段,如低息或无息贷款。

(5) 技术手段

技术手段是指借助那些既能提高生产率又能把环境污染和生态破坏控制到最小限度的技

术以及先进的污染治理技术等来达到保护环境的目的。技术手段是环境管理的一种重要手段，通过技术性手段控制和减少污染物的产生和排放，是限制损害环境质量的重要技术措施。环境管理手段各有其特点和作用，但是它们并不是单独执行就能有效地进行环境管理的，只有正确的、综合的运用，才能发挥环境管理的整体效能。

15.1.1.4　国内外环境管理

(1) 德国环境管理概况

① 环境管理机构介绍　1986 年德国联邦环境、自然保护与核安全部成立，负责国家环境政策制定和实施及相关的环境管理，总部设在波恩，第二办公室设在柏林，下设六个部门：a. Z 综合理事会，负责行政管理，筹集资金，科研与合作协调，气体保护和可更新能源等方面的环境管理；b. G 综合理事会，负责战略性的以及与经济相关的环境政策制定，跨行业的环境立法及国际合作问题；c. WA 综合理事会，负责水环境管理，废弃物管理，土地保护及受污染区域管理；d. IG 综合理事会，负责环境健康，污染输入控制，运输和装置安全及化学物安全管理；e. N 综合理事会，负责自然保护和自然资源的可持续利用管理；f. RS 综合理事会，负责核安全，辐射防护及核燃料循环。

② 德国环境政策简介　德国环境政策的制定与实施以欧盟的指令、法规和标准为指导，其实施的基本手段包括环境法和经济手段，志愿协议，生态审计等及其他的环境政策手段。

a. 环境法和绿色规划。德国的环境法建立在三个基本原则基础上，"预防为主原则"，"污染者付费原则"，"合作原则"。德国绿色规划包括单项规划和总体规划，单项规划主要是针对某种特殊的发展目标，如废弃物处理系统规划；总体规划是某一指定区域的总体管理规划，如土地利用规划等。

b. 环境命令和控制手段。指环境条例、环境标准及环境影响评价制度条例，如德国的废弃物处置标准，是世界上最严厉的废弃物处置标准。

c. 经济手段。环境保护的融资途径主要有三种经费来源，税收、非税收收入及财政补贴。

d. 志愿协议。是一种合同，通过一种市场机制来实现其目标，政府购买了企业达到政府目标的承诺，技术诀窍和保证，企业购买的是未来的可预见性。

(2) 日本的环境管理

① 日本的环境管理体系　1971 年日本设立了由大臣直接领导的专门机构——环境厅，并逐步建立以环境厅为核心的日本环境行政体系。日本环境保护有三大重点：一是大气污染的防治对策；二是水质污染的防治对策；三是产业废弃物的处理对策。

② 日本的环境管理手段　日本环境管理的手段主要有以下一些。

a. 加强立法工作。1993 年，日本制定了《环境基本法》，作为其综合性的环境保护基本法。另外，各地方自治体还制定了多种多样的公害防治协定作为补充。

b. 采用经济手段。日本政府制定了一些用经济手段奖惩的措施及国家补助规定以防止和减轻环境的污染。

c. 日本强调政府在环境问题上的作用，主要包括法律上明确政府的责任、提高政府环境投资、提高环境意识、推动国际合作。

(3) 新加坡的环境管理

① 政府负责环境保护工作的是环境部，设置四个署：环境政策与管理署、环境公共卫生署、环境工程署、合作服务署。

② 强化环境立法和执法　环境部负责执行 49 部法律与条例，法律由国会通过，条例由各部部长批准。主要法律包括：《环境公共卫生法》，《环境污染控制法》，《污水道和排水道法》，《虫害与农药控制法》，《传染病法》，《食品销售法》等。一般会有相应的条例与法律配套实施，如《环境污染控制（建筑工地噪声控制）条例》，如《环境污染控制（有害物质）条例》等。

在法律实施中，规定违法者将受到刑罚、行政处罚和民事处罚三种法律制裁。

(4) 中国环境管理思想的发展

我国的环境工作起步较晚，从 20 世纪 70 年代开始，我国的环境管理思想刚刚萌芽，在这一时期，国务院发布了有关环境保护的规范性文件，确立了中国环境保护的"三十二字方针"，成立了环境保护领导机构，并开展了对"三废"污染的治理。但总体看来，这一阶段的特征是以污染的末端治理为主，虽然建立了较为完整的环境科技体系，在污染控制方面取得了一定的成效，然而在全球一片环境涌潮中人们逐渐认识到，单凭污染治理是治标不治本的。从 20 世纪 80 年代初起到 90 年代初，人们开始通过对自然资源与环境的价值评估，试图将环境污染的外部成本内部化，以期从经济学根源上解决污染问题，具体的环境管理原则就变为"污染者负担、受益者补偿"。然而，对价值评估方法众说纷纭，难以统一，这方面内容更多是停留在理论研究上。到了 20 世纪 90 年代初，随着可持续发展思想的提出，人们对环境问题的认识提高到一个新的境界，我国的环境保护工作也逐步形成了以强化环境管理为中心的转变，主要是从末端治理扩展到源头治理与过程控制，但仍然是环境跟着经济活动转，实质上依旧没有跳出被动治理的局面，而仅仅将"治污"的尺度向源头延伸，仍然难以制止环境污染蔓延、扭转环境恶化的趋势的。近几年，人们逐渐认识到环境问题的本质还是发展问题，要真正做到经济与环境协调发展，必须创新管理思路。

15.1.2　环境管理能力建设规划内容和编制程序

环境管理能力建设规划内容主要包括以下几个方面：环境管理能力建设现状分析、环境监督监测能力建设、环境监察能力建设、环境信息建设及环境宣教能力建设目标和任务、资金和其他保障等。下面以环境管理能力建设规划的编制程序为主线对其所包括的具体内容予以介绍。

无论哪一类环境规划，都是按照一定的规划编制程序进行的。环境管理能力建设规划编制的基本程序如下。

(1) 编制环境管理能力建设规划的工作计划

由环境规划部门的有关人员，在开展规划工作之前，提出规划编写大纲，进行规划大纲论证并对整个规划工作规划组织和安排，编制各项工作计划。

(2) 环境管理能力建设现状调查和存在的问题

这是编制环境管理能力建设规划的基础，通过对环境管理能力、环境监测、环境监察、环境信息建设及环境宣教状况进行相关调研，找出存在的主要问题，以便在规划中采取相应的对策。

① 环境现状调查

a. 环境管理现状调查。主要包括环境管理机构、环境保护工作人员业务素质、环境政策法规和标准的实施情况等。

b. 环境监测。环境监测主要包括对水体、空气、声、辐射、土壤等环境要素的质量监测、污染源监督性监测以及特定目的监测和研究性监测（特定目的监测如事故性应急监测、仲裁性监测、服务性监测等，研究性监测如调查、定标、评价、预防监测等工作）。环境监测是环境保护的重要组成部分，及时、准确、系统地掌握环境质量和污染物排放动态变化状况，不仅是各级环境管理机关依法行政的依据，更是各级政府动员群众参与环保工作和满足公众环境知情权的基础。

c. 环境监察。了解各级环境监理所的监督执法状况，是否依据行政机关的授权委托，依法对企业污染防治设施运转情况、污染物排放情况、生态环境保护情况进行现场监督检查，负责污染纠纷的调解、污染事故的调查并提出处理意见，负责排污费的征收管理等。

d. 环境信息建设。主要考察环境信息机构的建设、办公自动化及环境信息网络的建设。

e. 环境宣教。主要了解环境宣传教育的情况、环境宣传教育队伍及公众对环境和环境问题的认识与参与度。

② 存在的问题　通过对环境管理能力建设现状调查，以便查明环境管理能力建设规划区在环境管理方面的现状，及时发现在环境监测、监察、信息建设、宣教等方面所存在的问题与不足，为规划提供科学依据。

（3）主要目标

确定恰当的环境目标，即明确所要解决的问题及所达到的程度，是制定环境管理能力建设规划的关键。目标太高或太低，都不利于环境保护目标的实现。因此，在制定环境规划时，确定恰当的环境保护目标是十分重要的。确定环境目标应考虑以下几个问题：a. 选择目标要考虑规划区环境特征、性质和功能；b. 选择目标要考虑经济、社会和环境效益的统一；c. 有利于环境质量的政策；d. 考虑人们生存发展的基本要求；e. 环境目标和经济发展目标要同步协调。

（4）环境管理能力建设规划的主要措施

根据实现环境管理能力建设规划的目标和完成规划任务的要求，同时参照国家或地区有关政策和规定、环境问题和环境目标、污染状况和污染物削减量、投资能力和效益等，提出环境管理提出针对性的措施，形成最后的环境规划方案。

（5）规划论证及公众参与

在规划编制过程中应当广泛征求政府有关部门的意见和建议，同时通过多种形式咨询公众意见，并组织专家论证会对规划成果进行论证。

（6）规划方案的申报与审批

规划的申报与审批，是整个环境规划编制过程中的重要环节，是把规划方案变成实施方案的基本途径，也是环境管理中一项重要工作制度。环境规划方案必须按照一定的程序上报各级决策机关，等待审核批准。

（7）规划方案的实施

环境规划的实施要比编制环境规划复杂、重要和困难得多。环境规划按照法定程序审批下达后，在环境保护部门的监督管理下，各级政策和有关部门，应根据规划中对本单位提出的任务要求，组织各方面的力量，促使规划付诸实施。

实施环境规划的具体要求和措施，归纳起来有如下几点：a. 要把环境规划纳入国民经济和社会发展计划中；b. 落实环境保护的资金渠道，提高经济效益；c. 编制环境保护年度计划，以环境规划为依据，把规划中所确定的环境保护任务、目标进行层层分解、落实，使之成为可实施的年度计划；d. 实行环境保护的目标管理，即把环境规划目标与政府和企业领导人的责任制紧密结合起来；e. 环境规划应定期进行检查和总结。

15.2 环境管理能力建设规划体系

15.2.1 环境管理能力建设现状

（1）环境监测能力建设现状

环境监测是环境保护的重要组成部分，在环境保护目标责任制、城市环境综合整治定量考核、环境影响评价等工作中肩负着重要的历史使命。加强环境监测，是加快推进历史性转变的重要保障，是提升环境管理能力的迫切需要，是深化国际环境合作的有效手段。

目前，我国已经初步建立了以常规监测、自动监测为基础的技术装备、技术标准、技术人才的环境监测体系，实施了地表水和污水、空气和废水、生物、噪声和污染源等环境监测技术规范以及污水主要污染物排放总量监测技术规范，建立了 400 多项环境监测方法标准，227 项环境监测标准样品和 20 余项环境监测仪器设备技术条件，出版了《环境水质监测质量保证工作手册》和《环境空气监测质量保证工作手册》。在环境监测网络和对外建设上，形成了国家、省、市、县四级监测站组成的国家级、省级、市级三级环境监测网络，建立了行政上以地方为主分级管理、业务和技术上垂直指导、信息上国家和地方互相补充、站点建设运行上合建共管与委托管理体制和网络运行机制。我国环境监测的作用日益显现，能力建设突飞猛进，技术水平显著提高，在污染减排、污染源普查、土壤调查、宏观战略研究、水专项等重点环保工作中，发挥了重要的技术支撑作用。

同时，当前环境监测工作仍然存在许多困难和问题。

① 组织机构建设不健全、不规范　部分省、市、县三级虽均建有相应的机构，但办公场所、人员严重不足的情况普遍存在。由于一些地方环监察人员编制和实有人数偏少，全国环境监察人员工作常年处于超负荷状态。

② 仪器设备水平低、能力不足　很多监测站仪器装备普遍老化，还存在设备坏了以后找不到配件，没有办法维修的情况。多数设备超期服役，急需更新换代。

③ 人员素质总体偏低，复合型中高级人才匮乏　受事业单位人员编制的限制，环境监测人才的引进、管理、培养等都缺少行之有效的激励和竞争机制。多数监测站在社会上缺乏竞争优势，无法吸引人才，特别是复合型中高级人才。且监测机构举办的业务培训太少，导致监测人员知识结构老化，业务能力参差不齐。

④ 监测技术方法存在缺陷　有些国家的环境质量标准和排放标准长时间没有变动，已不符合环境发展的需要，利用原有陈旧的标准，所监测的项目不能完全反映环境质量状况的特征。有些国家的标准分析方法也存在一定的缺陷，当样品的浓度水平不同、基体不同时会存在很大的差异。加之受仪器装备的开发和研制水平的限制，也导致监测技术方法存在缺陷。

⑤ 环境预警应急监测能力差　目前，较少的监测站配备了应急监测车及其配套设备。一旦出现污染事故时，很多地方将难以做到反应快速，加上缺乏对污染源的自动监控和流动监测能力，不能适应环境管理和决策需要。

（2）环境监察能力建设现状

我国的环境监测能力不断提升，环境执法能力和水平正在不断提高，环境监察执法力度和执法机构的建设取得了重要进展。各级环境监测机构的工作主要是现场监督执法，依据行政机关的授权委托，依法对企业污染防治设施运转情况、污染物排放情况、建设项目"三同时"执行情况、限期治理项目进展情况、生态环境保护情况进行现场监督检查，负责污染纠纷的调解、污染事故的调查并提出处理意见，负责排污费的征收管理。目前，我国已经建立起国家、省、地、县四级环境执法体系，拥有环境监察机构 3000 余个，环境监察人员 4 万余人，我国已颁布环境保护法律 9 部法规 47 部，还有百余项部门规章和规范性文件。

同时，我国的环境监察能力建设也存在如下主要问题。

① 环保执法队伍建设不到位　一方面是环境执法人员配置数量偏低，工作压力比较大。另一方面是环境执法队伍普遍存在业务不精、素质不高的问题。

② 执法设备缺乏保障　大多数环境监测机构存在现有仪器设备数量少、品种少、档次低的问题。而交通工具、通信工具的缺少已经成为规范执法、快速行动的客观障碍。

③ 执法手段软弱　我国现行环保法律、法规把强制执行的权力主要配制给法院，而环保部门在执法中，很少有权力自行实施强制手段，严重制约了环境执法的效率。

（3）环境科研能力现状

我国环境科研水平能力不断提升，目前，一所两院拥有各类仪器设备 1600 余套，形成了污水处理、脱硫除尘、汽车尾气测试、水生生物模拟实验、水槽模拟系统、污水扩散器等模型装置及城市灰霾观测等实验系统。从 1996 年开始，按照国家科技体制改革的总体部署和环境保护科技发展"十五"规划的要求，环境保护部部署开展了的建设工作。截至 2005 年底，环境保护部已授牌命名的国家环境保护重点实验室 6 个，同步在建的国家环境保护重点实验室 5 个（见表 15-1），形成了一定的环境科研和工程化能力。

表 15-1　截至 2005 年底建成和在建的国家环境保护重点实验室

编 号	名 称	备 注
1	农药环境评价与污染控制重点实验室	建成
2	生物安全重点实验室	建成
3	水污染模拟与污染控制重点实验室	建成
4	化学品生态效应与风险评估重点实验室	建成
5	恶臭污染控制重点实验室	建成
6	湿地生态与植被恢复重点实验室	建成
7	环境与健康研究重点实验室	在建
8	生态工业重点实验室	在建
9	湖泊污染控制重点实验室	在建
10	城市空气颗粒物污染防治重点实验室	在建
11	二噁英污染控制重点实验室	在建

我国环境科研能力还存在一些问题。

① 现有实验室整体装备老化、不配套、实验能力普遍下降　很多科研院所的关键性实验仪器和分析设备多是在 20 世纪 80 年代末 90 年代初购置，多数已老化、部分已落伍、多数不配套问题突出，严重制约了环境科研的能力发挥。

② 我国对环境科技和实验室尚未形成长期稳定的建设投入、运行机制和共享合作机制，缺乏稳定的运行经费支持；建设与运行脱节，造成实验室难以正常运转、研究人员无法长期持续地开展研究，导致环境科技资源浪费、环境科研方向的不连续性，从而很难在具有重大

科学意义又需长期探索的重点领域取得突破性的研究成果。

③ 缺乏大型室内或野外模拟研究装置和实验基地站 大型室内或野外模拟实验装置是建立环境模拟仿真的关键装备，是贴近真实系统、解决环境问题的必要研究手段。由于长期缺乏有效的规划和资金投入，目前环境保护部大型装置和模拟设备基本空白。

④ 缺乏应对新兴、潜在、非传统环境问题的实验手段 对这类环境问题的认识和解决需要采用更为先进的实验和分析手段，我国目前对这类环境问题的实验手段仍存在一定程度的不足，如缺乏环境基准、标准和环境健康风险评估方面的实验研究能力，基准和标准制定缺乏科学依据。

（4）环境信息能力现状

我国环境信息能力不断提升，基本建成国家、省、市三级环境信息管理机构，省级环保局和 130 个城市级环保局配备了相应软、硬件设备，基本具备开展环境信息技术支持和服务工作的能力。重点实施了省级环境信息网络系统改造建设项目、城市级环境信息系统建设项目、卫星通信专用网络建设项目、日本政府无偿援助 100 城市环境信息网络系统建设项目、全国环保电子政务外网、环境保护部机关内部办公业务网和连接国务院办公厅的政府专网和视频会议系统建设项目等。

我国环境信息能力还存在以下主要问题。

① 尚未建成一个统一、高速、安全、先进的网络基础环境，信息采集传输方式落后，时效性差，重大防灾应急体系建设落后，对环境监测、环境监察数据传输的支持能力薄弱。没有形成完备的规范化、标准化建设体系。

② 环境信息开发利用和共享水平较低，应用系统建设各自独立，缺乏统一的管理和技术规范，环境信息化手段落后，服务面不宽。比如部分县级单位的环境信息工作手工操作还占相当大的比重，而已经配备的微机也未形成网络，大量的管理工作花在低效率的、重复性的数据收集上，不能做到环境信息的共享和深度加工利用，数据上报、信息传递速度慢，造成有关环境信息不能及时统计、分析。

③ 在环境信息投资方面，部分县市所配备的大部分微机已逐步落伍，不能适应当前庞大的操作系统、应用软件，性能变差，同时普遍存在重硬件轻软件的倾向，很多县市对软件无投资，使计算机的功能难以发挥作用。

（5）环境宣教能力现状

随着环境宣传教育活动的普遍开展，公众对环境和环境问题的认识有了很大程度的提高，开展的环境宣传教育活动效果明显，我国的环境宣教能力稳步推进。

环保部宣教中心初步具备开展全国环境宣传教育活动和干部培训基本能力；全国副省级城市均已设立环境宣传教育机构，均配备摄、录、编、影视等设备；省辖市和地区环保宣教配备计算机、打印机、投影仪等办公、培训设备及摄像机、编辑机、照相机等宣传设备；部分县级宣教机构也配备了与当地电视台相匹配的前期摄录和后期编辑设备，达到了制作环境新闻片和专题片的能力。

我国环境宣教能力存在的主要问题：a. 环保部和各省市县的宣教中心现有宣传手段还很单一，不能适应当前形势的发展，还需进一步提高，包括培训远程教育能力；b. 全国大部分地区所需要的宣传、培训、影视等设备、器材建设滞后，不能满足向社会公众进行环境警示教育的要求；c. 我国宣教队伍能力建设发展水平不平衡、总体力量比较薄弱、功能不足等问题严重，东、中、西部宣教队伍能力建设水平差异明显。

15.2.2 建设总体目标和任务

(1) 总体目标

进一步加快我国的环境管理能力建设的步伐，建立健全环境监测、监察、科研、信息和宣教体系。到 2015 年，争取建成国家环境质量监测网络，形成常规和自动监控相结合的环境执法监督体系，明显加强环境管理支撑能力和核安全监管能力，构建具有公益性、基础性、全局性环境监管系统，及时、全面、准确地掌握全国环境质量与生态状况及其变化趋势，确保核设施与放射源安全处于受控状态。加强人才培养，强化素质教育，保障环境管理能力的提高。逐步完善社会公众的参与和监督机制，积极推进环境宣传教育的社会化进程，不断提高环境监督管理水平。

① 环境监测能力建设目标　完善国家环境监测网络体系、落实环境监测站的标准化建设，掌握环境质量状况、污染源排放情况及变化趋势，基本建成大江大河等重点流域国控和省界水质自动监测网络，建成沙尘暴、酸沉降、近岸海域等国家自动环境监测网络，初步建成生态环境监测网络。

② 环境监察能力建设的目标　环境监察职能全面展开，执法力度、执法能力大幅提高，排污收费制度改革基本完成，排污费基本做到全面、足额征收。主要指标是：污染治理设施正常运转率达 85%～90%，稳定达标率达 80%～85%，重点污染源自动监控率达 80%～90%，环境监察人员持证上岗率达 95% 以上。

③ 环境科研能力建设的目标　建立与环境科技需求相适应的学科覆盖全面、布局合理、规模适度、技术先进、功能完备、运行高效的科技基础条件平台与设施，形成覆盖 34 个科技创新学科体系的国家环境保护实验网络。

④ 环境信息能力建设的目标　明确环境信息能力建设的具体目标，实现整体构建，系统融合，互为依托。站在环境信息化发展全局的高度，以发展的眼光和创新的思维实施项目建设，实现整体构建，为环境信息化工作奠定坚实基础。

⑤ 环境宣教能力建设的目标　要在全社会形成一种节约资源和保护环境的风气，具备广泛深入开展国际、国内环境宣传教育交流合作的能力。

(2) 主要任务

① 推进自动化监测体系，进一步完善各项监测工作　要依法开展环境监测、明确环境监测的法律地位。依法取得的环境监测数据，是环境统计、排污申报核定、排污费征收、环境执法、目标责任考核的依据。要建立一套完整的、符合国情的环境监测法律法规，对环境监测工作进行规范化管理，为先进的环境监测预警体系提供制度框架。

② 加强环境监察工作，提高执法能力和执法水平　以依法行政为前提，加强基层环境监察工作为重点，健全环境监察机构，补充执法设备，提高装备水平，规范现场执法行为，提高快速反应能力，实现机构名称、执法范围、操作程序、执法文书、行为规范的五统一，造就一支精干、高效、廉洁、文明的执法队伍。

③ 加快环境信息网络和办公自动化建设　进一步完善各省市县的环境信息管理网络，初步建成县级环境管理信息局域网，理顺环境信息管理机制，开发、完善主要环境保护业务管理软件，实现环境信息计算机处理、环境信息高速传输和办公自动化。

④ 加强环境宣教，提高民众环境保护意识

进一步完善现有环境宣教中心，特别是提高部分欠发达地区环境宣教中心的装备水平。

搭建与中央电视台、与全国各地方环保局影视信息资料传递交流的平台，建设环境影视制作的基地、中外环境影视资料的库房、环境信息播报的技术支持。提升社会开放能力，动员全社会环境宣传教育的共同参与。

15.2.3 环境管理能力建设的资金需求分析与来源

15.2.3.1 环境管理能力建设的资金需求分析

(1) 环境监测能力建设的资金需求

① 国家环境监测网监测预警能力建设　为建成地级及以上城市空气质量自动监测网络，基本建成大江大河等重点流域国控和省界水质自动监测网络，基本建成沙尘暴、酸沉降、近岸海域等国家自动环境监测网络，初步建成生态环境监测网络，需要投资新建自动监测站、配备车辆和采样设备、检测仪、流量监测设备以及必要的水文数据购买。

② 环境监测站的标准化建设　环境监测作为环境管理的重要手段，必须面对国际通行规则，适应市场经济的运作方式，这就要求环境监测站必须加快标准化建设，要在社会地位、行为效力、运作资质等方面实现规范化、法制化，要在操作程序、监测方法等方面实现标准化。

③ 污染事故应急监测与处理建设　要新增污染事故应急车辆和相应的监测仪器设备，在各个地方开展威胁源调查，建立危险源、危险品、敏感单位和人群等基础信息库。

(2) 环境监察能力建设的资金需求

① 环境监察机构的标准化建设　首先要新增全国环境监察机构环境监察车辆、取证设备、通信工具和公共监察设备；其次要加大对环保举报信息自动管理系统的投资；再次要新建环境监察机构，配备更多的执法人员；最后要加大对环境监察人员技能培训力度，如请专家、学者来站讲课培训，或者组织人员去国内各大专院校和科研部门进修学习。

② 重点污染源在线监测设备的安装　为推进排污口、重点大气和水污染源自动在线监控，需要在全国主要污染负荷65％的6700家国控重点污染源（含城市污水处理厂）安装自动监控设备，以便建设监控系统，实现实时监控、数据采集、计量分析、异常报警和信息传输。建立国家、省、市三级中心监控中心（系统），对本行政区域内重点污染源自动监控系统实施联网监控管理。

(3) 环境科研能力建设的资金需求

① 加大对科研队伍的培训和引进积极复合型高级人才　请专家、学者来科研院所进行讲课培训，或者组织科研人员去国内外各大专院校和国外科研部门进修学习。要不惜重金引进专业对口的高素质专业技术人员，特别是学术带头人，要采取筑巢引风的方式，采用一些特殊的优惠政策大胆引进。

② 加大投资对科研院所的关键性实验仪器设备进行更新换代　现有实验室整体装备老化、不配套、实验能力普遍下降，亟须进行更新换代。

③ 完善已建重点实验室，新建部分重点实验室，扶持建设一批工程中心和大型室内或野外模拟装置和实验基地。

(4) 环境信息能力建设的资金需求

① 加大投资以实现各地监察监测系统的办公自动化，完善各地的环境管理数据库，建立数据备份系统，实现国家、省、地市、县四级连联网。扩展和完善在线数据检测系统和环境监控平台体系。

②　监测信息传输网络建设　为完善监测信息传输网络建设，需加大对国家站、省站、市站、县站的监测信息传输网络的投资建设。

③　环境信息资源服务平台建设　为完善宽带环境信息资源服务平台的建设，需加大对因特网、新购多媒体微机、大屏幕投影设备、彩色绘图机、彩色扫描仪摄像机、录像机的设备投资建设。

（5）环境宣教能力建设的资金需求

为进一步加强环境宣教能力，对省一级的环保宣教中心应至少配备与省电视台播放标准相匹配的数字化摄像和编辑设备，至少配备新闻采访专用车辆一台，图书室一个，图书资料达到 10000 册以上，还有配备达到标准化要求的照相等其他设备。市级环保宣教中心应至少按照标准化要求，配备摄像、编辑和照相等设备，并配备宣教专用车。县级环保宣教应达到的最基本的能力装备，一部汽车，一台电脑，一部照相机，一台传真机。

15.2.3.2　环境管理能力建设的资金来源

①　重点污染源在线监测投资由排污单位自筹。

②　环境监测、监察达标建设和环境信息能力建设的投资主体是政府。

15.2.4　重点行业环境管理规划

以日化行业环境管理规划为例，在日化行业中，肥皂和合成洗涤剂的产量和企业规模占主导，因此此类产品的生产，以及使用后对环境的影响相对较大。对日化行业环境管理规划如下。

①　向企业推行 ISO 14000 环境管理系列标准　ISO 14000 环境管理系列标准是环境保护发展至今的政府环境要求与市场环境需求相结合的必然结果，体现了最新的管理思想和环境保护发展的动态，能够使企业由被动接受环境管理到自觉参与环境保护工作。国际经验证明，长期使用 ISO14000 环境管理系列标准的企业可进一步挖掘设计储备，使污染物排放指标优于设计指标。

②　加强针对日化行业环境管理法规的制定　当前涉及日化行业的国家层面环境管理法规主要有 4 个，分别是 GB 8978—1996《污水综合排放标准》、GB 16297—1996《大气污染物综合排放标准》、GB 18599—2001《一般工业固体废物储存、处置场污染控制标准》和 GB 14554—1993《恶臭污染物排放标准》，这些标准均是综合性标准，尚未对日化行业制定专门的日化行业环境保护标准，应针对日化行业对环境影响的具体情况制定专门的法规。比如可以对有关香料香精化妆品行业污染物排放标准、清洁生产标准、清洁生产审核指南等制定技术法规。

③　加强对日化行业污水排放的监控　总的来说，日化行业在生产环节上总体污染相对较轻，向环境排放的污染物中以废水为主，主要污染指标为 SS、COD、动植物油脂和表面活性剂，所以对日化行业污染物排放的监控主要是对污水排放的监控。具体措施包括：按照水体功能对污染物排入不同功能水域的污水制定不同排放标准、按污染物的毒性和危害程度将污染物分为两类监测、根据日化行业不同产品生产和排放特点，对某些重点产品的生产设定排放限值、规定了排入城市污水厂的废水指标限值等。

④　政府要严格监管，督促日化企业建立污水处理的相关设施　目前，很多地方的中小型日化企业仍然没有配备废水处理设备，产生的工业废水与生活污水混合后直接排入城市污水厂，有的甚至直接排入自然水环境中。所以，政府相关部门一定要积极敦促日化企业建立污水处理的相关设施，并建议企业采用接触氧化法、活性污泥法、厌氧/好氧生物法等的处

理方式。

15.3 环境管理能力建设规划实例

15.3.1 汕尾市环境管理能力建设现状分析

15.3.1.1 组织机构建设

汕尾市环境保护局是直属于汕尾市人民政府的环境保护行政主管部门，内设三科一室，分别为环境监察科（加挂环境监察分局牌子）、核与放射源管理科、生态保护与污染控制科、办公室。直属事业单位四个，分别为市环境保护宣传教育中心、市环境监察支队、市环境保护监测站、市环境保护科学研究所。现有人员 58 人，其中机关 23 人，事业 35 人。

环境保护局主要职责包括：贯彻执行国家和省有关环境保护法规、政策，拟制订并监管实施市环境保护法规、规章和标准；制定环境保护规划和计划；组织编制环境功能区划；监督管理大气、水体、土壤、噪声、固体废物、有毒化学物品以及机动车等污染防治工作，调查处理重大污染事故和生态破坏事件；协调解决环境污染纠纷；负责环境监理和环境保护行政稽查；指导、协调和监督海洋环境保护工作；组织编制环境保护任期目标，指导协调各县（市、区）和有关行业环境保护责任目标，负责检查、指导城市环境综合整治及其定量考核工作；受市政府委托对重大经济和技术政策、发展规划以及重大经济开发计划组织环境影响评价；监督建设项目环境影响评价和"三同时"执行情况；审批环境影响报告书（表）；组织、检查、指导排污费的征收、管理和使用；会同有关部门管理市级环境污染治理资金；监督对生态环境有影响的自然资源开发利用活动、重要生态环境建设和生态破坏恢复工作；监督检查各种类型自然保护区以及风景名胜区、森林公园环境保护工作；监督检查生物多样化保护、野生动植物保护、湿地环境保护；指导、协调和监督全市农村生态环境保护、生态示范区建设；组织环境保护科研工作和技术示范工程；组织实施环境保护资质认可工作；管理全市环境管理体系和环境标志认证；指导和推动环境保护产业；负责环境监测、统计、信息管理工作；组织和管理环境监测网和信息网；组织编报环境质量报告书；发布环境状况公报；组织、指导环境保护的宣传教育工作，组织环境保护的对外交流与合作；归口管理环境保护项目利用外资工作；负责辐射环境、放射性废物管理工作；对电磁辐射、伴有放射性矿产资源开发利用中的污染防治工作实行统一监督管理；负责管理直属单位，指导各县（市、区）环境保护行政主管部门的业务和各行业环境保护工作；协助各县（市、区）管理环境保护行政主管部门领导干部；承办市人民政府和省环境保护局交办的其他事项。市环境保护局自成立以来，认真履行环境管理职能，环保工作稳步推进，辖区内大气、水环境质量总体保持良好，声环境质量逐年改善，城市环境综合整治定量考核、环保目标任期责任制等考核工作全面开展，环境宣传教育逐步深入，环保执法力度不断加大，环境监测、基础设施建设、生态保护与污染控制等方面得到加强，切实维护了汕尾市社会、经济与环境的可持续发展。

各直属单位主要职责见下。

（1）环境监察支队主要职责

包括：a. 贯彻国家和地方环境保护的有关法律、法规、政策和规章；b. 依据市环保局的委托，依法对辖区内单位或个人执行环保法规的情况进行现场监督、检查，并按规定进行处理；c. 负责污水、废气、固体废弃物、噪声、放射性物质等超标排污费和排污水费的征收工作；d. 负责排污费统计报表的编报会审工作；e. 负责对海洋和生态破坏事件调查，并参与处理；f. 参与环境保护污染事故、纠纷的调查处理；g. 参与污染治理项目年度计划的编制，负责该计划执行情况的监督检查；h. 负责环境监理人员的业务培训，总结交流环境监理工作经验。

（2）环境保护监测站主要职责

包括：a. 对本市大气、水体、土壤、生物、噪声、放射性等各种环境要素的质量状况，按国家统一规定的要求，进行经常性的监测、分析、收集、储存和整理环境监测数据资料，定期向同级环境保护主管部门和上级监测站呈报本市环境质量状况和污染动态的技术报告；b. 对本市排放污染物的状况进行定期或不定期的监督性测定，建立和健全污染源档案；c. 参加制订本市环境监测规划和计划，完成主管部门为进行环境管理所需要的各项监测任务；d. 负责本市环境质量评价，参加编写本市环境质量报告书，编制本市环境监测年鉴；e. 负责本市环境监测网的业务组织和协调，组织技术交流和监测人员培训；f. 研究野外作业、布点、采样、样品运输、储存、分析测定等各重要技术环节中存在的问题，促进监测技术的不断发展；g. 承担国家和地方性环境标准，技术规范，环境测试新技术、新方法的验证任务，参加地方环境标准的制订、修订；h. 参加本市污染事故调查，负责环境污染纠纷的技术仲裁。

（3）环境保护宣传教育中心主要职责

包括：a. 承担环境保护宣传教育的具体工作；b. 指导县、乡镇的环保宣传教育工作。

15.3.1.2　环境监测能力

汕尾市环境监测中心站为二级站，目前设有 5 个室，专业技术人员 14 人，占 100%，其中高级工程师 1 名，工程师 6 名，其中大学及大专以上学历的有 12 人，占 86%。全市布设了环境空气自动监测点位 3 个，分别为：a. 市环保局；b. 科技中心；c. 汕尾市城区新城中学。市环保局又作为降水监测点位。1 个市酸沉降监测点。

地表水监测断面 9 个，饮用水源地水质监测点位 2 个，城市区域环境噪声监测点 105 个，城市主要交通干线噪声监测点 26 个，功能区定期监测点 5 个。监测项目有 117 项（类），涵括了环境质量例行监测和污染源监测中规定的基本监测项目。每年获得各类监测数据约 5610 个，为环境管理及时准确地提供了科学依据。

15.3.1.3　环境监察能力

汕尾市环境监察支队（前身为环境排污监理所、环境监理所）是汕尾市环保局直属的依照国家公务员制度管理的事业单位，现有人员 20 人，实际定编 13 名。监察支队内设 3 个室，即征收室、执法室、信访室，在原核定事业编制基础上增加由市财政核拨的事业编制 6 名，其中支队长 1 名，副队长 1 名。

装备仪器基本能够满足环境污染现场监察的需要，已建有较为完善的工作制度、工作程序、报告制度、政务公开制度和监察档案，设立了环保投诉电话。近几年来，为贯彻落实《国务院关于落实科学发展观加强环境保护的决定》提出的关于"完善环境监察制度，强化现场执法检查"的要求，适应新时期环境监察执法能力建设的需要，加强环境监察标准化建设，提高环境执法能力和水平，该队千方百计筹措资金，添置了 COD 快速测定仪、电脑等 17 件设备，价值 11.7 万元。但对照《全国环境监察标准化建设标准》（东部地区二级）的要求，差距相当大，仍差执法车辆等 70 部（套）设备。

15.3.1.4　环境信息能力

汕尾市环保局还未成立相应的信息机构，在信息能力建设方面，主要表现为办公的自动化，但硬件、软件仍较缺乏，尚未建立环境信息网路系统，因此也不能实现环境信息的共享和交流。

15.3.1.5 环境宣教能力

环保宣教能力建设方面，除市设立了宣教中心（事业编制2人）外，并明确规定了宣教中心的职责，各县（市、区）均未设立专门的宣教机构（中心或股）。

15.3.1.6 存在的问题与不足

总体来看，汕尾市、县两级环保部门能力建设薄弱。其管理能力一直滞后于经济建设，各级环境监测、监察等机构的技术能力与国家及广东省标准化建设的要求有很大的差距，缺乏必需的应急监测监控设备，环境应急监测监控能力差，难以有效监测环境污染事故和加强环境执法等。具体表现以下几个方面。

（1）机构设置不完善、环保部门地位和人员不足

目前，汕尾市机关仅设4个科室，而要对应省局10个处（室），不少工作无所适从；除市设立了宣教中心（事业编制2人）外，各县（市、区）均未设立专门的宣教机构（中心或股）。环境信息中心和固体废物管理中心建设方面现在仍是空白。

小城镇的经济实力逐步增强，但城镇的环境管理机构设置仍然按照镇级机构设置，相当部分镇的环保机构是与建设部门合署办公或附属于建设部门，人员配置远远不能满足对边区内乡镇企业环境管理的需求，经费根本得不到保证，造成乡镇环境污染状况失控。

（2）人员总体匮乏、工作经费匮乏

全局（包括直属部门）仅41个财政拨款编制，相对于云浮、揭阳同等市环保部门总体编制数均在70人以上，有不小差距；尤其是环境监察、信息和宣教人员严重不足，各县基本没有专职的信息和宣教人员，监测和信息部门所需要的高素质专业技术人员少。每年市财政下拨的业务经费不足50万元，而实际工作需要约150万元，缺口约100万元；至今无任何应急监测仪器设备，一旦突发环境事件，将难以应对。

（3）监测设备装备不全，监测能力较薄弱

① 监测站的标准化建设差距很大，各监测站缺编，人员配备不齐，主要仪器设备不全，监测人员中高层次人员比例偏低，阻碍了监测工作的正常开展。

② 应急监测能力十分薄弱，反应滞后。汕尾市各县监测站基本上没有配置相应的应急监测装备，缺乏快速、连续的现场监测仪器，发生环境污染事故时只能采用常规方法加急处理，难以为事故处理提供科学依据，影响了环保部门对污染事故应急处理效能的整体发挥，应急监测的安全防护设施也基本没有，这会对监测人员的人身安全带来巨大威胁。

③ 空气自动监测系统已全部建成，但空气自动监测子站配备的备用仪器仍不够齐全，一旦仪器出现故障可能无法保证空气自动监测站的正常运转。

④ 各级监测站的技术管理和技术水平有待进一步提高。近年来，各级站长岗位变化较大，常规监测工作、竣工验收监测、污染事故监测等工作任务急剧增加，亟须提高监测站站长的技术管理和领导水平，亟须提高监测人员的技术水平。

15.3.2 环境监测能力建设目标和任务

（1）建设目标

通过不断完善技术装备，引进专业人才，到2010年，达到标准化建设要求；到2015年，在达到标准化建设的基础上不断建立、完善重要水质监测断面自动监测系统；建立城市空气自动监测，实现全市空气质量日报及预报，建立完善酸雨监测系统和重点污染源监测系统；到 2020 年，建立较完善的现代化的核电站环境辐射监测和数据管理系统，具备开展生态监测的基本能力。

（2）重点任务

① 加强环境监测机构和队伍建设　根据汕尾市社会经济发展情况及国家和广东省的相关要求，汕尾市级所辖的 1 市 2 县的监测站人员配置应达到表 15-2 中的要求。且需保证所有环境监测分析技术人员都必须通过省级技术考核，实行持证上岗，各级环境监测站专业技术人员应每两年就专业技术轮训一次。

表 15-2　环境监测站人员编制与人员结构

机构	汕尾市监测站	陆丰市	海丰县	陆丰县
级别	二级	三级	三级	三级
人员配置标准	50～70	14	10	10
环境监测技术人员比例	不低于 85%	不低于 75%		
高、中级专业技术人员比例	高级技术人员占技术人员总数比例不低于 20%，中级不低于 50%	中级技术人员占技术人员总数比例不低于 50%		

② 保障经费与业务用房　按照《国务院关于落实科学发展观加强环境保护的决定》要求，应不断完善环境保护投入机制，确保环境监测机构经费支出。环境监测运行费是维持各项环境监测业务正常、稳定运行的基本保障，应予重点保证，仪器设备购置费及系统运行维护费是开展环境监测业务的基础条件，应予以支持。见表 15-3。

表 15-3　监测业务经费与用房标准

监测站级别	业务经费（不含人员经费）/[万元/（人·年）]	仪器设备购置费/（万元/年）	仪器设备维护费/（万元/年）	业务用房面积/m²
汕尾市监测站	不低于 7.0	不低于 200.0	按上一年仪器设备总值的 10% 计。	≥3500
陆丰市监测站	不低于 3.0	不低于 10.0		≥1000
海丰县监测站				
陆河县监测站				

注：1. 业务费包括常规监测、质量保证、报告编写、信息统计等费用。
　　2. 监测业务用房要严格按照国家有关实验室建设要求，做好水、电、风、防腐蚀、紧急救援、恒温等设施。

③ 完善各级监测站的设备仪器配备　包括基本仪器和应急环境监测仪器，具体要求分别见表 15-4 和表 15-5。

表 15-4　基本监测仪器配置要求

仪器设备 ＼ 数量/台套 ＼ 监测站级别	汕尾市监测站	陆丰市、海丰县、陆河县检测站
原子荧光分光光度计	1	1
气相色谱仪	2	1
离子色谱仪	1	1
原子吸收分光光度计	2	1

仪器设备 \ 监测站级别 数量/台套	汕尾市监测站	陆丰市、海丰县、陆河县检测站
1/10000 分析天平	3	2
可见分光光度计	5	3
非分散红外油分析仪	1	1
红外分光光度计	1	1
溶解氧测定仪	3	2
COD 快速消解仪	3	2
电导仪	4	2
pH 电位仪(实验室用)	4	1
pH 电位仪(现场用)	4	2
浊度仪	2	1
生物显微镜	2	1
恒温室	1	1
BOD_5 培养箱	2	1
TOC 测定仪	1	—
水质采样器	3	2
流速仪	2	1
降水采样器	3	1
大气采样器	10	5
PM_{10} 采样器	10	1
烟尘采样仪	3	2
烟气测试仪	1	1
林格曼黑度计	2	1
积分式声级计	4	2
振动测定仪	1	—
频谱分析仪	1	—
电场场强监测仪	1	1
微波漏能监测仪	1	—
工频场强监测仪	1	1
煤含硫量分析仪	1	—
底泥采样器	1	—

续表

仪器设备 \ 数量/台套 \ 监测站级别	汕尾市监测站	陆丰市、海丰县、陆河县检测站
纯水机（器）	1	1
电冰箱或冷柜	5	3
复印机	1	—
微型计算机	5	2
环境监测车	3	1

表 15-5 汕尾市市应急监测能力建设现状及需求

序号	设备名称	设备型号	现有套数	设备现状	需增加套数
1	应急监测车	—	0	—	1
2	便携式气相色谱	—	0	—	1
3	便携式多功能水质检测仪	DR2400 型	1 台	全部完好	
		NOVA60A 型	1 台	全部完好	
4	水质快速检测箱	—	0	—	1
5	便携流速流量测定仪	LS10 型	3 台	全部完好	
6	发光细菌毒性检测仪		0		1
7	油分测定仪		0		1
8	气体快速检测仪		0		1
9	气体应急检测箱	Hazmat	1 台	全部完好	
10	PID 检测仪	—	0		1
11	车载气象参数系统	—	0		1
12	防护装备	1710643＋1784000	10 个	全部完好	
		Tychem F	10 套	全部完好	
		6993218	10 双	全部完好	
		2095035	10 双	全部完好	
		C900	10 套	全部完好	
		TYCHEM TK	10 套	全部完好	
13	GPS 定位系统	GPS MAP76 型	1 台	全部完好	
		领跑者 201	1 台	全部完好	
14	激光测距望远镜	—	0	—	1

④ 建立并不断完善核安全与辐射监测体系 在规划期限内，汕尾市监测站暂不设立单独的辐射环境监测站，建议在现有环境监测站内设立辐射监测科（室），配备专职监测人员3～5 名，并配置基本的辐射监测仪器设备，使其形成相应的监测（检测）能力，如开展当地电磁辐射源和环境电磁辐射水平的检测、环境 γ 辐射水平的监测、放射源丢失的巡查、环境样品中的天然放射性核素的检测、γ 辐射放射源的甄别、放射源污染事故的应急监测和环

境氡浓度的监测。

15.3.3 环境监察能力建设目标和任务

(1) 建设目标

逐步达到广东省环境监察机构标准化建设要求，环境监察职能全面展开，执法力度、执法能力大幅提高，排污收费制度改革基本完成，排污费基本做到全面、足额征收。主要指标是：污染治理设施正常运转率达85%~90%，稳定达标率达80%~85%，重点污染源自动监控率达80%~90%，环境监察人员持证上岗率达95%以上。

(2) 主要任务

以加强基层环境监察工作为重点，推动环境监察队伍标准化建设，保证执法经费，充实完善执法装备（具体要求分别见表15-6和表15-7），逐步建立全市联网的环境监察信息网络。

在环境监察能力建设中，应着重加强基层包括汕尾市和县（市、区）的环境监察能力。对经济欠发达地区在资金和政策上应予以适当倾斜支持。每个乡镇应根据本地工商企业规模数量设专职环境监察人员2~5人。这些人员应主要由上一级监察部门派驻乡镇进行直管，不受乡镇政府的行政管辖。

市环境保护部门会同市编制、人事和财政等部门，力争到2010年所有环境监察人员纳入公务员管理，强化环境监察执法的权威性、严肃性和力度。在职的环境监察人员每2年应接受一次业务培训。

表 15-6　汕尾市环境监察机构建设要求（人员部分）

	环境监察机构　　项　目	汕尾市监察支队	所辖市、县监察支队
二级	执法人员编制/人	25~60	(1~2)/150污染源
	大专以上学历比例/%	80	70
	持证上岗率/%	90	85
三级	执法人员编制/人	20~30	(1~2)/200污染源
	大专以上学历比例/%	70	60
	持证上岗率/%	85	80

表 15-7　汕尾市环境监察机构建设要求（执法装备、经费部分）

项目标准级别	汕尾市监察支队	所辖市、县监察支队
执法车辆	1辆/6人	1辆/8人
移动通信工具	1台/6人	1台/8人
摄像机	2部	1部
影像编辑系统	1套	1套
照相机	1部/6人	1部/9人
林格曼仪	1台/6人	1台/9人
便携式水质快速测定仪	1台	1台
声级计	1台/6人	1台/9人

项目标准级别	汕尾市监察支队	所辖市、县监察支队
酸度计	1台/6人	1台/9人
计算机	1台/3人	1台/9人
便携式计算机	1台/6人	1台/8人
扫描仪	1台	1台
打印机	2台	1台
彩色激光打印机	0台	0台
数码录音机	2台	1台
文印一体机	1台	1台
复印机	1台	1台
传真机	1台	1台
人均办公面积	10m²	5m²
人均执法经费	3万	2万

注：人均执法经费以 2003 年不变价格计，不包括人员工资、福利。

15.3.4　环境信息建设目标和任务

(1) 建设目标

到 2010 年，基本建成全汕尾市的环境信息资源网络平台、环境管理业务应用平台、环境信息资源共享平台和资源服务平台，提高环境信息为环境管理和决策提供服务和支持的能力，以及为社会公众服务的能力。

到 2020 年，汕尾市建成与广东省信息化建设进程同步的、完善的环境管理信息系统，实现环境政务/业务信息化、环境管理信息资源化、环境管理决策科学化和环境信息服务规范化，实现"数字环保"的战略目标。

(2) 重点任务

① 机构队伍建设　按照《广东省环境信息中心规范化建设指南》，汕尾市及所辖的 1 市 2 县信息机构建设应达到表 15-8 所列标准。

表 15-8　汕尾市环境信息机构建设要求

项　　目	汕尾市	所辖的 1 市 2 县
人员配置(其中专业技术人员)/人	4～8	3～5
机房及办公场地/m²	80～120	30～80

② 信息网络基本配置　各级环境信息网络系统由系统硬件、系统软件和应用软件三部分组成。见表 15-9。

系统硬件主要包括：服务器（数据库服务器、Web 服务器、安全服务器以及各类应用服务器等）、图形工作站、客户机（一般指 PC 机）、计算机外部设备（打印机、扫描仪等）、计算机网络与通信设备（交换机、路由器、Modem、网线和通信线路等）。

系统软件主要包括：操作系统软件、数据库系统软件、地理信息系统软件、数据分析系统软件、Web 系统软件（Web Server，浏览器）、系统开发工具软件（数据库开发工具、主页制作软件、VB、VC 等）。

应用软件主要包括：环境管理办公自动化应用系统、环境监测数据管理系统及其他环境管理基础数据库应用系统、城市环境管理地理信息系统、城市环境管理综合信息发布系统、城市环境管理业务应用系统（环境监测、环境统计、环境监理、排污申报、建设项目管理、排污许可证管理、排污收费管理、"城考"管理等）。

表 15-9　环境信息中心网络系统基本配置要求

序号	设备名称	市　级	县　级
1	数据库服务器	1	1
2	地理信息服务器		
3	文件服务器	1	1
4	邮件服务器	1	1
5	WEB 服务器	1	1
6	备份服务器	1	1
7	图形工作站	1	
8	PC 机	5	3
9	路由器	1	1
10	交换机	按需配置	按需配置
11	扫描仪	2(A4,A2)	1(A4)
12	绘图仪	1	
13	激光打印机	1	
14	喷墨打印机	1	
15	投影机	1	
16	存储设备	1	
17	操作系统	1	
18	数据库系统	1	
19	地理信息系统	3	
20	网络管理软件	1	1
21	网络安全系统	1	1

③ 环境信息系统的基本功能要求　环境信息系统应具有以下各层次的功能。

a. 数据存储、管理、交换平台。采用先进的网络级关系型数据库（如 SQL SERVER）产品、数据仓库工具或方法，实现对各类环境信息安全存储与管理，并通过统一的信息交换网关，与各类基础数据库进行数据交换，从而构建环境信息系统的基础数据平台。

b. 事件处理平台。提供各类应用系统中的事件处理，根据应用系统平台的各种请求，执行与信息交换网关的数据处理。事件处理平台主要包括对关系型数据的 OLTP 应用，对统计分析数据的 OLAP 应用，对文档型数据的工作流控制、通信控制、全文检索、多媒体信息的编播管理等。事件处理平台实现对环境信息的综合处理与管理。

c. 应用系统平台。根据现阶段广东省各级环保局的实际情况，应用系统平台应设置环境业务管理系统、统计分析决策系统、环境监测信息系统、环境地理信息系统和办公自动化系统等子系统，以满足环保局业务处理、业务管理、办公管理、行政管理、地理信息查询分析、环境信息统计分析、信息发布等需求。

d. 安全访问平台。采用信息访问网关技术和平台，建立环境信息系统应用及数据的安全保护策略，并依据安全策略实行对信息的过滤、访问权限的控制以及操作的审计等措施，防止非法入侵、越权使用、破坏信息、抵赖等事件发生，并可对系统中的关键、敏感数据进行加密处理，使环境信息系统建立在一个多层防御的安全体系之中。

e. 信息操作平台。采用统一的信息导航机制和平台，利用先进、流行的 Internet/Intranet 技术使环境信息系统中各类应用可以在统一、标准的 Web/Browser 环境中进行操作，真正实现跨平台、分布式计算、标准客户端、广域的多层 C/S 结构应用，并要具备良好的扩展性和易维护性，随技术的发展、环境管理业务的完善，不断完善环境信息系统，始终保持信息利用与业务、管理的紧密结合。

f. 用户桌面平台。采用标准的 Internet/Browser，使操作更为简单，数据的采集、递交、信息、查询、信息利用等工作在统一、标准、便捷的界面上进行，降低对用户的培训和维护工作，避免了因应用调整而对客户端软件重新定制的资源消耗。

g. 系统管理平台。贯穿环境信息系统的各个层面，进行系统管理，包括网络管理、设备管理、数据管理、安全管理、操作系统管理、应用系统管理、桌面管理与工具分发等等。

15.3.5 环境宣教能力建设目标和任务

(1) 建设目标

2010 年，建立独立的环境宣教机构；到 2015 年，全市建成比较完善的环境宣传教育网络，宣教队伍的知识结构和学历水平有较大改善，宣教设备和手段基本实现现代化。2020 年，全市建立完善的环境宣传教育网络，培养一支高水平的专业化环境宣教队伍，宣教装备水平实现现代化。

市宣教机构人员编制不少于 3～5 人。县（市、区）专职宣教人员不少于 2 人。提高人员素质，各县（市）宣教人员都必须有专科以上文凭。

(2) 主要措施

① 机构能力建设

a. 机构设置。地以上市要设置具有政府职能的宣传教育处（科），并建立事业性质的环保宣传教育中心；县一级要有专门的机构从事环保宣教工作，可设置宣教科（股）或宣教中心。

b. 人员配备。要保证有专职人员从事环境保护宣传教育工作，汕尾市宣教中心市不少于 5 人，所辖的 1 市和 2 县各宣教机构不少于 2 人。

c. 设备配置。汕尾市宣教中心配置与当地同级或上一级电视台相匹配的摄像机和后期编辑机各 1 台，达到制作环境新闻片和专题片的能力，配备交通工具（汽车）1 台，配备计算机 2 台以上，各县级宣教机构 1 台以上；市宣教中心配备照相机 1 台以上（有变焦镜头）。

d. 办公用房。环保宣教机构办公用房市一级要达到 50m² 以上，县级市要达到 40m² 以上，县一级要达到 20m² 以上。

e. 经费投入。各级环保宣教机构人员经费由当地财政安排；确保环保宣教工作正常运行和活动的经费投入占地区年排污收费 0.7% 以上。

具体参见表 15-10。

表 15-10　宣教中心机构能力建设要求

项目	汕尾市	陆丰市	海丰县	陆河县
机构设置	在市环保局设置具有政府职能的宣传教育处(科),并建立事业性质的环保宣传教育中心	设置宣教科(股)或宣教中心,专门从事环保宣教工作		
人员配备	≥5人	≥2人		
设备配置	摄像机1台、编辑机1台、交通工具(汽车)1辆、计算机2台、变焦相机1台	计算机1台,变焦相机1台		
办公用房	≥50m²	≥20m²		
经费投入	占当地年排污收费0.7%以上			

② 队伍建设

a. 领导重视程度。环保宣教工作在环保局形成"一把手亲自抓,分管局长具体抓"的机制;环保局主要领导能每半年1次、分管领导能每月1次听取环保宣教工作汇报,并提出具体意见;环保局领导能参加环保宣教的重要会议和重要活动。

b. 内部管理制度。根据环保宣教的工作职责,形成较为完善的规章制度,任务落实到人,内部管理有条不紊;能长期坚持政治学习和业务学习制度。

c. 人员素质。掌握环境保护基本知识,了解环保中心工作和本地区环境状况;具备一定的自然科学知识和社会科学知识;具有大专或大专以上学历的人员应占从事环保宣教总人数的90%以上。

d. 档案管理。根据环保宣教档案的特点,做好文件、报纸环保资料、图片、声像制品等各类档案的管理工作,加以规范,发挥档案的实际运用功能。

③ 业务工作能力建设

a. 计划制定。制定环保宣教计划、分步实施。

b. 向领导宣传。邀请本地领导参加环保检查或宣教活动,汕尾市宣教中心每年3次以上,所辖的1市和2县各宣教机构每年1次以上。定期向本地领导提供环境内参、报刊和有关资料。

c. 环保宣教活动。围绕环保中心工作,组织开展有较大声势、较大规模的环境保护宣传教育活动,汕尾市宣教中心每年不少于2次,所辖的1市和2县各宣教机构每年不少于1次。

d. 环保新闻宣传。召开新闻通报会、发布会,汕尾市宣教中心不少于4次,所辖的1市和2县各宣教机构不少于1次。组织环保新闻报道大型采访活动,汕尾市宣教中心每年不少于2次,所辖的1市和2县各宣教机构不少于1次。在省及省以上新闻媒体上的环保稿件,汕尾市宣教中心每年要求100篇以上,所辖的1市和2县各宣教机构每年要求40篇以上。制定并实施环保新闻的奖励办法。

e. 环境报刊和资料。定期编印内部环保报刊或资料,及时提供给上级环保部门和新闻单位参考;在《中国环境报》、《环境》等环境报刊上及时反映环保情况。汕尾市宣教中心每年3次以上和所辖的1市和2县各宣教机构每年在《中国环境报》、《环境》的发稿分别要求2篇、5篇;完成《中国环境报》、《环境》下达的年度征订任务。

f. 环保公益广告宣传。在繁华路段、交通要道、窗口地区、重点企业竖立环保公益广告牌，在电视上播放环保公益广告，汕尾市宣教中心和所辖的 1 市和 2 县各宣教机构每年6 条。

g. 环境保护培训。在各级党校（干校）开设环保课堂或讲座，汕尾市宣教中心每年不少于 2 期，所辖的 1 市和 2 县各宣教机构每年不少于 1 期。组织企业法人代表环保培训班，汕尾市宣教中心每年不少于 2 期，所辖的 1 市和 2 县各宣教机构每年不少于 1 期。举办中小学校长、教导主任和骨干教师环保培训班，汕尾市宣教中心每年不少于 1 次。

h. 学校环境教育。创建"绿色学校"活动，开展环境保护渗透教育的学校数量，汕尾市要达到 70％以上，所辖的 1 市和 2 县要达到 50％以上。

15.3.6 资金和其他保障

15.3.6.1 组织保障

(1) 成立规划实施指导小组，保证规划的有序实施

环境保护规划是一项综合规划，其规划的实施必将涉及多个部门，为此，需要建立起统一、高效、科学、务实的管理机构和运行机制，为规划实施提供组织和机制保障。

建议成立由汕尾市人民政府直接领导的规划实施领导小组，市长任组长，分管副市长任常务副组长，市环保局、财政局、发改委、规划局、编制办、经贸委、人事局、国土资源局、水利局、建设局、林业局、农业局等相关政府部门负责人和陆丰市市长及陆河县、海丰县县长任小组成员。领导小组办公室设在市环保局，负责统筹，做好日常组织、协调工作。

建立领导小组成员联席会议制度、联络员信息通报制度和专家咨询制度等，由领导小组办公室负责协调，形成一个有效解决规划实施中产生的实际问题，多部门分工协作、统一协调、高效运作的工作机制。

汕尾市环保局在市政府的直接领导下，负责指导规划的具体实施。各地方环保局在地方政府的直接领导下，负责指导本辖区内环境规划相关内容和任务的实施和执行。各相关部门要针对规划中涉及本行业的内容和任务，积极主动配合，精心组织好涉及本部门的规划任务和工程的实施。财政、编制办、规划等部门要积极大力支持环境保护规划实施。

(2) 加强宣传教育，提高全社会对环境保护规划的认识

要利用各种宣传媒体，采取多种形式，加强力度，广泛、深入地对环境保护规划进行宣传，提高全社会对规划的认识，使全社会都认识到规划的重要性、长期性与艰巨性，认识到实施规划就是贯彻落实科学发展观的重要行动和体现，是实现现代化和可持续发展的重要保障，激励和动员各级地方政府、各部门、各行业及每个社会成员共同关注并积极参与环境保护规划的实施，全社会形成遵守和执行规划的良好氛围。

首先，要把提高领导干部认识和思想作为宣传教育的重点，把各级领导干部的认识统一到实施规划就是落实科学发展观上来。对各级党政领导进行关于广东省环境保护规划的专题培训；在各级党校、行政学院的相关干部培训中设立环境保护规划内容。

其次，提高和增强公众参与、监督规划实施的意识和积极性。对于规划实施不力的可以采取有奖举报制度。

再次，加大新闻媒体环境宣传和舆论监督力度，建立舆论监督和公众监督机制，要定期在新闻媒体上发布规划及其相关工程的进展信息，保障公众的知情权，接受社会公众的监督。

（3）严格执法，确保环境保护规划实施的合法性和权威性

根据《广东省环境保护条例》（以下简称《条例》）的规定："市、县人民政府环境保护行政主管部门应当根据上级人民政府批准的环境保护规划和本辖区的环境状况，会同有关部门制订本辖区和辖区内的小区域环境保护规划"。

同时，《条例》规定："各级人民政府及其有关部门不实施环境保护规划或者有违反环境保护规划行为的，依法对主要负责人和直接责任人给予行政处分。"

该条例的出台为广东省环境保护规划实施提供了强有力的法律依据和保障，汕尾市各级地方政府和各部门必须依法行政，依法实施规划，确保规划实施的合法性和权威性。

15.3.6.2　政策与机制保障

（1）完善环境与发展综合决策制度

各级政府引进的重大项目和对环境有影响的项目将按照规划的要求布局建设和环评审批，严格执行环境保护一票否决权，确保建设项目的同时，保证环保部门对资源开发活动的全过程监督和管理。

（2）建立目标责任制，理顺管理体制

按照"党委领导、政府负责、人大监督、环保部门统一监管、有关部门分工合作、企业治理、群众参与"的运行管理机制，建立和完善生态环境保护与建设责任制，把各级政府对本辖区生态环境质量负责、各有关部门对本行业和本系统生态环境建设与保护负责的责任制度落实到实处；完善落实绿色考核体系，将环境保护和资源损失所涉及的主要指标纳入到干部考核体系中，实行严格的政绩考核。

（3）加强环境法制，严格责任追究

对拒不执行环境保护法律、法规、国家产业政策以及人民政府环境保护决定、命令，制订与环境保护相违背的"土政策"，对环境监管失职、违法违规审批、自然保护区违规开发、环境执法过程程序违法违规的，造成环境质量明显恶化、生态破坏严重、人民群众利益受到侵害等严重后果的，依法追究有关领导和部门及有关人员的责任。创新环境执法机制，实施环境保护综合行政执法。

15.3.6.3　资金支撑

（1）拓宽融资渠道

各政府在加大资金投入的同时，应通过积极的政策引导和优惠措施推进社会多元主体投资环境污染治理、环境保护和生态建设。鼓励集体、外商、民营企业和农民以多种经营方式投资经营，积极推行户包、联包、租赁、股份制等多种形式综合治理小流域，保护和开发利用水土资源等；农村生态建设以农户自筹为主，国家投入为辅的原则，不断增加用于生态农业建设的财政投入；拟从林木、煤炭、水电销售中征收生态保护补偿费，全部用于生态农业和林业建设。同时，严格规范排污费征收制度，提高污水和垃圾处理费标准，实行危险废物安全处理收费制度，对污水和固体废物处理设施建设及运行给予用地和用电上的优惠；在农业综合开发、农田水利建设、以资金、国债资金等项目资金中切块安排用于生态农业等生态保护项目建设。

（2）积极公共财政支持

① 增加预算内资金　在海丰县财政支出预算科目中建立环境保护财政支出预算科目，逐步提高政府财政对环境保护的支出。

② 规范使用预算外资金　为了对环保资金进行合理的监督管理，要规范预算外资金的

使用，使预算外资金逐步转换为预算内资金或者环保专项资金，以便于规范管理。

③ 合理利用环保专项资金 环境保护专项资金必须坚持"量入为出"和"专款专用"的原则。该资金由海丰县环保局进行统一协调，财政部门进行监督，主要用于支持某些"大"、"重"、"急"的环境保护项目、重大环境建设项目和示范工程等。

（3）环境基础设施建设与运营市场化

提高污水处理费。按照"谁污染、谁付费"、"谁使用、谁补偿"的原则，将污水处理费的征收标准逐步提高到保本微利水平，实行市场化运作，解决污水处理运营和设施建设资金不足的问题，使污水处理向产业化发展。

通过"政府搭台、企业唱戏"，进一步加强企业与银行间的联系，扩大省内和省外的投资。

鼓励在环境基础设施建设和运营过程中利用 BOT、BOO、TOT 等融资形式和其他特许权经营形式吸引投资；降低业主利用外资建设环保项目的自有资本金比例；允许效益高、资信好的企业借用部分银行贷款作为引进外资的配套资金；对投资于先进环保设备制造、技术开发、环保信息服务、重大生态环境工程的外商予以减免税优惠；鼓励外商运用股权投资形式参与海丰县环保企业所有权或股权的转让和并购等。

（4）加强环境资金的监管

随着规划的实施，政府必将加大对环糊精治理和环境管理能力建设的资金投入，为提高资金的使用效益，必须加强对资金的管理。建议对项目资金管理实行"三专一封闭"，即专户储存，专门建账，专人管理，封闭运行。加强资金使用的追踪检查和审计监督工作，严格财务制度，保证建设资金正常运转，发挥效益。

15.3.6.4 科技支撑

首先应加大政府对环境科技的投入，建立多元化的科技投入机制，提高环境经费占财政支持的比例。支持研究开发环保与清洁生产等领域关键技术，形成自主技术，提高企业核心竞争力。建立环境科技创新基地和相关实验室，研究开发实用的环境治理技术，为汕尾市环境治理和保护提供技术支撑。

加强市环境科学研究所建设，提高环境影响评价能力和环境科学基础研究能力，每年完成 50 项以上环境影响评价，开展生态保护恢复技术的研究以及市水环境容量的研究，逐步使环境科学研究所具备承担市辖区环境问题的科学研究、工业区开发项目环境影响评价研究、区域性环境规划研究、环境管理及环境经济政策研究、开发推广污染治理新技术等能力。

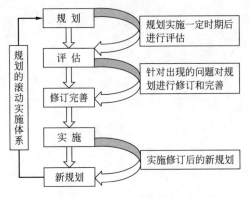

图 15-1 规划实施评估与修订思路

15.3.6.5 规划的回顾评价与修订

由于规划区域发展具有很大的可变化性，为了能够判断规划是否收到了预期效果，从而决定规划是应该继续、调整还是终结，并及时总结经验教训，必须建立规划实施评估机制。客观评价实施效果，认真总结实施经验，综合判断实施过程中存在的问题和原因，及时提出加快规划实施的措施和建议。如图 15-1 所示。

参 考 文 献

[1] 张一心. 中国环境管理中公众参与的研究 [D]. 天津：南开大学，2008.

[2] 许振成. 中国环境管理的战略创新 [J]. 生态环境学报. 2009，18 (3)：1189-1193.

[3] 吴舜泽，逯元堂，张治忠等. "十一五"国家环境监管能力建设构想与重点 [C] //2007 中国环境科学学会学术年会优秀论文集（下卷），2007.

[4] 张凡秀，赵鹏，张思宝. 浅析我国环境监测现状及对策 [J]. 山东化工，2008 (36)：36-37.

[5] 国家环境保护总局. 国家环境保护重点实验室"十一五"专项规划. 2007.

[6] 逯元堂，吴舜泽，张治忠等. 国家环境监管能力建设的现状与对策 [J]. 环境保护与循环经济，2008，7 (28)：4-5.

[7] 广东省环境保护局. 广东省"十五"环境管理技术能力建设规划. 2001.

[8] 姚晨之，张宝莲. 国内外日用化学品行业环境管理现状 [J]. 日用化学品科学，2008 (9)：31-35.

[9] 董润莲. 浅谈水泥行业粉尘治理与环境管理 [J]. 环境保护科学，2002，12 (28)：41-51.

[10] 龚亦慧. 完善我国环境管理体制若干问题研究 [D]. 上海：华东政法大学，2008.

[11] 许振成，王俊能，彭晓春等. 中国环境管理的战略创新 [J]. 生态环境学报，2009，18 (3)：1189-1193.

第16章

环境规划决策支持系统

16. 1　环境信息和决策支持系统概述

环境信息技术是将具有时空性、综合性、连续性和随机性的信息技术迅速进行采集、处理、存储、管理、检索和传输的技术，并且需要时能向有关人员提供有用的信息。用环境信息技术可以解决许多环境问题，大的方面包括环境污染仿真与预测（水污染仿真与预测、大气污染仿真与预测和噪声污染仿真与预测等）、环境规划、环境管理，小的方面包括废水处理方案的选择、活性污泥过程故障诊断、污泥脱水模糊控制等，其应用前景非常广阔。

16. 1. 1　环境信息系统概述

环境管理信息可以看成是一个非常大的开放系统。根据环境信息的属性，可以将其分为以下几个相互联系的系统。

（1）常规的信息系统

包括对环境信息的输入、存储、数据结构、连接、恢复、图像表达等。环境事物时空方面的性质是其中重要环节，在这方面，数据库技术、地理信息系统等往往被运用。

（2）环境的监测与管理系统

对环境事物和过程的连续、长期的监测以及对污染物排出量的控制等方面，计算机技术有着广泛的应用。在对大气、水、土壤、噪声、放射性物质等进行监测的同时，还可以进行简单的数据处理，如时间序列的整理、环境事物的分类、环境事物理化性质的分析等。计算机技术还可以对超标排放进行警告、控制等。监测与管理的计算机系统，能协助有关部门进行环境监测和完成相应的管理工作。遥感技术在这方面的应用发展较快。

（3）计算机评价与分析系统

根据有关环境信息，应用计算机进行复杂的数学分析和模拟计算，并运用专家系统等，进行环境分析与环境评价。根据定制的模型，实时动态地显示各类信息的详细情况或相应数据情况的图表。

（4）环境规划与决策支持系统

环境规划与决策是涉及经济、社会资源、环境之间关系的综合性问题，是一个多变量、多层次、多目标的复杂大系统问题，需要大量的信息支持。应用计算机技术，可以将环境规划与决策、信息过程有机地结合起来。一般地，环境规划与决策支持系统包括人机对话系统、数据库系统、模型库系统以及知识库系统。

（5）环境标准编码系统

由于各地对标准和编码在编码规则规范上的不确定性，系统考虑不仅能对现有的管家标准编码（包括废水、废气、固体废物、噪声、机动车的总量排污收费标准、环境质量标准、污染物排放标准等标准以及行政区域、隶属关系、单位类别、注册类型等编码）进行简单、方便的管理，而且根据国家编码规则或按照编码规范自定义编码规则，制定其符合地方特色的标准编码体系。

环境管理需要信息系统提供的技术包括数据的管理与分析，环境模型的运用，空间数据的分析与可视化，决策评价等方面。如何充分利用各种先进技术与设备，最大限度地发挥环境信息系统功能，同时紧密地结合我国现有的环境管理制度，这是在系统建立与运作过程中必须加以考虑的问题。

16.1.2 环境规划决策支持系统概述

DSS 是基于数据仓库技术，对多个系统的历史数据进行综合智能分析，从而辅助决策领导做出科学决策的系统。

把数据仓库、OLAP、数据开采、模型库结合起来形成的综合决策支持系统，是更高级形式的 DSS。

综合体系结构包括三个主体。第一个主体是模型库系统和数据库系统的结合，它是决策支持的基础，为决策问题提供定量分析（模型计算）的辅助决策信息。第二个主体是数据仓库、OLAP，它从数据仓库中提取综合数据和信息，这些数据和信息反映了大量数据的内在本质。第三个主体是专家系统和数据开采的结合。数据开采从数据库和数据仓库中挖掘知识，并将其放入专家系统的知识库中，由进行知识推理的专家系统达到定性分析辅助决策。

环境规划是环境保护体系的重点。由于环境规划常伴随有大量的结构化、半结构化、非结构化并存的决策问题，人们对这些因素只能用数字模型进行必要的描述和求解，尚有部分因素，即环境规划中的半结构化和非结构化问题需要通过反复的人机对话，发挥决策者的智慧、判断能力和长期积累的经验来解决。这就意味着计算机对环境规划的作用是有限的，是为规划决策者提供各种支持的，而永远不能代替规划决策者的重要思维和最终判断。人们的主观能动作用、经验、智慧和判断力在环境规划中将永远起主导作用。

环境规划决策系统是由规划决策者、环境系统、SDSS 软件（包括数据库及其管理系统、模型库及其管理系统、方法库及其管理系统）、SDSS 硬件（包括计算机主机、数字化仪、扫描仪、打印机和绘图仪等）和用户系统界面 5 个部分组成（图 16-1），规划决策者则是最活跃、最本质的要素。从本质上讲，环境规划 SDSS 在于人对作为客观实体的环境系统的规划。从更深的理论层次上讲，则是人地关系在区域范围内的协调。总体结构框架如图 16-2 所示。

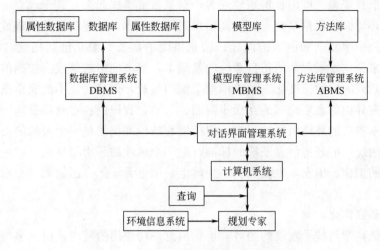

图 16-1 环境规划决策支持系统组成

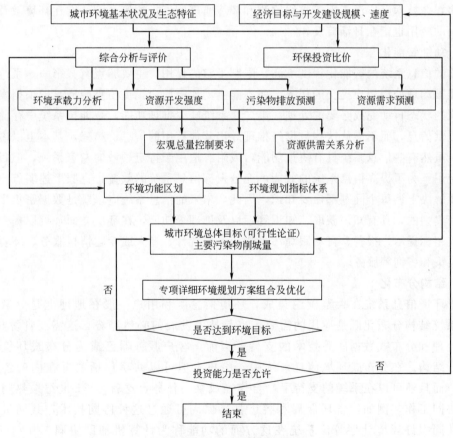

图 16-2 总体结构框架

16.1.3 决策支持系统的发展趋势

(1) 系统集成化

20 世纪 60 年代以后，由于计算机网分布式处理和分布式数据系统的发展，有可能在更大范围内共享信息资源。应用也迫切要求多个信息系统集成起来，甚至建立全球性的信息系统。例如全球环境保护信息系统，以提高信息系统的效率、效能和效益。集成是信息系统发展的方向，也是一个复杂和困难的问题。信息系统的集成一般是已运用的、异构系统的集成，要求在原来独立发展起来的信息系统的基础上，解决网络的集成、数据的集成和应用程序的集成等一系列的问题标准化有利于信息系统的集成，但目前还不能完全指望标准化，还得在技术上研究异构信息系统间的互操作问题。目前，我国的各省就像美国十年前的各州一样，正在制定本省内的环境信息的标准，但全国性的标准仍然是一个漫长的历程。但建立全国甚至全球性的统一的环境信息系统的标准，对于全球性的环境信息共享是一项非常基础性也是非常必需的工作。毕竟，生活在一个地球上，谁也无法把自己的大气和水体局限在自己的疆域内。

（2）信息多媒体化

既是计算机科学与技术发展的趋势，也是信息系统应用的需求。信息多媒体化可以扩大其应用领域和提高其服务质量。多媒体的基本技术已经成熟并实用化，信息系统的多媒体化，以后的研究重点放在诸如多媒体数据库、多媒体数据处理及其语言、高级人机交互等技术上。多媒体技术已广泛应用于在线监测和环境监理调度指挥等方面，它在环境教育与环境研究方面的应用也正在日渐普及。

（3）功能智能化

目前的信息系统的智能化程度不高，限制了它的作用。主要弱点有：第一，系统是被动的，只能被动地处理用户提交的任务，而不能主动地向用户提供信息服务，或根据发生的事件、出现的状态自动完成必要的处理；第二，系统缺少推理功能，智能按系统中存储的数据向用户提供信息，而不能从这些数据经推理导出其他有用的信息；第三，基本上以事务性操作为主，虽然有些信息系统具有决策功能，或附有适用于特定领域的专家系统，但目前还限于局部应用。为了提高信息系统的效能，充分发挥信息系统的效益，克服上述弱点显然是必要的。要解决上诉每个问题都需要知识。因此，未来的信息系统应该既是数据密集型的，又是知识密集型的，具有知识获取、知识管理以及推理等功能，在环境方面，可以提供诸如污染物排放超标提示、报警、自动跟踪污染物记录和统计、专人或专题情报服务、环境预测和规划、决策和咨询等服务。

（4）结构分布化

由于环境信息系统在大范围内集成，环境信息源和用户一般在地理上是分散的，环境信息系统结构分布化既是应用的需要，也是技术发展的必然趋势，这需要计算机网络、分布式处理和分布式数据库等技术的支持。当前，客户服务器已成为分布式环境信息系统的流行结构。在分布式环境信息系统中，用户不但可以共享包括数据在内的各种计算机资源，而且还可以在系统的支持下，合作完成某一任务，这就是21世纪最热门的信息领域的协同工作。例如，省环保局和各市县环保局可通过这种协同技术，共同进行环境决策、共同拟订环境计划等。系统在这方面的功能称为计算机辅助协同工作（CSCW）。它一经提出，就受到各方面的重视。在今后的环境信息系统中，CSCW可望成为基本功能之一。

（5）软件开发工业化

环境软件的工程化开发方法、工业化生产在相当长时期内仍将是软件领域的主要问题。环境软件复用是解决环境软件危机的有效途径，软件构件、领域工程等软件开发技术将受到特别关注。目前，我国的环境方面的软件主要还是个性化为主，工业化为辅。全国各环保局根据其自身不同的情况开发其不同的软件。但可以预计，未来这个趋势将会是：工业化开发核心通用模块，客户化开发不同客户的差异性需求。

(6) **系统网络化**

环境信息系统网络化软件正在成为研究与投资的热点。随着网络基础设施的逐步延伸与完善，网络化环境信息系统将迅速发展，并成为环境信息系统中的重要组成部分。

16.2 环境规划决策支持系统的开发和设计

16.2.1 决策支持系统开发与设计原则

系统开发的目标是提高系统的性能与开发效率，最终实现系统的设定功能。显然，对一套系统来说，性能是需求方最关心的问题。而同时开发效率是系统开发最关心的问题。性能与开发效率之间有着内在的联系，效率必须以实现用户功能为前提。不管系统开发的效率多高，如果达不到用户需求，则意味着整套系统的开发失败。从短期效益看，追求高质量延长系统开发时间并且增大费用，似乎降低了开发效率。而从长期效益看，系统的稳定性将保证开发的全过程更加规范流畅，大大降低了系统的二次开发以及维护代价，实质上是提高了效率，同时获得很好的信誉。稳定性与效率之间不存在根本的对立，好的系统开发方法可以同时提高稳定性与效率。

对开发人员而言，如果非得在性能与效率之间分个主次不可，那么应该是性能第一、效率第二。首先，可靠的性能是环境管理信息系统的基本要求，不管是据以收费的排污收费系统，还是关乎总量控制的建设项目管理系统，都直接牵扯到方方面面的直接利益，如果系统的性能存在问题，则会给使用者带来执法困难或研究数据错误等不可挽回的损失。其次，性能对所有的用户都有价值，而高的开发效率只对开发方有意义。况且，如果一开始就追求开发效率，容易使开发人员急功近利，给系统留下隐患，宁可进度慢些，可要保证每个环节的质量，以图长远利益。

16.2.2 决策支持系统功能设计

(1) **政府环境管理与监理信息系统**

由于各地的发展不平衡，所以各地的政府环境管理与监理信息系统的情况也千差万别，同时，从国家、省、地市到县，各级环保局的职能各不相同，故其环境管理与监理信息系统也各不相同。尽管如此，各地和各级环保机构通用的环境管理与监理信息系统主要包括建设项目管理信息系统、污染源管理信息系统、排污收费管理信息系统、信访及行政处罚管理信息系统、总量控制决策支持系统、一厂一档综合管理信息系统及固体废弃物交易平台等系统。如图 16-3 所示。

(2) **环境污染预测模型**

环境污染预测模型是环境信息系统的重要组成部分。环境污染预测模型的理论基础为物理、数学和气象等相关学科，但其必要的技术支持为计算机技术。如果没有计算机的技术支持、在模型的海量数据面前，很难想象环境污染预测模型实际的应用。

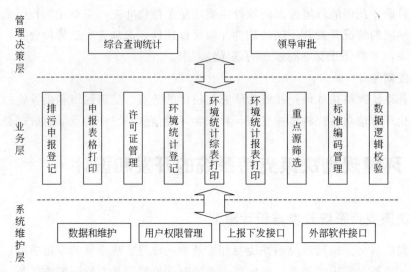

图 16-3 污染源管理信息系统功能结构

16.2.3 决策支持系统开发与设计

16.2.3.1 开发步骤和方法

（1）开发步骤

① 制定计划 制定计划阶段最重要的两项工作是确定系统目标和界定系统范围。本阶段的成果是系统需求说明书。确定目标和界限范围有助于研制者和用户就功能和性能达成基本的一致性，并可以在验收阶段逐一确认。由于 DSS 及其所处理问题的不确定性，确定目标和范围尤其所具有重要的意义。它是整个开发工作的基础。

② 系统分析 系统分析阶段要解决的是"做什么"的问题，需要对整个系统的功能和数据流进行统一的考虑。这个阶段应该初步确定数据库、模型库的外部模型，形成人机界面规范。如果要实施知识库，还应该着手整理、抽取知识。这一阶段的成果是系统分析报告。

③ 系统设计 DSS 的开发没有严格的规范，并且极度依赖和用户的沟通，因此，通常采用原型法进行。原型法开发缩短了系统与用户见面的时间，并且形成了可讨论的基础，方便用户及时地提供修改意见。通过反复地与用户交流，不断地修改原型，从而明确数据库、模型库的逻辑结构和相互调用关系，并在此基础上确定知识的表示和推理的方式。

④ 系统实施 根据已经形成的系统设计方案，研制者着手构建或引入 DSS 的底层结构，包括数据库表、模型计算工具库、方法库及推理机的建立。这一阶段也需要和用户不断地交流，但不涉及根本性的改动，主要是人机界面上的优化，使之更加利于决策者的使用。

（2）开发方法

到目前为止，已有许多开发 DSS 的方法问世，如适应设计、发展设计、启发式设计和中间出发等。大量实践证明，这些方法都是行之有效的。尽管这些方法各有所侧重，但本质上都有许多共同特征。

从本质上看，这些方法的基本思想是：决策者和开发者在一个小而重要的子问题上取得一致意见，然后开发和设计一个原始的系统以支持所需要的决策。在使用一个短时期后，对系统进行评价、修改，并增加、扩展，这样循环几次，直至发展成为一个相对稳定的系统。该系统功能对一组任务的决策起支持作用，这就是说将典型的系统开发过程中的重要的几步——分析、设计、实施、运行，合并成一个反复修改的过程。

从一般方法论的角度来看，DSS 开发方法具有以下要点。

① 交互设计 DSS 开发方法突破了系统开发生命周期的概念，强调分析和设计的动态性，即系统随着决策环境和决策者的观念而不断修改、扩展、求精，反过来，开发过程又可能促进决策者的思维方式、决策风格的改变。

② 用户的参与 在 DSS 开发中，"用户的参与"这个概念有了新的拓展，即用户不仅是参与者，而且还应该是系统的主要设计者和管理者。

③ 结合决策风格 DSS 开发方法应注意结合决策者的风格。决策风格涉及模型的构造、用户接口的设计等。决策风格因人而异，这就要求 DSS 系统具有相当的灵活性。

④ 开发时间 DSS 的开发时间对于 DSS 的成功是至关重要的。开发时间的延误可能使决策者错过良机，更可能使决策者失去信心。所以，交互设计的每一次的循环时间要尽可能缩短。

⑤ 基于生成系统的积木式设计 要满足快速、多变的特点，必须有一个较好的软件环境作为基础。DSS 生成器（DSSG）正式支持快速、灵活开发 DSS 的软件。目前、国外多数 DSS 都是在 DSS 生成器基础上开发的。

⑥ 学习和创造 对于半结构化和非结构化的决策问题，决策者和开发者都需要学习，在学习中寻找新的更好的解决问题的途径。因此，DSS 开发方法注重决策者和开发者交互过程中的学习以及 DSS 系统的辅助学习能力。

16.2.3.2 开发工具

决策支持系统工具（DSST）是 DSS 三个层次结构中最基础的一个层次。DSST 包括硬件工具和软件工具。硬件工具指便于 DSS 开发的硬件设备。软件工具指那些能方便 DSS 开发的软件自动生成程序或软件支撑环境。离开工具的支持，DSS 的开发将是非常困难的。

DSS 的三个基本功能——模型管理、数据管理与对话管理，实际都是对数据的加工与解释。所以，可以把 DSS 看成是"驱动数据"的一组解释程序，而 DSS 软件工具正是用来生成和修改这些解释程序或有关数据的软件。这些工具可以分为两类：一类是支持解释程序生成的，另一类是支持数据生成的。

(1) 支持解释程序生成的工具

它们有时可以直接用在专用 DSS（SDSS）或 DSS 生成器（DSSG）中，成为构成 SDSS 或 DSSG 的重要模块。例如，各种高级语言（COBOL，PASCAL，APL，C，C^{++}等）可用来开发 DSS 的各种部件。此外，还有窗口软件、数据库管理软件和统计分析软件包等。

(2) 支持数据生成的工具

有数据编辑软件、数据库维护软件、对话编辑软件等。还有更高级的综合性、多功能的软件工具包。

以 GIS 为主的 3S 技术的出现，给环境规划决策支持系统提供了很好的技术平台。3S 技术包括全球定位系统 GPS、遥感系统 RS 和地理信息系统 GIS。3S 技术的结合使环境问题形成数字神经系统，RS 作为该系统的传感器，能够周期性、大面积地及时获得环境信息；GPS 作为精确定位器，对于模型参数的测量具有举足轻重的作用；GIS 通过信息存储、空间模型和数学模型进行分析，为环境管理人员提供实施准确的决策支持。

人们对信息，包括地理信息需求的快速增长，使 GIS 成为与人们生活和国民经济发展密不可分的基础设施。可以说，GIS 将与道路、交通、通信等公共设施一样，构成国民经济的重要基础设施。作为环境规划决策支持系统的主要支持技术，未来的 GIS 技术将向标准化、数据多维化（三维或四维）、系统集成化和智能化、应用网络化和全球化方向发展。

16.3 环境规划决策支持系统应用实例

参考董家华，蒋大和等的《规划环境影响评价决策支持系统的初步构想》的设计构想概述决策支持系统的构建。

16.3.1 系统目标

环境影响评价决策支持系统，在一定程度上为环境影响评价提供良好的信息、决策支撑。该系统通过空间因素与属性数据的完美结合，为决策者提供准确、完备、科学的依据，并将决策者的意愿反馈到系统中，从而检验决策结果的正确性，判断系统与结果的耦合程度。

16.3.2 系统结构

决策系统以地理信息系统 Mapinfo 为基础平台，集成环境影响评价模型库、环境影响评价方法库、遥感技术（RS）、Arcmap 等制图工具、VB、VC 等计算机高级开发语言为一体的空间、属性数据决策支持系统。

整个系统包括数据库（又包括空间数据库和属性数据库两类）、模型库、方法库和知识库四种库结构。其中，数据库是该系统的核心，负责管理和维护决策支持系统使用的各类图件和属性数据，要实现的主要功能是即时查询、模型的运算以及各类统计分析，通过 SQL 语言及 Mapinfo 平台，能够有效地实现数据库与模型库、方法库、知识库系统和人机接口的联结，不仅为决策者提供可靠的决策依据，并可为不同层面的用户提供不同的信息。模型库的作用是存储辅助决策所需要的各种模型，如环境评价模型、环境模拟模型、预测模型及其他的数学模型、统计模型等；模型库是规划环境影响评价决策支持系统重要部分，为了方便调用和运算，该系统采用 Foxpro 和 Excel 等应用程序来管理模型库。方法库负责管理和运用各种与规划环境影响有关的方法，包括项目环境影响评价方法和规划学的有关方法，如矩阵法、核查表法、相关分析法、幕景分析法、系统动力学方法等等。知识库包括各种规则、因果关系、决策人员的知识经验，并且具有环境影响报告的生成、修改、完善功能。如何选择知识库的格式对库的查询、调用至关重要，基本的要求是将知识库建成计算机可以接受和处理的格式；系统采用人工方式进行信息的采集，然后由系统设计人员和有关专家将采集的信息通过框图或流程图的形式进行条理化和格式化，并用适当的计算机编程语言将框图或流程图转化成可以运行和调用的子程序。

决策支持系统除主体系统外还需考虑其用户类型。根据规划环境影响评价的特点及程序，规划环境影响评价决策支持系统的用户可分为五种类型：规划的制定者，指的是负责拟定或起草规划的编制计划、规划文本，并组织参与实施批准后的规划的有关部门；评价者，负责编制规划环境影响的文本、说明、评价工作大纲及评价报告的评价机构；审查者，负责规划环境影响评价工作大纲及报告书的评审工作的专家组，该审查组的成员应由环保部门会同负责规划编制的行政主管部门确定；审批者，一般是国家和各省、自治区、直辖市的环保行政主管部门；参与者，与规划有关的相关单位、社区、社会团体及个人。

其中，评价者是该系统的核心用户，他们通过借助 RS、GPS 等技术进行野外实地调查与监测，进行数据的采集和录入，然后借助 GIS 等技术建立评价区域的图形库和属性数据库，利用 ARCview、ARCmap 等对象组件分析规划实施前后空间分布变化；通过与方法库的连接，进行大气、水、土壤、噪声、生态、社会经济等各类环境影响的识别；调用模型库中适当的数学模型进行环境影响的分析、模拟、预测，在此基础上，参照文字库中专家的知识和经验，做出环境影响评价结论，编写报告书。规划的审批者和审查者是整个系统的最终决策者，通过对规划环境影响评价报告书和规划草案的审核，决定规划的可行性及是否通过审批，并将意见反馈给规划的制订者和评价者。公众可通过 Internet 用户的客户端登陆公开查询子系统获得相应的信息或在规划编制过程中介入。

16.3.3 系统功能

(1) 建立规划环境影响评价数据库，实现数据的规范化管理和共享服务

通过建立数据库，实现了数据的规范化管理，既便于数据的存储、查询、计算、分析及调用，又有利于整个系统的良好运行。在技术路线上，选用 Mapinfo 作为基础地理信息系统平台，用 MapObjects、VB、VC 等编程语言和对象组件实现空间数据仓库的数据传输和管理，用 ARCGIS 集成各类不同的数据库构成一个庞大复杂的空间、属性数据仓库。同时，为了满足不同类型用户需要，可在规划环境影响决策支持系统中设置灵活多变的查询方式为用户服务。采用多种数字、图形、表格、文字等适合决策者理解和使用的形式，向决策者提供所需的各种信息及评价标准、结果分析等。此外，将 PEIADSS 构筑于 Internet 上可使信息得到最充分的利用，提供联机检索，实现数据共享，减少人力物力的浪费。

(2) 实现规划环境影响评价的科学化，提高决策的合理性

通过 PEIADSS 不仅可存储、调用大量的属性数据，还可编绘出各种专题图件，直观地、定量地再现不同区划方案的行为结果和时空效果，为决策者提供可靠的决策依据，大大降低传统的人工方法的烦琐，减少工作量。使规划环境影响评价具有简洁、直观、易操作和快速的特点，大大提高了工作效率和科学性。并且系统内的知识库具有智能决策功能和专家咨询功能，建立在专家经验、知识的基础上，应用推理机设计原理设计专家系统，大大提高了决策者决策的准确性和工作效率。

(3) 增强预测和模拟功能，发挥决策者之间的互动反馈作用

在用户或系统提出方案后，系统提供模拟功能给用户，利用有关模型、数据、知识做出预测，模拟现行系统的运行是 DSS 系统模拟功能的一项最主要的任务，本系统采用 MapObjects 对象控件结合某些计算机高级编程语言实现数据库、模型库与知识库之间的信息传递和管理，借助 Mapinfo 平台实现评价预测和模拟功能。

整个系统可实现良好的反馈回路，通过各库之间数据、信息的传输、调用，实现各子系统的链接。在系统的运行过程中，不同的决策者具有不同的介入方式和使用权限，通过系统内设置的反馈机制，在不同的评价阶段，各决策者之间可实现信息的共享、交流、意见的反馈等多种沟通。

参 考 文 献

[1] 张清宇等 . 环境管理信息系统 [M]. 北京：化学工业出版社，2005.

[2] 郭怀成，尚金城，张天柱 . 环境规划学 [M]. 北京：高等教育出版社，2001.

［3］ 宣华．秦皇岛市环境规划决策支持系统初探［J］．环境科学研究．1995，8（5）：25-27.

［4］ 梁媛，刘小松等．某城市环境信息系统的建立及其关键技术［J］．苏州科技学院学报：工程技术版，2003，16（1）：79-82.

［5］ 张妍，尚金城，刘仁志．区域环境影响评价决策支持系统的研制与应用［J］．云南环境科学，2001（S1）104-106.

［6］ 董家华，蒋大和．规划环境影响评价决策支持系统的初步构想［J］．环境污染与防治，2005，12（9）：1-7.

［7］ 林祖苍．论规划环评中的环境决策［J］．环境科学导刊，2008，27（6）：82-84.

［8］ 金勤献，陆晨，傅宁等．城市级环境信息系统总体方案的研究与开发［J］．环境科学学报，2002，22（1）：103-106.

［9］ 林奎，杨大勇，李适宇等．基于 SDSS 的水环境决策系统技术研究［J］．中国环境监测，2009，25（6）：3-6.